ARNO KLARSFELD



# LES DIEUX NE SONGENT QU'À DORMIR

roman

FLAMMARION

Du même auteur :

*Touvier, un crime français* (Fayard, 1994)


ISBN : 2-08-067092-1
Imprimé en France

*A Raya, Beate et Carla.*

# LES DIEUX NE SONGENT QU'À DORMIR

## I

*« Ce n'est tout au plus qu'un brillant peut-être. »*

Stendhal

# I

*Vous écoutez France Info. Huit heures trente minutes. Samedi 20 août. Voici les titres de l'actualité.*

*A l'étranger.*

*Rwanda. Selon Médecins Sans Frontières, les miliciens hutus sectionneraient à la machette les pieds et les mains des enfants tutsis avant de les laisser agoniser sur le bord des routes. Nous serons en direct avec François Herrera, représentant de la France aux Nations unies, qui nous communiquera les initiatives que notre pays compte prendre pour mettre un terme à ce génocide.*

*Italie. A Vicence, des centaines de skinheads se sont réunis. Les néofascistes portant des chemises noires et arborant des croix gammées ont vociféré des slogans racistes.*

*L'extrême droite est allée plus loin encore en Allemagne. Hier, ratonnade à Magdeburg, au cours de laquelle plusieurs dizaines de jeunes néonazis ont pourchassé à travers la ville des immigrés noirs et des travailleurs turcs. On déplore des blessés légers. Le chancelier allemand ne s'est pas encore exprimé.*

*France à présent.*

*Marseille. Un jeune Français d'origine marocaine a été abattu la nuit dernière de plusieurs balles dans le dos par trois colleurs d'affiches de l'Alliance populaire. Le secrétaire général du mouvement, Bruno Raton, invoque la « légitime défense ». Le président du parti, M. Xavier Vallen, parle quant à lui d'incident tragique, mais n'engageant en rien la responsabilité du parti dont il a la charge.*

*Sans transition.*

*Coupes sombres à la célèbre banque Zébulon. Cent vingt-quatre suppressions d'emploi. Dans l'entourage du directeur général, M. Félix Burunsky, on explique que « c'est là la contribution des salariés à la maximalisation des ratios économiques de l'entreprise ». Réaction à chaud de Clément Dussour, secrétaire général adjoint de la CGT.*

*Chômage des jeunes. Il y a aujourd'hui plus de sept cent mille chômeurs de dix-huit à vingt-cinq ans en France. Plus d'un chômeur sur cinq est un jeune.*

*A la Bourse, le dollar sous la barre des cinq francs, à quatre francs quatre-vingt-dix-huit centimes.*

*Sachez enfin que la sonde Discovery est rentrée à trois heures cinquante-deux minutes, heure de Greenwich, dans l'orbite de Vénus.*

*Bonne fête aux Bernard.*

*Cancer, vous avez le vent en poupe. Alors prenez vite le large.*

A quarante-deux millions de kilomètres de Vénus, à six mille six cent quarante kilomètres de Kigali, à huit cent trente kilomètres de Vicence, à sept cent cinquante kilomètres de Magdeburg, à treize stations de métro du siège social de Zébulon et aux confins de la question du chômage, au 168, boulevard Saint-Germain, un radio-réveil s'enclenchait aux oreilles d'un jeune homme appartenant à la deux cent cinquantième génération depuis que l'Histoire avait débuté à Sumer. Un jeune homme qui aurait trente ans en l'an 2000.

Paris venait de s'éveiller. Rien ne témoigne autant de la confiance des hommes dans la société qu'une ville assoupie. Si par miracle Dieu existe, il contemple certainement Paris à l'aube avec l'émotion d'une mère se courbant au-dessus du berceau de son nourrisson.

Une vingtaine d'années auparavant, la mère d'Antonin, Irène Krystal, se penchait pour la première fois sur le berceau de son fils. Cinq ans plus tard, une leucémie la couchait dans la tombe. Antonin quitta alors le paradis pour entrer dans le monde. Il gardait en lui les réminiscences de la chaleur de ce visage au-dessus du sien. « *Amour d'une mère, amour que nul n'oublie...* »

*Après une page de publicité, le reportage de Laure Talle et de Patrick Jaquillard sur ce que signifie être jeune dans les années 1990...*

Ni la teneur du journal diffusé, ni la voix forte et saccadée du journaliste ne parvenaient à rompre la somnolence d'Antonin. Son sommeil demeurait celui d'un nouveau-né et Herr Doktor Freud, s'il eût été présent, se serait peut-être demandé si le subconscient logé dans ce corps de jeune sybarite allongé douillettement sous des draps immaculés ne se réjouissait pas de cette psalmodique énumération de souffrances humaines.

Ses interrogations eussent été sans fondement. Chaque nouvelle entraîna une réaction : un ronflement rauque s'indigna de l'annonce des massacres d'enfants au Rwanda, un gargouillis intestinal s'éleva contre le rassemblement fasciste à Vicence, un grincement de dents témoigna d'un soutien moral aux travailleurs en proie aux oppresseurs capitalistes de la banque Zébulon, un bruissement buccal manifesta son opposition aux exactions xénophobes dont les immigrés noirs et les travailleurs turcs faisaient les frais et, enfin, Antonin laissa échapper quelques gaz de compassion en souvenir de ce jeune Marocain abattu lâchement dans le dos. Le chômage seul ne fut pas honoré par le dormeur. Rien de surprenant à cela : vingt-quatre années de dilettantisme l'avaient métamorphosé en une statue d'oisiveté à laquelle son père eût souhaité qu'un événement subit vînt à nouveau insuffler vie. Son inquiétude était vaine, la vie se chargerait elle-même de cette tâche.

En dépit des cent vingt-quatre suppressions d'emploi à la banque Zébulon, de fortes chances militaient pour qu'Antonin y fût embauché dans un avenir proche. Son père tenait à ce qu'il commençât à travailler. Non pour le travail en tant que tel, mais afin que son fils allât enfin se frotter à la réalité et pût éprouver son caractère.

On ne naît pas avec du caractère, on l'acquiert par la lutte ! Lutte contre la nature, comme les pionniers américains, lutte contre le bégaiement, comme Démosthène, contre les cols comme Fausto Coppi, contre les préjugés, comme Galilée, contre la page blanche, comme Balzac, contre la solitude, comme le Dr Bombard, contre la piste de cent mètres, comme Carl Lewis, ou encore contre le marbre, comme Rodin.

Une lutte contre tout ce que l'on voudra, mais une lutte.

Quel milieu plus propice au dessein nourri par M. Krystal que celui de la haute finance à une époque où les grandes orientations économiques et sociales se déterminaient plus à Wall Street qu'à la Maison-Blanche, plus à la Bourse de Londres qu'au 10 Downing Street, plus à la Bundesbank qu'au palais de l'Élysée ? Quel établissement plus apte à satisfaire M. Krystal que la célèbre banque Zébulon dirigée par Félix Burunsky, intime de la famille Krystal depuis de longues années ?

– C'est d'après tes réactions qu'on pourra te juger ! Tiendras-tu le coup ? Te rendras-tu précieux à tes supérieurs ? Seras-tu celui qu'on élève ? celui qu'on accable ? celui qui abandonne ? celui qui persévère ? lui disait son père. C'est à toi d'écrire ton destin ! Tu te souviens de *Rio Bravo*, quand John Wayne et son ami Dean Martin vont défier le clan Burdett réuni au saloon ? L'un doit entrer par la porte de devant, l'autre par celle de derrière pour couvrir son compagnon. Martin demande alors timidement à Wayne si, pour une fois, il peut être celui qui entre par la porte de devant. Wayne lui répond : « *Do you think you're good enough ?* » Je te pose la même question : *Do you think you're good enough ?*

– Vous êtes un jeune paresseux, Antonin ! Comme les autres ! Des va-nu-pieds, des égoïstes, des vauriens ! Voilà la jeunesse d'aujourd'hui ! lui disait sa concierge, Mme Duval, adorant se mêler indistinctement de ce qui la regardait et de ce qui ne la regardait pas.

... Oui, comme des misérables ! continuait-elle. Et vous ne l'aurez pas volé ! Qu'est-ce que ça veut dire, une jeunesse pareille, qui ne fait jamais rien, se lève à des heures pas possibles et ne pense qu'à aller faire la fête ! Des paresseux, voilà ce que vous êtes ! Il n'y a que votre petit nombril qui vous intéresse ! De mon temps, les jeunes travaillaient. Ils n'étaient pas aussi bêtes que vous ! concluait-elle avec cette rancœur dans la voix caractéristique de ceux qui ne prennent jamais deux heures pour aller se promener ou deux secondes pour sourire.

Elle ressemblait à une vieille poupée qui se serait cassée et qu'on aurait rafistolée. Quand elle cessait de parler, de rouspéter, de râler ou de geindre, quelque chose de morose, de tragique même, apparaissait sur son visage ; sa mine de vieille poupée rafistolée se métamorphosait alors en un air touchant et pathétique qui la rendait très humaine.

– Mais au contraire ! rétorquait Antonin. La jeunesse était tout aussi bête de votre temps ! Elle vivait alors recluse. Elle n'avait le droit de voter qu'à partir de vingt et un ans ! Elle ne comptait pour rien ! Elle avait le droit de mourir d'une balle en Indochine, en Algérie ou à Suez ; son cou pouvait être tranché par la guillotine, mais on ne lui permettait pas même de rentrer au casino ! Voilà quel sort attendait la jeunesse de votre temps ! Aujourd'hui, elle peut s'exprimer en toute liberté ! La jeunesse doit s'habituer à se servir de la parole. Elle a des siècles de retard !

Mme Duval ne supportait pas qu'on la contredît. Au moindre chiffon rouge de contestation agité devant elle, elle prenait la mouche, devenait triste, maussade et affligée. Les gens heureux ne s'accoutument pas au chagrin. A celui de Mme Duval s'ajoutait l'énervement : du temps de sa jeunesse, on n'honorait que les vieux ; maintenant qu'elle était vieille, on ne respectait plus que les jeunes. On deviendrait enragé pour moitié moins !

– Qu'il est triste d'avoir été jeune et de ne pouvoir l'oublier ! soupirait-elle parfois. Si au moins vous respectiez la vieillesse ! Ah, si j'avais votre âge...

Coulait alors le torrent de ce qu'elle accomplirait si, avec son expérience, elle avait à nouveau vingt ans, ses dents, sa ligne et ses espoirs.

« Pourquoi devrait-on honorer la vieillesse ? se demandait quant à lui Antonin qui n'avait pas encore atteint l'âge où l'on prend véritablement conscience que l'on vieillira à son tour. Oui, pourquoi respecter la vieillesse ? En raison du quatrième commandement qui nous impose d'honorer père et mère ? Et alors ? Personne ne se gêne pour violer les neuf autres ! Parce que les années engendrent l'expérience ? Foutaises ! Subir la vie ne prouve pas qu'on l'a comprise. Autant dire qu'un Sri Lankais sourd, aveugle et illettré qui assiste à la représentation de *La Mouette* dans sa version originale comprend la langue de Tchekhov ! On peut traverser soixante-dix ans de vie sans rien y attraper, tout comme, en quelques années, on peut y avoir puisé l'essentiel ! Rimbaud avait dix-neuf ans, Pergolèse vingt-six ans, et Masaccio vingt-sept ans, quand ils posèrent respectivement une rime, une note et une touche de couleur finales sur la feuille blanche, la portée et la toile de leur gloire artistique. Certains ne font que s'agripper à des idées fausses dès leur jeunesse et n'en démordent plus : " Quand on est con, on est con ", chantait le poète. On pourrait parodier !

« Qui a intérêt à enseigner un tel respect aveugle, si ce n'est la gérontocratie. C'est là son ultime argument pour ne pas se voir renversée par une jeunesse trépignant à la perspective d'hériter ! Avant, les vioques avaient la délicatesse de passer l'arme à gauche à cinquante, soixante ans ! Leur progéniture, alors assez vigoureuse pour profiter gaiement de l'argent, leur en conservait une éternelle reconnaissance. Si les tombes étaient plus fleuries jadis, ce n'était pas par piété filiale, mais plutôt par gratitude envers le disparu pour le remercier d'avoir fait place nette ! Maintenant, ça vous pousse des pointes à près de quatre-vingt-dix ans ! Tout juste si les jeunes ne sont pas atteints par la sénilité quand leur ascendance condescend à disparaître !

« Dans l'Antiquité, un chroniqueur raconte qu'une peuplade d'Asie Mineure, les Caspiens, faisaient systématiquement périr les vieillards sitôt qu'ils atteignaient leur soixante-dixième année. Un explorateur du

XIX^e siècle a également remarqué que, dans une tribu occupant une des régions les plus reculées d'Afrique, la coutume voulait que l'on dévorât les vieillards dès qu'ils devenaient inutiles au clan. Le législateur devrait peut-être s'inspirer de ces bienfaisantes traditions, si ce n'est par affinité idéologique ou culinaire, du moins par mesure d'économie, afin de résorber le trou financier de la Sécu ! »

Antonin ne faisait point part de ses réflexions à Mme Duval, celle-ci ne goûtant guère l'humour. On n'en était pas friand « de son temps ». « De son temps ! » Elle avait raison d'employer cette expression, ayant près d'un demi-siècle de retard sur ses contemporains. Embaumée dans son passé, momifiée au cœur de la pyramide de son époque, Mme Duval s'enroulait l'âme des bandelettes de sa nostalgie. Elle en restait parfois les bras ballants devant son immeuble, éberluée de ces jours sans ressemblance aucune avec ceux de sa jeunesse.

Bien qu'elle trichât sur son âge pour ne pas être contrainte à la retraite, elle était née au temps où Paris sentait encore légèrement le crottin et où des marronniers bordaient les Champs-Élysées. Marronniers sous les feuillages desquels ne passaient que des promeneurs à la peau blanche et non pas, comme à cette « sale époque », des Nègres ou des crouilles.

– Vous comprenez, avait-elle expliqué à Antonin, dans un élan de sincérité, de mon temps, la France était encore peuplée d'Ernest, Arsène, Martial, Thibault, Gaétan, Quentin, Ignace, Philibert, Aimable, Alcide, Léonce, tous ces prénoms qui sentent bon les champs de bataille de la « douce France » et qu'on peut lire sur les monuments aux morts de la guerre de 1914 dans chaque village de France. En revanche, sur ces monuments, je ne vois aucun Mohamed, Mustapha, Bohana, Rachid, Ali et autres Bamboulas. J'avais déjà eu du mal à m'habituer aux Gino, Felipe, Ivan, Mendel... sauf votre respect, bien sûr !

Le monde avait changé depuis que les derniers effluves de crottin s'étaient évaporés dans le ciel de

Paris. Mme Duval ne s'adaptait pas à cette société composée de films porno, d'avions à réaction, d'énergie atomique, de satellites, de libre-échange et d'ordinateurs. Dans le kaléidoscope à travers lequel elle regardait la France dans le monde, on trouvait des morceaux de clochers, de villages, de Travail, de Famille, de Patrie et de conformisme. Il y avait du Juvénal et du Céline en Mme Duval, mais elle n'avait ni le génie de l'un ni le talent de l'autre.

– Moi je ne suis pas pour le progrès qui enquiquine tout le monde ! Tout ce qui arrive aujourd'hui est la faute du progrès ! Progrès, progrès ! Est-ce que j'ai fait des progrès, moi ? Est-ce qu'elle a progressé, la nature humaine ?

Ayant appris de son père, et cela dès la plus tendre enfance, qu'il convenait de demeurer poli avec les femmes d'un certain âge, Antonin feignait d'écouter les jérémiades de Mme Duval, mais son propre point de vue sur la jeunesse résidait aux antipodes de celui de sa gardienne d'immeuble.

Surtout ne jamais travailler lorsqu'on est jeune ! Il faut savoir garder ce « plaisir » pour le plus tard possible. Pour lui, être incapable de travailler était la marque d'une nature aristocratique. Quel est l'état naturel de l'homme ? avait-il l'habitude de dire. C'est l'oisiveté ! Le travail est tout sauf instinctif. Si le serpent n'avait pas charmé Ève, si Ève n'avait pas charmé Adam, si Adam n'avait pas croqué la pomme et si Dieu n'avait pas chassé les deux tourtereaux du Paradis terrestre, on n'en serait pas là aujourd'hui ! Le travail n'ennoblit pas plus l'homme que la maladie ou la misère, ajoutait Antonin avec ironie.

« *Arbeit macht frei* » (Le travail, c'est la liberté) est un des plus grands mensonges jamais inventés à ce jour ! « *Jugend macht frei* » (C'est la jeunesse qui rend libre). Quand on est jeune, on a le temps... Le temps de penser... Le temps de se former un esprit critique qui ne soit pas simplement le duplicata du dernier journal télévisé. En revanche, lorsqu'on travaille avec comme unique souci de s'acquitter au mieux de sa besogne, on n'a plus le temps de penser. Apprendre un métier, c'est se rendre ignorant, c'est volontairement rentrer dans l'esclavage. Voilà pourquoi les gouvernements souhaitent tant développer l'apprentissage : ils savent qu'un esprit borné ne peut se révolter ! Seul le temps perdu, c'est-à-dire gagné, permet de s'enrichir l'esprit. Ce temps, c'est jeune qu'il faut le perdre !

Quand on est jeune, tout est à portée de main : les promenades, les musées, le sourire des jeunes filles, les grimaces des vieilles dames, on peut sauter au-dessus du portillon du métro, passer des nuits blanches à faire l'amour, voyager en stop, se baigner en plein hiver ou se réveiller dans le lit de sa femme à Paris et s'endormir dans celui de sa maîtresse à New York.

Ceux qui claironnent si haut et si fort, de peur qu'on ne les entende pas, qu'il n'est pas drôle d'avoir vingt ans aujourd'hui sont ceux qui ne souhaitent pas que leurs cadets vivent dans le bonheur alors qu'eux ont déjà un pied dans la tombe.

Comme il est fantastique d'avoir vingt ans de nos jours ! La vie, la culture, l'amour, la beauté attendent de s'affronter à la jeunesse. Cette jeunesse peut songer de longues heures au Louvre devant la *Kermesse* de Rubens ou *L'Homme au gant* de Titien, elle peut aussi rester à lire des heures entières dans des cafés accueillants en y regardant défiler des centaines de types humains ou s'asseoir sur le banc d'un square, la tête posée contre l'épaule d'une personne aimée, et rêver en oubliant demain.

Chaque jour la jeunesse peut prendre le train de 20 h 03 pour Venise, monter dans celui de 20 h 06 pour Florence, attraper celui de 23 h 22 pour Bruges, ou celui de 22 h 30 pour Heidelberg et se réveiller à une nuit de sommeil dans des villes emplies de merveilles diverses.

Partout, la jeunesse est reçue. Toutes les portes d'ordinaire closes s'ouvrent à la présentation de cet irremplaçable passeport, de cet éphémère passe-droit, de cette merveilleuse formule magique, ce « Sésame, ouvre-toi ! » de toutes les opportunités : « Je suis jeune. »

Cent cinquante années plus tôt, un jeune homme, qui comme Antonin rêvait de participer de manière active à la marche de la société, s'interrogeait entre les deux seules tenues que sa naissance lui permettait de revêtir : l'uniforme rouge de la carrière militaire ou l'habit noir de la vocation ecclésiastique. Quelques dizaines de rééditions plus tard, ce dilemme était obsolète. Chacun pouvait en théorie peindre sa tenue de la couleur qui lui plaisait. Aujourd'hui on peut tout attendre de la jeunesse. Elle est prix Nobel ou médaille olympique, ministre ou écrivain, grand peintre ou philosophe, producteur mogul ou magnat du pétrole, financier ou vedette de cinéma, call-girl internationale ou président de la République... C'est un billet de loterie que chacun ramasse en attendant de voir le tirage ! Boîte de Pandore ou cabinet de Barbe-Bleue qu'on ne peut résister à ouvrir ! La jeunesse est tout et elle n'est rien ! C'est de ce paradoxe qu'émanent son charme et son mystère.

Quant au progrès, s'il « enquiquinait » Mme Duval, il n'en allait pas de même pour Antonin ni pour l'ensemble des jeunes gens de sa génération, cette deux cent cinquantième génération occidentale à laquelle il appartenait.

Pour la première fois depuis que l'homme sortait des cavernes, la jeunesse pouvait enfin s'épanouir dans une atmosphère de paix, de sécurité et de félicité. Un rêve inimaginable devenait réalité.

Pour la première fois depuis l'Empire romain, l'Occident connaissait la paix. L'aspiration de quiétude laissée par cette *pax romana* devenait miraculeusement le quotidien. L'humanité, en considérant qu'elle se réduisait à ce monde occidental dans le duvet duquel dormait Antonin, soufflait un peu sur une plage de relatif bonheur. Les jeunes de cette dernière décennie du deuxième millénaire tombaient du ventre de leur mère dans un lit déjà fait. Ils n'avaient qu'à fermer les yeux pour s'y endormir.

Étaient-ils pour autant des vauriens, paresseux et égoïstes, comme se plaisait à le dire Mme Duval ? Pas forcément ! N'avaient-ils pas droit au repos ? Les travailleurs y avaient droit cinq semaines par an, la terre, une année sur sept, pourquoi pas alors les peuples et les générations ?

Les cavaliers de l'Apocalypse qui avaient tant ravagé, au cours de l'Histoire, le continent européen étaient enfin rentrés aux écuries.

Les jeunes avaient péri sur mille champs de bataille, à Bouvines, Poitiers, Marengo, Valmy, Rocroi, Azincourt, Iéna, Marignan, Solferino ou Verdun, pour la gloire d'aînés qui inscrivaient dans la postérité et dans les dictionnaires leur nom avec le sang et la sueur de leurs cadets.

Les jeunes avaient labouré la terre durant des siècles, ils étaient descendus dans les mines de la révolution industrielle, puis s'étaient retrouvés par les matins blêmes à l'entrée des usines.

Dans la paix et le silence des fosses communes gisaient des millions de jeunes, affamés, torturés et bombardés. Ils étaient morts pour que la jeunesse d'aujourd'hui n'ait plus à travailler ou à souffrir, pour qu'une vie heureuse devienne enfin la norme !

Oui, à présent il n'était plus nécessaire que les jeunes travaillent pour survivre ni même pour vivre agréablement. Alors pourquoi travailler ? Le monde s'offrait, il suffisait de s'en saisir ! La Terre avait été arpentée, cadastrée pour eux ! En quelques heures, ils pouvaient atterrir à Pointe-à-Pitre ou à New York, à Hong Kong ou à Katmandou. Leurs regards embrassaient les cinq continents !

Égoïste, la jeunesse ? Peut-être, mais comment lui en vouloir ?

Au XVII^e^ siècle en Europe, la vie d'un homme qui atteignait l'âge de cinquante ans (ce qui faisait déjà de lui un ancien) pouvait être schématisée ainsi : né dans une famille de cinq enfants, il n'avait vu que la moitié tout au plus de ses frères et sœurs parvenir à l'âge adulte. Lui-même par la suite avait eu cinq enfants, dont trois en général étaient déjà morts d'une manière ou d'une autre avant qu'il ne devienne cinquantenaire. Ainsi, un tel homme, au cours de cinq décennies, avait déjà vu mourir de sa famille directe ses deux parents, trois de ses frères et sœurs, et trois de ses enfants. Il avait vécu parallèlement deux ou trois famines, trois ou quatre périodes de grain cher, connu deux ou trois épidémies infectieuses, sans recenser celles quasi permanentes comme la coqueluche, la scarlatine ou la diphtérie. Cet homme avait eu mal aux dents et les avait perdues. Tout cela sans compter les guerres au cours desquelles il avait peut-être perdu un bras, une jambe ou un œil.

Trois siècles plus tard, on remplaçait les cœurs, les poumons, les reins, on opérait grâce au microscope électronique avec une précision d'un millième de millimètre, on remodelait le crâne des enfants difformes à la naissance au lieu de les jeter du haut d'une falaise comme jadis à Sparte. Les aveugles commençaient à recouvrer la vue grâce à des yeux bioniques. Des ténèbres les plus sombres naissait la lumière ! L'hôpital n'était plus une antichambre de la mort, mais un sas vers la vie. Ces miracles, à qui les devait-on – sinon à la pierre philosophale du progrès, ce progrès qui enquiquinait tant Mme Duval.

Quelle transformation ! Une île paradisiaque sur un océan de misère humaine : voilà ce qu'était l'Occident, voilà ce qu'était la jeunesse !

Voilà pourquoi on entendait sur cette île l'immense écho d'éclats de rires des jeunes quand certains intellectuels poussaient le culot jusqu'à leur demander de mourir en Slavonie, au Rwanda ou en Somalie. Des intellectuels qui battaient la cadence de leurs engagements, tels des sergents recruteurs : « Voulez-vous vivre sans souci et mourir sans regret ? Voulez-vous ne penser à rien et que le Tout-Paris s'en charge pour vous ? Alors n'hésitez pas, engagez-vous et vous serez considéré... »

Il fallait cependant les comprendre, ces sergents recruteurs, la guerre leur était nécessaire pour nourrir leurs ouvrages et leur ego. Un article dans *Le Monde* suffisait pour qu'ils se prissent pour Malraux. Un Malraux qui, en Espagne, perçait, paraît-il, des trous dans les ailes de son avion afin que l'on crût qu'elles avaient reçu des balles.

Au diable les misères du monde ! La jeunesse en avait par-dessus la tête de servir de chair à canon. C'était fini, *basta, maspik, enough, Schluß* !

Qu'ils crèvent en Somalie, qu'ils se tuent au Rwanda, qu'ils s'exterminent au Surinam ou au Burkina Faso, et alors ? Les jeunes s'en moquaient !

A la limite, ils daignaient regarder ces désolants spectacles à la télévision avec la compassion de celui qui se sait impuissant à modifier le cours des choses.

La jeunesse savait qu'on coupait les mains des voleurs de pomme en Irak tandis que les gazeurs de Kurdes y vivaient en totale impunité. Mais pourquoi réagir alors que les réfugiés kurdes manifestant contre une délégation irakienne se faisaient bastonner sur le parvis du Trocadéro par les CRS aux ordres d'un gouvernement de gauche se disant soucieux des droits de l'homme et des libertés fondamentales ?

Pourquoi aller se faire tuer en ex-Yougoslavie alors que la France expulsait par charters des Tziganes ou des Zaïrois vers des destinations où leur vie allait être mise en péril ?

Peureuse, la jeunesse ? Peut-être, mais il est aisé de se montrer courageux quand on a tout à gagner ; quand on a tout à perdre, c'est un autre problème !

Oui, elle avait tout, la jeunesse, érotisme compris ! Les portes des gynécées, harems ou autres sérails s'étaient ouvertes sur les femmes. Enfin les hommes n'avaient plus besoin de savoir escalader les balcons pour faire l'amour. Les jeunes pouvaient s'étreindre dans la rue et la société n'y trouvait rien à redire. Ils pouvaient se connaître charnellement avant de passer le restant de leur vie ensemble.

Pour les plus exigeants, il y avait la pornographie, sinon gratuite, du moins bon marché, permettant de libérer tous les fantasmes. Le côté exercice pratique ne se voyait pas non plus négligé. Aux quatre coins de la planisphère, des prostituées battaient le trottoir, attendant le client. Les itinéraires des vacanciers s'organisaient en fonction des nouveaux bordels qui s'ouvraient de par le monde en Thaïlande ou à Cuba, aux Philippines ou au Brésil. Là-bas, fillettes et garçonnets s'offraient comme des marchandises à l'étalage de supermarchés pornographiques.

Pour ce qui était de la sécurité, la jeunesse vivait protégée par une force militaire superpuissante, celle des États-Unis, capable d'envoyer l'homme dans la Lune ou de mettre fin à sa présence sur la Terre.

Protégée également par la volonté de paix des nations occidentales qui leur faisait dire comme ce maréchal des logis dans *Fanfan la Tulipe,* tentant de stopper Gérard Philipe qui se dirigeait vers le bois pour en découdre avec les brigands : « Pas par là ! Il y a du danger ! »

Les aventures, les bonheurs et les malheurs des autres absorbaient l'imagination de la jeunesse. Chaque soir, elle pouvait vivre dans le divertissement et dans le rêve. Elle pouvait s'identifier à mille héros peuplant le petit et le grand écran. D'actrice des malheurs du monde, la jeunesse en était devenue spectatrice. Bien qu'elle désirât sincèrement que tout le monde fût heureux, ce désir altruiste s'arrêtait aux frontières de son propre bonheur.

Les rues de Kigali n'étaient pas le prolongement de ses rues, les orphelins rwandais n'étaient pas ses enfants et la faim qui torturait tant de centaines de millions de ventres ne lui donnait pas de maux d'estomac. Elle cherchait plutôt à maigrir. Une partie du monde se faisait vomir tandis que l'autre essayait de ne pas mourir de faim.

Tout ce que racontaient la télévision et la radio était fort triste mais se passait sur une autre planète ! Il était tout de même plus intéressant d'apprendre les résultats du Loto, le score du PSG/Nantes ou les récents déboires sentimentaux de la présentatrice vedette.

Bien que la jeunesse fût heureuse, s'il existait une machine à jauger le bonheur, elle n'eût peut-être pas fait apparaître un réel accroissement de niveau. Pourquoi ? Tout simplement parce que chacun raisonne en fonction du présent et de l'avenir, mais jamais par rapport au passé !

Se battre pour une cause donne pourtant à l'esprit une forme de repos. Le désarroi provient de l'impossibilité où se trouve l'homme contemporain de définir un but vers lequel il tendrait. Les anciens Dieux étaient morts ou ne songeaient qu'à dormir. Puisque, malheureusement, pour vivre, on a besoin de buts, le jeune Occidental en était réduit à se considérer lui-même comme une fin, comme un but sacré. On avait placé le spirituel dans l'accroissement indéfini du confort matériel.

*A présent, une chanson de Charles Trenet,* reprenait la radio.

Le radio-réveil avait sur Antonin la même influence que sur un sourd congénital. La voix de Charles Trenet emplissait la pièce.

*Leur amour était un vrai printemps*
*Aussi pur que leurs tendres vingt ans.*
*C'est la romance de Paris*
*Au coin des rues elle fleurit*
*Ça met au cœur des amoureux*
*Un peu de rêve et de ciel bleu.*

La chanson s'achevait, l'émission consacrée à la jeunesse pouvait débuter :

*– Merci, monsieur Trenet! Alors Patrick, la jeunesse d'aujourd'hui a-t-elle dans le cœur un peu de rêve et de ciel bleu?*

*– Plutôt un ciel noir et un peu de cauchemar, Laure! Ce n'est pas moi qui le dis mais les statistiques : chaque jour, trente jeunes de quinze à vingt-quatre ans se donnent la mort. Je vous laisse imaginer quelles sont les statistiques sur les tentatives...*

*– Quelles sont-elles, Patrick?*

*– Plus de cent mille... En outre, la France bénéficie du triste record du taux de tabagisme le plus élevé d'Europe chez les jeunes de quinze à dix-huit ans. Soixante-dix pour cent des consommateurs de drogue ont moins de vingt-cinq ans et quatre-vingt-dix pour cent moins de trente. En soixante ans, le taux de criminalité chez les jeunes a été multiplié par quatre*

*cents pour cent. La jeunesse n'a pas confiance dans l'avenir, elle ne se satisfait pas des carrières qu'on lui destine avec comme perspective de maigres salaires. Elle est atteinte dans ce qu'elle a de plus cher : l'espoir ! Seul un fou pourrait dire que la jeunesse est comblée à l'aube de ce troisième millénaire.*

*– Un fou ou quelqu'un qui vivrait totalement coupé du monde... Vous avez tout à fait raison, Laure. La jeunesse est comme une boussole affolée par un orage, elle n'a pas de direction où pointer !*

## II

Antonin dormait. Il était neuf heures. Derrière le masque apaisé de son sommeil, on devinait l'angoisse de celui qui allait s'éveiller.

Des coups de sonnette stridents et répétés se firent entendre. Mme Duval distribuait le courrier. Elle aurait pu évidemment se contenter de glisser les lettres sous la porte, mais elle prenait plaisir à réveiller Antonin aussi souvent que possible, c'est-à-dire chaque matin, hormis le dimanche.

– Ce n'est pas sain de dormir autant, expliquait-elle.

Mme Duval quant à elle se levait toujours tôt, insensible à la fatigue ou à la chaleur, à la froidure ou à la pluie, à la grêle ou au soleil.

Elle sonna une nouvelle fois. Un sourire de bonheur se dessinait sur son visage... Elle s'évertuait à être heureuse avec la même intensité qu'Antonin s'efforçait de refuser le bonheur.

Mme Duval, conscience morale des loges de Saint-Germain-des-Prés, partait chaque jour, non à la chasse au bonheur, mais à la chasse aux ragots. De ces randonnées, elle ne revenait jamais la besace vide. On y trouvait toujours un adultère ou un vilain mot, aussitôt répété à celui à qui il n'était pas destiné. Cette activité stimulait sa santé.

Ce prestige de pourvoyeuse d'informations se renforçait d'une aura de sagesse née de la connaissance d'une dizaine de proverbes, censés contenir la « substantifique moelle » des cinq mille ans d'histoire écoulés. Elle les assénait impitoyablement à ceux qui passaient à sa portée. Mme Duval partait du principe que l'âme humaine était la seule chose n'ayant pas évolué au cours des siècles ; les proverbes reflétaient cette âme, à la manière du *Portrait de Dorian Gray*.

Elle pensait qu'une pierre qui roulait n'amassait pas mousse, qu'il fallait ménager sa monture, qu'à l'impossible nul n'était tenu, qu'après la pluie venait le beau temps, que chaque médaille avait son revers, qu'il ne fallait jurer de rien, que les bœufs devaient se tenir derrière la charrue, que lorsque le vin était tiré il convenait de le boire, que les petits ruisseaux faisaient les grandes rivières, que l'habit ne faisait pas le moine, que celui qui riait vendredi serait pris d'une crise de larmes le dimanche, que l'argent ne faisait pas le bonheur tout en s'accordant une pudique exception pour la valeur numéraire de ses étrennes.

« Dring ! Dring ! »

Mme Duval appuyait à nouveau avec délectation son index droit sur la sonnette. Elle était pareille aux murènes qui, lorsqu'elles mordent, ne lâchent plus leur proie. Antonin se résigna à s'extirper de son lit, en gardant les yeux à demi fermés pour conserver sur ses paupières le voile du sommeil.

Il chercha l'interrupteur en vouant Mme Duval à un sort à côté duquel ceux de Tantale, Sisyphe, Ixion et tous les autres martyres des mythologies grecques, romaines, hindoues, chinoises, gothes, wisigothes ou saxonnes fussent apparus comme des sinécures. Puis il traversa le salon qui le mena jusqu'à la porte derrière laquelle il entendit :

– C'est le courrier, monsieur Antonin.

« Surtout, ne te laisse pas aller à la grossièreté », se dit-il.

– Vous m'excuserez de ne pas vous ouvrir la porte, madame Duval, mais je suis tout nu.

– Oh, vous savez, j'ai dû voir bien pire au cours de ma vie.

– Je n'en doute pas une seconde et je vous remercie du compliment, mais vous savez sans doute qu'il est à peine neuf heures du matin et que l'on est samedi, fit Antonin, continuant à se contenir du mieux qu'il pouvait. Puis il ajouta : Auriez-vous l'extrême amabilité de vérifier dans le courrier s'il n'y a pas un faire-part ?

– Ah ? s'interrogea-t-elle, affamée, quelqu'un que vous connaissez est mort ?

– Non, pas encore, mais j'attends sa disparition avec grande impatience.

– Comment s'appelle-t-elle, cette personne, sauf votre respect ?

– Mme Duval, concierge de profession, dit Antonin.

– Vous en avez, un de ces toupets ! s'écria-t-elle, piquée au vif. Ne vous inquiétez pas pour moi, je vous enterrerai tous autant que vous êtes ! Vous pouvez cracher ce que vous voudrez, la bave du crapaud n'atteint pas la blanche colombe !

Antonin se baissa pour ramasser les trois lettres glissées sous la porte et maugréa, sans le moindre souci de précision ornithologique :

– A cette heure, les blanches colombes dorment, seules les pies sont levées.

S'en retournant vers son lit, il se heurta le gros orteil gauche contre le premier volume, *A à L*, du dictionnaire de l'Académie française, édition 1835, posé sur la moquette du salon.

– Quelle espèce de vieille c... ommère, s'écria-t-il.

Antonin, bien qu'occupé exclusivement de lui-même, parvenait cependant à trouver le temps nécessaire pour se préoccuper des défauts des autres.

Aucun adjectif dont il affubla Mme Duval, tout en se tenant le pied, ne figurait dans le docte instrument de sa douleur.

Antonin se jeta à nouveau sur sa couche. Il sentit ses fibres se distendre, ses membres s'engourdir, ses sens s'apaiser, il ne désirait plus rien, un voile s'étendit devant ses yeux et une sensation voluptueuse l'entoura. Bientôt il dormait à nouveau.

Dans les rêves qui défilèrent, Mme Duval montait un escalier sans fin ; chaque fois qu'elle s'arrêtait pour souffler et se reposer, une sonnerie stridente la ramenait sur les marches de son supplice. Voilà pourquoi Antonin souriait en dormant.

Il se réveilla à midi (toute âme a ses habitudes). Le soleil filtrait à travers les volets, laissant passer les réminiscences brillantes de ses promesses de la veille. Il souleva une paupière et aperçut deux yeux, à la hauteur de son visage, qui le scrutaient anxieusement. Quelques secondes lui furent nécessaires pour reconnaître sa chatte, Bastet, ainsi nommée en l'honneur de la déesse égyptienne du genre félin. Elle remua les moustaches en guise de bonjour.

– Bonjour, mon amour, lui répondit Antonin. Tu as de la chance, toi, tu ne te doutes pas que tu n'es qu'un chat, tandis que, moi, je sais que je ne suis qu'un homme.

Bastet s'étira, lui planta ses griffes dans la main, sans doute pour lui faire payer la platitude de sa remarque, sauta au bas du lit puis se dirigea vers la cuisine pour y laper quelques gorgées de lait afin de bien montrer qu'elle avait conscience de sa nature féline. Elle ne se précipita pas sur son plat, elle marcha en silence puis demeura quelques secondes assise devant, sans bouger, en se léchant les babines, comme si elle récitait une prière.

– Reste ici ! Reste ici, Bastet ! implora Antonin, qui aimait sentir son doux contact sur sa peau.

La chatte ne détourna pas même la tête.

Antonin soupira longuement. L'indifférence de Bastet n'était pas la seule responsable. Les esprits velléitaires ont tendance à voir en noir le matin ce qu'ils voyaient en rose la veille au soir. Tout était ange hier, tout semblait spectre ce matin. Son incertitude face à l'avenir réapparut.

Ses fautes semblaient s'aligner devant lui comme un peloton d'exécution... Être condamné à perpétuité à sa propre compagnie est effrayant quand on ne trouve aucun motif de fierté en soi-même.

La veille, il s'était tourné et retourné une grande partie de la nuit dans son lit, en proie à ce mécontentement, à cet impitoyable examen de conscience dont parfois, il est vrai, on retire une leçon mais malheureusement, le plus souvent, du découragement.

Rien ne prédisposait pourtant Antonin à être malheureux : sa vie jusqu'alors n'avait été qu'une succession d'instantanés joyeux.

A cette succession joyeuse venait s'en ajouter une autre, bien plus triste, celle de ses promesses non tenues. Malgré la brièveté de sa vie jusqu'alors, les promesses avaient été nombreuses. Antonin s'était offert le luxe de toutes les transgresser.

A deux ans, Antonin voulait être le ciel pour être dans le ciel.

A trois ans, Antonin voulait être un jardin pour qu'on lui marche sur la tête.

A trois ans et demi, Antonin voulait être un oiseau pour s'envoler quand c'est la guerre.

A quatre ans, Antonin voulait être un chien pour aller dans l'eau sale.

A cinq ans, Antonin voulait être son père pour être petit quand lui serait grand.

A six ans, Antonin voulait être une chanson pour qu'on chante sa chanson.

A sept ans, Antonin voulait être ouvrier pour travailler sur les rails.

A huit ans, Antonin n'était déjà plus poète.

Antonin allongea son bras gauche, l'étirant le plus possible afin d'atteindre le paquet de cigarettes et le briquet posés par terre au bas du lit. Il en retira une, qu'il alluma sans y penser, sans même savoir pourquoi, comme par réflexe.

On ne choisit pas ses vices, il suffit de s'y abandonner. Ils tirent constamment à eux, il suffit de se laisser faire.

Dès que l'attention se relâche, les lois de la pesanteur reprennent leurs droits, tous leurs droits !

Des promesses, il y en avait eu d'autres, celle de cesser de fumer. Jamais tenue, celle-là non plus...

Antonin s'était toujours dédit, il s'était sans cesse dérobé et finalement n'avait fait faux bond qu'à lui-même. Il ne méritait pas d'entrer dans le saloon par la porte de devant.

« Je ressemble à ce personnage de *L'Idiot* condamné à être fusillé qui, attaché sur le poteau d'exécution, pensait : " Oh, si je ne mourais pas, chaque minute me serait alors une existence ! Je n'en perdrais plus une seule ! " Le décret de grâce arriva quelques secondes avant le " Feu ! " fatidique et le gracié continua à vivre de la même façon que par le passé.

« Voyons, continua Antonin, j'ai commencé à fumer à seize ans quand je préparais le bac, cela fait donc près de huit ans que j'encrasse mes poumons. Quand je passe la nuit à lire ou à tenter d'écrire, j'entends mon voisin de palier se réveiller à six heures trente en crachant, toussant, expectorant, avec des quintes si fortes que M. Philip Morris en rougirait. Et dire que malgré tout cela je n'ai pas assez d'âme pour arrêter ! »

Au cours de ses lectures, Antonin avait rencontré la définition donnée à l'âme par le philosophe Alain. Depuis, il utilisait le mot de manière inconsidérée :

« *L'âme*, écrivait le philosophe, *c'est ce qui refuse le corps. Par exemple, ce qui refuse de fuir quand le corps tremble, ce qui refuse de boire quand le corps a soif, ce qui refuse de prendre quand le corps désire...* »

Dans le cendrier, sa cigarette s'éteignit comme si elle rougissait de manquer à une promesse.

Non, Antonin n'avait pas assez d'âme pour arrêter. Il en ralluma aussitôt une autre.

Allongé, il contemplait le plafond sur lequel se projetaient ses pensées et ses ronds de fumée. Les pensées jaillissaient les unes après les autres comme, quelques heures auparavant, s'étaient allumées les lumières de Paris. Elles se heurtaient, porteuses de pluie ou de soleil, de chagrins ou de joies. Les ronds de fumée, quant à eux, s'évaporaient comme ses bonnes résolutions.

Antonin cultivait l'art, fort délicat, de n'être jamais satisfait de rien. Une forme d'art requérant une constante concentration, à tout moment, les lèvres risquant, par on ne sait quel incident, d'esquisser un sourire. Antonin avait peur. Il avait peur de sourire, peur d'aimer, de vouloir, de désirer, peur de la souffrance, de l'humiliation et de la raillerie des autres. Sous ses allures nonchalantes, il avait une trouille bleue de la vie.

Antonin se rendait pourtant compte qu'il se gâchait, que la vie ne se résumait pas à une contemplation passive de son propre nombril.

C'est pourquoi il se sentait totalement abattu le matin quand la journée ne semblait lui apporter ni une grande satisfaction ni un dessein suffisamment significatif. La vie réduite à sa portion congrue, c'est-à-dire vivre uniquement pour vivre en attendant de mourir, ne pouvait en aucun cas le rendre heureux. Si certains arrivaient à idéaliser les petits riens de leur existence, à les hausser au niveau des aventures du baron de Münchhausen ou de Tartarin de Tarascon, Antonin, lui, en était tout à fait incapable. Il avait ce défaut, qui n'est l'apanage que de fort peu de gens, de voir ses actes avec objectivité.

En lui, aucune prédisposition au tragique, si commune chez tant d'êtres creux et vaniteux trouvant ainsi un moyen de se donner de l'importance à bon compte : Antonin avait encore la force de rire de ses propres malheurs.

Un tableau de Véronèse qu'il avait contemplé à la Frick Collection à New York : *Hercule hésitant entre le chemin du vice et celui de la vertu*, lui revint en mémoire. La vie de chaque homme n'est qu'un plagiat de ce tableau. Antonin sentait bien qu'il s'engageait sur le chemin du vice, mais la raison en était qu'il ne parvenait à trouver celui de la vertu ! En existait-il même un ?

Parallèlement à sa quête du sentier sacré, il avait rejoint une autre voie : celle de l'écriture. Bien que n'ayant rédigé que quelques pages de son roman sujettes à changement, il en bassinait tant ses proches que, si l'on eût sténographié ses remarques, digressions, observations, critiques et objections, on aurait obtenu une vingtaine de volumes in-folio.

Pour écrire, il faut avoir vécu, avoir en sa possession un message, son message, à transmettre, ou alors être un prestidigitateur des mots, un magicien de la syntaxe. Antonin n'était rien de tout cela. Bien qu'il connût plus de mots que la plupart de ses contemporains – il parlait plus ou moins six langues –, ses dons linguistiques ne lui avaient jusqu'à présent servi qu'à commander à boire dans diverses capitales européennes.

La veille au soir, Antonin rangeait son bureau, taillait ses crayons, faisait du café, endossait un joli pull en coton noir ras du cou, époussetait, disposait les objets en tas réguliers. Résultat : *niente* ! Pas une ligne du roman n'avait été écrite ! Il s'était rabattu par dépit, par habitude et par faiblesse, sur son journal intime, dissertant sur les divers choix qui s'offraient à lui dans la vie. L'énergie dans les petites choses tente de consoler de l'aboulie dans les grandes.

Pour écrire, Antonin changeait de stylo, de feuille, de carnet, de pièce, d'appartement, de ville, de climat... partant il transportait l'angoisse dont il espérait se délivrer. Il ne cessait de changer alors qu'il suffisait d'être sincère et de persévérer. C'est dans l'enthousiasme qu'il faut créer ! Il ne se souvenait déjà plus de l'image de Victor Hugo enfermant ses vêtements dans un endroit hors de portée pour écrire *Notre-Dame de Paris*.

Les journées d'Antonin se passaient donc à essayer de trouver l'endroit idéal où il eût été capable d'écrire une page, un paragraphe, quelques lignes, plusieurs mots. Ainsi faisant, il ne modifiait que la ponctuation ; tout juste s'il n'ajoutait pas une virgule à son manuscrit le lundi pour la retirer le mardi. Le naturel se conquiert, comme chez ces artistes de cirque qui multiplient sur leur fil en s'en jouant galipettes et sauts périlleux. Ce sont des années d'acharnement, des années de chutes qui permettent une telle aisance. Le principe est valable pour la littérature.

Mais c'est surtout l'enthousiasme qui permet d'écrire, pas l'entourage ; ce dernier disparaît dans le brouillard et on ne l'entend plus que comme un bruit de fond. Le travail se fait partout, dans le métro, entre deux coups de fil, au milieu d'une scène sentimentale, après l'amour, avant l'amour et même pendant, mais il ne se fait pas sans !

Il avait plu la nuit dernière et seules quelques gouttes d'encre étaient tombées sur la page blanche.

Antonin s'était régulièrement levé pour contempler la pluie par la fenêtre ou se regarder lui-même dans le miroir.

« Dans quelques années, avait-il pensé, j'aurai le ventre gonflé, des rides strieront mon visage et viendra ensuite le temps où on m'enterrera, ma chair ira pourrir sous la terre, mon nom ne sera plus prononcé, la dernière personne qui m'aura connu disparaîtra à son tour, nul ne se souviendra de moi et, finalement, je n'aurai jamais existé... Qui se soucie de mon roman ? Qui l'attend ? On attend un remède contre la faim dans le monde, un vaccin contre le virus du sida, mais qui attend un roman ? Et pourtant, il a tant d'importance pour moi ! »

Antonin s'était ensuite planté devant sa bibliothèque, à la recherche de l'inspiration.

« MM. Stendhal, Balzac, Dostoïevski, Miller, Durrell... auriez-vous l'obligeance de descendre sur la Terre pour achever mon roman ? »

La prière resta sans réponse. La pluie avait cessé de tomber. Antonin, essayant de se débarrasser de lui-même, était sorti marcher dans les rues désertes de Saint-Germain-des-Prés, ne sachant pas où il allait, traversant le boulevard comme une épave à la dérive, entendant résonner le pavé sous son seul pas et n'ayant pas la sensation de vivre.

Antonin était arrivé à l'âge où, quand on a été doté d'une bonne éducation, on finit par se sentir coupable de n'être qu'un spectateur de la vie. On a envie de monter sur les tréteaux.

Pendant des années, il avait été dans les coulisses, il fallait à présent que quelqu'un lui appliquât une bonne tape dans le dos afin de le précipiter sur le devant de la scène.

Mais Antonin pensait trop à ce qu'il allait être et cette pensée même s'opposait à ce qu'il fût. Il rêvait et n'en était pas devenu pour autant aveugle, il était juste ébloui par son inertie. La conscience de ses responsabilités et son sentiment de culpabilité devenaient parfois si forts qu'il ne pouvait plus se sortir du lit le matin. Il traînait à sommeiller ou à lire jusqu'à deux ou trois heures de l'après-midi, sans compter les jours où il ne se levait pas du tout.

Sur la table de nuit, il reprit son journal intime pour en relire quelques pages.

# III

*Vendredi, dix heures du soir*

*Rien de nouveau ! Rien fait encore aujourd'hui ! Broyer du noir presque toute la journée. Impossibilité de rentrer en action. Inertie, mollesse, dissipation, aucune volonté. Ma paresse invente mille prétextes. Je cherche les difficultés, les obstacles, les raisons de ne pas agir, ils ne parviennent pourtant pas à m'apaiser. C'est comme un vide, une anxiété, une nostalgie dont je souffre confusément. Je dépéris. Je suis pétrifié intérieurement par l'avenir qui me semble être une Gorgone.*

*En fait j'ai peur. La peur de l'illusion, des regrets, du repentir, de l'inconnu. Je suis envahi par le doute qui m'interdit l'action.*

*Au téléphone, Philippe me dit :*

*– Voyons, ce n'est pas grave, tu te rattraperas demain !*

*« Tu te rattraperas demain », il en a de bonnes avec ses « Tu te rattraperas demain ». Il ne comprend donc pas que le temps arrive très vite où les cheveux blanchissent, où les jours s'enfuient à jamais et où on ne peut plus se rattraper. C'en est fini ! J'aurai l'air fin si, comme épitaphe, on inscrit sur ma tombe :*

*« Ci-gît Antonin Krystal, qui caressait le désir de se rattraper demain. »*

*Tous mes voisins se gausseraient de moi. Je deviendrais l'attraction du cimetière. Les squelettes sortiraient des caveaux pour se payer du bon temps sur ma tombe. Rien ne pourrait effacer cette ignominie! Stigmate à jamais indélébile :*

*« Quand on eut sur son front fermé le souterrain*
*Honte était dans la tombe et regardait Tonin. »*

*Voilà ce qui risque de m'arriver. Pour le moment, mon unique occupation consiste à me laisser vieillir, à passer les jours à regarder passer les jours. Je tremble à l'idée que ce caractère devienne mon destin.*

*Comment se former tel qu'on le rêve? Surtout ne pas laisser place à l'inactivité, au vide des sensations, toujours tâcher d'être enthousiaste! Se fixer des buts, se griser de difficultés, les surmonter ou tout simplement lutter pour les vaincre. De l'obstacle rencontré faire un sujet d'exercice; peser sur la vie qui m'entoure! L'âme constamment en mouvement, voilà à quoi il faut parvenir! Voilà ce qui me rendrait heureux...*

*Mais, pour avancer avec détermination, encore faut-il savoir où l'on va, comment on y va et pourquoi on y va. Je n'ai de réponse pour aucune de ces trois questions et j'en souffre.*

*En résumé :*

*Mon malheur vient de*
*Mon ennui qui vient d'un*
*Manque d'enthousiasme qui vient d'un*
*Manque d'intérêts qui vient d'une*
*Absence de désirs qui vient d'une*
*Absence de buts.*
*Si j'avais un but, cela provoquerait*
*Une résurgence de désirs qui provoquerait*
*Un éveil de l'intérêt qui susciterait la*
*Naissance de l'enthousiasme qui entraînerait*
*Mon bonheur.*

*C'est cette obscurité du but qui m'attriste. Je flotte, je me balance, je me tortille, je me contorsionne... Antonin, tu as vingt-quatre ans et à quoi te sert ta jeunesse? Surtout n'attends pas qu'on te demande ce que tu en as fait. Ne prends pas ton incognito comme un asile à ta paresse. A vingt-quatre ans, avec de l'énergie, de la concentration et surtout de la volonté, tu peux peut-être encore laisser ta trace dans la vie. Mais attention, tu en es à ta dernière sommation ! N'attends pas de pleurer sur ta jeunesse. N'attends pas ! Lève les yeux, regarde autour de toi ! Regarde ce que t'offre la société et choisis !*

*La politique ?*

*Certains ont cru que des pierres éparses du mur de Berlin s'élèverait une cathédrale de démocratie et de progrès technologique. D'autres ont voulu croire que le marteau et l'enclume, une fois échappés du drapeau rouge soviétique, seraient capables de façonner un glaive suffisamment affilé pour trancher le nœud gordien des misères humaines.*

*Quelle déception ! La montagne d'espoirs n'a accouché que d'un capitalisme à climat plus ou moins tempéré avec comme unique prévision des inégalités toujours croissantes.*

*Vois-tu un autre système à proposer ?*

*Non ?*

*En ce cas, ta vocation politique ne pourra être qu'égoïste puisque, ne pouvant changer la société, tu ne pourras que la gérer au mieux de tes possibilités. Or, tu trouveras toujours de meilleurs gestionnaires que toi. Alors pourquoi t'engager, si ce n'est pour satisfaire tes ambitions ? Eh bien, soit ! D'autres l'ont fait, d'autres le font, d'autres encore le feront ! Mais ils ont agi, ils agissent et ils agiront selon les règles. Quelles sont-elles, ces règles que tu devras respecter ?*

*Faire preuve de dévouement, sacrifier ton bonheur et tes plaisirs durant de nombreuses années, et pourquoi ? Pour aller dîner avec les éleveurs de crapauds du Gard ou les collectionneurs d'ailes de papillons de Saône-et-Loire. Savoir être hypocrite, mentir, ruser, louvoyer, finasser, roublardiser, rentrer ta dignité, ravaler tes aspirations.*

*Sais-tu même comment tu réagirais au pouvoir ? Combien d'hommes courtois, généreux se sont révélés être d'infâmes crapules une fois en haut de la hiérarchie ? Le pouvoir ne change pas les hommes, il les dévoile ! Te sentiras-tu suffisamment la force d'être un coquin ?*

*Et une fois arrivé, que se passe-t-il ?*

*Les flatteurs te flattent, les flagorneurs flagornent, les encenseurs encensent, les thuriféraires thuriférent, les reptiles rampent et les lécheurs t'enduisent de leur vile salive. Tu voyages en Falcon, fais l'amour à des chroniqueuses politiques, épures le compte de tes rancunes, épuises les vanités, et tu finis ganache cynique et égoïste, vieillard lassé et revenu de tout, ayant perdu ses illusions autant que ses cheveux. Méfie-toi car ni les illusions ni les cheveux ne repoussent!*

*Ce scepticisme est encore ce qui peut arriver de mieux car, en général, des circonstances économiques ou politiques funestes, une mauvaise campagne ou tout simplement un effet de mode font que tu ne plais plus. Le peuple ne vote plus pour toi et nul n'accepte tes offres de trahison! Alors adieu sirènes, chauffeur, Falcon et groupies... ceux qui t'adulaient hier viennent à présent s'essuyer les pieds sur toi, et tu regrettes ce que tu méprisais la veille. A ce sujet Saint-Simon cite cette phrase du maréchal de Villeroy dont de nombreux politiciens ont dû expérimenter la véracité:* « Il faut tenir le pot de chambre des ministres quand ils sont en puissance et le leur renverser sur la tête quand le pied commence à glisser. »

*Est-ce cela que tu désires de la vie? Être enduit de salive avant d'être enduit d'excréments? L'idéal est de ne valoir que par soi, que par ses œuvres, ne dépendre que de son humeur et non de celle de cinquante-cinq millions d'inconnus. Ne jamais commander et ne jamais être commandé, voilà le paradis!*

*A présent, analyse la situation de manière plus générale et demande-toi quelle peut être ton influence en tant qu'homme politique dans une démocratie. On y agit seulement après que les catastrophes se sont produites. Pourquoi les politiciens agiraient-ils avant? Nul n'est reconnaissant des drames évités parce que, justement, ils ne sont jamais devenus drames! Ce n'est pas au bien commun que toute cette classe aspire, mais à être réélue!*

*Un tel destin peut-il te satisfaire? Assurément non! En ce cas, cherche ta vocation dans une activité qui profite aux autres...*

*L'humanitaire?*

*La poursuite des causes perdues porte en elle une noblesse qui m'enivre. « Humanitaire », cela serait tentant. La bonne conscience absolue. Les hauts desseins élèvent l'âme. J'ai déjà pu remarquer que, lorsque mon esprit est occupé de pensées généreuses, je deviens incapable des médiocrités de la vie quotidienne. C'est en faisant le bien que l'on devient bon !*

*Je m'immergerais dans un fleuve de pureté dont le courant me porterait à accomplir de grandes choses me hissant à la hauteur de mes actions. Je me battrais pour la Société protectrice des Hommes. Je ferais le bien. Ceux dont je soulagerais les souffrances ne le sauraient pas et ne me connaîtraient pas, excepté quelques affamés et persécutés qui viendraient me baiser les mains, me lançant ces regards si touchants qui n'appartiennent qu'aux bêtes.*

*Entre deux plongées dans l'enfer, je reviendrais à Paris ou à Genève, comme un nageur remonte à la surface pour reprendre un bol d'oxygène. Je resterais discret sur mes activités. Pas un mot si j'ai frôlé la mort pour sauver un enfant agonisant ou passé la nuit à négocier avec des brutes que j'aurai su rendre à la raison. Ma légende se construirait, s'élèverait étage après étage, comme celle du père de Foucauld. J'atteindrais alors le sommet de l'abnégation, le pic de la charité, la cime de l'altruisme, la pointe de la grandeur d'âme. Je contemplerais le monde avec le regard de celui qui a fait don de sa personne à l'humanité. Dans la nuit de tous, je serais un étincelant flambeau. Je disciplinerais les tyrans, dompterais les dictateurs avec comme seules armes ma pensée et mon éloquence.*

*Pourtant, un danger menace à l'horizon, et ce danger, c'est l'habitude, qui fait de l'horreur une seconde nature. Comment conserver en soi cette colère sacrée, comment parvenir à attiser en soi la flamme de la révolte ? Comment, à force, ne pas baisser les bras et ne pas considérer l'insupportable comme supportable ?*

*En outre, un autre problème me tracasse : sans épilogue tragique, pas de place aujourd'hui dans l'histoire pour un saint authentique. Pour la béatification, il me faudrait mourir d'un coup de machette, d'une rafale de Kalachnikov ou transpercé d'une lance qui, mettant fin à ma vie, clouerait une auréole au-dessus de ma tête.*

*« Do you think you're good enough ? »*

*Si je l'étais, on m'érigerait des statues, on donnerait mon nom à des salles de conférence. Ceux qui auraient dit du mal de moi me glorifieraient car on aime les héros morts. Ce sont les héros vivants qui posent problème. Constant reproche à la lâcheté des hommes, nul ne peut les supporter !*

*« Comment ? se disent ses contemporains, non seulement il fait ce qu'il a fait, mais il est toujours en vie. Cela veut dire que nous aurions pu en faire tout autant. Cet orgueilleux nous jette notre veulerie au visage. »*

*En revanche, quand le héros meurt, le discours change.*

*« Quel saint homme ! disent-ils à son enterrement. Nous aurions tant voulu nous joindre à lui, mais nous avions notre femme, nos enfants, nos chiens et nos maîtresses. Ils avaient besoin de nous. Nous aurions été des lâches de les sacrifier. »*

*Elle est ainsi, la nature humaine : basse, mesquine, susceptible et vaniteuse.*

*Quoi qu'il en soit, le temps des héros est révolu et plus personne n'est prêt à risquer sa vie pour se faire reconnaître comme tel ; il y a tant d'autres moyens ! Le héros n'est plus un être unique, un demi-dieu ; à présent, il est intégré, enfoncé dans la société jusqu'aux genoux. Politique, il risque bravement sa vie du haut du perchoir de l'Assemblée nationale ; intellectuel, il a son attaché de presse comme escadron et sa plume pour courage ; s'il est patron d'entreprise, il galvanise ses troupes à l'usine : « Travailleurs mes amis, du haut de ces machines, dix ans d'amortissement vous contemplent ! »*

*Voilà les héros d'aujourd'hui ! La soif d'honneur est le seul point commun avec les héros d'hier. Jadis, Achille, Alexandre, Hannibal ne pouvaient se passer des récits qui enregistraient leurs exploits ; les politicards, écrivaillons et exploiteurs, les héros timorés de cette fin de millénaire ont eux aussi besoin de leurs chroniqueurs : aujourd'hui, ils s'appellent les médias.*

*Les héros ont perdu toute crédibilité car l'homme de la rue, guère plus bête que l'homme des salons, comprend que celui qui n'est pas disposé à mourir pour sa cause ne croit pas en elle. Et il a raison ! Il n'y a pas d'engagement authentique contre le malheur et la misère des autres si l'on n'est pas happé soi-même par le malheur. On ne peut souffrir de la détresse du monde en descendant dans des hôtels cinq étoiles ! Toute récompense matérielle équivaut à une trahison de la cause. La seule récompense de l'engagement doit être l'engagement lui-même. Comme écrivait je ne sais plus qui : « Dans un combat, ceux qui survivent sont nécessairement des salauds ! »*

*Et des trahisons, il en est d'autres. Celui qui s'engage finit par s'identifier à son combat. Il vit à travers sa cause. Et quelle peut être en ce cas la pente psychologique, sinon de souhaiter que la situation perdure ?*

*Enfin, quelle peut être la portée des actes d'un individu sur le sort de milliards d'êtres humains ?*

*Nulle !*

*Mère Teresa a sans doute sauvé ou embelli des milliers de vies, il n'empêche que son influence est limitée. En plus de cinquante ans de dévouement, elle a moins influé sur la misère humaine que la Bundesbank si elle se décide à baisser ses taux d'un malheureux pour cent.*

*Tout n'est-il pas alors vanité ?*

*En ce cas, ne vaut-il pas mieux chercher à imposer ma vision du monde plutôt que la mendier misérablement ?...*

*Le terrorisme ?*

*Fugitif prestigieux, ombre insaisissable, bravant toutes les polices du monde et fixant ses volontés à des États puissants, cela serait grisant. Mais seulement pour une juste et grande cause : imposer les termes des échanges des matières premières et des produits fabriqués entre pays du Nord et du Sud, créer en Europe de l'Ouest une zone hospitalière pour soigner les enfants malades du tiers-monde, en somme des projets d'envergure concourant à limiter les souffrances humaines.*

*Oui, terroriste, à la rigueur, s'il y avait quelque chance de succès et si j'avais la force de caractère pour demeurer un pur Robin des Bois sans flèches perdues. Sans flèches perdues ? Le terrorisme, même avec les meilleures intentions humanitaires dans son carquois, peut-il s'exercer sans bombe aveugle ou victimes innocentes ?*

*L'action appelle l'action !*

*Le terrorisme devient vite le but de l'engagement, les buts initiaux se voyant oubliés au profit de la gloriole sanglante.*

*Ne laisser qu'une trace rouge dans l'histoire, c'est la stérilité absolue. La violence libératrice, oui ! mais contre la vio-*

*lence de l'oppression seulement! Je ne suis pas assez désespéré et je n'ai rien à offrir comme choix de société.*

*Rares en outre sont les causes pour lesquelles je serais prêt à mourir. Celle du peuple juif, peut-être...*

*Mais, pour la première fois depuis qu'Abraham a brisé les idoles et pris ses cliques, ses claques et ses chèvres, laissant derrière lui Ur en Chaldée pour traverser le désert et s'installer en terre de Canaan, les juifs ne sont plus persécutés où que ce soit dans le monde. On a compris les leçons du génocide, maintenant on combat, on a des chars, une armée, des avions, une énergie et une solidarité qui nous poussent à aller sauver des otages juifs au nez et à la barbe des tyrans jusqu'en Ouganda, ou à arracher des juifs noirs en péril du plus profond Moyen Age pour les installer à l'ère des microprocesseurs. Le juif victime, c'est fini! Peuple sûr de lui et dominateur? Peut-être, ou peut-être pas, mais en tout cas nous ne sommes plus un peuple rendu humble par les persécutions et les dominations! Nous sommes devenus un peuple à la nuque raide qui ne se plie plus pour ramasser les miettes tombées au banquet chrétien. Peuple du Livre, certes, mais nous y avons ajouté un guide d'autodéfense.*

*En ce cas, si tu es trop lâche pour faire don de ta vie à une cause, pourquoi ne pas la dévouer à ce qu'il y a de plus beau. ?*

*Artiste?*

*En défendant seul un pont contre une horde de soldats, Bayard est entré dans l'Histoire pour n'en plus sortir et devenir le modèle du Chevalier sans peur et sans reproche.*

*En déduisant des conséquences jusqu'alors ignorées de la chute d'une pomme, Newton a défini pour deux siècles les lois physiques de l'Univers.*

*En étendant le bras de Dieu vers le doigt d'Adam qu'il effleure, Michel-Ange a imposé aux hommes à venir l'image de la Création et du Créateur.*

*Ils sont heureux, les héros, les artistes et les scientifiques parce qu'ils sont impérissables. Ils ne subissent pas la gomme du temps.*

*Encore faut-il, en ce qui concerne l'art, créer une œuvre éternelle. La plupart des œuvres n'ont que le mérite de coïncider avec l'humeur du temps.*

*Je n'ai malheureusement aucun don particulier : je ne joue pas du piano comme Rubinstein, je ne peins pas comme Raphaël, je ne sculpte pas comme Rodin, je ne compose pas comme Rossini.*

*La plus vive des admirations pour le talent n'en donne pas un gramme ! Vouloir et pouvoir ne coïncident pas toujours.*

*L'art a besoin de générosité, une générosité de l'âme ! Celle-ci est cependant incompatible avec les mille bassesses nécessaires afin d'accéder à la notoriété et à la richesse, qui modifient la personnalité et, par là même, l'œuvre.*

*Si je ne peux être artiste, comment acquérir alors cette considération, cette popularité et cette gloire dont il me semble avoir tant besoin ? A la force de mes biceps ?...*

*Le sport ?*

*Oui, sportif, comme Jesse Owens écrasant les athlètes aryens à Berlin en 1936 sur le cent mètres, le deux cents mètres, le quatre fois cent mètres et le saut en longueur. Quatre médailles d'or pour un « Untermensch » à l'allure d'un demi-dieu. Un Untermensch à qui je serrai la main en 1976 sur l'aéroport de Berlin, quarante ans après ses exploits. Cette longue silhouette noire sur la plus haute marche du podium...*

*Sportif aussi comme les Noirs américains vainqueurs aux jeux Olympiques de Mexico avec le poing ganté du black power et ne retrouvant pas de travail une fois rentrés dans leur ingrate et susceptible patrie.*

*Sportif ! Cela serait tentant... Malheureusement impossible : je n'en ai pas les capacités et, plus grave encore, je suis blanc.*

*En outre un sportif, à trente ans, a son passé déjà derrière lui. Être un géronte trentenaire alors que les mortels se sentent à cet âge-là au sommet de leur forme n'est guère alléchant. Tant d'années à marcher, le regard tourné vers cette gloire qui n'aura vécu que l'espace de quelques tours de stade !*

*En ce cas, quelle autre activité peut me valoir une couronne de lauriers ?...*

*Le barreau ?*

*Mon peu d'intérêt pour les mathématiques, les conseils pru-*

*dents de mon entourage et une certaine paresse m'ont poussé vers la profession d'avocat. J'en ai les diplômes mais ne peux me résoudre à exercer. Pourtant, ce furent cinq longues années d'étude.*

*La faculté se trouvait au 102, rue d'Assas, à cinquante mètres du Luxembourg. Tous les étudiants s'y rendaient quand perçait le moindre rayon de soleil. La faculté se trouvant aussi à vingt mètres du musée Zadkine, aucun étudiant ne s'y rendait, et cela quelle que soit la météorologie.*

*Dans cette faculté, deux sortes d'étudiants se croisaient. Les embrigadés politiques, tout d'abord, complotant la journée durant, répartis en divers groupuscules qui s'espionnaient avec autant de sérieux et de minutie que jadis le KGB et la CIA, écrivaient des articles de propagande grandiloquents que personne ne lisait. Il y avait ensuite les viveurs, les noceurs, les glandeurs qui passaient le printemps au Luxembourg et l'hiver au café, en complotant eux aussi comme Casanova ou Don Juan pour gagner les faveurs de telle ou telle donzelle.*

*Ces deux groupes se croisaient mais ne se rencontraient jamais. Une chose les réunissait pourtant : leur absolu désintérêt pour les études. C'était seulement quelques semaines avant les examens qu'on se décidait à ouvrir nos livres. Miraculeusement, certains passaient dans la section supérieure. Ce fut mon cas.*

*Vint enfin l'examen permettant d'exercer la profession d'avocat. Le réussir tint du miracle. Je perdis le premier quart du programme dans le train qui me conduisait à Venise, où j'avais décidé d'asseoir mon Q.G. de révision. Le deuxième fut oublié au Redentore sur la Giudecca, où il me prit, un après-midi, d'aller le lire en compagnie des pigeons et des puits. J'égarai le troisième dans l'église de San Giorgio degli Schiavoni où je m'étais rendu pour admirer les œuvres du Carpaccio. Quand j'entrai dans l'église, j'aperçus un chaton qui donnait des petits coups de langue dans le bénitier. Je m'approchai de lui pour le caresser ; je posai le dossier près du mur et ne l'ai plus revu depuis. Quant au dernier quart, l'ennui qu'il provoquait en moi fut tel que je décidai de le jeter dans l'Adriatique comme le doge le faisait de son anneau. Le dernier des doges, dit-on, retrouva cet anneau dans une sole qui lui fut servie à souper. Je retrouvai quant à moi ce dernier quart du programme dans le sujet qui me fut servi le jour de l'examen.*

*Lorsque plus tard, à la Sorbonne, je lus mon nom sur les grandes feuilles blanches affichées près de la porte donnant sur la rue Saint-Jacques, j'eus plus à me féliciter de la magie de Venise que de la logique de la jurisprudence.*

*Oui, avocat je le suis, mais exercer, c'est autre chose!*

*Faire partie de cette race parasite, de cette espèce commensale, vorace et paresseuse qui tire profit de la crédulité des non-initiés, non merci!*

*Dire rouge un jour, noir le lendemain, selon qui me paie, non merci!*

*Courir les bras chargés d'énormes liasses de procédure, non merci!*

*Avoir pour livre de chevet le* Code civil *comme Alexandre avait* L'Iliade, *non merci!*

*Me passionner pour des affaires misérables, non merci!*

*Exercer mon art oratoire à Nanterre ou à Bobigny en pensant à Cicéron sur le Forum ou Démosthène sur la Pnyx, non merci!*

*– Mais tu serais un auxiliaire de justice! me dit-on.*

*– Auxiliaire de justice, oui, mais le bourreau qui coupait les têtes naguère était lui aussi un auxiliaire de justice.*

*Dans le langage courant, on les appelle plus prosaïquement les bavards, les menteurs ou les corbeaux.*

*En dépit de ces sobriquets peu glorieux, le diplôme continue à habiller la profession, sinon d'une robe, du moins d'un halo de considération. Pourtant, quel beau métier s'il est exercé pour la défense de la veuve et de l'orphelin! Et certains, par bonheur, s'y distinguent excellemment. Malheureusement, de plus en plus l'avocat met son intelligence au service de celui qui a rendu la veuve, veuve, et l'orphelin, orphelin! Son rôle n'est pas de déterminer si une cause est bonne ou mauvaise, mais de voir ce qu'il y a de bon dans la plus mauvaise des causes! D'où une absence totale de convictions. La versatilité de son esprit fait son talent. N'ayant de convictions arrêtées sur rien, il est capable de parler de tout.*

*En ce cas, pourquoi ne pas carrément jouer la comédie?*

*Le cinéma ?*

*Il fut une époque où l'aura d'un acteur se limitait à quelques centaines de personnes confinées dans une salle de théâtre. Aujourd'hui, par la magie du cinéma, l'acteur circule, cavale, se répand, s'écoule, se multiplie en des milliers de clones. Ces clones sont charriés par un torrent médiatique à travers des océans d'individus parlant japonais ou swahili, allemand ou arménien, volapük ou espéranto. Ils traversent les continents, franchissent frontières et montagnes sur des dizaines de tapis volants, pellicules ou bandes vidéo, papier glacé ou journaux, câble ou ondes hertziennes.*

*Existe-t-il plus beau métier que celui dont l'unique objet est d'apporter du rêve et du plaisir, de pénétrer la conscience de centaines de milliers d'individus qui vous adulent ? Quoi de plus enviable que de soutirer des larmes ou des rires, de bouleverser des cœurs noirs, jaunes ou blancs dans des salles de cinéma à Ouagadougou, Chongqing ou Monceau-les-Mines ?*

*Le destin d'un James Stewart, d'un Robert Redford ou d'un Tom Hanks m'emplirait de bonheur. Mais comment devient-on James Stewart, Robert Redford ou Tom Hanks ?*

*Imaginons une même place publique au fil du temps, en 1930, 1950 et 1990. A chacune de ces périodes, la place est envahie par des dizaines de milliers de jeunes hommes, tous plus beaux les uns que les autres. Soudain, comme dans les meilleurs films de Cecil B. De Mille, les portes des Cieux s'entrebâillent et en jaillit une étincelle divine qui ne vient éclairer qu'une seule tête. La première fois, celle de James Stewart, la seconde fois, celle de Redford et, la troisième, celle de Tom Hanks. Même si je caricature, cela fait peu, très peu... Pourquoi ? Parce que le succès est une loterie, une conjonction de talents, d'heureuses coïncidences, de volontés, d'épreuves et de camouflets. Heureux les élus, mais* Vae victis *!*

*Non, je ne peux confier l'esquif de mon destin à des vents si capricieux. En ce cas, pourquoi ne pas chercher à écrire soi-même son destin ?*

*La littérature ?*

*Cela me plairait, mais uniquement pour écrire un grand livre, une sorte de boîte à musique de ma pensée qu'il suffirait d'ouvrir pour entendre ma mélodie. Un de ces livres qui donne aux hommes l'impression de serrer un parchemin précieux quand ils le prennent entre les mains. Un livre qui irradie, éclaire, charme, une sorte de flambeau qui scintillerait dans la nuit de tous. Un livre que l'on aimerait à caresser.*

*Peut-on cependant écrire de grands romans aujourd'hui ? J'en doute ! Un roman doit saisir toute son époque et non pas se limiter à quelques images kaléidoscopiques. Un roman doit intégrer l'homme sur la Lune, les centaines de milliers d'enfants qui meurent de faim, les peuples qu'on annihile, ceux qu'on déplace, la fin du communisme, le sida, l'exclusion, le chômage, la voix de sa fiancée que l'on entend par la magie du téléphone de l'autre bout du monde, les milliers de milliards de dollars qui chaque jour se gagnent ou se perdent au jeu de la Bourse, les deux dollars de l'heure payés aux ouvriers du Sud-Est asiatique, les jeunes Indiens vendus par leurs parents à la mafia des marchands de tapis, la torture, les bienfaits de la Sécurité sociale, les regains de nationalisme dans les pays de l'Est, les attentats aveugles, la paix entre Israéliens et Palestiniens...*

*Et, pour être véritablement grand, le roman doit annoncer l'aube d'un monde nouveau.*

*Le grand roman correspond à une époque, celle où l'esprit libre ou passionné se heurte à l'autoritarisme ou à la violence des forces économiques, celle aussi et surtout où les gens apprennent à lire dans le monde occidental et ressentent la nécessité de lire des histoires où ils sont eux-mêmes mis en scène.*

*Aujourd'hui on peut écrire : « Ci-gît le Roman, 1830-1950. » Le cinéma l'a abattu et la télévision lui a donné le coup de grâce. Le genre survit par miracle. Il en est de même pour la poésie : « Ci-gît la Poésie, 1450-1950. »*

*Certes, il y a encore quelques grands romans après 1950, mais uniquement dans les pays où l'écrivain a la chance et le malheur de subir un régime d'oppression et de s'y opposer : Brink en Afrique du Sud, Soljenitsyne en ex-URSS, García Márquez en Amérique du Sud, mais, dans le monde occidental, ce souffle s'est éteint depuis quelques décennies. « Les peuples heureux n'ont pas d'histoire ! » Mais on pourrait tout autant dire que les peuples heureux n'ont pas de grands romans !*

*Bien entendu, si demain voyait la mort de la démocratie,*

*demain verrait aussi la renaissance du roman! Cela en vaut-il cependant la peine?*

*Veux-tu, en dépit de cela, t'essayer à écrire? Oui, je le veux! Tâcher, ne serait-ce qu'une fois, d'exprimer ce qu'il y a en moi (à condition bien entendu que cela ne soit pas totalement vide). J'y parviendrai! Je m'imagine déjà au moment des dédicaces... je me sens célèbre en anticipant le nom du personnage que j'écrirai sur la page de garde. Que pourrais-je donc mettre pour le président de la République? « En souvenir de ma fidèle amitié »? Peut-être est-ce un peu trop... Après tout, je ne l'ai vu qu'une seule fois... et de loin encore!*

*Cessons de plaisanter : ai-je ou n'ai-je pas la vocation littéraire? Le simple fait de me poser la question y répond dans une large mesure... Jamais je n'ai ressenti la nécessité vitale d'écrire ou, si je l'ai ressentie, cela n'a été qu'une variante du besoin de m'exprimer qui me consume. Il y a beaucoup plus d'incapables en littérature que dans d'autres formes d'art : la peinture requiert une technique, tout comme la musique ou la sculpture, mais naïvement nombreux sont ceux qui s'imaginent que l'on peut s'improviser écrivain du jour au lendemain; ils écrivent une lettre à leur fiancée qu'ils saupoudrent d'un peu d'eux-mêmes et ressortent de l'expérience persuadés qu'ils pourraient écrire* Les Misérables. *Vanité, tout n'est que vanité! Cinq milliards d'êtres humains savent courir, mais ceux qui franchissent les cent mètres en moins de dix secondes se comptent sur les doigts d'une seule main.*

*Et moi, suis-je capable d'écrire? Ai-je assez de mots à ma disposition? On n'écrit pas un roman avec des idées, mais avec des mots. L'image a tué le livre. Un élève de cinquième de 1880 écrivait bien mieux le français, et dans un style autrement châtié, que la plupart des étudiants de Normale Sup aujourd'hui.*

*Vais-je alors me diriger vers l'échec?...*

*Le ratage?*

*Se pourrait-il que je devienne un de ces bûcheurs à front de bœuf dont la vie passe sans que jamais rien ne bourgeonne? Serai-je une éternelle chenille? Pourrai-je alors éviter de m'en prendre au monde entier avec haine et aigreur pour justifier mon fiasco?*

*Un raté ne peut être heureux! Il a cherché à accomplir une œuvre et son ratage fait de lui un homme malheureux.*

*J'aurais en outre l'impression d'avoir trompé tout le monde. Pendant quelque temps, on me regarderait encore avec considération. Puis, petit à petit, en vieillissant, je serais marqué au front du signe de la déception. On nous juge sur nos actions et non sur nos intentions, que ces dernières correspondent plus intimement à notre personnalité ne constitue pas même une circonstance atténuante, bien au contraire!*

*Je finirais peut-être, outrage ultime à mon orgueil, par m'habituer à cette situation. Je n'aspirerais plus à quoi que ce soit de brillant. Je m'adapterais... Les autres me laisseraient-ils m'adapter pour autant? Non, certainement pas! En ce cas, il me faut ce à quoi tous les hommes aspirent. Cette chose qui transforme les fous en sages et les sages en fous : l'argent!*

*La richesse?*

*Devenir riche, très riche, serait tentant, mais vouer mon existence à construire patiemment une fortune m'intéresse moins que de trouver les moyens de parvenir rapidement là où d'autres se retrouvent grâce à leur naissance.*

*Dans mes rêves je me vois très riche. Au gré de l'inflation, j'évalue et réévalue mes richesses. J'aide des gens à réaliser leurs rêves. Je donne pour le sida, le cancer... J'ai même parfois tendance, pour ne pas me ruiner, à réduire le montant de mes dons le lendemain dans mes rêves.*

*Considérant qu'aucune cause ne peut me galvaniser, il me reste la solution de me battre pour moi-même, de passer les soixante-dix-sept années que me promet aujourd'hui la médecine dans les meilleures conditions possibles.*

*Je me battrais pour retarder l'apparition de la cellulite comme Léonidas s'est battu aux Thermopyles pour retarder l'avance des Perses! Combat perdu d'avance, mais ne dit-on pas toujours que la plus noble des batailles est celle qu'on ne peut gagner? Mon narcissisme m'aiderait à éluder les questions existentielles. Je deviendrais un adepte du jogging, un thuriféraire du tai-chi, un prôneur du yoga et de l'hypnotisme, un passionné de la méditation transcendantale, un mordu d'expression corporelle, un embrigadé de la dynamique de groupe, un frénétique de l'acupuncture, un fanatique de la thérapie reichienne, un enragé de la bioénergie. Je mangerais macrobiotique, je déféquerais en musique, je commencerais une psychanalyse. Je finirais par m'aimer tellement que je n'aurais plus besoin de l'amour de qui que ce soit d'autre pour me rendre heureux. Un hédoniste narcissique et nombriliste. Je serais un stylite vivant en autarcie sur la colonne de son égoïsme et, à mesure que je vieillirais, cette colonne s'élèverait dans les airs.*

*Qu'est-ce qui me permet d'avoir un pareil dessein? L'argent! Souviens-toi de Casanova, au château de Dux, vieux et édenté, évoquant sa munificence passée et se querellant avec les domestiques.*

*Être libre n'est pas une cause plus mauvaise qu'une autre, et la seule façon d'être libre est d'avoir de l'argent. Dans notre système, celui qui en a est le roi. Il n'y a que deux hommes libres aujourd'hui : le milliardaire et le clochard. Le premier fait les lois ou s'en moque, le second vit en dehors d'elles. Un homme qui n'a pas d'argent n'est pas pris au sérieux. Il y aura toujours un mépris du riche pour le pauvre quoi qu'il réalise, car il n'appartient pas à la même caste. Un milliardaire ne fera jamais antichambre dans le cabinet d'un ministre, contrairement à un agrégé de philosophie. Charles Quint ne se baisse plus pour ramasser le pinceau de Titien.*

*Gagnons donc de l'argent! Halte à l'indolence! Arrière, la dissipation! Longue vie à l'énergie! Vive l'argent!*

*Oui, vive l'argent, car l'action exige infiniment de patience et de dévouement quand on ne dispose pas de moyens matériels. Je n'aurai jamais assez de force de caractère pour vieillir dans le besoin.*

*Samedi, minuit un quart*

*Le futur m'apparaît terne. Peu importe, je me retire dans le présent!*

*D'où je viens? Je m'en fiche!*

*Où je vais? Je m'en contrefiche!*

*Qui suis-je? Je m'en contretape!*

*Mort au passé et à l'avenir, vive le présent!*

*Oh, et puis non! Ne suis-je pas en train de devenir bêtement cynique?*

*Ce qu'il faut avant tout, c'est devenir ce que je suis. Réali-*

*ser cette mystérieuse promesse qui est en moi et que j'ignore. Arracher mon masque, me dévoiler. Pour cela, suis ta nature, prends comme guide ton caractère, acceptes-en les avantages et les inconvénients. Suis tes principes, tes sentiments. Si peu de gens font cela que tu apparaîtras comme un original.*

*Pourrai-je rester libre ?*

*Pourrai-je conserver ma dignité, même si je travaille ?*

*La vie va-t-elle me changer comme elle change presque tout le monde ?*

*Pourrai-je imposer ma personnalité ?*

*« Do you think you're good enough ? »*

*La réponse de Zébulon ne devrait plus tarder, on verra si j'ai assez de force de caractère pour ne pas m'aplatir.*

*Samedi, une heure du matin*

*Je n'ai plus de goût à écrire. Je n'arriverai plus à rien. Je voudrais me ressaisir, mais je ne ferai plus rien de bon. Il est trop tard ou trop tôt !*

*Deux heures du matin*

*– Ne te semble-t-il pas avoir omis quelque chose dans toutes ces notes, Antonin ?*

*– ...*

*– Vraiment, tu ne vois pas ? Et l'amour ?*

*– Ah oui, l'amour ! je l'avais sur le bout de la langue, mais je croyais t'en avoir déjà parlé.*

*– Tu n'as pas changé d'avis ?*

*– Non, et tu sais bien pourquoi... Avoir besoin d'être aimé constitue une faiblesse !*

*– As-tu passé le temps d'aimer ?*

*– Je voudrais tant être amoureux, mais y parviendrai-je jamais ? Il y a tellement de beautés sur la Terre qui ravissent l'œil, qui charment les sens. Si un ciel est constellé d'étoiles, pourquoi ne devrais-je en choisir qu'une seule ?*

## IV

Antonin referma le cahier et le posa sur la table de nuit.

« C'est bien joli, mais j'aurai beau noircir des pages et des pages, ça ne fera pas un roman. Je ne sais toujours pas quoi faire ! Piafka, mon père, voudrait que je fasse carrière à la banque Zébulon. Pourquoi pas ? Oh, et puis je ne sais pas... Je ne sais même pas si Zébulon m'acceptera. La réponse ne devrait pas tarder. Dans les prochains jours ? Lundi ? Dans le courrier d'aujourd'hui ? *Que sera, sera. What ever will be, will be...* »

Au même moment ils devaient être nombreux, les jeunes gens se demandant sur quel chemin s'engager afin de satisfaire leur désir d'exister. Tout ce qui flattait ce désir rendait Antonin heureux, tout ce qui l'étouffait le mortifiait.

« Et si j'étais né pour rien ? » s'interrogea-t-il tout à coup.

Le doute de soi l'ensorcelait.

« Comment rompre ce mauvais charme ? Comment éviter d'être une marionnette dans un théâtre pour géants ? »

Quelques vers d'une poésie de Musset que son père lui lisait lorsqu'il était petit garçon lui vinrent soudain à l'esprit :

*Qu'est-ce donc que ce monde, et qu'y venons-nous faire,*
*Si, pour qu'on vive en paix, il faut voiler les cieux ?*
*Passer comme un troupeau les yeux fixés à terre,*
*Et renier le reste, est-ce donc être heureux ?*
*Non, c'est cesser d'être homme et dégrader son âme.*
*Dans la création le hasard m'a jeté ;*
*Heureux ou malheureux, je suis né d'une femme,*
*Et je ne puis m'enfuir hors de l'humanité.*

*Que faire donc ? Jouis, dit la raison païenne ;*
*Jouis et meurs ; les dieux ne songent qu'à dormir.*

Quelle était la suite du poème ? Il l'avait oubliée. Il se souvenait en revanche de la couverture du livre entre les mains de son père, une couverture rouge.

« Je dois bien encore l'avoir quelque part. Je l'ai vu il n'y a pas si longtemps. »

Il se leva pour fureter dans les rayons de sa bibliothèque, mais ses recherches restèrent vaines. Les livres étaient entassés les uns sur les autres.

« Je le trouverai une autre fois, se résigna-t-il. Je voudrais cependant connaître la fin du poème car la perspective que les dieux ne songent qu'à ronfler n'est guère emballante. »

Antonin regarda autour de lui. Il régnait dans la pièce ce demi-désordre qui donne une réelle sensation de vie. Sur les murs étaient accrochés une photo agrandie de Lénine expliquant au Conseil exécutif central des Soviets à Petrograd, le 27 décembre 1917, le bien-fondé de la nationalisation des banques, une reproduction d'un portrait de Stendhal par de Dreux, une lithographie de Toulouse-Lautrec représentant une femme à sa toilette, « empruntée » à son père, et un masque vénitien.

Il baissa le regard et vit soudain les trois lettres qu'il avait déposées au pied de son lit avant de se rendormir. Elles lui étaient totalement sorties de l'esprit. Il allongea le bras et prit la première.

Elle venait de Tchéquie. Ce nom lui semblait étrange, trop technique. Il avait entendu prononcer « Tchécoslovaquie » tant de fois que son égoïsme ne pouvait se résoudre à l'amputer de moitié pour des considérations politiques ou ethniques.

« Qui peut m'écrire de là-bas ? Est-ce une bonne ou une mauvaise nouvelle ? »

Les mauvaises nouvelles arrivent en rasant les murs, insidieusement, se mariant à la couleur grisâtre des jours.

« Par où se faufileront-elles, quelle enveloppe les portera ? Comment prévoir ? »

Antonin regarda autour de lui comme pour chercher un présage. Sa chatte Bastet bâillait. Elle commença à se nettoyer, utilisant sa patte avant gauche comme un gant de toilette pour se la passer derrière l'oreille ; puis elle s'approcha d'Antonin et enfonça sa tête dans sa main à demi refermée et la laissa quelques instants, comme si elle épanchait quelques secrets sanglots.

On était samedi. Un oiseau se posa sur la rambarde du balcon.

« Décachetons-la ! »

*« Cher Antonin*

*« Cela fait bien longtemps que tu as quitté cette chambre 225... De l'eau a coulé sous le pont Charles, une eau faisant tomber en putréfaction tous les corps vivants qui s'y trouvaient, moi compris. La vie devient très difficile ici si tu n'as pas la méchanceté au cœur. J'économise pour pouvoir me racheter à mon protecteur. Pourrais-tu m'aider de quelques centaines de dollars ? Tu me manques parfois. Je t'embrasse.*

*Jitka*

*« P.S. : Je me suis fait aider pour la lettre. »*

Le mot était au verso d'une carte postale représentant l'hôtel *Intercontinental*, grande bâtisse moderne plantée sur la rive gauche de la Vltava, dans le quartier juif de Josefov, à la frontière de Staré Město. Sur une des fenêtres correspondant à la chambre 225, une croix avait été tracée au feutre rouge.

Cette fenêtre s'ouvrit subitement sur les souvenirs d'Antonin. Comme les premières notes d'une chanson font parfois retrouver l'air en son entier, ainsi, dans l'éclair d'une simple touche de couleur rouge, Antonin revit tout un tableau.

Ils s'étaient rencontrés dans cet hôtel, à la veille de la « révolution de velours ». Jitka y officiait comme courtisane. Un matin de novembre, Antonin était entré dans le bar. Quatorze strapontins dressés autour du zinc semblaient danser une ronde. Sept prostituées assises attendaient le client, laissant entre chacune d'elles un strapontin vide. Antonin s'assit à côté de celle qu'il trouva la plus innocente.

– Vous voulez que je vous commande quelque chose ? demanda-t-il en anglais.

– Un verre de champagne, dit la Tchèque d'un ton blasé dans un français presque parfait.

– Un verre de champagne à onze heures du matin ?

– Tu m'as demandé ce que je voulais boire, je te réponds un verre de champagne. Cela ne signifie pas que je vais l'avaler ! On met du champagne en bouteilles, après il s'agit de les vider. Je ne suis qu'un rouage du système. Que je boive profite à ton pays, n'est-ce pas ? Champagne, Camembert, ce sont bien des régions de France ? Mais si tu veux être gentil, commande-moi aussi un café au lait.

Antonin trouva ce sens pratique tout à fait charmant.

– Seulement la Champagne, répondit-il. La décentralisation n'a pas encore été appliquée au camembert.

Elle réajusta quelques mèches de sa coiffure, puis sans lever les yeux sur lui, demanda :

– Tu veux que je monte dans ta chambre ? On pourrait y prendre un verre... Jitka eut un mouvement de recul et Antonin put voir, entre ses pommettes qui rehaussaient son visage, ses yeux bleus s'animer. Mais rassure-moi. Tu habites bien l'hôtel ?

– Non, j'habite sous le pont Charles. Il y fait un peu frisquet, surtout en ce moment.

– C'est quoi, « frisquet » ?

– Froid. Mais je plaisantais. J'occupe la chambre 225. Rien ne me causerait un plus grand plaisir que de m'entretenir avec vous... enfin avec toi, si je puis me permettre.

Dans les *Mémoires* de Casanova, Antonin avait lu qu'il convenait de traiter les femmes de chambre en duchesses et les duchesses en femmes de chambre. Il appliquait cette règle avec tout le fanatisme de son admiration pour le Vénitien.

– Alors ? fit-elle, assise sur le bord du lit. Tu vas regarder mes jambes encore longtemps ?

– Alors quoi ? répondit Antonin. Tu m'as demandé si je voulais que tu montes. Je t'ai répondu oui, mais cela ne signifie pas que j'ai l'intention de te faire l'amour. On met des filles sur un strapontin, après il s'agit de les en retirer. Je ne suis qu'un rouage du système.

Cette réponse plut à Jitka et lui gagna sa sympathie.

Jitka était grande. Quand on lui caressait les jambes de bas en haut, on était étonné du temps requis pour atteindre ses fesses. Une fois atteintes, on se disait que l'attente avait valu le coup. Sa longue chevelure auburn lui encadrait le visage de telle façon qu'elle ressemblait à une petite fille sortant d'un cours du seizième arrondissement, avec des traits méticuleusement dessinés sur un adorable visage de porcelaine blanche. Au-dessus de deux yeux bleus, les deux arcs de ses sourcils étaient si parfaits qu'ils semblaient dessinés avec un compas. Son visage faisait surgir cette strophe de Baudelaire :

*Je suis belle, ô mortels, comme un rêve de pierre*
*Et mon sein où chacun s'est meurtri tour à tour*
*Est fait pour inspirer au poète un amour*
*Indicible et muet ainsi que la matière.*

– Promets-moi que tu me respecteras même si je ne te fais pas payer, demanda-t-elle.

Antonin promit.

Jitka initia Antonin à des sensations jusqu'alors inconnues. En échange il lui fit découvrir les synagogues du quartier juif.

Le vieux cimetière la toucha particulièrement. Son étendue n'ayant pas varié depuis le Moyen Age, on avait dû superposer les tombes. Douze générations reposaient ainsi les unes sur les autres. Cent mille personnes se serraient dans la mort sur un espace de quelques centaines de mètres carrés. Antonin, en se faufilant à travers les tombes, vit que le dernier juif à y avoir été enterré, en 1787, se nommait Moïse Beck.

« Qui pense encore à Moïse Beck deux siècles plus tard ? Moi, je serai le seul à me souvenir de lui », se jura-t-il.

Dans Prague, séparée en deux par la Vltava, semée de palais Renaissance et d'églises baroques, Antonin traîna Jitka au château des Přemyslides. Quelques semaines plus tard y siégerait la nouvelle présidence de la République tchèque. Dans ce château-musée, Antonin attrapa la migraine à admirer des tableaux qu'il eût dédaignés s'il n'avait lu le nom du peintre, écrit sur chaque cartouche.

Il ressentit pourtant une sincère émotion devant un portrait de Titien représentant une jeune femme à sa toilette. La fille était si belle !

– Tu aimes, toi ? lui demanda Jitka avec un regard mauvais.

– J'adore Titien, répondit Antonin, en feignant de n'avoir rien remarqué.

– Moi, je n'aime pas du tout.

La putain s'était effacée pour laisser place à la femme.

– Mais si, regarde sa peau. On dirait du velours...

Au bas du tableau on voyait inscrit : *La Dame de velours.*

Et les dames, comme les révolutions, portaient du velours en cet automne-hiver 1989.

En fin de journée, tandis que Jitka s'occupait d'autres clients de l'hôtel, Antonin, allongé sur le lit de sa chambre, écoutait le silence antenne de la radio tchèque qui durait depuis près de trois quarts d'heure. Subitement, comme on gagne une année, à dix-neuf heures trente très précises, en ce vendredi 24 novembre 1989, fut annoncée d'un ton monocorde la démission du bureau politique du Parti communiste.

A cette voix, désormais la voix officielle, succéda celle, allègre, de Fred Astaire virevoltant sur les ondes : « *No! No! They can't take that away from me.* »

La genèse d'un nouveau monde débutait sur une musique de Gershwin affirmant que le futur ne pourrait jamais rien ôter au passé. Antonin prit alors conscience que le communisme venait de pianoter son dernier accord.

« *No ! No ! They can't take that away from me* », sifflotait Fred. Antonin, voulant tout voir de ses propres yeux, sortit de sa chambre et descendit dans le hall de l'*Intercontinental.* Au sein de ce haut lieu de la nomenclature communiste, pas la moindre agitation. La première personne qu'Antonin aperçut fut Jitka. Les bouleversements politiques lui avaient fait interrompre les plaisirs masochistes d'un Bavarois obèse.

Antonin lui fit un sourire et fut vexé de ne pas la voir le lui retourner. Elle discutait avec un de ces personnages graves et austères dont il est difficile d'imaginer qu'ils aient pu un jour être des enfants. Il était vêtu d'un costume grisâtre si typique de l'Est.

« Son mac », se dit Antonin.

Ce monde décoloré, terne et fané, Jitka le connaissait bien : elle y avait grandi.

D'origine tzigane, elle était issue d'un peuple qui depuis plus d'un millénaire, en parcourant les routes de Bohême, de Moravie, de Moldavie, de Valachie, d'Allemagne, des Pays-Bas ou de France, avait acquis la première véritable identité européenne. Jitka, comme chaque enfant tzigane, contemplait le jour avec comme ligne d'horizon l'Atlantique à l'Oural. Cela donnait à ses yeux marine une infinie profondeur. Depuis plus de mille ans, ses ancêtres portaient des plaques d'immatriculation européennes à l'arrière de leurs roulottes. Pourtant ce peuple, le plus européen de tous, voyait chaque jour, dans cette nouvelle Europe qui se dessinait, son existence compromise par des États qui souhaitaient être débarrassés de lui à jamais. Jitka, consciente de la méchanceté humaine, avait préféré les hôtels de luxe aux roulottes et les robes de Paris aux tuniques traditionnelles. En ces temps incertains, il valait encore mieux se dire prostituée que tzigane. On inspirait davantage confiance.

Non, Jitka n'avait pas retourné son sourire à Antonin... Elle n'était pas d'humeur ! Elle savait qu'à partir de ce jour il faudrait compter avec la concurrence, que des proxénètes plus cruels et plus avides feraient leur apparition. Souvent les prostituées sont les miroirs fidèles d'une situation politique : elles collent à leur temps comme certaines femmes collent à la mode et parfois même l'anticipent. Jitka comprenait que le communisme n'avait été qu'un placebo pour endormir des haines séculaires. Elle prévoyait que l'Europe de l'Est deviendrait le Far East où dollar et mark feraient la loi à l'est du Danube.

Jitka fit un signe à Antonin pour indiquer qu'elle le rejoindrait à l'extérieur. Antonin traversa le hall et poussa la lourde porte coulissante. Dehors, le vent pourtant glacial ne parvenait pas à éteindre le feu qui brûlait en chaque Pragois. Partout du mouvement ! Vaste fourmilière sur laquelle on aurait jeté un lourd rocher. Il en sortait de partout ! Antonin alla se joindre aux vieux avec leurs béquilles, aux femmes avec leur bébé, aux hommes interrompant leur dîner, la serviette accrochée autour du cou à la manière d'un bavoir, aux jeunes gens, aux couples qui couraient en se tenant par la main. De tous les immeubles et de toutes les rues émanait un formidable va-et-vient. Tous quittaient leur mansarde ou leur salon pour venir à la rencontre de la liberté.

Il pleuvait sur les visages ; l'eau du ciel se mêlant aux larmes de joie voyait éclore des sourires.

– *Svoboda ! Svoboda !* (Liberté ! Liberté !) pouvait-on entendre de toute part.

Les conducteurs de tramway participaient à cette rhapsodie populaire en sonnant leur cloche. Une liesse générale couvrait l'ancienne capitale du Saint Empire romain germanique. En cortèges tumultueux, des dizaines de milliers de personnes rejointes par des dizaines de milliers d'autres reprenaient le chemin de la place Venceslas où, deux heures plus tôt, elles avaient réclamé la démission du gouvernement communiste.

Dubček, arrivé en autocar de Bratislava, galvanisait un

peuple qu'il n'avait pas vu depuis plus de vingt et un ans. Il reprit son discours du printemps 1968 comme s'il en avait tourné la dernière page quelques secondes plus tôt.

– Le peuple est le même à Prague et à Bratislava ! lançait-il d'un ton prophétique au milieu des ovations frénétiques.

Les communistes s'enfuyaient, les oreilles bourdonnantes de l'immense acclamation qui saluait le triomphe des anciens opposants. Ceux qui naguère étaient proscrits devenaient en ce jour les maîtres de la situation.

– *Svoboda ! Svoboda !*

Une vieille femme avait pris Antonin par les épaules, lui crachant ses illusions au visage.

– *Svoboda ! Svoboda !* répondit Antonin, certainement plus désireux de se débarrasser de l'emprise de la vieille que celle-ci ne l'avait été de s'affranchir des fers du communisme.

Le peuple continuait à clamer sa joie et la Vltava coulait comme à l'accoutumée. Antonin respira à fond l'air glacé et se dit à haute voix, ayant trouvé sa formule heureuse :

– Ce peuple qui vient de vivre plus de quarante ans dans la servitude va aussitôt retomber dans l'esclavage. L'expression « tomber de Charybde en Scylla » n'a jamais été aussi appropriée. Quelle tristesse ! « *Svoboda, svoboda !* », oui, mais pour quoi faire ? Pour « putzer » les chaussures des Allemands ? Monter les pièces détachées d'une voiture Toyota ? Travailler douze heures par jour pour un salaire de misère octroyé par des seigneurs étrangers, alors que, depuis 1948, ils n'ont obéi qu'à des Tchèques ? C'est pour ça qu'ils veulent « *svoboda* » ? Ils vont suer comme des esclaves pour un contremaître appelé « Liberté ». Mais, après tout, ne suffit-il pas d'appeler l'esclavage liberté, pour que la grande majorité des gens s'en estiment satisfaits ? Vaut-il mieux l'égalité dans la servitude ou l'inégalité dans la liberté ? se demanda-t-il enfin.

Antonin était incapable de répondre. Il demeurait cependant certain d'une chose : ceux qui prenaient alors le pouvoir allaient eux aussi appliquer des programmes sans souci de la résistance des faits. A peine installés, ils confirmeraient les expériences du passé, l'impossibilité de tout compromis, de toute collaboration solidaire.

Douze étages plus haut, à la chambre 225, et soixante ans plus tôt, les claquettes de l'un des hommes les plus élégants du XX^e siècle se faisaient entendre. « *No! No! They can't take that away from me... but I'll always, always keep the memory of...* », chantonnait encore et toujours Astaire. Antonin lui aussi garderait au fond de son cœur cet espoir déçu qui se répéterait longtemps en lui. Marchant sur les bords de la rivière, il songeait à ces intellectuels russes à l'allure de prolos, le visage barré de moustaches gauloises, fumant du tabac blond et poussant, avant la révolution d'Octobre, des landaus dans les rues de Berne, Paris, Berlin ou Londres... Ils poussaient leur landau en échafaudant des complots cyclopéens à l'échelle de continents et regardaient monter leurs idéaux dans une époque naissante. Ce furent ces faux prolos à moustache et clope au bec qui réussirent en fait à s'emparer du timon de l'État dans le plus vaste des pays.

Pour la première fois au monde, un gouvernement purement socialiste se proclamait maître d'une nation et réalisait ainsi le rêve d'or caressé par Engels et par Marx : la révolution sociale par l'accaparement du pouvoir.

A présent tout était fini !

Dans les bruits de cette liesse collective, comme seuls les années trente et le Moyen Age durent en connaître des exemples, Antonin distinguait les soupirs plaintifs de ceux qui seraient écrasés par le rouleau compresseur du capitalisme sauvage, les soupirs de tous ceux qui, comme l'écrivait Jitka, « n'avaient pas la méchanceté au cœur ».

Antonin ne parvenait pas à se réjouir alors qu'il n'avait jamais eu de sympathie active pour le régime communiste. Le goût amer dans sa bouche provenait d'ailleurs, de l'échec d'une expérience libératrice, censée offrir un refuge à tous les opprimés et exploités de la Terre comme Israël offre une patrie à tous les juifs. Combien d'hommes s'étaient illusionnés sur ce régime ? Le mot « camarade » ne devait pas à l'origine être un mensonge, mais un symbole supprimant les entraves et rétablissant la dignité des égaux.

Antonin, en regardant le peuple de Prague s'écouler le long des rues, sombrait dans la nostalgie. Son unique expérience collectiviste s'était limitée à soixante-douze heures de volontariat dans un kibboutz proche de Tel-Aviv. Le premier jour, on l'avait mis aux cuisines devant une bassine gigantesque, remplie de poulets fraîchement égorgés :

– Mélange ça, lui avait-on dit en lui présentant une autre bassine pleine à ras bord d'un liquide douteux.

Il avait eu un haut-le-cœur et vomi son petit déjeuner dans la bassine. Cette garniture n'ayant pas été prévue par le chef cuisinier, il fut muté à la plonge. Deux heures se révélèrent suffisantes pour qu'une vingtaine de femmes ayant oublié leurs querelles se joignissent pour exiger son expulsion immédiate : les assiettes qu'il était parvenu à ne pas briser ressortaient encore plus sales de ses mains.

On avait essayé l'usine. Au bout de sa première nuit, passée à discuter plus qu'à réellement travailler, était né un syndicat exigeant la création d'une bibliothèque, l'acquisition d'un distributeur de boissons gazeuses et la mise en place d'un équipement haute-fidélité qui jouerait les œuvres de Mozart, Nat King Cole et Cole Porter. Le distributeur fut installé, mais l'instigateur de ces revendications fut prié d'aller exercer son trotskisme en terre arabe.

C'est à cela que songeait Antonin en regardant, du quai, le dôme, les colonnes et les coupoles de l'église Saint-Nicolas, sur l'autre rive. Accoudé à la balustrade du pont Charles, un garçon blond, longiligne, à l'allure d'un beatnik, s'accompagnant d'une guitare, chantait John Lennon : « *Imagine all the people...* »

A quelques rues de là, sur l'horloge astronomique du vieil hôtel de ville de Staré Mĕsto, dont les mouvements avaient contemplé tant d'exécutions capitales avec bûchers, billots ou potences, le soleil et la lune poursuivaient leur course. Le glas venait pourtant de sonner la fin d'une idéologie ayant cadencé la partition planétaire plus de soixante-dix ans durant.

Dans le quartier juif, les aiguilles de la grande horloge hébraïque allaient à rebours, paraissant vouloir remonter le fil de la Mémoire.

Antonin sentit soudain des mains le prendre par la taille.

« Encore cette vieille chouette », se dit-il.

Il se retourna. Jitka lui parut très belle. Elle s'était enfin débarrassée de son encombrant protecteur. Antonin remarqua qu'elle avait trouvé le temps pour se dessiner les yeux.

– Alors Mowgli ? lança-t-elle.

Un de ses anciens clients ne pouvant faire l'amour qu'accompagné d'un film de Walt Disney lui avait fait découvrir *Le Livre de la jungle.* Elle trouvait une ressemblance frappante entre Antonin et le « petit d'homme » de la jungle indienne.

– Tu vois, je marche et je songe. Je songe et je marche, répondit, mélancolique, le protégé de l'ours Baloo. Je repars demain, ajouta-t-il.

– Mais tu n'es là que depuis avant-hier ! s'écria-t-elle.

Après être demeurée silencieuse quelques secondes, elle lança, un rien moqueuse :

– Si je viens à Paris, je pourrai m'installer chez toi ?

– Bien sûr, bien sûr, comment pourrais-je laisser dormir dehors la plus belle fille de Prague ?

– Ça fait toujours du bien, une réponse franche et sincère, commenta Jitka moitié ironique, moitié flattée, car on aime jusqu'aux compliments qu'on sait ne pas être sincères.

Elle posa ses coudes sur la rambarde du quai et entoura sa tête de ses deux mains, en contemplant l'eau, le ciel ou ses souvenirs.

– A quoi penses-tu ? demanda Antonin.

– Je ne peux pas rester très longtemps. Mon « boss » ne m'a accordé qu'une demi-heure... Il dit que les gens vont vouloir fêter la révolution.

Antonin s'indigna :
– Et tu n'as rien dit ?
– Qu'est-ce que tu voulais que je dise ?
– Je ne sais pas... Que tu es amoureuse, par exemple.
– Il ne faut pas exagérer !

La réponse partit trop spontanément pour qu'Antonin n'en fût pas légèrement vexé. En outre, cela l'énervait que Jitka épousât la logique de son mac ; mais, sachant que l'espérance entretient la reconnaissance, il n'en était pas vraiment étonné.

Antonin se sentait humilié. Il ne pouvait supporter qu'une personne pour qui il ressentait de l'affection vît son amour-propre galvaudé. Il en souffrait encore plus que si cela avait été le sien.

Ils avançaient, boudeurs, sans penser le moins du monde à la révolution qui se déroulait autour d'eux. Près du pont Charles, ils croisèrent un vendeur de pirojki.

– Tu en veux un ? demanda Antonin.
– Non, merci. Je fais attention à mon ligne.
– Ma ligne. N'oublie pas ta licence de français !
– Ma ligne. Je n'ai pas tous les jours le bonheur de pratiquer. Mes clients sont plutôt allemands. Vous ne vous bougez pas tellement les fesses en France. La *Mitteleuropa*, c'est chasse gardien allemand ?
– Chasse gardée.

Antonin pensa que surveiller sa forme par temps de disette constituait le comble de l'élégance. Il acheta un pirojki puis Jitka et lui continuèrent machinalement leur route.

– Alors Jitka, maintenant vous êtes libres, toi et tes compatriotes ? reprit-il avec une pointe d'ironie, en laissant tomber des miettes sur son manteau.
– Oui, libres. On a eu le nazisme, ensuite le communisme, et maintenant on...

Jitka s'arrêta, on aurait dit qu'elle avait été frappée par quelque chose.

– Qu'est-ce qu'il y a ?
– Je pensais...
– Quoi ?

– Je pensais que, s'il est suggéré que l'expansion hitlérienne était limitée à l'est de l'Europe, il va surgir chez vous un nouveau courant se demandant s'il était nécessaire de faire la guerre pour la Pologne et *a posteriori* pour la Tchécoslovaquie.

– C'est-à-dire ?

– Fallait-il faire la guerre pour que l'Europe de l'Est échappe à la botte nazie pour la voir tomber sous le talon de fer stalinien ? Sans la guerre, la France et l'Angleterre auraient conservé leurs empires. Et, qui sait, peut-être que les génocides juif et tzigane n'auraient jamais eu lieu ? Nous sommes les deux seuls peuples à être entrés main dans la main dans les chambres à gaz.

– Tu ne te rends pas compte de ce que tu dis ! fit Antonin dont le grand-père avait péri à Auschwitz.

Il ne pouvait s'empêcher d'éprouver de la sympathie pour les troupes soviétiques qui avaient libéré le camp.

– Pour le peuple, une dictature d'extrême droite ou d'extrême gauche, ça ne change pas grand-chose. Et les dictatures ne durent jamais éternellement !

« Si jamais j'ai un fils, je promets de l'envoyer aux putes pour prendre des cours d'histoire des idées politiques », se dit Antonin tout en grommelant un semblant de réponse et en se jurant de réfléchir à la question.

Après une minute de silence, qu'il utilisa à finir son pirojki et reprendre un peu d'autorité, il demanda à Jitka :

– Comment vois-tu l'avenir ?

– Je voudrais surtout savoir comment l'avenir me voit !

– Il te voit cambrée, avec des yeux vert-bleu, une chevelure rousse et des seins qui vont vers l'avant.

– Tu sais bien que c'est à cause de la danse. Pas besoin de se moquer.

– Je ne me moque pas. Je suis sûr que tu arriverais à faire bander l'avenir.

– Lui ne me fait pas vraiment mouiller.

– Ah ! enfin, tu recommences à parler comme une pute. J'allais finir par faire des complexes.

– Ne plaisante pas, répondit Jitka. Une fois le

communisme disparu, qu'est-ce qui unira les peuples de l'Europe centrale ? Les Tchèques se battront contre les Slovaques, les Slovaques contre les Hongrois, les Hongrois contre les Roumains et ainsi de suite. Tu vas voir que tous ceux qui proclament des idées de fraternité... On dit idées ou idéaux ?

– Idéaux.

– Tous ceux qui proclament des idéaux de fraternité et d'égalité se précipiteront à nouveau sur les Tziganes pour les massacrer.

– Il n'y a plus guère de Juifs.

– La vie n'en sera pas plus joyeuse pour autant. Jusqu'aujourd'hui les gens étaient résignés. Ils savaient qu'ils ne pouvaient pas s'offrir de Mercedes ni des voyages en croisière. C'était réservé à la nomenklatura. A présent, ceux qui n'auront rien de tout ça, et cela sera la quasi-totalité des gens, seront placés en situation d'échec et le nationalisme augmentera...

– Tu ne te fais tout de même pas trop de soucis pour ton travail ?

– Bien sûr que je m'en fais. Qu'est-ce que tu crois ? Toutes les filles feront la pute ici. Elles vont même s'exporter ! En France, vous allez être envahis par les putes russes, moldo-valaques, tchèques... Ce n'est quand même pas ça, la liberté, que toutes les filles deviennent des putes ?

– Et alors, « *tovoritch* Jitka », tu ne veux pas devenir entrepreneur. Mère maquerelle...

– Si j'avais ça dans le sang, je t'aurais fait payer. Oui ou non ?

– Oui, concéda Antonin qui ne pouvait imaginer qu'une fille ne se sentît pas flattée de marcher à ses côtés. Si je comprends bien, tu dois être une des seules aujourd'hui à être contre la révolution ?

– Je ne suis pas contre. Je suis contre les révolutions qui se font à moitié. Les souffrances sont bien plus grandes après.

Ils continuèrent à discuter ainsi tout en longeant la rivière.

Il n'y avait pas que de la nostalgie chez Antonin. Cet

événement de portée planétaire l'ennuyait, tout simplement parce qu'il n'y prenait pas part.

Il entendit soudain une voix derrière lui :

– *Paminiat, ti rochech paminiat?*

– C'est un Russe, dit Jitka.

– Je sais. Je comprends parfaitement le russe, répondit fièrement Antonin.

– Si on veut changer de l'argent? Oui. Pourquoi pas? Qu'est-ce que vous prenez comme devises? dit-il en se tournant vers le Soviétique qui portait une barbe hirsute.

– Dollars ou marks, c'est tout!

– Va pour les dollars.

– Attends, ici pas possible. Viens avec moi là-bas, derrière..., dit le Russe en pointant son doigt vers un édifice de tôles.

L'édifice en question était les pissotières.

– Méfie-toi, lui souffla Jitka en le voyant partir avec le barbu.

Antonin lui jeta un regard plein de mépris et suivit le Russe. L'homme était grand, de constitution vigoureuse. Sa figure était rougeaude et ses pommettes haut placées. Antonin remarqua que ses mains étaient énormes.

– Je suis un refuznik. Obligé de quitter Union soviétique à cause persécutions. Ici, obligé de faire un peu marché noir pour continuer à manger et pouvoir écrire. Voilà pourquoi je te demande : ton blouson, tu veux pas le vendre? Je t'en offre trois mille.

« Au moins je vais faire une bonne action. Comme ça, moi aussi je vais participer à la révolution, se dit Antonin ironiquement. En plus, trois mille, même au cours officiel, ça fait au moins trois mille cinq cents balles. Il faut vraiment qu'il l'ait trouvé beau. Je savais bien que j'avais bon goût. »

– Je veux bien, mais il fait vraiment trop froid et c'est le seul blouson que j'aie pris avec moi.

– Écoute... Je t'en offre trois mille cinq cents et je te donne le mien.

Le blouson du Russe était en toile cirée d'un orange très vif, comme ceux portés par les ouvriers qui travaillent sur les autoroutes.

« Je n'ai pas le droit de refuser trois mille balles aussi faciles. »

– *Okay.* Je te change sept cent cinquante dollars plus trois mille cinq cents pour le blouson. D'accord ?

– *Saglasni,* c'est d'accord. Je tiens à te dire que tu fais une bonne affaire, fit Antonin, tout content d'employer son russe. Ma grand-mère était russe de Bessarabie.

– De Bessarabie ? Mon Dieu, ma grand-mère aussi était de là-bas. J'étais déjà content de t'acheter ton blouson, mais je le suis encore plus. Au moins, mon argent ira à un compatriote.

Après avoir échangé, outre les blousons, diverses amabilités, le Russe sortit une liasse de billets de sa poche. Il devait bien en avoir pour cent cinquante mille.

Il compta sept mille. Au moment de les mettre dans la main d'Antonin, il eut un rapide regard circulaire.

– La milice, dit-il. Prends l'argent et cours. Moi j'arriverai à me débrouiller.

– Vraiment ?

– Sûr, sûr... Mais cours donc... Ils nous ont vus !

Antonin prit l'argent, le remercia et commença à galoper, entraînant Jitka au passage.

Après cinq minutes de course folle, ils jugèrent qu'ils étaient en sécurité.

– Qu'est-ce que tu fais avec ce blouson horrible ? Pas étonnant que la police nous ait...

– Attends, dit Antonin avec une certaine arrogance dans la voix.

Il sortit la liasse de billets de sa poche afin de lui montrer quel homme d'affaires il était, et s'aperçut que, sous le premier billet, il n'y avait que du papier journal.

– A part le blouson, qu'est-ce que tu as changé d'autre ? demanda alors Jitka qui hésitait entre rire aux éclats ou l'engueuler, entre le ton maternel et celui de la fille insouciante.

– Quatre cent cinquante dollars.

– Combien ?

– Bon, cinq cent cinquante.

– Combien ?

– Sept cents. Il n'acceptait que les billets de cent dollars.

– Je crois qu'il doit être difficile de trouver en Europe quelqu'un d'aussi présomptueux et naïf que toi !

Antonin traversait l'Europe en y semant sa présomption et sa naïveté, grâce à une carte Interrail que la SNCF lui avait offerte contre le récit de son périple.

Les recommandations de son père scandaient son départ, tandis qu'il descendait quatre à quatre les marches de l'escalier de l'immeuble. Il les avait prises un nombre incalculable de fois, ces marches, mais cette fois-ci elles le conduisaient vers une destination qui lui était encore mystérieuse : la connaissance de soi-même. Il éprouvait à cet instant des transports de joie comme chaque fois qu'il partait pour l'inconnu. Antonin voulait nourrir ses yeux de paysages nouveaux. Ce n'est pas simplement en se cherchant en soi-même qu'on arrive à se connaître, il faut également se projeter dans le monde.

Antonin avait promené sa méditation parmi les *calli* vénitiennes, sur les traverses de la citadelle de Belgrade, sur les fortifications de Dubrovnik qu'il continuait à nommer Raguse, au milieu des moustaches de Bohême-Moravie, dans la Bürgesbraükeller de Munich, devant la Gedanktkirche de Berlin, dans une cabine de la grande roue du Prater de Vienne ou parmi les statues du Wiegeland Park à Oslo.

Était-il attiré par le Künsthistorische Museum, les blondes Norvégiennes, les Würste berlinois... Voulait-il revivre une page d'histoire ? Recherchait-il l'essence de l'Art ou les empreintes des civilisations disparues ?

Un peu, certes, mais il avait surtout soif de découvrir quel jeune homme se cachait derrière son masque apprêté. Antonin était à un âge où l'on est libre. Libre de choisir de devenir ce que l'on veut être en se situant face à des problèmes essentiels. Mais ce n'est que dans la solitude que s'acquiert la vraie connaissance de soi.

– A deux, disait-il à son ami Philippe qui avait voulu se joindre à lui, on se suffit, et on n'est pas aussi ouvert au monde extérieur. Il ne faut avoir que soi comme référence.

Philippe ne comprit guère l'explication alambiquée de

son ami, mais ne chercha pas à s'imposer. Il ne connaissait pas et il ne connaîtrait sans doute jamais le plaisir éprouvé à être face à soi-même.

Les voyages solitaires agissent à la manière de l'enquêteur d'Edgar Poe qui, pour découvrir chez le maître chanteur un document compromettant, crie « Au feu ! » afin que, par une sorte d'acte instinctif, celui-ci trahisse l'endroit où il l'a caché. La solitude nous dévoile notre vraie personnalité.

Dans l'article destiné à la SNCF où il vantait les mérites de la carte Interrail, il inclut le poème qu'il avait écrit, assis sur le marbre d'une dalle du Parthénon, entre deux colonnes, pénétré par l'harmonie du lieu. Les bruits de la civilisation étaient étouffés par les murmures du monde antique émanant de chaque pierre. Il est des lieux où souffle un esprit sacré : l'Acropole est l'un d'eux. Bien que le corps d'Antonin fût las, il serait resté des heures à rêver sur cette dalle magique ; à rêver mais non à dormir car son âme enthousiaste le gardait éveillé.

Il contemplait le temple bâti par un peuple qui l'avait élevé non pas à la mesure de son époque, ni à sa démesure, comme les pyramides, mais à la mesure de l'Homme.

*Aller gaiement de ville en ville*
*Voir des pays, voir le lointain*
*Et voir le monde qui défile*
*Pour cela dirais merci bien*

*Suivre le train-train quotidien*
*Continuer comme naguère*
*A tout traiter avec dédain*
*Pour cela dirais merci guère*

*Changer souvent de domicile*
*Compter sous un ciel serein*
*Mes espoirs qui scintillent*
*Pour cela dirais merci bien*

*M'endormir comme un vaurien*
*Entre quatre murs qui m'enserrent*
*Sans espérer de lendemains*
*Pour cela dirais merci guère*

*Avoir l'âme pleine de désirs*
*Savoir le beau aimer le bien*
*Garder les fleurs des souvenirs*
*Pour cela dirais merci bien*

*Garder un crâne béotien*
*N'estimer que le vulgaire*
*Voir seulement ce qui est mien*
*Pour cela dirais merci guère*

*Suivre ma vie et mon destin*
*Pour cela dirais merci bien*

*Emboîter le pas au vulgaire*
*Pour cela dirais merci guère*

Quand il revint en France, il en avait moins vu qu'Ulysse, il n'avait pas de vieux chien Argos, ni de Pénélope à sa tapisserie qui l'attendaient, n'était pas non plus « plein d'usages et raison », ne lui restait que des paysages, des nuits où il avait veillé en écoutant le roulement du train, le contact d'une main chaude dans la sienne, le sourire pâle d'une caryatide ou celui d'une jeune prostituée à Prague.

# V

Cinq ans s'étaient écoulés depuis qu'il avait laissé Jitka sur les bords de la Vltava, cinq ans sans nouvelle jusqu'à ce jour. Un frisson lui parcourut le corps. Antonin était de ces personnes qui ne peuvent apprécier un moment de bonheur que lorsqu'il est irrémédiablement passé. Il lui fallait l'intellectualiser.

Le passé n'est pas quelque chose d'immuable, seul le présent offre cette qualité !

Jitka avait bien changé dans son esprit en cinq ans !

On se souvient de peu de choses d'un voyage. Les physionomies passent, s'accumulent confusément à la manière de sacs qu'on jetterait pêle-mêle dans un coin d'une pièce.

« Je me demande ce qu'elle a pu devenir. Je ne sais même pas où lui envoyer une lettre. Elle ne me laisse ni adresse ni numéro de téléphone. Elle se moque vraiment de moi. »

Ce qu'il était advenu de Jitka ne tourmentait guère Antonin, seule sa propre et égoïste curiosité le harcelait.

Elle croissait d'autant plus qu'il ne trouvait pas matière à l'apaiser. Il aurait pu la laisser s'éteindre d'elle-même, mais il la rallumait de toutes les étincelles que les heurts de ses souvenirs provoquaient tels deux silex qu'on eût entrechoqués.

Trop nourri de raison et de logique, il ne pouvait cependant laisser un tel jeu durer sans réponse. Il se lassa du sort de Jitka. Il lui enverrait néanmoins quatre cents dollars qu'il adresserait à son nom à l'*Intercontinental* avec la mention « Faire suivre » si besoin et advienne que pourra !

Un tel manque d'altruisme n'était guère étonnant, Antonin ne disposait que des sentiments dont il avait pris l'habitude de se servir. La sensibilité a ceci de commun avec les muscles, qu'on peut la travailler.

« Passons à la deuxième lettre. »

Elle provenait de la banque Zébulon. Antonin prit la lettre de sa main droite et la tint tendue devant lui en direction de la fenêtre afin de tenter d'apercevoir quelle destinée elle lui réservait.

– La réponse sera-t-elle oui ou non ? se demanda-t-il à haute voix.

A vingt-quatre ans et ne poursuivant pas d'études, il était temps qu'Antonin commençât à travailler.

A vingt-quatre ans, l'enfance d'Antonin était en théorie achevée ; pourtant, il n'était encore qu'un bambin.

Longtemps, les guerres, les famines ont interdit à l'homme d'atteindre un âge avancé. Grâce à la science, à la médecine, à Pasteur, à Moïse et à ses lois, à Jésus et à son enseignement, l'homme, l'homme occidental évidemment, tend vers les ultimes limites de ses réserves biologiques. Quelques siècles auparavant, on était adulte à treize ans et vieux à quarante. A présent, les jeunes ressemblaient au Bouddha à qui ses parents avaient caché jusqu'à l'âge de trente ans l'existence de la mort.

Adulte sur certains points, enfant sur d'autres, Antonin, malgré son mal-être apparent, était heureux, privé de tout souci, de contrainte sociale, de choix de carrière, bref, de responsabilités. En somme il était libre !

Il aimait son père, sa ville, son quartier, sa maison. Bien qu'il eût beaucoup voyagé, son univers immédiat n'allait guère plus loin ! Il se donnait l'illusion d'être malheureux tout en sachant fort bien au fond qu'il était un superprivilégié parmi les superprivilégiés.

Antonin ne s'était jamais imaginé en train de travailler. Il pensait toujours que, d'une manière ou d'une autre, il y échapperait. Non qu'il fût paresseux, mais travailler signifiait quitter un monde pour entrer dans un autre. Un monde où il faudrait respecter un ordre établi, s'y soumettre en disant adieu à tous les grands concepts héroïques dont son enfance avait été baignée. C'était déjà prendre sa retraite par rapport à la vie, se mettre des œillères afin de se concentrer sur sa carrière professionnelle.

Antonin manquait de contacts avec la vie. Il ne connaissait rien du genre d'épreuves que celle-ci pouvait réserver. Il était totalement incapable de fonctionner comme un individu normal. Il se rendait compte mentalement de quelle manière se posait toute une série de problèmes, mais uniquement à titre d'hypothèses théoriques, jamais pratiques. Jusque-là la vie n'avait pas pénétré son existence. Ses années de jeunesse s'étaient écoulées, fluides, des années de jeunesse axées sur l'acquisition de la connaissance éclectique.

A présent le temps pressait ! Il était urgent qu'Antonin choisît un métier.

M. Krystal ne se figurait nullement posséder une supériorité sur son fils. En certaines circonstances peut-être aurait-il argué de son état de père mais en règle générale il préférait convaincre qu'imposer. Méthode bien plus insidieuse car, en feignant de laisser flotter les rênes, on dirige le poulain de l'éperon ; et c'est tout en douceur que M. Krystal avait dirigé son fils vers le box de départ de Zébulon. Parfois pourtant, le mors blessait et Antonin ruait.

Il en avait parlé un soir à sa tante, afin qu'elle plaidât sa cause. La sœur de son père, femme de tête, ancienne conseillère en matière sociale du président Pompidou, ne s'était jamais mariée, n'avait pas d'enfants, s'était retirée une fois la retraite venue dans une charmante maisonnette de la rue Fontaine. Elle continuait à payer chaque mois le crédit, ayant toujours appris qu'il ne convenait pas de s'enrichir lorsqu'on appartenait à la fonction publique. Elle était néanmoins sereine car à l'abri du besoin.

– Antonin, tu es bien jeune, lui dit-elle. Ouvre les yeux, mon cher. Ton père ne veut que ton bonheur, mais il le veut à sa manière. Il connaît bien la nature humaine. Il connaît aussi ton orgueil et ton amour-propre. Il pense que seul l'argent peut te permettre d'obtenir de la vie ce que tu en désires.

– Est-ce la seule manière pour tout le monde ou seulement pour moi ?

– Pour toi. Tu n'as jamais montré d'intérêt pour un domaine en particulier. Il en a par conséquent conclu que tu ne pouvais être heureux qu'en étant à l'abri des tracas financiers. C'est une passerelle au-dessus de nombreux précipices.

– Mais je saurai lui faire comprendre que je peux être heureux autrement. Que moi je ne ressens pas de vertige...

– Non. Il ne pourra pas sentir ton bonheur, et, s'il ne le sent pas, il s'imaginera que tu es malheureux.

– Mais c'est terriblement égoïste, tout ça !

– Avoir des enfants est un acte égoïste ! Voilà pourquoi je n'en ai jamais eu ! C'est comme s'acheter un jouet. Si les jouets ne se conforment pas aux désirs de l'acheteur, au mieux on s'en désintéresse, au pire on les jette ! De plus, savoir que tu ne réponds pas aux désirs de ton père te rendra malheureux, tu le sais bien ! Tu vois donc que la situation est sans issue. Il ne te reste qu'à entrer dans un grand cabinet d'avocat ou dans cette banque et à faire le maximum pour te satisfaire toi et contenter ton père. Tâche aussi de comprendre que les gens qui ont vécu leur enfance dans la pauvreté souhaitent que leurs enfants jouissent du maximum de sécurité, un point c'est tout !

Antonin était pris par la force psychologique de son père comme quelqu'un qui a les pieds dans le béton. Ceux qui tuent leur paternel à un âge précoce bénéficient d'un formidable avantage car ils se lancent dans la vie librement, comme dans une bataille. On ne leur siffle pas sans cesse aux oreilles ces « Fils, gardez-vous à droite ! Fils, gardez-vous à gauche » qui finissent par donner des bourdonnements dont on essaie de se débarrasser comme on chasse une mouche. Antonin aimait trop son père pour le tuer. Il l'aimait trop et il l'admirait trop.

C'était un des patrons de la chirurgie cardiaque en France. Il avait été de la première équipe de la greffe du cœur et, bien qu'il fût à l'abri du besoin, restait trop dévoué à son art pour prendre le temps de se bâtir une fortune. A la mort de sa femme, il fit le serment de ne jamais se remarier. Bien qu'il le regrettât par la suite dans les nuits esseulées où il ne trouvait personne à qui véritablement se confier, la fierté d'avoir respecté son serment lui donna de la force. Il était longtemps demeuré hébété du décès d'Irène, seule la recherche médicale lui permit de tromper son chagrin.

Antonin admirait sa vitalité ardente, la vivacité de son regard, sa détermination, son mélange de conservatisme et d'innovation, l'originalité de ses jugements, sa volonté toujours tendue vers l'avant, vers l'action.

Piafka avait été doté d'une tournure d'esprit critique et moqueuse qu'on aurait pu assimiler à un manque d'humanité. Il savait cependant que cette façon d'agir était la seule à pouvoir galvaniser son fils, pour l'extraire de l'engourdissement.

Comment ne pas vouer une reconnaissance éternelle à ce père qui l'avait formé, entraîné comme un coach suit un boxeur ? A coups de défis, d'insultes, de cajoleries, de railleries, de titillements, de pointes, de piques et de « *Do you think you're good enough ?* ». Telle est la vocation d'un père de famille. Un psychologue n'eût pas qualifié M. Krystal de père modèle, mais heureusement la vie n'est pas simplement l'addition de règles psychologiques.

Les parents modèles n'ont de modèle que le nom. Ce sont trop souvent des égoïstes enclins à éluder toute controverse afin de conserver leur tranquillité intacte. M. Krystal en revanche était constamment sur le dos d'Antonin, à la manière d'un « *Big Father always watching him* ».

Quand Antonin eut atteint l'âge où les enfants prononcent pour la première fois les mots de « papa » et de « maman », on s'était inquiété parce qu'Antonin ne put prononcer « papa ». Il disait « piafka ». Cela lui resta. Quand il apprit que *piafka* signifiait sangsue, en russe, il interpréta cela comme un signe. Piafka lui empoisonnait la vie ou la lui embellissait, selon les jours, mais en tout cas s'y accrochait.

Les études et le travail sur lui-même remplissaient l'essentiel de leurs entretiens. Aimer, n'est-ce pas surtout « emmerder » ? Vouloir que la personne aimée soit la meilleure, qu'elle ait tout avant tout le monde et mieux que tout le monde, est peut-être la plus belle forme d'amour, c'est certainement aussi la plus pénible.

– Je ne te causerai que des déconvenues, prophétisait Antonin, désirant se dédouaner des éventuelles déceptions qu'il pourrait infliger à Piafka.

Mais rien n'y faisait, le père ne lâchait rien. Il se cramponnait, telle une *piafka* !

Un père doué d'un tel caractère ne pouvait que laisser une forte impression sur un fils comme Antonin.

Il se voyait, enfant, accourir comme un chiot lorsqu'il entendait son père mettre la clé dans la serrure. S'il avait eu une queue, il l'aurait remuée.

Des images d'amour, il en conservait d'autres.

Les dimanches, quand son père et lui se promenaient dans la fraîcheur des paysages parisiens et que Piafka lui présentait les monuments en lui apprenant à les regarder comme des amis.

Ces matinées à la Comédie-Française qui lui enseignèrent la beauté des vers de Racine, la noblesse de Corneille et la vérité âpre de Molière.

Les ballades au bois de Boulogne, avec le cocker Petia dans les allées ombragées, penchant leur front sur les problèmes éternels de l'homme tandis que le chien levait la patte sur des chênes centenaires.

Les flâneries sur les quais le long des boîtes de bouquinistes, ces « petits cercueils où dorment les pensées mortes ».

Les séances de dictionnaire où, chacun à son tour, ils testaient l'étendue de leur culture sur des personnages historiques, scientifiques ou artistiques si obscurs qu'il était à parier qu'ils ne se souviendraient pas eux-mêmes de leur nom, le jour du Jugement dernier.

Oui, Antonin avait été heureux et son cœur prit naturellement ses années d'enfance comme étalon de bonheur.

Piafka lui enseigna le goût de l'énergie, le respect du travail, le dédain des succès faciles, le caractère tragicomique de la vie et, paradoxalement, à la fois le mépris de l'argent et l'absolue nécessité d'en disposer.

Antonin ne connut pas l'âge ingrat. Il accepta l'enseignement de Piafka en maugréant, mais sans jamais le discuter ni le remettre en question. L'admiration qu'il vouait à son père s'enrichissait de l'immense amour qu'il lui portait. Cela eut au moins le mérite de lui donner une forme de paix morale et un certain fatalisme.

Antonin passa sa jeunesse à vérifier par sa propre expérience la justesse des principes de Piafka. Lui resterait-il des horizons à conquérir?

– Acquiers des talents, répétait M. Krystal, c'est la meilleure vengeance que tu pourras tirer des injures de tes adversaires.

Toutes les qualités, tous les talents qu'Antonin pouvait acquérir semblaient cependant déjà appartenir à Piafka. N'en serait-il qu'un écho affaibli?

Souvent les enfants issus de parents célèbres se rebellent contre leur famille. Ils ont raison! Il faut des années pour effacer le désavantage d'être le fils unique d'un homme illustre.

– On me respecte uniquement parce que je suis un des premiers chirurgiens de France, lui répondait Piafka quand ils abordaient le sujet. Cette considération, je ne peux te la transmettre. Elle disparaîtra à ma mort. Je ne l'ai qu'en usufruit. Avec ton éducation, ton parcours, tes aspirations et la sécurité dont tu as bénéficié, la pire chose qui pourrait t'arriver serait de manquer d'argent. J'en ai peu, ce qui revient presque au même que de ne pas en avoir. Il te faut donc trouver une profession, un « état », comme on dit dans ces romans que tu aimes tant. Crois-moi : si j'avais assez d'argent, jamais je ne te demanderais de travailler. Je te laisserais flotter au gré de tes passions du moment. (Il y avait comme un fond de remords dans la voix de M. Krystal.) Tu apporterais plus à l'humanité en écrivant une superbe biographie du Caravage ou de Botticelli qu'en travaillant dans une banque. Mais, pour s'adonner ainsi à l'étude, il faut être très riche ou ne pas avoir de goûts de luxe. Ce n'est pas ton cas. J'ajoute, reprenait M. Krystal, que les qualités que tu admires, comme l'indépendance, la décontraction, le sens de l'humour, le fatalisme, entre autres, ne peuvent être décemment exercées que si tu es suffisamment riche. Une vie pauvre est serrée par les restrictions, étriquée par les besoins, confinée par le quotidien, rendue chétive par le manque d'air. Ne sois pas riche pour être riche ! Sois riche pour ne pas avoir à compter mesquinement le prix d'un billet d'avion pour New York si l'envie te prend de voir un ami ou visiter une exposition au Metropolitan sur Canaletto ; sois riche pour ne pas avoir à économiser chichement le prix d'une émeraude pour ta fiancée ; sois riche pour que ton orgueil n'ait pas sans cesse à souffrir.

Avant de disparaître, M. Krystal souhaitait savoir que seraient épargnées à la sensibilité de son fils les cruelles épreuves si bien décrites par Hamlet et si mal vécues par la quasi-totalité de l'humanité :

« *Les coups et les traits de l'outrageuse fortune, les soufflets et les avanies du temps, les torts de l'oppresseur, la morgue des puissants, les affres de l'amour méprisé, les injustices de la loi, l'insolence des gens en place.* »

– Voilà pourquoi je crois que le moindre mal, pour toi, reprenait Piafka, serait une carrière bancaire. Tu pourras t'y épanouir et jouer un rôle dans la société. Imagine le sommet d'un pic de quelques mètres carrés. Sur ce pic sont regroupées plus d'une centaine de personnes serrées les unes contre les autres. Sur le flanc de la montagne, des gens tentent de gagner le sommet mais sont repoussés par ceux qui y sont déjà. Voilà ce qu'est la société. Il te faut à tout prix acquérir une su-pé-rio-ri-té, c'est-à-dire une spé-cia-li-té. C'est pourquoi j'ai contacté Burunsky.

M. Krystal savait que les cheveux d'Antonin blanchiraient, que ses dents se déchausseraient et que des rides marqueraient ce beau visage. Il savait combien son fils souffrirait le jour où il n'attirerait plus tous les regards. Aujourd'hui, Antonin incarnait un bel avenir, mais demain ?

Demain, l'argent permettrait que les regards le suivent à nouveau !

Voilà pourquoi M. Krystal avait demandé à Burunsky d'engager son fils.

Félix Burunsky, le directeur général de la banque Zébulon, était non seulement un génie de la finance, mais il était devenu également mondialement célèbre au début des années soixante-dix quand son livre *Soleil noir*, relatant son expérience concentrationnaire à Auschwitz, écrit en déportation, fut redécouvert par la critique. Il n'avait jamais rien écrit d'autre !

Quand on lui en demandait la raison, il expliquait qu'il n'avait pu créer que dans l'action. Sachant qu'il ne revivrait jamais un événement aussi « extraordinaire », il avait conscience qu'il ne pourrait jamais rien donner d'aussi puissant.

*Soleil noir,* qui figurait au programme de tous les lycéens du monde occidental, avait été publié à compte d'auteur immédiatement après la guerre. La Shoah n'intéressait pas le grand public à cette époque. Il avait fallu attendre le milieu des années 1970 pour que *Soleil noir* connût le succès. C'était un livre de pureté, de mémoire, de pardon, de sagesse, de douleur et de flamme.

Burunsky, Polonais non juif, avait été arrêté par erreur au cours de la grande rafle du Vél' d'Hiv. Il était parti par le même convoi que le grand-père d'Antonin, Aaron Krystal.

A leur arrivée à Birkenau, les deux hommes avaient

été sélectionnés pour la chambre à gaz par un *Obersturmführer,* avec deux cents autres juifs. Mengele, vexé que la sélection eût été opérée par l'*Obersturmführer* et non par lui, était rentré dans le crématoire et, pour affirmer son autorité, en avait extrait deux hommes, Burunsky et le grand-père d'Antonin.

Ils furent par la suite envoyés au *Sonderkommando.* C'est là que Burunsky trouva le temps d'écrire. Souvent, le père d'Antonin avait demandé à Burunsky si son propre père, Aaron, n'avait pas lui aussi écrit des textes. Il les avait peut-être enterrés quelque part à Auschwitz, car tous ceux qui l'avaient connu avant la déportation étaient unanimes pour dire que l'écriture était une composante essentielle de sa vie. Il fallait cependant se rendre à l'évidence, Aaron n'avait pas trouvé la force morale d'écrire. On ne sait jamais comment les gens vont réagir face aux tragédies.

Trois jours avant l'arrivée des Russes, Burunsky et Aaron avaient été évacués dans ce qui fut appelé plus tard les « marches de la mort ». Aaron avait péri en protégeant Burunsky.

A la fin de la guerre, Burunsky alla trouver la famille d'Antonin, qui se limitait alors à la mère de M. Krystal, à Piafka et à sa sœur, pour leur raconter en détail comment cette tragédie s'était déroulée et leur faire savoir qu'Aaron avait péri en héros.

Comment Burunsky s'était-il retrouvé à la tête de Zébulon ?

En revenant de camp, il y avait obtenu un emploi modeste. Cela ne lui suffisait pas. Il lui fallait autre chose. Son manuscrit sous le bras, il fit alors le siège de nombreux éditeurs. Rue Racine, on finit par lui accorder un entretien. L'éditeur ne l'écouta pas et ne le lut point non plus. Il se contenta de fumer cigarette sur cigarette.

Pour justifier son refus d'éditer *Soleil noir,* l'éditeur prétexta que sa maison d'édition ne lisait pas les textes écrits à la main. Il fallait qu'ils fussent tapés à la machine. Burunsky, qui ne savait pas et ne sut d'ailleurs jamais taper à la machine, fut donc contraint de le publier à compte d'auteur. Il songeait déjà à se retirer dans un village où il pourrait vivre loin des ambitions et des vanités, quand cet éditeur de la rue Racine, qui ne goûtait guère l'écriture manuscrite et fumait cigarette sur cigarette, vint à la banque pour un crédit en vue de l'achat d'un appartement. Devant Burunsky, il avait adopté un air penaud, comme un chien pris en faute. Burunsky lui accorda son crédit sans même demander de garanties. L'éditeur sortit de chez Zébulon le visage rouge de honte tandis que Burunsky pleurait de joie. Il avait aperçu la vérité. Il comprenait maintenant la puissance de l'argent. Depuis ce jour, Burunsky n'eut de cesse qu'il ne s'élevât et s'élevât encore dans l'échelle sociale.

# VI

La banque Zébulon, du nom de son illustre fondateur, était plus qu'une banque d'affaires, c'était une institution. Elle faisait depuis plus d'un siècle et demi partie intégrante du paysage parisien. L'avis de ses experts dopait ou déprimait les Bourses de New York, Tokyo, Paris, Londres ou Hong Kong. Ils étaient les meneurs de jeu du puzzle français et international. Quand les prévisions de Zébulon risquaient de ne pas se conformer à la réalité, la banque les contraignait à céder à ses volontés, et cela par tous les moyens. Son bilan annuel était de plus de deux mille milliards de francs. Elle employait quatre fils de ministres de l'actuel gouvernement, sans compter le fils du Premier ministre lui-même, quatre du précédent et sans doute le même nombre du gouvernement qui suivrait. Les dirigeants actuels avaient d'ailleurs choisi Zébulon comme banque conseil pour la privatisation de nombreuses sociétés nationalisées. Cela n'avait évidemment choqué personne. Tout juste y avait-il eu un entrefilet dans un hebdo.

La banque était introduite dans toutes les sphères gouvernementales. Elle disposait de Légions d'honneur dépendant de la quasi-totalité des ministères, de places dans les clubs les plus sélects des grandes capitales, de loges dans les salles de concert ou les stades de tennis, d'hélicoptères, d'entrées à l'Élysée et à Matignon.

Au XIXe siècle, la banque Zébulon avait été l'égale de celles des Rothschild, des Laffitte, des Nuncigen, des Leuwen, et, si la légende veut que Laffitte ait débuté sa fortune en ramassant une épingle dans la cour d'une banque où il se présentait pour solliciter une place de guichetier, Zébulon avait entamé la sienne par les épingles qu'il plantait dans les ourlets de pantalon de Talleyrand.

Zébulon était né quelque part sur la frontière russo-polonaise. Son *shtetel* s'était cotisé afin qu'il pût gagner ce merveilleux pays où, depuis septembre 1791, un juif valait un chrétien.

En arrivant à Paris, il avait continué son métier de tailleur et s'était rapidement converti au catholicisme. Sa petite taille lui gagna rapidement la sympathie de tous les grands hommes de la capitale, dont le Diable boiteux. Ce dernier se débrouilla pour que l'atelier de Zébulon, rue de la Paix, se métamorphosât en une banque prospère. « Il est toujours utile de disposer d'un créancier à portée de voix », avait-il coutume de dire.

La fortune de Zébulon suivit celle de son mentor et survécut aux restaurations, aux républiques, aux empires, aux krachs boursiers, aux chocs pétroliers, aux conflits sociaux et aux impôts grevant « arbitrairement » le capital.

Zébulon avait su léguer à ses enfants son étonnante ambition. Dès 1840, les Zébulon avaient pressenti qu'il fallait être à la fois à Paris, à Londres et à New York. La banque s'était développée à mesure que les échanges commerciaux s'internationalisaient.

Zébulon avait souhaité que son nom perdurât après sa mort et son nom avait perduré. Pas une année sans l'inauguration d'un buste, d'une plaque ou d'un timbre à son effigie. Son nom était donné à des squares, des universités, des hôpitaux, des crèches, des écoles maternelles ou supérieures, des galeries, des musées, des maisons de jeunesse, des hôtels cinq étoiles, des nurseries ou des cimetières. Les immeubles ne suffisant plus, il fallut passer à l'étape supérieure. A présent il n'y avait pas une ville, un bourg ou un village en France qui n'eût sa place, sa rue, son avenue ou son boulevard Zébulon. Même dans les municipalités communistes, il avait droit à une impasse Zébulon.

A la banque, le premier des Zébulon était partout : *Zébulon strict* à l'aquarelle ; *Zébulon bienveillant*, à l'huile ; *Zébulon trônant*, au pastel ; *Zébulon méprisant*, à l'eau-forte ; *Zébulon paternel*, version sanguine.

Le dernier des Zébulon était différent de ses aïeux. C'était un excentrique qui vivait dans un monastère à Audebas, en Ardèche. Il se consacrait à la traduction de manuscrits coptes et avait publié un ouvrage sur les coutumes alimentaires de ce peuple. Il était propriétaire du monastère et de sa maison d'édition. Son activité, qui aurait pu être considérée comme inepte, passait pour charmante et profonde.

D'ailleurs, on lui donnait du « Maître ».

Tous les pouvoirs avaient été délégués à Burunsky, le dernier représentant des Zébulon ne gardant que le contrôle de quelques signatures.

Burunsky avait su assurer la pérennité du caractère exclusif de la banque. Premier de tous les établissements financiers français, elle restait un modèle de prudence et de conservatisme. Une momie, à côté d'elle, eût paru sémillante.

Tout, dans l'établissement Zébulon, était feutré, chuchoté, rituel. Il y avait moins d'énigmes dans l'éternelle ronde des planètes, des soleils et des diverses galaxies de notre univers que dans les sempiternels manèges, brigues et cabales de la banque Zébulon.

D'un couloir à l'autre, on entendait le bruit des manteaux que l'on enlevait. On entrait dans un monde particulier, fait d'austérité et de sens de la hiérarchie. Un monde de silence et de chiffres. Chacun y était convaincu de faire un métier incomparable dans une banque qui ne ressemblait à aucune autre. Cet état d'esprit enveloppait tous les employés, du guichetier aux plus hauts cadres.

Le prestige de la banque tenait surtout à son département de fusions-acquisitions. C'était là que Piafka voulait introduire Antonin.

Bien que la banque Zébulon eût pignon sur rue à Paris, New York, Londres, Francfort, Milan, Tokyo et Genève, son nom n'était jamais prononcé à voix haute, il se chuchotait, se susurrait comme les préparatifs d'un complot ou une déclaration d'amour.

Cette banque illustre était si secrète qu'elle ne figurait pas dans l'annuaire téléphonique.

– C'est bon pour les bouchers, les primeurs et les Rothschild, mais pas pour des gens comme nous, avait dit une fois un des Zébulon.

Les coordonnées de la banque se transmettaient comme on s'échange une photo pornographique, sous le manteau. La banque se payait néanmoins régulièrement des pages de publicité rédactionnelle dans les quotidiens.

Ce nom respecté n'impliquait que des louanges. Cité obséquieusement par les journalistes, il permettait à ceux-ci de s'envoler sans bourse délier jusqu'à Tahiti ou aux îles Fidji, ou encore de boire douze mois par an du château-lafite ou du mouton-cadet.

Mais la moindre critique leur ouvrait toutes grandes les portes de la rubrique des chiens écrasés ou de l'ANPE.

## VII

Antonin allait décacheter la lettre de Zébulon quand il entendit soudain miauler. La porte de la cuisine, poussée par un courant d'air, s'était refermée sur Bastet qui, comme tous les chats, ne supportait pas les espaces clos.

Antonin posa la fameuse lettre sur sa table. En esclave bienheureux du genre félin, Antonin alla lui ouvrir la porte.

– Tu veux toujours être là où tu n'es pas. Comme moi, d'ailleurs.

En passant, Bastet se frotta langoureusement contre sa jambe.

– Miaou ! fit-elle en levant vers lui des yeux remplis d'espièglerie et de tendresse.

Antonin crut un instant qu'elle le remerciait, mais son regard qui se dirigeait vers le réfrigérateur exprimait simplement de l'appétit.

La lettre pouvait encore attendre. Il sortit une tranche de carpaccio et la disposa de manière artistique sur une soucoupe qu'il posa devant Bastet.

Celle-ci, ravie, émit un mélange de ronronnement et de miaulement. Après lui avoir gratté la tête avec tendresse, Antonin alla satisfaire un besoin urgent aux toilettes.

Bastet mangeait avec délice quand elle entendit une grosse voix furieuse. Elle leva la tête.

– Bastet, tu es dégueulasse. C'est ignoble, cette odeur !

Bastet s'était soulagée dans son bac. En temps normal, Antonin aurait laissé Tina, la dame qui prenait soin de l'appartement et aimait la chatte d'une tendresse maternelle, s'occuper de changer la sciure. Malheureusement, elle ne travaillait pas le week-end. Bastet, quant à elle, avait recommencé à manger. Les grognements qu'elle entendait de la salle de bains ne l'impressionnaient nullement.

« Plus tard, se disait Antonin en vidant la sciure dans la cuvette des toilettes, plus tard j'aurai une armée de domestiques qui me suivront sans relâche. Plus jamais je ne changerai la sciure ! Plus jamais ! »

On aurait cru Vivian Leigh, raclant la terre rouge de Tara à la recherche d'une racine dans *Autant en emporte le vent*, se jurant qu'elle n'aurait plus jamais faim !

Une fois tout bien en place, il fila vers le salon et alla droit à sa table de travail, hésita encore quelques instants devant la lettre à l'en-tête de Zébulon, prit une pièce de un franc, la jeta en l'air, renouvela l'opération et enfin se décida à la décacheter.

*« Paris, le 18 août*

*« Cher monsieur Krystal,*

*« Je suis heureux de vous apprendre que votre candidature à un poste de collaborateur à la banque Zébulon a été favorablement retenue. Je vous prierai cependant avec « insistance » de bien vouloir remplir le formulaire ci-joint, les réponses fournies lors de votre entretien psychologique n'ayant pas donné entière satisfaction.*

*« Je suis certain que vous justifierez complètement de la grande confiance que vous porte votre haut protecteur.*

*« Je vous prie d'agréer, cher monsieur, l'assurance de ma considération.*

*Hervé Picard*
*Directeur des ressources humaines »*

« Super ! Ils ont dit oui ! Burunsky a dû mettre une de ces pressions ! " Mon haut protecteur ", tu parles ! Dire que tous ceux qui sont engagés ont fréquenté les plus grandes écoles de commerce et que moi je n'ai pas fait une seule heure d'économie. Tout juste avocat... Quelle rigolade ! »

Antonin prit soudain un air grave comme s'il venait de se rendre compte de quelque chose.

« Ça va être gai, le boulot ! Mais Piafka voulait la banque. Eh bien, il aura la banque ! Après tout, qui sait, cela peut se révéler intéressant. « *Jouis, dit la raison païenne ;/Jouis et meurs ; les dieux ne songent qu'à dormir.* » »

Antonin eût été étonné qu'on lui reprochât de ne pas avoir la moindre pensée pour ceux qui méritaient réellement un emploi, après avoir obtenu les diplômes requis à la force des neurones déployés et avaient vu leur candidature rejetée.

Il reprit la lettre et la relut, cette fois avec la plus grande des attentions.

« C'est sec, bien sec et bien court », conclut-il.

Il n'avait pas encore écrit assez de lettres pour se rendre compte que les gens dits « importants » n'écrivent jamais plus d'une page, les femmes parfois en écrivent deux, seuls ceux qui logent à la Santé, à Fresnes ou à Fleury-Mérogis dépassent la dizaine de feuillets.

Si la réponse avait été négative, Antonin en aurait été terriblement vexé. Maintenant qu'il la savait positive, il se permettait de faire le délicat.

« Ce salaud aurait pu m'adresser sa « haute » considération. Elle n'aurait pas écorché son traitement de texte. Ils ont des formules de politesse stockées dans l'ordinateur. Ils les choisissent selon l'importance du destinataire. « Avec mon cordial souvenir » pour les chefs d'entreprise. « Avec mon fidèle respect » pour les hommes politiques. « Avec ma haute considération » pour un institutionnel. Avec sa considération toute nue pour un valet comme moi ! »

Pour se calmer, Antonin se leva de sa chaise, fit le tour de la table en se grattant l'oreille et vint se rasseoir. Il reprit la lettre et regarda la signature.

« C'est signé qui ? « Hervé Picard, directeur des ressources humaines... » Picard, on croirait une marque de surgelés ! En plus, qu'est-ce que ça veut dire, « ressources humaines " ? Ils vont voir si j'ai une tête de ressource humaine ! Sans blague ! »

Antonin froissa l'enveloppe et la jeta au panier.

L'espace d'une seconde, prenant conscience de son arrogance, il fut envahi par un sentiment de culpabilité qui se dissipa aussitôt devant l'urgence de rédiger un curriculum vitae.

« Moi, rédiger un curriculum vitae ? Moi, Antonin Krystal ! A-t-on demandé à César ou à Alexandre le Grand de rédiger leur curriculum vitae ? J'ai déjà eu droit à l'analyse graphologique et à leur stupide entretien psychologique. Ça ne suffit donc pas ? ronchonna-t-il. Bientôt, dans certaines sociétés, ils n'engageront plus que des dolichocéphales, tandis que, dans d'autres, ils n'engageront que des brachycéphales !...

Antonin, bien qu'ayant bénéficié de la protection de Félix Burunsky, avait dû subir un de ces tests psychologiques qui fleurissent dans le monde de l'industrie et des affaires depuis la chute du communisme, le déclin des syndicats ayant fait disparaître tout contrepoids aux exigences démesurées des patrons.

Quelques jours avant le test, Burunsky avait néanmoins eu soin de faire savoir à Antonin, par l'intermédiaire de son père, que ses réponses au psychologue maison devaient avant tout être prudentes et impersonnelles. C'était ignorer la soif de se distinguer qui brûlait en Antonin. Autant demander à un rossignol de ne pas chanter...

– Quelle est votre plus grande qualité ? commença le psychologue.

– Mon absence de défauts, répondit Antonin.

– Quelle est votre plus grand déf...

Le psychologue, comprenant que sa question n'avait plus raison d'être, s'arrêta brusquement et, pour la première fois depuis qu'Antonin avait pénétré dans la pièce, leva la tête vers lui. Il le regarda quelques secondes puis émit de petits bruits du fond de sa gorge, signifiant soit qu'il réfléchissait, soit qu'il se dégageait la trachée. Il reprit :

– Si je vous dis « banque », à quoi pensez-vous ?

– Aux amoureux qui se bécotent, répondit immédiatement Antonin.

– Pourrais-je savoir pourquoi ?

Le psychologue prit bien soin de prononcer chaque syllabe de sa phrase.

– Parce que banque vient de l'italien *banca,* qui jadis se présentait sous la forme d'un banc sur lequel s'effectuaient en plein air les opérations de change. Donc, quand vous me dites « banque », je pense à « banc », ce qui me fait immédiatement rebondir sur la chanson de Georges Brassens : « *Les amoureux qui se bécotent sur les bancs publics, bancs publics...* »

Antonin commença à chantonner, ce qui ne fut pas du goût du psychologue qui l'interrompit.

– Si je vous dis « carrière ».

Le bonhomme ne plaisait pas à Antonin. Vraiment pas ! Il prit donc plaisir à être énigmatique.

– Laurion.

– Laurion ? Laurion ? c'est quoi ça, Laurion ? demanda le psychologue manifestement excédé. Vous ne pourriez pas répondre quelque chose de normal comme tout le monde... quelque chose comme honneur ou argent ?

– C'est très exactement ce que je fais ! Les mines de Laurion, au cas où vous l'ignoreriez, étaient des mines d'argent, proches d'Athènes. Ceux qui en étaient propriétaires en retiraient d'innombrables honneurs ! répondit Antonin avec jubilation.

– Si votre maison brûle, quelle est la première chose que vous emportez ?

– Le feu !

Antonin craignit un moment que le psychologue ne sût que c'était là une trouvaille de Cocteau et non d'Antonin Krystal, mais l'autre l'ignorait.

– Votre moment préféré dans l'amour ?

– Mais vous devenez très personnel, mon cher..., se risqua Antonin.

– Je ne suis ni « votre cher » ni « personnel », dit le psy à bout. Je me contente de faire mon travail. Si vous voulez que l'entretien s'achève ici, je n'ai rien contre. Dans le cas contraire, tâchez de répondre à mes questions.

Antonin n'aimait guère les attaques frontales, il les préférait insidieuses. Briser là l'entretien, Antonin l'eût fait volontiers, mais il avait promis à son père... Il eût été un piètre comédien car, à la moindre contrariété, sa lèvre inférieure partait vers l'avant.

– Mon moment préféré ?

Antonin hésita quelques secondes puis répondit.

– Le moment où, comme dans un concert, les musiciens accordent leurs instruments avant de commencer.

Le psychologue écrivit sur la feuille devant lui : « Les attouchements. » Enfin le questionnaire rentrait dans une certaine routine.

– Comment voyez-vous votre père ?

– Avec mes yeux.

– Et votre mère ?

– Avec mon cœur.

Le psychologue le regarda de cet air qui signifie qu'il n'y a vraiment rien à tirer de quelqu'un. Antonin, quant à lui, se dit que le psy avait tort de ne rien inscrire sur sa feuille.

– Nous sommes en plein dans les manifestations contre le CIP. Que vous inspirent-elles, vous qui venez d'achever vos études ?

C'était là la partie sociale du questionnaire.

« Dois-je être sincère ? se demanda Antonin. Oh, et puis zut ! Au point où on en est à présent... »

– Je comprends que certains jeunes soient désespérés et qu'ils s'indignent d'avoir fait des études pour être exploités par des sociétés qui gagnent des milliards et rognent sur les emplois. Que se passait-il auparavant ? C'était une époque bénie où les pauvres se taisaient, où ils ne revendiquaient pas ! Pourquoi l'auraient-ils fait ? Ils ne savaient pas comment vivaient les riches ! Ils ignoraient également qu'il était si facile de gagner de l'argent quand on a la chance d'être proche des centres décisionnels. Maintenant, l'information est accessible à tous ! Alors, quoi de plus normal que de les voir manifester ! Le Premier ministre a tort de dire que les Français ont tendance à se considérer comme les rentiers du monde, ils n'ont au contraire tendance à demander que ce qui leur est dû. Normalement, le superflu des riches devrait servir au nécessaire des pauvres ; or, on peut constater que c'est le nécessaire des pauvres qui sert au superflu des riches.

Le psychologue annota sa feuille d'un œil sournois durant trois bonnes minutes. Il y avait de quoi ! Seul un fou pouvait solliciter un poste de banquier et simultanément, sans ressentir la moindre gêne, être capable de tenir un tel discours.

Après un moment de silence, le psy reprit :

– Où est votre Eldorado ?

– Paris, Venise, Florence, Jérusalem, New York... Je suis plus ému par le spectacle de l'imagination de l'homme que par celui de la nature.

– Que représente pour vous la paternité ?

– On est toujours papa de ses actes.

– Des sept péchés capitaux, lequel a votre indulgence ?

– Ils ont tous mon indulgence : orgueil, luxure, gourmandise, colère, paresse... Le seul que je ne pardonnerais pas serait peut-être l'avarice.

Antonin se pinça les lèvres de ne pas avoir trouvé le septième péché capital.

– C'est pour un poste de banquier que vous vous présentez, monsieur Krystal. Pas de philanthrope, remarqua caustiquement le psychologue avant de continuer. Qu'est-ce qui peut vous répugner dans un visage ?

Antonin, qui à cet instant regardait les formes géométriques du tapis à ses pieds, répondit sans réfléchir :

– Les moustaches.

Il eut aussitôt un sentiment d'effroi, leva les yeux et vit la paire de bacchantes noires au-dessus des lèvres du psy.

– Les moustaches blondes, ajouta-t-il dans un murmure. Les moustaches blondes uniquement...

Le psychologue eut un moment de découragement et prit le dossier d'Antonin qu'il commença à compulser.

– Je vois que sur votre « semblant » de curriculum vitae vous n'avez pas indiqué vos hobbies. Est-ce à dire que vous n'en avez pas ?

– Que vouliez-vous que j'écrivisse ? Que j'aime la peinture de Titien ou les filles aux longues jambes ?

Quand Antonin souhaitait marquer une distance entre lui et son interlocuteur, il employait l'imparfait du subjonctif.

– Je vais vous poser une question plus générale. Vous êtes à un cocktail, comment reconnaissez-vous un banquier ?

– Comment reconnaître un banquier... C'est là une question bien intéressante. A un cocktail, c'est ça ?

– Contentez-vous de répondre !

– Voilà, voilà. Si on croise quelqu'un d'affable, de courtois, qui s'écarte du buffet pour vous laisser la place et vous sourit avec bonhomie, on peut être tranquille, ce n'est pas un banquier. Si plus loin on voit quelqu'un en train d'écouter avec intérêt son interlocuteur, on peut en être sûr, ce n'est pas un banquier. Si dans un coin on remarque quelqu'un de modeste, parlant bas, ce n'est pas un banquier. Celui qui regarde gentiment une jolie fille, ce n'est pas un banquier. Celui qui joue du piano, ce n'est pas un banquier. Cet autre qui propose de l'aide à un ami, ce n'est pas un banquier. En revanche, si en passant la porte du salon je trouve un homme raide, empesé, infiniment sûr de lui, de son esprit et de son goût, planté dans sa prétention comme un feu rouge dans le béton, qui m'empêche de passer, sans daigner s'apercevoir qu'il me gêne, reluquant d'un œil vicieux une jeune fille de trente ans sa cadette, alors pas de problème, voilà votre banquier !

Le psychologue n'insista pas et reprit sa liste de questions types.

– Préféreriez-vous élever des scorpions ou des grenouilles ?

Quand Burunsky prit connaissance du rapport du psychologue, il eut beaucoup de mal à rattraper la situation. Il avait beau être le grand patron, il n'était pas pour autant le propriétaire. Il se devait donc d'être circonspect afin de ne pas froisser les susceptibilités de ceux qui travaillaient sous sa responsabilité. Burunsky avait constamment en tête les meilleurs intérêts de la banque.

« ... Mépris des codes sociaux et des individus en règle générale, déséquilibres émotionnels, refoulements névrotiques, tendances dépressives (suicidaires ?), autosatisfaction, narcissisme exacerbé, besoin maladif de se faire valoir, refus des difficultés, refus de la hiérarchie, tendance à la dérision, caractère souvent... »

Cela continuait ainsi sur deux pleines pages.

Antonin avait été sauvé une fois, le serait-il une seconde ? Il préférait ne pas courir le risque et, bon gré mal gré, se décida à répondre au questionnaire adressé.

« Date de naissance, nom, prénom, nom du père, nom de jeune fille de la mère, formation, lut Antonin. Pourquoi pas, pendant qu'on y est, la couleur de mes yeux, mon poids, si j'aime l'art préhistorique ou si je serais prêt à copuler avec une dame dromadaire pour la prospérité de Zébulon », lança-t-il rageusement.

Antonin feignait de ne pas comprendre que les règles qui régissent le monde n'avaient pas été conçues dans le seul but de lui plaire. Se révolter n'entraînait que gaspillage de temps et d'énergie.

Plus que tout, il voulait demeurer fidèle à l'idée qu'il se faisait d'un gentleman : un Phileas Fogg qui n'avouerait jamais ses souffrances, ses besoins ou ses inquiétudes. Paraître au-dessus de toute contrainte, ne point avoir de maître et n'agir que par devoir, voilà la seule attitude à adopter afin de conserver sa dignité.

Souscrire à un tel questionnaire, bien qu'il n'eût absolument rien d'infamant, le faisait descendre du piédestal sur lequel il avait été le seul à avoir eu l'idée de se placer.

Tous ses amis ayant recherché un emploi étaient passés par là. Ils n'avaient cependant pas ressenti dans cette formalité une quelconque offense. Ils se conformaient à ce qui leur était demandé avec ostentation. Leur curriculum vitae était imprimé par un procédé laser. Ils hésitaient entre les différentes polices, passaient des heures à se demander si leur nom devait figurer en italique, leur lieu de naissance en palatino, geneva, chicago ou courrier... ou mille autres interrogations donnant à cette formalité un caractère de sacrement religieux.

Autrefois, on jugeait les gens sur leur dissertation latine, la rapidité avec laquelle ils résolvaient les équations du second degré, leur bonne mine, leur charme ou des dizaines d'autres critères qui présentaient au moins le mérite de faire fonctionner la personnalité et l'intelligence. A présent, cela se jouait sur la rédaction d'un curriculum vitae, exercice purement mécanique.

Les yeux d'Antonin étaient clairs, extrêmement mobiles et ne distinguaient pas au-delà de cinq mètres. Son regard vif se dissimulait derrière de longues mèches noires, tout comme il voilait ses pensées derrière de longues citations tirées de mille auteurs divers. Son teint pâle, ses traits fins lui donnaient, selon certains, « un aspect racé ». Un « on ne sait quoi » de douloureux dans le visage lui conférait grâce et profondeur. Bien que de nature pessimiste, son regard ironique, refusant obstinément toute vision pathétique du monde ou tragique de lui-même, l'empêchait de sombrer dans des états dépressifs.

Mélange d'érudition et d'ignorance crasse, d'idées galvaudées et imprévues, de cynisme et d'extrême émotivité, de munificence et de cupidité, de courage de martyr et de peurs de petite fille, de timidité de prince en exil et d'arrogance de vendeur de vêtements de luxe, d'amour et de narcissisme, Antonin avait ce genre de caractère qui plaît ou déplaît à la première minute puisqu'il s'inscrit sur le visage de celui qui le porte en lui.

En public, la démarche d'Antonin était volontairement traînante et nonchalante, afin que l'on crût qu'il portait en lui une partie des malheurs du monde, alors qu'il ne s'était jusqu'alors donné, selon l'expression consacrée, que « la peine de naître ». En l'absence de public, Antonin se pressait toujours comme à la poursuite d'un autre lui-même. Jamais il ne reconnaissait qui que ce fût. Sa vue déficiente en était en grande partie la cause ; mais n'était-ce pas également dû à une extrême indifférence au sort de ses semblables ?

C'est en tout cas ce que lui fit savoir une de ses anciennes petites amies.

– Tu comprends parfaitement les sentiments humains, Antonin, leurs motivations, même les plus fines, mais tu as l'air de te foutre des gens. Tu ne leur attaches pas la moindre importance. Pas étonnant que tout le monde te déteste !

Il avait protesté :

– Mais je suis sensible quand même ? Tu ne trouves pas ?

– Mais oui, tu es sensible, avait-elle répondu, mais ta sensibilité s'arrête là où débute ton égoïsme et, crois-moi, il commence vachement tôt, ton égoïsme !

Antonin ressentait tout, mais brièvement. A force de lectures et d'expériences variées, il avait acquis la faculté de comprendre les ressorts psychologiques de tous les milieux. Il évoluait dans ces espaces au hasard des rencontres, à la manière d'un Petit Poucet semant sur son chemin des morceaux de lui-même. Il avait les poches si remplies qu'il avait beau semer, ensemencer, planter et emblaver, il lui en restait toujours. Voilà peut-être la raison pour laquelle il ne se perdait jamais.

Antonin adorait tout marquer de son empreinte ; un peu à la manière de cet alpiniste autrichien, Hans Kyselak, qui escaladait au début du siècle les montagnes du Tyrol en y gravant, une fois parvenu au sommet, son nom en lettres titanesques. Nombreux furent ceux qui trouvèrent que cette manie détériorait le paysage. Les plaintes adressées à Joseph II décidèrent l'empereur à convoquer Hans. Il lui fit promettre de ne plus recommencer. Hans jura, tira sa révérence, puis sortit. Quand l'empereur se remit au travail, il eut la surprise de trouver gravé le nom de Kyselak au canif sur son bureau en noyer.

L'ego exacerbé d'Antonin étouffait en lui tout sentiment réellement désintéressé : ses joies, chagrins ou deuils concouraient à son enrichissement intellectuel. Il s'arrangeait pour que tout passât à travers son propre prisme. Son esprit sali de tout ce qu'il avait vécu ne pouvait porter un regard pur sur les choses.

Face aux épreuves, Antonin se dédoublait : tandis que l'un agissait, l'autre se regardait agir.

Une telle démarche psychologique, qui certes atténue les peines, ne permet cependant pas aux moments de bonheur de croître. Ses rares instants d'enthousiasme se voyaient tempérés par d'incessantes réflexions l'empêchant de commettre les folies de son âge.

« Date de naissance. » Antonin inscrivit 13 mars 1970 sur la ligne prévue à cet effet.

« Qu'ai-je fait de ma vie ? » se demanda Antonin.

Il réalisa soudain qu'il s'était singulièrement mal posé la question.

« J'aurais peut-être mieux fait de me demander ce que la vie a fait de moi ! »

Il avait bien raison ! Antonin jusqu'à présent s'était contenté de se plier aux événements, sans jamais les provoquer.

Qu'est-ce que la vie avait fait de lui ? A vingt-quatre ans, Antonin pouvait déjà feuilleter l'album de son passé.

Au cours de ces vingt-quatre années, il avait eu l'occasion de voir et de faire plus de choses qu'en aurait pu faire l'homme le plus riche ou le plus puissant seulement un siècle auparavant. Le monarque le plus absolu, le sultan le plus puissant, le pacha le plus omnipotent, le souverain le plus terrible, le despote le plus dictatorial... enfin tous ceux qui jadis faisaient baisser le regard des hommes, n'avaient pas eu un centième du pouvoir que le XX$^{e}$ siècle offrait à Antonin.

L'Opéra de Sydney avait chanté pour lui, celui de Leningrad aussi. Il avait caressé les chiens du plateau de Gizeh et les chats des *calli* vénitiennes. Il s'était baigné dans les eaux boueuses du marché flottant de Bangkok et dans les flots diaphanes de la mer Rouge. Les pigeons de Saint-Marc s'étaient soulagés sur son crâne, leurs cousins slaves de la place Rouge avaient témoigné de la même délicatesse. Antonin avait sué en grimpant la colline de l'Acropole, renâclé durant l'ascension de Massada et s'était amèrement plaint durant celle du Vésuve. Il avait pleuré sur la rampe de Birkenau et ri aux larmes aux facéties des Marx Brothers. Il avait fait l'amour dans un fiacre à Assouan, face au Nil, et dans une impasse répugnante, non loin de Sainte-Sophie. Il avait somnolé pendant les cours du lycée, dormi à Harvard, puis sommeillé à la Sorbonne.

Bien que gagnant relativement bien sa vie, son père dut se refuser certains plaisirs et la réalisation de certaines envies afin de lui fournir la meilleure éducation. Antonin avait pris des cours d'équitation, de bridge, de danses classique et moderne, de philosophie présocratique puis postsocratique, de natation, de yoga, de ping-pong, de tennis, d'anthropologie, de valse avec une Viennoise, de peinture à l'huile, de photographie, d'histoire de l'art, d'italien, d'arabe littéraire, de maintien, de tango avec une Argentine, de russe, d'allemand, d'hébreu, d'espéranto, de piano, de solfège, de sociologie, de zoologie.

Persuadé que ces connaissances diverses lui seraient un jour d'une grande utilité, Antonin engrangeait le savoir comme d'autres entassent du sucre et des denrées par crainte d'une guerre ou d'une famine. C'était devenu un body-builder culturel.

Virevoltant autour des choses, ricochant, rebondissant sur elles, ne s'enfonçant jamais, Antonin fuyait tout attachement qui l'eût contraint de se colleter avec la réalité et la création. Illustration du garçon nonchalant prêt à tout aimer pourvu que cela ne lui coûtat pas trop d'efforts, touchant à tout avec politesse, obligeance et superficialité, Antonin ne semblait pourtant pas à son aise dans ses habits de prince consort de la vie. La formation éclectique dont il fut le cobaye lui permit cependant d'acquérir une mémoire extraordinaire. Il savait que le cheval d'Alexandre se nommait Bucéphale, que la chèvre qui avait allaité Zeus se nommait Amalthée et, si

César s'était entiché d'un canari, Antonin eût rougi d'ignorer son nom ! Cette mémoire suppléait à certaines qualités lui faisant défaut et leurrait tout le monde, excepté peut-être lui-même.

« Voilà le bon côté des compliments, se disait Antonin quand on le louait pour des qualités qu'il savait ne pas posséder. Ils m'enseignent ce que je ne suis pas, tout en me laissant penser qu'ils sont sincères. »

Antonin était-il cultivé pour autant ?

La culture n'est pas accumulation, mais utilisation ! C'est pouvoir examiner un événement de mille regards différents et converger vers une opinion à la fois personnelle et originale.

La culture est également, tout comme la jeunesse, un mot de passe pour entrer dans des mondes qui sans elle demeureraient clos, une façon de se reconnaître entre gens de la même caste :

– Ah, vous savez que Napoléon III parlait avec l'accent allemand, que le douzième président des États-Unis se nommait Zachary Taylor, que Jerimadeth n'est pas une ville de Galilée, mais une rime forgée par Victor Hugo ? C'est bon, vous pouvez entrer...

A sa naissance, Antonin n'avait reçu aucun don spécifique. Certains viennent au monde avec une prédisposition pour le piano, la peinture, la sculpture, les arts martiaux, la cuisine... ou le polo ; la providence n'avait gratifié Antonin que de deux seuls talents : critiquer les autres et encenser ses propres mérites.

Cela ne l'empêchait nullement de tout désirer sans pour autant ne rien obtenir. Si son ambition existait, elle ne l'enflammait pas car, entre avoir la capacité d'agir et agir, il y a un monde ! Constamment il avait en chantier des choses manquées, à moitié faites, faites et défaites, prises, reprises, vomies, jamais digérées, abandonnées, retrouvées et perdues à nouveau. On avait un jour demandé à Newton comment il avait découvert la loi de l'attraction universelle. Le génie prit deux secondes pour réfléchir et répondit : « En y pensant toujours. » Ce n'était pas simplement la réponse d'un homme modeste, mais également d'un chercheur qui avait compris que, lorsqu'on désirait atteindre un but, il fallait y songer énergiquement à chaque instant de la vie.

Antonin aurait voulu rester ce jeune homme en éternelle préparation. Son esquisse devait pourtant bien un jour ou l'autre se voir appliquer un coup de pinceau final.

Sa plongée dans le bain de la culture n'était qu'un engourdissement. Ne rien faire lui rappelait trop qu'il n'avait aucun but. De cette plongée, il était ressorti trempé d'un « brillant peut-être » qui lui collait à la peau.

Un « peut-être » ne pouvait cependant tenir aux yeux de la société que quelques années. Sans action d'éclat ou d'envergure, il deviendrait alors un « il aurait pu être ». Cet adverbe transformé en conditionnel passé rappellerait alors sa métamorphose grammaticale au bon souvenir de celui qui avait déçu dans l'attente placée en lui.

« Nom de famille », lut Antonin sur le formulaire. Il y inscrivit Krystal, se remémorant l'époque où il l'écrivait pour la première fois sur ses devoirs d'écolier.

« Mon Dieu ! Déjà tant d'années ont passé depuis l'école, je n'arrive pas à y croire. Je me souviens encore de cette horrible bonne femme en classe de dixième, Mme Larroumet : “ Krystal, où croyez-vous avoir été élevé ? ” me disait-elle sans cesse avant de m'envoyer au coin. »

Antonin avait eu la chance de ne pas grandir dans une de ces familles bourgeoises où, sous prétexte de préserver l'héritage intact, on réprime la croissance de l'enfant en lui rognant les ailes.

Il n'avait pas été contraint de travailler le week-end derrière la caisse d'un supermarché pour apprendre la valeur d'un « sou » ou, comme Shirley Temple, alors au sommet de sa gloire artistique et financière, à vendre aux automobilistes hollywoodiens du soda à un cent pièce.

Antonin ne s'acquitta pas non plus des corvées qui préparent l'enfant, non à une vie d'homme libre, mais à une vie d'humilité !

Son père eut l'intelligence de tolérer ses caprices, afin

que, plus tard, il n'acceptât point les affronts. On lui avait appris à dire « Je veux ! » et non « Je voudrais ».

Il est des familles où le confort de l'autre est placé sur un autel devant lequel il convient de se signer à chaque passage. Tout ce qui déplaît à l'un est interdit à l'autre. Le résultat en est que les deux forces s'annulent. Atmosphère de guerre froide où nul n'ose bouger une pièce sur l'échiquier. Dans d'autres familles, la fantaisie de chacun est chose sacrée devant laquelle on ne peut que se découvrir. La joie de l'un ne peut être chagrin pour l'autre. Ce fut là la relation qu'Antonin eut avec son père.

Les problèmes d'argent furent épargnés à Antonin. Son père, à qui il ne restait au monde que son fils, avait fait sien cet adage de M. Leuwen : « *Un fils est un créancier donné par la nature.* »

Il était en cela l'opposé du papa de Camille Desmoulins dont ce dernier s'était plaint en ces termes : « *Il m'a été plus facile de faire la révolution et de bouleverser la France que d'obtenir une cinquantaine de louis de mon père.* »

Ainsi, de l'argent, Antonin n'eut qu'une connaissance intuitive, comme ces gens qui n'en ont jamais manqué sans en avoir jamais eu. Il connaissait, selon l'expression consacrée, le prix de tout et la valeur de rien.

« Nom de jeune fille de la mère. » Antonin inscrivit Irène Mélinkeit et, tandis que l'encre coulait sur la feuille, une larme roula sur sa joue.

La mère d'Antonin était allemande. Elle avait vu le jour à Berlin. Trois semaines après sa naissance, Hitler entrait à Prague. Son père avait rangé ses crayons d'employé d'assurances, embrassé sa femme et sa fille unique, puis avait rejoint son unité. Les siens purent le voir sur une photographie monter la garde tout souriant devant une *Kommandantur* en Normandie. Quelques mois plus tard, ils le virent sur un autre cliché, maussade et débraillé, quelque part du côté du front russe. L'hiver venu, une double pneumonie opportune le ramena du front vers des casernes allemandes où il se consacra à la comptabilité militaire.

En 1945, dans les espaces chaotiques d'un Berlin détruit, les clefs accrochées autour du cou, Irène passait des journées entières avec ses camarades à rechercher des trésors inaccessibles.

Jamais on ne lui parla d'Hitler. Elle se souvenait avoir récité des petits poèmes appris par cœur à la maternelle pour la gloire du Führer. Elle vécut son enfance dans des ruines en ignorant pourquoi Berlin avait été détruit. L'univers où elle évoluait se résumait à : « Nous avons perdu une guerre, maintenant il faut travailler. » Son père n'était pas loquace, sa mère l'était lorsqu'elle lui faisait des reproches, ce qui était fréquent. Tous deux n'avaient rien oublié et rien appris des grands bouleversements qu'ils avaient traversés. Ils n'étaient pas nazis, mais avaient voté Hitler comme les autres et ne se reconnaissaient aucune responsabilité dans ce qui s'était passé. Ils n'eurent jamais un mot de pitié ou de compréhension à l'égard des autres peuples.

Le jour anniversaire de ses vingt et un ans, à l'époque âge légal de la majorité, Irène fuit Berlin et le milieu petit-bourgeois dans lequel on voulait l'enfoncer. Elle arriva gare du Nord, dans ce « gigantesque lupanar » qu'était Paris, selon les mots de son père. Elle commença à travailler comme secrétaire pour un bureau d'import-export.

Elle était belle et ses rapports avec ses collègues furent aussitôt mauvais. Ils le restèrent jusqu'à ce qu'elle se décidât à dire du mal de ses autres collègues de travail, en vertu de la règle selon laquelle on est toujours assez lié avec quelqu'un pour calomnier quelqu'un d'autre.

Son patron la prit avec lui pour un de ses voyages d'affaires en URSS, en prétextant de ses connaissances en allemand. L'attaché de direction, qui parlait le russe couramment, en fut bien entendu « légèrement » vexé. L'appétit de voir et la soif de connaître avaient décidé Irène à accepter.

Sa première journée en Russie fut occupée à chercher un interprète pour son patron. Le soir, elle déambulait dans le hall de l'hôtel *Cosmos* quand elle entendit des bruits de fête provenant d'une vaste salle de réception.

Le congrès annuel de cardiologie vasculaire avait choisi Leningrad pour abriter sa réunion.

Michel profitait également de son voyage pour achever une étude exhaustive sur « L'influence de la grammaire russe sur la syntaxe de Diderot », étude qui trouva sa place, une fois publiée, dans les rayons des bibliothèques municipales de Kichinev, Omsk, Frounze, Bakou et Achkhabad. Lorsque Irène pénétra dans la salle, la réunion avait laissé place à un grand bal. Ici eut lieu sa rencontre avec Michel. Une polka endiablée où il l'entraîna l'envoûta aussitôt et lui fit demander sa main tandis qu'il buvait de la vodka soviétique dans un de ses escarpins *made in Germany.*

Ils avaient tant bu et tant dansé qu'ils trouvèrent même quelque chose à se dire. Michel sortit alors de son portefeuille la bague de diamants léguée par sa mère. Avant de mourir, celle-ci lui avait fait promettre d'en faire bon usage. Il la passa au doigt d'Irène en lui demandant de devenir sa femme. Irène, dont les connaissances en français n'étaient guère meilleures qu'en russe, répondit « oui » sans comprendre, les yeux fixés sur la pureté de la pierre. Elle était ensuite montée dans la chambre de Michel. Elle avait dû attendre avant de se voir honorée que Michel, passablement saoul, lui eût récité la moitié du *Neveu de Rameau* qu'il connaissait par cœur. Antonin fut donc un mélange génétique du philosophe et du neveu, le résultat de la rencontre d'un imparfait du subjonctif et de la canicule moscovite. Il naquit assez tôt pour enterrer le dernier bus à plateforme. Un grand-père dans la Wehrmacht, l'autre assassiné à Auschwitz... Certains en auraient été déstabilisés. Pas Antonin. Peut-être était-ce dû au fait qu'il ne s'était jamais interrogé à ce sujet...

Quatre ans plus tard, la main dans celle de son père, il allait enterrer au cimetière Montparnasse celle qui lui avait donné la vie, celle dont le visage l'accompagnerait tout au long de son existence. Il se souvenait du visage fermé de son père et de ses ongles qui s'enfonçaient dans sa main ; Antonin, d'habitude si douillet, n'avait pas voulu se plaindre.

Il se souvenait aussi de la première fois où naquit en lui la sensation du passé. Il était grippé, étendu sur le lit de ses parents. Sa mère lui racontait, d'une voix douce et en lui tenant la main, sa jeunesse, ses parties de cache-cache dans les immeubles détruits de Berlin, les cartes de rationnement, l'école et ses professeurs...

« Quoi ? se disait Antonin, elle n'aurait pas toujours été ma mère... Elle aussi avait été une de ces fillettes que je vois à la maternelle, qui mordent et tirent les cheveux, avec des jupes, des chichis, des cerceaux... Ce n'est pas possible, ce n'est pas vrai... Ça ne peut pas être vrai ! »

– Arrête de mentir ! Je te déteste ! lui avait-il crié en retirant sa main.

Puis il avait commencé à pleurer.

Antonin leva son stylo et alla se moucher. Son mouchoir se remplit aussitôt de pleurs... Plus qu'une personne en chair et en os, c'était une abstraction qu'il pleurait en sa mère. Un manque dont il avait longtemps souffert sans s'en apercevoir, un peu à la manière de ces personnes qui subissent un accident et se relèvent sans mal apparent jusqu'à ce que quelqu'un leur fasse remarquer une plaie béante sur le corps ou sur la tête.

Il n'avait jamais accepté la disparition de sa mère ; elle continuait à vivre en lui. Chaque nuit, il la retrouvait dans ses rêves, chaque nuit elle lui parlait comme si elle vivait toujours. Pour Antonin, elle était donc vivante un tiers du temps. Quand il passait une nuit blanche et qu'il ne la retrouvait que le lendemain, elle se plaignait amèrement d'avoir été négligée.

– Quelle est la date d'aujourd'hui ? se demanda-t-il à voix haute. On était le vingt samedi dernier, aujourd'hui on est donc le vingt-sept... Le vingt-sept, ça fait tout juste vingt ans qu'elle est partie ! Vingt ans ! Mon Dieu, vingt ans ! C'est pas possible...

Il se remit aussitôt à pleurer à chaudes larmes. Il pleurait autant sur sa mère que sur le temps qui passe inexorablement.

Une larme tomba sur son curriculum vitae mais, à présent, il s'en moquait ! S'apitoyer sur lui-même donnait à Antonin une certaine force morale pour continuer le pénible exercice qu'on lui imposait.

« Établissements scolaires fréquentés. »

Antonin inscrivit une à une toutes les écoles. Elles étaient nombreuses, l'insolence étant un merveilleux moyen de transport.

Il ne gardait pas un bon souvenir de l'école. Celle-ci n'est pas faite pour la vie, ou alors c'est une autre vie qu'on y enseigne. On y prône le travail, la probité de l'esprit et du cœur, le désintéressement, l'esprit civique, la justice sociale. Jamais Antonin n'y entendit parler de sexe ou d'argent, ces deux moteurs du monde occidental.

L'école, bien qu'elle ait le mérite de venir en aide aux défavorisés, étouffe les personnalités les plus marquées. Ce qu'elle recherche, c'est le « on », ce trou noir dans lequel sombrent toutes les originalités. « Être comme tout le monde », telle est la devise de l'école !

La personnalité n'a à attendre de développement que d'elle-même et non des institutions où on la fait évoluer.

Très jeune, Antonin chérissait son individualité. Il ne se voyait pas comme appartenant à une génération, partageant avec elle les mêmes angoisses ou les mêmes plaisirs. Il ne se considérait pas comme l'obscur fantassin d'une armée, heureux d'appartenir à la masse. Sa réaction première était de se défier des « hurrah ! » ou des « à mort ! » hurlés par la foule.

Les résultats scolaires d'Antonin furent convenables, sa paresse l'empêcha néanmoins de progresser. Le travail lui demandait toujours un grand effort de volonté. Sa tendance naturelle était de laisser vaguer son esprit. S'il se mettait deux ou trois heures à sa table de travail, très vite une voix insidieuse lui murmurait :

– Ça y est, tu en as assez fait. Fais-moi confiance. Tu peux te reposer à présent !

Antonin aimait rêvasser, flâner sans penser à rien. Il pouvait rester des heures assis sur le banc d'un parc sans autre pensée que : « Tiens ! une mère avec son bébé. Voilà un chien qui court ! Et son maître qui court après lui. Tiens, il pleut... »

Une fois qu'il s'était résolu à s'appliquer, son esprit retrouvait toute sa tension. Il passa ainsi sans encombre tous les examens jusqu'à son diplôme d'avocat. Ce ne fut pourtant ni l'école, ni le lycée, ni la faculté qui contribuèrent à façonner sa personnalité. Il eut des maîtres autrement supérieurs à ceux fournis par l'Éducation nationale.

A six ans, alors qu'il était malade et contraint de garder le lit, son père lui avait offert le disque de la vie de Mozart racontée par Gérard Philipe. Il y était dit que le divin Wolfgang, employé par l'évêque de Salzbourg, avait démissionné de sa charge afin de préserver son intégrité : « Il voulait être et demeurer Mozart ! »

Durant quelques jours, Antonin entendit et réentendit cette phrase. « Être et demeurer Antonin. » Voilà à quoi il était attaché : garder intacte l'étincelle d'individualité qui crépitait en lui.

Antonin n'était pas le type de jeune homme à s'emballer pour des idées simplement parce qu'elles figuraient dans l'air du temps. Il n'avait cru ni au socialisme, ni à l'ordre mondial, ni à Tapie, ni au volapük, ni aux ovnis, ni à l'abominable homme des neiges. Il n'adhérait à rien. Ce scepticisme était la cause de l'air de supériorité qu'on pouvait lire dans ses yeux.

Il est pourtant agréable de croire. Cela facilite la vie. Elle se remplit aussitôt. Au moins, on sait ce que l'on veut, même si l'on se trompe !

– Rien ne t'enthousiasme. Tu n'es jamais du même avis que les autres. Il suffit qu'on te dise blanc pour que tu répondes noir. Tu ne pourrais pas être un peu comme tout le monde ? lui disait-on.

Antonin énervait parce qu'on ne pouvait le classer. Il n'était ni sérieux, ni frivole, ni présomptueux, ni humble. Il était tout simplement lui-même, ne souhaitant pas devenir le plus petit dénominateur d'une foule anonyme.

Les exemples donnés au plus jeune âge façonnent plus que tout autre chose une personnalité. Un enfant à qui l'on offre comme modèle l'âne de la comtesse de Ségur n'aura pas la même manière d'appréhender le monde que celui à qui l'on a conté les aventures d'Alexandre le Grand.

Grâce au vainqueur d'Issos et au créateur de *Così fan tutte*, Antonin développa une opposition quasi systématique à l'ordre établi et une allergie à toute discipline. Il se fit expulser de cinq établissements au cours de sa scolarité.

Cette scolarité en sauts de puce ne lui permit pas de nouer des liens durables avec des élèves de son âge. Pourtant, il acquit durant ces années deux sortes d'amis différents.

Les premiers étaient inaptes aux tâches de la vie courante. Il fallait les mettre dans les taxis, les en sortir, faire attention de ne pas les oublier à une terrasse de café ou dans un train, ne pas les mouiller, les tenir éloignés du feu. Ces amis, pareils à des morts-vivants, ressuscitaient dès qu'Antonin les ouvrait. Ils avaient pour nom Stendhal, Miller, Alain, Chandler, Casanova, Balzac, Frank Harris...

Antonin n'admirait que peu d'œuvres. Cela lui évita de perdre du temps avec des livres qualifiés de superbes lors de leur parution mais oubliés aussitôt car ne traduisant que l'atmosphère d'un moment.

Osymandyas, un roi légendaire d'Égypte, que l'histoire a retenu comme le bâtisseur de la première bibliothèque, avait fait inscrire sur la porte de celle-ci en caractères hiéroglyphes : « Remèdes de l'âme ». Les livres étaient pour Antonin les remèdes de son âme malade.

Ses amis appartenant à la deuxième catégorie étaient également morts pour la plupart, mais il avait là aussi appris à les ressusciter en glissant une cassette dans un magnétoscope.

D'où sortaient-ils ? Par un hasard extraordinaire, ils étaient tous nés sur de la pellicule provenant d'une ville de Californie !

Leurs noms ? Ils n'étaient guère difficiles à retenir.

Gene Kelly dansant avec Jerry la souris et ouvrant pour la millième, et pourtant toujours première fois, son parapluie dans une rue inondée de Los Angeles, Bogart répondant, à un policier de Vichy qui lui demandait sa nationalité, « Esquimau », Chaplin, clown génial, pour qui le vers de Musset, « *Quand on vient d'en rire il faudrait en pleurer* », semblait avoir été écrit, Cary Grant qui personnifierait à jamais l'élégance masculine, quémandant toujours des allumettes dans *Only Angels Have Wings*, Orson Welles quittant un Luna Park morbide où agonisait Rita Hayworth et lâchant ce mot de la fin : « *Maybe I'll live so long that I'll forget her, or maybe I'll die trying* », Lauren Bacall lançant à Bogart l'éternel « *You know how to whistle, Steve, you just put your lips together and blow* », John Wayne dont le nom survivrait à ceux des présidents américains, géant généreux à la taille du continent qu'il représentait, répétant sempiternellement dans *La Prisonnière du désert* « *That will be the day* », Groucho Marx et ses frères Harpo, Chico et Zeppo, passagers clandestins au cours d'une traversée transatlantique, s'entassant avec une cinquantaine d'autres personnes dans une minuscule cabine du paquebot, le sourire de Burt Lancaster crépitant comme une rafale de mitraillette dans *Vera Cruz*, le charme de Gérard Philipe dans *Fanfan la Tulipe*, répondant à Noël Roquevert, sergent irascible qui lui imposait des manœuvres militaires éprouvantes : « *Imbécile et ennuyeux, je trouve cet exercice* », le Pierre Brasseur des *Enfants du paradis* : « *Vous avez souri, ne dites pas non, vous avez souri ! Ah, la vie est belle et vous êtes si belle aussi !* »

Antonin avait choisi ses modèles par reconnaissance, c'est-à-dire qu'il les avait reconnus comme des pères, de la même manière qu'un père reconnaît ses enfants.

Tous ces films, Antonin était allé les voir seul, entre dix et quinze ans, dans une atmosphère de recueillement. Il n'avait d'ailleurs à cet âge-là personne à qui les faire partager. Rares étaient les adolescents qui préféraient Gary Cooper à John Travolta.

Admirant peu, soucieux de conserver son intégrité, Antonin dut renoncer aux plaisirs des échanges avec les camarades de son âge. Cela le contraignit à une solitude presque totale.

Il était devenu un mélange de tous ses héros. Un kleptomane du septième art auquel il empruntait, de-ci de-là, des morceaux d'étoiles tombés devant lui. Il jouait un rôle et avait fini par devenir ce personnage, sorte de créature de Frankenstein, fruit de mille emprunts, de mille pillages. Il ne savait plus très bien qui il était réellement, ce qui dans l'absolu n'est pas très important puisque l'on n'est que le produit de ce que l'on devient. Contrairement à ce que beaucoup croient, l'aisance est fille de la contrainte. Il faut forcer son talent. C'est seulement à ce prix qu'on acquiert de la grâce.

Parfois, Antonin oubliait ses amis d'Hollywood afin de se donner une impression de liberté.

Élevé politiquement comme juif, il était normal qu'il ne se sentît à l'aise que dans le petit nombre. Les problèmes religieux lui restèrent cependant étrangers, Antonin vivait trop dans le temps pour être touché par le spirituel. Renvoyé de l'école laïque, il ne le fut pas moins de l'école religieuse. Tandis qu'on le jugeait insolent dans le royaume des hommes, on le trouva par trop absent dans celui de Dieu.

Il avait été nourri au sein de Ronsard, de Corneille, de Racine et non de Rachi, de Maïmonide ou de Singer. Il connaissait les vers des premiers et non les écrits des seconds. Il trouvait leur Dieu trop grave et trop solennel. Le lieu même était solennel. Quelle différence avec les églises italiennes habitées par un Dieu plus charmant, plus rieur et peut-être même plus profond, qui s'éclairait aux cierges et non à la lampe électrique !

Son père s'inquiéta lorsqu'il reçut le motif du renvoi des cours de Talmud Thora de la rue Copernic : « Absentéisme systématique. »

– Absentéisme systématique. Qu'est-ce que tu fais donc le mercredi matin ? demanda-t-il à Antonin qui n'avait pas encore douze ans.

Il finit par avouer. Chaque mercredi matin à neuf heures, Antonin se trouvait devant la grande porte du Louvre. En ce temps-là, il n'y avait pas la queue devant la pyramide, encore étincelle géométrique dans l'œil de son créateur ; les salles appartenaient à quelques visiteurs. En ce temps-là, on ne désertait pas encore les temples pour les palais. Antonin avait été à la pointe de ce mouvement qui sortait les ouailles des églises pour les transformer en visiteurs d'expositions.

Chaque siècle secrète ses divinités.

Il ne retourna pratiquement jamais à la synagogue et bientôt ne revint plus dans les musées. L'afflux du public l'épouvantait. Il avait pris l'habitude de contempler les œuvres en tête à tête.

« Objectifs de carrière », lut Antonin.

Il leva la tête et s'écria comme si cela avait été un mot historique :

– Au diable la carrière, vive le destin !

Antonin attendait le destin avec détachement. Il l'attendait à la terrasse des cafés, en lisant le journal, en prenant le métro ou en se rendant à une soirée, espérant presque que ce dernier lui fournît les Hébreux à sortir d'Égypte ou la ville d'Orléans à libérer par petite annonce interposée. Il aurait rougi d'aller au-devant d'une personne ou d'un événement qui ne venait pas naturellement à lui. Quelle destinée pouvait cependant attendre ce bourgeois en rupture de classe, sans talent particulier, sans appétit de puissance ou d'argent ?

N'ayant jamais eu de réelle activité – mis à part les études qui ne lui prenaient, grâce à sa mémoire, qu'un temps très réduit –, Antonin s'observait sans cesse et sans relâche. Il n'était pas plein de lui-même, il en débordait. Même à l'aide du plus puissant scanner, il n'eût rien découvert d'inédit à son mésencéphale, à son bulbe rachidien, à son cervelet ni même à son néocortex, tant il avait déjà disséqué, découpé, analysé, soupesé et parfois même surpesé tous ses organes. Il appliquait le précepte socratique du « *Connais-toi toi-même* » avec peut-être un peu trop de zèle et négligeait l'opinion de Goethe : « *Comment peut-on apprendre à se connaître soi-même ? Jamais par la méditation, toujours par l'action !* »

Curiosité psychologique et action ne font pas bon ménage. Il ressemblait à ces savants qui s'inoculent un virus et suivent avec méticulosité l'avancée du mal dans leur organisme.

Antonin n'avait fait que vivre en enfant gâté, cédant à tous ses caprices. Il vivait aux aguets et à l'écoute de lui-même et son trop-plein de conscience lui donnait mauvaise conscience. Ses observations, en dépit du temps considérable qui leur était consacré, ne le menaient pas loin. Il allait contempler son désespoir de miroir en miroir, sans réussir à saisir un reflet d'ensemble de lui-même. Pour chasser cette *melancolia*, il lui fallait un obstacle à surmonter. Chaque homme a en lui cette puissance de faire quelque chose d'unique et d'original.

Cherchant à apaiser sa soif d'idéal et ne trouvant aucun exploit héroïque auquel se vouer, il finissait par se donner à des actions futiles dans l'espoir de trouver ainsi l'occasion d'éprouver sa vaillance. Il n'avait pas en lui de principe d'unité qui lui aurait donné une raison d'être. Sa seule cause finissait par devenir lui-même, d'où une insatisfaction chronique. Habile à aigrir ses souffrances et à empoisonner ses joies en les disséquant sans relâche, rien ne le comblait et nulle chose ne l'assouvissait. Un bonheur le rendait doublement malheureux car, malgré tous ses efforts, il n'arrivait pas à en jouir et anticipait ses regrets futurs lorsque ce bonheur viendrait à s'évanouir.

Ce n'était pas un révolutionnaire, mais plutôt un révolté. Le révolutionnaire veut changer le monde, le révolté pouvoir continuer à se révolter. Il ne veut pas que le monde change réellement. L'ambition d'Antonin, ses velléités de gloire provenaient de son désir de séduire. Il ne pouvait concevoir d'être un héros sans auditoire.

Ce qui le sauvait toutefois du vulgaire, c'était la ténacité avec laquelle il s'efforçait de devenir un être différent – lui disait un « être d'exception ». Il avait, plantée en lui, une graine de singularité et il la laissait croître. Il voulait rester libre, à l'écart de toute contrainte et de toute influence. Surtout ne pas trahir son essence.

Mais, pour trahir, il faut avoir été quelque chose. Antonin s'était contenté jusqu'à présent du rôle de spectateur, ce qui ne donnait que peu de substance à son personnage.

## VIII

En cette fin août, tandis que se repeuplait la capitale, les derniers touristes vomis par les cars venaient se heurter aux monuments parisiens.

« Dois-je ou ne dois-je pas prendre une douche ? » se demandait Antonin.

Il lui répugnait parfois de consentir à être un individu ayant un nom, un numéro de Sécurité sociale, un corps qu'il fallait soigner, des mains qu'il fallait laver, des cheveux qu'il fallait peigner, du linge qu'il fallait nettoyer ou, pour être plus exact, faire nettoyer, enfin tout ce qui lui rappelait qu'il avait les pieds enfoncés dans la terre.

Cela faisait près de deux jours qu'il n'avait pas pris de douche. Antonin était plus soucieux de son style que de sa propreté. Descendre des hauteurs intellectuelles pour chercher une paire de chaussettes, troquer son stylo pour une brosse à dents ou sa gomme contre un rasoir lui apparaissaient comme des opérations vulgaires. En outre, il était persuadé que sa couche de crasse le protégeait contre les coups de lance de l'âge adulte. Tout être vivant, homme ou cochon d'Inde, est soit à la recherche d'un monde meilleur, soit s'évertue à freiner des quatre fers à l'endroit où il juge que le monde lui est le plus favorable. Antonin se trouvait à son aise dans l'enfance.

Il chercha ses vêtements qui étaient éparpillés au bas

de son lit. Il ne trouva pas une de ses chaussettes. Antonin détestait s'occuper des nécessités domestiques. Elles se vengeaient donc en complotant contre lui ! Voulait-il oublier tous les soucis vulgaires ? Ces derniers se rappelaient à lui !

Antonin ne comprenait pas que le désordre accroissait d'autant sa confusion psychologique. Non, il ne le comprenait pas, tournant les critiques en dérision, préférant voir dans son inaptitude aux tâches ménagères, situées pour lui en dehors de l'intelligence pure, un atavisme de haut lignage.

Sa voisine du dessus venait de se rasseoir devant son piano, non pour jouer, mais pour massacrer les touches de ses doigts. Depuis trois ans qu'elle s'était installée à l'étage supérieur, les gammes avaient été sa seule interprétation musicale, jamais un morceau...

Il fallait fuir. Il n'avait donc pas le temps de prendre une douche. Il s'habilla et sortit.

Devant l'immeuble, il vit Mme Duval sur une échelle. Elle était occupée à raccrocher la plaque du numéro 168 sur la façade de l'immeuble.

– Qu'est-ce que vous faites ?

– Vous voyez bien, je remets le numéro... Il est tombé la nuit dernière... Lui non plus n'est plus tout jeune... Il n'y a pas que les dents qui tombent avec la vieillesse.

– Vous êtes courageuse.

Antonin la regarda quelques instants qui tâchait péniblement de resserrer la vis de la plaque.

– Vous ne voulez pas que je le fasse à votre place ? lui demanda-t-il.

L'espace d'une seconde, elle eut l'air de refléchir, mais elle abaissa les yeux du haut de l'échelle et lui dit :

– Non merci. On risquerait de se retrouver au 891. Si vous voyez ce que je veux dire... sauf votre respect !

– Je vois, je vois, fit Antonin un peu vexé. Bonne chance tout de même. Surtout ne tombez pas. Autrement, je risquerais de faire des grasses matinées.

– Pas de risques. Contribuer à votre bien-être renforce mon sens de l'équilibre.

Antonin se souvint d'un jour d'automne où il avait expliqué à Alexandra, la jeune fille auteur de la troisième lettre qu'il gardait dans sa poche, le système de numérotation des rues de Paris.

– Vois-tu, disait-il à Alexandra, elles sont divisées en deux catégories : rues parallèles et rues perpendiculaires à la Seine. Dans les premières, la série de numéros va d'amont en aval, c'est-à-dire qu'elle suit le cours du fleuve ; dans les secondes, la série part de l'extrémité de la rue la plus voisine de la Seine. Jusqu'à il y a un siècle, les numéros étaient rouges dans les rues parallèles et noirs dans les autres.

Deux phrases avaient suffi pour barber Alexandra. Elle dit seulement :

– Ce n'est pas très romantique !

Antonin aurait bien voulu que les numéros pairs aillent chaque nuit dormir dans le cadre des numéros impairs, mais que pouvait-il y faire ? Il n'était pas le maître de Paris, il n'en était qu'un amoureux !

Antonin aimait connaître à fond sa ville et son quartier.

Il n'en ignorait aucun recoin, aucun angle, aucune façade. Tout avait un aspect familier, chaque pierre était chargée de souvenirs et offrait à l'œil comme à l'esprit les réminiscences les plus colorées du monde, décomposées en une infinie richesse de tons et de nuances psychologiques.

C'est au milieu de ces pierres qu'il avait laissé croître ses racines. On le saluait dans les cafés, on le connaissait dans les librairies et chez les bouquinistes. De nombreuses filles avec lesquelles il avait eu de brèves aventures habitaient des rues voisines. Même le chat du mendiant qui jouait de l'orgue de Barbarie miaulait à son passage. Son maître ne devait pas être étranger à cette marque d'attention féline car Antonin récompensait toujours le miaulement avec munificence. Antonin disait bonjour à un tas de gens dont il ne connaissait pas les noms mais qui faisaient partie de son univers quotidien. Les promenades lui apportaient une quiétude et, tout en réfléchissant, il parvenait à sortir de lui-même.

En face de chez lui, Diderot, assis, vêtu de sa fameuse robe de chambre, une plume à la main, semblait prêter l'oreille à quelque inaudible écho. Antonin salua la statue comme on salue son meilleur ami, un frère, ou comme on se saluerait soi-même si l'on venait à se rencontrer par hasard. Ce salut était un mélange de reconnaissance et de tendresse pour l'un des plus puissants esprits français.

« 1713-1784 », se répéta-t-il machinalement, en pensant que, sur les dix mille personnes qui passaient chaque jour devant la statue, pas plus de cinq devaient connaître la date de naissance et de mort du philosophe écrivain.

Presque face à Diderot, jouxtant l'immeuble d'Antonin, dans le square Saint-Germain-des-Prés, Bernard Palissy songeait, poursuivant le problème toujours entrevu mais si long à résoudre. L'opiniâtreté au travail, le désintéressement, le goût de l'énergie et de l'aventure intellectuelle, étaient les qualités qui caractérisaient ce grand créateur français.

En rencontrant l'entourage immédiat d'Antonin, on comprenait mieux son obsession à vouloir se forger un destin.

Au carrefour Mabillon, il chercha les fenêtres de l'appartement où naguère il avait vécu avec ses parents. Il y avait de la lumière dans le salon. Qui vivait ici à présent ? Qui regardait à travers ces vitres ? Qui aimait derrière ces fenêtres ?

Il ressentit le regret morne et froid d'un passé disparu.

« Ce n'est pas possible, l'appartement ne peut pas les accepter, il les subit, tout au plus ! C'est à nous qu'il appartient. A nous et à mes souvenirs. Aux parties de cache-cache que je faisais avec maman quand je me glissais derrière les lourds rideaux du salon. »

Il n'y avait pas grand monde dehors. Paris était à prendre et personne ne semblait en vouloir. Paris sentait le bourdon. La capitale était encore en vacances.

Antonin, qui s'ennuyait à la plage, qui n'aimait pas le soleil, qui détestait l'inactivité, aimait Paris au mois d'août. Le mouvement de Paris n'est cependant pas celui d'un gigantesque moteur, comme celui de New York, c'est un mouvement fait de millions de moteurs différents préservant l'individualité de chacun.

Antonin passa devant une boutique de vêtements pour femme. Un vieux couple d'Américains faisait du lèche-vitrines.

– *Too expensive!* disait le mari.

Le visage de sa femme s'assombrit.

– *Beautiful girls are always expensive,* se permit de dire Antonin en adressant un grand sourire à l'Américaine dont la naissance devait remonter à la présidence du premier des Roosevelt.

Le mari se tourna vers Antonin.

– *Oh, you speak English! Fantastic! Could you tell us where are the Champs-Élysées and the Arc de triomphe?...*

– Mais c'est juste ici, les Champs-Élysées et l'Arc de triomphe. C'est tout droit, répondit Antonin en leur indiquant la direction de la gare de Lyon.

– *Thank you very much.*

– *Bye-bye.*

Antonin les laissa seuls.

N'était-il pas lui-même un « solitaire »? Au cinéma, en avion, au lit avec une fille, au restaurant avec des amis ou sur un trottoir bondé, il était toujours seul, comme perdu dans son monde. La vie sociale lui inspirait de l'éloignement parce que ses usages lui étaient indifférents. Instinctivement, il se tenait à l'écart. Il adorait la solitude mais ne la supportait qu'au milieu de la foule. Il n'en aimait pas les gens pour autant. C'était leur chaleur, l'écho sonore de leurs conversations qui l'attiraient. Il appréciait à ce que régnât autour de lui une agréable confusion dont il se sentait être secrètement le centre. Voilà pourquoi il aimait tous les cafés. Nul autre endroit où l'on puisse se sentir seul tout en étant aussi entouré.

Il descendit le boulevard Saint-Germain jusqu'à la rue Bonaparte et se dirigea vers la place Saint-Sulpice où les deux tours de l'église se font face, l'une narguant l'autre de ses cinq mètres supplémentaires. Il s'arrêta au kiosque où il acheta *Libération* : « LE GOUVERNEMENT DÉCLARE LA GUERRE AU SIDA » était le titre du jour.

Édouard, un de ses amis, était mort du sida huit mois plus tôt. Il s'était rendu à l'hôpital Rothschild avec les parents du malade, Édouard ne l'avait pas reconnu immédiatement.

– Il est presque aveugle et, parfois, il a des absences, avait dit la mère sur un ton d'excuse.

Tandis qu'Antonin s'efforçait d'évoquer des souvenirs communs, Édouard jouait avec son goutte-à-goutte en regardant la télévision d'un œil distrait. On ne le reconnaissait plus. Sa tête était à la fois d'une très grande maigreur et gonflée par la cortisone. Depuis quelques semaines, il ne pouvait plus marcher. Ses bras et ses jambes ressemblaient à ceux d'une marionnette désarticulée.

– Je ne veux pas mourir, disait Édouard en pleurant.

Il s'accrochait aux mains de ses visiteurs, se donnant ainsi l'impression de se raccrocher à la vie. Pourtant, il se savait condamné.

Allongé sur le lit, il lançait vers l'avant son corps déformé par la maladie, à la manière des automates quand leur mécanisme est animé par d'ultimes soubresauts. Non, Édouard ne voulait pas mourir ! Sa main droite s'accrochait à celle de sa mère, il la griffait jusqu'au sang, la lacérait.

« Est-ce réellement une guerre que le gouvernement déclare au sida ? se demandait Antonin en se remémorant cette scène tragique. Quand on pense que la construction d'un porte-avions coûte quelques milliards de francs lourds et que le budget alloué par le gouvernement au sida est de quelques dizaines de millions de francs, je trouve le mot " guerre " bien pompeux. Si on déclare la guerre, il faut user de toutes les armes de son arsenal et ne pas se contenter de simples cartouches. »

Une semaine plus tard, Édouard mourait. Il avait pu achever ses jours chez lui. Antonin était allé le voir la veille. Son ami lui avait fait jurer de ne pas le garder en mémoire tel qu'il le voyait à présent, mais tel qu'il était autrefois. Antonin avait juré.

Dès qu'il apprit sa mort, il téléphona aux parents pour leur demander où se déroulerait l'enterrement.

– On ne sait pas encore, répondit le père, son corps est toujours ici.

– Comment, toujours ici ! s'exclama Antonin. Vous voulez dire toujours dans l'appartement ?

– Oui, c'est cela. Vous savez que Lazare est ressuscité au bout du quatrième jour, alors nous attendons... Nous avons la foi.

La douleur rend parfois les gens fous ou méchants.

La troisième enveloppe, Antonin l'avait dans sa poche. Il l'avait gardée pour la fin et retardait le moment de l'ouvrir. Il avait reconnu l'écriture d'Alexandra. Une écriture très claire, mais exagérée dans sa rondeur et dans son amplitude. Chaque lettre était soignée, cela en devenait presque du braille. Une écriture qui, selon la graphologue à qui Antonin l'avait soumise, révélait une nature lymphatique et bileuse, narcissique, et dont la hauteur de la barre du « t » montrait un appétit de domination.

Il s'attabla à la terrasse du café de la Mairie et décacheta l'enveloppe.

Plus de trois siècles auparavant, un Arménien du nom de Pascal avait monté, au sein de la foire qui se tenait annuellement sur la place, le premier café où l'on pouvait déguster sur place cette boisson.

*« Cher Antonin,*

*« Le temps n'a rien effacé. Je recherche souvent la solitude et ferme les yeux. Ma mémoire est si vive, si féconde qu'il m'est facile de te faire vivre et revivre inlassablement. Ma mémoire révère des natures mortes étranges faites d'un beau visage aux yeux clairs, de roses, de pommes jaunes ou vertes, de vagues cassantes, de ciels limpides et pluvieux, d'étreintes joyeuses ou désespérées, de mauvaise foi et d'infidélité, d'expressions de haine ou d'amour. Ces natures mortes s'animent, je revis sur l'instant l'irréel du passé. Non, je n'ai pu oublier. Je m'entête à colorier tes yeux dans lesquels j'ai si souvent plongé les miens afin de comprendre ce qui te hantait. Dualité étrange, mélancolique et merveilleuse, d'où j'ai par-*

*fois retiré un infini bonheur. J'ai langui et souffert pour quelqu'un d'imprévisible et je me surprends à raviver ces sentiments consciemment. Tu as réussi à défier la loi du temps, je m'en étonne chaque jour. J'aime ces impressions et tout au fond de moi je protège ces souvenirs. Tu voulais tant demeurer libre. " Ne pas donner d'ordre et ne pas en recevoir! Jamais de compromissions ", comme tu disais. J'espère que la vie ne te décevra pas car elle nous change tous. On se métamorphose au contact de l'autre. Pas toi? Peut-être pas. J'ai confiance. Tu es un bon marcheur, les bons marcheurs s'en vont toujours de détour en détour pour voir ce qui est après le virage. C'est ainsi que, d'une simple promenade, ils parviennent à trouver le chemin. Je t'embrasse.*

*« Notre amour aura été éternel: éternel d'avoir été.*

*Alexandra.*

*« P.-S. : Je me suis mariée la semaine dernière. »*

A lire cette lettre on remarquait que, malgré la mélancolie qui s'en dégageait, le véritable chagrin en était absent. Cela n'avait rien d'étonnant car, quand une peine est sans remède, c'est-à-dire sans espoir, comme l'était la peine d'Alexandra, le malheur s'épuise de lui-même. C'est l'espoir qui alimente le malheur, c'est là son combustible nécessaire. Chez Alexandra, tout espoir avait à présent disparu.

Antonin tira une photo de son portefeuille. On a beau regarder des photos d'une personne, on ne peut vraiment dire qu'on la voit. Ce n'est pas suffisant... Chaque odeur, chaque mouvement, chaque parole fait naître des traits qui viennent s'ajouter au visage que l'on contemple sur du papier glacé.

# IX

La dernière rencontre d'Alexandra et d'Antonin s'était déroulée trois mois auparavant, peut-être plus, peut-être moins – le calendrier ne distinguant guère ce qui sépare deux époques –, dans une brasserie boulevard du Montparnasse où en 1927, lors de son inauguration, le grand-père et la grand-mère d'Antonin s'étaient rencontrés et étaient tombés amoureux avant de se marier dix jours plus tard, à la mairie du cinquième arrondissement. A présent la mère et la grand-mère d'Antonin reposaient dans un caveau du cimetière Montparnasse, à quelques centaines de mètres de l'endroit où cette dernière découvrit l'amour, soixante-dix ans plus tôt. Seule l'inscription sur une pierre tombale témoignait du fait que le grand-père d'Antonin avait vécu, aimé, connu des joies, des peines, avait souffert et finalement avait été assassiné d'une façon des plus barbares, mise au point par un des peuples les plus civilisés du monde. Sa sépulture fut cette terre de Pologne, où se répandaient les cendres des crématoires d'Auschwitz.

Au cours de cet ultime repas en commun, Alexandra et Antonin prirent chacun congé de la vie de l'autre, entre la salade de saison et les profiteroles au chocolat. Fourchettes et cuillères restèrent suspendues quelques centimètres au-dessus des assiettes, se balançant au-dessus des mets comme pour battre la cadence de leur rupture.

Tandis qu'on leur servait et desservait les plats, Antonin et Alexandra se détestaient tant qu'ils n'osaient croiser leurs regards. Antonin contemplait son couteau de ses yeux myopes avec des envies assassines, tandis qu'Alexandra fixait le verre d'Antonin en s'imaginant être la Locuste y versant un poison mortel.

Ils se parlaient chichement, chaque mot représentant la somme d'un effort, le résultat d'un long processus de réflexion. Le silence les écrasait, envahissant tous les instants.

Du coin de l'œil, Antonin regardait son amour agoniser tout en cherchant à retrouver les regards qu'il jetait naguère sur Alexandra du temps où... mais, peine perdue, il n'y parvenait pas !

Subitement, alors qu'on venait de servir les desserts, des mots, puis des phrases, des tirades entières, une logorrhée sortit de la bouche d'Alexandra. On aurait dit un de ces jouets que l'on remonte à l'aide d'un mécanisme et qui, une fois posées à terre, filent comme l'éclair.

– Il m'a fallu du temps, mais j'ai enfin tout compris. Mon amour pour toi était une maladie et j'ai attendu patiemment qu'il passe. Ton comportement dégueulasse a été un bon antibiotique, un fantastique lavement. A présent, je suis guérie. Je sors de l'hôpital, sans le moindre risque de rechute ! Je suis vaccinée à vie.

– Si ton amour était une maladie, on ne peut pas dire qu'elle ait été contagieuse ! répondit méchamment Antonin, profitant d'un silence d'Alexandra.

– Toujours ton ironie minable... Non merci, nous ne voulons pas de café, fit-elle d'un ton sec à l'adresse du serveur qui jeta à Antonin un regard compréhensif que ce dernier lui renvoya aussitôt.

Alexandra s'était tournée vers Antonin.

– Ne prends pas tes grands airs ! Ne te fous pas de moi ! Ne te fais pas d'illusions ! Quand tu allais voir toutes tes « putes », tu ne me trompais pas. Je n'ai jamais été dupe une seconde.

Antonin n'essayait pas même de se défendre.

– Je crois que je n'ai jamais rencontré quelqu'un d'aussi égoïste que toi, conclut-elle.

Les reproches glissaient sur Antonin comme l'eau glisse sur les ailes graissées des canards. Il prenait un air accablé. Un saint Antonin subissant stoïquement le martyre, voilà à quoi il ressemblait. Cela rendait Alexandra folle de rage. Elle l'insultait à présent. Lui, muré dans son silence, ne répondait pas et donnait l'impression de vouloir regagner les régions supérieures d'où les lamentations d'Alexandra l'avaient dérangé.

Alexandra continuait ses bavardages. Les dîneurs entraient et sortaient. Le temps continuait à filer et l'amour à s'éteindre.

Alexandra avait découvert un jour qu'elle n'était pas aimée, de la même façon qu'on découvre que l'on a froid depuis longtemps. Peut-être s'en doutait-elle, mais il est si doux de croire le contraire. Un souffle d'espérance suffit pour raviver la flamme de l'amour.

Tandis qu'elle poursuivait ses diatribes, Antonin tâchait de retrouver avec précision l'instant où il avait cessé de l'aimer. S'il est possible parfois de dater avec plus ou moins de précision la naissance d'un amour, il est autrement plus ardu d'en cerner le déclin. Quoi qu'il en soit, l'amour avait disparu – s'il avait même jamais existé !

« N'était-ce pas plutôt un alibi pour mon apathie face à la vie, un moyen à bon compte de justifier ma paresse ? » se demandait-il.

Antonin leva les yeux vers Alexandra. Il se souvenait de son aspect à l'époque. Il disait « à l'époque » alors qu'il ne la connaissait que depuis un an à peine.

Elle était alors pleine de promesses, fraîche et pimpante, aimant la vie... oui, à l'époque ! Depuis, elle semblait s'être tassée. Une expression mauvaise s'était inscrite dans son regard. Elle en voulait à Antonin de ce qu'elle était devenue. Elle lui en voulait du reflet d'elle-même qu'elle voyait dans ses yeux.

Les yeux d'Antonin, quant à eux, glissaient sous la

robe d'Alexandra et tâchaient de retrouver les seins qu'il avait si souvent caressés.

Par nostalgie, parce qu'il trouvait que c'était à cet instant le geste à faire et poussé par un certain ennui, il lui prit la main.

– Non, mais tu es complètement malade ou quoi ! Je préférerais tenir la patte d'une tarentule, dit Alexandra en retirant sa main avec dégoût.

– Garçon, une tarentule s'il vous plaît ! blagua Antonin.

Ce fut en vain. Il avait épuisé depuis longtemps son crédit auprès d'elle.

Antonin sut alors qu'il avait tué quelque chose et que c'était ce cadavre qu'il effleurait du bout des doigts. Il trouvait cependant réconfortant qu'elle ne lui eût point planté sa fourchette entre les deux yeux.

– Tu as réussi à tuer en moi tout ce qu'il y avait de sincère, de généreux et de spontané, dit-elle.

– Ne te plains pas ! C'était seulement le coup de grâce !

La remarque blessa Alexandra. Antonin lui apparut alors comme ayant toujours été l'individu froid, méprisant et égoïste qui ricanait devant elle.

« Est-ce la même personne qui m'a envoyé un bouquet de fleurs à chaque heure de cours dans l'amphi de la fac ? se demandait-elle. Est-ce le même homme qui était arrivé pour dîner à *La Tour d'Argent* accompagné d'un ours en peluche géant qu'il avait assis à notre table ? »

Le don lui eût-il été donné de lire les pensées d'Antonin, qu'elle aurait eu la réponse à sa question car lui se demandait au même instant de quelle manière il pourrait remettre la main sur cet ours.

– Tu n'as pas de cœur, lui lança-t-elle.

– Ma chère amie, commença Antonin d'un ton si méprisant qu'il en eut lui-même un peu honte, le cœur est le moteur de la circulation du sang et non des sentiments. Si on me greffe un autre cœur, j'aimerai ou je détesterai pareillement. En revanche, si on pouvait effectuer des greffes de l'âme, le résultat serait différent.

– C'est tout un nouvel organisme qu'il faudrait te greffer, espèce de pauvre type !

Leur amour s'acheva avec la même sensation que lorsqu'on se lève de table après avoir beaucoup trop mangé : ils en étaient écœurés.

Antonin raccompagna Alexandra au bas du boulevard Raspail. Elle était revenue vivre chez ses parents. Leurs silhouettes avançant le long du trottoir dans la nuit opaque auraient fait les délices d'un metteur en scène de mélos.

Ils marchèrent silencieux sur ce boulevard qui, durant l'année précédente, avait connu leurs murmures, leurs cris, leurs promesses d'amour, leurs trahisons, leurs projets, leurs espoirs, leurs craintes, leurs disputes et leurs réconciliations. Le bruissement de leur haleine devenait des voix et leurs pas heurtant la chaussée rendaient sonore le silence entrecoupé par le passage rapide d'une voiture.

Antonin songeait que jamais plus il ne referait ce trajet avec Alexandra. Sa douleur le rendait joyeusement mélancolique.

– Je ne veux plus te revoir, dit-elle quand ils furent arrivés au bas de l'immeuble. Va-t'en en paix!

– Comme tu veux, c'est toi qui décides, avait-il répondu, plagiant une citation de l'*Anthologie des lieux communs.*

Il la regretta aussitôt.

« Comment ai-je pu sortir une telle niaiserie alors que j'ai passé tant d'heures à apprendre par cœur des vers de Musset, Pétrarque ou Baudelaire ? C'était vraiment du temps perdu... J'aurais pu lui dire :

*Partir, c'est mourir un peu*
*C'est mourir à ceux qu'on aime*
*On laisse un peu de soi-même*
*En chaque être et en chaque lieu.* »

– Oui, c'est moi qui décide, avait-elle ajouté sur un ton désabusé, laissant cependant la phrase ouverte à toutes les interprétations. Allez, adieu Antonin. La soirée a été un cauchemar, je vais aller rêver qu'elle a été belle.

– Adieu. Peut-être vivrai-je assez longtemps pour t'oublier ou peut-être mourrai-je en essayant.

– Arrête de voler les dialogues de film, tu n'es pas le seul à avoir vu *La Dame de Shanghai*.

Antonin pensa qu'il était fort désagréable de se faire prendre la main dans la bobine.

Elle entra dans l'immeuble sans se retourner, comme si elle craignait de se métamorphoser en statue de larmes. En entendant la porte se refermer, il ne se rendait pas vraiment compte qu'elle se refermait aussi sur une partie de sa vie.

C'était la fin de l'été, la fin d'une époque ; un glas de plus venait sonner aux oreilles d'Antonin la perte de l'insouciance, peut-être même la perte de sa jeunesse.

En remontant la rue de Rennes pour rattraper le boulevard Saint-Germain, il se sentait vide et mélancolique. Il essayait cependant de se raisonner :

« Il fallait bien rompre à un moment ou à un autre, et il est difficile de rompre sans douleur. C'est moi qui me suis échappé d'une situation que je ne pouvais plus supporter. Ce n'est donc ni ma raison ni ma logique qui pleurent cette séparation. Seulement mon cœur. Allons, ne t'en fais pas ! Tu arriveras bien à le convaincre lui aussi, tôt ou tard ! »

Bien qu'il n'aimât plus Alexandra, Antonin souffrait. Il n'était pas soucieux pour autant : cette souffrance lui était familière, il l'avait déjà expérimentée chez le dentiste quand ce dernier lui extrayait une dent et qu'il continuait à ressentir la douleur bien que la dent fût déjà morte.

A plusieurs centaines de mètres de là, Alexandra était dans un tel état de tristesse qu'elle en demeurait étonnée. Elle savait qu'Antonin ne vivrait plus en elle et que c'était définitivement fini.

N'être plus rien pour quelqu'un alors que l'on a cru avoir tant représenté est sans doute une des souffrances psychologiques les plus vives.

« Mon Dieu, se disait-elle, comme on se passe difficilement de quelque chose lorsqu'on y a été habitué, même si ce quelque chose est un mal. »

Pourtant, Alexandra se sentait inconsciemment apaisée. Elle avait trop craint cette rupture pour ne pas en éprouver un certain soulagement.

« Exactement la même chose qu'avec papa ! »

Son père était mort six semaines plus tôt d'un cancer de la plèvre. C'était un drôle de personnage, le père d'Alexandra.

Il s'était arrangé pour mourir en octobre, avant les vacances d'hiver, craignant qu'il n'y eût que peu de personnes à ses funérailles. Toutes les dispositions nécessaires pour que la veillée funèbre et l'enterrement fussent somptueux avaient été prises. A l'avance il s'était assuré des personnes qui viendraient : il y aurait des présidents de société, des hommes politiques et même un écrivain. Sa notice nécrologique avait été rédigée de sa main et confiée à un notaire avec la somme correspondante pour une publication dans *Le Monde* et dans *Le Figaro*. Il était précisé qu'il ne refusait ni les fleurs ni les couronnes.

La mort du père survint alors qu'Alexandra battait froid à Antonin depuis trois semaines. Il avait émigré à nouveau dans son appartement du boulevard Saint-Germain. C'est là qu'il apprit la nouvelle, un soir où, désœuvré, il classait ses chemises par ordre chromatique. Il était alors en période « dandy ». Cette attitude se traduisait par une affectation de désinvolture vestimentaire très étudiée qui lui donnait un air rêveur, détaché des vaines préoccupations des choses de ce monde et en particulier du problème de l'habillement. Paradoxalement, ce dernier était le seul qui l'occupât et le comblât. Il était allé jusqu'à consulter le *De pictura* de Léonard de Vinci à l'Institut d'art et d'archéologie, rue Michelet, afin de connaître le point de vue du grand Florentin sur l'harmonie des couleurs.

Le téléphone crépita comme une mitraillette. Quand Antonin eut décroché l'appareil, la voix ou plutôt les cris d'Alexandra remplirent le combiné.

– Salaud ! Tu n'es qu'un salaud, une pourriture...

Le ton était proche de l'hystérie.

– Quoi encore ? Cette fois-ci, je n'ai rien fait ! riposta-t-il sur le ton de l'innocence blasphémée. Je suis ici tout seul. Il n'y a personne avec moi.

Un menteur n'aime rien tant que d'être accusé injustement. Il en retire une réelle jouissance car l'injustice lui semble absoudre d'un coup ses mensonges passés.

Antonin n'avait jamais été fidèle au sens commun du terme. Il l'avait cependant été à sa façon, en choisissant pour ses infidélités presque exclusivement des filles du même type qu'Alexandra. Choix qui, selon lui, révélait son inclination profonde pour la monogamie.

Diverses raisons poussent quelqu'un à être infidèle : la crainte d'être soi-même trompé, la vengeance, le désir physique ou la vanité.

Alors que le cœur d'Antonin ne réclamait qu'une femme et ses besoins physiques guère plus, sa vanité les voulait toutes.

Une autre raison intervient, celle-ci de nature plus psychologique : c'est la manière dont on est appréhendé par l'autre, car le caractère d'un individu se façonne aussi par les opinions d'autrui. Tout comme on s'arroge la prérogative d'être odieux avec ceux qui nous jugent odieux, on se croit le droit d'être infidèle avec ceux qui nous pensent tel. On se dit qu'ils n'ont en fin de compte que ce qu'ils demandent !

Antonin n'avouait cependant jamais la moindre de ses incartades ; celles-ci étaient rapportées à Alexandra par nombre de ces amies bienveillantes qui quadrillent la jungle parisienne à la recherche d'histoires croustillantes, comme certains aborigènes courent la jungle à la recherche de têtes à réduire.

Antonin ne pouvait s'empêcher de tromper Alexandra mais, ressentant pour elle une vive affection – car on finit toujours par s'attacher aux êtres qui vous aiment –, il ne souhaitait pas blesser son amour-propre. Chacune des scènes qui suivaient la découverte d'une de ses aventures était ainsi ressentie par lui comme une criante iniquité.

Elle, en revanche, lui était restée fidèle. Fidèle non à Antonin, mais à son choix d'Antonin. C'était donc une fidélité tout égoïste alors qu'Antonin avait l'impression d'être généreusement infidèle.

– Salaud, mon père est mort, commença-t-elle.

Elle ne finit pas sa phrase et se mit à pleurer. Ses sanglots étaient d'une violence telle qu'il craignit un moment qu'elle ne s'étranglât.

– Mon Dieu, dit Antonin, surpris.

Il chercha quoi dire... Que disait-on au juste en de telles circonstances ? Ne sachant pas quoi ajouter, il lâcha sans s'en rendre compte :

– Et à part ça ?

La question était partie avec le plus grand naturel. L'écho de la voix d'Antonin retentit comme un éternuement au milieu d'un concert.

Alexandra n'avait rien entendu, elle cherchait alors un mouchoir dans son sac. L'ayant trouvé, elle se moucha bruyamment, puis reprit :

– Je te déteste. Tu n'es qu'un minable, un pauvre minable...

Antonin, qui pensait qu'il n'y avait rien de plus vulgaire que de se moucher ainsi, tâcha néanmoins de se défendre.

– Calme-toi. Il est mort quand ?

– Je sors de l'hôpital. Il est mort tout à l'heure dans les bras de maman.

« S'il était dans les bras de cette vieille bique, je comprends qu'il soit mort. Moi aussi j'aurais trouvé un truc pour m'échapper », pensa-t-il en cherchant vainement un briquet ou des allumettes au fond de sa poche pour allumer la cigarette qui pendouillait au coin de sa lèvre.

– Elle l'a pris dans ses bras et l'a embrassé sur le front juste avant qu'il ne s'en aille.

« Et en plus elle l'a embrassé... C'est donc un meurtre ! » se dit-il en ajoutant d'une voix haute mais qu'il rendait sciemment chevrotante, afin de paraître lui aussi affecté par cette mort :

– A-t-il souffert ?

– Qu'est-ce que ça peut te faire, tu ne t'es jamais soucié des autres ! Non, jamais tu...

Antonin n'écoutait plus. Il se demandait s'il pouvait poser le combiné sur le fauteuil et, tandis qu'Alexandra continuerait à parler, courir à la cuisine pour y chercher des allumettes. Allons, qui ne risque rien, n'a rien !

– Tu ne l'as même pas appelé. Tu n'es même pas passé le voir alors que tu savais qu'il allait mourir. Pas même un coup de fil pour montrer que tu pensais à lui ! Rien. Tu es vraiment trop dégueulasse ! Par respect pour moi, tu aurais au moins pu lui téléphoner.

Antonin revenait à cet instant avec une boîte d'allumettes.

– Mais tu es tellement égoïste..., entendit-il. Un minable, voilà ce que tu es, un minable...

Il ne savait pas quoi dire. Les consolations banales ont l'effet d'exaspérer la souffrance. La seule et unique façon de consoler quelqu'un de malheureux est d'être malheureux soi-même. Seul le malheur console du malheur !

Il aurait voulu répondre à Alexandra, mais il ne pouvait le faire sans l'offenser. Il choisit de laisser s'apaiser cette rage qui n'était que le symptôme de sa douleur. Il ouvrit la boîte d'allumettes et se rendit compte qu'elles avaient toutes été craquées.

– Je suis vraiment noir aujourd'hui, se dit-il, puis il se souvint avoir vu un briquet sur le lit.

Tandis qu'Alexandra s'indignait d'avoir pu rester tant de mois avec un tel monstre, il fila vers la chambre à coucher. Quand il reprit le combiné, le souffle rendu court par la course, il sembla à Antonin qu'Alexandra lui lisait le dictionnaire des injures de la langue française. Il se demanda si l'on pouvait réellement être au comble de la souffrance et trouver la force d'insulter ainsi quelqu'un.

« Ah, si seulement je pouvais avoir quelque chose à lui reprocher. Je serais même prêt à payer... », se dit-il.

– Je te préviens, Antonin, et ce que je vais te dire est très sérieux : si tu oses montrer ton nez à l'enterrement, je te crache au visage et maman aussi.

– Ne dis pas des choses que tu ne penses pas, se défendit Antonin, enchanté cependant d'avoir une excuse pour ne pas se rendre aux funérailles.

– Je te jure sur la mémoire de mon père que je pense chaque mot que je viens de prononcer. Maintenant, je te souhaite tous les malheurs possibles pour le restant de tes jours !

Et Alexandra raccrocha sans laisser à Antonin le temps de rien ajouter.

Antonin ne se souciait pas en général des réactions hostiles qu'il pouvait susciter, la discussion qu'il venait d'avoir avec Alexandra l'avait cependant, sinon bouleversé, du moins remué. Ce n'est pas tous les jours qu'on s'entend dire que des crachats vont accueillir votre venue dans un cimetière. Mais ce qui le préoccupait surtout était de savoir s'il était aussi vil, mesquin et égoïste que le disait Alexandra.

« Quel malheur que les intentions ne comptent pas et que l'on ne puisse nous définir qu'en additionnant nos actes ! J'avais réellement l'intention d'éprouver de la peine pour la mort de son père. Le fait de ne pas être triste m'attriste terriblement. »

Il sourit de son jeu de mots puis continua plus sérieusement à réfléchir, sans penser une seconde qu'il eût peut-être été de son devoir de rappeler Alexandra pour tenter de la consoler.

« Je dois l'avouer, je ne peux pas dire que je sois sincèrement affligé par la mort de son père. Il était si grincheux et si radin ! D'ailleurs, peut-être exagère-t-elle sa douleur ? Je suis sûr qu'elle a plus souffert quand je sortais avec Virginie. »

Le père d'Alexandra était, bien que riche (depuis cinq générations sa famille gérait la plus grosse fabrique d'urinoirs de France), enclin à l'avarice. Dans les restaurants il volait les couverts, le sucre et même le papier hygiénique quand il se rendait aux W.-C. Il fallait l'avoir vu au moins une fois dans sa vie sortir des toilettes, les poches pleines de papier. Il considérait l'avarice, non pas comme un des sept péchés capitaux, mais comme un sport, au même titre que le cent dix mètres haies.

Antonin se souvenait de tous ces dîners qu'il lui avait fallu passer avec les parents d'Alexandra.

« Quelle sale habitude de devoir sympathiser avec les parents alors que je ne fais que sortir avec leur fille ! Il faut être hypocrite, penser à manger la bouche fermée, et le pire, c'est qu'en rencontrant la mère on voit à quoi ressemblera sa petite amie avec trente ans de plus. C'est loin d'être réjouissant. Le père, lui, voulait toujours parler affaires avec moi, comme si j'y connaissais quelque chose. Je répétais bêtement au dessert ce qu'il disait aux hors-d'œuvre... Finalement, je me moque qu'il soit mort. Si je suis triste, c'est par rapport à la peine d'Alexandra, et encore... Imaginons que maintenant le téléphone sonne à nouveau et que ce soit Béatrice qui me dise : " Antonin, mon amour, je t'aime. Je dois te l'avouer, si j'ai été froide, c'était pour cacher mes sentiments. En fait, j'ai une furieuse envie de toi. " Si Béatrice me disait ça, je serais hypocrite de ne pas m'avouer que je serais l'homme le plus heureux du monde. »

Nul n'aurait pu reprocher à Antonin de ne pas s'examiner avec la plus grande des franchises. Mais cet examen sincère ne dura qu'un temps, sa sincérité le poussa à s'attendrir sur lui-même.

« Non, en fait je suis bon. N'ai-je pas pleuré quand ils ont abattu les arbres du boulevard Raspail ? Suis-je une ordure ou pas ? Il n'avait qu'à faire attention à ne pas mourir quand je suis dans ma période égocentrique. Il aurait dû se douter que j'avais d'autres chats à fouetter. »

Antonin souhaitait évoquer ces problèmes avec quelqu'un. Il appela donc son ami Philippe.

– Allô.

La voix sortait de sous les draps.

– C'est moi. Le père d'Alexandra est mort.

– Non, c'est pas vrai ! C'est Alex qui te l'a dit ?

Philippe était à présent tout à fait éveillé.

– Ouais, il y a deux minutes.

– La pauvre ! Elle devait être dans tous ses états, non ?

– Je dirais plutôt dans un état stationnaire triste.

– Bon, ça va. C'est pas la peine de plaisanter... Et toi, comment tu prends ça ? Ça va à peu près ?

Antonin réfléchit rapidement : « Si je lui dis que je veux le tirer du lit à minuit simplement pour des questions ontologiques, il va m'envoyer balader. Tandis que, si je lui dis que je suis déprimé, il se sentira obligé de me proposer d'aller au moins prendre un pot tout en croyant que je refuserai... »

– Je ne me sens pas trop bien. Je crois que je suis un peu sous le choc. Il devait être mon beau-père, quand même... Ça me fout un coup au moral. Je suis sûr que je vais être déprimé...

Antonin avait dit cela sur le ton le plus languissant. Pour marquer le point, il se moucha dans le combiné.

A l'autre bout de la ligne, Philippe se disait : « Merde, je n'ai aucune envie de sortir de mon lit. Mais si ce con est mal et si je ne lui propose pas de le voir, j'aurai l'air d'un salaud et il va m'en vouloir. Je vais lui proposer d'aller prendre un pot, il va me dire qu'il n'a pas le cœur à ça et je n'aurai pas besoin de bouger. »

Si tous les hommes savaient ce qu'ils disent ou ce qu'ils pensent les uns des autres, il y aurait moins d'amis sur terre que de justes à Sodome et Gomorrhe. C'est pourquoi l'expérience veut que l'on ferme hermétiquement ses oreilles aux pensées de ceux que l'on aime afin de continuer à les aimer. La parole est un terrible levain. Mieux vaut taire ce que l'on a sur le cœur car ce n'est jamais reluisant ; ce sont toujours des problèmes d'amour-propre et de vanité blessée.

– Tu veux boire un verre ? demanda hypocritement Philippe.

– Oui, bien sûr. Disons au *Flore* dans un quart d'heure, dit Antonin dont la voix enjouée trahissait le subterfuge.

– Disons une demi-heure, implora Philippe.

– Okay, à tout de suite.

En enfilant ses chaussettes, Philippe se demandait s'il ne s'était pas fait embobiner par Antonin. Une maxime gribouillée au XVIIe siècle ou gravée au Ve avant Jésus-Christ avait beau énoncer que les hommes se prenaient d'un surcroît d'amitié envers leurs amis quand ceux-ci étaient dans l'adversité, l'aphorisme ne tenait plus quand il fallait consoler ces derniers à plus de onze heures du soir.

Antonin avait rencontré Philippe Forell le 16 septembre 1981. Les socialistes venaient de remporter la bataille présidentielle et un désir pressant de se rendre aux toilettes démangeait le petit Philippe en ce jour de rentrée scolaire. Lancinante, cette envie se retirait insidieusement pour quelques secondes, le temps nécessaire pour laisser place à l'espoir d'une accalmie, et puis fulgurante, aiguë comme la lame d'un poignard, se plantait à nouveau dans son ventre.

« Huit heures moins cinq, il faut tenir. »

Devant le lourd portail du lycée Janson-de-Sailly, une centaine de collégiens attendaient que le concierge de l'établissement vînt ouvrir les portes.

Enfin la cloche sonna et les grilles s'ouvrirent. Philippe se rua à l'intérieur, renversant une fillette de sixième qui lui demanda timidement pardon en se relevant.

Quand il sortit des toilettes, il lui fallut chercher la salle 71 où se réunissaient les cinquième A1. Il la trouva après s'être égaré dans de sinueux couloirs. Il frappa.

– Entrez ! dit Mme Tricotte, le professeur principal de français, qui effectuait à cet instant l'appel. Vous êtes en retard, lui fit-elle remarquer.

– Pardon, m'dame, je n'ai pas trouvé la salle, s'excusa Philippe.

– Faux puisque vous êtes ici, le passé composé, action qui continue à se dérouler, n'est pas le temps approprié à votre retard. Le retard est excusable, l'excuse quant à elle ne l'est pas. Il vous fallait dire : « Je ne trouvai pas la salle », passé simple, action finie puisque nous avons la joie de vous avoir parmi nous.

Il entendit des ricanements dans la salle.

– Quoi qu'il en soit, comment vous appelez-vous ?

– Philippe, répondit-il.

– Philippe, je vous le concède, mais votre patronyme ?

– Hein ?

– Votre nom de famille !

– Euh, Forell.

– Vous êtes le nouveau. Bien. Allez vous asseoir.

– Impératif. Deuxième personne du pluriel, fit quelqu'un au fond de la salle.

Philippe alla s'asseoir à une table à l'avant-dernier rang à côté d'un garçon maigre aux cheveux noirs. Philippe avait déjà vu cette tête quelque part... Ça y est, il l'avait vu dans *Le Livre de la jungle*, au cinéma, deux semaines plus tôt.

Philippe posa son cartable le long de la chaise et demanda à son voisin :

– Tu t'appelles comment ?

– Je ne vous conseillerai pas de prendre place aux côtés de M. Krystal, interrompit Mme Tricotte. Il ne pourra avoir qu'une influence pernicieuse sur vous... Il ne fait jamais ce qu'on lui demande et, l'année dernière, se permettait l'arrogance de remettre ses copies de rédaction de français en latin. Vous voyez donc qu'au cas où il aurait appris ce qu'on lui demande pour une interrogation – ce qui lui arrive extrêmement rarement – vous ne pourriez pas même copier sur lui. Je vous laisse néanmoins votre libre arbitre quant au choix de la place.

Philippe choisit de rester. Ce n'était pas tous les jours qu'on rencontrait un personnage de Walt Disney !

Mme Tricotte avait raison car, s'ils achevèrent l'année à Janson en passant dans la classe supérieure, ce fut sous la condition suspensive de changer d'établissement. Le lycée Montaigne commit l'erreur de les accepter et eut la grandeur d'âme de les supporter jusqu'au baccalauréat.

Ensemble, ils traversèrent la rue d'Assas et allèrent étudier à la faculté de droit de Paris II.

Ils vécurent sur les bancs des classes et des amphithéâtres des heures qui tissèrent des liens indestructibles. C'est ensemble qu'ils vécurent la fin de l'enfance et l'entrée dans l'adolescence. Près de quinze ans plus tard, ils se préparaient à vivre à nouveau ensemble la fin de la jeunesse.

Philippe avait hésité avant de devenir ami avec Antonin. Pendant longtemps, ce dernier lui fut comme une épine dans le pied. Dès le plus jeune âge, Antonin avait en lui ce côté ironique qui ne se prenait pas au sérieux certes, mais qui se moquait de ceux qui l'entouraient et de leurs jeux. Comportement difficile à supporter à un âge où il convient de prendre les jeux avec la gravité adéquate. A cet âge, on est fidèle à certaines règles et la première de ces règles est de suivre le troupeau aveuglément, qu'il ait raison ou tort, mais de le suivre. Ses camarades de classe se sentaient mal à l'aise avec lui. Devenir son ami, c'était ainsi être infidèle aux autres et se les mettre à dos.

Le réflexe naturel de Philippe eût été de le repousser; au contraire il s'en rapprocha. Antonin n'avait jamais oublié ce sacrifice et lui en gardait une reconnaissance éternelle. Philippe non plus n'avait jamais oublié ce sacrifice et en conservait une secrète rancœur.

C'était le début d'une magnifique amitié.

Autant Antonin était torturé, autant Philippe était apaisé. Jusqu'à l'âge de vingt ans et plus, il n'eut comme ambition que celle d'être heureux, sans souci aucun de réussite professionnelle. Il n'y avait jamais pensé tout comme il n'avait jamais songé à l'argent. Philippe voulait être heureux grâce à l'amour d'une femme qui l'aurait aidé à ne se soucier de rien. La vie s'était chargée de métamorphoser cette insouciante nature.

Ainsi, bien qu'ayant des conceptions de la vie opposées, Antonin et Philippe réussirent à s'entendre parfaitement.

C'était encore Philippe qui avait accompagné Antonin lors des trois jours qui décidaient de son sort militaire. Trois jours qui se déroulèrent au château de Vincennes. Antonin n'avait pas souhaité se faire passer pour drogué ou psychopathe. Il croyait qu'en parlant raisonnablement il obtiendrait son exemption.

Peine perdue. Il eut beau expliquer qu'il n'était pas fait pour la vie de groupe, l'officier trouva la parade.

– J'ai la solution pour vous. Vous allez faire la co-o-pé-ra-tion.

Il fallait répondre quelque chose, Antonin ne pouvait tout de même pas dire qu'il ne voulait pas perdre un an de sa vie au service de l'armée française.

Antonin cherchait...

– La coopération, fit-il tout en continuant à chercher, la coopération... (Une de ces réponses que l'on a une fois par décennie vint le sauver.) La coopération, lança-t-il. Vous me voyez enseigner à des Nègres, moi!!!

L'officier souleva avec horreur son tampon et le

rabaissa avec force dégoût sur la feuille administrative : Antonin était exempté. Preuve que l'armée française n'est pas celle qu'on s'imagine. Ni Antonin d'ailleurs, qui à cette époque sortait avec une ravissante jeune fille originaire de Tambacounda au Sénégal.

Antonin fit son entrée au *Flore* près de trois quarts d'heure après avoir raccroché avec Philippe.

– En plus, tu es en retard, dit celui-ci qui l'attendait assis sur la banquette sous la grande glace du café.

– Désolé, mais je ne te dis pas comme je suis énervé...

– Énervé ? demanda Philippe.

– Ouais, j'ai essayé de l'appeler pendant une demi-heure. C'était occupé tout le temps.

– Peut-être que sa mère appelait la famille, pour les prévenir, expliqua Philippe.

– Certainement pas. Sa mère est morte.

– Quoi, elle aussi ? Depuis tout à l'heure ? Mais c'est une hécatombe ! s'exclama Philippe.

– Mais de qui parles-tu ? demanda Antonin, l'air excédé.

– D'Alexandra. De qui d'autre voudrais-tu que je parle ?

– Mais non. Moi je parle de Virginie. Elle m'a dit que je pouvais l'appeler ce soir pour prendre un verre. Et elle a un des plus beaux visages jamais vus au monde.

– Tu es vraiment un salaud ! cracha Philippe.

Antonin partit d'un gigantesque éclat de rire.

– Je plaisantais, c'était uniquement pour te faire marcher, s'excusa-t-il.

– Ça ne me fait pas tellement rire, ce genre de blagues. Il y a un temps et un lieu pour tout. Je ne comprends pas comment tu peux avoir de si mauvaises pensées. Tu es une ordure, en fait !

– Comment peux-tu dire qu'on est une ordure uniquement à cause de mauvaises pensées ? Il faut quelque chose de plus pour condamner moralement un individu. Tout le monde a de mauvaises pensées et ceux qui affirment ne pas en avoir sont des menteurs.

Le serveur vint interrompre leur discussion.

– Qu'est-ce que je vous sers ? demanda-t-il en s'adressant à Antonin.

– Un verre de pouilly-fuissé, s'il vous plaît.

Une fois que le garçon se fut retiré, Philippe reprit :

– Je remarque quand même une chose, s'il en existe un à véhiculer de mauvaises pensées, c'est bien toi !

– Ouais, ouais, surtout moi. Tu as raison. Mais prends par exemple un cadre qui travaille dans une grosse boîte. A huit heures du soir, il est chez lui, avec la famille à table en train d'écouter le vingt heures. Soudain une dépêche tombe. Le présentateur annonce : « Je viens d'apprendre une nouvelle terrible. A Srinagar, dans la province du Cachemire, il s'est produit un tremblement de terre. Les premières estimations donnent cinquante mille morts, dont au moins la moitié d'enfants... »

– Bon, alors, accouche, pressa Philippe.

– Attends une seconde. Ils sont tous là. Le père et la mère regardent leurs enfants. Ils s'imaginent la détresse des parents indiens cherchant dans les décombres leur petit Pierre ou leur petite Marie, ne les trouvant pas, criant leurs prénoms tout en sachant que l'appel restera sans réponse. Des larmes leur montent aux yeux...

– Bon, ça va, n'en rajoute pas, s'impatienta Philippe.

– J'y arrive. Ils sont là à se lamenter et le téléphone sonne. C'est le patron du cadre. Il lui annonce qu'il vient d'être promu et bénéficie d'une augmentation conséquente. A ton avis, ils ont envie d'ouvrir une bouteille de champagne ?

– Comment veux-tu que je sache ?

– Eh bien, je vais te le dire. Ils n'en ont pas seulement envie, ils l'ouvrent. Seul un saint n'en aurait pas envie. Quatre-vingt-dix-neuf pour cent des gens l'ouvriraient et le dernier pour cent, dont je fais partie, mis à part le saint, se retiendrait, bien qu'il en ait envie, en signe de respect pour la souffrance des victimes et de leurs proches. C'est ce dernier pour cent qui est le sel de la terre et non le saint, les choses sont trop faciles pour lui.

– Non ! Ce « un pour cent » est hypocrite. Si on a envie d'ouvrir la bouteille, cela revient strictement au même.

– Je vais te prouver que non. Tu n'as jamais rencontré une fille dans la rue que tu aurais eu envie de violer ?

– Si.

– Et tu l'as fait ?

– Bien sûr que non. Tu te souviens des peines sanctionnant le viol, dit Philippe qui redevenait avocat en la circonstance.

– Alors, tu vois que ça ne revient pas au même ! On n'est pas hypocrite si on se retient de faire quelque chose dont on a envie. Sois-en sûr, si le regard pouvait enfanter ou tuer, les rues seraient jonchées de femmes enceintes et de cadavres. Et encore, le viol est illégal, tandis qu'ouvrir une bouteille de champagne ne l'est pas jusqu'à présent.

Antonin continua sur un ton docte :

– Mon cher Philippe, nous marchons sur une fine couche de civilisation sous laquelle se trouve un gouffre de sauvagerie. Il n'y a qu'un fin vernis entre l'homme d'aujourd'hui et le pithécanthrope.

– J'ai confiance dans la nature humaine...

– Tu veux que je te dise ce que c'est, la nature humaine ? S'il était possible, pour éviter la peine de se raser, d'appuyer sur un bouton qui déclencherait simultanément la mort de dix petits Éthiopiens, ces derniers deviendraient vite une espèce en voie de disparition, ce qu'ils sont déjà dans une certaine mesure. Tu te souviens du *Troisième Homme* avec Orson Welles ?

– Oui, mais cela fait longtemps que je l'ai vu.

– Tu te souviens de cette séquence où Welles, sur la grande roue du Prater, à Vienne, tâchant de justifier son trafic de pénicilline, montre par la porte ouverte de la cabine à son ami Joseph Cotten les hommes qui, telles des fourmis, se pressent trente mètres en dessous d'eux et lui dit : « Tu vois tous ces points noirs en bas, dix de plus ou dix de moins, quelle importance ? » C'est ça, la nature humaine, dans la plupart des cas.

– Non, je ne m'en souviens pas. Mais ton Harry Lime, voilà le nom me revient, devait être pourri à l'origine.

– Pas du tout. C'est dans les situations extraordinaires au sens étymologique du mot que les gens se révèlent tels qu'ils sont réellement... Te rappelles-tu cette anecdote dans le livre de Burunsky, *Soleil noir*?

– Laquelle ?

– Un homme s'occupait des latrines pour le baraquement, et Burunsky l'avait connu à Paris. C'était, paraît-il, « un homme charmant ». Eh bien, ce type charmant tuait à coups de bâton tous ceux qui allaient la nuit salir les chiottes qu'il était chargé de nettoyer. L'assassinat de sa femme et de ses enfants avait rendu cet homme méchant. L'individu placé dans des circonstances extraordinaires ne respecte les règles que s'il est dans un endroit où une force les lui fait observer, sinon il obéit à la nature. Voilà ce que je crois. De plus, pour la grande majorité, celui qui n'agit pas en dehors des règles quand il le peut et pour son bénéfice est celui qui ne peut pas le faire et non celui qui ne le veut pas.

– En fait, tu n'es qu'un gros égoïste. Tu foutrais le feu à la maison de tes parents pour te faire cuire un steak.

– Tout est égoïsme, car chacune de tes actions te procure une satisfaction.

– Tout est relatif, Antonin.

– Ouais, tout est relatif. Marseille est au nord d'Alger et Stockholm au sud de Narvik. Cela me rappelle l'histoire de Moïshele à la synagogue...

– Vas-y, dit Philippe.

– Un vendredi soir, Moïshele est à la synagogue en train de prier. Il a de graves problèmes dans son affaire de confection. Il a besoin d'un million pour éviter la banqueroute.

Depuis une heure il prie. Soudain il s'interrompt, lève la tête et s'adresse directement à Dieu.

« Dieu, lui dit-il, que représente pour toi un million ? »

Dieu est ému de la foi que lui témoigne Moïshele. Exceptionnellement, il décide de lui répondre.

« Moïshele, mon ami, pour moi un million ne représente pas plus que dix centimes. »

Moïshele semble satisfait de la réponse et se remet à prier. Trois quarts d'heure plus tard, il se tourne à nouveau vers Dieu.

« Dieu, que représente pour toi l'éternité ?
– Pour moi, Moïshele, l'éternité, c'est une seconde ! »
Et Moïshele de demander :
« Dieu, prête-moi dix centimes. »
Et Dieu de répondre :
« Attends une seconde. »

Philippe sourit et resta silencieux quelques instants puis demanda :

– Tu iras à l'enterrement ?

– Alexandra m'a dit qu'elle me cracherait au visage si je montrais le bout de mon nez.

– Tu ferais quand même mieux d'y aller. Tu sais très bien qu'elle n'attend que ça ! Ne prends pas ce prétexte pour te défiler, ce serait ignoble !

– On verra, répondit Antonin.

# X

– Ce n'est pas possible ! Pas un panneau indicateur ! A croire que ça porterait malheur d'en installer !

Cela faisait près d'un quart d'heure que le taxi tournait en vain dans les rues proches de la porte de Pantin, à la recherche de l'entrée du cimetière. Sur la banquette arrière, Antonin fulminait.

– Si ça continue comme ça, je vais arriver pour le Jugement dernier. Il sera déjà ressuscité et je serai venu pour rien !

– Vous plaignez pas ! Pensez plutôt aux millions de bœufs qui ont suivi le même chemin pour être conduits à leur dernière demeure quand on n'avait pas encore démoli les abattoirs de la Villette et que...

Antonin interrompit le chauffeur :

– Là ! Là, à droite ! Vous avez vu ? Un corbillard ! Suivez-le, il va nous conduire à l'entrée du cimetière !

– C'est votre bonhomme ? demanda l'homme en obliquant vers la ruelle où s'éloignait le corbillard.

– Bien sûr que c'est lui ! dit Antonin. Vous ne voyez donc pas ? Il nous fait de grands signes. Comment voulez-vous que je sache si c'est mon bonhomme ? Je ne suis pas dans le cercueil !

– Je demandais ça comme ça...

Quelques minutes plus tard, ils arrivaient.

Antonin s'était rendu aux funérailles en dépit des menaces d'Alexandra. Il considérait que c'était le geste à faire. Il l'avait rejointe à Saint-Germain-l'Auxerrois, face à l'entrée orientale du Louvre. Dans l'église, les draperies noires montaient à quinze mètres de haut. Le catafalque était magnifique. Antonin fut placé au premier rang, à la gauche d'Alexandra, sa mère se tenant à la droite de sa fille. L'épisode téléphonique semblait avoir été oublié.

Mère et fille étaient habillées de noir, comme il se doit. La veille, elles avaient failli se disputer dans une boutique de l'avenue Montaigne sur le choix d'un chapeau : il n'y en avait qu'un de ce modèle et toutes deux le voulaient. Alexandra s'était inclinée, non sans avoir protesté. Le lendemain, derrière leurs « bibis » de luxe, se pressait la foule des connaissances du défunt. Dans l'enceinte de l'église, les parfums, les voix et les odeurs se mêlaient pour donner à cet événement un caractère plus mondain que funèbre.

– Il me semble bien indifférent, disait un vieux beau à une dame maquillée à outrance, placée à sa gauche, montrant Antonin du doigt.

Antonin aurait bien voulu pleurer mais se sentait l'œil sec. Il se demandait si on n'allait pas lui reprocher comme une vilenie sa sécheresse de cœur, face au cadavre à peine refroidi. Il souffrait de l'indifférence qu'il ressentait, mais il ne pouvait pas pleurer. Les pleurs d'Alexandra et de sa mère frappaient bien quelque chose en lui et faisaient vibrer une corde sensible, mais la mort du père d'Alexandra n'y était pour rien. Pleure-t-on un inconnu ?

Les conversations allaient leur petit train. Les cancans circulaient d'un banc à l'autre pour s'élever comme une rumeur.

Antonin se retourna et contempla l'assistance. « Tiens, il a déplacé plus de monde que prévu », se dit-il.

Effectivement, nombreux étaient ceux qui attendaient à la porte du cimetière de Pantin. Le soleil éclairait la scène et les arbres alentour. Les gens se parlaient peu et se contentaient de sourire d'un air affligé. C'était là leur manière de se saluer. Quand Alexandra arriva avec sa famille, Antonin remarqua les gens se précipitant pour offrir leur épaule consolatrice aux proches du défunt. Plus la personne était proche du mort, plus grand était l'honneur.

Antonin observa ceux qui s'approchaient d'Alexandra et de sa mère. Ils faisaient un pas, puis un autre pour se placer.

L'employé des pompes funèbres parvint néanmoins à s'approcher de la mère d'Alexandra.

– Avez-vous pensé à la pierre tombale ? Il faudrait que je commande le marbre dès à présent. Où dois-je vous faire parvenir le devis ?

Antonin crut qu'elle allait l'envoyer sur les gerbes mais, à son grand étonnement, elle répondit poliment et commença même à discuter.

Il aurait bien voulu allumer une cigarette. Un prêtre prononça quelques mots sur la tombe, puis ce fut le tour d'un ami du défunt, et ensuite rien. La foule commença à se disperser tout comme se dispersait le souvenir du disparu.

En traversant le cimetière, Antonin fut saisi d'un fou rire qui fut pris heureusement pour une crise de nerfs. Quelqu'un avait fait graver comme épitaphe sur une tombe : « Quand je vous disais que j'étais malade ! »

Antonin et Alexandra restèrent encore ensemble trois semaines. Trois semaines de relative tendresse avant de se quitter avec aigreur. Il ne s'en étonna pas outre mesure car il avait lu de nombreux récits d'anciens combattants de 14-18 qui racontaient comment les soldats français et allemands étaient capables de fraterniser d'une tranchée à l'autre le soir de Noël et de recommencer à se massacrer avec la même ferveur le lendemain matin. Ce qui était valable pour la guerre devait l'être également pour l'amour...

Antonin appliquait à présent la lettre-coquillage d'Alexandra contre son oreille et, ému – on aime encore longtemps un être qu'on a aimé, ou qui vous a aimé –, il entendit à nouveau le bruit des vagues de leurs amours.

« Qu'est-ce que l'amour ? se demandait-il. Je ne l'ai pas aimée quand j'étais avec elle. Pourtant aujourd'hui, quand je me souviens, je crois l'avoir aimée. L'amour ne se trouve-t-il pas tout simplement dans le souvenir et non dans le présent ? Pour vivre amoureux, vivons donc de souvenirs. »

De sa mémoire s'étaient envolés les disputes, les larmoiements, les portes qui claquaient. Évaporées ces scènes continuelles qui avaient rythmé leur vie de couple. Le souvenir opère comme un filtre, retenant les malheurs et ne laissant passer que les moments heureux.

Antonin s'interdisait le plus souvent de regarder en arrière, mais le passé et les souvenirs le tiraient à eux, l'empêchant de goûter le présent et de préparer l'avenir.

Il redoutait la fuite du temps, non pour la perte de la jeunesse, mais à cause de l'implacable bilan qu'elle dressait de son désœuvrement.

En buvant son café, il tirait sur les fils de sa mémoire de la même façon que certains tirent sur les fils d'une plaie qui vient d'être recousue. Soudain la plaie s'ouvrit et Antonin se souvint du soir où il avait séduit Alexandra.

## XI

L'aspect physique des humains n'a que peu évolué depuis qu'Adam a embrassé Ève sans savoir, à l'ombre du feuillage de l'arbre de la connaissance, ou depuis que M. de Cro-Magnon a baisé les lèvres de sa compagne avant de l'entraîner sur la paillasse d'une caverne. De cette continuité, on devrait déduire une constance touchant également à la séduction. On aurait tort. Mille fois tort ! La séduction n'est pas figée dans la Bible, la préhistoire ou l'histoire. Elle n'est pas plus absolue qu'elle n'est éternelle. Elle varie, évolue comme un caméléon, en se mariant aux couleurs des changements sociaux.

Un Égyptien sous Akhenaton ne séduisait pas de la même façon qu'un Romain sous Trajan ou qu'un Spartiate sous Lycurgue, pas plus qu'une Mésopotamienne du temps d'Hammourabi ne s'amourachait de la même façon qu'une Carthaginoise sous Hamilcar, une Précieuse sous Louis XIV, une suffragette sous Raymond Poincaré... ou Antonin à la Comédie-Française, un soir de printemps.

– Programme. Demandez le programme !

– Le programme de ma vie, mademoiselle ? demanda Antonin.

– La Comédie-Française n'a pas ça en rayon, uniquement *Phèdre.*

– Prends-le, dit Isabelle... Je ne sais toujours pas qui joue le rôle de Phèdre.

« Si tu savais combien je m'en moque, pensa Antonin. Ah, si seulement il était possible d'acquérir le programme de sa vie, je saurais alors si j'ai réellement quelque chose à faire sur cette terre... »

On jouait *Phèdre* à la Comédie-Française. La tragédie d'Alexandra et d'Antonin ne pouvait débuter sous de meilleurs auspices !

Antonin était de corvée pour sortir Isabelle, fille d'une relation de son père que l'on pouvait qualifier de bon parti et de mauvaise compagnie. Cette volonté d'assurer un statut social et une indépendance financière à sa progéniture peut paraître petite-bourgeoise alors qu'elle est tout son contraire.

La richesse n'est point une fin en soi, elle n'est qu'une étape, un moyen plutôt, permettant d'atteindre un niveau culturel supérieur car c'est seulement à ce prix que l'on se trouve débarrassé de l'inquiétude du quotidien.

Voilà pourquoi les mariages sont si soigneusement arrangés et soupesés.

Les motivations financières ne sont cependant pas les seuls avantages des mariages de raison. Ils renforcent les liens matrimoniaux en dépit même des infidélités qui surgissent parfois dans une vie de couple. Lorsqu'on se marie sans amour, l'enchantement est grand quand tout à coup on se découvre une réelle passion pour une autre femme ou un autre homme ! Cette découverte n'entraîne néanmoins pas l'envie de se séparer de son compagnon légal : l'habitude a fait de l'époux ou de l'épouse un ami ou une amie, et la tristesse suit toujours la perte d'une amitié.

En revanche, lorsqu'on convole pour s'aimer éternellement et que quelques mois ou quelques années suffisent pour s'apercevoir qu'on ne s'aime plus, une constatation si amère ne peut que conduire à la rupture. On ne voyait en son mari ou en sa femme qu'un amant ou une maîtresse ; c'était là le pilier qui soutenait l'édifice conjugal. L'amour parti, tout s'écroule.

Le foyer du théâtre était comble et, malgré les trois coupes de champagne dégustées, Antonin s'ennuyait affreusement. Il n'écoutait rien de ce qu'Isabelle racontait, se contentant de hocher la tête en signe d'approbation ou de négation, selon l'inspiration du moment. Depuis longtemps, il était devenu un maître au jeu consistant à laisser croire à son interlocuteur qu'on suit le fil de la conversation alors que l'esprit voyage à des milles de là.

La sonnerie indiquant que la pièce allait débuter retentit. Antonin et Isabelle gagnèrent leur place, deux fauteuils au second rang d'orchestre. Le père d'Isabelle avait bien fait les choses. Les trois coups se firent entendre. La salle plongea dans l'obscurité, le rideau se leva, un faisceau lumineux comme un rayon de soleil dans une église ou un hôpital traversa progressivement la scène et vint illuminer un décor qui semblait en marbre clair, blafard et fantomal. Au même instant, Hippolyte apparut.

– Antonin, tu as vu comme il est beau, ce garçon ! chuchota Isabelle.

Oui, il était beau, le plus bel éphèbe de Grèce. Il se dégageait de lui une jeune et vigoureuse vitalité.

– Ouais, ouais, répondit Antonin. Il est quand même un peu lourdaud, tu ne trouves pas ?

– Chut, ça commence.

*Le dessein en est pris : je pars, cher Théramène,*
*Et quitte le séjour de l'aimable Trézène.*

« Ah, si moi aussi je pouvais m'enfuir loin d'Isabelle, de cette foule, de cet ennui », pensa Antonin.

*Dans le doute mortel dont je suis agité,*
*Je commence à rougir de mon oisiveté.*

« Et en plus, cet insolent s'adresse directement à moi », remarqua-t-il avec rage.

Émoustillé par le champagne, il saisit les jumelles des mains d'Isabelle et commença à scruter les loges avec indifférence.

« Quelles têtes de dégénérés ! Comment peuvent-ils apprécier Racine ? »

La mauvaise humeur le rendait bêtement dédaigneux et méprisant. Soudain, il s'immobilisa. Dans le champ des jumelles, il vit un ange qui illuminait la loge numéro trois. Une beauté dans toute sa splendeur, belle comme la femme d'un autre.

Antonin avait enfin de quoi s'occuper.

« Il faut à tout prix que je lui envoie quelque chose pour lui dire que je l'aime et que je l'attends. Vite, un stylo, un papier, un mot, une charade, un quatrain, un poème. Non, un recueil de poèmes, des œuvres complètes. »

– Isabelle, tu as un crayon ?

– Taisez-vous, bon sang ! Si cela ne vous intéresse pas, laissez au moins vos voisins suivre la pièce, grogna un individu au troisième rang derrière eux.

– Bon, ça va, vous la connaissez la pièce. Hippolyte se marie avec le taureau, Phèdre avec le yéti et Thésée va garder des brebis dans la banlieue d'Oulan-Bator, répondit Antonin.

Cette prédiction lui valut un « grossier personnage ! » qu'il choisit d'ignorer. Sur la scène proche, Hippolyte regardait Antonin d'un œil rageur. L'éphèbe portait un carquois sur l'épaule gauche. Peut-être était-il plus prudent de se méfier.

– Tu exagères, murmura Isabelle qui était devenue rouge comme une tomate. Regarde dans mon sac, je dois avoir ça.

Antonin fouilla dans le sac d'Isabelle, ce qui entraîna de nombreux « chut ». Mais il n'en avait cure. Il prit le stylo et commença à écrire :

*Le Français me montra ma superbe ennemie*
*Je te vis, je rougis, je pâlis à ta vue*
*Un trouble s'éleva dans mon âme éperdue*
*Mes yeux ne voyaient plus, je ne pouvais parler*

*Je sentis tout mon corps et transir et brûler*
*...*
*Ce n'est pas une ardeur dans mes veines cachée*
*C'est le cœur d'Antonin, au fauteuil six cloué.*

Il écrivait de sa main droite et vérifiait de la gauche si l'alexandrin était bien pourvu de douze syllabes. « Une main à six doigts serait quand même mieux pour ce genre d'exercice. Je suis sûr que Racine a dû regretter de n'avoir que cinq doigts. »

Lors de sa deuxième année à l'école communale, Antonin avait composé un quatrain satirique sur son professeur. Ce quatrain rencontra alors un franc succès. Depuis il n'avait de cesse de poursuivre amis, proches et moins proches afin de leur lire ses plus récentes créations.

Si l'on entend par « poètes » ceux qui habillent des pensées profondes avec des rythmes mélodieux et des strophes cadencées, il ne serait venu à l'idée de personne de comparer Antonin à Villon, Marot, Malherbe, Hugo, Apollinaire ou Aragon. Cependant, si l'on désigne ainsi ceux qui taquinent prétentieusement la rime d'une musique vieillotte, alors il méritait de passer pour un poète.

« Ce n'est pas fameux, mais c'est mieux que rien », se dit Antonin qui détestait ses vers mais trouvait odieux qu'on ne les louât pas. « Il faut absolument les lui faire parvenir avant la troisième scène, sinon l'autre garce de Phèdre va me griller mon effet... »

Il se tourna vers Isabelle :

– Tu ne trouves pas que c'est un peu ridicule, toute cette tragédie ? Phèdre a envie de coucher avec son beau-fils. Y a pas de quoi en faire un drame ! C'est même pas de l'inceste, non ?

– Chut ! répondit Isabelle en ajoutant dans un chuchotement ; non, je ne pense pas que cela soit ridicule.

– Quoi ? fit Antonin, qui n'avait rien entendu.

– Non, je ne pense pas que ça soit ri-di-cu-le, s'écria-t-elle, excédée.

– Vous allez finir par vous taire! gémit le voisin d'Isabelle, prêt à éclater.

– Ne parle pas si fort, souffla Antonin dans l'oreille d'Isabelle.

La troisième scène venait de débuter.

Du fond de la scène, Phèdre apparut, soutenue par Panope. Œnone, habillée de mystère, raide comme une colonne, les rejoignit. Toutes trois s'avancèrent lentement. Puis Phèdre s'arrêta, chancela, ferma les yeux et écouta Œnone.

« Merde, cette conne de Phèdre est déjà là : c'est quoi, cette nouvelle façon de déclamer les vers à la Comédie-Française ? »

– Excuse-moi, Isabelle. Il faut absolument que je téléphone.

– Maintenant ?

– Je reviens.

Antonin sortit de sa rangée, tel Robert Stack dans *To be or not to be* de Lubitsch, écrasant les orteils d'une attachée de presse et d'un commissaire aux comptes.

– Oui, c'est ça, du balai, dit l'individu qui n'avait pas apprécié les commentaires d'Antonin.

Dans le couloir, Antonin trouva une ouvreuse.

– Madame, s'il vous plaît, portez ce mot à la loge trois.

– Mais vous ne vous rendez pas compte, monsieur. C'est strictement interdit...

– Je vous en prie, répéta Antonin en tendant le mot enroulé dans un billet de deux cents francs.

Il esquissa aussi un sourire désespéré.

– Je le ferai gratuitement, répondit l'ouvreuse en lui rendant le billet.

Antonin remercia chaleureusement puis se rassit aux côtés d'Isabelle et reprit ses jumelles. Le mot était arrivé à destination.

Quelle ne fut pas sa surprise quand, à la cinquième scène de l'acte deux, l'ouvreuse réapparut au bord de sa rangée et lui fit parvenir un mot plié en quatre.

Antonin l'ouvrit et lut avec consternation :

*Votre Phèdre, mon cher, est déjà engagée*
*Avec un beau Thésée, bien sous tous les côtés.*
*Je vous prie, Antonin, ne soyez pas blessé,*
*Aux bords du fauteuil six où vous êtes laissé.*

– Qu'est-ce que c'est? demanda Isabelle.

– Quelqu'un qui était au lycée avec moi. Il a soi-disant quelque chose de très important à me dire à l'entracte.

Ce mot ne découragea pas Antonin. Sa présomption ne pouvait s'imaginer qu'en sa présence une femme restât éprise de son fiancé. Et puis, ne lui avait-elle pas répondu? Une fille qui ne lui aurait pas marqué le moindre intérêt eût certainement choisi de l'ignorer, ce qui n'était pas le cas, donc...

Alexandra faisait partie de ces filles qui ne prennent pas d'initiatives et répondent systématiquement « non » quoi qu'on leur propose jusqu'à ce qu'on leur fasse dire « oui ». Elle préférait laisser le hasard agir pour elle. Or, le hasard n'est pas toujours un allié fidèle. Affligée, comme beaucoup de jeunes, du complexe de Tantale, elle craignait de voir les fruits se retirer devant sa main tendue. Ainsi elle n'avait pas toujours eu les petits amis qu'elle désirait.

Antonin l'observait avec ses jumelles. Elle paraissait absorbée par la cadence poétique de Racine.

Un quart d'heure avant l'entracte, s'excusant auprès d'Isabelle, il sortit à nouveau de sa travée, écrasant à nouveau les doigts de pied du commissaire aux comptes mais épargnant cette fois-ci ceux de l'attachée de presse.

– Il va nous enquiquiner encore longtemps, ce voyou? demanda tout haut une femme qui avait elle-même l'air d'être une enquiquineuse.

Il monta les escaliers quatre à quatre jusqu'aux loges. Il en perdait haleine; jamais son cœur ne battrait plus fort pour cette fille qu'il ne battait à ce moment.

Reprenant son souffle, il prit son courage à deux mains, respira un bon coup et entra. Seules trois des quatre chaises étaient occupées. Antonin prit place derrière la jeune fille.

– Vous ne manquez pas de culot ! lui dit-elle à voix basse.

– Il fallait juste que je sache si quelqu'un n'avait pas collé un ange sur mes jumelles.

– Soyez vous-même un ange et laissez-moi regarder cette pièce tranquillement.

– Je ne peux pas. Comme Phèdre, j'ai fait des vœux assidus à Vénus, afin qu'elle me libère de mon amour pour vous. Je lui ai construit un temple et j'ai pris soin de l'orner. Je lui ai sacrifié les pieds de quelques spectateurs et j'ai recherché dans leurs ongles ma raison égarée. Quand ma bouche implorait le nom de la déesse, c'était vous que je voyais sans cesse.

– Mais vous connaissez la pièce par cœur !

– Vous pourriez parler moins fort, s'il vous plaît, implora un vieux monsieur assis à droite de l'ange.

– Un de vos amis ? demanda Antonin.

– Non, je ne le connais pas.

– Alors je le provoque en duel. (Antonin se tourna vers le vieillard.) Monsieur, votre remarque est un affront. Je vous invite à me suivre sur les remparts où j'aurai l'honneur de vous taquiner les fesses de la pointe de mon épée.

– Un fou ! C'est un fou ! s'écria le monsieur invectivé.

– Sortons. Sortons. Je vous en prie, surtout pas de scandale ! dit l'ange.

– Comment t'appelles-tu ? demanda Antonin une fois dans le couloir.

– Vous tutoyez bien facilement ! répliqua-t-elle.

– On a tout le temps de se vouvoyer par la suite, tu ne crois pas ?

– Alexandra, finit-elle par admettre. Toi, c'est Antonin, c'est ça ?

– C'est ça. Tu en veux une ? proposa Antonin en sortant son paquet de cigarettes de sa poche.

– Cela me fera du bien. Merci. Tu te serais battu en duel pour moi ?

– Avec lui, sans problème. Il a plus de soixante-dix ans !

– Et en plus Monsieur est lâche !

– Lâche, non, mais ce soir il veut rentrer vivant avec Mademoiselle.

– Mais Monsieur est fou ! dit Alexandra en souriant.

# XII

Deux heures plus tard, Alexandra était allongée à ses côtés. Son corps avait tout d'une sylphide : de longues jambes ciselées, habillées de noir, que l'on croise parfois dans les rues faisant de longues enjambées d'une démarche élastique ; un buste que l'on voit dans les jardins du musée Rodin, des cheveux auburn tombant en cascade sur les épaules et une bouche sensuelle et boudeuse.

En se déshabillant, elle avait eu un geste pour cacher sa cicatrice d'appendicite.

« Pas très sûre d'elle ! » en avait déduit Antonin.

Alexandra et lui avaient fui le théâtre à l'entracte, quand les gens se prennent par le bras pour déambuler dans le foyer comme dans une cour de prison.

Antonin lui balaya les cheveux. Un nez retroussé et des yeux en amande où, selon elle, perçaient des reflets vert émeraude apparurent et vinrent achever son visage.

Depuis le lit, ils regardaient Cary Grant et Eva-Marie Saint caracoler sur le crâne de Teddy Roosevelt dans *North by Northwest.*

Antonin commençait à se demander s'il avait réellement envie de faire l'amour à Alexandra. Combien de fois avait-il eu cette sensation faite d'écœurement et de stérilité ?

« Une de plus ? Et puis après ? se disait-il. Et puis après ?... *Ma in Spagna sono già mille e tre !* Est-ce à ça que je veux arriver ? Chef comptable du sexe... »

Pour combattre ce spleen, il abordait mille sujets. Qui sait, peut-être oublierait-elle que la situation et la logique voulaient qu'ils fissent l'amour ?

– Entre James Stewart et Cary Grant, qui préfères-tu ?

– Pardon ? répondit Alexandra. Je ne comprends pas la moitié de ce que tu dis.

Antonin n'articulait que rarement, excepté lorsqu'il lisait ou récitait le texte d'un autre. Là, il était affranchi de sa timidité. Quand il s'efforçait de prononcer ses propres pensées, on aurait dit qu'il redoutait les paroles sortant de sa bouche et tâchait aussitôt de les rattraper avant qu'elles ne prissent leur envol.

Antonin répéta la question.

– Cary Grant, dit Alexandra comme elle aurait pu dire James Stewart ou Thomas Jefferson.

Puis elle ajouta :

– Sois un amour. Tu ne veux pas éteindre la télé ? C'est vrai, tu ne t'occupes pas tellement de moi pour quelqu'un qui rougit et pâlit à ma vue...

Il y avait plus d'invitation que de reproche dans sa voix.

Il se tourna vers elle.

– Le film est bientôt fini, encore quelques instants, dit-il sur le même ton que la du Barry avait prié le bourreau de lui accorder une minute de plus. C'est la première fois que je le vois. Je voudrais savoir comment il se termine, mais je te jure qu'une fois le film terminé tu me feras rougir à nouveau.

Antonin n'avait vu *La Mort aux trousses* que treize fois ; il aurait pu se le projeter mentalement plan après plan. Quand il l'avait découvert pour la première fois à onze ans, il était tombé amoureux d'Eva-Marie Saint. Il avait du mal à imaginer que cette jeune femme si belle et si fringante sur le mont Rushmore était aujourd'hui une septuagénaire.

– Tu crois que je sais faire rougir les garçons ? demanda Alexandra, émoustillée.

– Friponne, dit Antonin avec un sourire aux lèvres qu'il voulait coquin tout en se disant qu'il avait été bien bête d'ouvrir lui-même la porte à une telle réponse.

Antonin tâchait vainement de repousser le moment où il devrait se retrouver seul avec elle. Il espérait qu'un événement subit viendrait le délivrer d'Alexandra. Comme dans le film, un groom passerait dans la chambre à coucher avec une ardoise sur laquelle il serait écrit : « Mlle Alexandra. » Elle se lèverait alors du lit, disant à Antonin qu'elle n'en avait que pour quelques minutes et, en fait, ne reviendrait jamais.

– J'ai froid, lança-t-elle.

« Si elle avait été avec moi sur le mont Rushmore, je l'aurais sûrement poussée », pensa Antonin en répondant que c'était en effet étrange car Mme Duval, la concierge, lui avait assuré que le chauffage fonctionnait.

Il enveloppa Alexandra dans ses bras et lui baisa l'épaule d'un baiser qui se voulait fraternel et définitif. Rien n'est plus désagréable que d'embrasser quelqu'un qu'on ne désire pas.

Sur l'écran de la télévision, Cary hissait Eva sur la couchette supérieure du compartiment qui les conduisait vers le mariage et le mot *fin.* Le train entrait alors à pleine vitesse dans un tunnel et Antonin se souvint d'avoir lu qu'en langage hitchcockien le train et le tunnel étaient une parabole sexuelle.

« Pourvu qu'elle ne comprenne pas l'hitchcockien », se dit-il.

– Tu as des yeux fantastiques, lança Alexandra.

Elle essayait de l'avoir par la flatterie, ressentant cependant confusément que les rôles étaient inversés.

– Toi aussi, remercia Antonin sans la regarder.

Elle lui serra le bras avec une force qu'il prit pour une marque de tendresse, mais qui n'était rien d'autre qu'une façon de marquer son territoire.

Antonin était d'un physique agréable ; on le trouvait beau car il avait réussi cet exploit d'en persuader les autres. Mais n'était-ce pas ainsi qu'Hollywood créait les stars ?

Il plaisait par une certaine fraîcheur équivoque et par une féminité caractéristique des hommes qui aiment à être aimés des femmes.

« Dangereux », disait-on de lui, quand on le rencontrait pour la première fois mais uniquement parce qu'il était difficile de cerner son caractère.

L'amabilité d'Antonin provenait d'un monstrueux fond d'indifférence pour ses semblables.

Ses années de faculté s'étaient écoulées dans un milieu où on parlait de filles et où les filles faisaient oublier de quoi on parlait. Dans ce cénacle, les filles se passaient de main en main comme une lettre de change ou une reconnaissance de dette douteuse sur laquelle chacun serait venu signer. Auprès de cette gent féminine, Antonin bénéficiait d'un étonnant succès. Les filles s'offraient à lui sans remords car, lui s'étant donné à toutes, cela ne les engageait pas. Antonin avait rencontré bien des étoiles qui scintillaient tant au loin mais dont les corps étaient glacés ; ils luisaient mais ne chauffaient point. Ce ne furent donc que des délices fugaces qui traversèrent le quotidien, mais dont le souvenir s'effaçait comme les paroles d'un refrain. Antonin aimait cependant plaire aux femmes désirées par tous et qui ne désiraient personne. Ce n'était pas être aimé qu'il voulait, mais être préféré !

Parce qu'il cherchait son propre reflet dans les yeux de ses conquêtes, et parce qu'il ne considérait pas l'amour comme un échange entre deux êtres, mais comme un échange avec lui-même, ses passions ne pouvaient durer que l'espace de quelques matins.

Semblant détaché de tout, paraissant ne tenir à rien – pas même à lui-même –, Antonin n'était jamais devenu dépendant d'une femme. Il ressentait une nostalgie orgueilleuse à se dire qu'il ne connaîtrait jamais l'amour.

De toutes ces heures passées avec ces filles, tous ces dîners, toutes ces soirées, de toutes ces conversations qui n'avaient été que les bornes conduisant à la chambre à coucher, il ne restait à Antonin que la sensation d'avoir trop bu. C'était comme si un masque couvrait tous les visages. Il n'avait jamais pris la peine de retirer ces loups, trop intéressé qu'il était par sa propre personne.

Une autre conséquence de ces fréquentations féminines fut que sa sensibilité s'affina et que la majorité des hommes lui semblèrent de contact grossier et vulgaire.

Antonin était dans un sens semblable aux chevaliers du Moyen Age qui couraient les routes en se donnant une maîtresse imaginaire, parée de toutes les vertus, mais qui ignoraient totalement ce qu'était l'amour en n'en ayant qu'une approche théorique. C'était un Céladon dévergondé, un Don Quichotte remplumé qui ne se déplaçait jamais sans une espèce de règle à calcul mental dont il se servait pour vérifier si ses actes se conformaient à son modèle idéal.

Il avait vécu jusqu'à présent dans une atmosphère de mille et une nuits. Passer directement du stade d'adolescent à celui de barbon, d'une atmosphère de conte de fées à celle d'un roman réaliste menaçait Antonin. Il allait, comme la cigale de la fable, chanter des vers de boudoir en boudoir. L'hiver pouvait se révéler rude. Quand on récite des vers à vingt ans on est charmant, quand on les récite à quarante – et si votre fortune n'est pas conséquente – on a l'air d'un vieil imbécile. Les excentriques qui ne réussissent pas deviennent vite pour leurs proches des êtres non seulement ridicules, mais aussi méprisables. Antonin n'était pas inconscient au point de n'avoir pas gardé en tête la réponse faite par certains des soi-disant amis de Modigliani à Zborowski quand celui-ci était venu les supplier d'aider son compagnon mourant : « Il n'a pas besoin de mener la grande vie. S'il est pauvre et peintre, qu'il s'arrange. »

Antonin savait que l'argent ouvre toutes les portes et couvre toutes les ignominies et que, si la jeunesse a tous les droits, la vieillesse ou la maladie, quant à elles, nécessitent des passe-droits.

– A quoi penses-tu ? demanda Alexandra.

– Je pense que je voulais te raconter ma vie et que je me suis rendu compte que je n'avais rien à dire... Non, en fait je pensais qu'on ne reconnaît plus que le fric comme valeur universelle, s'entendit dire Antonin, surpris d'avoir été sincère.

Il avait pour une fois répondu sans réfléchir... naturellement.

– Tu exagères...

– J'exagère ? Ah ! j'exagère ! Tu te souviens du Jap qui a étranglé une fille à Paris il y a environ huit ans et qui l'a bouffée après en laissant le foie au congélo ?

– Ouais. C'était dégueulasse !

– Eh bien, maintenant, il présente un show à la télévision japonaise ; s'il revient à Paris et demande une table dans un grand restaurant, il l'aura plus rapidement qu'un professeur de philo... C'est ça, le pouvoir de l'argent ! On admire le talent, le courage, la bonté ; on n'a de considération que pour l'argent.

Le film était achevé, la lumière éteinte. Ils fumaient en silence et ils ne mêlaient que les fumées qu'ils expiraient.

Alexandra toussa deux, trois fois pour s'éclaircir la gorge.

« Pitié, faites qu'elle soit enrouée et qu'elle ne veuille pas me parler ! » se dit Antonin.

Erreur !

– J'ai envie de t'embrasser, dit-elle.

La langue d'Alexandra commença à explorer l'oreille droite d'Antonin tandis que ses bras l'enlaçaient.

– C'est agréable d'être dans les bras de Morphée ? lui susurra-t-elle en lui mordant le lobe.

Enfin, le miracle tant attendu, le merveilleux échappatoire ! Antonin rappela à Alexandra que Morphée était un dieu et non une déesse, lui cita le nom des neuf muses, détailla les douze travaux d'Hercule. Il évoquait les oiseaux du lac Stymphale quand la respiration d'Alexandra le prévint qu'elle s'était enfin assoupie. Était-ce d'ennui ou de rage ? Quoi qu'il en soit, Dieu en soit béni, elle dormait !

Il se leva sans bruit, trouva asile dans la cuisine où il mangea des noix en lisant une étude sur la rivalité entre Gènes et Venise au XIIIe siècle. Quand il se glissa dans le lit deux heures plus tard, il fut tout surpris de se trouver sexuellement excité. Il se masturba devant le corps nu d'Alexandra qui fit semblant de continuer à dormir.

Le lendemain, pour se justifier, il développa des théories psychologiques sur l'insignifiance de l'acte sexuel par rapport à l'amour absolu, persuada Alexandra que sa beauté était la cause de son abstinence et, à la fin de la discussion, celle-ci était persuadée qu'Antonin l'aimait d'un amour pur. Lui pensait avoir sauvé les apparences mais ne crut pas un instant qu'elle avait pris ses digressions pour argent comptant.

En sortant de chez lui, ils avaient arrêté un taxi sur le boulevard Saint-Germain. Le chauffeur était d'origine russe. Antonin put épater Alexandra par ses connaissances linguistiques.

Il débuta la conversation en russe, raconta au chauffeur que sa grand-mère lui avait toujours parlé dans la langue de Pouchkine et, pour gagner l'affection de ce natif de Kirov, récita quelques vers de Lermontov.

Cet effort louable n'arracha qu'une réflexion au gaillard qui, heureusement, eut le tact de l'exprimer en russe :

– De toute ma vie je n'ai jamais entendu quelqu'un écorcher à ce point ma langue ! Votre « babouchka » ne devait pas être fier de vous !

Antonin dut faire un suprême effort pour rester maître de lui. Il remercia hypocritement le chauffeur qui en perdit son russe d'étonnement et, se tournant vers Alexandra, lui murmura à l'oreille :

– Il a été très touché que je lui cite des passages de son poète préféré. Il a dit que j'avais l'accent d'Odessa.

Alexandra était aux anges ; Antonin, lui, regrettait le temps des dékoulakisations. Arrivés à destination, elle descendit la première et Antonin paya. Ce qu'il laissa comme pourboire (« pour le thé » en russe) au moujik motorisé n'eût pas permis à celui-ci d'ajouter la moindre cuillère de sucre à son breuvage à base de plantes.

## XIII

Ils étaient jeunes et crurent se convenir. La jeunesse pousse à croire à de nombreuses choses.

Trois semaines plus tard, Antonin, dans un état éthylique avancé, chuchotait à Alexandra qu'il l'aimait. Il avait atteint cet âge où l'on veut pouvoir dire éperdument à quelqu'un, peu importe qui, « Je t'aime ». Antonin ignorait cependant que, bien que l'on puisse comprendre les sentiments et les émotions, les appréhender ou s'en faire une idée, afin de les connaître réellement il fallait les avoir ressentis.

– Et si on habitait ensemble ? dit Alexandra. Je ne te demande pas une réponse immédiate, mais prends la peine d'y réfléchir... Promets-moi que tu le feras.

– Promis !

Antonin prit effectivement la peine d'y réfléchir. Il laissa passer plusieurs jours sans y penser puis, confronté de nouveau à la suggestion, répondit « oui » pour ne pas s'entendre dire « non ».

Antonin et Alexandra s'installèrent alors dans un deux-pièces bourgeois que les parents d'Alexandra louaient près du jardin du Luxembourg.

Le père d'Antonin eut beau dire qu'il était trop tôt, qu'ils ne se connaissaient pas assez, qu'il ne fallait pas précipiter les choses, rien de plus dangereux que deux jeunes idiots persuadés de tenir une idée... ils y sont si peu habitués qu'ils ne la lâchent plus.

Dans les premiers temps, Alexandra et lui partagèrent des rires, des regards, des attitudes qu'on pouvait prendre pour de la complicité, la joie de sentir les bras de l'autre s'enrouler autour de la taille, des baisers donnés par surprise, de tendres batailles pour fixer les frontières du lit, l'ameublement du nid...

Ah, l'ameublement du « nid d'amour » ! Alexandra voyait l'appartement comme une extension de son propre corps. Elle passait ses journées à tâcher de le rendre le plus accueillant possible et achetait mille choses utiles et inutiles. Lui s'en désintéressait. Il ne voyait pas l'appartement comme un aboutissement de l'amour, mais prosaïquement comme un habitat.

Alexandra se prêtait admirablement à toutes les tâches ménagères. Cela lui donnait l'impression d'être une femme mariée. Lui s'en moquait. Il aurait pu vivre confortablement dans une porcherie. D'ailleurs, à l'instant où il s'installait quelque part, l'endroit devenait une porcherie.

Antonin se posait-il des questions sur le futur ? Était-il optimiste ou pessimiste ? En fait il se contentait de se laisser guider.

– Tu vas voir, disait Alexandra, ça va être fantastique. On va s'aimer pour la vie, je te le jure.

« Si tu le dis ! » pensa-t-il.

Antonin apprit qu'on ne pouvait deviner l'avenir uniquement avec des intentions, seule la vie bénéficiait de ce terrible pouvoir.

La certitude de s'être fourvoyé lui vint pourtant assez rapidement et son cœur se ferma au fur et à mesure que ses yeux s'ouvrirent.

– Maintenant qu'on est installé, on va faire des comptes communs, lui dit-elle un jour.

« C'est donc ça, l'amour, se disait Antonin, compter l'argent ensemble ? »

Au bout de deux mois, son enthousiasme pour elle faiblit. Il ne vibrait plus lorsqu'elle se déshabillait. Il connaissait ses odeurs, savait par avance ses mouvements, ses réflexions, la manière dont elle l'embrasserait. Bref, elle ne pouvait plus le surprendre.

Simultanément, Alexandra traversa la frontière si mal gardée séparant l'amour de la possession. Dans les relations amoureuses, si aucune borne n'est fixée, la tendance naturelle est d'élargir le plus possible son champ d'action au détriment de l'autre. Ce *Drang nach dem Osten* sentimental ne peut s'achever que si une force supérieure ou égale lui est opposée. Alexandra, qui prenait des cours d'histoire à la Sorbonne, aurait dû savoir que les frontières entre les peuples se délimitent ainsi.

L'amour possessif dégénère immanquablement en jalousie maladive.

« La jalousie, se plaignait Antonin, c'est comme le Canada dry. Ça ressemble à l'amour, ça a la couleur de l'amour, mais ce n'est pas de l'amour ! Tout le contraire ! C'est la forme la plus virulente de l'égoïsme. L'amour est l'oubli de soi, tandis que la jalousie, c'est un moi exalté. »

Une des conséquences les plus pernicieuses de l'oisiveté est qu'elle prédispose à une exagération des sentiments. Le cœur étant sec de passions ou de cause sincère, il tente de saisir la plus infime goutte de vie pour s'en abreuver.

L'humeur indépendante d'Antonin, son besoin de liberté d'esprit et de mouvement s'accordaient mal avec les liens de la vie commune. Il aurait volontiers tranché ce nœud gordien. Les explications et justifications diverses l'excédaient. Toujours veiller à la susceptibilité de l'autre, toujours se contenir, ne jamais pouvoir parler en pleine liberté sans craindre une scène, un scandale ou une crise de larmes...

Antonin était du reste trop amoureux de toutes les femmes pour pouvoir en préférer une seule. Se promener de beauté en beauté, s'éprendre vite, oublier aussitôt, voilà quels étaient ses joies et ses plaisirs.

Quelques années auparavant, Antonin avait extrait de la bibliothèque de son père, où figuraient de nombreux ouvrages de psychologie, une étude anglo-saxonne intitulée : *Modification in the Sexual Behaviour of Male Rats Produced by Changing the Stimulus Females.*

En substance l'article constatait ceci :

Lorsqu'une Mme Rate en chaleur est introduite dans la cage d'un M. Rat, il se jette sur elle et ne la laisse en paix qu'une fois son plaisir assouvi. Ensuite il se repose quelques minutes puis se jette à nouveau sur elle. Ce manège est répété quatre ou cinq fois. Chaque fois, M. Rat prend son plaisir. Puis, brusquement, Mme Rate cesse de l'intéresser. A peine s'il lui adresse la parole. Il fait même des clins d'œil au chercheur afin qu'on lui retire ce morceau de viande qui encombre sa cage. On pourrait croire qu'il est épuisé, rassasié, en état de satiété sexuelle... Grave erreur. M. Rat s'ennuie. Pour preuve, il suffit d'introduire dans la cage une nouvelle femelle (en ayant bien pris soin de retirer la première afin d'éviter toute scène de ménage), pour que les parties de pattes en l'air reprennent avec le même enthousiasme.

Cette étude marqua Antonin. Il eut le tort de l'appliquer à l'ensemble des espèces animales, à l'homme en général et à lui-même en particulier.

– A quoi tu penses ?
– A rien.
– Et toi ?
– A rien non plus.

Voilà ce qu'étaient devenues leurs relations au bout de quelques semaines de cage commune.

Combien de mots employaient-ils dans leur discussion ? Peu ! Ils avaient si peu à se dire...

Antonin essaya de lui lire quelques-uns de ses poèmes ou de ses textes. Elle les écouta avec un tel ennui qu'il ne renouvela pas l'expérience ; elle ne le lui demanda d'ailleurs pas.

Pourquoi la vie de couple assassine-t-elle l'amour ? Parce que l'on croit l'autre acquis... On laisse tout sortir de son corps, de son esprit, de sa bouche... Telle une benne à ordures, on décharge ses immondices : vices, mesquineries, bile, colères, hystéries... Pourquoi d'ailleurs se montrer tendre et courtois, on s'est déjà tant de fois montré vil... Il est trop tard, l'empreinte est prise...

Les plus grandes joies d'Alexandra venaient des compliments qu'on lui faisait sur sa beauté ou sur son charme.

Elle donnait l'impression de vivre leur amour en embuscade, épiant chaque présage de mensonge ou de trahison, comme on observe un orage menaçant à l'horizon. On aime selon ses passions : un avare aimera en avare, un ambitieux en ambitieux; Alexandra aimait possessivement. Elle reprochait à Antonin de ne pas s'intéresser aux péripéties de sa vie, à ses aspirations, à son « âme », avait-elle même lâché un jour ! Pour l'apaiser, il aurait dû chercher à lui faire plaisir.

Parfois, Antonin se réveillait heureux, se sentant libre, dégagé de toute contrainte. Puis une impression lui faisait réaliser qu'il oubliait quelque chose, il se tournait et, voyant la tête d'Alexandra sur l'oreiller, se souvenait qu'il n'était point heureux. Les yeux fermés, les poings serrés, prétendant continuer à dormir, il espérait qu'elle se lèverait et partirait sans le réveiller.

Du lit il la voyait scruter son visage dans la glace de la salle de bains avec la méticulosité que porterait un archéologue à un manuscrit babylonien antérieur à Sargon.

Excepté les études d'histoire, le temps d'Alexandra était consacré à elle-même. Son *beauty sleep* était aussi nécessaire pour elle que l'air qu'elle respirait, néanmoins à doses homéopathiques, afin, disait-elle, de ne pas élargir ses narines.

Elle n'était pas dupe de son sommeil simulé. Il fallait qu'Antonin participât à ses angoisses.

– J'ai la peau qui tire, je ne peux pas me coiffer, j'ai les cheveux mouillés, viens, on se recouche... Qu'est-ce qu'on fait ? J'ai faim... Je devais aller à la gym ce matin... Pourquoi tu ne m'as pas tirée du lit ? Tu es vraiment un égoïste. Ça ne compte pour rien, les autres ? Oh ! et puis j'en ai assez ! Je vais me coucher... Qu'est-ce que tu en penses ? Tu as vu les poches que j'ai sous les yeux, je ne peux pas continuer comme ça, à dormir trois heures par nuit... Je ne peux pas, c'est tout simple. Je vais devenir vieille et laide en trois semaines, à ce rythme. Même pas trois semaines, dix jours suffiront. Tu seras fier après. Hein ? Hein ? Tu pourrais me répondre, quand même ! Tu ne crois pas que tu exagères... Antonin !!! J'en ai marre, maintenant. Et puis je n'ai pas de chaussures à me mettre. En fait je n'ai rien à me mettre du tout. Je ressemble à une vraie pauvresse...

Puis, brusquement, elle cessait de comprendre de quoi elle se plaignait. Tout lui apparaissait bas et mesquin et elle en voulait d'autant plus à Antonin de lui avoir montré un côté de sa personnalité qu'elle méprisait.

Son aigreur la vieillissait, et plus elle vieillissait, plus elle s'occupait d'elle, et plus elle s'occupait d'elle, plus elle vieillissait. Les rides de l'égoïsme la marquaient au front. Elle n'avait à offrir à Antonin que son charme capricieux et ses amours enfantines. Encore très adolescente, sa féminité demeurait au stade d'esquisse.

S'ils ne s'étaient pas disputés dès le matin, ils allaient prendre leur petit déjeuner au *Rostand*, face au Luxembourg, comme deux amoureux. Mais, quand le silence se faisait entre eux, le regard d'Alexandra se posait alors sur Antonin, un de ces regards de chien malheureux attendant tout de son maître. *Illico presto*, il sortait un petit carnet de sa poche ou de sa veste sur lequel, pour faire passer le temps, il recopiait *La Chanson du mal-aimé* d'Apollinaire ou tout autre poème de plus de quinze strophes, ce qui lui permettait de ne pas avoir à affronter le regard d'Alexandra.

Pendant ce temps, elle torturait une pauvre fleur, arrachée d'un pot, en lui enlevant les pétales un à un.

Certaines personnes ont une présence apaisante ; il leur suffit d'être là pour que, en quelques minutes, chacun se sente calme. Antonin n'avait malheureusement pas ce don.

« Mon Dieu, se disait Antonin saisi d'effroi, jouerait-elle à “ Il m'aime, un peu, beaucoup... ” ? »

– Tu m'aimes à la folie, assénait Alexandra.

– Plaît-il ? bredouillait Antonin, comme s'il sortait d'un rêve.

– Oui, tu m'aimes à la folie ! Tu sais bien, Antonin, que les fleurs ne mentent jamais. Elles sont honnêtes, elles ne sont pas vicieuses comme toi, les fleurs, elles sont pures...

– Tu m'énerves ! En plus tu as tort, il existe des fleurs venimeuses, la ciguë par exemple...

– Pourquoi je t'énerve ? Pourquoi me fais-tu souffrir alors que tu sais que je t'aime tant ?

– L'amour ! éclatait Antonin. Tu parles d'amour. Tu ne sais pas ce que c'est. Tu n'en connais que le bavardage ou le bla-bla ! Tu as le désir de régner par l'amour, voilà ce que tu as. C'est parce que tu es totalement dénuée d'amour que tu as besoin d'en compliquer la notion. L'amour ne te sert qu'à mesurer ta domination sur les gens.

– C'est faux, totalement faux. Tu ne m'aimes pas comme je le voudrais !

Il semblait qu'elle voulût être aimée sans raison, sans pourquoi ; non parce qu'elle était jolie, intelligente, charmante ou gracieuse... mais uniquement parce qu'elle était elle-même. Il y avait du vrai dans son explication. Lorsque l'on n'est plus sous l'empire de l'éblouissement, on en vient à peser et à soupeser. Or l'amour, il peut être vu ainsi, se doit de demeurer un éblouissement continuel, un perpétuel envoûtement afin que subsiste le mystère. Si le mystère se dissipe, alors peut-être est-il plus facile d'imposer à sa volonté de cesser d'aimer. Alexandra voulait qu'Antonin l'aimât non par sa propre volonté, mais comme par ensorcellement. Elle savait que, lorsque un phénomène est compris, le mépris ne tarde pas à arriver. L'homme préhistorique, contemplant la lune, la vénérait comme une divinité ; l'ingénieur de la NASA l'observe au téléscope électronique avec froideur et objectivité.

Alexandra ne supportait pas qu'on pût la regarder avec froideur, c'était bien trop douloureux pour elle. Antonin aurait cependant souhaité que, si elle souffrait, elle le fît en silence.

« C'est déjà assez triste que je ne l'aime plus sans qu'elle y ajoute encore ses reproches », pensait-il.

Elle gémissait :

– C'est affreux, ce calme que tu m'opposes, cette énergie muette que tu as en toi. A de tels moments, je voudrais te faire mal, très mal, t'entendre gémir, t'humilier, te voir souffrir autant que moi je souffre.

Son visage se métamorphosait, la rage habitait ses yeux et elle se jetait sur lui comme les requins se jettent sur l'un des leurs quand ils sentent l'odeur du sang.

Le malheur des gens sensés est qu'ils ne peuvent supporter longtemps une discussion absurde. Les autres, imperméables à toute logique, sont capables de sortir sans sourciller les inepties les plus grosses. En quoi ils sont peut-être plus intelligents que les premiers car ils transforment leur faiblesse en tyrannie.

« Les querelles d'une femme sont comme une gouttière sans fin », pensait Antonin. C'était là une des seules phrases du Talmud qu'il eût retenue.

La seule issue aurait été la fuite, mais Antonin fut trop lâche pour fuir immédiatement. C'est un art nécessitant de la dextérité que de savoir clore une relation. Antonin manquait de courage, d'esprit de décision, mais cette faiblesse cause plus de torts et de chagrin qu'un peu de brutalité infligée au moment approprié. Celui qui est incapable de cette brutalité est à la merci de l'autre. Quand la pitié l'emporte sur la préservation de soi-même, on n'est pas loin de tomber en esclavage. Le sacrifice avait toujours paru plus facile à Antonin. A quoi arrive-t-on avec ce beau principe ? A son propre malheur et à être considéré comme un imbécile par les autres !

– C'est plus fort que moi ! Je n'arrive pas à résister aux larmes, disait-il pour justifier son apathie face à la situation.

Antonin se pensait bon, en fait il n'était que faible et dominé. Il souffrait néanmoins de voir son existence s'écouler ainsi dans la pénombre sociale et dans l'inaction. Lui qui espérait tant de la vie, qui s'imaginait tournoyant tel un aigle dans les hautes sphères culturelles et politiques, se voyait douloureusement végéter dans un nid de quelques dizaines de mètres carrés face aux jardins du Luxembourg.

Antonin était parfois sincèrement bouleversé par la souffrance d'Alexandra.

« Ne pas se sentir aimé quand on vit avec quelqu'un est sans doute la pire des peines. Mais comment faire ? Je ne l'aime pas ! Il doit bien y avoir une solution. Je sais : je vais l'aimer. Je vais tout faire afin d'éprouver pour elle un véritable amour. Qu'est-ce qu'il disait déjà, le rabbin, à la synagogue ? " Fais les gestes de la foi, Antonin, et la foi te viendra ! " Si ça marche pour Dieu, je ne vois pas pourquoi cela ne marcherait pas aussi pour l'amour ! »

Il éprouva bien vite la fausseté de la théorie rabbinique. Il eut beau faire preuve d'assiduité sentimentale, il ne l'en aima pas plus. Ni les promenades en barque sur le lac au bois de Boulogne, ni les nuits sensuelles, ni les possessions ardentes, ni les après-midi romantiques, ni les regards de tendresse n'y changèrent quoi que ce soit.

« Si l'homme est parfois capable de contrôler les réactions qui découlent de ses sentiments, il n'est pas encore capable de les faire naître », conclut Antonin.

Alexandra se sentit encore plus meurtrie.

– Je n'en veux pas de ton amour ! Pas comme ça, en tout cas. Tu essaies de te l'imposer... Je ne mérite donc pas qu'il surgisse naturellement ?

De grosses larmes roulaient dans ses yeux.

La situation était sans issue. Elle avait été trop blessée, de ces blessures que l'on ne peut refermer.

Malgré les efforts d'Antonin pour apparaître aimable, courtois et presque aimant, la nature humaine le rattrapait : on finit bien vite par détester ceux auxquels on essaie surtout de ne pas faire la moindre peine. L'amour d'Alexandra lui devenait insupportable. Il avait ses marques d'affection en dégoût.

La douleur d'Alexandra quant à elle devint despotique.

« Dieu qu'il est désagréable de vivre avec une personne qui aime tant souffrir et qui, en plus, vous a choisi comme inflige-douleur, se disait Antonin. Je sais ce que je vais faire, je vais afficher une magnifique indifférence, peut-être alors finira-t-elle par se lasser. »

Petit à petit, il s'efforça de ne plus tenir compte ni des remarques ni des caprices d'Alexandra. Elle comprit alors qu'elle effrayait Antonin. Elle se força à moins se plaindre, mais cela sonnait terriblement faux. Son amour déçu suintait à chacune de ses phrases. Mieux valait encore qu'elle se plaignît.

Jamais Alexandra ne supposait qu'Antonin pût avoir des peines, des joies ou n'importe quel autre sentiment où elle ne fût pas mêlée.

Antonin qui, au cours de son adolescence, avait été amoureux de Mathilde de La Mole et de Mme de Chasteler, se voyait débuter dans la vie avec une combinaison de Gervaise et d'Emma Bovary.

Il ne tarda pas à se rendre compte que le rêve d'Alexandra était de commencer son existence là où ses parents finissaient la leur. Elle passait les vacances de Pâques à Deauville où, après s'être rendue chez l'esthéticienne, le masseur, le pédicure, la manucure, le coiffeur et le parfumeur, elle emportait au fond de ses malles les deux derniers best-sellers parus en librairie, ce qui lui permettait de se moquer de celles qui ne faisaient pas de même, de les traiter d'illettrées tout en leur réservant à dîner un accueil charmant, car il convient toujours de soigner les plus ignorants que soi.

Elle balkanisait Antonin avec une persévérance digne d'admiration. Il savait cependant construire autour de lui un petit monde à son image. Il s'entourait d'une atmosphère qui lui était propre comme les tortues s'entourent d'une carapace. La personnalité d'Antonin ne pouvait être opprimée, déformée, dénaturée, étouffée par la tyrannie ambiante. Il savait découvrir les natures impérieuses, quels que fussent les dehors sous lesquels elles se déguisaient.

Alexandra persistait néanmoins à écarter de sa route tous ceux qui pouvaient rompre l'ensorcellement en lui donnant la force et le courage nécessaires pour cesser une relation qui risquait de s'achever en catastrophe. Elle était toujours sur son dos. Pour son malheur, Antonin ne pouvait pas même avoir recours à ses habituels arguments sur son besoin de liberté. Elle avait la parade ! Étant petite, son professeur de français lui avait donné à apprendre par cœur *Les Deux Pigeons* de La Fontaine. Elle usait et abusait de la morale de cette fable :

*Amants, heureux amants, voulez-vous voyager ?*
*Que ce soit aux rives prochaines ;*
*Soyez-vous l'un à l'autre un monde toujours beau,*
*Toujours divers, toujours nouveau ;*
*Tenez-vous lieu de tout, comptez pour rien le reste ;*

« Tenez-vous lieu de tout ! » pestait Antonin, ce n'est pas une morale, c'est un appel au suicide. Lui, qui n'avait jamais vénéré La Fontaine (il n'aimait pas son message du chacun à sa place), en était alors venu à le haïr. Il fabriqua deux statuettes en cire, l'une représentant le professeur de français, l'autre le fabuliste, et y planta régulièrement des aiguilles. Parallèlement, Antonin tenta, mais en vain, d'expliquer à Alexandra que les poètes, souvent, ne pensent pas un mot de ce qu'ils écrivent – surtout en amour – et que l'âge plus que respectable qu'avait La Fontaine lorsqu'il écrivit cette fable l'incitait à dispenser de vertueux conseils alors qu'il eût aimé commettre de mauvaises actions.

Antonin ne trouvait aucun instant de répit. L'avion, le fax, le téléphone avaient internationalisé les rapports amoureux. Si Pénélope attendit vingt ans près de sa tapisserie qu'Ulysse daignât la rejoindre, aujourd'hui le roi d'Ithaque se verrait inonder de fax de reproches dans l'antre même du Cyclope. Antonin craignait que le temps ne fût guère éloigné où Alexandra, à la place d'une montre, lui offrirait comme cadeau d'anniversaire un téléphone vidéo miniaturisé, fixé au poignet, qui lui permettrait de le traquer jusqu'aux confins de la jungle amazonienne.

Durant près d'une année, Antonin subit les conséquences du quatrain envoyé à la loge trois de la Comédie-Française.

Ceux qui n'ont pas été élevés dans un milieu précis ont souvent des amitiés variées, dues au hasard. Pour Antonin, c'étaient souvent des garçons venus de la bourgeoisie et rencontrés dans des boîtes de nuit, des jeunes gens insouciants ne s'attachant qu'aux choses matérielles. Avec Alexandra, il eut à fréquenter un milieu dans lequel la seule occupation consistait à se créer artificiellement des disputes afin de remplir des journées par ailleurs vides. Antonin vécut cela comme un déclassement.

Dans cette société, il fut accueilli avec la curiosité qu'inspire celui qui vient rompre le cercle de la monotonie. Antonin était reconnaissant de l'attention qu'on lui portait, mais souffrit vite du manque d'émulation.

« Mon Dieu ! se disait-il, ce sont là les gens que j'aurai à fréquenter jusqu'à la fin de mes jours ? Vais-je pouvoir rencontrer de nouvelles têtes ? Je voudrais tant pouvoir sauter une génération ! Changer d'époque, changer de contemporains ! »

Alexandra, sans aucune ambition pour elle-même – mis à part un raisonnable confort matériel garanti pour le restant de ses jours –, ne supportait pas qu'Antonin ne partageât pas les mêmes espérances qu'elle. Elle s'évertuait donc à essayer de le changer. Mais comment pouvait-elle aimer Antonin sans l'aimer tel qu'il était ?

En fait, elle se croyait amoureuse car elle n'avait jamais eu l'occasion de mettre son amour à l'épreuve. Elle avait décidé qu'elle aimait Antonin, simplement parce qu'elle n'avait jamais pensé qu'elle pouvait ne pas l'aimer.

Tout n'était cependant pas aussi sombre, sinon il est évident qu'Antonin ne fût point demeuré aussi longtemps avec un tel monstre. Tout comme Janus, cette relation avait pour lui un double visage : il aimait Alexandra parce qu'elle le connaissait bien. Il ne vivait que pour les souvenirs qu'elle avait avec lui et qu'elle savait raconter en prenant soin de mettre Antonin en valeur. Il l'écoutait et souriait aux anges.

« Qu'il garde un tel attachement au passé prouve bien qu'il m'aime », se disait-elle naïvement.

C'était tout le contraire : au début d'une passion, les amoureux ne parlent que de l'avenir, ce n'est que sur le déclin qu'ils abordent les souvenirs.

Mais Antonin voulait croire que les choses changeraient tout en sachant très bien au fond de lui que rien ne changeait jamais.

Antonin avait souvent tenté de rompre et cela par différents moyens, du plus direct au plus oblique.

Alexandra jouait régulièrement au jeu : « J'arrête de fumer. » La plupart des fumeurs y jouent deux à trois fois l'an. A cet effet, Alexandra avait acquis une méthode préconisée dans les journaux féminins. Elle consistait à faire passer, au moment où l'on allait se mettre au lit, une cassette sur laquelle étaient enregistrées « des phrases dont la mélodie entendue lors d'un sommeil profond dégoûte à vie du désir de fumer ». Le traitement durait six semaines ; Antonin avait attendu chaque soir qu'Alexandra s'endormît et, au moment où celle-ci plongeait dans un sommeil profond et où l'on entendait une voix caverneuse déclamer : « La cigarette est un poison... Pense à la douceur de te réveiller le matin sans cigarette... », il avait remplacé la cassette par une autre, qu'il avait lui-même enregistrée, où l'on entendait : « Antonin est un poison... Pense à la douceur de te réveiller le matin sans Antonin... »

A la fin du traitement, Alexandra fumait encore plus et demandait à Antonin qu'il lui fît un enfant.

La rupture vint cependant d'Alexandra. Elle regardait par la fenêtre. Il pleuvait. Le ciel était sombre, blafard. Elle se tourna vers Antonin qui feuilletait un magazine.

– Tu sais, Antonin, les indigènes de l'île de Nias...

– C'est où ?

– A côté de Sumatra. A l'ouest de Sumatra, je crois...

– A l'est de Sumatra. Et alors ? fit Antonin qui avait mal entendu.

– A l'ouest de Sumatra, pas à l'est...

« Ce qu'elle est horripilante. On s'en tape si c'est à

l'ouest ou à l'est», ne put s'empêcher de penser Antonin.

Alexandra continua.

– Eh bien ils s'imaginent que la pluie est causée par les larmes de Dieu qui pleure quand un acte d'adultère est accompli.

– Et qu'est-ce qu'on fait aux coupables? dit-il en tournant une page sur un ton faussement négligent, pour montrer qu'il n'avait rien à se reprocher.

– Je ne me rappelle plus exactement, mais je crois qu'on enterre l'homme et la femme fautifs dans une tombe étroite, leur tête seule dépassant. Puis on enduit leur visage de miel.

– J'adore le miel, badina Antonin tout en se rappelant que Karine, qui ne prenait que de la confiture le matin, n'aurait guère été ravie d'avoir sa jolie frimousse enduite de miel.

– Le seul hic, c'est que les fourmis rouges qui habitent la fourmilière proche de la tombe en raffolent également.

– Mais c'est dégueulasse! s'écria Antonin.

– Je te l'accorde. Les sociologues se demandent d'ailleurs si ce n'est pas une des raisons pour lesquelles il y a beaucoup moins d'adultère sur l'île de Nias que dans le reste du monde. Qu'est-ce que tu en penses?

– Moi, je ne te tromperai jamais, fit Antonin d'un air tendre, sentant déjà les fourmis rouges courir sur son visage.

– Si tu habitais l'île de Nias, je n'en douterais pas une seconde, rétorqua Alexandra, mais, malheureusement, on habite Paris.

– Ne te torture pas, tu es anxieuse, c'est tout, dit-il en pensant que la France était tout de même un bien beau pays quand on la comparait à tous les coins sauvages de par le monde.

– Le tragique avec les anxieux, c'est qu'ils ont raison neuf fois sur dix, répliqua Alexandra.

Il se replongea dans sa lecture. Elle le regarda quelques secondes puis retourna à la fenêtre voir les larmes de Dieu tomber.

Une semaine plus tard, le père d'Alexandra succombait et, trois semaines après, Alexandra et Antonin dînaient dans une brasserie du boulevard Montparnasse.

Pour Alexandra, ce fut une vraie chance : quatre semaines passèrent encore et elle tomba amoureuse d'un certain Alexandre, garçon fortuné aux ambitions modestes, qui n'était pas une lumière mais avait compris que, pour être heureux, il fallait de l'argent et qu'il ne fallait point que cela se sache. Il aimait sa BMW, ses parcours de golf, Deauville et même Honfleur, son labrador et son bronzage; il trouva l'amour parfait avec Alexandra.

Quant à Antonin, après cette douloureuse expérience, il avait décidé de ne plus avoir de liaison durable avec une femme. Des passades, oui, mais des liaisons, non. Plus jamais!

*C'était trop, je n'en pouvais plus,* écrivait-il dans son journal intime. *A défaut d'être heureux, j'aurais pu être tranquille, mais même pas! Alexandra n'était pas amoureuse de moi mais d'un être qu'elle avait créé en lui offrant simplement mon aspect physique. En fait, c'est de l'amour qu'elle était amoureuse! De l'amour, mais pas de moi!*

*Jamais elle ne fut une présence réconfortante. Elle s'est sans le moindre répit acharnée à gâcher presque chaque moment que nous vivions, sinon par une scène, tout du moins par la menace que sa nervosité et sa susceptibilité maladive laissaient sans cesse planer. Une rancœur sourde à mon égard l'animait certainement. C'était la fille la plus frénétique, la plus vindicative, la plus implacable, la plus ingrante qu'il m'ait été donné de rencontrer dans la vie, la littérature, le cinéma ou la science-fiction. Le pire était qu'aux yeux de tous, le monstre, c'était moi!! Pourtant les gens auraient dû pouvoir lire sur son visage cette méchanceté qui la rendait vieille de toutes ses mauvaises pensées. Ce n'était point son corps qui manquait de jeunesse, elle disposait encore de réserves, c'était son âme. Mais, bien vite, l'âme finit par se lire sur un visage!*

*Qu'est-ce qui m'impatientait en elle? Étaient-ce ses pleurnicheries, sa tension perpétuelle, sa susceptibilité, ses atermoiements, sa sécheresse de cœur? Je ne sais pas. Le défaut que je remarquais en dernier me semblait toujours être le pire ! Elle n'avait pas la force de modifier ses instincts. Elle demeurait esclave de son naturel. De sa tendresse et de ses larmes, elle tirait le droit d'être injuste, de dénaturer les faits, de déplacer les torts. Elle allait de l'adoration à la haine, d'un excès à l'autre, mais jamais ne s'arrêtait au juste milieu. La souffrance ou les pleurs ne justifient pourtant pas l'injustice.*

*Et son amour-propre ! Combien de fois ne me l'a-t-elle pas rabâché, son amour-propre ! Cela en devenait une relation triangulaire : elle, moi et son amour-propre ! Ce dernier consistait à réclamer mon respect pour ce qu'il y avait de pire en elle. Elle s'attendait à ce que je fusse à genoux devant ses moindres caprices. Cela la flattait ! le monde tournait autour d'elle. Son trait fondamental était l'égoïsme. Jamais de dévouement. Elle était sèche, pointue, ne montrant de l'enthousiasme que lorsqu'il s'agissait de ses propres intérêts.*

*En fin de compte, elle n'était que le produit de son sexe. La nature de la femme est de rendre l'homme dépendant et cela par tous les moyens, les sentiments, le sexe, la compassion, l'habitude et mille autres ruses, peu importe pourvu qu'elle réussisse à l'enchaîner. La passion de l'homme pour son travail ou pour une œuvre quelconque lui est insupportable car la femme ne tolère pas que l'on puisse faire sa vie ou ressentir des émotions en dehors d'elle. Du verbe « partager », la femme, elle, n'a appris à l'école que la deuxième personne du singulier, « tu partages ». En chacune d'elles se trouve une Dalila prête à nous couper les cheveux !*

*Les femmes se mettent entre l'homme et toute la société : « Il n'y a que moi », semblent-elles dire. La modestie et l'abnégation sont deux notions qui leur sont totalement inconnues. Elles se croient délaissées dès lors qu'elles ne sont pas l'unique centre d'intérêt. Elles veulent du temps, de l'affection, de la tendresse, de la sollicitude, de la compréhension, de la gratitude et que sais-je encore ! Simultanément, elles ne parviennent à aimer que si l'on est froid, distant et nonchalant. Les femmes sont des contradictions à deux pattes.*

*Elles nous méprisent lorsqu'on est jaloux, font des scènes lorsqu'on ne l'est pas, sont des saintes vierges lorsqu'on les désire et des Messaline lorsque la fatigue nous gagne ; elles sont déprimées lorsqu'on reçoit une bonne nouvelle, nous reprochent notre tristesse dans les moments de pire malheur, se jugent affreuses lorsqu'il s'agit de se rendre à l'anniversaire de notre meilleur ami et ne pensent qu'à faire la fête lorsqu'on est au lit, la jambe dans le plâtre. Elles empoisonnent la vie, rendent les plus beaux moments ternes, pompent l'enthousiasme, sucent l'énergie, gomment la personnalité, ne disent que des banalités ou, dans le meilleur des cas, gardent un silence si bruyant qu'on préfère encore qu'elles continuent à parler, boudent, se plaignent, piaulent, pépient, piaillent, gémissent, pleurnichent, tempêtent, couinent, jasent, criaillent... enfin mille choses qui ôtent à la vie cette joie qui fait qu'elle vaut la peine d'être vécue. Le pire est que l'on ne sait jamais d'où viendra la scène, de quel prétexte ou de quelle futilité. Elles sont en ce sens pareilles à des tireurs embusqués.*

*Avec leur curiosité, leurs pressentiments, leur furetage, leurs hantises, elles imaginent tant de malheurs que la vie, lassée, finit par leur donner raison. Pour elles, la logique n'existe pas, elles sont pareilles à des hérissons persuadés que ce sont eux qui se font piquer. Elles ne voient le monde qu'à travers le prisme de leurs sentiments. Si on leur dit : « Cinq fois cinq font vingt-cinq », elles sont capables de répondre : « Tu vois que tu ne m'aimes plus ! » Et elles appellent cela leur « intuition » !*

*Le Coran dit que « la femme est un chameau qui aide l'homme à traverser le désert de la vie ». Cette vision est encore trop flatteuse. La femme est plutôt une sorte d'Attila qui réussit à rendre n'importe quelle oasis désertique...*

Quand Antonin évoquait ses problèmes avec Philippe, ce dernier ne semblait pas le comprendre le moins du monde. Philippe s'était marié à vingt-deux ans avec une fille autoritaire, qui ne lui passait rien ; il trouvait cependant normal qu'elle le considérât comme son objet ; il aimait même ça ! La preuve ? Sa femme venait d'accoucher d'un petit garçon.

Cette fin de millénaire avait l'amour qu'il méritait, fade, insipide, matérialiste, prosaïque. L'amour tel que l'imaginait Antonin ne pouvait prospérer en un temps où les sitcoms constituaient la valeur de référence pour la jeunesse. Le monde diffusé par la télévision finissait malheureusement par devenir le monde réel. Dans cette ère si petite-bourgeoise, l'amour de Dieu et celui des grandes causes avaient été remplacés par l'amour de la chaîne haute-fidélité et de la voiture. Pourquoi aurait-on aimé différemment ?

Pour Antonin, l'amour ne devait pas être un égoïsme vécu à deux, ni un accaparement réciproque, mais plutôt une nouvelle ouverture sur le monde, un oubli de soi où l'infatuation serait délogée par l'apparition dans le champ de conscience de l'être aimé. Chacun devait devenir le reflet de l'autre et vivre et se perpétuer en lui !

Un autre argument l'emportait pour qu'Antonin demeurât un éternel célibataire : son orgueil démesuré et le manque de confiance qu'il avait dans le genre humain, féminin ou masculin.

Il craignait que sa femme se sentît offensée s'il n'était ni milliardaire, ni membre de l'Académie française, ni à la meilleure place dans un dîner. Il vivrait courbé sous le poids de l'appréhension de ne pas être à la hauteur, non pas de ses ambitions, mais de celles qu'on plaçait en lui.

Pour tout cela et pour bien d'autres choses, Antonin avait donc décidé de devenir l'insaisissable, celui qu'on n'aurait pas et qui ne se ferait pas avoir. Considérant son caractère insupportable, il n'avait guère de soucis à se faire !

Il avait pourtant besoin d'une femme. Son père allait mourir un jour ou l'autre (il préférait que ce fût l'autre), il se trouverait alors seul, sans personne avec qui partager ses souvenirs et ses rares moments de bonheur.

Il pourrait évidemment trouver des femmes qui le laisseraient libre sans le perturber, qui respecteraient son indépendance, qui ne désireraient point connaître ses pensées ou participer à sa vie, qui ne nuiraient pas à son travail. Mais que seraient ces femmes ? Des pseudo-intellectuelles, barbouillées de leur conception de l'autonomie dans le couple, des femmes esclaves brimées par leur père ou par leur frère, des saintes qui se dévoueraient totalement à lui mais dont le sacrifice même le ferait souffrir, des petites-bourgeoises, dressées à obéir par leurs parents ou par leur école catho ? Des filles qui ne réfléchiraient à rien parce qu'à force d'être lisses elles finiraient par tout réfléchir, ou alors de ces femmes soi-disant libérées, de ces masochistes qui lui offriraient en spectacle leur abnégation et leur souffrance ? Une fois de plus, Antonin se retrouvait dans une situation sans issue.

# XIV

– Alors, on rêvasse ! Je vous amène un autre café ?

La voix gouailleuse du serveur ramena Antonin place Saint-Sulpice.

Il maudit le fâcheux comme le héros des *Belles de nuit* maudissait ceux qui l'arrachaient à ses rêves.

Un souvenir fugitif avait effleuré Antonin. Le souvenir d'un passé qui n'avait point laissé de trace.

– Non, merci. Je n'ai pas même fini celui-ci. Regardez...

Il fit un mouvement brusque et son coude heurta sa tasse qui se déversa sur son pantalon avant de tomber à ses pieds. Elle ne se brisa pas, mais tourna sur elle-même comme pour le narguer avec un bruit sec et régulier qui ressemblait à un ricanement. Dans le regard qu'Antonin jeta au Ciel, on pouvait lire le même fatalisme que dans celui de Job quand le messager vint à lui pour lui narrer les catastrophes advenues à ses terres, à ses troupeaux et à ses filles.

– Tout bien réfléchi, redonnez-moi un café. Mais très serré, cette fois.

La mésaventure fit sourire le serveur. Enfin un prétexte pour amorcer une conversation. L'après-midi durant il n'avait eu affaire qu'à des touristes.

– Faut avouer que c'est pas de chance. A propos de

chance, je me souviens qu'à Aurillac, où je suis né, une de mes grand-tantes, qui d'ailleurs a rejoint les bonnes sœurs par la suite, avait...

Il disait cela dans ses moustaches de bougnat qu'il ne cessait d'entortiller tandis qu'il ennuyait Antonin. Soudain il s'interrompit :

– Regardez donc, cette fille qui passe. Vous avez vu le cul qu'elle a ? Quel cul, mais quel cul, non mais, dis-moi, tu as vu ça ?

Sa lèvre inférieure, qu'il humectait à grands coups de langue, battait la cadence d'avant en arrière.

– Putain ! Quand il fait beau, on a envie de faire ça toute la journée. C'est pas vrai ?

– Mais elle est horriblement vulgaire. Vous avez vu ses jambes ? Elles sortent d'une plantation de baobabs, remarqua Antonin, esthète.

– M'en fous. Chez moi j'ai trois coussins et une lumière tamisée. Je la retournerai sur le lit...

Suivirent quelques onomatopées qui vinrent rythmer ses mouvements.

« C'est pas vrai, pensa Antonin, pourquoi doit-il me raconter ses fantasmes ! »

– Vous avouerez quand même que c'est pas de chance que je doive travailler, sinon...

– Ne dites pas chance, dites destin ou fatalité, le coupa brutalement Antonin que les affres de l'Auvergnat commençaient à indisposer sérieusement.

– Eh bien, votre destin ou votre fatalité, aujourd'hui, c'est de me régler vingt-deux francs cinquante. Comme ça, tout sera pour le mieux dans le meilleur des mondes !

– Je vous réglerai tout à l'heure, Pangloss, répondit Antonin.

Tandis que le serveur s'en retournait vers l'intérieur du café en maugréant, Antonin se dit qu'il fallait profiter au plus vite de la mélancolie née de l'évocation de ses souvenirs pour écrire un poème. Il prit un air inspiré, rabattit sa mèche noir corbeau sur son front et se mit au travail. Un quart d'heure plus tard, Antonin contemplait le résultat de son labeur.

*Te souviens-tu un soir la rose*
*Que je déposai à tes pieds ?*
*Tel mon amour elle a éclose*
*A la lumière de ta beauté.*

*L'amour ne connaît pas de cause,*
*Il se contente d'exister.*
*Et sur mes pensées il appose*
*Un doux vernis d'éternité.*

*Il fleurira toujours des roses*
*Qui honoreront ta beauté.*
*Et les choses seront les choses*
*Éternelles d'avoir aimé.*

– Voilà ! fit-il.

Il l'enverrait à Alexandra. En fait elle était la seule fille qu'il eût à présent à l'esprit.

« Est-ce que je ne lui ai pas déjà donné la troisième strophe ? se demanda-t-il. Ou alors à une autre ? Je suis sûr que je l'ai déjà offerte à une fille, mais du diable si je me souviens à laquelle ! De toute façon, comme Alexandra ne lisait jamais mes poèmes, si c'est à elle que je l'ai déjà adressée, elle ne le remarquera même pas ! »

Il traversa la rue pour acheter un timbre au bar-tabac d'en face.

– Un timbre, s'il vous plaît.

– Désolé. On ne m'a pas livré cette semaine et je viens de vendre le dernier.

En regagnant sa place, il maudit Alexandra, les P et T, les facteurs, les bars-tabac... enfin tous ceux qui se mettaient en travers du chemin de ses caprices.

Antonin appartenait en effet à cette vaste confrérie dont les membres estiment que ce qui arrive depuis des milliers d'années à des milliards d'individus a été conçu dans l'unique dessein de les dépiter.

Le poème devait pourtant partir.

« Je ne vais quand même pas aller lui porter moi-même. »

Devant les fontaines de la place, deux jeunes garçons faisaient du roller blade. Antonin alla les trouver.

– Ça vous intéresserait de gagner facilement cinquante francs ?

Cela les intéressait.

– Qu'est-ce qu'on doit faire ?

– Porter ce mot boulevard Raspail. Le nom et l'adresse sont indiqués sur l'enveloppe.

– Okay. Donne-nous l'argent.

Au coin de la rue, les gamins allèrent jeter le poème dans une poubelle. Ni Alexandra ni la poésie ne perdirent beaucoup, ce jour-là.

Son quart d'heure parnassien achevé, l'ennui commença à gagner Antonin. Il décida d'appeler Philippe qui travaillait dans un cabinet d'avocat réputé au croisement de la rue d'Assas et de la rue de Rennes.

On aime ses vieux amis parce qu'ils ne vous demandent pas d'efforts mondains et surtout parce que ce sont de vieux amis.

– Cabinet d'avocats, bonjour.

– Bonjour. Philippe Forell, s'il vous plaît.

– Maître Forell. De la part de qui ?

– La présidence de l'hôtel de Lassay.

– Vous pourriez m'épeler Lassay ?

– C'est la présidence de l'Assemblée nationale.

– Vous n'avez pas de chance, il est en ligne. Pourriez-vous rappeler ultérieurement, ou bien désirez-vous laisser un message ?

– Dites-lui simplement qu'il peut rejoindre le président de l'Assemblée nationale au café de la Mairie, place Saint-Sulpice.

– J'ai entendu *hôtel*, c'est au sujet d'une affaire d'immobilier ?

Antonin avait déjà raccroché. Nul doute que Philippe reconnaîtrait Antonin, le standard lui ayant déjà par le passé communiqué des demandes de rendez-vous avec M. Louis X le Hutin, Mme Frédéric Barberousse, Me Robin Desbois et Son Excellence David Crockett, ambassadeur du Trappeursland.

Antonin, désœuvré, attendait Philippe quand il sursauta par deux fois.

La première quand il sentit un objet mou lui toucher l'épaule, la seconde quand il découvrit que cet objet était un moignon coupé à la hauteur du coude appartenant à une femme. Au premier regard, Antonin lui donna trente-cinq, quarante ans, au second à peine vingt-cinq tant la vie s'était acharnée sur ce visage blême et blafard tout en prenant le plus grand soin d'épargner l'expression des yeux. Elle portait sur sa figure un rayon de jeunesse au milieu d'un champ de malheurs.

« Elle aurait pu être belle », pensa Antonin.

– Vous auriez un ou deux francs, s'il vous plaît, monsieur, lui dit-elle sur un ton monocorde.

Il sortit hâtivement un autre billet de cinquante francs de sa poche et le mit dans la soucoupe qu'elle tenait dans sa main gauche.

Au passage, il remarqua qu'il y manquait le majeur et l'auriculaire. Les yeux d'Antonin restaient rivés au trottoir.

– Dieu vous bénisse, fit la mendiante en souriant.

Il répondit par une de ces formules que chacun devrait tenir prêtes pour de semblables occasions. Une belle phrase pleine de tendresse et de compassion.

Il remerciait toujours en donnant afin que l'on ne crût pas qu'il considérait son geste généreux. On lui fournissait l'occasion d'agir selon sa conscience, il était normal qu'il dît merci.

Tout nous enseigne sur nous-même car chacun de nos actes ou presque exprime notre personnalité. On se révèle à la façon dont on mange, dont on dort, dont on fume, dont on s'énerve... et aussi à la façon dont on remercie.

« Ne suis-je pas comme ces philanthropes qui donnent de la main droite une petite partie de ce que la main gauche a volé ? » avait-il l'habitude de se dire.

S'il avait donné, c'était aussi pour apaiser son complexe de culpabilité qui lui murmurait à l'oreille : « Donne donc, tu ne mérites pas ton bonheur. » Ou : « Songe à ceux qui t'envieraient d'avoir les moyens de donner. »

Que le don soit ou non motivé par une véritable générosité ne modifie en rien la portée de l'acte. Le mendiant s'en fiche pas mal. Qu'on lui donne pour l'enfer, pour le paradis, pour sa fille morte ou pour sa mère à l'hôpital, pourvu qu'on lui donne.

A la suite du « Dieu vous bénisse », Antonin garda l'œil humide l'espace de quelques secondes, s'attendrissant sur lui-même. Les enfants gâtés se révèlent être souvent par la suite des hommes sensibles.

« Je me demande si elle m'a trouvé sympathique » était néanmoins la question qui le préoccupait le plus.

Depuis longtemps le degré d'empathie d'Antonin gisait sous la barre du zéro. Toujours de lui vers les autres, jamais des autres vers lui. Voilà comment opérait sa compassion. Cet égocentrisme le rendait aussi mutilé que cette malheureuse.

Antonin réfléchissait au problème de savoir si l'acte accompli ne dépend que des intentions morales qui le suscitent. Il peinait à dégager une théorie concrète, quand on le toucha une seconde fois à l'épaule. Il sursauta à nouveau et le café reprit le chemin de son pantalon.

– Monsieur le président... Je suis vraiment désolé pour le café, mais je ne pouvais pas prévoir que tu allais faire un tel bond.

– Ne t'en fais pas, Philippe, ce n'est pas grave, répondit Antonin.

– Tu m'as l'air vraiment nerveux.

– Ouais, ouais... Ça va, toi ? marmonna Antonin en tâchant de sécher son pantalon.

– On t'a posé un lapin ?

– Non. Je suis juste venu prendre un pot.

– Ah, tu as la belle vie.

– Vous buvez quelque chose, monsieur ? demanda le serveur en s'adressant à Philippe.

– Une Vittel grenadine.

– Et vous ?

– Donnez-moi un autre café. J'arriverai peut-être à en boire une goutte, rien qu'une goutte. De toute manière, je n'ai plus de place sur mon pantalon...

Il se tourna alors vers Philippe.

– Hé, il faut que je te dise : ils m'ont accepté chez Zébulon ! Je commence la semaine prochaine.

– Content ? « *Do you think you're good enough ?* », comme tu as l'habitude de dire.

– On verra, fit Antonin d'un ton maussade. Burunsky devait bien ça à mon grand-père. Je te rappelle qu'il lui a sauvé la vie.

– Écoute, Antonin. Tu fais des pieds et des mains pour entrer dans cette banque. Ton père est intervenu... Et maintenant qu'ils t'ont engagé, tu as l'air de t'en foutre complètement. Ce n'est pas normal ! Tu te moques du monde ! Tu n'es jamais satisfait ! Vraiment, tu ne mérites pas...

– La plus belle des récompenses, c'est d'avoir ce qu'on ne mérite pas. Quand on a beaucoup œuvré pour obtenir quelque chose et qu'éventuellement on l'obtient, on ne le considère pas comme un cadeau, mais comme un salaire. Et l'on est toujours plus heureux de recevoir le premier que le second.

– En tout cas, sois certain que tu n'es pas un cadeau. Dès que tu as quelque chose tu t'en lasses immédiatement, grogna Philippe. Ce n'est pas possible d'être blasé comme ça !

– Tu veux dire comme Groucho Marx qui, après avoir tout fait pour devenir membre d'un club huppé de Los Angeles, leur renvoya sa carte, une fois admis, avec ce mot : « *Je ne peux être membre d'un club qui accepte pour membre un homme tel que moi !* »

– Oui, il y a un peu de ça. Sauf que lui, c'était comique, tandis qu'avec toi ça touche à la tragédie. C'est pareil pour tout, examens, travail, filles... Ce n'est pas le résultat que tu désires, c'est le désir lui-même. Tu n'aimes pas avoir compris, tu aimes comprendre. La vitesse à laquelle tu te lasses des gens, à moins de les avoir connus môme, est révélatrice... Réalise ! Tu vas être payé quarante mille balles à ne rien faire, ou si peu... Sans compter les primes et les autres bonus de fin d'année. Tu n'as pas conscience des réalités, mon vieux !

– Je ne veux pas de ces réalités, je veux du rêve.

– Ah, ça faisait longtemps ! Tu es vraiment culotté... avec le chômage qu'il y a en ce moment.

– Et ce n'est pas parti pour baisser..., fit Antonin qui se mit à réciter ses prévisions socio-politico-économiques.

Philippe commençait à rigoler franchement.

– Ne te marre pas. Tu verras que ça arrivera tôt ou tard... Regarde déjà le nombre de mendiants qu'il y a dans les rues de Paris !

– Ce n'est pas grave, bientôt ils seront interdits... Je plaisante ! dit Philippe. Je t'ai vu de loin donner du fric à la manchote. Qui sait ? Il se pourrait qu'en fin de compte tu ne sois pas une telle ordure !

– Les salauds peuvent faire des choses très bien et les prétendus gentils des choses dégueulasses. Regarde, toi, tu es plutôt gentil, mais tu ne lui aurais rien donné. Moi, ça fait des années qu'on me rabâche aux oreilles que je suis une infâme crapule et j'ai banqué. Ce qui motive les gens est accessoire. Seul le résultat compte.

– Qu'est-ce que tu veux dire par là ? demanda Philippe.

– Tu veux un exemple pour illustrer ? Prends deux savants travaillant sur un vaccin contre le sida. Le premier, disons Laurel, est cupide, égoïste, et ne travaille que pour l'argent. Le second, disons Hardy, est généreux, œuvre bénévolement, ne bat pas sa femme, n'a pas mis sa mère dans un asile pour vieux. Hardy trouve un vaccin qu'il croit efficace. Il obtient une autorisation de mise sur le marché. Le vaccin se révèle malheureusement être mortel pour ceux à qui il est inoculé. Résultat : dix mille morts avant que le vaccin soit retiré. Laurel, en revanche, que l'argent pousse à travailler jour et nuit, trouve le vaccin et sauve des millions de vies. A ton avis, à qui l'humanité doit être la plus redevable ? A Hardy qui n'a pas mis sa mère dans un asile mais qui, en croyant bien faire, a tué des tas de gens, ou à cette ordure de Laurel qui se moquait de tout le monde, hormis de lui-même, et qui a sauvé des millions de vies ?

Antonin souhaitait moins convaincre Philippe que jouir de l'irritation que ses idées iconoclastes provoquaient chez son ami.

– Tu racontes vraiment n'importe quoi ! dit Philippe qui maugréa quelque chose et se réfugia durant quelques minutes dans un profond silence.

Antonin, ne sachant que faire, sortit de sa poche la lettre d'Alexandra et la lui montra.

– Tu as peut-être eu tort de casser. Après tout, elle était quand même gentille, dit Philippe après avoir pris connaissance du contenu de la lettre.

Philippe était devenu ami avec Alexandra. La fascination qu'exercent sur vos meilleurs amis les gens que l'on ne veut plus voir est un phénomène inexplicable.

– En plus elle aurait hérité de ses parents. Ce n'était tout de même pas à négliger.

– Je suis contre l'héritage. Je pense qu'il faudrait le supprimer de notre législation.

– Tu es complètement malade. Plus personne ne travaillerait !

– Pourquoi ?

– Fais pas le con. Tu sais très bien que les gens travaillent pour assurer une vie agréable à leurs enfants.

– C'est toi, le malade. Tout te dit le contraire.

– Oublions l'héritage et revenons à Alexandra.

– Philippe, si j'étais resté avec elle, je me serais perdu.

– Cela n'aurait pas été une grande perte !

– A force, je serais devenu un autre.

– Alors, cela aurait été un gain !

Soudain le silence se fit entre Antoine et Philippe.

## XV

Il ne devait pas y avoir sur le pavé de Paris de femme aussi vieille, aussi sale et répugnante que celle qui vint tout à coup se planter devant la table d'Antonin et de Philippe. Une véritable fée Carabosse. Elle donnait l'impression d'être venue au monde avec une pluie de crapauds. Le menton était en galoche. Les cheveux, des sortes de poils de chien roussis, tombaient raides et huilés sur ses joues. La pointe du nez venait se poser sur la lèvre supérieure. Son corps était osseux, tout en angles aigus. Elle était vêtue d'une robe en laine longue et informe et regardait les deux amis avec des yeux de bulldog.

Elle se planta devant Antonin.

– Mon Dieu, mon Dieu, tes yeux! s'exclama-t-elle.

Sa voix avait une fermeté inattendue.

– Qu'ont-ils, mes yeux? s'inquiéta Antonin.

– Ils sont aussi profonds que les siècles!

Malgré la laideur de la vieille, un sourire de plénitude se dessina sur le visage d'Antonin. Il commença alors à la regarder de cet air aimable qui apparaît sur le visage de ceux qui aiment à ce que l'on parle d'eux.

La vieille quant à elle sentait le poisson ferré.

– Laisse-moi te tirer les cartes! Ça ne coûtera pas cher et tu connaîtras ton avenir. Je peux voir les événements qui vont se produire aussi clairement que tu peux te voir dans un miroir.

– Et vous pensez que ça marche ?

– Si ça marche ? Le tarot est un phare qui nous éclaire et nous guide le long de notre chemin spirituel. Les Vénitiens s'en servaient déjà il y a plus de cinq siècles pour savoir si leurs galères chargées d'épices arriveraient à bon port.

– Moi qui croyais qu'ils se servaient de la lunette de Galilée... mais si vous me dites qu'ils utilisaient le tarot, alors je veux bien essayer... C'est combien ?

– Deux cents francs.

– Marchande, dit Philippe.

– J'ai toujours été incapable de marchander quand il s'agissait de mes propres intérêts.

Antonin sortit deux billets de cent francs que la femme recueillit dans une main parcheminée par l'âge et traversée de veines épaisses.

Elle déposa un jeu de cartes devant elle, sur le guéridon, en ayant pris soin de vérifier que les vingt-deux arcanes étaient tous présents et dans le même sens. Elle brassa le jeu, comme si elle voulait instaurer un rituel. Elle posa ensuite les cartes devant Antonin.

– Pense le plus clairement possible à la question que tu veux me poser et, ensuite, dis-la-moi à voix haute.

– Demande-lui si Édith et Virginie seraient d'accord pour..., interrompit Philippe.

– Tu es vraiment obsédé, mon vieux ! Laisse-moi me concentrer une seconde ! Voilà ma question : « Serai-je heureux ? »

– Je vais tâcher de te répondre, bien que ta question soit trop générale. Coupe les cartes..., dit la voyante en tendant le jeu à Antonin. Non, attention, de la main gauche, pas de la droite, sinon ça ne sert strictement à rien.

Elle étala ensuite les cartes.

– Dis un chiffre entre un et vingt-deux.

– Treize.

Elle compta les cartes à partir de la droite, retira la treizième.

– Dis un autre chiffre!

– Sept.

A nouveau, elle compta les cartes à partir de la droite et retira la septième carte.

Elle renouvela cette opération quatre fois.

Les cartes extraites étaient alignées devant Antonin de façon que les figures ne fussent pas visibles.

– Soulève la première carte.

Antonin obéit. A chaque carte était attribué un nom écrit sur le cartouche.

– Le Pendu, dit Philippe. Les gens ont raison quand ils disent que tu finiras sur la potence.

Sur la carte figurait un homme pendu par les pieds mais qui ne semblait pas être mort.

– C'est toi, fit la vieille en s'adressant à Antonin.

– Dans ce cas, permettez-moi de la retourner dans l'autre sens. Le sang commence à me monter à la tête...

– Surtout n'y touche pas. Tu risquerais de tout gâcher! Tu aimes les situations hasardeuses. Tu es un être désinvolte. Cela te donne un grand charme mais t'attire l'hostilité des hommes. Tu seras persécuté. Par nature tu es un paresseux et un oisif. Le problème majeur que tu auras à résoudre est celui de la volonté. Pour l'instant, les soutiens ne te font pas défaut, mais bientôt, quand la corde lâchera, tu ne pourras compter que sur tes propres forces. Voilà, c'est tout ce que je vois... Non je vois encore quelque chose... Un traître auprès de toi... je n'arrive pas à le distinguer... Il m'échappe... je ne le vois plus.

Antonin, qui croyait qu'une longue litanie de compliments allait suivre, commençait à être déçu.

– Découvre la deuxième carte.

– La Roue de la Fortune, fit encore Philippe qui s'adressa au serveur avec un sourire : Garçon, donnez-moi tout ce qu'il y a sur le menu. Monsieur va être riche!

– Tu as tort, jeune homme, dit la vieille. La Roue de la Fortune n'est pas un signe de richesse. Regarde bien. On voit des hommes allongés sur une roue, reposant elle-même sur des sables mouvants, s'efforcer d'atteindre la puissance symbolisée par le seigneur du Karma qui trône sur la plate-forme de la roue. Mais leurs efforts demeurent vains car, même s'ils parviennent au sommet, ils sont prisonniers d'un cycle qui alterne les hauts et les bas. Toi aussi tu vas aller tenter ta chance sur la roue.

– Moi ? s'étonna Antonin.

– Oui, c'est inscrit dans les cartes. Je le vois aussi...

– ... clairement que je peux me voir dans un miroir, continua Antonin.

– Mais non. Ce que vous dites est impossible... Mon ami est trop conscient des vanités de ce monde. Il recherche l'équilibre véritable, non dans les valeurs matérielles, mais dans la spiritualité, plaisanta Philippe.

La vieille le regarda comme si elle voulait lui jeter un mauvais sort.

– Ne le changez tout de même pas en cochon, implora ironiquement Antonin.

– Inutile. Sa mère a fait le travail à ma place.

Philippe fut vexé par la répartie de la cartomancienne. Il se leva :

– Je vais à la boulangerie prendre un petit pain. Continuez sans moi. Je reviens.

– Prends plutôt des patates, ricana Antonin.

– Ah, très drôle, dit Philippe en s'en allant.

La vieille avait l'air furieuse.

– Je n'ai jamais tiré les cartes dans de telles conditions. Je ne sais vraiment pas ce que ça va donner. Découvre la suivante. (Antonin s'exécuta.) La Papesse. C'est la gardienne des connaissances suprêmes. Le livre ouvert sur ses genoux signifie que tu sais beaucoup de choses. En revanche, pour connaître la vérité, il te faudra franchir la porte du sanctuaire dont elle barre l'entrée. Seuls les initiés possédant les vertus requises sont dignes d'y entrer.

– J'y entrerai ?

– C'est à toi d'en façonner la clé.

« *Do you think you're good enough* ? » pensa Antonin.

La vieille continua :

– Découvre la carte suivante.

– Le Monde.

Une femme placée au centre de la carte se dévoilait. Elle tenait dans sa main une baguette.

– Qu'est-ce que ça veut dire ? demanda Antonin.

– Tout de suite après la Papesse, la carte signifie que tu évolueras dans un cadre étouffant. Tu n'auras pas le loisir d'accéder à une complète autonomie. Tu seras enserré dans le cercle infranchissable de tes propres limites et de celles que le monde placera autour de toi. Ton besoin de liberté est grand, mais je ne vois pas les possibilités dont tu disposes pour y accéder. Méfie-toi ! Il y a des vies qui sont stériles comme certains champs sur lesquels on a jeté un mauvais sort ! Je vais te dire le secret de...

Soudain on entendit un appel au micro du café : « *On demande M. Krystal au téléphone. On demande M. Krystal au téléphone...* »

– Vas-y, dit la vieille.

– Comment pouvez-vous savoir que c'est pour moi ? s'étonna Antonin.

– Je sais. C'est suffisant, dit-elle tandis qu'il se levait pour rentrer dans le café.

– Allô ?

– C'est Philippe. Je suis de l'autre côté de la place... la cabine à côté de la mairie.

– Qu'est-ce que tu veux que ça me fasse ? Tu pourrais être à Honolulu dans une tempête de neige ! Qu'est-ce que tu veux ?

– Rien, rien. Juste te dire qu'elle est un peu tarée.

– Je m'en moque. Elle parle de moi. Je n'en demande pas plus. J'y retourne. Je n'ai plus qu'une carte à tirer.

– Alors j'arrive tout de suite.

Quand Antonin sortit du café, la vieille avait disparu. Il interrogea d'autres personnes à la terrasse ; personne ne l'avait vue partir et personne ne l'avait vue arriver, ce qui était tout de même plus étrange.

Philippe s'assit.

– Cette garce est partie avec mon futur.

– Avec ton futur et surtout avec tes deux cents balles...

# XVI

– Regarde, dit Philippe, elle a laissé une cinquième carte retournée.

– C'est celle que je devais tirer. Elle a dû l'oublier.

Antonin la découvrit. Un homme marchait à l'aide d'un bâton avec un baluchon sur l'épaule. Une bête s'accrochait à sa jambe en le griffant.

– Le Fou, annonça Philippe. Elle était très raisonnable, cette femme-là ! Tu crois à ces conneries ? Tu n'as qu'à chercher l'avenir dans les entrailles de Bastet.

– Tu rigoles, mais c'est cent pour cent logique, répondit Antonin en glissant la carte dans la petite poche où il rangeait ses cigarettes. Quand une tribu traversait des déserts il y a des milliers d'années, elle avait intérêt à savoir si l'eau était proche. On ouvrait le ventre des animaux pour voir depuis combien de temps ils avaient mangé ou bu.

– Je sais, je sais. Mais passons. Ce que je souhaite pour toi, c'est que tu ne te fasses pas rouler à la banque comme tu viens de te faire gruger. Sinon, malgré toutes tes « protections », ils ne risquent pas de te garder longtemps. Deux cents balles pour cinq minutes ! Faut quand même pas exagérer. Elle a gagné sa semaine...

– Et alors ? Quand les gens viennent te voir pour te demander un renseignement juridique, ils restent une heure et vous leur prenez trois mille balles pour des conseils qui, dans le meilleur des cas, ne servent à rien, et, dans le pire, les enfoncent encore plus ! En outre je ne me suis pas fait rouler par la Tzigane puisque j'avais conscience de me faire avoir.

– Tu me bassines avec tes théories selon lesquelles on est la somme de nos actes et non de nos intentions. Si j'étais toi, je serais un peu plus modeste.

– Oui, mais dans ce cas précis, c'est totalement différent. Imaginons que plus personne ne se fasse rouler par les diseuses de bonne aventure, elles finiront par disparaître de nos rues. Et c'est une partie du monde dans lequel je vis qui disparaîtra. Voilà pourquoi j'ai accepté de me faire avoir, par mesure de prévention, par pure égoïsme... Un point c'est tout.

– Tu raconteras ça chez Zébulon quand un escroc viendra te voir et que tu lui prêteras une dizaine de millions avec comme garantie un trèfle à quatre feuilles ou une patte de lapin. « Les escrocs font partie de mon monde et je ne voudrais pas qu'ils disparaissent, sinon c'est une partie de moi qui disparaîtra. » On verra comment ils vont te lourder à coups de pied dans les fesses. Tu me diras, il vaudrait mieux, pour l'humanité, qu'ils te foutent dans un asile. Tu y trouverais plein de gens originaux comme toi. Des gens importants, ayant marqué l'histoire comme tu voudrais tant pouvoir le faire. Tu déjeunerais avec Napoléon, tu dînerais avec Jules César, tu partagerais la chambre d'Alexandre le Grand. Je suis persuadé que vous vous entendriez à merveille...

– Tu es vraiment trop terre à terre, mon pauvre Philippe !

– Ouais, peut-être.

Ils restèrent silencieux tout en regardant les gens traverser la place. Antonin alluma une cigarette. Philippe ne fumait pas.

– Pour en revenir à Alexandra, je te conseille de l'appeler. Comme ça, amicalement. Elle t'aime bien, cette fille. Elle était même folle de toi.

– Je ne crois plus à la passion. Plus du tout. Elle entraîne tout ce que je déteste, la jalousie, la possession, enfin tous ces trucs dégueulasses; le temps perdu en disputes, les unes plus bêtes que les autres; sans compter les peines, la méfiance, l'appréhension, le doute. On fait des scènes sur tout et sur rien dans le seul but de faire des scènes parce qu'on s'est senti blessé par une remarque banale. On oublie toute dignité. Elle passe complètement à la trappe. On en devient indécent, méchant! On souffre, alors on veut faire mal à son tour. Parfois j'ai vu ses yeux emplis de haine. Tu ne peux pas savoir. Mais je viens de lui écrire un poème que je lui ai envoyé. Tu veux l'entendre?

– Non. Je n'ai pas le temps. Il faut que je retourne bosser. Que veux-tu, il y en a qui sont obligés de gagner leur croûte et tes poèmes sont toujours un peu les mêmes. Ne me dis pas que tu ne les replaces pas un peu chaque fois?

– Espèce de demeuré! Tu n'as jamais écrit une ligne de ta vie, à part des assignations ou des conclusions. Je ne sais même pas si tu sais encore commencer une phrase sans un « Attendu que ».

– Je ne vois même pas à quoi ça te sert, ajouta Philippe. Tu leur écris des poèmes uniquement pour leur faire l'amour. Comprends qu'elles s'en tapent royalement. C'est seulement un mauvais moment à passer en attendant d'en passer un pire.

– Tout est question de formes, répondit Antonin. Entre les miaulements d'un chat de gouttière en chasse sur un toit et l'harmonie des poèmes de Ronsard, il y a toute la distance entre l'homme préhistorique que tu es et moi.

– Le monde dans lequel tu vis t'échappe-t-il à ce point? demanda Philippe sur un ton cassant. Aujourd'hui, rien ne sert d'écrire des poèmes. C'est risible. Quand Victor Hugo voulait faire passer un message, il écrivait un poème. Mais son poème avait une raison d'être. Aujourd'hui, il parlerait à la radio, au journal de vingt heures. Un message n'existe que s'il est transmis. C'est tout. Si on sait que tu écris des poèmes, on se dit que tu ne fais pas grand-chose à côté. On ne te prend plus au sérieux. Je ne te dis pas ça méchamment. Mais je te jure, au mieux tu passeras pour un original.

– Et au pire?
– Au pire, pour un sombre rigolo... Allez ciao. On se reparle ce soir.
– C'est ça, casse-toi, espèce de traître! Je suis sûr que c'est toi, le traître sur la carte, fit Antonin en riant.
– Tu veux sortir ce soir? demanda Philippe.
– Pourquoi pas! Je t'appelle tout à l'heure.
– Ciao.
– Ciao.

En rentrant chez lui, Antonin passa devant la petite école de la rue Madame. Il songea à ses anciens amis et remonta le chemin du passé... Seize ans déjà...! Il lui fallait ce brutal plongeon en arrière pour saisir réellement le passage du temps. Quelques vers de Lamartine lui revinrent en mémoire :

*Le livre de la vie est le livre suprême*
*On ne peut le fermer ou l'ouvrir à son choix.*
[...]
*On voudrait s'arrêter à la page où l'on aime*
*Et la page où l'on meurt est déjà sous les doigts.*

Seize ans déjà... A l'époque, tout semblait immuable. Les années se succédaient sans changement apparent. Pourtant, des habitudes s'étaient glissées dans sa vie quotidienne.

« Que le temps marche vite », se dit Antonin.

C'était l'époque où les petites boutiques n'étaient pas encore dévorées par les grands magasins, où l'asphalte n'avait pas encore recouvert les rues pavées. Borg, Connors et McEnroe se partageaient le monde du gazon et de la terre battue, Mitterrand faisait figure de challenger et Reagan de has been. C'était l'époque où l'on s'appelait encore « camarade » au P.S. et où il y avait encore des électeurs communistes. Saint-Étienne partait marquer trois buts à Kiev, Rocheteau était un ange, les cinémas porno n'avaient pas été décimés par la vidéo, l'Allemagne n'était point arrogante, Ceauşescu, Tito et même Molotov vivaient encore, Zitrone commentait le tiercé. On pouvait étudier la philosophie ou la psychologie sans passer pour un crétin, on faisait rire ses amis quand on dévoilait des ambitions d'expert-comptable, les gens prenaient encore l'apéro dans les cafés, il y avait encore des cafés typiquement parisiens, on pensait encore être dans l'après-guerre, on trouvait des bonbons à cinq centimes. Les téléphones étaient encore à cadran, les renseignements vous informaient, on pouvait faire l'amour sans préservatif, la France était une terre d'accueil, il n'y avait pas que des magasins de vêtements à Saint-Germain, la sortie d'un *Astérix* était un événement, on collectionnait les images des footballeurs.

Toute une époque s'était envolée.

Antonin poussa la porte du café qui avait été pour lui, quelques années plus tard, une sorte de seconde maison quand il s'y rendait, lycéen à Montaigne.

Le flipper était toujours là. Il en caressa doucement les boutons. Combien de fois n'y avait-il pas plaqué ses doigts !

Franck, Frédéric, Stéphane... où êtes-vous ? Chaque jour ils venaient s'installer à la même table d'où montaient dans l'air enfumé de la salle leurs projets, leurs rêves et leurs illusions.

La caissière, toute jeune lorsqu'il l'avait connue, avait maintenant le front marqué des milliers d'additions qu'elle avait effectuées, les yeux ridés par les milliers de regards soupçonneux qu'elle avait jetés de peur qu'on ne la volât, et la bouche métamorphosée en signe mathématique.

Il demanda un paquet de Marlboro. L'espace d'un dixième de seconde, l'œil de la fille s'éclaira, puis, comme sous l'effet de la fatalité, s'éteignit à nouveau. Elle avait vu tant de générations de lycéens et d'étudiants devant sa caisse.

Il prit sa monnaie sans la saluer.

Quand on se détache d'un endroit que l'on a longtemps fréquenté et qu'on y revient, on se sent dérouté, perdu. Cela représentait tout de l'existence, et on réalise que ce n'est plus rien. Antonin se dit qu'il n'avait pas su jouir de sa jeunesse car il n'avait pas, à l'époque, connaissance de la précarité du bonheur.

Dans ce café, d'autres Franck, Frédéric, Stéphane ou Antonin les avaient remplacés. Ils étaient assis à leur table et ils souriaient.

« Qu'ils gardent leur sourire. »

Se tournant vers la porte pour échapper à cette mélancolie, il bouscula un lycéen qui lui dit :

– Excusez-moi, monsieur.

Antonin le bouscula à nouveau.

– Voilà pour ton monsieur, grommela-t-il.

Il ouvrit la porte de son appartement alors que le téléphone sonnait. Il ne cessa d'ailleurs de sonner dans les deux heures qui suivirent.

Chacun avait appris son entrée à la banque. Les mêmes termes revenaient : « Une superbe carrière s'ouvre à toi. » « Je sais que tu sauras t'en montrer digne. » « Tu ne méritais pas moins. »

L'objet de ces compliments était d'une humeur maussade. Il est vrai qu'il avait très peu dormi la nuit dernière et que la fatigue ne favorise pas la gaieté.

Il appela son père pour lui reprocher d'avoir transmis la nouvelle et lui dire que les compliments qu'on lui adressait l'emm... royalement.

– Chaque compliment, quand il est répété trop souvent, devient ennuyeux et tu n'es pas assez fat pour te laisser éblouir par une place d'employé chez Zébulon, répliqua son père.

– C'est toi qui voulais que j'y entre !

Son père le coupa sèchement :

– J'ai un appel d'urgence. Je viens te voir demain matin au réveil.

# XVII

Vers une heure du matin, Philippe passa chercher Antonin chez lui. Une fois par semaine, sa femme lui accordait une soirée qui ne fût pas dédiée au foyer conjugal. Antonin et Philippe se dirigèrent vers une boîte de nuit du troisième arrondissement : le *Paradis*.

Une masse humaine s'agglutinait à la porte. Des lycéens excités, des marchands de tableaux atrabilaires, des publicitaires mal rasés, des gitons gloussants, des rabatteurs au teint olivâtre, des sylphides blondes, des basketteurs joviaux, des vendeurs de jeans grincheux, des Phryné arrogantes, de jeunes Méditerranéennes revenues de tout et de partout, quelques pseudo-intellectuels en mal d'inspiration ou de talent, des dugazons moqueuses, des boursicoteurs cherchant à saouler leurs clients, des Maghrébins offensés, des aspirants acteurs, des aspirantes mannequins, des futurs milliardaires, des gigolos à la petite semaine, des gigolos au grand mois, des prostituées habillées selon le mérite qu'elles déployaient dans l'exercice de leur profession et beaucoup d'autres formaient une foule bariolée, chahuteuse, moite de sueur, rouge d'impatience. Elle se mêlait, se scrutait, mais ne se parlait pas. Elle attendait. Tour de Babel tâchant de s'élever jusqu'à l'entrée du *Paradis*, elle ne pouvait se décider à s'écrouler et préférait osciller sur place en patientant.

– Fabrice ! Fabrice ! entendait-on de toute part.

Le dénommé Fabrice était chargé d'opérer la sélection. Il était à lui tout seul un merveilleux raccourci de ce dont s'était entichée la faune parisienne depuis les deux dernières décennies. S'il ne vous reconnaissait pas, cela signifiait que vous n'étiez ni riche ni connu, autrement dit, dans ce milieu de la nuit, rien !

Pour ceux qui poireautaient devant la porte de ces nouveaux Jardins des délices, Fabrice était l'égal de saint Pierre. Il portait sur lui les clés du *Paradis*. On l'adorait comme un Dieu. On lui tendait des offrandes, souvent sonnantes et trébuchantes. Il disposait d'ouailles fidèles à une liturgie sempiternelle. « Je t'en prie, Fabrice, sois sympa. Laisse-moi entrer ! »

– Combien es-tu ? demandait-il à l'élu qu'il voulait bien reconnaître.

Et il en écartait un autre.

– Je ne l'aime pas, ce mec ! dit Philippe à Antonin.

– Pourquoi ?

– C'est un pédé !

– Et alors ? Socrate, Léonard de Vinci, Michel-Ange aussi étaient pédés.

– Des lavettes.

– Tu as encore tort. Les meilleurs soldats d'Athènes étaient homosexuels. Dans les batailles, ils veillaient les uns sur les autres. Au lieu de refuser les homos à l'armée, on devrait imposer que tous les militaires le soient. Il y aurait beaucoup moins de morts.

– Plutôt que de me faire un cours d'histoire, fais-lui un signe. Il t'a à la bonne. Sinon, on va passer la nuit ici.

Ceux qui entraient dans la boîte étaient pleins de morgue. Ils étaient fiers de se montrer, d'exhiber leur bronzage, leur chaîne en or, leur petite amie du moment. Il y avait là beaucoup de rejetons de la bourgeoisie qui quittaient les skis nautiques de Saint-Tropez pour ceux de Courchevel. Ils avaient les cheveux longs ou courts, selon la mode, le jean moulant ou large, suivant *Vogue Homme*, une montre Piaget ou une Rolex d'après *Jet-Set Magazine* et sur leurs visages s'esquissaient déjà quelques rides de noceurs. Ils aimaient boire, jouer et coucher. Ils parlaient de « gonzesses », de bateaux, d'autres boîtes de nuit, de voitures ou encore de filles qu'ils ne possèderaient jamais. S'étant fait un devoir de s'amuser dans la vie parce qu'ils n'avaient rien trouvé d'autre à faire, ils tâchaient de remplir leur contrat.

Que d'efforts pour s'amuser ! Comme toute chose, le plaisir est une question de travail. De la même manière que l'on ne peut apprécier le piano si l'on ne connaît rien à l'instrument, on ne peut aimer les boîtes de nuit si on ne les a pas depuis longtemps fréquentées. Ces jeunes gens, toujours dehors soir après soir, s'imposaient une étiquette pesante. Ils ne pouvaient s'imaginer que l'on puisse vivre heureux sans descendre dans des cinq étoiles, voyager en première classe ou dîner dans les restaurants les plus à la mode. Ils étaient convaincus que l'on ne pouvait s'amuser sans dépenser.

Quand Antonin se rendait au *Paradis,* il se désolait du vide qui y régnait mais croyait s'absoudre en se méprisant d'y aller. Il croyait naïvement que céder dans les petites choses ne portait pas à conséquence. Lorsqu'un grand événement se présenterait, il aurait, pensait-il, la force de caractère nécessaire. Il se trompait : la faiblesse devient vite partie intégrante de la personnalité d'un individu. Tout finit par s'amasser, même ce qu'on fait sans y penser.

Les actes ont une fâcheuse tendance à déteindre sur l'âme. Pris séparément, aucun acte d'Antonin n'était vil, mais l'ensemble l'était. C'est brindille après brindille que les oiseaux construisent leur nid.

Antonin et Philippe avaient perdu dans cet endroit assez de temps et dépensé suffisamment d'argent pour qu'ils s'en vissent accorder l'entrée.

Outre son temps et son argent, Antonin avait également perdu de nombreux amis au *Paradis.* Des amis grisés par le monde de la nuit et croyant que le bonsoir d'un personnage connu faisait d'eux ses égaux. Les médiocres aiment les boîtes de nuit parce qu'ils y partagent la vie de ceux qui leur sont supérieurs en termes de notoriété ou de position. Les boîtes de nuit confondent les classes sociales, aussi certains les quittent-ils à l'aube avec regret.

Le patron de la boîte, Gil Lesor, avait fait fortune avec les vices de ses contemporains. Il portait son masque de raillerie habituel, un air rogue, un rictus d'ennui à la commissure de la bouche, et jetait sur les personnes qu'il croisait un regard dédaigneux ou blasé. On voyait chez lui le gratin des mauvaises mœurs. Un gratin immuable, sans âge. Des insomniaques postés comme des gardes au bivouac, repoussant le moment où ils devraient se retrouver face à face avec leur fatigue, leurs soucis, leur solitude et avant tout avec eux-mêmes.

– Ça va, les play-boys ?

On aurait dit que la joie de Lesor consistait à serrer la main de ses clients.

Antonin répondit :

– Pas mal, et toi ?

– Ça va, ça va !

– Tu aurais une table ?

– Pas de problème ! Catherine, tu peux donner la 2 à nos amis, demanda-t-il à une plantureuse jeune fille qui servait la table des V.I.P.

– Suis-moi, dit Catherine à Philippe.

– Et la vie ? demanda Antonin à Lesor.

– Pas de quoi se plaindre. Je suis dans mon petit univers.

Cet univers avait ses constellations, ses étoiles filantes sur lesquelles on n'avait pas même le temps de faire un vœu, ses comètes qui passaient en laissant derrière elles des traînées d'or, ses planètes de premier ou de quinzième ordre, ses trous noirs qui répondaient tous à des trajectoires savantes.

Une fois assis, Philippe et Antonin commandèrent une bouteille de vodka qui, comme toujours, serait achevée avant la fin de la soirée, non par eux, mais par les parasites qui gravitaient dans cet endroit.

Antonin regarda autour de lui.

La table à leur droite était réservée à Thierry Blond. Il restait là, à la fois spectateur sévère que rien ne faisait sourire et acteur terne attendant que son rabatteur lui ramenât du gibier. Et les heures filaient à regarder tomber les heures, entraînant chaque moment de son existence. Pas le moindre incident ne venait colorer celle-ci. De temps en temps, il entreprenait le barman, discutait avec le vestiaire ou la dame-pipi. Il apprenait avec le plus grand intérêt que Johnny était venu l'avant-veille, qu'il s'était lavé les mains ou d'autres détails de ce genre. Il s'emplissait de la chaleur et de la fumée des autres. Il attendait le jour durant lequel il attendrait la nuit.

L'habitué de la table de gauche se prénommait Marc. Bien qu'Antonin le connût depuis des années, il n'avait jamais appris son nom de famille. Il ne s'en était d'ailleurs jamais préoccupé et personne ne s'était chargé de le lui faire savoir. Dans une boîte en or, Marc enfermait sa dose quotidienne de cocaïne et allait la renifler aux toilettes. Son visage s'en altérait. Le nez commençait à se creuser, les os à saillir. Encore cinq ans de ce régime et il serait méconnaissable. Il fallait bien tuer le temps, avaler cette vie qui n'en finissait pas d'être la même. Cela semblait long, une vie de Marc. La drogue la réduirait peut-être et il irait alors oublier au tombeau qu'il avait vécu.

– Tiens, Corinne et Valérie.

– Ça va, Anton ?

– Ça va. Vous connaissez mon ami Philippe ?

– Bien sûr.

– Vous voulez vous asseoir ? demanda Philippe.

– Tu veux, Valérie ?

– Pourquoi pas ? Il y a tellement de monde.

– J'ai toujours adoré les jeunes filles qui ont du tact, dit Philippe, mais sa voix se perdit dans une musique techno.

Elles étaient sœurs et compagnes de débauche. Toutes deux avaient adopté le même style affecté bien qu'elles n'eussent pas atteint leur vingt et unième année. Mais il y avait en leur regard quelque chose de si déluré et de si compassé qu'elles paraissaient cinq ans de plus sans avoir le moins du monde à se forcer.

Valérie était courtière en diamants. Elle travaillait au noir chez un négociant de l'avenue François-Ier où elle écorchait vif les vendeurs. Elle agissait ainsi sans nécessité, simplement par habitude. Elle se faisait régulièrement sauter par le négociant dans un cagibi, au bout du couloir, tandis que la femme de celui-ci veillait sur la caisse et négligeait les bourses fatiguées de son mari. Valérie avait fait un choix de vie tout simple : elle n'entretenait des rapports qu'avec les gens connus ou qui pouvaient lui apporter quelque chose.

Corinne, quant à elle, disait ne vivre que pour le théâtre. C'est-à-dire qu'elle étudiait un peu dans des écoles médiocres, avec des professeurs qui n'avaient rien à enseigner, sinon leur manque d'expérience. Elle tentait également de monter *Le Petit Prince* ; ainsi, quand on lui demandait ce qu'elle faisait, elle pouvait dire qu'elle préparait un spectacle théâtral. Cela lui permettait également d'occuper ses journées en visites et en discussions vaines, vaines car elle savait parfaitement que la pièce ne se monterait jamais. Elle attendait surtout de se marier avec un homme qui aurait une belle situation, et lui permettrait de clamer :

– Vous vous rendez compte comme je l'aime... J'ai renoncé à une brillante carrière pour lui.

– Comment va le théâtre ? demanda Philippe.

– Je n'ai absolument aucun talent, dit-elle avec un ton de fausse modestie.

Au lieu de répondre : « Mais si ! Cela se voit comme le nez au milieu de la figure que tu as du talent ! » Philippe resta silencieux. Elle le regarda, elle aussi silencieuse durant quelques secondes, puis commença à lui donner une par une les raisons qui faisaient d'elle l'actrice la plus douée de sa génération.

Puis elle se tourna vers Antonin.

– Dans un mois je vais jouer dans un film policier avec Gérard Depardieu.

– Ah, oui ! Il va s'appeler comment ?

– *Meurtre sous les lustres.*

– Et qu'est-ce que tu joueras comme rôle ?

– J'ai une scène avec Depardieu. Une jeune fille a été violée, tuée et défigurée, et il doit se rendre à la morgue pour identifier le corps. Il soulève le drap qui recouvre le corps. Il s'écrie : « Les salauds ! Ils en ont fait de la bouillie pour chat ! Oui, c'est bien elle, on peut pas se tromper ! » Et il remet le drap.

– Et toi, tu joues qui ?

– Moi, je joue le rôle du corps, voyons !

– Cela ne doit pas être facile de commencer par son meilleur rôle..., ironisa-t-il.

Antonin laissa Philippe avec les deux sœurs et se leva pour aller acheter des cigarettes. En chemin, il s'entendit interpeller :

– Antonin !

C'était une de ses vieilles connaissances de boîte. Richard Baudot. Celui-ci était assis avec quatre personnes. L'un guérissait de la cocaïne, l'autre de la vodka, le troisième d'une chaude-pisse et le quatrième, qui semblait payer pour tout ce joli monde, d'une overdose d'argent. Celui-là était le plus intéressant. Rond, gras, brillant à la lumière des spots, un peu chauve, court sur pattes, mais si riche, si vulgaire et tellement ignoble, Robert Lavenir ne tendait que deux doigts, jamais plus ; il réservait sa main entière pour ceux qui étaient éclairés par les feux des médias. Il était si imbu de sa personne et si heureux d'être lui-même qu'il eût été vexé qu'on lui rappelât qu'il n'était qu'un homme. Il avait cependant suffisamment de troubadours à son service pour lui chanter les chansons qu'il désirait entendre. Commerçant dans l'âme, il pouvait tout vendre, mais le hasard voulut qu'il vendît des tableaux contemporains. Il le faisait avec le sérieux qu'il aurait montré dans le commerce des chaussettes en gros. Il se défendait néanmoins d'aimer ces tableaux comme de simples valeurs marchandes. Pour un peu, disait-il, il serait même aller les contempler à Beaubourg. Il considérait qu'il faisait le plus beau métier du monde. Tout juste s'il ne pensait pas qu'il était plus noble de vendre des tableaux que de les peindre. Les grands marchands d'autrefois étaient des amateurs, des amoureux de la peinture. Lavenir n'était pas de cette école. Il adaptait aux beaux-arts des formules de boursier et de publiciste, préparait les cours, influait sur les ventes, lançait un peintre comme on lance une action boursière et imprimait des catalogues somptueux, pour vanter sa marchandise aux quatre coins du monde.

A table il s'étalait sans la moindre vergogne. Antonin, qui s'était assis à l'invitation de son ami, n'avait qu'une moitié de fesse sur la banquette.

Un des présentateurs du journal de vingt heures qu'Antonin avait connu durant des vacances au ski passa et le salua chaleureusement.

Robert Lavenir se recula et lui fit de la place. Antonin put ainsi poser ses deux fesses.

– Vous le connaissez bien ? demanda Lavenir.

– Non, juste comme ça, pas vraiment, répondit Antonin.

Lavenir reprit un peu de la place qu'il avait cédée.

– Mais ça fait très longtemps qu'on se connaît, ajouta Antonin.

Le bouffi céda à nouveau un peu de place au jeune Krystal qui eut une nouvelle fois ses deux fesses sur la banquette.

Ayant remarqué ce manège, il continua :

– Je crois que c'est mon père qui l'a aidé à entrer à la télé.

L'ignoble individu lui proposa à boire.

– On possède un peu plus de cinq pour cent des actions de la chaîne.

– Mais installe-toi bien, petit, tu es sûr que tu ne veux pas une coupe de champagne ? Hé ! Catherine ! Amène une coupe pour mon ami...

– Mais non, cela va très bien, dit Antonin, je n'avais pas besoin de...

– Allons petit, tu ne sais pas encore ce qu'il y a de bon dans la vie. Laisse-moi t'apprendre. Dis-moi, tu aimes les filles stupides ?

– Mouais, fit Antonin, ne sachant quoi répondre.

– Moi j'adore ! répliqua l'autre, en commençant à se curer le nez avec application. Une fille qui me demande si on peut aller à New York en voiture, ça me fait bander.

– Je vous conseille de faire attention à votre pantalon

le jour où vous en rencontrerez une qui vous demandera si on peut s'y rendre en métro ! Mais, dites-moi, c'est tout ce que vous attendez des femmes, elles valent quand même un peu mieux que cela.

– En temps de crise, toutes les femmes redeviennent des putes. Elles débarquent de leur bled paumé, elles n'ont pas un rond et elles en veulent. Elles préfèrent rouler en Rolls ou en Bentley plutôt qu'en métro. Je vais te dire, pour baiser, il n'y a rien de plus génial que la crise. Toutes les gonzesses sont à toi du moment que tu as des ronds à dépenser. Rien ne pourrait me faire plus plaisir que si la crise durait encore une vingtaine d'années. Tu te rends compte, vingt ans de baise assurés ?

A l'aide de tournoyants mouvements du poignet, comme s'il expliquait la théorie de la révolution des planètes, Lavenir balayait les mots qui sortaient de sa bouche.

– Mais ça t'arrive de bosser de temps en temps.

– Seulement les mois en « g »... Non, je plaisante, en fait je n'ai pas besoin. J'ai plus de quinze millions de dollars placés, ce qui me rapporte près de deux millions de dollars par an sans rien branler ! *Nada* !

– Et comme ça, avec les gonzesses, tu n'as pas de problèmes ? demanda Antonin d'un ton gouailleur pour s'attirer la sympathie du personnage et l'encourager à discourir de la sorte.

– Avec les gonzesses, y a pas de secrets. Tu les bourres bien et tu leur paies ce qu'elles veulent, elles viendront te manger dans la main. Elles monteront au plafond pour toi, elles te suceront le mou sans les mains. Mais il faut les tenir. Ce sont toutes des salopes, tu sais, même ta mère... Ah ! si tu ne les tiens pas en même temps, elles vont voir à côté. Elles t'arracheraient la peau des couilles pour se payer des putains de petites culottes. Elles ne pensent qu'à ça : à l'oseille. Ah ! non, il y a encore un truc auquel elles pensent, c'est les fringues. Tu me diras, les deux sont liés parce que, sans fric, tu peux toujours te gratter pour t'acheter des fringues.

– Elles ne sont pas toutes comme ça ?

– J'vais te dire quelque chose, mon bonhomme. Les

femmes, c'est comme les photos, il y a un imbécile qui garde précieusement le négatif pendant que d'autres se partagent les épreuves. La femme, elle se donne à l'homme balèze. C'est la perversion de ce qu'on appelle la civilisation et le progrès qui ont fait qu'elle se donne à un autre. Est-ce que tu vois la femme préhistorique préférer Woody Allen ou Einstein à Arnold Schwarzenegger ? Pas une seconde ! Tout a été corrompu par la civilisation. Le mariage, tu crois que c'est normal, toi, le mariage, tu crois que c'est logique ? Tu connais des animaux qui se marient ? Qui se passent un anneau à la patte et qui écoutent du Mendelssohn dans la jungle ? Le mariage a été inventé uniquement pour empêcher l'homme d'aller baiser ailleurs comme il pourrait, comme il devrait le faire !

Antonin se sentait mal à l'aise quand les gens parlaient ainsi. C'était surtout la forme qui le choquait. Un fin lettré aurait-il défendu ces thèses en employant des mots châtiés, Antonin n'eût peut-être rien trouvé à redire. Mais une telle ignominie dans le langage ! Ah, ça non ! Il ne pouvait le tolérer.

Ce qui suivit fut une rhapsodie de vulgarité.

– Il faut que je me casse. Y a ma bonne femme qui m'attend à la maison... En tout cas ça m'a fait plaisir de parler avec toi et de te rencontrer, conclut le poussah, croyant toujours que la famille d'Antonin possédait cinq pour cent de la première chaîne. Rapplique le 22 chez une copine à moi. Tiens, voilà l'adresse, dit-il en glissant un carton dans la poche de la chemise d'Antonin. Ça sera une supersoirée avec plein de gonzesses. On aura de quoi se régaler la queue.

– Il y aura du monde ?

– Oh ! que oui ! C'est une grosse salope, elle connaît beaucoup de monde.

Antonin sourit tout de même de bon cœur. C'était tellement grossier que ça en devenait presque poétique. Il se levait quand il entendit la voix de Richard.

– Attends, je t'accompagne acheter des clopes.

Ils traversèrent la piste de danse, s'il était permis d'appeler ainsi l'espace où les gens s'entassaient tellement les uns sur les autres qu'ils pouvaient à peine esquisser un mouvement sans heurter la personne à côté. Cela ne les empêchait pas de se préoccuper uniquement de l'effet qu'ils produisaient sur les autres.

Quant à la manière de danser, il semblait à Antonin que l'on était revenu à la simplicité des mœurs tribales de la préhistoire.

« Pourquoi ces danses quasi hypnotiques faites de mouvements répétitifs et donnant l'impression d'assister à une cérémonie vaudou ? se demandait-il. Pourquoi, si ce n'est pour s'oublier soi-même et se fondre dans la masse en oubliant sa propre personnalité ? »

– Un paquet de Marlboro, demanda Antonin à la dame du vestiaire. Tu veux quelque chose ? dit-il à Richard.

– Non, merci. J'ai arrêté de fumer il y a trois mois. Trop mauvais pour la santé.

Richard prit ensuite Antonin par le bras.

– Tu veux un exta ? C'est du super ! Pur à cent pour cent !

Antonin, qui n'en avait jamais pris, n'aurait pu faire la différence.

– Tu es sûr que ce n'est pas mauvais ?

– Mais non. Si c'était mauvais, tu crois que je te le proposerais ? Essaie ! Tu ne vas pas mourir con, quand même !

– Ça s'avale, c'est ça ?

– Non, ça se prend comme un suppositoire ! Bien sûr que ça s'avale, comme une aspirine. Tu vois pas que ça a la forme d'un cachet ?

Antonin se demandait surtout si cela ne lui porterait pas malheur...

– Écoute ! Normalement, un truc comme celui-ci – et je peux t'assurer qu'il est top-mondial – vaut trente sacs. Eh bien, tu vois, je vais te l'offrir.

– Je préfère payer !

Antonin avait assez de bon sens pour savoir que sous aucun prétexte il ne fallait accepter qu'un parasite vous rendît un service. Il lui mit trois billets de cent francs dans la main et avala le cachet.

– Ça agit vite ?
– Tu as dîné ce soir ?
– Non.
– Alors ça va être rapide !
– Okay. Je te vois tout à l'heure.

Antonin retourna s'asseoir avec Philippe. Valérie et Corinne n'avaient pas bougé. Rien de plus normal car Antonin et Philippe étaient les deux seules personnes qu'elles connaissaient ce soir-là qui eussent une table. Philippe avait la main sur la cuisse de Corinne. Ils discutèrent, médirent, saluèrent et se firent saluer. Tout à coup, Antonin sentit que la drogue faisait son effet. L'élan donné par l'ecstasy ressemble non à un accès de fièvre mais à un retour à l'Age d'or, à un état naturel où le cœur est juste et bon, décrassé de la méchanceté, du fruit de la douleur de la vie. Antonin se sentait marcher sur un tapis roulant. Ses mâchoires se serraient comme si elles avaient acquis une existence autonome ; tout lui semblait aisé et sans réelle importance. La quête de la jouissance l'emportait. Ses sens s'animaient avec une acuité enfouie jusqu'à présent au plus profond de lui. Son esprit tout entier bourgeonnait. Chacune de ses pensées se décomposait, devenait claire, limpide. Il avait conscience de chacune des parties de son corps. Il aurait fait l'amour à l'univers.

Il se leva et parcourut la boîte en souhaitant que la nuit ne s'achevât jamais. Il s'accouda négligemment à un pilier. On aurait pu croire qu'il allait sortir un journal de sa poche, le déplier et commencer à le lire. Ce ne fut pas le cas. Sous ses paupières flambait un regard impatient. Il chercha sa proie. Pour l'instant il ne faisait que flamber, il ne brûlait pas encore. Il dévisagea les filles les unes après les autres tout en sentant qu'il était lui-même observé. Il sourit, son sourire ne s'adressait à aucune fille en particulier, mais à elles toutes.

Près de la piste de danse, sur laquelle il ne s'aventurait jamais d'habitude, il croisa Philippe qui, ayant délaissé Corinne ou Valérie – Antonin ne s'en souvenait déjà plus –, tentait de rassembler le courage nécessaire afin d'aborder une brune au corps généreux qui se déhanchait sur une chanson de James Brown.

Antonin se posta à la droite de son ami. Soudain il s'immobilisa, frappé de stupeur; il commençait à être totalement « cassé ». Les idées les plus farfelues lui venaient en tête.

– Philippe, tu as vu ça? Une fille moche, là derrière!

– Et alors? demanda Philippe, impassible.

– Quoi, et alors? commença Antonin qui ne pouvait s'empêcher de parler sous l'effet de la drogue. Elle vaut la peine qu'on la regarde, cette fille, même qu'on se retourne. Réellement, elle est supermoche!

Quittant Philippe, il se dirigea droit vers elle, les deux bras grands ouverts, et lui dit du ton le plus tendre :

– Chère jeune fille laide, vous nous restituez un équilibre, vous nous réconfortez de cette pénible obsession de la beauté. Regardez autour de vous. Rien que des superbes créatures longilignes, tandis que vous, hideuse boulotte, vous vous singularisez. Je vous remercie, nous vous remercions tous! D'ailleurs, regardez, la sympathie générale vous entoure! Chacun sourit en vous voyant. Je suis certain qu'une fée vous a lancé un mauvais sort et que, si l'on vous embrassait, de batracienne vous vous changeriez en princesse.

La gifle retentit jusqu'à l'autre bout de la boîte. L'étonnement traça un cercle autour d'Antonin et s'étendit comme un rond dans l'eau.

– Qu'est-ce qui t'a pris? demanda Philippe.

– Quoi? Tu n'as pas trouvé ça drôle?

– C'est drôle sur le papier mais pas dans la vie! Tu n'es pas dans un roman! La pauvre fille, tu l'as humiliée. Tu crois que ça lui a fait plaisir?

– Bon, je m'excuse. Mais j'ai pris un exta!

– Tu es malade ou quoi? Tu prends de la drogue maintenant?

– Ça va, ça va. Tu ne vas pas faire toute une histoire parce que... Attends une seconde, je reviens.

Antonin venait d'apercevoir une grande fille blonde que soutenaient une paire de jambes qui n'en finissaient pas. Elle portait sur son visage un air triste qui lui allait fort bien.

Il marcha vers elle et la toucha à l'épaule. La blonde se retourna.

« Très jolie », eut le temps de penser Antonin avant de dire :

– Mademoiselle, vous avez perdu quelque chose.

– Quoi ?

– Ton sourire.

– Et alors ? demanda la blonde.

– Je l'ai ramassé et je l'ai posé sur mes lèvres.

– Il te va à ravir, sourit la fille.

– Tu n'as qu'un seul moyen pour le récupérer.

– Je crois que je connais lequel.

Les lèvres d'Antonin se collèrent aux siennes. La fille n'opposa pas de résistance. Elle avait déjà eu l'occasion de voir Antonin en cet endroit et l'avait trouvé plutôt sensuel.

– Comment tu t'appelles ? demanda Antonin.

– Catherine. Et toi ?

– Je m'appelle Antonin.

Elle avait l'air d'une parfaite idiote, mais sa bouche semblait si belle que ses paroles en devenaient sublimes.

En l'attendant devant la porte d'entrée, Antonin songeait au nombre de fois où il s'était accoudé au même endroit, attendant qu'une fille semblable à celle-ci remonte, pour lui déballer ensuite le même discours – ou presque – et l'entraîner dans la même partie de jambes en l'air.

« Oui, combien de fois ? Et depuis combien de temps ? pensait-il en lui-même. Et avec combien de filles ? Finalement je suis de ceux qu'il est facile d'avoir. Un petit sourire et voilà, le tour est joué ! Je suis un paria du vrai amour, un exclu ! »

Au bout de quelques minutes, la fille remonta. Elle avait perdu son ticket de vestiaire. Elle eut beau décrire minutieusement le contenu de son sac, la préposée ne voulut pas en démordre :

– Pas de ticket, pas de sac ! Je ne donnerai le sac qu'à la personne qui me présentera le ticket.

Dès que les gens possèdent une infime parcelle de pouvoir, leur réflexe naturel est d'en abuser. La fille faisait un travail con et se glorifiait de le faire connement.

Antonin fut contraint d'aller chercher le patron pour qu'elle acceptât de rendre le sac.

Il était quatre heures du matin. Antonin proposa à sa compagne d'aller prendre un café, ou autre chose, chez lui. Elle accepta sans se faire prier. Antonin quitta les lieux sans prendre la peine de dire au revoir à Philippe. Dans l'état où il était, il ne se souvenait même plus de l'existence de son ami. Il ne voyait que les jambes de la grande blonde.

## XVIII

La lumière du jour les aveugla. En cherchant un taxi, ils passèrent devant un groupe de clochards. Ce qui frappa le plus Antonin, ce ne fut pas leur aspect misérable, mais la détresse qu'il lut dans les yeux de l'un d'entre eux, la détresse d'être ce qu'il était devenu. On aurait dit qu'il tenait debout uniquement parce que son corps ne savait pas encore de quel côté il se résoudrait à tomber.

Rien ne semblait avoir préparé cet homme à la pauvreté qui, déjà pénible quand elle est un point de départ, devient effrayante quand elle est sans issue.

– T'aurais pas cinq cents francs ? dit l'un des clodos.

– En billets de cinquante ou de cent ? répondit Antonin en souriant.

– En billet de cinq cents, ça ira.

– J'ai cinquante balles. Pouvez-vous me faire crédit ? Je vous devrai quatre cent cinquante francs.

– Je ne sais pas, les mecs... On lui fait crédit ?

– Ouais. Mais il faudrait pas que ça devienne une habitude.

Antonin sortit par mégarde de sa poche un rouleau de billets de cent et de cinquante francs afin d'en extraire le billet promis. Aussitôt, le mendiant se jeta sur lui en tentant de lui arracher son argent. Ils roulèrent par terre. La blonde cria.

Antonin était jeune. Le mendiant l'avait été autrefois. Le moins vieux des deux se trouva allongé sur l'autre. Antonin reprit son argent et se leva en s'époussetant. L'autre se releva et dit calmement :

– Si je mangeais à ma faim, tu n'aurais pas eu le dessus.

– Oui, mais si je ne mangeais pas à ma faim, vous ne vous seriez peut-être pas jeté sur moi.

Le mendiant était fin. Il sourit :

– Peut-être pas, en effet. Avouez que j'ai quand même mérité mes cinquante francs. D'ailleurs, si vous étiez chic, vous pourriez même m'en donner cent.

– Okay, okay... Voilà deux cents, fit Antonin, charmé de pouvoir faire preuve de générosité. Vous êtes là tous les soirs ?

Pendant ce temps, Catherine le tirait par la manche.

– Ouais, on est là tous les soirs, répondit l'homme dans les yeux duquel Antonin avait cru discerner une grande détresse.

– Et ça fait combien de temps ? demanda Antonin tandis que Catherine, qui détestait le contact des pauvres, lui arrachait maintenant le bras. Peine perdue, l'ecstasy portait Antonin vers un amour immodéré de ses infortunés compagnons humains.

– Qu'on est là ? Qu'on est là ? Tu veux dire dans la rue ? Sans abri ? Faut pas avoir peur de poser la question clairement, mon prince. J'ai aucune raison d'avoir honte, au contraire. J'ai fait la guerre d'Algérie, la campagne de Suez. J'ai risqué ma vie. J'ai perdu l'œil gauche. J'ai reçu des médailles, et la République ne m'a même pas appris à lire. Elle m'a appris à conduire, parce qu'elle en avait besoin, mais elle ne m'a pas appris à lire. Tu vois comment elle traite ses enfants. Je dis que j'ai le droit, du fond de ma misère, de me tourner vers toi à qui tout sourit et de demander des comptes. Le premier crime, c'est sur moi qu'on l'a commis. Comment tu veux que je m'éclaire, si on m'enlève la lumière ? Pour répondre à ta question, ça fait deux ans, mon pote René, ça fait depuis... Depuis combien de temps, René, au moins un an ?

– Un an et huit mois !

– L'autre, c'est mon pote Gugus, on a commencé en même temps, en sortant de taule.

– Et lui ? demanda Antonin.

– Lui, c'est un petit nouveau. Trois semaines qu'il est là. On l'a recueilli par charité chrétienne, sinon il se serait déjà fait planter depuis belle lurette.

– Et comment vous faites ?

– Ben, on fait la manche. Ou alors on a un truc plus payant, Gugus et moi. Vas-y Gugus, explique.

– On va dans les quartiers chics du seizième, boulevard Henri-Martin, le Troca, la Muette, Ranelagh et *tutti quanti*. Chacun choisit un immeuble et on fait les étages. Moi j'ai des photos de De Gaulle, lui de Pétain, et on les vend. On se fait passer pour des patriotes. On se fout même un brassard tricolore. Et je te jure, y en a même qui achète les deux ! Y a même des jours où ils achètent plus de Pétain que de De Gaulle. Ces jours-là, je me dis franchement que la France va mal !

– Et bosser ?

– Bosser ? Tu as déjà entendu parler du chômage ? Le chômage, c'est un tombeau ! Voilà, un tombeau. On glisse tout doucement et puis on s'en va jusqu'au fond, et puis voilà, c'est tout... Parfois je pleure, tellement je n'aime pas le chômage. Y a quelques mois, ma femme est allée voir l'assistante sociale ; tu veux savoir ce qu'elle lui a dit ? Elle a demandé à ma femme pourquoi je ne ferais pas cantonnier. Tu me vois, moi, chaque fois que passe un copain, me planquer avec le balai... C'est un machin de fainéant, ça ! Ça n'est pas un métier d'homme !

Pendant ce temps, le « petit jeune » explorait une poubelle. Par délicatesse il ne prenait pas tout. Son geste lui conférait une sorte de dignité blessée.

Antonin leur promit qu'il reviendrait.

Antonin et Catherine avançaient sur le boulevard Sébastopol.

– Tu es con de leur avoir donné de l'argent ! dit

Catherine. Ce sont des dangers publics, ces mecs-là ! Si j'étais au gouvernement, je te mettrais tout ça en taule... ça ne ferait ni une ni deux !

– Tu ne crois pas si bien dire, répondit Antonin. On s'oriente exactement vers cela. Dans certains États des États-Unis, si tu brûles un feu rouge ou si tu fauches un morceau de pizza et que tu es sans ressources, sans travail et sans relation, avec un casier judiciaire chargé, tu prends quatre ans dans un camp de travail !

– Ils ont bien raison, les Américains ! commenta Catherine.

Antonin la regarda froidement quelques secondes, comme s'il tentait de discerner d'où provenait une telle insensibilité chez une fille encore si jeune.

– Non, ils n'ont pas raison, je ne vois pas tellement de différence avec la société nazie d'avant-guerre qui, pour supprimer l'insécurité, envoyait les asociaux dans des camps sensiblement similaires... Quelque chose m'échappe, je suis sûr que, quand tu lis *Les Misérables*, tu es ému par le sort de Jean Valjean envoyé au bagne pour une miche de pain...

– Tout à fait !

– Et alors, si tu es émue pour la miche de Jean, pourquoi ne l'es-tu pas pour la pizza de John ? Ah, voilà un taxi. Taxi !

Une fois à l'intérieur de la voiture, Catherine lui dit :

– Tu as vu comme ils étaient dégueulasses les uns avec les autres ?

– Pourquoi voudrais-tu qu'ils soient sympas ? On n'est jamais sympa avec ceux dont on espère s'éloigner.

– Ça doit être terrible de se retrouver dans la même situation qu'eux, sans espoir, et avec un gosse quelque part.

– Tu crois qu'ils sont vraiment sans espoir ?

Antonin prit la peine de réfléchir quelques secondes. Le taxi s'était engagé dans la rue de Rivoli, les arcades défilaient le long des vitres. Antonin sentait le corps chaud de Catherine près de lui.

– Non. Je ne crois pas qu'ils soient sans espoir parce que moi, si je l'étais, c'est-à-dire vraiment acculé, tu sais ce que je ferais ?

– Non.
– J'essaierais de me faire photographier à côté du président de la République ou du Premier ministre. On trouve toujours un moyen...
– Ça ne changerait pas grand-chose, dit-elle sur un ton sarcastique.
– Tu peux patienter une seconde ? la coupa nerveusement Antonin. Bon, je me suis fait photographier à côté de l'un ou de l'autre. Première étape. Ensuite, j'écris des lettres passionnées à leur femme. Genre : « Ma chérie, je n'ai jamais pris tant de plaisir avec une femme. » Enfin, tu vois le style ?
– Je vois surtout ton style.
– Une fois que j'ai mes photos et les lettres, puisque j'en garderai le double, j'achète un pistolet et j'abats l'un ou l'autre. Disons le Premier ministre. C'est plus facile, il est moins protégé.
– Et alors ? Je ne vois pas ce que ça change.
– Mais si ! Je raconte que je l'ai tué parce que j'étais amoureux de sa femme. Les éditeurs se précipitent pour que j'écrive mes mémoires. Ça devient un best-seller...
– Je ne vois toujours pas ce que ça change.
– Tu es bête ou quoi ? J'ai des droits d'auteur, mes interviews payées et j'envoie de l'argent à ma famille. Mes enfants peuvent faire des études et devenir juge, médecin ou avocat.
– Oui, mais tu es en taule. Et pour perpète.
– Pour perpète ? Tu es dingue. Tous les avocats viendront me lécher les mains pour que je les choisisse. Je suis sûr que certains même me proposeront de l'argent. Comme ça, ils pourront faire les « beaux » devant les journalistes qui me paieront aussi pour avoir des renseignements sur la vie sexuelle du président ou du Premier ministre...
– Mais si ça n'est pas vrai ?
– Ils s'en moquent ! Il suffit qu'ils aient des « trucs » à publier, c'est tout. Et moi je ne prendrais jamais plus de quinze ans, dont quelques années en hôpital psychiatrique. Au bout de huit, neuf ans, je sors avec de l'argent bien placé à douze pour cent et l'avenir de mes enfants assuré.

« Un fou. Je suis tombé sur un fou, se dit Catherine en ouvrant la porte du taxi devant chez Antonin. Un *serial killer* communiste. »

Dans l'ascenseur, elle garda le silence. Elle cherchait quelque chose dans son sac.

Antonin se disait qu'après tout elle devait être un peu gênée et que cette agitation lui permettait de ne pas avoir à croiser ses yeux. Il détestait les ascenseurs. Nulle part ailleurs le vide des relations ne se fait autant sentir. Nulle part ailleurs il n'est aussi vif et embarrassant.

– Je savais bien que j'avais des capotes. Je n'ai quand même pas utilisé tout le paquet en cinq jours, dit Catherine à voix haute.

Antonin resta quelques secondes éberlué devant un tel accès de romantisme, puis haussa les épaules dans un signe de découragement et eut un geste de reproche envers le Créateur.

– Tu les achètes par cartouches, comme les cigarettes, ou alors boîte par boîte ?

– Tu déconnes, je fume quand même vachement plus ! dit-elle, tandis qu'Antonin enfonçait la clé dans la serrure.

Elle voulut bien sûr visiter l'appartement. Elle se promena d'une pièce à l'autre, telle une reine, observant, appréciant, jugeant, jaugeant, pour finir par dire, une fois dans la chambre à coucher :

– Tu as tout de même un drôle de goût.

Elle vit soudain Bastet sur le lit, assise, le regard inquiet.

– Il est à toi, le chat ? demanda Catherine.

– Non, c'est moi qui suis à lui !

– Moi je suis à toi, Antonin, dit Catherine langoureusement.

– C'est vrai ? demanda-t-il.

– En tout cas pour ce soir... Il y a quelque chose de bestial en toi..., dit-elle après avoir prouvé la vérité de son assertion.

« Dire que j'ai visité les plus beaux musées, que je suis descendu dans les hôtels les plus luxueux, que j'aime les premières éditions sur grand papier, que je ne mange jamais de viande trop nerveuse, tout cela pour m'entendre dire que j'ai un côté bestial ! » pensa Antonin.

Catherine avait les yeux dans le vide, soudain elle fixa un cadre au mur.

– C'est ton grand-père ?

– Non, c'est Lénine...

Il y eut une bonne minute de silence.

– Tu n'es pas très loquace.

– Mais si, je suis loquace. Rien qu'aujourd'hui on déplore la mort du vingtième casque bleu en Yougoslavie. La statue de Lénine a été retirée de la place principale de Volgograd. La France est le pays d'Europe où la consommation d'antidépresseurs est la plus importante. La terre a tremblé quelque part au Japon. Un orphelinat a été créé à Sydney pour les bébés kangourous...

– Je parlais d'une discussion sérieuse, sentimentale, sensuelle. Si tu vois ce que je veux dire...

– Tu n'as qu'à me raconter l'histoire de ta vie.

– Ça t'intéresse ?

– Bien sûr que ça m'intéresse, répondit Antonin.

Ravie, elle commença d'une voix impersonnelle, comme si elle récitait une leçon d'histoire qu'elle aurait apprise par cœur durant des nuits et des nuits d'insomnie :

– Il y a près de dix ans, j'étais encore au lycée. J'étais une gamine, une vraie gamine. Les garçons me couraient un peu après, mais je ne savais pas encore que j'étais belle. Ce jour-là, je me rappelle, c'était un lundi puisqu'il y avait cours de math avec Mme Tribou, une vieille chouette...

« C'est pas vrai, se dit Antonin, elle est vraiment partie pour le grand déballage. »

– Tu as eu Mme Tribou ? fit Antonin avec un sourire.

– Pourquoi toi aus... ? Tu te fous de moi ! s'écria Catherine, visiblement énervée.

– Pas du tout. Je disais ça pour plaisanter, se défendit Antonin.

– Bon, je préfère, parce que je n'aime pas tellement

qu'on se moque de moi. J'suis une fille franche... J'y vais pas par quatre chemins ! Je continue. Juste avant le cours, alors que je vais pour rentrer dans le lycée, un mec qui rôdait autour de moi depuis un moment m'aborde. « Ça vous intéresserait de faire des photos ? » me demande-t-il. « Quel genre de photos ? » Je n'étais pas née de la dernière pluie. « Ce n'est pas du tout ce que vous pensez, mais pas du tout ! C'est pour devenir mannequin. » Il avait l'air sérieux, tu vois un peu le genre. Costard italien, cravate, bronzé, montre en or et tout et tout... Mannequin, tu vois le truc, à seize ans ! Les voyages en première classe, les hôtels de luxe, les bijoux, les couvertures de magazines, les play-boys, la vie facile, quoi. Dans mon bled des Sables-d'Olonne, il n'y a jamais rien à faire, pas une boîte, rien ! Alors mannequin ! Je fus éblouie, incapable de comprendre et bien évidemment de réfléchir. Trois jours après, j'avais tout abandonné, le lycée, Mme Tribou, les copines. Je m'étais brouillée à mort avec mes parents, et je partais pour Paris. Bien sûr je les avais eus au téléphone avant. Supersérieux qu'ils étaient. Ils m'ont dit que je serai la star des années 1990. Tu parles si j'étais jouasse ! Là-bas il m'avait loué un truc, pas terrible, mais mignon quand même, à cent mètres des Champs. Ça faisait plutôt chambre de bonne. Sixième étage sans ascenseur. Et cinq mille balles par mois...

– Cinq mille par mois ! fit Antonin qui, bien que n'écoutant que d'une oreille, car la discussion ne portait pas sur sa personne, gardait malgré tout présente à l'esprit une grille des valeurs locatives.

– Ouais, mais il faut se mettre dans l'ambiance. *Primo*, ils m'ont dit que ça serait retiré des cachets. Donc pas de problème, je n'avais rien à débourser. Et *deuxio*, moi je croyais que j'allais me faire des millions de dollars... Ils me l'avaient laissé entendre. Alors, cinq mille balles quand tu crois que tu vas encaisser le gros lot, tu t'en moques !

– Tu as raison, dit Antonin, cherchant à rattraper sa blague sur Mme Tribou.

– Tu trouves aussi ? répondit Catherine, en se disant

qu'elle était fine psychologue. En tout cas, ils me donnaient ma chance : une superpub pour de l'eau minérale. Il suffisait que je marche dans l'herbe et que je fasse quelques mouvements de gymnastique. Superfastoche ! Le film était presque terminé, déjà les mecs se préoccupaient de mon lancement, de ma publicité personnelle. Les spécialistes commençaient à monter, pour le livrer au public, le roman de ma vie. Ils hésitaient entre me faire passer pour la fille naturelle d'un prince italien ou celle d'un homme politique connu. L'essentiel était de faire de moi la nouvelle star. Tout était prévu...

Subitement le silence se fit entre Catherine et Antonin.

« Bon, il suit, cet abruti, pensa-t-elle. Au moins qu'il me dise : " Et alors ? " »

– Et alors ? demanda Antonin un peu tard.

– Eh bien, ce fut tout ! Il n'y eut pas de lendemain. Ma gloire resta au bord des lèvres de la renommée.

Bien que le souvenir de cet épisode lui fût pénible, Catherine était ravie de ressortir cette expression qu'elle était allée dégoter dans un roman à l'eau de rose.

Antonin ne pouvait décemment que demander « pourquoi ».

– Pourquoi ?

– Parce que, du jour au lendemain, ça a été la révolution, avec le style grunge. J'ai été balayée, jetée pire qu'une vieille chaussette. Trop grande ! trop voluptueuse ! Je ne correspondais plus aux canons. Non seulement ils m'ont renvoyée de leur agence, mais en plus je leur devais cent mille balles. Naturellement il n'était pas question pour moi de reprendre ma petite existence. Pas question de me résigner ! J'ai trouvé un boulot de serveuse. Je la voulais, cette vie faite de palaces, de Rolls, de robes de bal. Je leur ai même remboursé les cent mille balles. Tu crois qu'ils auraient eu un mot de remerciement ? Ils m'ont dit que, si je n'avais pas remboursé, je serais allée en prison. Ils n'ont jamais voulu me reprendre à l'essai. Mais il y a une semaine, au *Paradis*, j'ai rencontré un *booker*. Il m'a dit qu'il avait confiance en moi... Qui sait ? Qu'est-ce que tu penses des mannequins, toi ?

Antonin chercha durant quelques secondes une chose originale.

– Je pense que cela provient de la recherche d'un idéal de beauté absolue qui est en tous les hommes. Avant on peignait, on sculptait. Pense aux caryatides ou à la *Naissance de Vénus*.

Il développa ensuite, parla d'un idéal qui avançait toujours et n'arrivait jamais. Catherine commençait à se raser. Ce fut encore pire quand il lui demanda :

– Qui aimes-tu comme poète ?

– Tous, je les ai tous lus, mais je n'ai pas la mémoire des noms.

– Mais enfin, n'y en a-t-il pas un dont tu te souviennes ? insista Antonin en essayant de se maîtriser car il voyait que le sujet de la poésie ne l'inspirait guère.

Non vraiment, une fois de plus, ce ne serait pas de cette fille qu'Antonin tomberait amoureux.

– Euh... J'sais pas moi. Euh... Mallarmé, Baudelaire ! fit Catherine, espérant que cet interrogatoire prendrait fin.

– Et quel poème de Baudelaire t'a le plus marquée ? ajouta Antonin qui ne connaissait de Mallarmé qu'un malheureux sonnet.

Catherine croyait rêver. « C'est pas possible, se dit-elle, il m'a emmenée chez lui pour me sauter ou pour me donner une leçon de français ? »

Antonin avait une sexualité féminine. La simple nudité d'une femme ne l'excitait pas. Afin que naquît l'excitation, il fallait que s'y joignît la séduction. Il voyait l'acte sexuel comme une récompense et non comme un simple cadeau. Mais ce qu'il pensait être de la séduction n'était pas un cadeau pour Catherine.

– Tous étaient géniaux. Je te jure, tous. Ils m'ont tous marquée.

« Manquerait plus que ce morveux me demande d'en réciter un ! »

– Récite-moi le premier vers de celui que tu veux, dit Antonin, comblant ainsi la prédiction de Catherine.

« Mais c'est pas vrai. Il est trop con, ce mec ! »

– Écoute, il est quatre heures et demie du matin, je n'ai pas la tête à ça.

Catherine avait dit cette phrase tout doucement. Elle croyait ainsi l'émouvoir et obtenir que cette torture prît fin.

– Mais juste un vers et c'est moi qui vais continuer. « C'est une véritable misère, ce mec, quand il mord, il ne lâche plus ! Faites-le taire, mais faites-le donc taire. Dire qu'il y avait plein de beaux mecs dans cette boîte et je suis tombée sur le plus taré. C'est pas vrai ! Dieu, pourquoi vous me faites ça ? »

Pour qu'il consentît à la laisser tranquille, Catherine essaya de trouver, non pas un vers entier, elle en eût été incapable, mais un mot.

– J'sais pas, commença-t-elle. Y a un truc avec nature, non ?

Puis elle se dit : « S'il me trouve quelque chose avec ce mot, je veux bien me faire nonne. »

Antonin commença :

*La nature est un temple où de vivants piliers*
*Laissent parfois sortir de confuses paroles.*
*L'homme y passe à travers des forêts de symboles*
*Qui l'observent avec des regards...*

Pendant ce temps, Catherine ne disait rien. Elle ne disait rien, mais elle n'écoutait pas non plus. Elle se contemplait. Les imbéciles ont cette chance de ne jamais s'ennuyer. Elle regardait amoureusement ses cuisses, essayant d'apercevoir son dos, admirant ses mains avec émotion. Elle osait à peine se toucher, comme enduite d'une couche de beauté qui viendrait d'être peinte.

Antonin continuait à réciter.

*Il est des parfums frais comme des chairs d'enfants,*
*Doux comme les hautbois, verts comme les prairies,*
*Et d'autres corrompus, riches et triomp...*

Antonin s'arrêta. Il avait entendu un gloussement. Juste au passage qu'il trouvait émouvant.

– Je ne vois vraiment pas ce que tu peux trouver de drôle là-dedans.

– On sent tellement que tu voudrais que je trouve ça beau. C'est tordant !

– Ah, tu trouves ça tordant! C'est vrai que c'est vachement moins intéressant que la boîte d'où on vient.

L'alcool et la drogue rendaient Antonin agressif, du moins verbalement. Il reprit :

– Rien. Il n'y a aucune vie en toi, ma grande! Tu ne penses qu'à sortir et à montrer tes fesses, c'est tout. Et en plus, elles ne sont pas géniales.

– Mais ça va! Je n'ai rien demandé! Pour qui tu te prends, à parler aux gens comme ça! J'ai le droit de trouver ce que tu me récites ridicule, non? Merde à la fin... De toute façon, des goûts et des couleurs, on ne discute pas! assena-t-elle sur un ton qui sous-entendait : « L'incident est clos! »

Mais Antonin ne l'entendait pas ainsi.

– Espèce de demeurée mentale... Toute ta vie tu vas te battre pour imposer tes goûts et tes couleurs. Dans ton boulot, avec ton mari, tes enfants.

– Ah! non, pas moi, dit-elle, indignée. Pas avec moi... Je laisse chacun faire comme il le sent. C'est ça, la liberté!

– Pauvre idiote. Quand tu votes, tu essaies d'imposer tes goûts, oui ou non?

– De toute manière, je ne vote pas. Ce sont tous des pourris.

Elle en avait assez de discuter et de se disputer.

– Ce n'est pas possible. Tu es trop con!

Antonin portait moins de haine et de mépris à un assassin qu'à un être qui n'aimait pas ou se moquait de Baudelaire.

– Je vais fermer les yeux et compter jusqu'à dix. Quand je les rouvrirai, tu auras disparu.

– Pas besoin de compter jusqu'à dix. En cinq secondes, je me barre.

La capacité de Catherine à absorber les coups connaissait tout de même des limites.

Elle se rhabilla, prit son sac et, au moment de franchir la porte, se retourna et lança à Antonin :

– En plus, tu baises mal!

# XIX

M. Krystal avait opéré tard dans la nuit. Rentré chez lui, il avait cherché à avancer une étude qu'il préparait sur « L'influence des lieux dans l'œuvre de Diderot ». Il s'était ensuite couché, accablé de fatigue, mais n'était pas parvenu à s'endormir. Quelle était donc la date de composition de *Jacques le Fataliste*? 1773, 1774 ou 1775 ? Et le lieu, Saint-Pétersbourg ou la Hollande ? Aucun chercheur n'avait pu déterminer ces points avec exactitude.

Cela l'avait torturé toute la nuit. A sept heures du matin, il sortit donc de chez lui pour chercher l'inspiration devant la statue de son héros qui veillait sur l'immeuble où habitait son fils.

« L'as-tu écrit d'un trait ou en plusieurs fois ? Te trouvais-tu à Amsterdam ou en Russie ? » Il implorait à présent la statue. « Où est mort Diderot ? Le chanoine Marcel affirmait qu'il était mort à Sèvres et que les siens avaient ramené le corps de sa maison de campagne à Paris. On savait que le curé de Saint-Roch se montrerait plus complaisant que celui de Sèvres et accepterait pour la forme de donner l'extrême-onction à un cadavre. Es-tu mort à Chaillot, dans la voiture où tes amis te transportaient pour t'empêcher d'abjurer tes erreurs ? Es-tu mort le 30 ou le 31 ? »

Bien qu'ayant connu, étant jeune, quelques jolies victoires, M. Krystal n'avait rien de Don Juan. Diderot quant à lui ne ressemblait en rien au Commandeur. Il n'y eut en conséquence rien d'étonnant à ce que la statue demeurât muette.

Dépité, M. Krystal traversa la rue pour arriver pile devant chez Antonin. Mme Duval sortait les poubelles, épiant M. Krystal du coin de l'œil.

– Bonjour, monsieur Krystal. Je vous ai vu parler à votre ami. Comment se porte-t-il aujourd'hui ? demanda-t-elle sans la moindre ironie.

Il était normal que Mme Duval se gardât de toute ironie car c'était M. Krystal qui lui versait ses étrennes. Antonin s'en était chargé une fois, jugeant la somme que son père lui avait allouée trop minime, il avait ouvert maladroitement l'enveloppe qui contenait l'argent et y avait ajouté deux billets de cent francs. Mme Duval vit que l'enveloppe avait été ouverte et resta persuadée qu'Antonin lui avait subtilisé une partie de son dû. Elle se vengeait de cette bonté en racontant dans le détail à M. Krystal tout ce qu'elle apprenait sur la vie privée d'Antonin.

– Bonjour madame Duval. Je ne peux vous répondre. Il a choisi de ne pas m'en faire part.

– Bah, la prochaine fois. Votre fils est là. Il est rentré il y a deux heures à peine. Il devait être un tout petit peu plus de cinq heures puisque je venais de me lever. Il était avec une grande chose blonde. Des jambes, on aurait dit des échasses. Vous me direz, lui aussi, il n'est pas bien gros. Il gagnerait à manger un peu plus. Mais il est toujours si poli et charmant. Et puis tellement instruit. Vous devez être fier de lui.

Mme Duval nourrissait une profonde affection à l'endroit d'Antonin. Si elle le vilipendait quand elle le voyait, elle n'avait de cesse de faire son apologie en présence de tiers.

– Comme l'adage populaire le dit si bien, la pomme ne tombe jamais loin du pommier, répondit M. Krystal pour écourter la conversation.

Les adages perdaient sans doute de leur vertu puisque

celui-ci resta mystérieux pour Mme Duval qui ne saisit point le lien entre les primeurs et l'éducation. Pourtant elle en connaissait, des proverbes ! Elle en avait plein son sac. Si la Pléiade avait pu sortir un recueil de proverbes... pour sûr qu'elle l'aurait acheté. Mais vraiment, celui de la pomme et du pommier, elle ne le connaissait ni d'Ève ni d'Adam.

Elle vit avec tristesse s'éloigner le dos de M. Krystal et resta seule avec son trottoir.

Elle n'accordait pourtant à personne le dernier mot :

– Sauf si le pommier est planté en haut d'une colline. En ce cas la pomme qui tombe continue à rouler, entraînée par la pente.

M. Krystal était trop loin pour entendre.

Pénétrer de plein-pied dans l'intimité de son fils ne dérangeait aucunement M. Krystal. Lui n'était point gêné, pourquoi Antonin l'eût-il été ?

« Après tout, se dit-il, il n'est pas censé savoir que la concierge m'a dit qu'il n'était point rentré seul. »

Il était aussi curieux de voir cette grande chose blonde. Malheureusement pour M. Krystal, Catherine était partie en claquant la porte peu de temps auparavant. Son départ s'était fait à l'insu de Mme Duval qui ne disposait pas d'un système de surveillance dans les toilettes où elle s'était rendue afin de satisfaire un besoin naturel.

Krystal sonna. Antonin ne dormait pas. Le cachet d'ecstasy continuait à agir. Des effets secondaires inattendus se faisaient par ailleurs sentir. Chiffon et éponge à la main, Antonin, animé d'une subite frénésie de propreté, astiquait, briquait, frottait toute chose inanimée de l'appartement. Bastet, craignant que cette furie ne se transposât aux êtres animés, s'était réfugiée sous le lit. Le coup de sonnette fit sursauter Antonin. Il pensa immédiatement que Catherine avait oublié quelque chose.

– J'avais totalement oublié que tu passais, dit-il en ouvrant la porte à Piafka.

Le père et le fils s'embrassèrent machinalement avec cette indifférence qui correspond peut-être mieux que des effusions à des sentiments d'affection solides. Le père d'Antonin portait son ironie des grands jours, c'est-à-dire une expression de visage qui ne lui allait pas et indisposait particulièrement son fils.

M. Krystal fit l'étonné en le voyant habillé :

– A sept heures, ton pandémonium est en ordre et tu es prêt ? Mon fils, laisse-moi te donner l'accolade et ma bénédiction, dit-il sur un ton sarcastique qui ne laissa aucun doute à Antonin : Mme Duval continuait à se mêler de ce qui ne la regardait pas.

– Je n'ai que faire de tes dons ! Tu peux aller au diable ! répondit Antonin que les visites inopinées de son père avaient le don d'exaspérer.

– Allons, allons, est-ce une façon de parler à son vieux père ?

Il porta ensuite son regard autour de lui, tel un adjudant inspectant une chambrée ; la seule différence était la contrition ironique au coin de la bouche.

– Deux verres sur la table, continua-t-il, était-elle shampouineuse ou culturellement plus avancée ?

Ce ton de froid mépris dans la voix ! Antonin aurait voulu lui broyer les os.

– Qu'est-ce que tu espères ? éclata-t-il. Que je vais te tirer Golda Meir ou Marie Curie de dessous les draps ? Est-ce que je vais vérifier qui dort dans les tiens... ? Ils n'ont pas dû voir grand monde depuis que maman est partie !

Antonin sentit aussitôt qu'il était allé trop loin.

– Je te signale que tu es ici chez moi, répondit M. Krystal, vexé, qui aurait bien voulu faire apparaître dans son lit Marilyn Monroe afin de moucher son fils. Rien ne t'empêche de déguerpir si tu en as envie ! Qui es-tu pour t'adresser ainsi aux gens ? Jusqu'à maintenant tu n'as fait que passer des examens faciles quand on a un minimum de mémoire. Tu commences la semaine prochaine chez Zébulon. Nous verrons comment tu t'en sortiras.

– On dirait que tu me souhaites d'échouer !

– Au contraire. Je ne demande qu'à voir et je serai le premier à me féliciter si tu prouves quelque chose, mais vu ton style de vie et l'assiduité que tu mets dans ce que tu entreprends, j'en doute.

– Tu ne demandes qu'à voir... Tu n'as jamais montré le moindre enthousiasme pour ce qui m'intéressait, jamais je ne t'ai entendu me faire le moindre compliment, m'accorder le plus insignifiant des encouragements...

M. Krystal l'interrompit.

– Je t'ai tout donné, je t'ai tout permis. Tu as le présent que tu mérites et tu auras l'avenir de ton apathie. Rien d'autre. C'est toi qui n'as jamais montré d'enthousiasme pour quoi que ce soit. Quant à tes reproches, c'est le rôle du père de mettre son fils sur le chemin le plus sûr, et c'est le rôle du fils de s'en écarter pour prendre des voies aventureuses. Mais l'aventure et toi... Si je n'ai pas montré d'enthousiasme, c'était pour voir si toi tu en aurais. Je ne suis pas un père pélican. Je ne vais pas m'ouvrir la poitrine pour te fournir ta pitance mais, dans mon bec, je t'ai tout de même ramené la banque Zébulon. Burunsky est quelqu'un de très bien. Il y a beaucoup de ton grand-père en lui. Tu as lu son livre, *Soleil noir*, tu peux t'en rendre compte. Tu as aussi lu la lettre que ton grand-père a envoyée à ta grand-mère depuis Drancy, avant d'être déporté. Tu as vu, ils ont la même vision du monde. C'est vraiment quelqu'un de bien ! Comme un second père pour moi.

Antonin avait lu le livre de Burunsky. Il avait également lu la lettre envoyée par son grand-père et remarqué cette similitude dans leur façon de penser.

– Toi, tu n'es qu'un petit-bourgeois ! Tu as toujours tout accepté comme une femme entretenue accepte des robes et des bijoux sans même remercier. Et dire que je t'ai fait venir au monde..., continua son père.

– On croirait que tu m'as accordé une faveur. Ce monde n'existerait pas pour moi si je n'y étais pas venu. Me donner la vie ne te donne aucun droit sur ma liberté. A t'entendre parler, on croirait que tu es venu dans les limbes et que tu m'y as dit : « Excusez-moi, fils potentiel, êtes-vous d'accord pour faire un bref passage sur la Terre, étant entendu que j'y jouerai le rôle de votre père ? » Laisse-moi te rappeler que je n'ai pas été consulté ! Tu veux mon bien, dis-tu, mais comment peux-tu savoir ce que c'est ?

M. Krystal sourit.

– Quand tu déjeunes, je peux deviner ce que tu as mangé, rien qu'en regardant ta chemise. Quand tu ouvres un livre, je peux en deviner l'auteur en écoutant ce qui sort de ta bouche. Moi aussi j'ai lu Simone de Beauvoir.

Antonin rougit et se demanda comment masquer l'exemplaire de *Pyrrhus et Cinéas* posé sur le canapé.

– C'est par pur égoïsme que tu agis ! Tu te mets à ma place et voudrais que j'agisse comme si j'étais toi.

– Et alors, je me fonde sur l'histoire. L'homme préhistorique avait une longévité mesurée et aléatoire. Sa seule garantie, à partir du moment où ses forces l'abandonnaient, était l'amour filial. Plus le fils était fort, mieux cela valait pour lui.

– On est presque au troisième millénaire, toi tu raisonnes avec des arguments datant d'un million d'années avant Jésus-Christ.

– Sautons donc dans le temps. En cette fin de millénaire les pères veulent la réussite matérielle de leur fils parce qu'ils peuvent en profiter comme dans la préhistoire. C'est ce qui reste de l'instinct. Ils peuvent se vanter en parlant avec leurs amis ; et dans un monde où l'argent est tout, ils sont rassurés sur l'avenir de leurs enfants. Voilà ce qui me motive. Je m'inquiète, en effet. Tu es inconsistant. Tu ne t'attaches jamais aux choses pour elles-mêmes, mais selon le prestige que les autres y portent. Tu te moques de tout. Tout t'apparaît sans importance et rien ne mérite qu'on s'y applique.

– Arrête un peu, je suis déjà suffisamment déprimé comme cela sans que tu viennes ajouter tes reproches !

– Tu es déprimé, dis-tu ! Mais veux-tu en savoir la cause ? Tu es déprimé parce que tu n'agis pas. Ton inquiétude n'est que le jeu d'un esprit affranchi des réalités et qui flotte à la dérive. Il faut savoir jeter l'ancre. Va voir dans les mines de cuivre du Chili, dans les rizières du Cambodge, dans les camps de réfugiés du Soudan, dans les bars thaïlandais, dans les montagnes du Timor, dans les rues de Bagdad... Va voir dans tous ces endroits où la dignité humaine est constamment bafouée, où seule la force est respectée, où les seuls ordres qui règnent sont ceux de la terreur et de la misère... Vas-y voir si les gens sont déprimés pour les mêmes motifs que les tiens ! Mais cela ne t'intéresse pas. Pour toi tout est vain sauf, évidemment, ta petite personne ! Tu passes ta vie à tourner les choses et les gens à la dérision. Combien d'années encore crois-tu pouvoir te le permettre ? Cinq ans ? Sept ? Des jeunes gens beaux, dotés d'une bonne éducation, tu sais, il y en a d'autres ! Une fois ta jeunesse évanouie, c'est toi qui deviendras ridicule. Parce que tu n'auras rien fait ! Et tu dis ne pas être vaniteux, mais mon pauvre, tu pues la vanité, elle suinte par tous les pores de ta peau, tu en dégoulines. Ta vie jusqu'à présent n'a été que vanité ! Tes appétits de grandeur et de notoriété se heurteront au mur de la réalité. Souviens-toi que si l'on est reconnaissant aux mauvais de ne pas être pires, on en veut aux bons de ne pas être meilleurs. De toute façon, fais ce que tu veux. Je serai mort quand tu subiras les conséquences de ta façon de vivre.

M. Krystal détestait Antonin quand il sortit de l'appartement, d'une exécration froide faite de rage et de frustration. L'amour tyrannise parfois plus que la haine. Il ne pardonne rien. Le père d'Antonin aimait de cette manière rude qui n'excuse ni ne compatit.

Antonin, qui savait son père cardiaque, s'inquiétait de ce « De toute façon je serai mort... ». Les derniers résultats étaient-ils si alarmants ?

La nuit qui suivit, M. Krystal rêva qu'il se trouvait avec Antonin sur un terrain de rugby. Tous deux y avançaient côte à côte. Dans son rêve, le père et le fils avaient le même âge. Mais, à mesure qu'ils se rapprochaient au pas de gymnastique des deux poteaux de but qui leur faisaient face, M. Krystal reprenait son âge actuel. Puis, subitement, aux trois quarts du terrain, il se sentit emporté par une force irrésistible. Ses jambes avaient une existence autonome et le conduisaient vers l'avant à une vitesse folle. Dans ses mains apparut un ballon de rugby. Il essaya de toutes ses forces de le passer à Antonin, mais le ballon restait collé à ses doigts. Pourtant, il savait qu'il fallait absolument qu'il s'en débarrassât. Il fallait qu'il fît la passe. Tandis qu'il se retournait, il distinguait l'expression d'Antonin qui courait derrière lui, en tâchant vainement de le rattraper, les deux bras tendus vers l'avant pour recevoir la balle. Il vit des larmes de désespoir rouler sur le visage de son fils. Il allait atteindre les poteaux sans avoir pu ou su transmettre le ballon à Antonin quand il se réveilla en sueur. Il était quatre heures du matin.

Au même moment, sur l'autre rive de la Seine, Antonin se réveillait terrifié. Autour de lui, il n'y avait que la nuit, avec ses angoisses et ses peurs. Et soudain il trouva la réalité bien plus effrayante que son cauchemar. Il venait de faire exactement le même rêve que son père.

## XX

M. Krystal avait raison, son fils se dispersait, rien n'avait de véritable sens pour lui. Antonin n'avait plus d'unité d'idéal, pas d'unité dans le travail, pas plus d'unité divine ou d'unité dans l'amour. Si sa foi dans les autres était faible, sa foi en lui était nulle. Vagabond de la volonté, *heimatlos* de l'énergie, apatride de l'action, son seul foyer était la contemplation de soi-même.

Il lui fallait trouver un acte qui, en l'engageant tout entier, justifiât son existence.

« Rien de plus terrible que d'exister sans vivre ! » se disait-il en descendant prendre son petit déjeuner au café.

Il trouva Mme Duval qui nettoyait la cour en y balançant de lourds seaux d'eau.

– Vous avez de la chance d'avoir un tel père. C'est un vrai monsieur ! lui dit-elle quand Antonin la salua.

– Si j'en avais eu un autre, je n'aurais pas été moi-même, répondit Antonin.

– Vous auriez été encore plus bête, se pressa-t-elle de dire.

Antonin se dit qu'il ne servait à rien d'essayer la finesse avec Mme Duval. Sa simplicité aurait toujours le dernier mot.

Quand il atteignit la porte d'entrée, il l'entendit derrière lui :

– Pensez à lui dire bonjour de ma part.

– A qui? demanda Antonin.

– A votre père, voyons!

– Mais vous venez à peine de le quitter.

– Il vaut toujours mieux deux fois qu'une! lança-t-elle en même temps qu'elle balançait un dernier seau d'eau sur le sol humide de la cour. Cela s'appelle la politesse. Mais c'est trop vieux pour que vous sachiez ce que c'est, la politesse. C'est de mon temps, pas du vôtre. Aujourd'hui, quelle sale époque!

Passant le seuil de la maison, Antonin se dit d'abord que le plus beau temps était celui de *sa* jeunesse, puis qu'il devrait se faire établir une carte de visite qui refléterait ce que l'ensemble de ses connaissances percevait de lui. La carte serait libellée ainsi :

Antonin
Fils de Michel Krystal

Nul besoin d'ajouter quoi que ce fût.

Avant d'entrer au café, il passa par le kiosque à journaux où il prit *Libération*.

Il lut le titre qui s'étendait en caractères gras sur la première page : « ALLIANCE POPULAIRE, ON BUTE GRATIS. »

Une photo du jeune Marocain qui avait succombé aux balles des racistes illustrait ce titre. On le voyait debout dans la rue, la bouche boudeuse et les joues encore gonflées par l'enfance, avec sur son épaule un sac de lycéen. Il était mort, mais il continuait à vivre sur ce trottoir avec ses évidences et ses mystères. Il échappait au temps par la magie de la photographie.

« Cette photo, c'est lui et c'est nous, se dit Antonin. Aujourd'hui c'est nous, demain ce seront d'autres nous... J'aurai beau scruter cette petite surface d'éternité, l'essentiel risque de m'échapper. »

Pour la première fois depuis longtemps, Antonin pleura sur quelqu'un d'autre que sur lui-même.

En rentrant dans le café, il fut un peu déçu que personne n'ait eu l'occasion de constater qu'il était un garçon sensible. Il découvrait les charmes de la compassion. Quand on lui eut servi le café et qu'il eut mordu dans un croissant, il commença à lire l'article qui concernait l'affaire. Il y apprit, entre autres, que le Premier ministre, plutôt que de témoigner de la sympathie de l'ensemble des Français en allant réconforter la famille de la victime, avait choisi de se déplacer à Strasbourg afin de soutenir un ministre de sa famille politique bousculé par les médias et l'opinion publique.

« Il y a des gestes qui, accomplis par une certaine personne à un certain moment, rentrent aussitôt dans l'histoire et la marquent irrémédiablement. La génuflexion de Brandt au ghetto de Varsovie en est un exemple. Le même principe s'applique aux gestes politiques qui ne sont pas effectués par une certaine personne à un moment donné. Le Premier ministre gardera les stigmates de son manque de cœur », se disait Antonin.

Il apprit également dans l'article que des manifestations de protestation contre l'Alliance populaire étaient organisées simultanément à Marseille et à Paris, place de la Concorde à dix-neuf heures.

« La moindre des choses serait d'y aller », se dit Antonin.

A la Concorde, il devait y avoir tout au plus cinq mille manifestants. Ils étaient de tous âges. Les jeunes juifs et les jeunes beurs s'étaient retrouvés pour crier leur indignation commune.

Devant l'obélisque de Louxor fut déposée une gerbe. On respecta une minute de silence. On entendit crier : « Vallen, assassin ! Vallen, assassin ! »

Antonin rentra frustré de la manifestation. Par instinct, il répugnait aux actions collectives. Il était trop indépendant. Cependant, servir une idée, travailler à une œuvre générale lui paraissaient nobles.

« Pour influer, il faut s'associer, mais pour rester libre on doit rester seul. Comment concilier ces deux désirs ? Ce n'est pas en groupe qu'on fait les choses. Au lieu d'être plus fort, on est plus faible car chacun freine l'autre de peur qu'il ne se démarque. »

Crier son indignation devant un public déjà convaincu servait-il à quelque chose ? Les dirigeants de l'Alliance populaire devaient bien rire en ce moment.

– Cinq mille personnes, voilà leur réaction si on tue un bicot ! Nous, quand on fait un meeting, on est près de cinquante mille. Vous vous êtes comptés aujourd'hui, nous on se comptera demain.

Leur meeting annuel devait se tenir le lendemain au Bourget, ainsi que l'avait annoncé le journal. Durant le reste de l'après-midi, Antonin réfléchit à ce qu'il pouvait faire de plus digne.

Les idées nous viennent-elles des sentiments ou sont-ce les idées qui provoquent les sentiments ? En d'autres termes, Antonin voulait-il s'engager parce qu'il avait été ému par l'image du jeune Marocain ou parce que cette indignation préexistait déjà en lui et que son esprit se contentait de saisir au passage ce qui viendrait apaiser sa soif d'indignation ? La plupart des gens pensent que leurs idées leur sont dictées par la raison ; or, dans la vie, ce sont nos besoins qui se saisissent d'une cause capable de leur donner du repos. L'engagement ne naîtrait pas de la raison mais d'un état d'esprit : volonté de tuer, haïr, de se sacrifier.

« Réellement, je ne vois pas ce que je peux faire », se disait Antonin en caressant le dos de Bastet qui ronronnait d'aise.

De dépit il alluma la télévision. Sur Canal + était diffusé *Robin des Bois* avec Errol Flynn. Le shérif de Nottingham s'apprêtait à éventrer un braconnier qui avait tué un cerf sur les terres royales quand Robin des Bois intervint.

Shérif de Nottingham : *Qui vous donne le droit d'interférer avec la justice du roi ?*

Robin des Bois : *Je vous retourne la question : qui vous donne le droit d'en abuser, vous et votre maître, le prince Jean ?*

Shérif de Nottingham : *Je lui passerai le message au dîner des barons, ce soir à Nottingham.*

Robin des Bois : *Ah, oui... le dîner des barons ! Peut-être irai-je lui porter le message moi-même.*

Shérif de Nottingham : *C'est un dîner de Normands.*

Robin des Bois : *Allons, allons, ne vous inquiétez pas ! Je porterai un pince-nez. En outre, le prince Jean a besoin qu'on lui dise les choses en face et pas simplement devant les murailles de son château. Oui, c'est une excellente idée ! Dites-lui que je serai là ce soir !*

Shérif de Nottingham : *Même votre insolence n'oserait pas une telle chose.*

Robin des Bois : *Voulez-vous prendre un pari là-dessus ?*

Le soir même, Errol Flynn, *alias* Robin, entrait tel un demi-dieu dans la salle de festin, le cerf sur ses épaules, et, devant le prince Jean entouré de ses hommes d'armes, le jetait sur la table dressée pour le festin, puis, après un « *Greetings, everyone* », lui disait ses quatre vérités en face.

« Ça c'est une excellente idée, se dit Antonin. Voilà quelque chose qui a de la gueule. Robin n'est pas allé organiser une manifestation au plus profond de la forêt de Sherwood ! Il est allé là où est le danger, dans la gueule du loup. Voilà ce qui fait de lui un héros. C'est un signe du destin. L'Alliance populaire organise un meeting demain. J'irai dire en personne à Xavier Vallen le félon ce que je pense de lui. »

Même Robin des Bois s'était fait accompagner par un troubadour, qui l'assista dans sa fuite, alors que les flèches lui sifflaient aux oreilles.

Bien que Philippe ne sût pas chanter, ce fut tout de même lui qu'Antonin alla voir pour lui demander de l'escorter.

Sa femme, Florence, lui ouvrit la porte. Dans ses bras elle portait le fruit de ses amours avec Philippe.

– Antonin ! Quel bon vent t'amène ? Cela faisait longtemps... Comment va le beau dilettante ?

– Pas mal, pas mal...

– Attends, je vais appeler Philippe. Philippe !

– J'arrive ! entendit-on du fond du couloir.

Florence se tourna ensuite vers Antonin.

– Cela ne t'embête pas d'éteindre ta cigarette ? Je ne te demande pas ça pour moi, mais pour le bébé. Philippe n'a pas le droit de fumer dans la maison et il ne s'en porte pas plus mal...

– Tu parles, dit Philippe d'un ton exaspéré.

– Ah, je t'en prie, Philippe. On ne va pas en discuter à nouveau. Je croyais qu'on était d'accord. Tu n'as qu'à verser de l'arsenic dans le biberon du bébé. Comme ça, tu iras plus vite !

– Pas la peine d'exagérer, se défendit Philippe.

– Tu n'as vraiment aucune parole. Je croyais que tu étais quelqu'un de responsable... Je vois que tu subis de mauvaises influences, dit-elle en regardant Antonin du coin de l'œil. Bon, je vous laisse, je vais donner le bain au petit parce que ce n'est pas toi qui le feras, n'est-ce pas ? Quant à ton ami Antonin, je doute qu'il sache un jour s'occuper d'un bébé...

– Comment peux-tu dire cela ? s'exclama Antonin. Je m'occupe parfaitement de Bastet.

– Quand j'entends quelqu'un comparer un bébé à un chat, il me prend des envies de sortir un revolver !

– Elle n'est pas toujours comme ça, dit Philippe une fois Florence partie.

– J'en suis sûr. Elle doit être pire parfois. Montre ta joue. C'est le bébé qui t'a griffé ?

– Bon, ça va... au cas où on te demande... !

Philippe eut un sourire fataliste.

– Tu veux boire quelque chose, Antonin ? demanda-t-il en le conduisant au salon.

– Non, ça va. Je voulais juste te parler.

Philippe s'enfonça dans un fauteuil.

– Tu as vu le jeune beur qui s'est fait buter par les mecs de l'Alliance populaire ? commença Antonin.

– Oui, quelle bande de salauds ! C'était un gosse. Il revenait d'une répétition de rap. Ils lui ont tiré dans le dos. J'ai vu ça aux informations.

– Et tu as vu que l'autre face de rat a parlé de « légitime défense » ?

– Peut-être bien qu'il jouait du rap dans la rue. C'est sans doute ça qui les a effrayés... Tu te rends compte : de la musique de noir en plein Marseille. Leurs tympans risquaient de crever. C'était l'hémorragie interne assurée. Après tout, la légitime défense est justifiée. Il ne faut jamais se fier aux apparences...

– Je trouve ça dégueulasse, dit Antonin. La France a toujours été une terre d'accueil.

Philippe, dont l'un des grands-pères était né à Naples, ironisa :

– Ça ne s'est jamais fait dans la joie. C'est du vent, cette histoire d'assimilation généreuse. Les intégrations se sont toujours opérées dans la douleur ! On crachait au visage des Italiens quand on ne les rouait pas de coups. Pour les juifs étrangers, il y eut un pogrom policier organisé au niveau du pays. Les seuls pour lesquels ça s'est passé pratiquement sans douleur, ce furent les Polonais. Et encore, parce qu'ils étaient tellement catholiques... On a beau être à la fin du deuxième millénaire, l'homme voit encore le monde en termes de tribus et son instinct premier est de détester ceux qui ne font pas partie de la sienne. Si on laissait les gens libres d'agir, il y aurait en Europe les mêmes massacres qu'au Rwanda ou au Burundi ! Tu n'as donc pas encore compris que tout ce qui est différent attire l'antipathie ?

– Tu as tort. La France est un pays fantastique. Un pays où tout est possible. La plus grande générosité y coïncide avec la pire des mesquineries. Aujourd'hui, la France se cherche. Il ne s'agit pas de comprendre le monde, mais de le changer. Je sais que les hommes n'ont pas changé depuis le temps des mammouths et des tigres à deux dents. Ils n'ont pas plus de raisons d'être généreux que leurs aïeux du temps de l'homme des cavernes. Quelqu'un a écrit que le genre humain renaît à chaque génération et il a tout à fait raison. Ton bébé, quand il ouvre les yeux sur notre monde civilisé, y jette exactement le même regard que s'il était né cent mille ans plus tôt. En quelques années, il doit refaire un chemin qui a pris à l'homme des dizaines de milliers d'années.

– Tu veux dire que j'ai mis au monde un rescapé du Neandertal ?

– Non. C'était simplement pour te montrer que cette histoire de races est totalement ridicule. Ce qui importe, c'est le milieu dans lequel on vient au monde.

– Et qu'en tires-tu comme conclusion?

– Je rends hommage à ceux qui sont dans la mouise et ne votent pas pour une idéologie qui propose des solutions flattant l'instinct bestial de l'individu. Par ailleurs, je suis complètement de ton avis. La crise que l'on pensait être une fausse note, venant rythmer tous les vingt ans la partition de la croissance économique, fait maintenant partie intégrante du mouvement social. Dans ces conditions, rien de plus normal qu'il y ait un regain de racisme, d'antisémitisme et de xénophobie. La crise voyage toujours avec ces trois gais lurons. Pour revenir au Marocain qu'ils ont buté, j'ai eu l'idée de me rendre demain au meeting de l'Alliance populaire. Dès que Vallen arrivera sur la tribune, j'y monterai à mon tour pour lui crier au visage qu'il est un raciste. Tu veux venir avec moi?

– Très drôle, très drôle...

– Je te jure que je suis sérieux!

– Sérieux? Tu es malade plutôt! Je n'ai pas envie de passer le restant de ma vie dans une chambre d'hôpital! Ni de me faire démonter la gueule. C'est superdangereux! Ils ont des brutes ignobles dans leur service d'ordre. Tu vas te faire massacrer.

– Et toi, tu as vu la vitesse à laquelle tu conduis ta caisse?

– Je ne vois pas le rapport!

– Je vais te le dire, moi, le rapport. Il y a près de dix mille tués sur les routes par an, sans compter une centaine de milliers de blessés...

– Oui, mais ta gueule, tu n'es pas obligé de te la faire péter!

– La vitesse, ils peuvent la limiter à soixante-dix kilomètres heure. Ça éviterait des milliers de victimes. Tu as plus de risques de mourir sur la route dans l'année si tu continues à rouler aussi vite, que moi en allant à ce meeting.

– Tu es vraiment toujours aussi con, mon pauvre Antonin! Qu'est-ce que tu cherches? Une cause? La vérité, elle est en toi-même. Il n'y a pas de meilleure cause que la tienne. Celle des autres, tu t'en fous. Ce n'est pas la tienne. Tu seras forcément malheureux à la défendre. Tu veux que je te dise ce que tu es en train de faire, Antonin?

– Vas-y!

– Tu es tout simplement en train de rechercher un prétexte pour te prouver ton héroïsme à toi-même. A toi ou à ton père, je ne sais pas.

– Laisse mon père en dehors de tout ça. Je ne lui en ai même pas parlé, dit Antonin, vexé que son ami osât toucher une corde qu'il savait sensible.

– Ton père ou pas, on s'en fout. Le fait est que tu es en train d'essayer d'échapper à ton ennui et à ta solitude par une soi-disant action d'éclat. Tu agis pour croire, mais tu n'agis pas parce que tu crois!

Philippe était ravi de sa dernière remarque. Il se promit de la ressortir au tribunal. Il ajouta :

– Tu es cent pour cent bidon! Qu'est-ce que tu as en commun avec les Marocains?

– Rien, apparemment.

– Et alors?

– Et alors, quoi? Je ne le fais pas simplement pour eux, je le fais aussi pour moi, pour que la France dans laquelle je vis soit un pays où l'on ne puisse plus tirer à vue sur un adolescent parce qu'il est noir ou basané. Parce que je veux une France dans laquelle j'aime vivre.

– Je suis sûr que tu n'en as rien à foutre d'eux!

– C'est pas le problème!

– Mais qu'est-ce que ça t'apporte? Qu'est-ce que ça changera, même pour eux?

– Tu ne connais pas le bonheur que procurent les actions gratuites. Tu te souviens de la fille avec le bébé? On l'a croisée l'autre jour sous la pluie.

– Oui. Tu lui as donné ton parapluie et on est rentré trempé!

– Tu m'as traité de malade.

– J'ai dit aussi que tu essayais de draguer la fille.

– Non, non. Cela me faisait plaisir de me voir en train de lui donner le parapluie et de la voir l'accepter.

– C'est bien ce que je disais, tu es un malade!

– Tu sais de quoi tu souffres, toi?

– Non. Dis-le moi...

– De la maladie des Gorgones. Tu t'es changé en pierre ! Tu es devenu une statue de toi-même ! Tu deviens un vrai avocat, Philippe ! Fais gaffe, ce métier commence à déteindre sur toi. La manière dont on agit modifie la personnalité.

– Réfléchis, soupira Philippe sur un ton qu'il voulait compatissant.

– Il ne faut jamais réfléchir. Une fois qu'on a décidé d'agir, on n'a plus le droit de réfléchir. Sinon, tout le monde réel s'engouffre en toi et tu n'agis plus. Tout est affaire de volonté !

– Que de grands mots dans une si petite bouche ! Derrière ta soi-disant générosité, c'est l'égoïsme qui se cache.

– Face à un projet dangereux, il n'y a que deux façons de réagir : l'imiter ou le blâmer. Tu es trop trouillard pour m'imiter, alors, évidemment, tu préfères trouver toutes les plus mauvaises raisons du monde pour me dire que j'ai tort !

– Assez ! Tu peux te casser. La porte est grande ouverte. Je ne te retiens pas !

– Toi, il n'y a que la lâcheté qui te retienne, conclut Antonin en se dirigeant vers la porte.

Bien qu'il se soit rendu des dizaines de fois chez Philippe, en quittant l'appartement, Antonin y devina pour la première fois les ambitions avortées de son ami, ou plutôt de son « ancien ami ».

On aurait dit que Philippe attendait avec impatience la broutille qui lui permettrait de se vexer et de ne pas avoir à se reprocher de laisser tomber Antonin. On perd toujours l'amitié de ceux qui perdent notre estime. Pourtant, Antonin avait toujours eu jusque-là le souci de ne jamais en venir à la rupture avec Philippe. Un refroidissement de leur amitié valait mieux qu'une déclaration de guerre.

« Pourquoi ne peut-il pas faire preuve de générosité ? se demandait Antonin en sortant. S'il ne veut pas se rendre au meeting, pourquoi déprécier ce que je veux faire ? Peut-être que les traits de caractère sont fixés en nous comme une superstition. Tout comme on ne peut passer sous une échelle, on ne peut pas accomplir un acte que toute notre vie passée réprouve puisqu'on n'en a jamais fait ou imaginé de semblables. Être Errol Flynn ne s'improvise pas. C'est un long apprentissage. »

Pourtant, secrètement, Antonin jalousait Philippe. Car ce dernier n'était pas contraint sans répit à s'efforcer de mériter l'admiration des autres et pouvait tranquillement se laisser aller à être lui-même. Antonin ressemblait à ces filles toujours regardées et qui en secret envient celles qui peuvent sortir sans se préoccuper de savoir si elles sont aussi belles qu'à l'accoutumée.

Pendant que ces réflexions animaient Antonin, Philippe restait assis dans son fauteuil. Il se voyait, prisonnier de son salon petit-bourgeois, près de la chaîne compact, englouti par sa famille, se mettant à son niveau médiocre et mesquin. Il appartenait à sa femme et à son bébé. C'est à eux qu'il devait à présent son temps, et non à Antonin et à ses généreuses lubies. Il sentait la médiocrité l'envahir, mais qu'y faire ? Pourquoi lutter ? Le bonheur n'était-il pas ici, à sa portée ?

« A l'impossible, nul n'est tenu. »

Ainsi se consolait Philippe, remerciant Dieu de lui avoir envoyé un proverbe. Au pied du mur, les deux amis s'étaient révélés.

« N'est-ce pas par amour pour moi-même que je m'arroge les souffrances d'autrui ? » se demandait néanmoins Antonin.

Dans un sens, Philippe n'avait pas tort. Le souci principal du héros est toujours d'éprouver sa valeur et de saisir toute occasion pour se mettre à l'épreuve. Antonin écrivit une déclaration destinée à éclairer la signification de son acte et la confia à Mme Duval dans une enveloppe fermée afin qu'elle la portât le lendemain à treize heures à l'AFP.

*En traitant le président de l'Alliance populaire de nazi, j'ai voulu témoigner que la jeunesse française est révoltée par la présence sur la scène politique d'individus qui suscitent la haine et, par voie de conséquence, sont directement respon-*

*sables de la mort d'immigrés, tel ce jeune Marocain assassiné lâchement dans le dos par des membres de son parti.*

*Oui, Xavier Vallen est un nazi !*

*Ce n'est pas le diaboliser, c'est tout simplement dire la vérité sur le fond de son idéologie et sur celle du noyau dur qui l'entoure. Il faut lire les cinquante propositions élaborées par Vallen pour se rendre compte que son ambition est de devenir à la suite de Darquier de Pellepoix un nouveau commissaire général aux questions maghrébines. Il s'agit d'un catalogue d'absurdes mesures policières et inhumaines qui auraient dû conduire son auteur à briguer non la présidence de la République, mais l'asile de Charenton.*

*L'Europe ne sera pas le fruit de simples changements économiques, l'Europe ne sera européenne que si elle s'attache à certaines valeurs morales, si elle pratique l'exaltation d'une certaine manière de penser et de sentir, la flétrissure d'une autre, la glorification de certains héros, la démonétisation d'autres.*

*Les pays ont beau se replier sur eux-mêmes, il n'empêche que nous devenons de plus en plus conscients de cette force latente qui amenuise les murs qui nous séparent et donne au monde une sorte de transparence. A travers nous-mêmes, nous pouvons voir les autres.*

*Cependant, Français de cœur et d'esprit, je peux comprendre que ceux qui ont appris les vers de Racine, les stances de Corneille, les sonnets de Baudelaire, le nom de tous les départements à l'école, je puis comprendre que ceux-ci se sentent plus Français que ceux qui ont acquis cette nationalité de fraîche date. Mais j'estime aussi que la France est trop grande pour n'être qu'un pays ; que la France est plus qu'une Nation : une civilisation ; j'estime que si les transfusions sont possibles dans le corps des hommes, elles le sont aussi dans les veines des Nations. J'estime que les capitaux étrangers accueillis avec tant de chaleur asservissent bien plus la France que les visages des soi-disant basanés. Le génie de la France est toujours d'avoir su intégrer à plus ou moins long terme, et plus ou moins douloureusement au cours de son histoire, les immigrants. L'idée qu'un peuple se fait de son passé contribue à forger son avenir ! Les immigrés continueront à apporter à la France de nouvelles facettes à l'éclat de son génie. Ce qu'il faut régler, ce n'est pas le sort des immigrés, mais les problèmes matériels qui font obstacle à cette intégration ! Ce ne sont pas des lois nouvelles qu'il faut à ce pays, mais un nouvel état d'esprit ! Un état d'esprit dans lequel l'Alliance populaire n'aurait pas de place.*

Le texte était pompeux. Il y avait là un peu de Hugo et des emprunts à des auteurs inconnus mais Antonin Krystal trouvait que tout cela avait de l'allure. Son plan était simple : il entrerait au meeting avec le public, se glisserait près de l'estrade et, au moment où Xavier Vallen arriverait sur la tribune, il s'y hisserait et le traiterait de nazi devant ses milliers de supporters. Il y avait une chance sur deux qu'il se fît expulser directement du meeting par les membres du service d'ordre et autant de chance, ou plutôt de risque, qu'il fût sérieusement maltraité mais : « *A vaincre sans péril on triomphe sans gloire.* »

Antonin voulut donner une seconde chance à Philippe. Il lui laissa un message sur son répondeur, lui fixant rendez-vous, au cas où il aurait changé d'avis, à quatorze heures devant le cinéma *Rex*. Puis il déjeuna avec son père à qui il n'avait toujours rien dit.

– Tu ne manges pas ? demanda Krystal.

– Non, je n'ai pas très faim aujourd'hui.

– Tu fumes trop. Tu veux que je te montre les radios des poumons des fumeurs cancéreux ?

– Sois sympa. Pas maintenant.

En vérité, Antonin mourait d'angoisse. Non pas des conséquences de son acte, mais parce qu'il avait peur de ne pas avoir le courage de l'accomplir. Sorti de chez Piafka, Antonin se rendit au cinéma où il attendit jusqu'à quatorze heures trente que Philippe ne vienne pas. Cela le renforça dans sa détermination. Se sentir seul dans une cause qu'il estimait juste l'emplissait d'un sentiment de bravade. Il pouvait affronter le monde entier.

Il monta dans un taxi.

– Au Bourget, s'il vous plaît.

– Ça roule, fit le chauffeur. Ça fait plaisir de prendre

un jeune qui va voir notre Xavier Vallen national. Et encore, il a toute la presse contre lui. Vous avez vu ce qu'ils inventent ?

– Oui. C'est honteux, dit Antonin pour mettre le chauffeur en confiance.

– Ils le traitent d'Hitler alors qu'il est pour la préférence nationale. Xavier Vallen, c'est un numéro. Il n'a pas sa langue dans sa poche, lui !

De la poche intérieure de sa veste il sortit alors son portefeuille.

– Regardez donc, ça va vous faire plaisir ! dit-il en se retournant de trois quarts vers Antonin.

– Qu'est-ce que c'est ?

Il se tourna de profil et lui montra son portefeuille avec une visible satisfaction.

– Vois, petiot. C'est la carte de l'Alliance et je l'ai depuis 1975, moi ! Tu tétais encore ta mère à cet âge-là.

– Ma mère venait de mourir en 1975.

– Mon pauvre petit. Je ne voulais pas te causer de tristesse. Tiens, pour la peine, je t'offre la course.

Antonin se tut le restant du trajet. A l'arrivée, le compteur affichait deux cents francs. Antonin voulut payer, mais l'autre refusa son argent.

Autour du Bourget, c'était l'état de siège. Des barrières métalliques bordaient l'entrée. L'endroit prenait des allures de place forte. Au guichet, Antonin acheta un ticket d'entrée. Il aurait préféré resquiller plutôt que de donner cinquante francs à l'Alliance populaire, mais il aurait trop risqué de se faire repérer. Quand il entra, la fête battait déjà son plein, on trouvait de tout : merguez, bowlings improvisés, stands de gaufres, de livres, de gadgets aux armes de l'Alliance.

Antonin joua un moment aux boules, mais il n'arrivait pas à se concentrer. Puis il traîna un peu dans la grande halle. Il sourit à quelques jeunes filles, discuta longuement avec une vieille dame qui votait Xavier Vallen parce qu'elle ne supportait plus l'odeur d'agneau grillé de ses voisins de palier maghrébins.

Il se rendit ensuite sous le chapiteau. La salle était survoltée, acquise au président de l'Alliance populaire. Sur la tribune, Raton, le secrétaire général de l'Alliance, chauffait la salle en conspuant les immigrés, les journalistes et le « lobby juif international ». Près de quarante mille supporters n'en finissaient pas d'applaudir. L'orateur comparait Xavier Vallen à Jésus-Christ.

La résolution d'Antonin fit place à de l'amertume. La tribune était beaucoup trop haute. Et aucune marche ne permettait d'y accéder, excepté celles situées à droite et à gauche, qui étaient gardées par d'imposants cerbères. Les photographes et les caméras de télévision avaient accès à un petit espace installé au bas de la tribune. Antonin se précipita vers l'estrade, mais la route lui fut coupée par deux costauds au poil ras.

– Votre carte de presse ?

– Je ne l'ai pas.

Ils le repoussèrent sans ménagement.

Profitant de la cohue, Antonin se mêla à un groupe de journalistes et réussit à se glisser dans l'endroit réservé aux médias en présentant sa carte de membre du *Paradis*. Il savourait sa débrouillardise quand il entendit derrière lui :

– Tiens, qu'est-ce que tu fous là ?

Celui qui s'étonnait si aimablement de sa présence était l'ami d'un bon copain à lui. Antonin lui expliqua son projet. L'autre prit un air dubitatif, mais promit d'essayer de le filmer en pleine action.

Antonin n'était pas très courageux, il s'en était rendu compte à plusieurs reprises. Il s'efforçait d'éviter de penser au danger. De savoir que l'intérêt de tous serait concentré sur lui le mettait mal à l'aise. Pour l'instant, il était concentré sur l'objectif : c'est toujours sur place qu'il faut tracer son plan de bataille. Les circonstances sont si peu prévisibles qu'il est inutile d'imaginer le pire à l'avance. Il préférait improviser sur le moment.

Son moral était bas. Seul le soutenait la certitude que, s'il tournait les talons sans avoir tout essayé, il serait encore plus malheureux.

Il aurait voulu avoir une fille à qui téléphoner. Une fille qui manifesterait plus de confiance en lui que lui n'en avait en lui-même. Une fille en qui il se reconnaîtrait tel qu'il voulait être réellement.

Les grands hommes, Alexandre, les Gracques, Épaminondas, faisaient la chaîne du fond de l'histoire afin d'apporter à Antonin de quoi éteindre l'incendie de la peur qui brûlait en lui. Quel meilleur moyen pour y arriver que d'évoquer aussi les héros de Howard Hawks ! Dans ses films, l'individu ordinaire est confronté à des circonstances extraordinaires et devient lui-même extraordinaire. L'action dans laquelle il est engagé n'est pas le fruit du hasard mais du libre arbitre. Ses héros agissent par grandeur d'âme, pour sauvegarder le respect qu'ils ont d'eux-mêmes et, par un effort de volonté, s'élèvent au-dessus de leur condition.

« Après tout, se disait Antonin, rien ne forçait John Wayne à lutter contre le clan Burdett dans *Rio Bravo,* rien n'obligeait Bogart à s'engager en faveur des résistants français dans *Le Port de l'angoisse,* nul n'ordonnait à Cary Grant de risquer sa vie pour que le courrier arrive à destination au-dessus de la cordillère des Andes dans *Seuls les anges ont des ailes.* »

Une musique assourdissante le tira de ses réflexions. Xavier Vallen allait arriver. De toute part les gens hurlaient :

– Vallen président ! Vallen président !

Antonin ne s'était jamais senti plus froid, plus vif, plus exact, plus tranchant qu'aujourd'hui. Son intelligence procédait par éclairs. Tout se traduisait en actes. Il n'y avait ni rêve, ni mollesse, ni emportement, ni doute, ni hésitation. Il n'y avait que l'action. L'idée qu'il avait de lui-même le motivait. Une sorte de somnambulisme s'était emparé de lui.

« Qui va nourrir Bastet ce soir, s'il m'arrive quelque chose ? » se demanda-t-il soudain.

La musique redoubla.

Xavier Vallen allait arriver d'une seconde à l'autre.

Antonin héla son copain le journaliste :

– Tu me fais la courte échelle, le voilà !

– Ne fais pas le con. Tu vas nous faire choper !

– Tu avais juré !

– C'est pour ton bien !

– Espèce de minable.

Xavier Vallen était là.

« Je ne vais quand même pas le louper parce que je ne suis pas assez grand ! Ce serait trop con. »

Antonin vit la caisse en métal dans laquelle l'autre rangeait son matériel.

– Qu'est-ce que tu fous ?

– Je te l'emprunte, juste une seconde.

– Déconne pas ! Ne me force pas à appeler le service d'ordre.

– Fais ça et je te crève les yeux. Je te retrouverai et je te jure que je te les crèverai.

Il dit cela avec un tel regard de haine que le type resta sans voix.

Le public était en délire.

Antonin approcha la caisse de la tribune. Il monta dessus. Même en tendant les bras, il lui restait près d'un mètre à franchir.

Un des membres du service de sécurité venait de le repérer et rappliquait.

Antonin n'avait plus que quelques secondes.

« Mon Dieu, c'est haut. Je n'y arriverai jamais. Allez ! Essaie au moins ! Tu ne vas pas te faire prendre sans avoir essayé. »

– Hep, là-bas !

Le gorille était à quelques mètres derrière Antonin.

– Hep, toi là-bas ! répéta-t-il.

Antonin fixa le bord de la tribune. Brutalement ses nerfs se détendirent. Ses bras partirent en avant et, d'extrême justesse, il réussit à s'agripper. Tirant de toutes ses forces, s'aidant des pieds et cambrant les reins, il fut sur l'estrade en une seconde.

Il était à deux mètres de Xavier Vallen. Il ne regarda ni n'observa le personnage. L'homme lui-même n'était qu'un portemanteau sur lequel pendaient ses actes. Voilà ce qui comptait aux yeux d'Antonin : les actes et leurs significations, mais pas l'enveloppe charnelle. Autant était-il capable de décrire Bastet avec la plus grande des précisions, autant il serait resté silencieux si on lui avait demandé de décrire Xavier Vallen.

Il savait qu'il avait gagné ! Il entendit des cris derrière

lui mais il n'y prêta pas attention. Il n'avait plus peur! De toutes ses forces, il hurla au visage de Xavier Vallen :

– Vallen raciste! Vallen nazi!

Les gardes du corps se jetèrent sur lui, le ceinturèrent, le traînèrent derrière l'estrade. Antonin se laissa faire. Le traînaient-ils vers la sortie? Il le saurait dans quelques secondes.

En fait ils débouchèrent sur un grand hangar vide. Ils le jetèrent violemment à terre et le rouèrent de coups de pied et de coups de poings. Ils lui retirèrent ses chaussures et son pantalon. Ainsi ils le rendaient encore plus vulnérable.

« Heureusement que j'ai mis un caleçon », se dit Antonin.

Curieusement les coups ne lui faisaient pas mal. Les membres de certaines sectes arrivent à se mettre dans un tel état d'exaltation qu'ils ne ressentent pas les brûlures. C'est sans doute ce qui se passait avec Antonin.

Soudain les coups s'arrêtèrent.

– Qui était avec toi? lui demanda-t-on.

Il réfléchit à quoi répondre, cracha un peu de sang par la bouche, reprit sa respiration et sourit; il remarqua que sourire le faisait souffrir puis il se tourna vers ses bourreaux dont il vit les visages pour la première fois et leur dit :

– Donald le Canard.

– Tu vas voir ce que c'est de se foutre de notre gueule. Tu ne ressortiras pas vivant d'ici!

Les coups redoublèrent. Mais Antonin ne regrettait pas sa réponse. Il continuait à sourire quand un coup de pied lui ferma l'œil gauche.

Les coups pleuvaient.

Antonin commença à paniquer. « Ils vont me tuer. » Et les propos des brutes n'étaient pas là pour le rassurer.

– Coupe-lui les couilles.

– Lâche les clebs!

Une fille déboula soudain. Antonin, allongé en chien de fusil, ne vit que ses jambes qu'il jugea un peu épaisses à son goût. Il remarqua qu'elle portait des bas. Elle hurla :

– Vous êtes fous. Vous allez le tuer, bandes de brutes !

– De quoi tu t'occupes, salope ? s'exclama un gorille au regard bovin.

– Pardon ? dit la fille d'un ton qui ne laissait pas place à la réplique.

– T'es complètement barge. Tu vois pas que c'est..., murmura un orang-outan au gorille grossier.

– Je m'excuse. Je ne vous avais pas reconnue.

– File, morveux, dit-elle à l'adresse d'Antonin. Et vous, assurez-vous qu'il sorte en vie du Bourget ! On serait bien embêté si on avait son cadavre sur le dos !

Antonin se leva et s'efforça de marcher avec dignité. Il est extrêmement difficile de conserver un semblant de dignité quand on marche en caleçon et en chaussettes, le visage tuméfié, l'œil gauche fermé, avec du sang vous coulant du nez et de la bouche, tremblotant sous le coup du choc nerveux.

A l'une des sorties qui débouchait sur une nationale, se tenait un autre membre du service d'ordre, grand, épais, la quarantaine, moustachu. Ceux qui avaient passé Antonin à tabac étaient toujours sur ses talons.

– Hé Robert ! dit l'un d'eux en s'adressant au gros moustachu, le loupe pas, celui-là. Il a traité Vallen de raciste.

– Et alors, qu'est-ce qu'il y a de mal ?

– Il ne l'a pas fait d'une façon sympa !

Le moustachu avança vers Antonin. Il ne le loupa pas. La gifle qu'il reçut de toute volée lui fit franchir trois bons mètres en vol plané. Curieusement, il ne ressentit rien, pas même une atteinte à son orgueil. Il avait fait ce que d'autres n'avaient jamais osé faire, le reste n'était que de la foutaise.

– Maintenant, laissez-le sortir. La prochaine fois tu ne t'en tireras pas à si bon compte. On te massacrera !

Une fois dehors, Antonin tenta de faire du stop, mais aucune voiture ne s'arrêtait. Il était néanmoins heureux. Petit à petit, il prenait conscience d'avoir agi. Après dix minutes d'attente, une voiture de police freina. Un policier noir en sortit. Un Antillais. Antonin se dit qu'il allait lui baiser les pieds pour ce qu'il venait de faire.

– Vous l'avez bien cherché ! fut sa seule réflexion quand Antonin lui eut raconté son exploit.

Il remonta dans sa voiture et s'en alla. Peu de temps après, une autre voiture de flics le conduisit au commissariat où on prit sa déposition.

On le reconduisit ensuite chez son père qui avait entendu la nouvelle à la radio. Un journaliste de l'AFP avait assisté au passage à tabac avant d'être repoussé par le service d'ordre. Le lendemain, la presse ne parlait que d'Antonin. Il donna des interviews à des chaînes de télévision et à des hebdomadaires. Le surlendemain, les médias l'avaient déjà oublié.

Du coup de pied qu'il avait reçu dans l'œil gauche il résulta une perte d'acuité visuelle de cinq dixièmes. On craignit même un temps qu'il ne restât borgne. Antonin commençait déjà à lire de son œil droit les biographies et mémoires de Raoul Walsh, John Ford, Fritz Lang et André de Toth quand la dextérité et le traitement laser d'un fameux ophtalmologiste lui évitèrent le port du bandeau noir. Mais sa myopie augmenta encore considérablement. Ce halo à travers lequel il percevait à présent les gens, les paysages et les événements ne fit qu'accentuer la tendance qui était la sienne de se réfugier dans son monde.

# LES DIEUX NE SONGENT QU'À DORMIR

## II

*« Comment peut-on apprendre à se connaître soi-même ? Jamais par la méditation, toujours par l'action ! »*

Goethe

# I

– Stop ! Arrêtez-moi ici, dit Antonin au chauffeur de taxi.

– Ici ? Je croyais vous avoir entendu dire quand vous êtes monté : « Chez Zébulon » ! Si c'est chez Zébulon que vous allez, vous avez encore une bonne centaine de mètres à parcourir !

– Cela tombe bien ! répondit Antonin. J'en profiterai pour faire un peu de sport.

– Du sport ! Cent mètres ? Vous appelez ça du sport ? s'exclama le chauffeur avec un dégoût profond dans la voix, car chaque dimanche il courait sa dizaine de kilomètres dans le bois de Vincennes.

– Considérant mes aptitudes physiques et ma consommation journalière de cigarettes, couvrir une distance de cent mètres est pour moi un sport de haute compétition. Voilà cinquante francs. C'est bon, vous pouvez garder la monnaie.

– Vous voulez que je vous suive avec la voiture pour voir si vous ne vous évanouissez pas ? lança le chauffeur, mais le fumeur avait déjà claqué la portière.

Antonin avait caressé le projet d'arriver pour son premier jour de travail chez Zébulon en Rolls-Royce blanche avec, en guise de chauffeur, une superbe jeune fille vêtue d'une casquette et d'un tout petit bikini. Il n'avait malheureusement trouvé ni la Rolls ni la jeune fille, il dut donc garder la casquette et le bikini au fond d'un tiroir pour une prochaine occasion.

En comparaison de ce qu'il avait espéré, il lui semblait mesquin de se contenter d'un simple taxi. Mieux valait arriver à pied. Antonin, qui avait l'esprit plein de héros flamboyants, faisait les choses en grand ou ne les faisait pas du tout ! Il aimait que le silence se fît quand il entrait dans un lieu public. Une caisse de résonance à ses actions lui était constamment nécessaire. Il mettait beaucoup d'art dans sa vie, mais ne mettait pas encore suffisamment de vie dans son art, c'est-à-dire dans son roman. En lui, il y avait un besoin maladif de séduire. Cependant, pour atteindre ce but, il n'était prêt à aucun compromis. Antonin voulait imposer sa personnalité, sans ruse, sans manœuvre, sans fourberie, être aimé tout simplement pour ce qu'il était et non pour ce que les autres auraient souhaité qu'il fût.

Sur le boulevard Haussmann, il marchait rapidement en slalomant entre les piétons. Sous le bras il portait l'épais dossier signalétique que tous les cadres commençant à travailler chez Zébulon devaient remplir. Le nom de la banque figurait en lettres capitales rouges sur la page de garde. Tandis qu'il cheminait le paysage et les passants prenaient une apparence nouvelle. Peu de temps auparavant, les visages qu'il croisait dans la rue lui semblaient mornes, sans relief. Il en bâillait d'ennui. Aujourd'hui il découvrait en chacun une particularité qui le ravissait. Il aurait voulu parler à tout le monde. Malheureusement la France est un pays qui se prête mal aux marques spontanées d'amitié ou d'affection. Aux États-Unis, en revanche, les Américains ont créé un mot de deux lettres, le *hi* qui permet, en saluant sans raison spécifique les visages que l'on trouve sympathiques, de témoigner de son propre bonheur de vivre. Antonin aurait voulu saluer la ville entière. Il aurait voulu saluer ces inconnus qui passaient, portant en eux un monde singulier et irremplaçable.

« Quelle belle journée ! » se dit-il.

Au bord du trottoir, un balayeur activait la coulée d'eau.

« Comme les choses seraient différentes si, au lieu de travailler pour une des plus grandes banques du monde, je balayais les rues de Paris ! La beauté d'un lieu ou d'une œuvre dépend de l'état d'esprit dans lequel on se trouve. Tout est beau parce que je suis joyeux ! »

Naguère si prompt à mépriser le travail, Antonin se sentait heureux d'aller travailler. Le paradoxe n'était qu'apparent : on est souvent séduit pour un temps par des formes de vie opposées à celle que l'on a menée. Aussi Antonin était-il ravi d'adopter cette existence nouvelle. Enfin son âme allait être occupée, ses efforts tendraient vers un but, il allait pouvoir s'oublier lui-même ! Ce n'était pas la récompense de l'action qui l'animait, c'était l'action elle-même. Pour la première fois de sa vie, il comprenait que le bonheur consiste à s'occuper passionnément de quelque chose.

L'air du matin lui soufflait une énergie bienfaisante. Le ciel était d'un bleu tout propre, presque déshabillé de nuages ; et ceux qui demeuraient n'étaient porteurs d'aucun chagrin. Des enfants se rendaient à l'école en remontant leur lourd cartable sur leurs épaules.

« Un paysage de rentrée de classes. Une rentrée avec des professeurs et des élèves inconnus. De nouveaux amis et ennemis en perspective. En fin de compte, je ne vois pas de différence entre l'école et le travail. On y reçoit des bons ou des mauvais points. On est mis au piquet ou à la porte. Il y a des chouchous et des souffre-douleur, des cancres et des forts en thème. C'est du pareil au même ! La vie se répète sans cesse. »

Antonin se gratta l'oreille en cherchant une idée sur la fuite du temps qui ne fût pas une simple formule mille fois rabâchée et fut désolé de n'en point trouver. Au loin, il crut reconnaître un de ses camarades de lycée, Frank Béru, dit « Ruru », mais à mesure que sa silhouette se rapprochait il se rendit compte de sa méprise. « Ruru » avait un nez aquilin, celui-ci un petit nez en trompette. « Ruru » était gros, le passant était longiligne. « Ruru » n'avait pas de taches de rousseur, l'inconnu en était mitraillé.

« Je suis devenu complètement miro ! », se dit Antonin avec tristesse. Il savait qu'il ne pourrait se résoudre à porter des lunettes. Être décrit comme « un jeune homme brun à lunettes » eût été pour lui la suprême humiliation.

La dégradation de son acuité visuelle lui fit prendre conscience qu'il irait en se dégradant jusqu'à sa mort. Il en irait de même intellectuellement : c'est dès l'âge de dix-huit ans que les cellules de nos neurones cessent de se renouveler ! Oui, c'est à partir de dix-huit ans que l'on commence à devenir vieux ! Seuls les traits de caractère sont préservés, figés en eux-mêmes par le poids des habitudes.

Le fil de ses réflexions le mena face au perron de la banque. Deux femmes, vêtues de l'uniforme de Zébulon, le précédaient.

– Huit heures cinq, dit l'une d'elles. On n'est pas trop en retard. Tu n'auras pas besoin de dire que tu as dû accompagner ton fils chez le docteur. Tu es *safe*, ma grande, pour aujourd'hui.

– Pour aujourd'hui. Mais je commence à en avoir ma claque de la tension qui règne dans cette foutue boîte. Travail ! Toujours du travail ! Encore du travail ! Ce n'est pas une vie, ça ! Tu as vu comment ils nous parlent ? Comme si on était des moins que rien. Comme si on n'existait pas. On dirait qu'ils se prennent pour les rois du monde... Ce sont vraiment des pourris !

Elles parlaient à voix haute quand elles sentirent une présence à leurs côtés. Elles se retournèrent et aperçurent Antonin qui portait le dossier signalant son statut de cadre. « Mon Dieu, avait-il entendu ?... Allait-il les dénoncer au directeur du personnel ? En ce cas, bonjour l'ANPE ! »

Antonin, ne sachant pas quoi dire, leur fit un grand sourire qu'il tâcha de rendre le plus niais possible. Le regard des deux jeunes femmes s'adoucit.

– Vous savez, on disait ça pour rire. N'est-ce pas, Violaine ? dit la première en se tournant vers sa collègue.

– Tout à fait. Tout à fait. On répétait une pièce de théâtre... Pour le comité d'entreprise.

– Et moi, je jouais le rôle de l'héroïne.

– Violaine ! dit sa collègue d'un ton de reproche.

– Ne vous en faites pas, fit Antonin. Je suis d'accord avec vous. Ce sont vraiment tous des abrutis !

– Vous ne nous dénoncerez pas, alors ?

– Bien sûr que non. Je ne vous dénoncerai pas ! Vous pouvez me croire. Croix de bois, croix de fer, si je mens je vais en enfer.

Sur ces mots, afin de sceller son serment, il cracha par terre.

Cette attitude lui fit aussitôt perdre le respect des deux femmes car ce dernier se mesure à l'importance qu'on attache à sa position sociale. Il s'en rendit compte mais, chez certaines personnes, le besoin de rabaisser la classe à laquelle ils appartiennent devant ceux qui aspirent à y entrer est trop fort pour qu'ils y résistent. Antonin aimait à s'insurger contre le groupe avec la bonne conscience d'accomplir des actions à la fois généreuses et transgressant les règles au profit d'une loi supérieure. Sa vertu en sortait satisfaite tout comme son penchant à une certaine forme d'anarchie.

– Quelle heure avez-vous ? demanda Antonin subitement.

– Huit heures cinq, répondit Violaine.

– Huit heures cinq ?

– Oui, exactement, répéta-t-elle, sur un ton à nouveau peu rassuré.

– A bientôt, leur lança-t-il en redescendant les marches.

Il venait de se souvenir qu'il avait rendez-vous avec Burunsky à huit heures trente et non à huit heures précises. Il regrettait de s'être pressé.

– Tu as vu comme il est chou, gloussa l'une des deux secrétaires, une fois qu'il se fût éloigné.

– Oui, mais il ne faudra pas trop le fréquenter. Il n'a pas très bon genre. Tu as entendu ça, « Tous des abrutis ». Ça ne se fait pas de dire des choses pareilles. Ce n'est quand même pas à lui de cracher dans la soupe !

– C'est sur le trottoir qu'il a craché, pas dans la soupe.
– Violaine !

De telles remarques n'eussent pas surpris Antonin qui savait depuis longtemps que, afin de forcer le respect, il convenait de traiter les gens avec hauteur. L'instauration d'une certaine distance entre patron et employé étouffe l'envie du subordonné dans l'œuf tandis que la simplicité excessive suscite en lui la rancœur. Quoi de plus normal ? On le laisse se comparer ! Un employé ne doit jamais pouvoir se comparer ! Les formes sont là pour cela ! Elles permettent aux iniquités de perdurer car on prend rapidement l'habitude de l'injustice. Un banquier ne doit pas traiter d'égal à égal avec sa secrétaire. Il ne doit jamais tenter d'amorcer des rapports d'amitié voués à l'échec quand l'argent entre en ligne de compte. Seul l'amour est parfois assez puissant pour arriver à abaisser ces barrières, et encore... Pas de place pour la grandeur d'âme dans les rapports de travail. Inévitablement, il arrive un moment où l'employeur méprise son employé parce qu'il le paie, tandis que l'employé déteste son employeur parce qu'il est payé par lui. Ce n'est pas en adoptant une attitude bienveillante et humaine que l'on se fait aimer. L'erreur des gens généreux est de croire à la réciprocité de leur générosité.

Antonin n'était pas si généreux qu'il voulait le croire. Le voisinage des classes dites populaires lui était souvent pénible. Il souffrait de leur manque de culture, de leur forme d'intelligence qui n'était qu'un bon sens pratique, de leur inaptitude à l'abstraction. Il réprouvait également leur sentimentalité, leurs effusions en public, leur franc-parler qu'ils appelaient sincérité, leur propension à se laisser entraîner par le premier démagogue venu. Son respect de la personne humaine, Antonin le devait à un long apprentissage, à une éducation ferme et à une volonté résolue et non pas à une inclination naturelle vers la fraternité, l'égalité ou l'amour du prochain. C'était son attachement à la dignité de l'homme en général qui l'empêchait de mépriser ses semblables et non un attachement à l'homme en particulier.

Il descendit les marches du perron qu'il venait de gravir et se dirigea vers un kiosque où il acheta un hebdomadaire. Sur la couverture figurait le coq gaulois, perché sur un tas de purin. « QUEL AVENIR POUR LA FRANCE ? » était le titre de la semaine.

En prenant son café, il pensait que, si le pouvoir lui était attribué, il redonnerait à la France sa véritable vocation : « *France, mère des arts, des armes et des lois* », déjà annoncée par du Bellay cinq siècles auparavant. Voilà ce que devrait être la France aujourd'hui.

Lutter pour que la société se développe harmonieusement en favorisant les arts, car la France était passée du rang de créatrice à celui de gardienne de musées, les statues étaient devenues de grotesques assemblages de canettes de bière et de roues de bicyclette et, sur les tableaux, on ne distinguait que le monochrome noir du manque d'imagination.

Soutenir les armes parce que c'était là le seul moyen de conserver à la fois indépendance et influence de par le monde et parce que c'était la nature du peuple français. Ne parlait-on pas jadis de la *furia francese*?

Enfin, développer les lois afin d'y faire rentrer à nouveau la notion de justice : la loi, c'est Créon, la justice c'est Antigone; la loi, c'est : « Vos papiers », la justice c'est : « Circulez ! »; la loi, c'est le revenu miminum d'insertion, la justice, c'est un salaire culturel pour tous; la loi, c'est l'outrage public à la pudeur, la justice, ce sont les amoureux qui s'étreignent; la loi, c'est remplir les prisons, la justice, c'est une instruction poussée pour tous afin d'empêcher qu'elles se remplissent.

A huit heures vingt, après avoir pensé à ne pas oublier de faire figurer ces considérations dans son journal intime, Antonin remonta les escaliers de la banque d'un pas léger. Il se sentait à l'aise dans son costume italien et rêvait tout haut au fil des marches :

« *Do you think you're good enough ?* », se demandait-il.

Il répondit positivement.

« J'ai assez d'argent, une certaine expérience de la vie, de bonnes lettres de recommandation. Je suis plus ou moins libre et j'ai l'âge où l'on peut compter sur la chance à condition d'avoir un brin de courage et une physionomie agréable. Bientôt, tout ce que je dirai sera aussitôt repris par le *Wall Street Journal* ou le *Financial Times*. Je serai recherché pour mes conseils. J'aurai une cour. On me flattera. On cherchera à m'amuser. Par la seule force de ma pensée, je sauverai des entreprises en difficulté et j'épargnerai le chômage à des milliers d'hommes et de femmes. Je traiterai d'égal à égal avec les chefs d'État ou les Premiers ministres. Burunsky, qui n'a pas d'enfants, m'adoptera. J'hériterai de son immense fortune. A trente ans, je serai président de Zébulon. La renommée fera de moi une froide intelligence, mais tous ceux qui me rencontreront seront ébahis par ma gentillesse, ma modestie et ma compréhension. Le *Time Magazine* me consacrera sa couverture... »

Voilà quel était l'état des réflexions d'Antonin tandis qu'il franchissait le seuil de Zébulon.

C'est le désir d'être reconnu, de briller et de s'affirmer qui pousse les hommes à agir. Le désir de devancer les autres, de les éclipser. Voilà quels sont les véritables moteurs des hommes. Cela ne signifie pas pour autant qu'ils ne peuvent accomplir des actes admirables, mais ils sont presque toujours animés par des considérations égoïstes.

Antonin voulait affronter la société. Il n'était encore rien, mais il se sentait grand et désirait tout. Peut-être était-ce d'ailleurs parce qu'il désirait tout qu'il se sentait grand...

Il ignorait cependant que tous les talents et tous les avantages du monde sont inutiles si celui qui en est doté ne sait les mettre à profit. Il lui serait bientôt donné de l'apprendre.

## II

Tous les jours, sur le palier d'un immeuble de l'avenue Mozart, un homme recevait un baiser prodigué par une femme qui depuis longtemps avait appris à ne plus aimer le front qu'elle embrassait.

– Je suis en retard, disait Burunsky à sa femme. J'ai rendez-vous avec le petit Krystal dans trois minutes et je ne suis pas encore parti !

Il détestait ne pas être à l'heure.

– Ce qui différencie l'homme de l'animal, c'est ce consentement sans contrainte extérieure à certaines obligations, disait-il. L'ordre ne connaît pas de degrés. Il est absolu et indivisible. Il existe ou il n'existe pas, mais il ne tolère ni concessions ni compromis.

Burunsky avait su mettre son génie de l'ordre dans les affaires. De complexion, il était petit, mince, presque chétif, paraissait jeune de loin, protégé par sa silhouette d'adolescent, mais vieux de près, car rien ne masque la vieillesse. Ce n'était pas un bel homme. Son corps était trop maigre, d'une sécheresse théâtrale. Pourtant, de ses yeux émanaient éclat et sensualité. Ses lèvres laissaient échapper parfois un sourire de politesse et d'ironie, mais jamais de franche amitié. Son regard ne trahissait jamais ses intentions ou les mouvements de sa pensée.

Toujours impeccablement soigné, Brummell de la

finance, il ne sortait jamais de son affabilité, ayant la chance de disposer de gens pour se montrer désagréables à sa place.

Burunsky avait atteint un âge où l'on inspire pitié et mépris si l'on est sans argent. Il était sans doute un des hommes les plus influents de France et il travaillait comme s'il allait vivre toujours. Son insatiabilité lui était parfois reprochée dans un murmure, mais qu'est-ce qui pouvait rassasier un tel être, épris d'absolu, adorant le jazz, collectionneur d'éditions originales, d'œufs Fabergé et de chefs-d'œuvre de la peinture contemporaine ?

Ses journées se passaient souvent à entretenir par téléphone ou par fax de courtois échanges d'idées avec les dirigeants de multinationales un peu partout de par le monde. Burunsky avait compris que la société ne lui devait rien et que, s'il désirait quelque chose, c'était à lui d'aller le chercher. Les heures de labeur l'épuisaient mais ne le fatiguaient point. Il ne trouvait aucune formalité ennuyeuse, ayant conscience de participer à un dessein qui le dépassait : l'accroissement de sa fortune ! Celle-ci, immense, était répartie dans une toile d'araignée de comptes, de propriétés, tissée autour du globe. Fortune qui comprenait le capital, le revenu du capital et le revenu du revenu du capital. Il vivait plutôt chichement sur ce dernier.

Burunsky gérait cette fortune personnellement avec son ordinateur de la banque. Nul ne pouvait y avoir accès, un code de cinq chiffres étant requis pour faire apparaître les informations sur l'écran et effectuer la moindre opération. Personne ne le connaissait, excepté Burunsky.

On était en droit de se demander s'il n'en avait pas assez d'accumuler des richesses. Ne pouvait-il pas déjà acheter tout ce qui retenait son œil, depuis un vase Ming chez Sotheby's jusqu'à un château sur la Loire ? Non, il n'en avait pas assez ! L'argent représentait un moyen pour tenir son rang.

Burunsky savait que, plus une fortune est élevée, plus

elle prend des proportions himalayennes, plus ses dimensions sont mythiques, plus l'attraction devient irrésistible.

Il est certain que les métiers influent sur les caractères : les professeurs sont souvent aigris, les médecins volontiers rabelaisiens, les avocats suffisants, les conseillers ministériels arrogants, les commerçants cupides. Peut-être Burunsky avait-il été léger, espiègle, dissipé et distrait, mais son masque, ou ce qui fut un jour son masque, avait pénétré sous son épiderme et il était devenu ce qu'il voulait autrefois paraître. Un esprit spirituel et vif détonnerait chez un banquier et chez l'auteur de *Soleil noir.* Burunsky était par conséquent grave et austère. Il convient cependant de noter à son crédit que, bien que constamment surchargé de rendez-vous, d'appels téléphoniques, de responsabilités diverses et, lui aussi, de problèmes personnels, il ne trahissait jamais sa nervosité et recevait tout le monde avec la plus grande des courtoisies.

Comme les hommes, les bureaux ont aussi leur âme. Celle-ci se compose de la personnalité de ceux qui y travaillent, des dimensions des locaux, de la couleur des meubles, de leur forme, de leur position, de l'éclairage, du genre de travail que l'on y accomplit et de mille autres détails. Il y a des bureaux accueillants et moroses, sereins et mornes, ou simplement quelconques. Leur aspect ne dépend même pas du but qu'ils servent. Le bureau des impôts ou d'une entreprise de pompes funèbres peut avoir une atmosphère agréable, tandis que celui d'une maison qui vend des objets d'art, des fleurs ou d'autres articles évoquant la beauté et la sérénité peut faire penser à une morgue. Ce n'est pas l'article vendu ou le service proposé qui détermine l'atmosphère, ce sont ceux qui les vendent ou qui les dispensent.

Chez Zébulon, le décor était en harmonie avec les âmes. Les locaux étaient étroits, la moquette dénudée, les meubles, les bureaux, les chaises et les fauteuils avaient dû connaître de meilleurs jours du temps de la construction de la Bourse.

– Pourquoi ne remplacez-vous pas les canapés de la salle d'attente ? avait-on demandé un jour à Burunsky. Ils sont pleins de trous.

– Donnez-moi le nom d'un seul client que nous ayons perdu à cause des trous dans les canapés et je m'engage à les changer, mais pas avant, avait-il répondu.

## III

C'est avec dix minutes de retard qu'Antonin poussa la porte du bureau de Burunsky. Il le trouva agenouillé par terre, caressant son labrador sur le ventre. Aux gémissements de plaisir que poussait le chien et à sa queue qui frappait l'air de droite à gauche et de gauche à droite, on pouvait penser que le chien appréciait cette attention.

La pièce était vaste, entièrement tapissée de livres alignés sur des rayons de bibliothèque. La cheminée supportait un buste représentant le premier des Zébulon.

Burunsky regarda Antonin comme s'il en savait plus sur lui qu'Antonin lui-même et lui dit :

– Ne soyez pas étonné. Comme disait Henri IV à l'ambassadeur d'Espagne qui l'avait trouvé à quatre pattes, jouant avec sa progéniture : « Vous savez sans doute ce que c'est, monsieur l'ambassadeur, que d'avoir des enfants ? »

– Lui le savait peut-être, mais moi pas ! Je n'ai qu'une chatte et je ne crois pas qu'elle apprécierait votre chien.

La nature d'Antonin voulait que sa désinvolture augmentât selon son degré d'intimidation.

– Il faut que je vous montre ce que Dow Jones sait faire. Allez mon chien, montre à M. Krystal ce que tu as appris avec papa Félix. Allez, Dow Jones, mets-toi sur tes pattes arrière et tu auras un sucre. Nous y avons travaillé toute la matinée d'hier. Voilà, c'est un bon chien, ça... Prends ton sucre.

Le chien prit son sucre, il y eut un silence. Burunsky adopta un air qui convenait plus à un pareil entretien et demanda :

– Comment va votre père ? Je ne l'ai pas vu depuis bien longtemps. Je l'ai eu, bien entendu, au téléphone. Nous avons longuement parlé de vous... S'intéresse-t-il toujours autant à Diderot?

– Cela lui arrive, coupa rapidement Antonin qui ne souhaitait pas entendre des anecdotes touchant à la vie privée de son père.

– Vous, Antonin, c'est la première fois que je vous vois. Tournez un peu la tête vers moi. Mais c'est que vous êtes beau comme une icône! Cela me fait réellement plaisir de vous rencontrer. Je voudrais que vous deveniez une sorte de fils pour moi aussi. Je tenais également à vous féliciter pour votre action héroïque au meeting de l'Alliance populaire. Il fallait vraiment avoir du cran pour oser faire ce que vous avez fait.

– Merci, merci, coupa Antonin qui détestait qu'on lui parlât de ce qu'il avait déjà accompli, préférant que la conversation portât sur ce qu'il pouvait faire.

Cela ne l'empêcha pas néanmoins de se réjouir. « Que je devienne une sorte de fils pour lui, cela s'annonce plutôt bien pour l'héritage. »

Burunsky reprit :

– Vous savez que des liens très forts m'unissent à votre père. Votre grand-père s'est sacrifié pour que je puisse témoigner. Je ne l'oublierai jamais. Je m'en suis acquitté du mieux que j'ai pu dans *Soleil noir*.

– Merveilleusement bien, fit Antonin. C'est vraiment un livre qui restera. Un classique.

– Vous le pensez vraiment?

– Bien sûr, et je ne suis pas le seul. Vous avez su, contrairement à beaucoup, mettre en avant l'événement terrible que vous viviez. Devant de telles tragédies, les fioritures intellectuelles ne comptent pour rien. Elles retirent du poids à la tragédie et cela, vous l'avez bien compris. Tout comme mon grand-père, d'ailleurs.

– Vous voulez parler d'Aaron Krystal ?

Burunsky avait prononcé le nom du grand-père d'Antonin sur un tel ton qu'on aurait cru que ce dernier lui appartenait.

– Bien sûr ! Il a écrit de Drancy des lettres remarquables à ma grand-mère. Il avait réussi à les faire sortir du camp contre des paquets de cigarettes. Malheureusement, mon père n'a retrouvé qu'une seule lettre, mais on sait qu'une dizaine d'autres ont été cachées quelque part par ma grand-mère. Elle est morte... Vous avez dû avoir de longues conversations avec lui à Drancy, n'est-ce pas ?

– Oui. Pourquoi me demandez-vous cela ?

– En raison de la similitude de pensée entre vous. Il m'a suffi de lire une lettre de lui pour le savoir.

– C'est-à-dire ?

– Déjà à l'époque vous pardonniez tout en demandant que l'on n'oublie pas !

– Et les autres lettres, s'inquiéta Burunsky, elles sont vraiment introuvables ? Vous avez cherché partout ?

– Oui... Tout au moins nous le pensons.

Suivirent une dizaine de secondes de silence et Burunsky reprit :

– Oui, vraiment, des liens indéfectibles m'attachent à vous et à votre famille. C'est la raison pour laquelle j'ai tant poussé votre candidature, bien qu'elle ne présentât pas tous les critères requis.

Antonin ne savait que penser. A cet instant, il hésitait entre la reconnaissance et l'aigreur. Reconnaissance pour la faveur dont il avait été l'objet, aigreur en raison du manque de tact dont Burunsky faisait preuve.

Celui-ci continua :

– D'ailleurs, vous ne pouvez pas savoir le nombre de lointains cousins que je découvre depuis que je suis à ce poste. Mais, que voulez-vous, le sens de la famille me contraint parfois à m'incliner. On pourrait appeler ça du népotisme, mais vous connaissez peut-être ce vers de Hugo : *Booz était bon maître et fidèle parent.*

Si Antonin connaissait ? Évidemment qu'il connaissait ! Il ne se priva pas de le démontrer à Burunsky, en déclamant les vers qui suivaient immédiatement et qui ne pouvaient laisser son interlocuteur indifférent.

*Il était généreux quoiqu'il fût économe.*
*Les femmes regardaient Booz plus qu'un jeune homme*
*Car le jeune homme est beau, mais le vieillard est grand...*
*Et l'on voit de la flamme dans les yeux des jeunes gens.*
*Mais dans l'œil du vieillard, on voit de la lumière.*

L'œil de Burunsky s'enflamma.

« Enfin quelqu'un qui connaît Hugo », se dit-il.

– Je n'insinue pas que vous soyez un vieillard, reprit Antonin.

– Vous le pouvez, malheureusement. Autrefois je connaissais des centaines de vers par cœur. J'ai tout oublié à présent.

Burunsky prit durant quelques secondes l'air résigné du garde sur un mirador qui voit fuir un prisonnier qu'il sait être hors d'atteinte de son fusil. Du haut du mirador de sa vieillesse, Burunsky voyait s'échapper tout un escadron de strophes et de vers. Il savait qu'ils ne seraient jamais repris.

Ils évoquèrent ensuite divers autres sujets. De Hugo ils rebondirent sur Jeanne d'Arc, Antonin considérant que Hugo et la Pucelle étaient les plus grands hommes français ; de Jeanne d'Arc ils passèrent au cinéma, Burunsky estimant que l'ascension des femmes dans la société s'était faite dans un sens contraire à celui des actrices ; du cinéma ils abordèrent l'art en général, Antonin ayant constaté que les films d'hier étaient bien meilleurs que ceux d'aujourd'hui et se demandant si certains genres artistiques ne parvenaient pas à un sommet duquel ils ne pouvaient que redescendre en raison des changements sociaux intervenus.

Antonin était à présent libéré de toute timidité. La culture lui permettait de parler d'égal à égal avec des gens bien plus fortunés ou avancés socialement.

Après une demi-heure de discussion, Antonin adorait Burunsky et Burunsky commençait à nourrir un grand faible pour Antonin.

– Écoutez, Antonin. Je vous appelle par votre prénom, vous permettez ? reprit Burunsky.

– Mais bien sûr ! Vous le faites depuis que je suis arrivé.

– Je m'excuse, mais vous êtes tellement jeune.

– J'ai toujours été très jeune pour mon âge, répondit Antonin.

– C'est amusant cela... Je tâcherai de m'en souvenir.

Ils restèrent tous deux un moment silencieux comme s'ils se jaugeaient.

– Laissez-moi vous poser une question directe et franche, reprit Burunsky.

– Allez-y.

– Cela vous gêne-t-il d'être entré chez nous par piston, comme on dit vulgairement ?

Antonin fut à nouveau déconcerté par cette franchise. « Pour être directe et franche, elle est directe et franche, ta question ! se dit-il. Mais qu'est-ce qu'il veut que je réponde ? Il se moque de moi ! »

Comme Antonin restait silencieux, Burunsky reprit :

– Imaginez, Antonin, que l'on réussisse à supprimer l'inégalité de rang et de fortune. Imaginez-le un instant. Qu'arrivera-t-il, à votre avis ?

« Mais il se paie vraiment ma tête », fulmina Antonin en répondant d'une voix lasse qu'il ne savait pas.

– Il restera l'inégalité naturelle biologiquc. L'inégalité sociale est une victoire sur la nature. Une victoire sur la fatalité des chromosomes ! L'inégalité est sans aucun doute la plus belle conquête de l'homme ! Cela vous dégoûte, Antonin, de voir une belle fille entrer dans un restaurant avec un petit gros vieux et chauve ?

Antonin répondit « oui » comme il aurait pu répondre « non ».

– Moi, ça me remplit de plaisir. Non pas d'un plaisir vicieux, mais d'un plaisir humain. Je suis attendri en pensant à ce que serait le cours des choses si on laissait faire la nature. Je me dis qu'un vigoureux jeune homme aurait dû être à sa place.

– A la place du petit gros ou de la blonde ?

La plaisanterie d'Antonin tomba à plat car Burunsky,

qui n'aimait rien autant que les monologues, ses monologues, n'écoutait plus que le son de sa voix.

– Il y a dix mille ans, le petit gros n'aurait pas eu droit au moindre morceau de bifteck et la jolie blonde aurait demandé à son vigoureux ami de l'étrangler. Antonin, ne trouvez-vous pas que la civilisation a effectué un gigantesque progrès ? L'inégalité biologique est autrement plus cruelle que l'inégalité sociale, croyez-moi ! Les hommes n'ont pas beaucoup changé depuis dix mille ans. L'homme est le même partout. Dans un désert, celui qui a la gourde a le pouvoir. Dans notre société, c'est celui qui a l'argent.

Burunsky, à court de formules, se tut un moment puis continua :

– Vous devriez m'arrêter quand je m'égare ainsi, Antonin, mais parler avec des esprits cultivés devient si rare aujourd'hui que j'en profite...

– Vous exagérez.

– Non, non, je n'exagère pas le moins du monde.

Burunsky jeta un œil à la pendule sur son bureau.

– Le temps passe et je voulais aborder avec vous des choses sérieuses. Laissez-moi jouer le rôle du radoteur. Croyez-moi, ce n'est pas là un de mes rôles favoris, mais j'ai promis à votre père que je veillerai sur vous. Dans la mesure de mes possibilités, évidemment. Je vais vous donner quelques règles que, je l'espère, vous suivrez : ne soyez que rarement aimable envers vos subordonnés. Si vous l'êtes en toutes circonstances, on trouvera cela normal sans vous être reconnaissant. Si vous êtes dur, on vous sera reconnaissant les rares fois où vous vous comporterez d'une façon aimable. Ensuite, ne vous livrez jamais à personne. Quelque grande que soit l'amitié, ne révélez pas vos défauts. « Ne montre pas le doigt malade, sinon chacun y viendra frapper », dit un proverbe polonais. Enfin, le seul sentiment désintéressé que vous trouverez ici, c'est la méchanceté. Les gens font le mal pour le plaisir de le faire car l'unique manière de connaître véritablement son pouvoir est de l'utiliser et d'en observer les conséquences. Je vous l'ai dit, j'userai de mon crédit en votre faveur, comme j'ai pu le faire après le rapport du psychologue...

Antonin restait silencieux.

– Alors, comme ça, vous n'aimez pas les moustaches ?

– Blondes, seulement les moustaches blondes, répondit Antonin d'une voix presque inaudible tout en vouant le psychologue aux pires damnations.

– Mais savez-vous, cher ami, que les deux hommes qui ont le plus marqué ce siècle, nés la même année, sont perçus comme des sosies en raison de leurs moustaches, à la fois cause de leur ressemblance et de leur dissemblance ?

– Qui ? demanda Antonin, ne voyant pas où Burunsky voulait en venir.

– Charlot et Hitler, voyons ! Le juif et le nazi. Je suis sûr qu'on pourrait en déduire des tas de choses. Le nazi vit accroché à sa moustache tandis que le juif se la colle pour faire comme tout le monde. Jeune, Hitler n'avait pas de moustache, avec, il est devenu le Führer. Sans moustache, Chaplin était l'homme le plus puissant d'Hollywood, mais, dès qu'il se la collait, il redevenait Charlot le vagabond.

Antonin et Burunsky remirent ensuite Hugo sur le tapis. Ils récitaient ensemble *Ce siècle avait deux ans*, Dow Jones couché à leurs pieds, quand un homme entra.

– Voici Lebel, mon plus proche collaborateur. Il assure la *day to day* direction de Zébulon. Un homme de qualité, même si cela ne se voit pas. N'est-ce pas, Lebel ?

– Oui monsieur, flagorna l'autre.

– Antonin, vous travaillerez sous sa responsabilité directe et lui m'en rendra compte.

– Volontiers, répondit Antonin qui pensait qu'il n'avait jamais vu une tête pareille depuis que Caligula avait nommé son cheval consul.

– J'en ferai plus que mon premier collaborateur, dit Lebel, j'en ferai un ami !

« Mon Dieu, soupira Burunsky, une fois Antonin sorti, voilà un loustic qui va nous demander du travail. Il est vrai que l'on surestime le talent qui affecte de ne pas vouloir s'appliquer. Certes, il connaît quelques vers par cœur, mais il reste encore à savoir si ce beau jeune homme saura lire un bilan. C'est loin d'être sûr. En fait il n'a contre lui que sa jeunesse. Le passage de quelques années viendra bien vite corriger ce vilain défaut. Je dois quand même... Enfin, n'y pensons pas. C'est étrange, ces lettres de Drancy, je ne savais pas qu'elles existaient... Pour en revenir au jeune Krystal, la meilleure solution est de ne pas lui donner de fonction précise et de laisser Lebel le surveiller. »

La méthode Burunsky était d'imposer une grande opacité dans l'exercice du pouvoir afin que rien ne puisse se conclure avant qu'il n'y ait lui-même jeté un coup d'œil. Il obtenait cela par une mise en concurrence des cadres, l'absence de toute communication externe, une décentralisation maximale et le droit qu'il se réservait de les sanctionner à tout moment.

« Dieu qu'il est sympathique et brillant », pensait Antonin en suivant Lebel vers ce qui allait être son bureau.

Pourquoi Antonin était-il si impressionné par Burunsky ? pourrait-on se demander. C'était sans doute un mélange de plusieurs raisons.

Parce que, parfois en dépit d'eux-mêmes, les hommes respectent ceux qu'ils voient respectés.

Parce que les complaisances d'un homme réputé austère flattent la vanité.

Parce que l'on a facilement tendance à trouver sympathiques les gens susceptibles de vous rendre service.

Enfin, parce que Burunsky était en effet brillant et sympathique.

# IV

Lebel était un être né pour les allées et venues. Il ressemblait à ces hyènes sèches et nerveuses avec un cou qui n'en finit pas d'être long. Certains disent que l'argent monte à la tête, c'est aux yeux qu'il monte. Le regard de Lebel était là pour en témoigner ! Son corps avait rampé sous tant de fourches caudines que sa physionomie en était devenue plate. Les lèvres plissées par les sourires caudataires, le nez élargi à flairer les idées des autres, les oreilles décollées d'être à l'écoute de la moindre rumeur, le front bas à force de baisser la tête, il eût été un cas d'école pour Scherlock Holmes. A sa tenue il ne manquait que les signes ostentatoires de la distinction hiérarchique : galons, épaulettes, écussons dorés des chambellans ou des laquais. Quand il entendait « Zébulon », son corps se mettait aussitôt en position de garde-à-vous et son profil s'allongeait de manière si obséquieuse qu'il en devenait presque beau de bassesse.

Ces années où il s'était battu pour un franc ou pour mille l'avaient irrémédiablement gâché au sens littéral du verbe. Durant plus de dix ans, il avait chaque jour craint de trouver sur son bureau sa lettre de licenciement. Aujourd'hui, il ne tremblait plus et puisait dans la réserve de peur accumulée la force nécessaire pour se montrer odieux, mesquin et immonde avec ses subordonnés.

Lebel avait cependant un côté grand enfant : quand il désirait quelque chose, il criait comme peuvent hurler les bébés jusqu'à ce qu'il leur soit apporté l'objet de leur désir. Les bébés et Lebel avaient raison d'agir ainsi ; n'obtenaient-ils pas toujours ce qu'ils voulaient ?

Peut-être Lebel eût-il été autre si le succès et les distinctions fussent venus à lui plus tôt, mais tout était venu trop tard ! Il en avait trop bavé. La lutte quotidienne de l'homme pour avancer dans la hiérarchie sociale ne le grandit pas. Au contraire ! Elle réduit son humanité comme une peau de chagrin ! Situé dans la hiérarchie de Zébulon directement derrière Burunsky, à l'extérieur Lebel n'était cependant qu'un de ces cadres que l'on coudoie sans les remarquer, de ceux qu'on oublie aussitôt que l'on a cessé de leur parler ; mais, à peine rentré dans la banque, il se métamorphosait ; telle Alice lorsqu'elle avale la potion qui décuple sa taille, Lebel devenait quelqu'un !

Il jouissait du privilège de ne saluer en premier que Burunsky, tandis qu'il attendait que les autres le saluent. Il n'attendait pas ce salut seulement des hommes, mais aussi des femmes. Après tout, chez Zébulon, il n'y avait ni femmes ni hommes, il n'y avait que des employés. L'autorité ne se fondait pas sur les capacités, sur le sexe ou sur les valeurs propres de chacun, mais sur les privilèges. La manière de se saluer et l'ordre dans lequel les saluts étaient échangés déterminaient les rapports entre deux personnes et la place de l'individu sur l'échelle sociale. Le maintien sévère de ces règles constituait le bastion de défense le plus sûr contre toute velléité de perturbation. Ce n'était donc pas à la personne elle-même que s'adressait le salut, mais à la dignité dont Zébulon l'avait investie.

Durant des siècles, des monarques étaient parvenus à conserver le pouvoir grâce aux marques de respect. Pharaon était Dieu, le roi de Perse fils de Dieu, Louis XIV le représentant de Dieu sur la Terre, et ce ne fut que lorsque Louis XVI devint le roi de tous les Français qu'on put le guillotiner. Son manquement aux convenances lui fit perdre la tête.

Lebel se levait tous les jours à cinq heures, parcourait les journaux, lisait quelques mémos, s'informait de l'état de la Bourse de Tokyo puis, vers sept heures, se faisait conduire à la banque par son chauffeur de fonction, et, seul, il parcourait les couloirs, l'âme en peine, attendant que la journée daigne enfin commencer. Il n'était heureux qu'actif. Le week-end lui laissant le temps pour ruminer, il n'était pas rare que, de retour à la banque le lundi, un de ses collaborateurs se vît licencié pour une faute considérée comme une peccadille le vendredi mais qui, après trois jours passés à maugréer, s'était métamorphosée en catastrophe irréparable. Lebel, comme l'avait dit Burunsky, était le clérouque, le *missus dominici*, le janissaire, le satrape, « les oreilles et les yeux » de son patron. Burunsky le méprisait, mais Lebel lui était devenu tellement utile, tellement au fait de tout ce qui se passait dans la barque qu'il ne pouvait plus s'en passer. Burunsky ne s'occupait plus que sporadiquement des affaires courantes de Zébulon, préférant se concentrer sur l'implantation de succursales dans des pays étrangers où il bénéficiait de forts appuis personnels et sur les gros dossiers où sa compétence irremplaçable trouvait à s'épanouir. Il possédait ce flair, cette clairvoyance, cette perspicacité, que certains sots ou flatteurs appelaient « sixième sens », mais qui n'était que le fruit de près de cinquante ans d'expériences d'un homme intelligent, pressentant en l'espace de quelques minutes la marche à suivre dans le problème le plus complexe.

Sitôt sorti du bureau de Burunsky, Lebel commença à mettre Antonin au courant de ce qui constituerait son travail de tous les jours. Tandis qu'il lui faisait visiter l'ensemble des locaux, traversant les couloirs au pas de course, il lui dit :

– Le nombre et la taille des transactions se sont multipliés depuis quelques années, Antonin. Avant, les concentrations consistaient surtout en opérations hostiles, effectuées pour des raisons financières. Le marché était spéculatif. Aujourd'hui, ces concentrations sont motivées par des impératifs réglementaires et économiques. Rien qu'en Europe, le pourcentage de transactions transfrontières a progressé de quarante pour cent depuis l'an dernier ! Mille cinq cents en un an !

– Cela tient à quoi ? demanda timidement Antonin pour gagner la sympathie de celui qui allait être son « boss ».

Lebel n'avait pourtant pas besoin de cette marque d'intérêt pour continuer à parler. On aurait dit qu'il récitait un cours. Il ne regardait d'ailleurs jamais Antonin en lui parlant.

– Traditionnellement, les entreprises sortaient des périodes de crise avec une situation financière dégradée, ce qui n'est pas du tout le cas aujourd'hui. Depuis quelques années, les entreprises ont diminué leur endettement et augmenté leurs fonds propres en émettant entre deux cent vingt et deux cent cinquante milliards de francs chaque année. Elles ont des bilans assainis et un taux d'autofinancement de cent vingt pour cent. Bref, elles sont riches en cash... Vous voyez ce que je veux dire ?

– Oui, c'est le moment d'acheter..., risqua Antonin.

– Tout à fait, répondit Lebel. Chez nous on dit « prendre des positions » pour l'avenir. Les patrons sont optimistes : retour des profits et assainissement des comptes, que demander de plus ! On a donc beaucoup de travail. Si le domaine du conseil en fusions et acquisitions constitue un centre de profit modeste en regard du reste des activités de Zébulon, il n'en demeure pas moins stratégique car il commande les relations avec toutes ces grandes entreprises, ces multinationales qui nous fournissent un considérable fonds de roulement quand, par exemple, elles décident d'émettre des obligations ou de souscrire un emprunt. Notre rôle consiste donc à marier entre elles des sociétés qui profitent par la suite des synergies entre deux activités semblables ou complémentaires ou des économies liées aux coupes drastiques dans le personnel résultant de l'acquisition d'une société par une autre.

– Cela doit se révéler parfois fort complexe, n'est-ce pas ? interrogea Antonin.

– Un niveau de classe de sixième suffit largement ! Il vous faut dix pour cent de connaissances économiques et quatre-vingt-dix de psychologie ! On s'efforce bien entendu d'obtenir le prix le plus bas ou le plus élevé selon la signature qui figure au bas du chèque car, quelle que soit l'issue de l'opération, nous touchons une commission. Imaginons donc que la société X veuille acquérir la société Y, qu'elle engage à cette fin Zébulon et que le prix de vente soit d'un milliard de francs, ce sont au minimum entre cinquante et cent millions de francs lourds qui viennent enrichir les caisses de la banque.

– Et beaucoup d'entreprises font appel à vous ? demanda Antonin, tâchant de maintenir la même cadence de pas que Lebel.

– Vous voulez dire font appel à « nous », car vous êtes à présent membre de notre grande famille, Antonin. Oui, elles nous contactent presque toutes.

– Pourquoi ?

Antonin ne posait pas la question par politesse. Il souhaitait réellement comprendre comment et pourquoi il était si facile de gagner tant d'argent.

– C'est difficile à expliquer concrètement, mais je peux vous l'illustrer à l'aide d'un exemple. Il existe dans la littérature yiddish un personnage qui emploie son temps et son énergie à marier les jeunes hommes et les jeunes femmes, tout comme Zébulon marie les entreprises. Et, tout comme Zébulon, il touche une commission variant selon la richesse de la famille, la laideur de la fille à marier, les difficultés rencontrées dans l'exercice de son intervention et divers autres paramètres. Vous m'avez demandé pourquoi les entreprises passent par nous, je vais vous répondre en reprenant l'exemple de notre personnage yiddish. Il alla un jour trouver le père d'une jeune mariée afin de lui réclamer une commission.

« Mais tu es fou, dit le père. Ce n'est pas toi qui as conclu le mariage. Le rabbin a tout fait. Et tu veux que

je te donne de l'argent alors que tu n'as pas même dit un mot ?
– Justement, si j'avais dit un seul mot, ta fille ne se serait jamais mariée. »
Le père paya l'argent réclamé.
– Je crois comprendre, répondit Antonin.

Il comprenait qu'il suffisait à Zébulon de laisser courir une rumeur funeste sur une opération financière dans laquelle ses conseils n'avaient pas été sollicités pour que l'affaire ne se fît pas ou se fît dans les pires conditions. Plus tard il comprit également que les grandes entreprises avaient surtout besoin de l'aval de Zébulon pour justifier, auprès de leurs actionnaires, le prix d'achat ou le prix de vente de leur entreprise. L'en-tête de la banque garantissait dans une large mesure les dirigeants de la société ayant sollicité ses services contre toute poursuite de la part de ses actionnaires. Une caution morale et financière, voilà à quoi pouvait se résumer en réalité l'effervescente activité du département d'Antonin.

Lebel conduisit Antonin dans un bureau, situé au même étage que celui de Burunsky.

– Vous voyez comme on vous fait confiance. On vous attribue un bureau qu'on ne donne pas à des employés qui sont ici depuis plus de trois ans. Je vous laisse à présent. Familiarisez-vous avec l'endroit. Faites connaissance avec vos collègues. Cette femme un peu forte, assise à la table devant votre bureau, sera votre secrétaire. Elle s'appelle Gabrielle. Le jeune homme qui travaille dans le bureau de gauche s'appelle Sébastien Butin. Dans le domaine des fusions et acquisitions, c'est un as. Vous apprendrez beaucoup avec lui. Je vous laisse. A tout à l'heure.

Lebel s'en alla dans le couloir. Au moment où il allait disparaître, il se retourna et lâcha :

– J'oubliais. Bienvenue chez Zébulon !

# V

Oui, bienvenue chez Zébulon ! Et quel comité d'accueil !

Sébastien Butin, l'analyste, semblait ne pas avoir quitté sa chaise depuis le krach de 1987. On aurait pu croire qu'il se préparait à y mourir. On ne le prenait jamais au sérieux mais on était forcé de le prendre au tragique.

Harriett Traub était osseuse et anguleuse, se tenant toujours toute droite, un vrai mât de cocagne auquel il aurait manqué la récompense ! Elle portait cette lourde croix d'être laide, de le savoir et de n'aimer que la beauté. Jamais on n'aurait pu croire que la nature fût assez cruelle pour réunir tant de difformités en un visage. A sa naissance, la sage-femme avait dû hésiter à la déclarer du sexe féminin. Heureusement, Antonin ne fit que la croiser car elle partait occuper le poste de sous-directrice de la succursale de Zébulon à Milan.

Hambourg, que l'avant-dernier des Zébulon avait fait sauter sur ses genoux et qui disposait d'une solide fortune personnelle, représentait la banque dans tous les domaines de la philanthropie culturelle. Jamais on ne voyait s'altérer la quiétude de son visage ; il donnait l'impression de savourer la vie. Il appartenait à une de ces familles dont le nom est connu par tous et dont on ne connaît rien de ceux qui le portent. Hambourg passait l'essentiel de ses journées dans des conseils d'administration de fondations, d'associations, où ses avis péremptoires étaient d'autant plus écoutés et suivis que le contraire eût empêché la banque Zébulon de jouer son rôle irremplaçable de mécène.

Lee, le fils d'un ministre chinois, était un attaché extraordinaire de la banque. Ses connaissances dans la langue de Racine se résumaient à savoir dire « merde » s'il renversait du café sur sa chemise. S'il ne rendait pas directement service, au moins il ne nuisait à personne.

Garisson était un des plus hauts cadres de la banque. C'était un homme de bon conseil pour les mauvaises actions. Quand les circonstances faisaient que Burunsky avait besoin de fournir un responsable en pâture aux médias, c'était toujours Garisson qui s'y collait. Il s'était fait à son rôle de vilain capitaliste sans cœur et sans sentiments avec résignation et application. En dehors de ses activités bancaires, c'était un membre actif du conseil d'administration de la SPA et, ayant perdu son fils à l'âge de seize ans d'une overdose, il consacrait le reste de son temps aux adolescents tombés dans la tourmente de la drogue.

Micceli était en charge des opérations concernant le domaine des télécommunications. Il suivait son train-train et ne disait rien sur rien car telle était sa manière de penser.

Gilbertin était un dandy quinquagénaire et fantasque dont les parents possédaient une bonne partie du Limousin. Il avait coupé la queue de son chien afin d'imiter Alcibiade. Il s'occupait un peu du marché des options, un peu du desk international, un peu des relations publiques et beaucoup de la fortune familiale placée chez Zébulon.

Chevalier s'occupait de la gestion des grandes fortunes, et avait pris les manières arrogantes de sa clientèle. C'était néanmoins un vendeur avisé et un acheteur excellent.

Kurt, neveu d'un fabricant allemand d'automobiles, avait apparemment opté pour la banque afin d'avoir une carte de visite à distribuer aux filles. Il ne faisait rien, mais la fortune de son oncle, d'ailleurs un client important de Zébulon, empêchait que l'on s'en offensât. Kurt vivait en prince, mais en prince sans royaume, inoccupé et blasé. Sa vie se passait à essayer toutes les formes de loisirs possibles : il s'était emballé pour le surf, le golf, le saut en parachute, la voile... Son oncle espérait, mais sans y croire, qu'il s'intéresserait un jour aux affaires financières.

Il y avait ceux-là et bien d'autres.

Ce qui frappait chez ces banquiers, c'était leur mélange d'odieuse parcimonie qui les empêchait de mettre la main à la poche pour offrir un café, ou de donner quelques pièces à un mendiant, et leur vanité qui les poussait à distribuer, tels des princes des *Mille et Une Nuits*, des milliards au premier clown éloquent qui les flattait adroitement.

Dans la banque régnait une médiocrité intrigante et ambitieuse; le seul talent qui hantait les lieux était celui consistant à jouer des coudes afin d'atteindre la meilleure place au banquet du pouvoir. A la minute où ils accédaient à ces postes, les nains devenaient des géants.

C'était ce décorum qui cimentait Zébulon. Un décorum qui ne goûtait ni l'ironie, qui ne pouvait qu'agacer, ni le doute, qui ne pouvait qu'inquiéter.

Tandis qu'Antonin mettait de l'ordre dans son cabinet de travail, cinq de ses collègues vinrent voir à quoi ressemblait le nouveau.

Il va sans dire que nul ne fit la moindre allusion à son intervention au meeting de l'Alliance populaire. On esquivait ici tout ce qui pouvait distinguer quelqu'un, le sortir du lot. C'était une habitude, une convention tacite entre tous. En revanche, on se préoccupait des détails les plus insignifiants, on se délectait des questions les plus futiles.

L'air distant d'Antonin, l'ironie que trahissaient ses yeux et la froideur qui se dégageait de sa personne furent loin de plaire. Il ne cherchait pas à lier connaissance. Il ne leur fit pas ce plaisir qu'ils attendaient tous : les solliciter pour leurs conseils. Plus qu'une maladresse, c'était une faute. Rien de plus dangereux que de refuser l'amitié que l'on vous offre.

Il fit ensuite la connaissance de sa secrétaire, Gabrielle. Elle le trouva sympathique et lui conta son histoire. Originaire de Montpellier, elle était montée à Paris pour ses études de philosophie. Lorsqu'elle atteignit la licence, l'homme avec lequel elle vivait la laissa choir. Il en avait résulté une profonde dépression, durant laquelle elle resta cloîtrée chez elle. L'argent vint à manquer, elle fut contrainte d'accepter le premier emploi venu. C'était la fin des Trente Glorieuses, on embauchait encore à tour de bras chez Zébulon. Elle y travaillait à présent depuis plus de vingt ans. Elle n'avait jamais plus ouvert un livre de philo et s'était jetée sur la nourriture pour compenser ses frustrations sentimentales et professionnelles. A force de petits coups de dents, elle était devenue obèse.

– Quand j'arrive le matin à huit heures, j'ai envie de tout détruire, dit-elle. J'aimerais donner des coups de pied aux meubles, brûler les dossiers, incendier le bureau. Je n'en tirerais aucun profit, mais au moins j'en aurais fini avec cette horreur. Il faut que je libère, d'une manière ou d'une autre, ces forces mauvaises accumulées dans mon cœur. Certains se jettent dans le travail, d'autres se contentent de protester et adoptent l'attitude de la résistance passive. Moi, je mange.

Il était un peu plus de midi quand Sébastien Butin le pria de l'accompagner à déjeuner.

Courtaud, rondelet, coquet, il enfermait sa vanité dans un manteau en cachemire beige acheté moitié prix chez un grossiste de la rue Réaumur. Il était ravi de sa sacoche de chez Hermès, fier de son écriture régulière. Il était propre sur lui jusqu'au bout des ongles. Sa mémoire d'éléphant chauve retenait les plus dérisoires détails de la plus infinitésimale affaire, oubliée par tous depuis des années. Il ne lui manquait aucun défaut pour réussir. Il savait merveilleusement se tenir à son rang. On souhaitait qu'il fût familier ; il y consentait de bon cœur, sachant deviner quand sa familiarité devenait importune et regagnant alors aussitôt sa place. Passé maître dans l'art de donner conscience à ses supérieurs de leur importance, il était l'inférieur, le vil courtisan, le flagorneur par excellence. Plus on se penchait vers lui, plus il s'abaissait et donnait ainsi la satisfaction de ne jamais se laisser atteindre dans sa bassesse.

– Vous réglez en espèces ? demanda-t-il à Antonin au moment de l'addition.

– Toujours. Je règle toujours en espèces.

Antonin avait reçu un mois de salaire en avance, crédité sur son compte bancaire, mais il avait décidé que ce compte ne lui servirait qu'à retirer son salaire une fois celui-ci encaissé par sa banque. Il n'avait jamais fait de chèque et s'était promis de toujours tout payer en liquide. Bien qu'il disposât d'une carte de crédit, celle-ci ne lui servait que comme moyen de caution. Il trouvait particulièrement désagréable qu'il fût possible à l'État ou à tout autre organisme public ou privé de retracer sa vie selon ses divers paiements.

Au cours du repas, il apprit que Sébastien ne connaissait, n'aimait, n'adorait, ne chérissait, ne vénérait qu'une seule et unique chose, les fusions-acquisitions. Le reste du monde pouvait bien s'écrouler, il n'y porterait pas la moindre attention. Cette passion avait pour ainsi dire retranché Sébastien Butin de l'espèce humaine. Elle l'avait rendu égoïste, dur et inflexible dans ses résolutions, avare en sentiments. Il n'avait aucune pitié des pauvres. Le récit d'une grande infortune ne lui aurait pas tiré une larme. Il aurait vu brûler tout un quartier sans en ressentir la moindre émotion, mais, si un de ses projets avait capoté, on l'aurait jugé inconsolable. Il ne se permettait qu'un seul loisir, les salles de vente. Chaque week-end, il y passait ses après-midi. Non qu'il fût intéressé par les tableaux ou les meubles, mais il prenait un immense plaisir à noter méticuleusement en marge des catalogues les prix atteints par chaque objet. Pas n'importe quel prix cependant ! Il fallait que celui-ci fût d'une certaine importance, sinon il était très désappointé. De la même manière que lorsqu'une catastrophe était annoncée à la télévision ou à la radio et que le chiffre des morts se révélait en deçà des premières estimations, il se sentait comme personnellement floué.

Antonin froissa Sébastien à maintes reprises durant cette heure de déjeuner et Sébastien indisposa Antonin. C'était les prémices d'une profonde inimitié.

Une fois de retour à la banque, Antonin s'enferma dans son bureau et passa divers coups de fil. Vers cinq heures, Lebel vint le voir.

– Vous avez de la chance, Antonin. Vous arrivez et il y a déjà quelque chose à faire. Sur votre curriculum vitae, vous avez indiqué que vous parliez couramment l'allemand.

– Oui, dit Antonin s'inquiétant que l'on voulût tester ses connaissances.

– Le patron de Rotpunkt arrive mardi prochain pour une réunion. C'est un des rares Allemands qui ne maîtrisent pas l'anglais. La réunion se fera en allemand. Burunsky veut que vous y participiez. Voilà le dossier. Regardez-le attentivement. Pour l'instant je ne vous donne rien d'autre à faire.

Antonin était paniqué. Il n'avait pas eu l'occasion de pratiquer la langue de Goethe, de Schiller et de Beethoven depuis bien longtemps.

Il ne voulait pas paraître ridicule et, comme il n'avait pas d'autre travail jusqu'à la réunion, il décida de se consacrer à la langue teutonne. Il s'enferma dans son bureau et passa cinq jours entiers à apprendre par cœur les conjugaisons, celle des verbes auxiliaires et des irréguliers, jusqu'à ce qu'il puisse se les réciter comme l'alphabet. Durant le week-end, il ne fit que lire *Faust*. Il nota plus de deux cents mots qui lui étaient inconnus et alla en chercher le sens dans le dictionnaire.

La réunion se passa le mieux du monde. Le président de Rotpunkt félicita Antonin.

## VI

Antonin n'était pas à la banque depuis plus d'un mois que ses résolutions du premier jour tombèrent dans le puits sans fond de ses promesses non tenues. Le travail ne lui plaisait pas. Il le jugeait indigne de lui, indigne de ses capacités, des possibilités offertes par le monde moderne, de ce qu'il imaginait devoir être sa vie.

En entrant à la banque, Antonin espérait pouvoir s'agréger à un cercle de jeunes gens intelligents, éveillés, généreux, passionnés, enthousiastes, parmi lesquels, sans effort et sans contrainte, il aurait pu croître, fleurir, en donnant le meilleur de lui-même. En somme, Antonin espérait trouver chez Zébulon une atmosphère de banquet platonicien.

Mme Duval, à qui on reprochait son demi-siècle de retard sur les mœurs du temps, aurait bien ri de savoir que vingt-cinq siècles séparaient son jeune locataire du cinquième des aspirations de la jeunesse actuelle.

Les espoirs de symposium grec d'Antonin ayant été déçus, il n'accorda donc pas d'attention à ses collègues de bureau sans pour autant cesser de revendiquer que l'on s'intéressât à lui et à ce à quoi il attachait de l'importance.

Antonin était un idéaliste et non un innocent.

L'innocent n'a pas besoin d'autrui, il restera toujours pur sans se mélanger ; d'autres diront qu'il restera à jamais borné sans progresser. L'idéaliste, en revanche, a besoin des autres pour exister et s'affirmer en tant qu'individu. Il aspire à changer le monde qui l'entoure et ne peut le faire sans une certaine reconnaissance de ses contemporains.

Les rapports entre Antonin et ses collègues de travail furent donc une mutuelle incompréhension.

A cela vint en outre s'ajouter l'hostilité de Lebel.

Moins d'un mois après qu'Antonin eut fait son entrée chez Zébulon, Lebel et lui discutaient de la récente acquisition par un conglomérat américain de la quatrième entreprise française d'agro-alimentaire. Lebel rendait hommage aux Yankees et louait leur sagacité car il se disait persuadé que le dollar était entré dans une « philosophie de la dégringolade ».

Il en exposa les raisons à Antonin et s'attendait à ce que ce dernier confirmât la justesse des prémisses sur lesquelles il fondait son analyse. Antonin ignorait cependant que la question tenait tant Lebel à cœur parce qu'une semaine auparavant son « boss » avait imprudemment pris de fortes positions à la Bourse de New York, pariant sur une chute du billet vert dans une perspective à court terme. L'inquiétude le gagnant, il cherchait le réconfort. Cette angoisse transpirait à chacune de ses paroles, mais Antonin ne la ressentit pas ou préféra, par commodité, ne pas la ressentir. Il expliqua clairement à Lebel, et même parfois de manière assez didactique, pourquoi le dollar ne pouvait connaître qu'une hausse sensible. Les deux semaines qui suivirent confirmèrent l'analyse d'Antonin.

Au souci d'avoir perdu de fortes sommes, vint s'ajouter chez Lebel le ressentiment de l'affront d'avoir été mouché par un néophyte auquel il n'accordait aucune considération. Lebel ne put logiquement que prendre Antonin en grippe.

C'était là un exemple typique d'erreur de la part d'Antonin. Il essayait toujours d'analyser ou de reproduire les choses et les événements tels qu'ils étaient, c'est-à-dire de manière impartiale et impersonnelle. Or les gens aspirent à ce que l'on tienne compte d'eux, de leurs penchants, de leurs craintes, de leurs espoirs. Ils veulent que l'on flatte leur ego en leur montrant les choses telles qu'ils voudraient eux-mêmes les voir et non comme le reflet de la réalité. Ils ne viennent pas demander conseil, même quand ils le font sous ce déguisement. Ce qu'ils veulent, c'est être trompés ! Ceux qui ignorent cette loi ne peuvent se faire que des ennemis dans la société.

Afin d'étancher sa soif de vengeance, Lebel confia à Antonin toutes sortes de dossiers auxquels ce dernier ne comprenait pas grand-chose. Il arrivait à en saisir l'essentiel, mais les détails l'ennuyaient profondément. Il tenta de s'acclimater à une situation jusqu'alors inconnue pour lui : être surchargé de travail. Antonin adopta tout d'abord une méthode consistant à n'avoir jamais le moindre papier sur son bureau. Le contraire lui aurait rappelé le travail non accompli, mais il espérait surtout faire croire qu'il expédiait ses affaires avec une promptitude incroyable. Cela ne trompa pas longtemps Lebel.

Antonin se mit alors à encombrer son bureau d'une masse de livres et de dossiers, essayant ainsi de masquer son oisiveté. Là aussi, Lebel ne fut pas dupe et continua à lui donner d'autres travaux à effectuer, si bien que les choses commencèrent à se compliquer. Les dossiers, les lettres ou les fax laissés sans réponse venaient rejoindre les autres dossiers, lettres ou fax eux aussi laissés sans réponse.

Pourtant Lebel ne lâchait pas prise. Il lui faisait recommencer dix fois ses lettres ou ses dossiers. Il éprouvait une joie sadique à voir quelqu'un qui lui était intellectuellement supérieur faire un travail aussi ennuyeux. Il en avait bavé. Il n'y avait pas de raison pour qu'Antonin n'en bavât pas à son tour.

D'autres que Lebel essayaient également de lui donner du travail, mais Antonin disposait d'une parade souveraine, la poudre aux yeux !

Il se débrouillait afin de faire venir dans son bureau la personne qui sollicitait de lui un surcroît d'activité. Celle-ci s'étonnait alors des conditions de travail du petit nouveau, des dimensions du bureau et de son confort exceptionnel, sachant la rigueur spartiate qu'imposait Burunsky chez Zébulon, en concluait qu'Antonin devait ces faveurs à des caciques de la banque... Les corvées tombaient aussitôt aux oubliettes.

Antonin avait néanmoins conscience qu'il ne pouvait s'en tirer ainsi éternellement.

Sa chance fut que Jacqueline Moreau, employée chez Zébulon depuis près de dix ans, tombât amoureuse de lui.

De seize ans plus âgée que lui, elle était mariée, ce qui ne les gêna ni l'un ni l'autre. Elle n'était pas franchement belle, mais elle avait une grâce et des yeux si souriants qu'on oubliait ses paupières lourdes et son menton légèrement ravalé. Son corps était mince, élancé, élégant et souple. Elle était passée par les meilleures écoles de commerce avant de couronner ses études par une thèse sur les « synergies dans le domaine des microprocesseurs », soutenue à la prestigieuse New York University Business School. Repérée par les chasseurs de têtes de Zébulon, elle s'était laissée prendre dans leurs filets. Compétente et efficace, elle avait toujours donné entière satisfaction à ses employeurs. Elle trouvait le temps de monter à cheval, d'aller au concert et même de jouer au golf ou de sortir dans les boîtes de nuit.

Tout cela n'arrivait pas cependant à meubler sa vie. Elle avait besoin d'amour mais se retenait d'aimer. Elle rôdait autour de la passion, un peu à la manière de ces chats qui vous suivent partout et qui, dès qu'on tente de s'approcher d'eux, fuient ventre à terre. Elle avait trop peur de souffrir et préférait faire carrière.

Née dans la moyenne bourgeoisie, elle avait appris que l'existence ne doit pas avoir d'autre but que de se dérouler sans accident, mais, comme elle ne manquait ni de cœur ni d'esprit, elle pressentait d'autres idéaux. Elle s'attacha à Antonin qui, à défaut de mettre ses idées nobles en application, en parlait avec grande flamme.

Lui traversait alors un moment de désespoir bien qu'il se forçât à n'en rien laisser paraître. Tout l'assaillait. Il était devenu anxieux et extrêmement irascible. Son visage reflétait sa tristesse et son apathie. Il dépérissait visiblement et ses joues se creusaient. Sa lutte pour s'adapter à ce milieu commençait à tourner en défaite. Il ne pouvait se confier qu'à son journal :

*Ils ne veulent pas se détacher du commun, s'extraire de la masse, s'individualiser. Ils sont comme de la terre glaise attendant le moule qui leur donnera leur forme. De là leur soumission à toutes les règles, à toutes les vénérations, à toutes les bassesses imposées. Ils ne trouvent pas d'intérêt à désobéir, non pas parce qu'ils jugent la règle parfaite, mais parce que sans ces règles ils n'existeraient pas ! Ils sont heureux de leur vie pépère, d'avoir mis de côté quelques piécettes. Basse-cour où, de peur de s'ennuyer, ils ne caquettent jamais d'autre chose que des affaires bancaires. Tout leur temps, leur énergie, leurs pensées sont consacrés à Zébulon.*

*Pourquoi se dévouent-ils ainsi ? Ils ne se posent même pas la question car, en refusant d'y réfléchir, ils justifient leur existence. Ils se délivrent du risque de l'angoisse. Ils abdiquent leur liberté pour un confort moral. Ils se « libèrent de la liberté ».*

*La banque n'a finalement pas tort de profiter d'eux, de les faire trimer jusqu'au sang, d'exiger d'eux le sacrifice de leurs week-ends, de leurs soirées et de leur vie privée. Du moment qu'ils se complaisent dans l'esclavage, ils ont ce qu'ils méritent.*

*Si un historien veut un aperçu de ce que devait être la cour de Louis XIV, je lui conseille un stage chez Zébulon. Il en sortira plus renseigné sur ce qu'est l'esprit courtisan qu'en dix ans de recherches fastidieuses dans des livres ou des documents.*

*A quoi aspirent ces courtisans ? Une des plus hautes marques de considération : se rendre au hammam avec Lebel le jeudi après-midi ! C'est là qu'il amène ses chouchous. Il prévient l'heureux élu le jour même, vers midi, et dans la matinée les cotes vont bon train sur les favoris, les outsiders et les tocards du hammam. Saint-Simon rapporte que la plus haute faveur accordée par Louis XIV à ses courtisans était de les admettre en sa présence lorsqu'il trônait sur la chaise percée. Les choses n'ont guère changé depuis, et encore, Louis XIV était un monarque absolu tandis que Lebel n'est que le numéro deux de la banque.*

*Pourtant, combien de ces cadres se seraient bâti dans n'importe quel domaine universitaire, droit, histoire de l'art, anthropologie, psychologie, philosophie, médecine... une renommée considérable s'ils y avaient consacré le quart de la persévérance, de l'habileté, de l'esprit de suite, de l'énergie, de la volonté et quelquefois du talent réel dont ils font preuve pour s'avancer médiocrement dans la hiérarchie! Dans un pareil milieu, le cœur et l'âme ne peuvent que se fermer, non par méchanceté, mais par instinct de survie. Les gestes eux-mêmes se métamorphosent, deviennent plus ronds, plus enrobants. La démarche est silencieuse, glissante.*

*Me joindre à eux, c'est me trahir... C'est trahir tous les efforts qu'il m'a fallu faire pour devenir ce que je suis. C'est trahir Errol Flynn, Mozart, Cary Grant, Benvenuto Cellini et les Marx Brothers.*

*Ma vie m'apparaît vide, ennuyeuse. Tout n'y est qu'isolement et égoïsme.*

Ce fut donc une chance pour Antonin, triste, désespéré, courbé sous le poids du travail, d'être, en un sens, adopté par Jacqueline. Comme beaucoup d'êtres sensibles, il ne choisissait pas les filles avec lesquelles il vivait des aventures, il se laissait plutôt choisir. Jacqueline lui sourit tendrement, il lui sourit en retour.

L'âge de celle-ci fut pour beaucoup dans le bonheur qu'Antonin connut auprès d'elle. Il y trouva l'assouvissement de certains élans ancrés en lui, l'amour maternel qu'il n'avait point connu et la paix que ne lui donnaient pas les filles de son âge.

– Tu ne peux pas savoir le bien que ça fait de parler à quelqu'un d'intelligent, lui dit-elle quand ils allèrent déjeuner ensemble pour la première fois. Tu ne trouves pas qu'ils sont tous incultes dans cette banque?

– Bof.

– Ne dis rien. Je crois que cela vaut mieux. On se comprend si bien tous les deux.

– Ah, tu crois?

– Mais bien sûr. On n'a rien à voir avec eux. Rien!

– Vraiment?

– Tu ne vois pas comme ils sont? Des abrutis. Des animaux.

– Il paraît que le dauphin et le chimpanzé sont très intelligents.

– Ah, tu aimes les animaux? Parle-moi de toi.

– Tu sais, il n'y a pas grand-chose à dire. Je suis né à Paris.

– A Paris, comme moi!

A la fin du déjeuner, les choses étaient claires : Jacqueline acceptait d'accomplir les besognes qu'Antonin se jugerait incapable de mener à bien. Nul ne devait savoir qu'ils se voyaient quelques soirs par semaine et tous devaient ignorer qu'elle traitait les dossiers d'Antonin.

## VII

Ainsi Antonin put-il partager ses heures de bureau entre les plaisanteries avec les secrétaires et les projets extravagants qu'il soumettait aux dirigeants de la banque. Le reste du temps, il épiait tout. Il ressemblait à ces personnages des œuvres gigantesques de Raphaël ou de Véronèse qui, cachés dans un coin du tableau, observent la scène sans y participer. L'œil du peintre...

Il ne demeurait pas inactif pour autant. Des idées pour faire prospérer Zébulon, il en avait, mais n'était guère en position de lancer des initiatives. Émanant d'une personne ayant une certaine autorité, ses projets eussent sans nul doute rencontré des oreilles attentives, mais, émanant d'un « foutriquet » tel que lui, ils ne pouvaient inspirer que ricanements et agacements.

Les projets d'Antonin n'étaient cependant pas dépourvus de logique et de bon sens. Dans un long mémorandum qu'il adressa au directeur du service immobilier de la banque, il lui recommanda d'acquérir des terrains à la campagne :

*Dans un avenir proche, en raison de la révolution des moyens de communication, il ne sera plus nécessaire de se rendre au bureau, chacun ou presque pourra travailler chez soi. Le téléphone portable, les écrans vidéo, le fax, la connexion des ordinateurs reliés à de gigantesques terminaux et à des millions de sources de données différentes, les autoroutes couvrant l'intégralité du territoire changent déjà significativement les mentalités. Dans ces conditions, les gens préféreront vivre à la campagne. Si aujourd'hui on peut travailler aussi bien dans un bureau de neuf mètres carrés au vingt-cinquième étage d'une tour de la Défense que dans un charmant village de Dordogne, nul doute que les gens préféreront la campagne. C'est à ce moment-là qu'elle se repeuplera. Il y aura besoin de maçons pour reconstruire les maisons, de docteurs pour les soins, de notaires pour les contrats de mariage, les testaments, de boulangers, des mille métiers qui ont déserté les villages de France. Le monde du* XXI$^{e}$ *siècle sera assez semblable à celui de la France de la fin du* XIX$^{e}$ *siècle. La banque peut profiter de ce mouvement qui se dessine en achetant massivement des terrains qui aujourd'hui valent peu, mais qui demain vaudront de l'or.*

La première réaction du directeur du service immobilier fut de demander la tête d'Antonin.

– Qui est ce jean-foutre qui veut m'enseigner mon boulot ? Ou il se fout de moi, ou c'est un crétin congénital. Dans les deux cas, il n'a rien à faire à la banque !

Une fois de plus, Burunsky réussit à s'interposer.

Antonin insista, mais en vain. Il entendait faire plier les passions devant la vérité... Quel imbécile ! Il manquait de ménagement, de patience et de doigté. Il mettait sa conscience à s'obstiner au lieu de céder, à tenter de vaincre par la force des armes, au lieu d'aboutir par la psychologie. Il ne faut blesser que ce que l'on peut abattre. Juger la médiocrité, c'est l'offenser sans rien en améliorer et courir le risque de rompre à jamais si l'on ne dispose pas d'une supériorité sociale suffisante.

Environ un mois plus tard, Antonin ayant lu un encadré dans *Le Monde* dans lequel le journaliste précisait que Zébulon avait récemment acquis quelques hippodromes, presque tous en faillite, il envoya aussitôt une note à Lebel qui avait la charge du dossier :

*La place de l'athlétisme en tant que spectacle sportif est en question. A l'Audimat, il fait partie des sports qui connaissent une certaine désaffection. Pourquoi cette baisse d'intérêt pour les compétitions athlétiques en dépit des chocs au sommet que sont les jeux Olympiques, les championnats du monde, ceux d'Europe ainsi que les challenges annuels si bien dotés ? Parce que le spectacle manque de grandes vedettes rivales à l'exception du cent mètres, l'épreuve reine qui passionne les foules dans le monde entier. Afin d'enthousiasmer à nouveau le public pour l'athlétisme tout en luttant contre une dangereuse banalisation, il faut un profond renouvellement des courses. Pourquoi le cent mètres est-il l'épreuve phare ? Non seulement parce qu'il se court en ligne droite, mais aussi parce que chaque spectateur sur le stade ou devant sa télévision comprend immédiatement la situation, voit qui est en tête, qui est en train de remonter ou d'être remonté, c'est-à-dire ce qui constitue en gros le drame et l'intérêt de la course. Les champions du deux cents mètres ne connaissent pas le même rayonnement que ceux du cent mètres, même quand ils les dominent. La raison en est que le deux cents mètres ne se court pas en ligne droite et que, pendant au moins la moitié de la course, la majorité des spectateurs, en raison de la courbe de la piste et des décalages des coureurs, ne distingue pas les positions respectives des concurrents. Il en est de même pour le quatre cents mètres.*

*Le principe même du renouvellement repose sur la course en ligne droite.*

*Le stade circulaire romain qui persiste jusqu'à nos jours résulte d'une nécessité économique qui n'est plus valable aujourd'hui quand quelques dizaines de milliers de personnes au plus peuvent assister physiquement à des épreuves qui, en revanche, sont suivies par plus d'un milliard de téléspectateurs. Ceux-ci tentent de comprendre pendant plus de quinze secondes ce qui se passe dans un deux cents mètres qui ne dure que vingt secondes. Si le deux cents, le quatre cents mètres haies, les relais quatre fois cent mètres et le quatre fois quatre cents mètres se déroulaient en ligne droite, leur intensité dramatique serait extraordinairement améliorée aussi bien pour les milliers de spectateurs que pour les millions de téléspectateurs. La course en ligne droite permettrait aux opérateurs de filmer en mouvement et aux téléspectateurs de suivre réellement l'épreuve à côté des coureurs, comme ce n'est le cas que pour le cent mètres et le cent dix mètres haies. L'objection du manque de stades appropriés ne peut être invoquée. Ces stades existent : ce sont les hippodromes. Ils sont condamnés à disparaître et Zébulon sera contraint de les vendre à vil prix alors que les courses en ligne droite permettraient une reconversion qui produirait de substantiels bénéfices.*

Antonin attendait impatiemment la réponse de Lebel, supputant les récompenses que ce dernier lui attribuerait pour lui avoir ôté une belle épine du pied. Il fut pour le moins déçu :

*« Nous ne sommes pas un journal sportif, mais une banque respectable et respectée par tous. Il n'y a pas de place ici pour de tels projets. Apprenez plutôt à vous concentrer sur le travail que l'on vous demande et cessez de prendre des initiatives ! Adaptez-vous à notre système. Certains pourraient taxer votre attitude d'insolente. »*

Antonin s'était intéressé, avait proposé des idées, on n'en avait pas voulu. Il était néanmoins hors de question qu'il consentît à s'avilir ou à mendier, même si la réussite en dépendait. Afin de ne pas se mettre à la merci d'une autre volonté, il ne demandait rien. Il ne supportait pas d'avoir à attendre le bon plaisir de quiconque.

Agir par amour ? Oui ! Par devoir ? Bien sûr ! Quand on est animé par ces deux forces, c'est à soi-même qu'on obéit mais, agir par contrainte, Antonin ne le pouvait pas.

Il devenait cassant ou silencieux dès que l'on froissait sa dignité. Il se dégageait de lui un orgueil ironique, vite exaspérant pour son entourage. Trop indépendant pour être enrégimenté et trop fier pour flatter, il fuyait les occasions où il aurait pu être contrarié ou humilié. Plaire lui paraissait une flatterie. Pourtant, qu'est-ce que plaire ? C'est montrer de l'intérêt pour les autres. Pour faire plaisir il faut s'oublier, s'effacer soi-même, or, de cela, Antonin était incapable. Il se disait : « Je saurai conserver ma dignité même ici, même dans cette jungle ! »

Il était gai, vif, spirituel, on le prit pour un individu insouciant. Il se moquait souvent de lui-même, on prit cela pour argent comptant car on évalue toujours quelqu'un au prix qu'il s'attribue. Il ne prenait pas au sérieux ce qui ne méritait pas de l'être, on le qualifia de frivole.

Pourtant, il se forçait à ne pas apparaître tel qu'il était, à ne pas laisser percevoir ce qu'il éprouvait, mais l'effort auquel il se contraignait était si visible qu'on ne le trouvait que plus odieux.

Afin d'être admis parmi ses collègues, Antonin apprit qu'il fallait avoir le *Wall Street Journal* pour soleil, les prévisions financières comme horizon et le *Who's Who* en guise de Voie lactée.

Les mobiles les plus mesquins de ces amoureux du boulier, leurs appétits les plus bas, leurs passions les plus vulgaires, voilà quels devaient être les préceptes sur lesquels Antonin aurait dû guider sa vie !

Il souffrait.

– Mais c'est normal, lui disait-on. On est tous passés par là.

Il ne voulait pas considérer cela comme normal. Il voulait continuer à souffrir. S'il souffrait, cela signifiait qu'il ne s'était pas encore métamorphosé.

« Entre vendre son corps et vendre son âme, il n'y a guère de différence. D'autant plus que l'enfer est certainement plus peuplé de gens qui ont vendu leur âme que leur corps. Je n'aurai plus jamais de mots blessants pour ces femmes qui assurent leur avenir par le mariage. Ce que je fais est bien pire ! »

Il enviait secrètement les hommes et les femmes qui avaient réussi à se persuader de la grandeur de leurs occupations. Il enviait cette capacité à s'interdire tout retour sur soi. Il enviait enfin cette énergie déployée vers des buts qu'il jugeait méprisables, mais auxquels il reconnaissait le mérite d'être des buts, lui qui n'en avait aucun.

La vie quotidienne à la banque n'était facile pour personne. On commençait tôt, on finissait tard. Les réunions matinales ne débutaient jamais après huit heures. Les retards étaient jugés inexcusables. Antonin arrivait souvent en retard. Un matin, il crut tenir un alibi parfait :

– Mon taxi a eu un accident.

Lebel ne lui demanda même pas s'il avait été blessé.

– Vous auriez dû prendre le métro, fut sa seule réponse.

Chez Zébulon, on jouait sa carrière sur chaque projet. On appartenait corps et âme à la banque. Il fallait être constamment joignable. A tout moment de la journée, du week-end ou même du réveillon. Cela faisait partie de la philosophie de Burunsky. Il voyait ses employés comme des médecins pouvant être appelés à tout moment au chevet d'une entreprise malade ou en péril. Lebel fulmina un jour contre un cadre dont le téléphone avait été occupé durant trois quarts d'heure.

– Vous auriez dû savoir que je tâchais de vous joindre.

– Ma femme était en ligne.

– Vous auriez dû lui dire de raccrocher.

– Sa tante est morte.

Lebel hésita l'espace d'une seconde. Allait-il présenter ses condoléances ?...

– Je suis désolé, reprit-il, mais je ne comprends pas qu'il lui ait fallu trois quarts d'heure pour annoncer cette nouvelle !

Tous les vendredis matin circulait une feuille où chaque membre du personnel devait préciser le lieu et le numéro de téléphone où il serait possible de le joindre durant le week-end.

– Vous ne remplissez pas la feuille ? lui demanda Gabrielle.

– Et puis quoi encore !

– Remplissez-la, sinon ils vont vous rendre la vie impossible.

La feuille était sur sa table. Il hésita, puis sourit, retira un élégant stylo-plume de sa poche intérieure et écrivit :

*« Tombouctou, neuvième case à gauche. Tél. : 456 sur fréquence Tam-Tam. »*

Antonin se refusait à subir les examens de filtrage, à montrer des gages de fidélité, de dévotion ou de loyauté, à consentir aux sacrifices qui auraient prouvé à tous sa loyauté envers la banque.

Ces tests trouvaient leur raison d'être dans l'indispensable sécurité dont une grande structure commerciale doit s'entourer. Il fallait prouver que l'on voulait faire partie du « clan ». Un peu comme chez les Sioux – où les épreuves initiatiques permettaient de devenir membre à part entière de la tribu. La banque n'exigeait évidemment point qu'Antonin capturât un aigle royal à mains nues, ni qu'il survécût une semaine dans le désert sans eau ni nourriture, ni même qu'il restât accroché par les pieds deux jours durant au-dessus des excréments d'un bison, mais elle avait ses rites et Antonin refusait de s'y soumettre.

Les cadres avaient depuis leur plus jeune âge appris à feindre, à dissimuler la moindre de leurs émotions. Depuis qu'ils avaient fayoté pour la première fois devant leur maîtresse à l'école, ils n'avaient pas cessé de s'écraser.

Ces messieurs de la « corbeille » voyaient en Antonin quelqu'un de déconcertant, d'insondable, de singulier, de dangereux pour le bon équilibre du microcosme bancaire. Il était celui qui remet en cause les fondations sur lesquelles est élevé tout l'édifice. On pouvait deviner en lui toutes les tares possibles, y compris la pire : il semblait ne rien attendre de personne.

Distrait, las de son travail, Antonin ne se doutait pas de l'impression qu'il produisait. Pourtant, on commençait à ne plus être dupe de son manège avec Jacqueline.

# VIII

Un mardi du mois de novembre, Antonin arriva à la banque avec une heure trois quarts de retard. C'était là sa ponctualité.

Jacqueline était à Dallas pour le compte d'une société française qui voulait acquérir une entreprise de composants électroniques.

En passant devant le bureau de Lebel, Antonin l'entendit houspiller sa secrétaire :

– Vous avez parlé au téléphone ? Vraiment ? Vous appelez ça parler ! Pour moi, vous bêlez, ou vous ânonnez. A votre choix ! Avez-vous de la bouillie dans la bouche, nom de Dieu, ou un râtelier qui se décroche ? Quand on a la prétention d'être ma secrétaire, on articule. On apprend à parler. C'est l'abc du métier !

Antonin se faufila avec la discrétion d'un Sioux sur le sentier de la guerre. Cela faisait cinq jours que Lebel lui avait donné un dossier à étudier sur une alliance entre deux sociétés, l'une française, l'autre nippone, fabriquant toutes deux des carters de fonte pour les automobiles. Jacqueline n'avait pas trouvé le temps d'effectuer le travail avant son départ. Antonin se retrouvait ainsi livré à lui-même. Il prit le dossier qu'il avait refermé la veille, écœuré à l'idée d'avoir à le reprendre le lendemain. Il avait prié avant de s'endormir, mais rien, absolument rien n'avait changé. Aucune main secourable n'avait daigné sortir de terre ou du ciel pour achever son travail.

« Je suis incapable de pondre un rapport là-dessus. »

Il fallait quand même qu'il commençât à travailler le dossier. Pour s'encourager, il décida de commander des zakouski de chez Petrossian qu'il mettrait sur le compte de la société française qui avait requis les services de Zébulon.

« Huit cent cinquante francs pour cent grammes de caviar et des petits fours salés, c'est un peu exagéré ! » se dit Antonin qui mangea avec le plaisir du remords. Puis il ouvrit le dossier.

Il oubliait ses scrupules, mais il avait maintenant mauvaise conscience. Il referma le dossier, le regarda quelques instants puis le rouvrit à nouveau. Il lut quelques lignes, fit tomber des grains de caviar et un morceau de beurre sur une page, tenta de la nettoyer, mais ne fit qu'étaler des œufs d'esturgeon un peu partout. Il déplaça ensuite plusieurs feuilles, les éparpilla sur son bureau jusqu'à ce qu'il en fût recouvert. Les papiers se mélangeaient. Il essaya d'écrire mais, au bout de quelques minutes, il s'aperçut qu'il ne comprenait pas un traître mot à ce qu'il venait de rédiger. Pourtant le texte était composé de mots, les mots de lettres, mais l'ensemble se diluait en une seule tache grisâtre.

Quelle heure pouvait-il être ?

Trois heures un quart.

Trois heures un quart seulement !

La pendule devait avoir tort. Oui, elle devait se tromper car elle ne comptabilisait pas réellement le temps puisqu'elle ne le vivait pas.

Si on savait calculer la vitesse de propagation d'un virus dans le corps, on ne savait pas encore mesurer celle de l'ennui chez un individu.

Il ne se passait rien.

Quelqu'un se mouchait en dépliant son mouchoir. Une femme se regardait dans la glace. Un comptable rectifiait un chiffre avec autant d'application que s'il se fût agi de la signature du décret de grâce de son fils condamné à mort. Le silence était toujours le même et la pendule n'éclatait pas encore d'un rire de damné.

« Plus possible. »

Plusieurs fois, Antonin s'entendit murmurer ces mots : « Plus possible. »

Il était évident qu'Antonin n'avait pas sa place dans cet univers. Il n'était pas à la hauteur. Il n'avait plus de prise sur ce qui se passait autour de lui. Tout ce qu'il savait, c'est qu'il voulait s'en aller. Il avait l'impression de vivre le cauchemar d'un autre.

« Plus possible », se dit-il une dernière fois en refermant le dossier.

Il verrait le dossier cette nuit. Il traîna dans les couloirs et les bureaux, prit quelques livres sur des sujets qui l'intéressaient, appela un taxi qu'il mit sur le compte de la société française productrice de carters de fonte.

Dehors, il mordit une bouffée d'air.

Lebel attendait son rapport. Le lendemain il s'intéressa d'un peu plus près aux activités d'Antonin.

– Que faites-vous ? lui demanda-t-il en début d'après-midi sur un ton qui ne prêtait pas à rire, en lisant pardessus son épaule.

Antonin écrivait un synopsis. C'était l'histoire d'un jeune employé de banque qui devenait terroriste et assassinait l'immonde directeur adipeux sous les ordres duquel il travaillait. Antonin tenta d'expliquer qu'il cherchait des sujets de roman. A la manière dont Lebel haussa les épaules, Antonin crut comprendre qu'il ne devait pas avoir une haute estime pour l'état de romancier ou alors qu'il le jugeait incapable de l'exercer jamais.

– Ne prenez pas ce récit pour vous, fit Antonin qui était rouge de confusion. Vous n'êtes pas adipeux...

– Je vous prends uniquement pour un paresseux. Pour un paresseux et une tête en l'air.

En disant ces mots, il avait remonté ses lunettes d'un geste sec.

Puis, d'une voix grave qu'il voulait effrayante, il demanda à Antonin de cesser immédiatement ses activités littéraires.

Antonin se leva. Lebel le toisa :

– Je n'aime pas votre façon de mettre vos mains dans les poches. Je trouve cela antisocial.

Antonin garda le silence. Il toisa Lebel à son tour de cet air arrogant qu'il savait susceptible de provoquer la plus grande irritabilité chez son interlocuteur. Il ne répondit rien, mais le mépris qui se dégageait de lui était si parlant qu'il n'avait pas besoin d'y ajouter la voix. Lebel était sur le point de lui administrer un savon dont il se serait souvenu quand sa secrétaire arriva pour lui dire que Burunsky le demandait dans son bureau. Lebel quitta Antonin comme avec regret. En tournant les talons, il lui lança :

– Je vous apprendrai comment je m'appelle, prétentiard !

– C'est un très joli nom et qui vous va fort bien, répliqua Antonin, mais pas à voix assez haute pour que Lebel l'entendît.

Antonin se rassit, tremblant légèrement sous le coup de l'insulte qui lui avait été lancée. Il hésitait entre fureur et honte. Ah ! que ne l'avait-il lancé plus fort, ce « joli nom et qui vous va fort bien » ! Au moins l'honneur eût été sauf... Il ne savait que faire. Quelqu'un avait osé se montrer injurieux à son égard ! On l'avait vilipendé !

Il se leva, enfila sa veste et sortit de chez Zébulon. Il prit à droite dans la rue de Mirosmesnil qu'il descendit, en proie à la colère. Une colère sourde plus tournée contre lui-même que contre Lebel.

Une Volkswagen pila juste devant lui tandis qu'il traversait la rue de la Boétie.

– Vous ne pouvez donc pas regarder où vous allez ! s'écria Antonin en donnant un coup de pied au pare-chocs de la voiture.

Violenter les engins automobiles n'est pas un jeu auquel il faut s'amuser en France, à moins de disposer d'une carrure suffisamment imposante pour se le permettre.

Quand Antonin vit l'homme sortir de la Volkswagen, la bave aux lèvres, il ne put s'empêcher de penser au faciès de King Kong après qu'on lui eut ravi sa fiancée.

– Espèce de c... ! Vas-y, recommence un peu pour voir !

Quoi qu'il fît, Antonin savait qu'il allait recevoir une correction.

Il s'était déjà fait humilier une fois, cela suffisait. Il redonna un coup de pied au pare-chocs. A dire vrai, ce n'était pas réellement un coup de pied, le geste était même plutôt délicat, mais cela ne changeait rien à l'intention.

– Je vais te foutre une de ces beignes, que même ta mère, elle ne te reconnaîtra pas !

Il s'avançait dangereusement vers Antonin quand, derrière eux, un gigantesque bruit de tôles froissées se fit entendre. La Volkswagen, laissée au milieu de la rue, venait de se faire emboutir par une camionnette. King Kong se retourna vers ce qui avait été sa voiture. Toute la rage, la haine et le désespoir du monde se lisaient sur son visage. Antonin en profita pour filer sans demander son reste.

Il entra dans un café et se mit à réfléchir. Il n'était pas question de retourner au bureau le lendemain alors qu'on venait de l'y insulter. Il ne voulait pas mêler Burunsky à cette affaire, d'autant plus que, Lebel lui étant indispensable, il était fort possible qu'il ne prît pas le parti d'Antonin. On soutient toujours ceux qui nous sont nécessaires en dépit de l'amitié qu'on peut porter à d'autres. La seule manière de montrer son mécontentement en conservant sa dignité était de ne pas venir au bureau durant quelques jours et d'y revenir sans certificat médical. L'affront était suffisamment grave pour que Lebel le ressentît, mais pas assez substantiel pour que Burunsky le lâchât.

Antonin partit le soir même pour Bruges où, paradoxalement, le plus beau de ce qu'il découvrit fut un marbre de Michel-Ange, *La Madone et l'Enfant*. Il se tordit les pieds sur les pavés de la cité et sautilla d'un musée à l'autre. Tandis qu'il contemplait le paysage de la ville, il se dit qu'il était plus sensible à la manière dont les marchands italiens utilisaient leurs plus-values qu'à celle dont les bourgeois flamands utilisaient les leurs. Antonin resta deux journées à Bruges puis visita Gand et Anvers et fut surtout impressionné par la demeure de Rubens, d'où se dégageait un style de vie et une classe inégalables.

« Être un des plus grands artistes de son époque, un ambassadeur de talent, un millionnaire avisé, un bel esprit toujours en éveil, que demander de plus à la vie ! » se disait-il dans le train qui le ramenait vers Paris.

Le lendemain, il se retrouva devant la triste réalité. Il fallait faire l'effort de revenir au bureau et affronter Lebel alors que, quelques heures plus tôt, dans son compartiment de train, il était ministre des Affaires étrangères et recevait le prix Nobel pour l'ensemble de son œuvre littéraire.

# IX

Après cet incident avec Lebel, quelques semaines passèrent où l'on ne demanda plus quoi que ce fût à Antonin. On le laissait libre d'être oisif. En l'excluant de la vie active de Zébulon, on le mettait en quarantaine, de la même manière qu'à l'école on envoyait les enfants au coin. A l'armée, on l'aurait envoyé au cachot, chez Zébulon on le laissait libre de ses mouvements, mais on l'enfermait dans un cachot non moins affreux, celui du silence. Il était devenu transparent, il n'existait plus, jamais on omettait de l'omettre, jamais on oubliait de l'oublier. Nombreux sont ceux qui face à une telle attitude sombrent dans le désespoir, ce sont ceux qui ont besoin des autres pour exister. Antonin n'était pas de ceux-là... Il avait en lui une vie suffisamment riche pour ne pas en être affecté. Il n'en fut pas même blessé. Il se dit qu'il eût été bien bête de se plaindre de recevoir un gros salaire à ne rien faire alors qu'ils étaient si nombreux à rechercher un petit salaire pour un travail oppressant. L'homme qui pense est chez lui partout dans le monde, quelles qu'en soient les conditions. Nul ne vit Victor Hugo bâiller d'ennui au cours des dix-huit ans de son exil !

Antonin se contentait d'arriver au bureau quand bon lui semblait, organisait ses soirées, s'instruisait sur divers sujets, perfectionnait son italien, tâchait d'écrire son roman et tenait son journal à jour...

*Lundi*

*Journée surchargée : discuté avec Gabrielle puis tué deux fourmis qui venaient épier ma prose.*

*Samedi*

*Parfois je sens en moi tout un monde prêt à éclater. Il ne manque que le détonateur. Parfois je n'y vois qu'un désert aride impossible à irriguer. Selon la vision qui est la mienne à un certain moment T, je suis soit irradiant de bonheur, soit malheureux comme les pierres... Je suis de plus en plus isolé chez Zébulon. D'ailleurs, n'ai-je pas toujours été isolé ? Tous les groupes, corporations, coteries, classes, cercles, ligues, cliques, partis me repousseront toujours en me laissant de côté parce que je n'épouse jamais les préjugés qu'il faudrait. Je ne peux rentrer dans une catégorie car il faudrait pour cela renoncer à être moi-même.*

*Mardi*

*Je sors d'une boîte, je suis accompagné d'une fille avec laquelle je ne suis pas entré. Nous nous dirigeons vers sa voiture. Dans le caniveau elle voit un rat, sans doute malade car il ne bouge que très peu. Elle fond littéralement en larmes sur le sort du rongeur :*

*– Le pauvre petit rat, le pauvre petit rat, dit-elle d'un ton de plus en plus hystérique.*

*– Quoi, le rat ? lui dis-je.*

*– Le pauvre petit rat, il va se faire écraser.*

*Je lui lance un petit « Ramasse-le ! » mais elle ne semble pas avoir entendu car elle poursuit quelques décibels au-dessus :*

*– Le pauvre petit rat...*

*Elle ne veut pas partir, mais elle ne veut rien faire non plus pour le rat. Pendant ce temps, je fulmine. Je lui explique qu'elle ne peut pas se lamenter sur les malheurs de l'animal et ne rien faire pour le secourir. Peine perdue. Je crois que les femmes sont l'espèce la plus dénuée de sens logique qui soit. Face à certaines situations, elles ne réagissent qu'avec leur névrose et leur égoïsme. Me voilà en train de lui expliquer la grandeur, l'indulgence, la bonté, la loyauté. Elle me regarde tour à tour avec un air de pitié, d'ironie et de mauvaise humeur.*

*Afin de lui enseigner qu'on peut faire du bien à un être bien qu'on soit totalement indifférent à son sort, je ramasse le rat pour le poser sur le trottoir.*

*Afin de m'enseigner que chacun réagit selon sa nature, le rat, en bon rat, me mord violemment le doigt.*

*Je me plains alors amèrement, espérant un réconfort de la part de la fille.*

*– Tu as ce que tu mérites, me dit-elle, on n'a pas idée de prendre un rat dans la main.*

*Je plante là le rat et la fille et je me rends aux urgences de l'Institut Pasteur pour me faire vacciner contre la rage.*

*Lundi*

*On continue à me payer chez Zébulon, je continue à n'y rien faire.*

*Je suis rarement content de moi. Les bonnes nouvelles me soulagent, mais malheureusement ne me procurent aucune joie. Les mauvaises en revanche remplissent leur office et provoquent en moi un profond désespoir. Le pire, c'est que je n'ai personne avec qui le partager. Pas d'âme sœur. Ma manie de l'analyse m'a rendu incapable de tomber amoureux et ma quête de la perfection me fait pointer immédiatement du doigt le moindre défaut.*

*Jeudi*

*Hier, on a tenté de me donner du travail à la banque. Un des associés, me voyant errer dans le couloir, me met dans les mains un pesant dossier :*

*– Pourriez-vous porter ce dossier dans le bureau de X ? me demande-t-il.*

*– Le bureau de X, où est-ce exactement ? lui dis-je sur un ton signifiant qu'il valait mieux qu'il s'occupât lui-même de cette tâche s'il tenait à la survie de son dossier.*

*Ce qu'il fit d'ailleurs immédiatement !*

*Je suis un oisif, improductif, approximatif, végétatif, présomptif, passif et peu pensif... Je rougis de mon petit confort, de ma tranquillité, de mon petit appartement, de mes petites préoccupations. Je dois me forcer à faire ce que personne ne pourrait faire à ma place. Je n'ose pas être assez moi-même. Je ne suis qu'une promesse, mais pour combien de temps encore ?*

*Mercredi*

*Toujours rien à faire chez Zébulon... Je m'y fais ! Hier matin Piafka a appelé. Il demande à ma secrétaire à me parler et s'entend répondre par Gabrielle :*

*– Mais il n'est que dix heures trente, il est encore trop tôt pour M. Krystal.*

*Je ne m'ennuie pas pour autant, je travaille mon roman.*

*Je n'arrive à écrire avec naturel qu'après de longues heures devant la page blanche. Le talent s'obtient à force de persévérance. La facilité n'est qu'une illusion. A chaque instant je me heurte à mes limites. C'est peut-être de ce combat que naît une œuvre.*

*Vendredi*

*Comme je souffre de ne point réussir à écrire ! Il faudrait que j'écrive comme si j'allais être fusillé demain. Pas plus difficile que cela mais, j'ai beau regarder l'horizon, je n'y distingue pas le moindre peloton d'exécution. En fait j'ai la vie devant moi ! La vie ? Je m'en moque, de la vie, c'est un destin que je recherche ! Mais quel destin puis-je trouver au milieu d'un peuple heureux ?... Je souffre d'une absence de malheurs, de l'absence d'histoire... Je souffre du bonheur dans lequel vit cette société. Et puis quel destin m'est ouvert alors que Piafka est toujours derrière moi ou que les gens croient qu'il est toujours derrière, ce qui revient pratiquement au même ? Que faire ? D'un côté, comme toile de fond, vols, trafics, mille bassesses, et de l'autre... mais existe-t-il d'ailleurs un autre côté ?*

*Mercredi*

*Quel luxe d'être dans la situation où je suis alors que, de par le monde, il y a tant de souffrances, tant de mères qui pleurent leurs enfants assassinés, tant de petits orphelins qui pensent désespérément à leurs parents, tant d'estomacs vides, de visages creusés par la misère, l'humiliation, les tortures quotidiennes.*

*Jeudi*

*Sébastien commence à me faire des réflexions désagréables sur le fait que je suis inoccupé. Hier j'ai attendu qu'il s'en aille, je suis rentré dans son bureau et j'ai mélangé plusieurs dossiers. Le lendemain, je l'ai entendu manifester son mécontentement en des termes peu distingués. Je suis sûr qu'il est ce genre de type à rentrer chez lui et à donner un grand coup de pied à son chien s'il est mécontent de sa journée au bureau.*

*Hier chez Zébulon, moment de panique. La rumeur a couru que le baron Bic, propriétaire de la fameuse entreprise qui produit les briquets, les stylos et les rasoirs jetables, cherchait à vendre ses actions pour raisons successorales. Le téléphone n'a cessé de sonner, y compris dans mon bureau. Excédé, j'ai décroché le téléphone.*

*Mercredi*

*Mon inactivité à la banque est à l'image de mon inactivité en général. C'est une grande tristesse de ne pas prendre part à la marche du monde. Je vis toujours en attendant. Je déteste me heurter aux volontés d'autrui. En outre, en n'essayant rien, tout me paraît encore possible. Voilà pourquoi je me tiens à l'écart de l'action !*

*Mardi*

*Pourquoi je souffre et d'autres pas ? Parce que moi j'ai des moignons d'ailes et que je tente quand même de voler alors que les autres n'ont rien, savent qu'ils n'ont rien et ne tentent rien. Ils sont satisfaits de n'avoir pas d'ailes et encore plus heureux de ne pas être embarrassés de ces moignons qui ne leur serviraient à rien, sinon à leur transmettre du malheur.*

*Me plaindre ainsi ne prouve que trois choses : que je suis ingrat de ne pas être reconnaissant de ce que j'ai déjà, que je suis un vaniteux car j'oublie les misères dont le monde est rempli et, enfin, que je suis un imbécile de ne pas savoir profiter de ce que j'ai.*

*Lundi*
*Onze heures*

*Ce n'est pas chez les banquiers*
*Qu'on apprend à dire « je t'aime »*
*Avidité, cupidité*
*Sont les seules choses qu'on y sème.*

*Ils sont tout pleins de vanité*
*Pleins de sous et pleins d'eux-mêmes*
*Gagner, voler et soutirer*
*Sont pour eux le plaisir suprême.*

*Ils s'habillent chez les Anglais*
*C'est vraiment la crème des crèmes*
*Le reste, c'est pour les laquais*
*En porter serait anathème.*

*Ils habitent les beaux quartiers*
*Le seizième ou le huitième*
*Ils y vivent emprisonnés*
*Comme dans la grotte de Polyphème.*

*L'argent est valeur sacrée*
*Ils ne font jamais carême*
*Faut sans cesse accumuler*
*Le contraire est un blasphème.*

*Dans leurs bureaux capitonnés*
*Ils élaborent des stratagèmes*
*Qui dévastent la société*
*C'est comme ça qu'ils disent « je t'aime ».*

*Un quart d'heure plus tard*
*Comment peux-tu écrire de telles inepties ? L'aigreur envers toi-même te rend non seulement bête, mais de plus inculte ! Laurent le Magnifique n'était-il pas banquier ? Ressemble-t-il en quoi que ce soit au portrait primaire que tu dresses de la profession ? N'a-t-il pas favorisé les arts ? N'a-t-il pas protégé Michel-Ange et Pic de La Mirandole ? N'a-t-il pas écrit des vers autrement plus beaux que ta misérable « chansonnette » ?*

*Et les Vénitiens, n'étaient-ils pas également banquiers ? A l'avenir je te conseille de te méfier de pareils raccourcis, on pourrait croire que ton opinion se forme en fonction de tes capacités et que ce n'est pas la raison qui t'amène à parler, mais la frustration !*

*Jeudi*

*Il convient de placer le but à atteindre le plus haut possible puisqu'il est très dangereux d'être au sommet de quoi que ce soit. Un sommet est très exigu, il est par conséquent malaisé de s'y tenir en position stable. Il vaut mieux toujours monter :* usque non ascendam. *Mon roman n'avance cependant pas.*

*Gide rapporte dans son journal que sa grand-mère sur le point de mourir tenait à garder pour le tout dernier moment le meilleur de ce qu'elle avait à dire. Quand elle sentit l'heure fatale s'approcher, elle demanda à ce que toute la famille fût réunie autour d'elle.*

*Tous faisaient silence, attendant qu'elle commençât à parler. Soudain, elle fut prise d'une paralysie de la langue et, au lieu de son superbe discours, ne put émettre qu'un râle de frustration.*

*Si mon manque d'inspiration se prolonge encore longtemps, mon roman lui aussi risque de n'être qu'un râle de frustration.*

*Lundi*

*Je suis sidéré par la propension de la vie à vous créer des emmerdements. On se croit débarrassé d'un problème à tout jamais. On est heureux, on s'installe tranquillement à sa table de travail et, on ne sait d'où, surgit un autre problème qu'il faut absolument régler avant de pouvoir avancer. Il ne faut surtout pas prendre l'habitude des emmerdements. Le pire dans ce genre d'état, c'est qu'on finit par s'y habituer. On finit par oublier qu'il y a des situations brillantes. Elles deviennent hors de portée. On ne peut plus imaginer les atteindre. Et la vie s'efface peu à peu de l'existence pour laisser la place à la résignation.*

*Mardi*

*Je me plais à mépriser ce que je suis tout près d'aimer. J'ai ainsi l'impression de montrer de la grandeur d'âme. J'aime mieux rêver un grand dessein et garder une idée pure de la gloire que d'escroquer une destinée moyenne dite honorable, en frayant et combinant avec ceux qui se contentent de si peu. Que restera-t-il bientôt avec cette intransigeance ? Le temps t'enlèvera tes rares amitiés, ton travail à coup sûr, Piafka n'est pas éternel... Il ne te restera pas même l'espérance, car lorsque tu consens à réfléchir tu n'entrevois que des chagrins, de la douleur et des détresses de tous les côtés. Le peu d'insouciance que tu conserves, tu le dois à ton refus de regarder ton avenir en face.*

*Vendredi*

*J'ai rompu avec Jacqueline. Tout s'est fait de manière très courtoise. Elle m'a donné une grande claque amicale dans le dos et j'ai aussitôt compris que l'on n'était plus amants. Elle s'était lassée de moi ; moi, je n'avais plus de travail à lui fournir. En outre, dans le couple, elle tenait à ce que j'agisse comme une femme. Même au lit, c'était toujours elle qui me chevauchait. Elle ne retrouvait sa féminité que lors de rares enlacements. Elle considérait que l'on pouvait faire l'amour comme l'on fait une partie de flipper. Elle s'interdisait toute sensibilité.*

*Lundi*

*J'ai appris que le bébé de Philippe est mort d'une pneumonie. Je lui ai écrit une lettre aussitôt envoyée. Espérons qu'il aura oublié notre dernière dispute et qu'il m'appellera. J'ai photocopié la lettre et je la joins à mon journal.*

*« Cher Philippe,*

*« Il est impossible de donner de véritables consolations à quelqu'un dans un pareil moment. Elles ne font qu'amplifier la douleur puisque la peine est inconsolable. Seul le temps peut panser la plaie.*

*« Tu disais qu'il était un ange. Il restera un ange qui veillera sur toi tout au long de ta vie. Un ange qui continuera à vivre dans ton cœur en tendant ses bras vers toi. Dans ton*

*cœur, rien ne pourra plus lui arriver. Robert m'a dit qu'il ne s'était pas réveillé. Si, Philippe, c'est dans ton cœur qu'il s'est réveillé. Soyez forts. Prenez votre peine comme une seule personne. Votre douleur est la même. Soyez le plus possible solidaires l'un de l'autre. Que chacun reprenne des forces dans l'autre. Que chacun se repose sur l'autre. Ce sont à présent les mêmes souvenirs que vous transporterez en vous. Prenez ces souvenirs comme une force pour aller de l'avant.*

*« Je te l'ai déjà dit au début : aucune consolation n'est possible.*

*« Tout ce que je peux t'écrire, c'est que je t'aime beaucoup.*

*« Prends bien soin d'elle. Elle en a besoin. Je sais qu'elle prendra soin de toi. Je pense à toi.*

*Antonin. »*

*Mercredi*

*Cela fait plus de deux semaines que j'ai écrit à Philippe. Il ne m'a toujours pas répondu. Je n'ose pas le rappeler. Est-ce la fin de notre amitié ?*

# X

Un jour de décembre, vers les cinq heures, Antonin rangea dans le tiroir de son bureau un ouvrage sur la peinture vénitienne sur lequel il avait passé la plus grande partie de l'après-midi, ébloui par les œuvres de Bellini, Giorgione, Titien, du Tintoret, de Véronèse, Guardi et Canaletto. Il se leva, enfila sa veste et son manteau et s'apprêta à partir avec le vague regret du devoir non accompli, quand le téléphone sonna.

– Gabrielle, réponds, s'il te plaît... Gabrielle, tu peux répondre, s'il te plaît ! répéta-t-il en haussant la voix.

A la quatrième sonnerie, il se décida à décrocher. C'était une initiative périlleuse... Il aurait pu venir à l'idée de quelqu'un de lui donner un travail à accomplir.

– Bonjour, Antonin. Comment allez-vous ? Je ne vous dérange pas, au moins ? Vous deviez être plongé dans vos travaux ?

Il y avait une légère pointe d'ironie dans la voix de Burunsky.

– Non, non, vous ne me dérangez pas du tout, monsieur Burunsky. J'ai essayé de vous joindre la semaine dernière, mais votre secrétaire m'a dit que vous étiez à l'étranger.

– J'étais à Francfort. Nous y implantons une succursale. Mais ce n'est pas pour ça que je vous téléphone.

Antonin sentit Burunsky hésiter à l'autre bout de la ligne.

– Dites-moi, Antonin, j'ai besoin de vous parler.

– Maintenant ?

– Non, pas maintenant. Venez plutôt chez moi demain soir. Ma femme organise un dîner. Nous aurons l'occasion de parler calmement. Ma secrétaire vous donnera l'heure et l'adresse. A très bientôt !

Burunsky était fidèle à la règle selon laquelle il faut employer un nombre de mots proportionnel à la gravité de la détermination. Plus celle-ci était importante, plus Burunsky était concis. Il savait que le pouvoir ne s'impose plus dès lors qu'il s'explique.

« Est-ce un bon ou un mauvais signe ? » se demanda Antonin.

Il feuilleta son agenda, cherchant un ami à qui confier ses angoisses. A la lettre A, il trouva Aycart. Cela faisait bien dix ans qu'il ne l'avait plus vu. Abitbol. Ce n'était pas possible, il lui avait ravi un soir sa petite amie. Il devait trop d'argent à Alexandre. Il tourna la page de l'agenda jusqu'à la lettre B. Il essaya Bechard. « Le numéro que vous avez demandé n'est plus attribué, veuillez consulter l'annuaire ou votre source de documentation. » Il tenta d'appeler les renseignements et raccrocha après dix minutes d'attente. Il continua à consulter son carnet mais, chaque fois qu'il trouvait un nom, un problème rendait le coup de fil impossible. La mélancolie le prit.

« Je n'ai plus personne à qui dire si je suis heureux ou malheureux », pensa-t-il.

Il composa le numéro de son père à l'hôpital Necker.

– Tu travailles ? demanda M. Krystal.

Antonin détestait dire qu'il travaillait. « Travailler ! » Ceux qui lavent les carreaux des gratte-ciel travaillent. Ceux qui balaient la rue travaillent. Ceux qui assemblent des pièces à la chaîne travaillent, mais lui, privilégié parmi les privilégiés, sentait toute l'escroquerie du verbe dans sa bouche.

– Un peu, répondit hypocritement Antonin. Et toi ?

– Je suis entre deux opérations. La prochaine ne va

pas être facile, mais je ne veux pas t'embêter avec ça. Comment ça va à la banque?

Antonin choisit de se plaindre.

– Bien. Sauf que, sur le projet dont je t'ai parlé, c'est Sébastien qui est parti à New York pour négocier. Je trouve ça honteux. Qu'est-ce que tu en penses?

Son père répondit du tac au tac :

– Que tu ne le méritais pas. Ce Sébastien dont tu m'as déjà parlé le méritait, lui.

– Pourquoi? s'offensa Antonin.

– Il a travaillé comme un esclave pour obtenir ce résultat alors que tu n'as pas remué le petit doigt! Au fond, tu n'en avais pas tellement envie, sinon tu aurais fait le nécessaire. Tu n'as aucune raison de te plaindre. D'ailleurs, se plaindre ne sert plus à rien, une fois l'enfance passée. Plus personne ne compatit à la douleur des autres, cela incite au contraire à taper sur le point faible. Mais pour en revenir à ton ami...

– Ce n'est pas mon ami! se défendit Antonin.

– Soit. Mais pour revenir à ton camarade..., reprit M. Krystal, caustique.

– Je vais t'étrangler.

– Tu n'as vraiment pas le sens de l'humour. Pour revenir à ton cop... je veux dire ton collègue de travail, les bassesses, sous lesquelles il est passé, les camouflets qu'on lui a infligés, les louvoiements, les tricheries dont il s'est rendu coupable, tu n'as pas eu à les accomplir. Tu es resté drapé dans ta dignité, égal à toi-même. Tu ne veux pas faire de compromis, soit, mais accepte d'assumer pleinement les conséquences de ton attitude. Je te croyais intelligent. Je vais peut-être changer d'avis.

– Pourquoi?

– Te plaindre est contradictoire. Soit tu ne savais pas que le système fonctionnait ainsi, et tu es un idiot, soit tu le savais et, dans ces conditions, tu es un hypocrite.

– Ce n'est pourtant pas ma faute si...

– Si, interrompit son père, c'est de ta faute puisque tu subis la situation. Lui a accompli mille choses dont tu es parfaitement incapable.

Antonin était revenu en enfance.

– Les gens ne m'aiment pas dans cette banque !

– Cela ne m'étonne nullement. Tu veux des conseils pour que les gens t'aiment ? En voici ! Ne conteste pas les qualités qu'ils revendiquent, ce sont toujours celles auxquelles ils attachent la plus grande des importances. Si un avare te dit qu'il est généreux, accorde-le-lui. Ou alors force-les à t'aimer, du moins en apparence, en accomplissant des choses extraordinaires.

Antonin était proche des larmes.

– Piafka, je ne suis pas heureux ici. Je t'en supplie, laisse-moi partir. Je suis malheureux ! Je n'y peux absolument rien. J'ai sans doute une aptitude à éprouver du malheur infiniment plus grande qu'à ressentir du bonheur. Si j'avais été refusé chez Zébulon, cela m'aurait tordu le ventre durant des années. Avoir été accepté n'a été une joie que de quelques minutes.

M. Krystal prit une voix plus compréhensive.

– Écoute, Antonin, il faut se forcer à jouir des choses. Cela ne vient pas naturellement. Réagis. Le tout est de s'appliquer. Tu te souviens de l'histoire du milliardaire anglais qui, tous les jours, saoul ou malade, se faisait réveiller à cinq heures par son valet qui avait ordre de lui dire : « Monsieur, il est cinq heures, il y a des gens qui se lèvent pour aller travailler. » Sur quoi il savourait le bonheur de dormir jusqu'à midi. Inspire-toi de lui. Dis-toi chaque jour : « Je pourrais être cul-de-jatte. Je pourrais être mongolien. Je pourrais être encore plus bête que je ne le suis. Bien que... Ou rappelle-toi l'angoisse qui était en toi quand tu as ouvert la lettre. Garde ce souvenir en toi. Il faut constamment désirer ce que l'on possède. Voilà le secret du bonheur. Promets-moi que tu vas essayer.

– Promis ! Je vais essayer. A propos, je suis invité à dîner demain chez Burunsky.

– Ils veulent déjà te renvoyer ?

M. Krystal ne pouvait s'empêcher de titiller son fils.

– Tu ne peux pas arrêter de plaisanter, dit Antonin qui craignait justement que la plaisanterie de son père n'en fût pas une. Tu sais, il m'aime beaucoup, Burunsky. Lui, au moins, il me trouve cultivé et intelligent.

– Alors il se débarrassera vite de toi. Demain, fais attention de ne pas te mettre les doigts dans le nez, ni de t'essuyer la bouche sur la nappe. Et souviens-toi qu'il ne faut pas se pencher sur la nourriture, mais la porter à ta bouche.

– Je vais t'étrangler.

– Écoute, Antonin, je dois bientôt y aller. Mais sache qu'il n'y a...

Il ne put achever sa phrase. Antonin venait de lui raccrocher au nez.

Le lendemain soir, un taxi déposait Antonin à vingt heures trente précises devant un immeuble de l'avenue Mozart qui avait été jadis un hôtel particulier. C'était une de ces vastes demeures ayant connu autrefois une réelle splendeur et à laquelle il restait aujourd'hui de l'éclat.

« Il est bien trop tôt », se dit Antonin qui décida de faire le tour du pâté de maisons, histoire de laisser chauffer l'assistance.

Il marchait, joyeux, d'un pas leste. Il s'était pomponné. Le cœur léger, il avait la certitude d'être séduisant. Il espérait trouver à ce dîner tout ce qu'un jeune homme de son âge était en droit d'attendre : des conversations pétillantes et, peut-être même, qui sait, une rencontre amoureuse. Il vivait en plein XIX$^{e}$ siècle. Pauvre Antonin, combien il s'illusionnait : sortir dans le monde n'était plus à présent une partie de plaisir. Cela l'avait-il même été un jour ?...

Pour une pareille soirée en revanche, Sébastien se serait privé de dîners, de déjeuners et de petits déjeuners durant trois semaines, tant elle symbolisait pour lui le sommet de la réussite sociale.

Une fois son tour accompli, Antonin entra dans l'immeuble et monta trois étages en pestant contre l'absence d'ascenseur. Il reprit son souffle devant la porte et sonna.

Un serviteur pakistanais lui ouvrit.

– Bonjour, fit Antonin. Je suis M. Krystal. J'ai été invité à dîner par M. Burunsky.

– Il est dans le grand salon avec les autres invités, répondit le serviteur en le débarrassant de son manteau avec un tel air de dégoût qu'Antonin pensa que ce geste devait aller à l'encontre d'un précepte de sa religion.

Une fois le péché accompli, l'homme continua :

– Si Monsieur veut se donner la peine de prendre place au petit salon, je vais aller prévenir Monsieur.

Le petit salon plut à Antonin : fort vaste, il y avait dedans une monumentale bibliothèque où tous les livres étaient reliés en veau. Sur un mur, à gauche, accrochées, une *Cible* de Jaspers Johns et une construction de Bruce Nauman paraissaient se languir des galeries. Cela n'étonna pas Antonin qui savait que son protecteur possédait une des meilleures collections d'art contemporain d'Europe. Par-ci, par-là on trouvait des morceaux échappés des siècles passés : deux armoires de laque, un bureau de marqueterie, d'imposantes commodes dont Antonin ne connaissait pas l'origine.

Sur un fauteuil se reposait en boule un vieux matou noir. Antonin le caressa, mais le chat ne fut pas enchanté de se voir ainsi réveillé et le griffa à la main. Antonin se redressa, déçu de cette marque de défiance. « Moi qui aime tellement les chats », gémit-il. Puis il arpenta la pièce. Tout à coup, en passant devant la cheminée, il laissa échapper un « merde ! » retentissant.

Ce vilain mot fut provoqué par son reflet dans la glace située au-dessus de la cheminée. Il recula. De la sueur commença à couler sur ses tempes. Le miroir lui renvoyait son image avec une grosse tache d'encre bleue sur son front. Pas étonnant que le Pakistanais l'eût ainsi dévisagé.

Que faire ? Il ne pouvait pas se présenter ainsi devant Burunsky. Tout le monde se moquerait de lui. Ce n'était pas possible ! Il regarda autour de lui, cherchant ce qui le tirerait de ce mauvais pas. Sur un meuble de Boulle, il vit un vase rempli de glaïeuls. Il prit un napperon qu'il trempa dans l'eau du vase et commença à se frotter vigoureusement le front devant la glace.

« Ouf, ça s'en va ! » constata-t-il.

Il plongea à nouveau le linge dans l'eau, mais son

coude heurta le vase qui se brisa sur le parquet. Le bruit qu'il entendit fut décuplé par sa maladresse. Les glaïeuls tombèrent comme un jeu de mikado.

Burunsky allait arriver d'une seconde à l'autre. Le chat leva la tête et replongea aussitôt dans ses rêves. Dans l'entrée, des pas se firent entendre. On venait certainement le chercher. Antonin eut une de ces idées de génie qui viennent rarement au cours d'une vie : il se précipita sur le chat, le souleva et le jeta près du vase en miettes.

– Tu n'avais qu'à ne pas me griffer, lui dit-il.

A ce moment la porte s'ouvrit et Burunsky entra.

Voyant Antonin, il sourit de toutes ses dents. Sa mine se renfrogna quand il identifia ce qui autrefois avait été un vase Ming.

– Indice ! Si M. Krystal n'était pas là, tu recevrais une fessée.

Le chat lança à son maître un regard où perçait un sentiment de profonde injustice. S'il avait pu, il aurait désigné Antonin avec ses griffes.

– Vous n'avez rien, au moins ? demanda Burunsky.

– Non. J'ai juste reçu un peu d'eau sur le front. Cela s'est passé si vite. Il a essayé de sauter du fauteuil jusqu'au guéridon et il s'est mal reçu. Il se fait peut-être vieux ?

« Honte sur toi ! » se dit Antonin.

– Quatorze ans. Allons plutôt retrouver les autres. Je vous parlerai plus sérieusement après dîner.

Ils sortirent. Dans le couloir, ils rencontrèrent le serviteur qui avait ouvert la porte à Antonin.

– Shana, Indice a provoqué une autre catastrophe dans le petit salon. C'est le vase, cette fois-ci. Pourriez-vous aller voir, s'il vous plaît ?

– Tout de suite, Monsieur.

Il dévisagea Antonin l'espace d'une seconde puis disparut.

– Vous ne trouveriez pas formidable que les animaux puissent parler, Antonin ? demanda Burunsky d'un ton mystérieux.

– Si, formidable ! Vous auriez la reconnaissance éternelle de Lebel !

Antonin lui-même fut soufflé par son propre culot; quant à Burunsky il se demandait comment il devait prendre une telle insolence. Il choisit d'oublier la remarque d'Antonin.

Le grand salon portait bien son nom. Une colonie d'hippopotames auraient pû y dîner en prenant ses aises. Dans ces dîners, on voyait toujours les quelques mêmes dizaines de personnes appartenant à ce qu'il y avait de plus réputé dans le barreau, les lettres ou le show-biz, de plus omnipotent dans la finance ou de plus influent dans le journalisme. En somme à ce qu'il y avait de plus riche dans la richesse, de plus snob dans le snobisme, de plus désœuvré dans le désœuvrement.

Ces quelques mêmes dizaines de personnes qui se souriaient, s'embrassaient, se jugeaient, parfois se haïssaient, mais toujours médisaient les unes des autres.

Ces quelques mêmes dizaines de personnes exposées l'année durant à la « foire aux Vanités », qui s'invitaient, se recevaient, tout en se plaignant d'être invités ou d'avoir à recevoir, se vexaient horriblement si on omettait de leur faire parvenir un bristol pour le plus insignifiant des événements mais soupiraient d'ennui quand ils en recevaient un.

Ces quelques mêmes dizaines de personnes, hormis leur célébrité, n'avaient strictement rien à s'échanger!

Debout près de la cheminée, deux hommes discutaient finances internationales. Ils réussissaient l'exploit de bâtir leurs phrases avec des chiffres et s'extasiaient tout en s'écoutant parler. Plus loin, sur le canapé, trois femmes déchiquetaient l'une de leur connaissance :

– Avez-vous remarqué les cicatrices qui se cachent dans les plis de son oreille?

– Une opération?

– On lui a tiré la peau du visage.

– Plutôt ce qui lui reste de peau.

– Combien de fois est-elle allée voir son chirurgien?

– Quatre fois!

– Non, c'est la cinquième.

– A force de tirer dessus...

– Elle finira bien par craquer.
– Oh, c'est du solide !
– Garanti pour un siècle.
– Dans ces conditions, la garantie vient bientôt à son terme.

« Ce n'est plus une conversation, c'est un repas de fauves », se dit Antonin.

– Chérie, interrompit Burunsky, je te présente Antonin Krystal. Antonin, laissez-moi vous présenter ma femme.

L'oreille encore pleine de potins, une femme d'environ cinquante ans leva les yeux sur Antonin.

Elle n'était plus toute jeune mais elle s'embellissait de la connaissance du fait que son mari avait plusieurs dizaines de millions de dollars de côté. Mme Burunsky était une de ces femmes qui se donnent mille devoirs inutiles, font quinze visites par jour, vont aux concerts rock ou de musique classique, traquent les expositions, courent les cocktails, pourchassent les défilés de mode et, le soir venu, se plaignent d'être épuisées. Sur son visage, elle portait un on ne sait quoi de prostituée et de bien née quand même. Le monde des désœuvrés était sa steppe, où elle caracolait en totale liberté. Elle était l'une des héroïnes de ce milieu riche, hautain et impudent.

– Comment vous appelez-vous, déjà ? demanda-t-elle.
– Il s'appelle Antonin, répondit Burunsky.
– Moi, je l'appellerai Anton, parce que Antonin, c'est trop long. Je n'arriverai jamais à m'en souvenir.

Antonin aurait voulu répondre qu'il l'appellerait dorénavant Mme « Bubu » parce que Burunsky, c'était « trop long », mais une certaine prudence lui conseilla de se retenir.

– Antonin, laissez-moi vous présenter Mme N. Elle est la femme de M. B.N. qui dirige le cabinet de notre Premier ministre.

Elle ne devait pas avoir dépassé les trente ans. Grande, brune, les cheveux tombant jusqu'au milieu du dos, elle donnait l'impression de la parfaite bourgeoise, posée, discrète et réservée. Antonin sentait pourtant qu'elle réprimait en elle énergie et exubérance de la même manière qu'elle compressait ses seins sous son chemisier. Elle restait attachée à son mari en subissant ses fureurs, ses caprices et son caractère cyclothymique, non par amour pour la politique, mais par amour pour la petite fille qui lui était née deux ans auparavant. Elle fut étonnée du sourire que lui lança Antonin. Il y avait bien longtemps que nul ne lui avait souri ainsi.

– Enchanté.

– Moi de même.

Burunsky continuait cependant les présentations.

– Voilà son mari... il souffre terriblement de ne pouvoir s'adonner à son occupation favorite : la chasse à courre.

– Enchanté, dit le directeur de cabinet en serrant la main d'Antonin. Convenez que cela pourrait être mal interprété et nous sommes en pleine campagne électorale.

Tout en angle, il respirait l'administration comme Louis XIV respirait la royauté dans son portrait par Hyacinthe Rigaud. Il se dégageait de lui un épais contentement d'être ce qu'il était. Toute son extravagance était concentrée dans un gilet vert pomme qu'il portait entièrement boutonné sous sa veste de costume.

La ronde continuait.

– M. V.B., publiciste qui a réalisé la campagne pour Renault... vous savez, avec la courge.

– Ah, oui, très bien, fit Antonin, c'est donc vous, la courge ?

– Oui, c'est moi la courge...

– Enchanté.

– Enchanté.

– Voici F.F. qui fait profession d'écrire et qui connaît quelque succès.

Il y avait encore chez les Burunsky ce soir-là d'autres nécessités de table, c'est-à-dire un marchand de biens qui vendait des immeubles gigantesques et qui ressemblait à un bouddha si petit qu'il passa toute la soirée peureusement assis sur l'un des canapés du salon ou sur une chaise de la salle à manger par crainte de se lever ;

un lobbyiste que la pratique des discussions et des compromis avait arrondi mentalement et physiquement, un antiquaire que le contact quotidien avec le XVIIIe siècle avait tellement poli qu'il finissait par tout réfléchir, et le patron d'une entreprise d'eaux minérales, pétillant et bulleux, qui avait prix la forme des bouteilles qu'il vendait à travers le monde entier. Ils étaient venus avec leur femme, excepté l'écrivain qui était asexué.

Tous avaient gagné beaucoup d'argent dans les années 1980. Il est vrai qu'à cette époque il était facile d'en gagner à condition d'en avoir déjà. Ces gens eurent cependant le tort de croire qu'ils devaient leur réussite à leur talent quand justement le talent eût été de ne pas en gagner ou, encore mieux, d'en perdre.

Ils étaient aimables, mais de cette amabilité qu'ont certains étrangers qui n'ont appris de la langue française que les formules de politesse.

Quand on s'installa à table, Antonin remarqua qu'il y avait quatorze couverts de dressés et il se demanda s'il n'avait pas été invité par superstition.

Le directeur de cabinet fut placé à la droite de Burunsky, sa femme à la droite de Mme Burunsky, face à Antonin qui se trouvait entre cette dernière et l'antiquaire.

On commença ensuite à causer par groupes indépendants. Antonin comprit alors que dans une conversation il ne fallait jamais écouter ce que son contradicteur disait, mais au contraire profiter de ce qu'il avait la parole pour préparer sa réponse, même si celle-ci n'avait aucun rapport avec ce qui venait d'être soutenu. Dans un dîner, mieux vaut un beau monologue, totalement hors sujet, qu'une réponse médiocre.

A une extrémité de la table, Mme Burunsky expliquait à la femme du directeur de cabinet, qui cherchait à se faire servir du vin, le peu de temps qu'elle avait dans une journée pour faire enfin ce qui lui plaisait.

– Le téléphone et la sonnette de l'entrée me dérangent sans arrêt. C'est d'abord une amie qui veut me voir, puis le couturier qui me demande de changer l'heure de mon essayage. C'est ma cousine qui prend de mes nouvelles parce qu'elle m'a trouvée un peu fatiguée la veille. Pour couronner le tout, je n'ai que dix minutes à donner à mon coiffeur.

Pendant ce temps, la femme du publiciste évoquait avec celle du lobbyiste ses lointaines amours. Elles en roucoulaient toutes deux. A présent, disait-elle, elle n'aimait que son chat et son chien.

La conversation au cours du dîner fut banale mais des plus polies. La politesse tue cependant toute pensée originale car il s'agit toujours de veiller à ne pas blesser l'un ou à ne pas froisser l'autre. Finalement, ce ne sont que de tristes échanges, ce que l'on nomme des « mondanités ».

Passe encore que les événements les plus insignifiants prissent l'allure de chansons de gestes, mais ce qu'Antonin détestait par-dessus tout, c'étaient ces parenthèses qui s'ouvraient pour ne se fermer que sur une autre. Jamais de fil conducteur dans la conversation, excepté celui du plaisir de converser.

A les entendre, on avait l'impression que les drames de la planète se limitaient à savoir que le caniche de Natacha souffrait de dysenterie, que le vert bouteille n'allait pas à Nadia, que le marché d'Auteuil pratiquait des prix hallucinants et qu'Anne-Marie-Louise avait pris cinq kilos en deux semaines et « tout dans les fesses ».

Pour eux le malheur n'existait pas. Dans ce monde, il fallait avoir l'air de ne connaître que de nobles préoccupations. C'était le retour de l'antique Age d'or. Surtout ne pas sembler attacher de l'importance à quoi que ce fût.

Le souci, le besoin, la passion, les haines n'existaient pas. Toute souffrance vraie choquait et détonnait. Seul le bonheur était permis.

Pourtant, si l'on avait écarté le rideau qui masquait cette scène de vaudeville, on aurait pu voir que la vraie joie de vivre leur était étrangère. Maladies incurables, complexes physiques et moraux, angoisses d'argent ou familiales, désespoirs constants ou passagers, dépressions, paranoïas, alcoolisme, tous ces maux les travaillaient en coulisse.

Qui aurait pu le deviner, à les voir rire de tout ? Pourtant, au fond d'eux-mêmes, ils souffraient. Ils ne se plaignaient jamais ou, s'ils le faisaient, ils avaient soin de donner à leurs lamentations une allure spirituelle qui faisait douter du sérieux de leurs propos. La richesse ennoblit la douleur et l'élève jusqu'au tragique. Personne n'est pauvre dans les pièces de Racine. On voit mal Andromaque aller pointer chaque matin à la caisse d'un grand magasin de quartier ou Titus et Bérénice remplir des formulaires de décès dans un cabinet d'assurances.

Antonin parla librement. Ses propos choquèrent ces gens habitués à plus de frivolité. Son ton sérieux et sa fougue les déconcertèrent. Ils furent séduits par son esprit anarchiste et original.

– Alors, vous allez interdire ce voile islamique ? C'est une honte que, dans la France d'aujourd'hui, on puisse voir des petites filles porter un tchador, dit-on au directeur de cabinet.

– La décision dépend du Conseil d'État.

– Mais c'est quand même un fait sans précédent ! Tous ces signes ostentatoires..., s'indigna l'écrivain.

– Pas tant que ça, intervint Antonin. Je vous signale que l'histoire n'a retenu aucune protestation d'un chef d'établissement du primaire ou du secondaire quand, à partir du 6 juin 1942, les élèves juifs furent contraints à partir de l'âge de six ans de porter en zone occupée le mot « juif » inscrit sur une étoile jaune. Cette atteinte à la laïcité n'a suscité aucune réaction publique. Aucun proviseur, aucun instituteur, aucun professeur ne s'est démis de ses fonctions pour ne pas y participer, même passivement. Un certain nombre d'enseignants, qui n'étaient pas des héros, ont eu le comportement qui convenait. Ils ont dit à leurs élèves qu'il ne devait y avoir aucune discrimination. Les juifs seraient traités comme les autres, en dépit de leur étoile. Ils ont continué à diffuser un enseignement porteur des valeurs républicaines. Peut-être le courage des enseignants aujourd'hui consiste-t-il à supporter ce voile et à tenter d'y opposer l'enseignement de tolérance laïque. Le voile qui couvre les oreilles de ces jeunes filles ne les rend pas pour autant sourdes !

– Antonin a cent fois raison, remarqua Burunsky.

On changea vite de sujet.

– De quel signe êtes-vous donc ? demanda à Antonin une des femmes.

– Vierge, ascendant Scorpion.

– Je le savais. Cela se voit, vous savez. Je vois aussi que vous irez haut, très haut. Tout au sommet...

– Alpiniste ? répliqua Antonin.

– Non, je ne plaisante pas. C'est comme une vision, je ne saurais pas l'expliquer clairement, mais attendez-vous à être au sommet.

Tandis qu'Antonin se demandait quel téléphérique l'y conduirait, le directeur de cabinet lui demanda :

– Vous chassez, Antonin ?

– Non.

– Vous pêchez, alors ?

Pour ce personnage, en dehors des heures de bureau, le monde se divisait en quatre : les chasseurs, les pêcheurs, le gibier et les poissons. Hors ces catégories, rien n'existait sur la Terre.

– Je ne pêche pas non plus, ou, si je pêche, je remets toujours les poissons à l'eau. On ne sait jamais, ils pourraient être des génies ou des enchanteurs prêts à exaucer trois de mes vœux.

– Et vous avez eu de la chance jusqu'à présent ?

– J'ai pêché un Burunsky de plus de dix-huit livres.

La conversation continua ainsi durant une bonne demi-heure sur le même ton badin.

Au fil des répliques échangées, Antonin remarqua qu'il était quasiment impossible de tourner en ridicule les gens socialement puissants ; les rieurs demeuraient immanquablement de leur côté. L'argent et le pouvoir sont des baguettes magiques qui effacent d'un coup sec tous les ridicules.

La jeunesse et la grâce d'Antonin firent sur la femme du directeur de cabinet, au cours du dîner, une impression qu'elle ne voulait tout d'abord pas s'avouer. Elle commençait à rougir, voulait détourner son regard mais le gardait fixé sur le sien.

Antonin allongea sa jambe et commença à lui faire du

pied. Après avoir redemandé un verre de vin, elle se laissa caresser.

On sortait de ces dîners avec l'esprit et le ventre mal rassasiés. Les Burunsky devaient sans doute se remettre à table une fois seuls. Ils avaient le chic pour recevoir avec une certaine « simplicité pompeuse », c'est-à-dire que, chez eux, les plats et la vaisselle étaient fort beaux, c'était la pompe, mais ne contenaient presque rien, c'était là la simplicité. D'ailleurs les invités parlèrent régimes durant une bonne partie du repas. Antonin apprit qu'il ne fallait pas mélanger les glucides et les lipides, que l'acidité ne facilitait pas la digestion, que les fruits doivent être mangés avant le repas et non après.

Une femme que la vie avait fatiguée servait à table.

– C'est un véritable repos que de la voir travailler, remarqua la femme de l'industriel. J'espère que vous la traitez bien, surenchérit-elle, car il est difficile de trouver des domestiques fidèles de nos jours. Tenez, par exemple, j'ai demandé à mon boy Shana de déplacer le piano à queue...

– Précise aussi que ton piano n'est pas sur roulettes et que tu le lui as fait déjà déplacer deux fois le mois dernier, dit son mari.

– Tu ne vois pas que tu me coupes sans cesse ? Je vais être obligée de reprendre depuis le début. Je lui ai demandé de déplacer le piano, et vous savez ce qu'il a eu le front de me répondre ?

Personne n'eut l'audace d'essayer de deviner.

– Qu'il n'est pas une bête de somme !

– Non ? Inimaginable !

– Les pauvres ont perdu tout respect pour l'argent. Heureusement que nous en avons gardé pour la pauvreté, continua-t-elle.

A un bout de table, une autre conversation attira l'attention générale. Il s'agissait évidemment de politique.

– La seule chose qui m'intéresse dans ces élections est de savoir si oui ou non on va abolir cet impôt antidémocratique, cet impôt félon, l'impôt sur les grandes fortunes. A ce niveau-là je crois que je donne plus à l'État que je ne gagne d'argent. C'est une situation ubuesque. Vous n'êtes pas d'accord avec moi ?

– Oh, que si ! Aucun des candidats de droite ne l'a mentionné. Normalement, les élections devraient se focaliser sur ce problème.

Ceux qui gémissent ont une éloquence et une sincérité telles qu'ils réussissent très souvent à entraîner ceux qui les écoutent. Celui qui, mû par un souci d'objectivité ou de simple logique, tient à remettre les choses à leur place se voit aussitôt qualifier de pédant et de prétentieux. Voilà pourquoi Antonin s'interdit de rentrer dans le débat.

– Et vous, Antonin, vous portez plutôt à gauche ou à droite ?

– Quel que soit le candidat élu, je prie pour qu'il fasse tout son possible pour redresser la situation intérieure. C'est la dernière chance pour la démocratie. S'il échoue, l'extrême droite sera aux portes du pouvoir, répondit Antonin.

Personne ne crut bon de s'attarder sur ce sujet.

Après le dessert, Burunsky demanda à Antonin de venir dans son bureau, au fond de l'appartement. Il s'y rendrait en premier. Antonin n'aurait qu'à le rejoindre cinq minutes plus tard.

## XI

A l'entrée d'Antonin, Burunsky se leva, son gros cigare cubain dans la main droite. De la main gauche, il prit sur les rayons de la bibliothèque un livre relié puis vint se rasseoir dans son fauteuil en cuir et commença à tourner les pages.

– Regardez, dit-il à Antonin, c'est le répertoire de la Bourse de Paris de 1930. De grands noms ont disparu : Bache, Belmont, Dominique et Dominique, Gurtzman, Haraucourt, Mallarmé, Nouard, des noms que je connaissais, des grands noms de la finance encore présents sur la place après la Libération. Lorsque des gens prétendent qu'à présent on peut être sûr du futur, je leur réponds : « Comment en être si certains quand on feuillette un tel livre et qu'on voit que tant de noms ont disparu ? » C'est terrible de savoir que ceux qui sont aujourd'hui ne seront plus demain.

Il y eut quelques secondes de silence, puis Burunsky reprit :

– Vous avez foi dans le futur, Antonin ?

– Je me demande plutôt si lui a foi en moi.

– Et vous vous le demandez avec raison ! Il faut que je vous parle sincèrement. On me raconte que vous ne vous investissez pas dans vos projets. Je ne dirai pas que vous traitez tout par-dessus la jambe, mais je crois que vous mettez un peu trop en pratique le « n'ayez pas de zèle » de Talleyrand.

– Mais personne ne me dit jamais rien !

– On ne se permet pas de vous adresser trop d'observations. Vous êtes charmant, on est habitué à vous. Mais beaucoup à la banque cherchent déjà un moyen de se débarrasser d'un collaborateur « inerte ».

– Inerte ! s'indigna Antonin. On ne me donne jamais rien à faire !

– Je maintiens inerte. On me dit que vous allez au bureau comme d'autres se rendent à leur club. Vous jetez à vos collègues le regard que les gentlemen portent sur les huissiers de leur cercle. Arrivé trois heures après les autres, vous semblez rassuré de constater qu'ils sont tous là !

Burunsky parlait de cet air dégagé qui bouleverse, sans avoir l'air de s'en douter, l'esprit d'un interlocuteur.

– On ne s'est jamais plaint de moi.

– Non, vous avez raison, mais vous n'avez de rapport avec personne. Vos secrétaires vous adorent. Vous êtes jeune et peut-être que vous ne leur donnez jamais rien à faire. Je suis passé une fois devant votre secrétaire, Antonin. J'ai eu la surprise de la voir penchée sur son bureau, très concentrée en apparence. Je me suis avancé, pensant qu'elle essayait de déchiffrer votre écriture. Quelle cruelle déception ! Elle se nettoyait les ongles avec méticulosité. J'ai vu qu'ils étaient parfaitement propres ! Sans doute devaient-ils l'être depuis des semaines. Vous lui donnez si peu de travail qu'elle est contrainte de se nettoyer des ongles propres ! Vous devriez avoir honte !

– Honte !

– Oui, honte ! Vous consentez à recevoir un salaire mirobolant et vous trouvez normal de ne rien devoir faire en contrepartie. J'ai une dette envers votre grand-père... Allons, vous êtes sur le champ de bataille. Ce n'est plus le moment de polir votre fusil ; il faut tirer.

– Je veux bien tirer, mais on ne me donne pas de cartouches.

Antonin croyait encore que l'on peut sauver sa tête par des mots d'esprit.

– Ah, mais non ! Les cartouches, vous en avez plus qu'assez. Le problème est que vous ne voulez pas tirer à notre cadence. Qu'espérez-vous d'une telle attitude ? Voulez-vous être tout seul contre le monde entier ? Vous n'écoutez que votre propre jugement. Apprenez à faire des compromis. Chaque homme doit suivre les règles pour jouer. Quand vous engagez une partie d'échecs, vous ne dites pas que le fou ne devrait pas suivre sa diagonale, ou qu'il est ridicule que le pion ne puisse pas se déplacer en biais. Pendant la durée de la partie, vous vivez par les règles. Pourquoi remettez-vous les nôtres en question, je vous le demande ? Plongé dans un monde, il faut le prendre tel qu'il est, sans raillerie, sans bouderie, sans exigence excessive. Croyez-moi, la patience vaut mieux que tout.

– Vous le pensez vraiment ?

– Bien sûr que je le pense vraiment. Vous savez que je ne désire que votre bien. Tout autre garçon qui aurait agi comme vous aurait été renvoyé depuis longtemps.

– Pourquoi pas moi ? demanda Antonin à la manière d'un enfant têtu.

– Vous savez pourquoi ! répondit Burunsky avec une certaine colère dans la voix. Ne m'obligez pas à le répéter à nouveau !

Il paraissait blessé de la question d'Antonin.

– Je suis sincèrement désolé, dit Antonin qui regrettait déjà sa question.

– Antonin, se résigner n'est ni lâche ni humiliant. Laissez-leur un peu de place. Il faut y mettre de l'enjouement. Il est vrai qu'en ne cédant jamais on protège son orgueil. On se désintéresse de tout ce qui peut arriver, mais les choses s'en fichent, elles suivent leur cours et les gens se moquent de la sottise de votre dignité. C'est la lutte du pot de fer contre le pot de terre.

– J'ai eu quelques idées que je vous ai soumises et qui étaient bonnes. Je sais qu'elles étaient bonnes.

– Soyez raisonnable. Dans une société telle que la nôtre, la capacité ne compte pour rien !

– Pour rien?

– Elle est nécessaire, mais elle n'est pas suffisante. Elle doit se faire admettre par les petits esprits. Elle doit savoir plaire. Il faut charmer. C'est indispensable pour mener les choses à bien.

– Et je ne suis pas comme ça?

– Non. Au contraire! Dans un sens, vous n'êtes pas un démocrate. Vous êtes pour les « pleins pouvoirs », tout au moins en ce qui concerne certains projets. L'opinion des gens a sa valeur, quoi que vous puissiez en dire. Quand on vit en société, il ne suffit pas d'avoir sa conscience pour soi, il est bon aussi d'avoir l'appui des autres. Ce monde, que vous le jugiez dégoûtant ou non, est néanmoins le vôtre!

– Oui, mais c'est comme ça qu'on réussit!

– Non, ce n'est pas comme ça. Même ici, on est d'une certaine manière dans une démocratie. Vous avez un grave défaut, Antonin : vous êtes cassant! Ce n'est tout de même pas si difficile que ça! Occupez-vous des autres, montrez-leur des égards. Effacez-vous un peu vous-même. Il faut aussi que vous compreniez que les bonnes idées sont des crachats jetés au visage de celui qui ne les a pas eues. Chaque trait de génie vous isole davantage. Il faut apprendre à se les faire pardonner. Les gens sont vaniteux. Ils n'acceptent aucune forme d'infériorité. Vous devez savoir les rassurer sur leurs mérites et leurs aptitudes.

– Je n'arrive pas à me contenter de n'être que le rouage d'un système, la pierre d'un édifice ou un mot dans un poème.

– Allons donc! Vous êtes comme un violon dans un orchestre symphonique. C'est plus flatteur et plus proche de la réalité.

– Que pensez-vous que je doive faire? demanda Antonin qui était prêt à se raccrocher à tout ce que pouvait lui dire Burunsky.

– Des manières « je-m'en-foutistes » gâchent jusqu'aux plus grands talents. Certains défauts marquent parfois plus un individu que les plus grandes des qualités. Ajoutez une corde à votre arc. Cherchez à plaire, même si cela vous coûte. Et ne froissez pas les amours-propres. On ne peut pas tout avoir, dit Burunsky du ton de l'homme qui a tout. Parfois il faut choisir. Malgré tout ce que l'on a pu me dire sur vous, je vous fais confiance à nouveau. Ne prenez pas cette tête de martyr. Tout va aller pour le mieux à présent. J'en suis convaincu. Allons rejoindre les autres pour le café.

Burunsky se leva et prit Antonin par l'épaule.

## XII

On peut dire et écrire tout ce que l'on voudra, le coup de foudre est et restera un phénomène principalement physique. Laure à l'église Sainte-Claire à Avignon et Béatrice à un goûter dans la maison paternelle le 1er mai 1274 triomphèrent de Pétrarque et de Dante par leur aspect extérieur. Quand ils les virent, les deux poètes furent captivés par leur apparence et c'est cette vision qu'ils transposèrent dans leur œuvre. Il est certain que les âmes de Laure et Béatrice se lisaient dans leur regard, mais ce fut leur féminité qui les séduisit : la cambrure de leur esprit, la rondeur de leurs charmes, les agréments de leur maintien... et les formes de leur caractère. Les peintres ont été bien aveugles en représentant Cupidon les yeux bandés : c'est l'œil qui choisit en amour.

Le coup de foudre requiert également une disponibilité de temps et d'esprit qui jusqu'à ce jour faisait défaut à la quasi-totalité des hommes et des femmes.

Peut-on imaginer un paysan français du haut Moyen Age, accablé sous le poids des impôts seigneuriaux ou royaux, des corvées diverses, des brigands, des famines, des guerres perpétuelles venant dévaster régulièrement son champ d'où il n'arrive à extraire que le minimum afin que ses enfants ne meurent pas de faim, peut-on l'imaginer être véritablement frappé par la foudre de l'amour ? Certes pas ! Le coup de foudre était un luxe réservé à une poignée de privilégiés qui, d'ailleurs, le pratiquaient comme un art, bénéficiant du temps disponible si nécessaire. Le temps, voilà le combustible indispensable au coup de foudre. Durant des siècles, quatre-vingt-dix-neuf pour cent des hommes et des femmes ne pensèrent et ne purent penser qu'à ne pas mourir de faim, tandis que le pour cent restant cherchait à remplir du piment de la romance le vide de ses journées. Peut-on s'imaginer Casanova pointant quotidiennement dans un bureau d'assurances ou Don Juan employé d'un cabinet notarial y remplissant des formulaires de décès ? Si Don Juan et Casanova purent ainsi marquer leur époque par leurs romances et laisser une telle image de séducteur, la raison en est que Don Juan tout autant que Casanova étaient des oisifs. Oisifs tout comme tous les couples mythiques dont les amours ont rythmé la partition de notre vie. Roméo à Vérone devait être un jeune homme dans le vent sans autre occupation que de montrer la beauté de ses pourpoints quand il passait à cheval devant le balcon de Juliette qui pouvait se pâmer d'amour pour lui, n'ayant pas et n'ayant jamais eu de devoir de maths à achever.

Cléa était belle, Antonin disponible, la foudre pouvait donc tomber dans le salon du troisième étage d'un immeuble de l'avenue Mozart.

Quand Antonin l'aperçut, elle était debout, resplendissante, campée devant la cheminée, prenant des poses si naturelles qu'elles avaient dû nécessiter des années de travail. Une fois qu'elle eut conscience que tous les yeux étaient fixés sur elle, elle s'assit, scintillante, dans un des canapés du salon et adopta un regard olympien, rêveur, éloigné des préoccupations des mortels qui l'entouraient. Elle ne disait pas un mot. Qu'aurait pu dire ce sphynx qui ne soit venu diminuer son éclat ? Alors elle se taisait, mais dans le brouhaha qui régnait dans le salon, c'était elle qui faisait le plus de bruit.

La certitude de plaire ajoute au charme. Ainsi vaut-il mieux se croire beau car cette croyance embellit.

– Qui est-ce ? demanda Antonin à Burunsky.

– Vous ne la connaissez pas ? C'est vrai qu'elle ne fait encore que débuter... C'est ma protégée. Cléa Fiori. Elle avait promis de passer en fin de dîner... Elle ne pouvait venir avant, elle tournait.

– Votre protégée ?

– Vous ne saviez pas que j'ai produit de nombreux films ? Vous n'avez pas vu *Le Rêve d'un printemps* ou *Le Savoir-Vivre*.

– Si. J'en ai entendu parler, mais je ne vais plus au cinéma depuis de nombreuses années. Mais dites-moi, n'y a-t-il pas de fâcheux précédents avec des banquiers qui ont voulu devenir producteurs ? Les deux professions ne se marient pas toujours très bien. Le cinéma exige un double degré de compétence, l'un corollaire de son essence artistique, l'autre de sa destination commerciale. C'est l'harmonieux mélange de ces deux exigences qui fait un succès.

– Je vois ce que vous voulez dire. Mais les banquiers auxquels vous faites référence se moquaient totalement du cinéma. Ils voyaient les films comme des produits financiers, pareils à des obligations ou à des actions. Les obligations ou les actions répondent aux lois du marché. Si elles ne trouvent pas preneur à une valeur donnée, elles baissent et, une fois la valcur corrigée atteinte, elles rencontrent un acquéreur. En revanche, solder le prix du billet pour un film qui n'a pas les faveurs du public n'a aucune répercussion sur la fréquentation des salles qui le distribuent. Mais, pour en revenir à Cléa Fiori, elle sera la vedette de mon prochain film, *L'œil de Caïn*.

– Quel en est le sujet ?

– C'est l'histoire de l'ascension et de la chute d'une jeune actrice. On doit tourner à New York, Londres et Venise. Il y en a pour quelques mois.

– Quel rapport avec l'œil de Caïn ?

– Vous ne voyez pas ?... Vous me désolez, c'est évident. L'œil de Caïn, c'est l'œil démoniaque de la caméra. Souvenez-vous : « *L'œil était dans la tombe et regardait Caïn.* » Vous voulez que je vous la présente ?

– La caméra ? demanda Antonin.

– Vous essayez souvent de me faire marcher, mais ça ne prend pas avec moi. Alors, voulez-vous que je vous la présente ?

– Volontiers.

Sur le chemin de la vie qui l'avait conduit à ses vingt-deux ans, Cléa était passée par certaines étapes inévitables : les dîners au *Cirque* à New York, au *San Lorenzo* à Londres ou chez *Lasserre* à Paris, les sacs Bugatti ou Kelly de chez Hermès, les robes aériennes de chez Dior, flamboyantes de chez Lacroix, féminoïdes de chez Rabanne, caressantes de chez Valentino, ardentes de chez Alaïa, gothiques de chez Mugler, en feu d'artifice de chez Lagerfeld ou aveuglantes de chez Versace, les week-ends aux confins du monde, les vacances de Noël dans les hôtels six étoiles de Thaïlande où les grooms suivent le client à la trace, jetant des pétales de fleurs sur son parcours, les colliers de perles de chez Harry Winston, les diamants de Chaumet, les pulls en cachemire achetés par douzaines, les suites royales au *Crillon*, les bouquets d'orchidées venus spécialement par avion, les agendas en peau de lama, les porte-cartes en orque ou en autruche, les sorties de lit en fourrure de tigre, les sorties de bain en angora, les draps en lin, les chats persans, les siamois, les chiens plissés. Cléa recevait, gardait et remerciait mais avec une certaine distance. Elle ne voulait pas être traitée en objet de luxe, elle pensait mériter bien mieux.

Toujours habillée à *sa* mode et non à *la* mode, on ne se lassait jamais de regarder Cléa. On ne se lassait jamais non plus de rêver de l'enlacer... Après que l'on avait contemplé ses traits d'une aristocratique régularité, on conservait d'elle les réminiscences d'une de ces exquises représentations d'Aphrodite du classicisme athénien. Elle avait d'ailleurs d'une statue cette impassibilité subjugante et ensorcelante qui maintenait, par une sorte de respect divin, le contemplateur à bonne distance. Il est vrai également qu'elle avait comme paratonnerre contre l'effronterie et l'impudence des grossiers une substantielle fortune, laissée par une tante qui, tout comme elle, se nommait Cléa et s'était sentie flattée les dernières années de sa vie de le voir porter par une si belle jeune fille.

Cette aisance matérielle se prolongeait dans une grâce naturelle. Les gestes de Cléa, retenus, policés, raffinés, ne donnaient pas cette impression de recherche parfois exaspérante. Très maîtresse d'elle-même, de ses réactions comme de ses sentiments, jamais un mot plus haut que l'autre ne s'échappait de la cage de sa bouche et lorsqu'on l'irritait elle n'en devenait que plus gracieuse. Seuls ceux qui la côtoyaient depuis longtemps voyaient alors passer dans ses yeux d'un bleu clair décoloré par l'ennui un éclair carnassier, lui conférant un aspect insolite.

Lorsqu'elle s'allongeait, elle se métamorphosait, tel un caméléon lymphatique, en un animal lové dans un abandon troublant. Il ne fallait pas s'y fier; ses bras et ses jambes décorés de muscles longilignes, à la fois fermes et langoureux, avaient été rendus redoutables par des années de danse classique, de natation, de gymnastique et d'équitation. Elle ne privilégiait cependant pas les soins du corps au détriment de ceux de l'esprit, elle avait su s'imposer une mélodieuse sobriété. Le temps se serait quoiqu'il en soit cassé les dents sur l'éclat de Cléa, car il suffisait à l'œil de se poser l'espace d'un instant sur sa personne pour percevoir qu'elle possédait une de ces beautés qui immanquablement regagneront en splendeur ce qu'elles égareront en fraîcheur. La gracieuse harmonie du corps et de la physionomie conférait à Cléa une distinction sincère et naturelle. On se serait perdu à rechercher en elle la moindre trace de vanité ou d'affectation, mais on y aurait cependant découvert un intense dédain pour le bas, le vil et le médiocre. Ce dédain la faisait paraître prétentieuse aux yeux des sots, qui flairaient son besoin d'élévation et de liberté.

Cléa pensait savoir que les hommes étaient menés par la vanité, la cupidité, l'envie, la jalousie et mille autres turpitudes qui empruntent le déguisement du désir. Ce pessimisme donnait à l'expression de ce visage noble et pensif un air dur et sec qu'elle exhalait comme les effluves d'un parfum sur les hommes qui l'entouraient, la flattaient et la courtisaient. Cléa les effrayait cependant par un mystère qui la nimbait. Les femmes, bien que la trouvant ravissante, ne la détestaient pas : savait-elle même qu'elle était belle ?

Ame trop passionnée pour se contenter du réel de la vie, Cléa édifiait par ses rêveries un palais d'amour comme d'autres bâtissent un château avec des cartes à jouer.

Sa vie sentimentale était à la merci du moindre courant d'air.

– Cléa ! fit Burunsky.

Cléa était belle, mais Burunsky était le producteur ; elle se leva pour aller à sa rencontre. Elle avait le port d'une reine.

– Monsieur Burunsky. Je ne vous avais pas vu. Comment allez-vous ?

– Très bien. Je tenais à vous présenter un de mes jeunes collaborateurs, Antonin Krystal.

« Collaborateur toi-même », pesta Antonin.

« Antonin ! Quel prénom ridicule », pensa Cléa.

« Je me fais vieux. Je ne peux plus être qu'un entremetteur », soupira Burunsky.

– Très heureux.

– Enchanté.

– Je vous laisse. Je dois téléphoner à notre représentant au Japon, dit soudain Burunsky.

Cléa portait autour du cou une écharpe bleue en doux cachemire d'Écosse. On aurait dit une princesse à peine descendue de son carrosse.

Antonin était pareil à une batterie qui se chargerait de désir. Un feu le prenait dans sa chair, un feu vif et clair qui allait en se propageant dans son cœur.

Il lui sembla que Cléa le regardait d'une manière que ses espoirs ne jugèrent pas indifférents.

A cœur aimant tout est présage : un mot, une intonation, un regard, un jour de soleil ou de pluie, la forme étrange d'un nuage. Tout se transforme en signe qui apaise ou torture.

« Si elle veut bien aller s'asseoir avec moi, cela voudra dire qu'elle sera mienne ce soir », se dit-il à lui-même. Il ne supportait pas de parler à une fille en qui il ne voyait pas une maîtresse potentielle.

– Tu ne veux pas qu'on aille s'asseoir sur le canapé ?

– J'ai été assise pendant un quart d'heure. Je préfère rester debout. On est mieux, tu ne trouves pas ?

Il aimait sa voix. Une voix chaude, profonde, nocturne, qu'elle avait réussie à casser à force d'entraînement.

– Si, on est mieux, admit Antonin.

Au moins il pouvait contempler la rondeur de ses fesses.

« J'avais droit à trois essais. J'ai usé mon premier, pensa Antonin. Tentons le deuxième. Si elle veut boire quelque chose, elle sera mienne ce soir ! »

– Tu veux que j'aille te chercher quelque chose ? Qu'est-ce que tu veux boire ? s'enquit-il.

– Peut-être un peu de jus de... Après tout, non ! Je n'ai pas soif. Il ne faut pas trop boire après les repas.

– Tu es sûre ?

– Tout à fait !

« Et de deux. Il ne me reste plus qu'une tentative. Il ne faut pas prendre de risque ! Fiori ! Elle ne peut pas être autre chose qu'italienne, vu son nom ! Si elle est italienne, elle sera mienne ce soir ! »

– Tu es de quelle ville en Italie ?

– De Bucarest.

– Quoi ? Bucarest ! Mais ce n'est pas en Italie !

– Les Roumains et les Italiens s'en sont rendu compte depuis déjà fort longtemps. Moi, je suis d'origine roumaine. Fiori n'est pas mon vrai nom. Mon agent a cru que ça sonnerait mieux pour le cinéma.

– C'est quoi, ton vrai nom ?

Elle s'apprêtait à répondre quand la voix de Burunsky se fit entendre :

– Antonin, vous pouvez venir une seconde ?

– Le travail vous appelle, monsieur Krystal.

– Ne bouge pas d'ici. Je reviens.

Il échangea quelques mots avec Burunsky puis la rejoignit.

– Tu vois, lui dit-elle, je n'ai pas bougé.

– C'est normal, tu ressembles à une statue. Les gens commencent à s'en aller. Tu ne voudrais pas que l'on se voie demain ?

– Je dois aller à Londres.

– Pour le film ?

– Non. Je fais l'aller-retour pour me baigner dans la Tamise. C'est mon docteur qui me l'a conseillé. Il paraît que c'est très vivifiant pour le corps, dit-elle d'un ton mordant. Bien sûr qu'il s'agit du film, sinon j'irais pas.

– Tu veux sans doute dire « sinon je n'irais pas », la reprit Antonin pour se venger de son absence de tristesse à ne pouvoir accepter sa proposition.

– Et alors, qu'est-ce que j'ai dit ? demanda Cléa.

– Tu as dit : « sinon j'irais pas ». Bien que compréhensible, la phrase est grammaticalement incorrecte.

– Je me demande quelles en seront les répercussions sur la prochaine récolte de bananes, se moqua Cléa avec un sourire.

Il était effectivement tard et c'est ensemble que Cléa et Antonin prirent congé de M. et Mme Burunsky.

– Je vous fais confiance pour changer, avait soufflé Burunsky à Antonin sur le pas de la porte.

– Je vous le promets.

Il était sincère. Il portait trop d'affection à Burunsky pour le décevoir une nouvelle fois.

– Ah ! j'oubliais..., dit Burunsky en rattrapant Antonin par le bras. Indice tient à vous faire savoir que son dernier saut dans les airs remonte à trois ans. Il souffre d'une légère paralysie du côté du bassin.

Dans la rue, Cléa et Antonin avançaient l'un à côté de l'autre. Cléa avait la démarche de ces femmes indiennes habituées à porter une cruche sur la tête. Ses belles hanches commandaient l'avance alternée de ses jambes fuselées tandis que le reste du corps demeurait immobile. Antonin devint grave :

– Il faut que je te dise la vérité. En fait, je ne suis pas de ce temps...

– Ah, non ?

– Non. Je vivais en l'an 2025.

– Et qu'est-ce que tu y faisais? demanda-t-elle en plongeant ses yeux bleus dans les siens.

– J'étais un grand producteur de cinéma. Je travaillais sur un méga-projet, le film le plus coûteux de l'histoire du septième art. Il me fallait une actrice. Je cherchais mais sans la trouver quand, un soir, je suis tombé sur un magazine du siècle dernier. Ton siècle, Cléa. Il datait exactement de cette semaine. Par réflexe, j'ai commencé à le feuilleter. A l'intérieur, il y avait la photo d'une jeune fille, une actrice débutante. Ce n'était pas une grande photo, elle était même minuscule. Mais j'en vis assez pour tomber éperdument amoureux et savoir qu'elle était la star dont j'avais besoin. Je fis des recherches sur cette jeune fille. Malheureusement, elle ne perça jamais. Cette jeune fille, c'était toi. Je viens donc te chercher pour t'amener vers le succès auquel tu as droit.

– C'est une bien belle histoire, Antonin, mais je dois me lever très tôt. Allez, au revoir!

Elle tendit sa joue à Antonin. Il y déposa ses lèvres, puis essaya de l'embrasser. Elle le repoussa gentiment mais avec fermeté.

– Pour qui te prends-tu? demanda-t-elle plus pour obtenir une réponse que par indignation.

Antonin n'eut pas le temps de trouver une réponse originale.

– Bond... James Bond.

– Tu n'as que le double zéro de commun avec lui, dit-elle en souriant.

– Ce n'est pas gentil de me dire ça, répondit Antonin qui se mit à genoux sur le trottoir en faisant des mimiques comme du temps de Rudolph Valentino et de Gloria Swanson. Tu ne sais pas combien je souffre. Ah, si tu savais! Ce besoin que j'ai de toi vient d'une profondeur que j'ignorais encore et qui m'épouvante. Une envie accumulée depuis le jour de ma naissance.

Elle héla un taxi qui passait. Une fois à l'intérieur, elle descendit la vitre de la portière.

– Au revoir, Antonin. Tu as l'air d'un donneur de sérénades. Et puis, après tout, « Paris est tout petit pour ceux qui s'aiment », dit-elle en riant, avec grâce et gentillesse.

– Ne t'en va pas ! Il y a quelque chose de monstrueux... Ton ombre sera toujours au-dessus de mon cœur.

Le taxi était déjà loin.

# XIII

Rentré chez lui, Antonin commença un dialogue avec lui-même. Il avait déjà oublié Burunsky.

« Alors, mon vieux, tu penses à elle ?

– A qui ?

– Ne fais pas l'idiot !

– Mais je t'assure...

– Quoi, même avec moi, tu arrives à être hypocrite !

– Mais non, pas avec toi.

– Mais si, mais si. Allez, sois sincère pour une fois. Ça te changera ! Tu penses à elle ?

– A Cléa ? Oui, je pense à elle. Mais comme je penserais à n'importe qui, ça ne veut pas dire que...

– Que tu es amoureux ?

– Ne sois pas ridicule. Tu me connais, non ?

– En tout cas, si moi je ne te connais pas, je ne vois pas qui te connaîtrait !

– Alors tu devrais savoir que je ne suis pas amoureux. Que je ne peux pas l'être. Peut-être un peu charmé. Mais je ne vais pas te répéter ce que tu sais déjà. Tu sais bien que jamais je ne pose un pied dans le présent. C'est en spectateur que je vois le monde. Ces filles, je les vois déjà vieilles, inintéressantes, avec la promesse de leur beauté évanouie.

– Je ne comprends absolument rien à ce que tu

racontes, excepté que ça a l'air horriblement prétentieux. Revenons plutôt à elle. J'ai souvent remarqué ce défaut que tu as de toujours tout ramener à toi ! On parle d'elle ! Tu es subjugué ?

– Tout de suite les grands mots !

– De grands mots, mais pour une grande passion...

– Mais pourquoi diable veux-tu à tout prix que je sois amoureux de Cléa ? Dis-moi ce qu'elle a de plus que les autres !

– Elle est grande et belle.

– Elle n'est pas la seule !

– Elle a de longues jambes que tu aimerais bien sentir s'enrouler autour de toi.

– Je ne dis pas le contraire.

– Elle a de grands yeux en amande dans lesquels tu aimerais bien voyager.

– Je te le concède.

– Elle a de belles fesses !

– Je t'en prie, tâchons de garder un peu de décence !

– Il n'empêche qu'elle a de belles fesses et que tu trouves dans sa conversation une jouissance qui t'était jusque-là inconnue. Et que tu espères en trouver dans ses...

– Bon, ça suffit.

– Tu vois que tu es amoureux. On ne peut plus parler d'elle qu'en termes châtiés. Sinon Monsieur s'offense.

– Pas du tout. C'est contre ta vulgarité que je m'élevais...

– Tu aimes son mépris pour les préjugés, son dédain pour le commun des mortels. Cela t'enchante...

– Admettons !

– Elle est heureuse.

– Trop !

– Et tu es malheureux.

– Trop aussi.

– Tu utilises ce malheur. Tu le laisses doucement filtrer dans tes yeux. Tu sais que cela donne à ton regard quelque chose d'intrigant, de mystérieux même, et tu joues avec cette arme. Dis-le-moi franchement, tu l'aimes ?

– Comment veux-tu que je le sache ? Jusqu'à présent je n'arrivais pas à aimer. C'est mon p... d'esprit critique qui bousillait tout. Ce p... de double regard que je portais sur les choses. C'est ce double regard qui tue l'amour.

– C'est pour ça qu'on dit que l'amour est aveugle ? Qui sait, peut-être a-t-elle réussi à te rendre la cécité que tu désirais tant !

– Peut-être ?

– Mais tu vas me faire plaisir : écris-lui un poème.

– Mais je n'en ai aucune envie !

– Allez !

– Bon, je vais le faire.

– Tu vois que tu sais te montrer aimable de temps à autre. »

Que pouvait-il lui écrire ? Qu'elle était belle et qu'il l'aimait ? Oui, mais il fallait le faire de manière originale. Le poème devait s'inspirer du vécu. N'est-ce pas cela, la poésie, prendre le quotidien et le rendre poétique ?

Qu'avaient-ils de commun jusqu'à présent ? Rien, excepté peut-être une faute de grammaire...

*Leçon de grammaire*

*« Je voudrais tant que tu m'aimes ! »*
*« Je voudrais tant » c'est la principale*
*Mais le principal c'est que tu m'aimes*
*Subordonnée sentimentale*

*« Je », c'est la première personne*
*Du singulier, ça va de soi !*
*Ce « Je », vois-tu, polissonne,*
*N'a sa place que dans tes bras*

*« Voudrais » c'est le conditionnel*
*Mode des amoureux craintifs*
*Qui se tournent vers le ciel*
*Pour en faire un impératif*

*« Tant » adverbe de quantité*
*Qui mesure mon amour*

*Mes espérances et mes projets*
*De te savoir mienne un jour*
*« Que » voilà une conjonction*
*Qu'elle ne t'inquiète pas outre mesure*
*Elle est là pour la liaison*
*Et s'éloigne, je te le jure !*

*« Tu » c'est toujours le singulier*
*Mais plus à la même personne*
*Elle a d'une reine le port altier*
*Il ne lui manque que la couronne*

*« M » treizième lettre de l'alphabet*
*Qui vient à point pour rimer*
*Avec le dernier vers du poème*
*« Je voudrais tant que tu m'aimes ! »*

« Dans quarante ans, se disait Antonin, elle relira mes poèmes. Elle les tirera de sa cachette, car elle aura toujours des cachettes pour les mots d'amour. Le papier sera jauni, séché, car il se fane comme les fleurs, au cas où elle ne le saurait pas. L'encre aura pâli. Elle versera une larme en les parcourant, se disant que finalement elle m'aimait. Et puis elle sentira une main d'enfant qui s'accrochera à sa robe. Elle se retournera et elle verra un petit garçon ou une petite fille. " C'est quoi, grand-mère ? c'est quoi ? " Et elle répondra en étouffant un sanglot : " C'est ma jeunesse, mon tout doux, c'est ma jeunesse. " »

Il dormit mal cette nuit-là. Dans son demi-sommeil, il croyait sentir Cléa à sa gauche, il la touchait à sa droite, rencontrait son visage derrière l'oreiller, orphelin d'elle. Cléa l'accompagnait en rêve.

## XIV

Le lendemain, quand il arriva à la banque, la première chose qu'il fit fut d'envoyer par porteur à l'agent de Cléa le poème qu'il avait écrit dans la nuit.

Deux heures plus tard, le téléphone sonnait. Ce ne pouvait être qu'elle.

– Gabrielle, c'est qui, s'il te plaît ? demanda-t-il avec impatience.

– Ta tante, ça m'a l'air urgent.

Il y avait quelque chose de contrit dans la voix de Gabrielle.

– Passe-la-moi, dit Antonin, déçu.

Sa tante était en larmes. Antonin devina aussitôt. Son père avait eu une crise cardiaque fatale devant la maison où il était né. On parcourt bien peu de chemins dans une vie !

« Et moi je n'étais pas là ! » se dit Antonin.

Comme un somnambule, il sortit de chez Zébulon. Dehors il fut saisi d'un malaise, la tête lui tourna, ses yeux ne voyaient plus, il ne pouvait bouger. Il se laissa tomber sur un banc. Il se prit la tête entre ses mains, appuya les coudes sur son ventre dans la position du fœtus. Un terrible vide le remplissait. Il leva les yeux au ciel comme pour prendre congé de lui et s'abandonna à sa peine. Les larmes ruisselaient sur ses joues. Il pleurait sans pudeur, sans se soucier du spectacle qu'il donnait aux passants. Son ventre se crispait de douleur, les gens passaient, indifférents, sans même le regarder, les voitures et les bus glissaient sur la chaussée.

Toutes les images du passé défilaient à présent dans son esprit. Chacune d'elles était un fer rouge qui s'appliquait sur son cœur.

« Dante, comme tu as raison de dire qu'il n'y a pas de pire misère qu'un souvenir heureux en un jour de malheur », murmura-t-il pour lui-même.

Un épagneul trotta devant le banc où il était assis ; Antonin lui caressa la tête, cherchant dans la douceur de sa fourrure un peu de réconfort. Le chien lui renifla la main puis leva la patte, se soulagea sur son pantalon et continua son chemin.

Au milieu de ses sanglots, Antonin esquissa un sourire de dérision, puis remit sa tête entre ses mains et continua à pleurer. Il sentit une présence à ses côtés. Il leva les yeux à nouveau. Une fillette noire d'environ cinq ans était plantée devant lui et le regardait avec la plus grande attention. Elle était si belle avec ses deux tresses encadrant son regard, mélange d'innocence et de maturité qui n'appartient qu'aux petites filles.

Elle s'approcha d'Antonin et, du geste le plus naturel du monde, lui tendit un mouchoir.

– Pourquoi tu pleures ? murmura-t-elle à son oreille.

– Je n'ai plus de papa ! gémit-il.

Elle s'assit à côté de lui et mit la tête d'Antonin sur son épaule.

Il lui serra la main. Elle l'embrassait sur le front quand il entendit une grosse voix au-dessus de lui.

– Vous n'avez pas honte !

Antonin leva la tête. La maman était loin d'être aussi adorable que sa fille.

– Espèce de vicieux ! Toi, Marine, viens ici tout de suite !

– Mais il a perdu son papa !

– Sadique ! Lubrique ! fit la mère. Vous ne savez plus quoi inventer pour les attirer. Je vais aller à la police !

Elle commença à lui taper sur la tête avec son sac. Lui criait :

– Mon père est mort ! Mon père est mort ! J'ai laissé mourir mon père ! Et moi, je n'étais pas là ! Mon père est mort ! Mon petit papa. Je l'aimais tant !

Après cela, il ne se souvint plus de grand-chose. Sa tête heurta le trottoir. Il ne souffrit plus.

Il entendait son père qui l'appelait. Il fit le rêve où Piafka et lui étaient sur un terrain de rugby. Son père ne parvenait pas à lui faire passer le ballon.

Il se réveilla dans un lit. Il lui fallut une vingtaine de secondes avant de reconnaître sa tante et Burunsky penchés sur lui.

Il attira le visage de sa tante contre son cœur et le tint en sanglotant. Puis il l'embrassa. Ses lèvres ne pouvaient se détacher de sa joue. Il se retrouvait seul. Il n'avait jamais imaginé un monde où Piafka fût absent. Il faisait partie de lui, c'était une partie vitale de son corps au même titre que son cœur ou son cerveau. Vivre sans cœur ne viendrait à l'esprit de quiconque, vivre sans Piafka n'était jamais venu à l'esprit d'Antonin.

Burunsky lui ordonna de ne pas mettre les pieds à la banque durant deux semaines.

– Le temps que vous vous remettiez.

« " Le temps que vous remettiez ! " Je n'aurai pas assez de la vie entière pour me remettre !

Les jours suivants se passèrent dans un état de demi-sommeil. Antonin, bourré de tranquillisants, se rendait à peine compte de ce qui se passait. Tout ce qu'il savait, c'était que le paradis n'existait plus. Il se considérait comme fini. Il ne savait plus comment envisager sa vie à venir. Et, pleurant sur son père, il pleurait surtout sur lui.

Pendant l'enterrement, au cimetière Montparnasse, Antonin repassait dans son esprit les premières années de sa jeunesse. Il se courbait sur sa douleur et regardait ce cercueil plein des jours révolus. Autour de lui, tout était morne, les arbres, les gens, les couleurs. Rien ne brillait. Sa pensée même s'était éteinte. Ils étaient trois, là sous la terre, les uns au-dessus des autres : sa grand-mère, sa mère et, à présent, son père. Antonin se souvenait quand ils venaient avec Piafka porter des fleurs à sa mère et à sa grand-mère. Ils demeuraient silencieux quelques minutes puis repartaient simplement vers la vie.

« C'est tellement injuste, pensait-il. Maintenant je suis tout seul, tout seul ! »

Oui, il le savait : à présent les dieux ne songeaient qu'à dormir !

Antonin fut incapable de réciter le *Kaddish* devant le cerceuil de son père. Il fondit en larmes dès les premières paroles.

Vinrent ensuite les condoléances. Les hommes serraient la main d'Antonin et l'assuraient de leur soutien. Leurs lumières et leur expérience étaient à sa disposition. Les femmes pleuraient et lui lançaient un regard triste en lui pressant les mains de manière ambiguë. Il était encore plus beau dans sa tenue de deuil.

Durant les jours qui suivirent, il pensa sérieusement au suicide.

« Pourquoi ne pas quitter la vie maintenant ? J'ai été relativement heureux. Quel bonheur éprouver à présent si Piafka n'est pas là pour y participer ? Pourquoi ne pas mourir ? Oui, il me faut mourir ! »

Il s'enferma chez lui et tenta plusieurs formules de lettres, mais il n'en trouva aucune assez belle ni assez appropriée. Cela contribua à le détourner de son projet.

D'autres raisons militaient contre.

Il se souvenait du chat de Modigliani sautant par la fenêtre pour ne pas survivre à son maître et ne voulait pas que Bastet piquât un plongeon du cinquième étage. Il aurait sa mort sur la conscience.

Il n'était guère amusant de se suicider quand on n'en voulait à personne.

Enfin, Mme Duval avait eu le mot juste :

– Quand on se suicide, on le regrette toute sa vie après.

Dans les moments difficiles, il y a un type d'hommes qui, après avoir rendu au malheur la minute de silence qui lui est due, se redressent presque aussitôt et dominent leur tristesse. Ils jouissent presque de l'épreuve parce que l'épreuve leur permet de se révéler. Ainsi Antonin accueillait-il sa souffrance, sans peur. Elle devenait entre ses mains une arme.

# XV

En quelques mois, la personnalité d'Antonin changea. Il se contraignit lui-même à cette métamorphose ; les dieux lui avaient retiré la voix de sa conscience, pourquoi alors tenter de conserver sa dignité ?

« Que veux-tu donc Antonin ? se disait-il. Rester toute ta vie un inadapté ? Que comptes-tu préserver ainsi ? Ton intégrité ? La belle affaire ! Ce n'est pas l'intégrité qui donne le bonheur, la puissance, la célébrité ! Tu vas louper ta vie, si tu continues comme ça ! Tu ne comprends donc pas que les personnalités nobles ou distinguées ne sont pas comprises. On fait semblant d'applaudir à la générosité mais, au fond, la société n'adore que la force. Celui qui se préoccupe de son intégrité est un imbécile sur lequel on essuiera ses pieds comme sur tous ceux qui n'ont pas de pouvoirs. “ *Les âmes exquises ne le sont que pour les âmes exquises.* ” Il te faut choisir entre le respect de toi-même et la faveur des autres. Ne vaut-il pas mieux faire des compromis ? Personne ne te jugera. Tout sera tellement simple après ! Tu voudrais le résultat sans la peine, la conquête sans l'effort. Tu ne consens pas à échouer. Tu ne veux rien risquer. Burunsky a raison, il est temps de tirer. Commence à voir la vie comme elle est réellement, c'est-à-dire comme un champ de bataille. Tout deviendra plus facile. Ne pas se battre, c'est déserter ! Il faut reprendre goût à la lutte. Que l'odeur de la poudre te stimule. Allons, énergie, réveille-toi ! Oublie ce foutu amour-propre ! Imagines-tu un soldat allant se plaindre à son général parce qu'il a reçu un peu de boue sur son uniforme ? Fais des compromis ! Pourquoi demeurer intègre ? Donne-moi une seule raison qui justifierait ton attitude ! Tu ne trouves pas ? C'est qu'il n'en existe aucune. Ce qui fonde l'intégrité, c'est l'intégrité elle-même ! La société dans laquelle tu vis ne l'est pas. Ceux qui réussissent ne le sont pas. Piafka, qui lui était intègre, ne te laisse presque rien comme héritage, juste de quoi vivoter quelques mois. Ne choisis pas d'être malheureux quand on t'offre le bonheur à si bas prix. Oui, à bas prix ! On ne te demande pas de vendre ton âme au diable, mais de t'investir dans ce que tu entreprends professionnellement, d'être aimable, de ne plus prendre un air arrogant, de suivre le mode d'emploi valable pour tous. Ce n'est tout de même pas si difficile ! »

Il est douloureux de n'être pas de son temps, de ne pas partager les passions, les préjugés, les goûts, les illusions ou les appétits de ceux qui nous entourent. Et puis on se dit qu'il est tellement plus facile de se laisser porter. Il suffit de se mettre sur le dos et d'attendre agréablement la mort en regardant s'évanouir les étoiles et les nuages dans un ciel toujours clair. N'est-ce pas là que débouchent tous les cours d'eau ? Il est tellement prétentieux de vouloir rester soi-même à tout prix. Il y a près de cinq milliards d'hommes sur la Terre. Tant d'hommes, de femmes et d'enfants y sont si malheureux ! Qui avait besoin qu'Antonin restât lui-même ? Personne ! Même pas lui ! Le monde saurait se passer de son intégrité. Pourquoi réagir ? Pourquoi ne pas accepter le bonheur qu'on nous propose ? Le devoir de l'homme n'est pas de conserver son intégrité, mais de conquérir le bonheur.

Shakespeare à juste titre fait dire à Horatio dans *Le Marchand de Venise* : « *Le monde est une scène où chacun doit interpréter son rôle !* »

Tout homme qui évolue dans la société est contraint tôt ou tard de devenir le rôle qu'il interprète. Peut-on imaginer une représentation de *L'Avare* où Harpagon s'avancerait sur la scène en disant : « Je ne suis pas Harpagon, mais M. Durand » ? Le jeu exige qu'on s'y donne sans réticence, sans arrière-pensée, c'est-à-dire sans penser. Antonin consentait à présent à incarner un personnage qui n'était pas le sien, tout en rondeurs et en compromis. Il décida de gagner la sympathie de ses collègues et de ses supérieurs hiérarchiques, mais il avait du pain sur la planche.

Un chef d'armée prudent ne disperse pas ses forces et évite, si possible, de lutter en même temps contre plusieurs adversaires. Antonin se souvenait de l'histoire des Horaces et des Curiaces où, pour décider du sort de la guerre entre Rome et Albe, leurs rois décidèrent de désigner trois héros qui lutteraient jusqu'à la mort en représentant leur patrie. Dès les premières minutes du combat, deux Horaces tombèrent, percés des glaives ennemis, le troisième Horace prit alors la fuite mais non par couardise. Il savait qu'il ne pouvait vaincre les trois Curiaces réunis. Il attendit qu'ils se fussent dispersés pour aller à sa recherche, puis il parvint à les tuer l'un après l'autre et à offrir la victoire à Rome. Antonin s'inspira de cette méthode.

Il gagna ses collègues les uns après les autres, par de petites attentions et des services insignifiants. Plus le service est insignifiant, plus il se grave dans la mémoire. Plus il est significatif, plus il suscite de la rancœur. Antonin avait compris la règle et l'appliquait.

Il finit également par percevoir qu'afin de plaire il fallait se tenir à l'écart des idées simples et raisonnables. Elles ne flattaient point !

Cette manière d'agir lui procurait une certaine euphorie. Il était si agréable de croire. Cela facilitait tant la vie. Au moins savait-il ce qu'il voulait, même s'il se trompait. L'angoisse de celui qui doute est plus grande que celle de celui qui croit, même s'il croit en une mauvaise cause, car l'esprit se sent libéré du poids des responsabilités. Somme toute la vie était tout de même bien plus agréable que lorsqu'il était rongé par son inaction.

C'était très exactement ce à quoi aspirait Antonin : une vie dont le rythme ne lui laisserait pas le temps de céder aux affres de l'inquiétude.

Il essayait de ne pas songer à Piafka. Il n'aurait en aucun cas pu agir ainsi si son père avait toujours été présent dans son esprit.

Au fil des semaines, Antonin devenait de plus en plus compétent. On recherchait son avis. Il se prit au sérieux. Il fut par conséquent respecté et on le jugea modeste. Antonin avait jusqu'alors une profonde ignorance des questions touchant aux fusions et acquisitions, mais il avait une très grande confiance en lui. Il travailla d'arrache-pied près de trois semaines en se renseignant auprès des personnes compétentes et en dévorant tout ce qu'il était possible de lire sur le sujet. Puis il composa un petit livre très lisible et pourtant d'une incroyable austérité.

Antonin obtint d'un éditeur de le publier à ses frais. Il y constatait, entre autres, que les entreprises souhaitaient tout à la fois accroître leurs parts de marché, rester à la pointe des évolutions technologiques et profiter des mouvements de déréglementation. Jouer de l'effet de taille, développer les synergies et réduire les coûts de production, voilà ce que les sociétés souhaitaient. Cependant, expliquait Antonin, la plupart des énormes commissions perçues par les banques dans les années 1980 se justifiant par la nécessité de lever des capitaux n'avaient plus de raison d'être aujourd'hui quand les sociétés étaient redevenues riches en espèces. D'où la nécessité d'abandonner l'approche générale des dossiers qui avait jusqu'alors primé dans les banques d'investissement et de se répartir entre collaborateurs et associés des spécialités dans divers secteurs de l'industrie afin de pouvoir dispenser auprès des clients des conseils avisés et non pas seulement des lettres de garantie pour se protéger des actionnaires.

Le livre connut un succès d'estime. Il y eut quelques articles, notamment dans le *Financial Times, Les Échos, La Tribune, The Economist* qui lui gagnèrent encore de la considération car son nom n'y fut pas trop cité et il n'y eut pas de photos.

Très vite, Antonin était devenu un des éléments les plus performants de la banque Zébulon en matière de fusions et d'acquisitions. Il s'était rendu compte que ce que l'on faisait volontairement passer pour des questions extrêmement complexes requérant des connaissances techniques pointues se résolvait finalement avec du gros bon sens. L'esprit logique, prompt et lucide triomphe de tout.

Antonin regardait à présent Burunsky comme un second père. Après tout, ne faisait-il pas partie de la famille ? Antonin avait besoin d'un lien affectif. Il avait besoin d'être pris en main par un homme dans lequel il aurait entière confiance. Il adorait ce vieux monsieur à l'allure de jeune homme. S'il devait vieillir, il aurait voulu vieillir comme lui, le visage pâli par les travaux de l'esprit et le front sculpté par les pensées.

Sa tante aussi adorait Burunsky. Ne lui avait-elle pas confié trois lettres du grand-père d'Antonin écrites à sa femme ? Elle les avait trouvées au fond d'un tiroir d'une vieille commode qui avait appartenu naguère à la mère de M. Krystal.

Le maître aurait pu être dur, il se montra bienveillant. Il aurait pu être rancunier, il se montra magnanime. Il lui assurait le pain et, au fur et à mesure qu'Antonin sut se montrer docile, de la brioche. Très rapidement le salaire d'Antonin doubla, puis tripla. Un esclave soumis consent à tout. Il possède une inlassable faculté d'anéantissement. Antonin partait à New York en Concorde, allait négocier à Moscou, Budapest. Ces villes qu'il avait parcourues jadis sac au dos, il les traversait à présent en limousine.

Parfois pourtant, quand le silence se faisait dans la voiture et qu'il passait devant un monument familier, il appuyait sa main contre la vitre pour saisir un autre lui-même, il n'y a pas si longtemps porteur de rêves. Durant la journée il arrivait à se passionner pour son travail et à vivre des heures sinon intéressantes, du moins prenantes. Pourtant, quand il rentrait seul chez lui dans la fraîcheur du soir, un dégoût subit le saisissait. On a beau se forcer, le passé ne meurt pas en nous. Il est là, tapi dans l'ombre, prêt à s'éveiller au moindre bruit.

Ces rares moments exceptés, il s'identifiait totalement à son employeur.

Quand il parlait de la banque, il disait « nous ».

– Nous avons connu une augmentation de vingt-cinq pour cent.

– Nous avons...

Il avait refusé le « on » de l'école, mais il acceptait le « nous » de la banque.

Les jours passaient, égaux les uns aux autres. Passait la vie. Passait le temps, bien monotone. Antonin était indifférent aux changements climatiques. Il n'avait que faire de la couleur des cieux puisque, sur la bouche souriante de Cléa, respirait le bleu d'un printemps qu'il avait vu dans ses yeux.

# XVI

– Gabrielle, qui vient d'appeler ? s'écria Antonin, les manches retroussées, le bureau encombré et une cigarette aux lèvres.

– Une certaine Cléa Fiori.

– Pourquoi tu ne me l'as pas passée ?

– Tu étais avec Mitchell d'IBM ! Je lui ai dit que tu étais occupé.

Antonin fit mine de se lever pour aller l'étrangler. Elle sentit le danger et lâcha aussitôt avec un petit sourire :

– Mais elle a laissé un numéro de téléphone.

– Gabrielle, je t'adore. Appelle-la et passe-la-moi immédiatement !

Il s'empara du téléphone :

– Cléa, je commençais à m'inquiéter. La dernière fois que je t'ai vue, les gens portaient des manteaux d'hiver. Aujourd'hui, ils sont presque en T-shirt.

– Je prenais des leçons de grammaire, comme tu me l'as gentiment conseillé. Il fallait que je me débarrasse d'un problème.

– De quel genre ?

– Je préfère ne pas en parler, répondit-elle comme si elle chassait une mouche de son épaule.

Chaque personne a une forme originale de pudeur. Elle est parfois si particulière qu'on ne la reconnaît pas.

Elle se masque sous des formes singulières : l'insolence, la douceur ou l'hypocrisie.

– Très bien. Tu voudrais qu'on se voie ?

– Pourquoi pas ?

– Où ?

– Où tu veux.

– Que dirais-tu du dancing de Darjeeling, du bas de la pyramide de Kheops, du mur des Lamentations, du sommet du Vésuve... ou du diable Vauvert ?

– Le diable Vauvert me tenterait plutôt.

Ils se retrouveraient donc au diable Vauvert, si l'on peut appeler encore ainsi le Luxembourg, jardin aménagé sur l'emplacement du château de Vauvert et délaissé par son propriétaire au XIII^e siècle. Les diables, les démons, les esprits et d'autres créatures sataniques, disait-on, y apparaissaient en faisant des bruits infernaux jusqu'à ce qu'il fût racheté par le roi Saint Louis.

Le rendez-vous fut fixé pour le vendredi suivant, à six heures. Pour la première fois depuis longtemps, Antonin se permit de quitter le bureau très en avance. Il jugea bon de repasser chez lui pour se changer.

En allant chez lui, Antonin était plein de Cléa. Il aurait voulu dévorer ces heures si remplies de minutes et ces minutes si lourdes de secondes. Un sourire flottait sur ses lèvres. Sa joie éclatait. Il ne ressentait plus en lui qu'un immense besoin d'aimer.

Il constata qu'il avait tout le temps de se préparer. Quelle chemise mettre ? La bleu clair ? Non, trop vive ! On pourrait le croire heureux. La vert bouteille ? Non plus, on pourrait penser qu'il l'avait choisie pour aller avec ses yeux. La noire ? Oui, elle était bien. Non, il ne pouvait pas la mettre, c'était celle qu'il portait le soir où il avait rencontré Cléa. A six heures moins vingt, une quinzaine de chemises étaient dépliées sur son lit. Bastet, passant et repassant à travers les chemises, enfilait parfois sa tête dans les manches. Antonin se décida finalement pour la noire. Peut-être Cléa croirait-elle qu'il en avait plusieurs du même modèle.

Il se contempla dans la glace, se trouva une sale tête et décida d'aller contempler son reflet dans le miroir de l'entrée, où la lumière était plus clémente. Devant le second miroir, ses traits lui parurent moins marqués, sa peau plus lisse, sa silhouette plus longiligne. Un sourire de satisfaction apparut sur son visage. Il attendit six heures moins dix, en ayant soin d'éviter la glace de sa chambre, puis il sortit.

– Vous avez l'air bien amoureux! lui lança Mme Duval.

– Pourquoi me dites-vous cela?

– Vous avez pris une douche et vous puez le parfum. En plus, je suis sûre que vous avez oublié de nourrir votre chatte.

– Vous racontez n'importe quoi, répondit Antonin en tâchant de masquer la rougeur qui lui montait aux joues. Il attendit que Mme Duval fût rentrée dans sa loge pour remonter les cinq étages, entrer dans l'appartement, foncer vers la cuisine, ouvrir le Frigidaire, sortir de la viande hachée et la mettre dans le plat de Bastet.

– Vous voyez bien que vous êtes amoureux, Antonin! lui dit la concierge qui l'attendait devant la porte d'entrée.

Antonin ne répondit pas. Il fila sur le boulevard, remonta la rue de Tournon, tourna à droite rue de Vaugirard, à gauche rue Guynemer et entra dans le Luxembourg par la rue d'Assas. Il chassa de son épaule une abeille échappée du kiosque d'apiculture, passa devant le monument de José Maria de Heredia en se disant que, du fond du jardin, naissait également une étoile nouvelle. Il longea l'allée, passa devant Laure de Noves, Marie de Médicis, Marguerite d'Angoulême, Valentine de Milan, Anne de Beaulieu, Blanche de Castille, Anne d'Autriche et s'arrêta enfin devant la statue d'Anne de Bretagne sous laquelle il avait rendez-vous avec Cléa.

Six heures dix. Antonin attendait. « Je dois ressembler à ces images d'Épinal : “ le jeune homme attendant sa fiancée ” », se dit-il. Il aimait cette angoisse de l'attente amoureuse. Chaque pas sur le sable était un espoir, chaque silhouette lointaine devenait une Cléa possible. Il ressentait à ce moment un mélange de fatigue et d'appréhension. C'était l'heure où, sortant des amphithéâtres des facultés de droit, de lettres ou de pharmacie, les étudiantes traversaient le Luxembourg dans un sens ou dans l'autre. Elles étaient des centaines, des fines, des rondes, des bambines, des dodues, des diaphanes, des piquantes, des sensuelles, des coquettes, des enfantines, des délicates, des pointues, des coquines, des dolichocéphales, des brachicéphales, des ingénues, des péronnelles, des avec un long nez, des avec de grands yeux, c'était un véritable torrent féminin. Un petit poisson vint s'échouer sur la berge à côté de lui.

– C'est toi, Antonin ?

Il se retourna.

– Je suis une amie de Cléa. Elle m'a appelée pour que je vienne te prévenir. Elle attend un coup de fil de sa production. Peux-tu la rejoindre chez elle ?

– Où habite-t-elle ?

– Au 12, rue de l'Éperon. Entre la rue Saint-André-des-Arts et le boulevard Saint-Germain. Moi je suis tout près d'ici, rue Joseph-Bara. Si tu veux, on peut aller prendre un pot.

– Bara, c'est bien le jeune garçon qui a été fusillé pour avoir crié « Vive la république » alors que les chouans voulaient l'obliger à crier « Vive le roi ! ».

– Je n'habite pas ici depuis longtemps. Tout ce que je sais, c'est qu'il y a plein d'écoles. Tu es sûr que tu ne veux pas venir chez moi ?

– Tous les poissons ne sont pas forcément comestibles. A un de ces jours, lança Antonin.

Il sortit du Luxembourg par la porte qui donne sur la rue de Médicis. Il prit la rue Vaugirard, le boulevard Saint-Michel, s'engagea à gauche dans le boulevard Saint-Germain et, à la hauteur d'Odéon, remonta la rue de l'Éperon. L'immeuble de gauche était celui de Cléa.

# XVII

Antonin appuya sur le bouton de l'interphone.

– C'est toi? dit une voix languissante et alanguie.

– Oui, c'est moi.

« C'est toi? se répétait-il en attendant l'ascenseur. A qui dit-on " C'est toi? " de cette façon si ce n'est à une personne qu'on attend avec impatience? »

« " C'est toi? " » se répétait au même moment Cléa, cinq étages plus haut. " C'est toi? " Comment peux-tu être aussi conne, ma vieille Cléa. J'aurais dû dire : " Qui est-ce? " comme si je n'attendais pas de visite. »

Cléa ouvrit la porte. Elle était encore plus ravissante que l'image qu'il avait gardée d'elle.

– Désolée, mais j'attends un coup de fil important, commença-t-elle sur un ton qu'elle essayait de rendre froid. Je ne sais toujours pas si l'équipe part demain pour Venise.

– C'est ce que m'a dit ton amie avant de me proposer d'aller boire un pot chez elle.

– Elvire. C'est une vraie nympho!

– Tu sais, Cléa, toutes les vérités ne sont pas bonnes à dire.

– Tu crois?

– Tu veux qu'on fasse un jeu de la vérité? proposa

Antonin tandis que Cléa l'invitait à prendre place sur le canapé.

– Pourquoi pas ?

– Mais pas de joker, précisa Antonin.

– Un seul, exigea Cléa.

– Non, aucun.

– Sinon, je ne joue pas.

– D'accord, mais pas plus d'un. Qui commence ?

– Toi, puisque tu as proposé le jeu.

– Quel est l'endroit que tu préfères au monde ? demanda Antonin jugeant qu'il valait mieux commencer le jeu en douceur.

Cléa ferma les yeux et répondit :

– La maison de campagne que mes parents avaient en Normandie. Je connaissais chaque pouce de terrain, chaque arbre, chaque buisson. A l'époque, je pouvais monter dans n'importe quel arbre de la propriété plus vite qu'un chat. Je savais où je pouvais poser les pieds avec sûreté, où étaient les pièges, les fourches étroites dans lesquelles glisser mes semelles. Plus tard, j'ai essayé de voir jusqu'où je pouvais monter sans que la branche casse sous mon poids. C'est avec ces arbres que j'ai mesuré ma vie. A dix ans je me balançais à la fourche de cette branche. Elle est si mince qu'elle ne supporterait pas même un oiseau. Quand j'ai recommencé, dix ans plus tard, une branche cinq fois plus épaisse s'est cassée sous mon poids. J'ai compris que je n'avais plus rien à faire ici. Depuis, je n'y suis plus jamais retournée.

Elle s'interrompit quelques secondes, la tête emplie de souvenirs, et demanda :

– Et toi, quel est l'endroit que tu préfères le plus au monde ?

– Celui où je suis en ce moment.

– Non, je veux une vraie réponse.

– Je te jure. A moi maintenant. Pendant tout le temps où tu ne m'as pas appelé, tu étais avec quelqu'un ?

– Oui, ça a duré cinq ans, admit-elle.

Antonin insista.

– Tu l'aimais ?

– Je croyais qu'on n'avait droit qu'à une question.

– Elle fait partie de ma question.

– Joker. Je ne le sais pas moi-même.

Antonin n'en saurait jamais plus. Elle ne lui ferait pas revoir le passé tel qu'elle le voyait. Chacun garde en soi une part de mystère et parcourt un dédale de souvenirs qui n'ont de sens que pour celui qui en tient le fil d'Ariane.

Cléa choisit de s'expliquer.

– Il y a deux espèces de gens, Antonin. Les uns se tiennent à la proue du vaisseau, les autres à la poupe. Les premiers aspirent l'air du large à pleins poumons, les seconds cherchent encore leur clocher longtemps après qu'il ait disparu. Moi je regarde toujours vers le large. Et toi, tu as déjà aimé ?

– Je t'aime, dit-il, tout en pensant qu'il devait rester en elle des empreintes de celui qu'elle avait naguère aimé.

Cléa ne lui répondit qu'en serrant sa main dans la sienne.

« Tentative de socialisation loupée », pensa Antonin alors que l'étreinte de Cléa était une réponse en soi. Par insinuations il essaya de la persuader qu'elle n'avait jamais été qu'avec des hommes médiocres. Elle coupa court. *« Si tu veux être aimé, respecte ton amour. »*

– Qu'est-ce que tu as pensé de moi, la première fois que tu m'as vue ? demanda-t-elle.

– J'ai pensé que tu ressemblais à un ange qui m'observait dans la nuit avec un doux regard d'étoile. J'ai pensé que, si j'étais une feuille morte emportée par un vent violent, je viendrais aussitôt me poser sur ta bouche. J'ai pensé que tes rêves seraient mes songes et que tes larmes seraient mes pleurs. J'ai pensé que tu étais la princesse de mes nuits vers qui allaient s'évader les rêves qui me fuient. J'ai pensé que ton visage était le plus doux des paysages. J'ai pensé que, si on peut faire le tour du monde en quelques minutes, nul ne ferait jamais le tour de mon amour pour toi. J'ai pensé que tu étais les mots d'un poème dont les sens cachés allaient me parler, mais j'ai vu que la strophe de toi-même voulait demeurer secrète. J'ai pensé mille et mille choses.

Antonin parlait souvent d'abondance parce qu'il croyait avoir un beau timbre de voix.

– C'est tellement adorable, dit-elle. Tu pourras m'écrire tout ça. Maintenant, à toi de poser ta question.

– Chez Burunsky, tu m'as dit que Fiori n'était pas ton vrai nom. Quel est ton vrai nom, alors?

– Je m'appelle...

Le téléphone sonna. Cléa décrocha.

– Oui, c'est moi. Alors on part? Demain à sept heures? Très bien. J'y serai. Non, ce n'est pas la peine. Merci beaucoup.

– Alors?

– Je pars pour Venise demain.

– Pour combien de temps?

Il y avait de l'inquiétude dans la voix d'Antonin.

– Juste deux jours, précisa Cléa qui avait ressenti l'anxiété d'Antonin.

– A quel hôtel tu disais?

– Au *Danieli*. Qu'est-ce que tu voulais savoir tout à l'heure?

– Je ne m'en souviens plus. Ah si! Quel...

– Cela t'arrive de fumer? le coupa Cléa en se levant et en se dirigeant vers la bibliothèque d'où elle retira une enveloppe plastique derrière un livre.

– Des cigarettes ou des joints?

– Des joints, dit-elle.

Elle avait déjà commencé à rouler.

– De temps en temps.

– Cela ne t'embête pas si je fume?

– Non, pas du tout.

Ils fumèrent ensemble.

Antonin se livra. Il lui dit sa vie, ses solitudes, la mort de son père, ses mélancolies, sa volonté de changer le monde avant d'être contraint par ce déprimant besoin de gagner sa vie. Cléa raconta son enfance, lui, la sienne. Chacun apportait à l'autre un parfum inconnu.

Quand il l'embrassa, elle fut heureuse de constater qu'elle ne s'était point trompée : le baiser était bien tel qu'elle se l'imaginait. La tendresse venait s'ajouter à de la tendresse.

Par la fenêtre, ils apercevaient les étoiles.

– Voudrais-tu, demanda Antonin, pouvoir capter d'un coup d'œil l'ensemble de l'univers ? Que les images, les soleils, le mouvement des planètes, les images du passé, du présent et du futur, les étoiles avec leurs constellations, les paysages et leurs parfums t'arrivent du fond des âges ou du gouffre de l'avenir, portés par la lumière...

– Dis-moi, interrompit Cléa. Tu n'as vraiment pas l'habitude de fumer.

– A quoi vois-tu cela ?

– A rien... Pose ta tête ici.

Il s'étendit près d'elle et lui caressa les épaules et les seins. Sa taille était fine. Il lui mit la main sur le visage, sa main brûlante. Elle avait la peau si douce.

Ils s'aidèrent à se déshabiller.

– Tu sens bon, dit-elle.

Les femmes ont une conscience du corps plus aiguë que les hommes, ce qu'elles en perçoivent en tout premier, c'est l'odeur.

Elle lui embrassa la main en la tournant afin de la lui baiser entre les doigts, sur la paume et le revers.

– Je t'aime tant ! lui dit-il encore.

Il lui caressa les cheveux puis enferma son visage entre ses deux paumes et y déposa ses lèvres. Les jambes de Cléa devenaient plus chaudes au fur et à mesure qu'il les caressait.

– Viens, dit-elle en l'attirant sur elle. Je t'adore. Viens, viens. Oh, mon amour ! laissa-t-elle échapper quand il la pénétra.

– Je t'aime tant, soupira Antonin.

Les mots d'amour lui venaient naturellement comme des oiseaux qui s'envolent d'une cage ouverte.

Bientôt ils gémirent à l'unisson.

Elle avait fermé les yeux pour mieux savourer ce moment.

– Encore, fit-elle en avançant ses seins.

– Encore, dit-il en enfouissant sa tête dans son cou.

Il continua encore un long moment, lentement, délicieusement, leurs deux corps s'insufflant l'un à l'autre l'élan vital. Le plaisir d'Antonin s'exacerbait par la conscience du plaisir de Cléa. Au moment où montait sa jouissance, il la sentit tout à coup se crisper comme si elle retenait ses muscles, puis elle se relâcha elle aussi, totalement vidée. Elle tremblait encore quand Antonin la prit dans ses bras. Ses mains étaient agitées de brusques sursauts.

Elle le regardait avec ses grands yeux bleus. C'était un regard continu, immobile. Autrefois Antonin ne pouvait pas admettre que deux êtres puissent rester des heures entières la main dans la main, les yeux dans les yeux. Il se rendait compte que ce silence était une longue conversation où les « je t'aime » ressemblaient à des points d'exclamation.

Cléa le prenait dans ses bras, lui caressait le visage, les cheveux. Il se sentait bien. Comme un enfant. C'était un rêve de douceur. Une pure harmonie. Tout semblait anéanti, le temps, les souffrances, l'ennui ; le désir même semblait avoir disparu pour laisser la place à un profond bien-être.

Puis ses yeux se fermèrent et elle s'endormit.

« Pourquoi est-elle si différente ? » se demanda-t-il.

Il émanait d'elle une sensation d'infini. Son corps exprimait non pas seulement la femme, mais une entité, un symbole.

Il songeait aux joies qu'il avait eues à la posséder : « Se mouvoir dans un autre être, un autre être qui n'est pas moi. Oui, c'est cela jouir, s'installer dans une conscience. Je crois comprendre le goût que j'ai de la beauté. Elle traduit chez moi la recherche d'une conscience noble. Si la joie d'être aimé consiste à savoir que l'on existe dans la conscience d'un autre, cette joie est d'autant plus vive si cette âme est belle. Être le préféré ou l'élu contribue au bonheur qu'on ressent en amour. »

Antonin se sentait heureux dans ce lit bien chaud entouré de ces bras si doux. Il essaya de se faire plus petit encore en se pelotonnant contre elle, et l'embrassa dans un demi-sommeil. Il s'endormit au moment où Cléa s'éveilla.

Elle le voyait dormir pour la première fois. Beaucoup de femmes pensent qu'elles ne peuvent connaître un homme tant qu'elles ne l'ont pas vu dormir.

Il se réveilla.

– Tu ne dormais pas, dit-il, pensais-tu au moins à moi ?

– Tu dormais, lui répondit-elle. Rêvais-tu au moins de moi ?

Il descendit acheter les croissants.

Quand il remonta, il lui demanda :

– Tu sais d'où vient le croissant ?

– De la boulangerie du coin ?

– Non. Je veux dire sa forme et son nom.

– Aucune idée.

– D'une victoire autrichienne sur les Turcs qui avaient comme signe de ralliement le croissant islamique ; c'est pour cette raison qu'on appelle les croissants des viennoiseries.

– J'espère que je ne vais pas être une cléaserie pour toi...

– Non, rassure-toi, le siège a été facile, il m'a suffi d'appuyer sur un bouton d'interphone.

Elle était assise devant la glace. Antonin lui enlaça le cou, posa son regard dans le même miroir. Pour la première fois, il sentait une communion entre lui et une fille. L'aimait-il ? Oui il l'aimait !

– Tu m'accompagneras à la gare, ce soir ?

– Oui.

– Deux jours...

– Oui, deux jours. Je voudrais me coucher et me réveiller à ton retour. Je voudrais pouvoir épuiser le temps.

– J'ai des courses à faire, maintenant. Si tu veux, tu n'as qu'à rester ici.

– Non. Je ne peux pas. Il faut que j'aille nourrir ma chatte Bastet. C'est génial d'habiter si près l'un de l'autre !

– J'espère que l'on dira toujours ça, même si un jour on habite ensemble...

– Pourquoi ne le dirait-on pas ? demanda Antonin.

– Tu laisses tout traîner derrière toi. Tu as toujours eu des domestiques pour te servir ? interrogea Cléa.

– Non, pas spécialement.

– Alors tu es comme Peter Pan. Tu refuses de grandir et tu crois qu'en salissant et en dérangeant tout tu resteras un enfant.

– Peut-être. Mais ne m'en veux pas. Je changerai.

– Crois-moi, je ne t'en veux pas du tout. On se retrouve ici vers cinq heures.

Antonin resta seul sur le quai de la gare avec la tristesse au cœur. Il rentra chez lui. Dans le taxi qui l'y conduisait, il écrivit quelques vers mélancoliques :

*L'amour a peur des gares*
*Des trains bleus, des départs*
*Des horloges sur le quai*
*Et du dernier baiser*
*L'amour a peur des gares*

*L'amour rêve des gares*
*Des retours, des regards*
*Qui se cherchent de loin*
*Et se trouvent enfin*
*L'amour rêve des gares*

*L'amour se fout des gares*
*Comme du tiers, comme du quart*
*Bras dessus, bras dessous*
*Heureux comme des fous*
*L'amour se fout des gares*

Même les miaulements de Bastet ne purent ôter Cléa des pensées d'Antonin.

# XVIII

Le lendemain soir, n'y tenant plus, et après avoir demandé à Mme Duval de nourrir la chatte, il prenait le train pour Venise.

Il n'y avait plus de single disponible. Il dut s'asseoir avec un inconnu dans un T2. L'inconnu, qui ne le resta pas longtemps, semblait se consacrer à la recherche des auditeurs aussi novices qu'Antonin.

– Bonjour, Henri Polineau. Je vais à Milan et vous ?

Gros et gras, son compagnon de voyage semblait n'être, du menton jusqu'au milieu des cuisses, qu'un ventre. Obèse, il usait de sa graisse pour impressionner, comme d'autres usent de leurs pectoraux.

« J'ai l'impression qu'il y a de plus en plus d'obèses en France, pensa Antonin, maintenant que les gens ont à manger à leur faim ils vont devenir comme aux États-Unis. »

Lorsque le contrôleur eut pris les passeports, vérifié les billets et qu'Antonin fut installé sur la couchette inférieure, Polineau se jeta dans un de ces monologues qu'il appelait une « conversation ». Il ne demandait qu'un auditoire pour ses oracles qu'il jugeait dignes de la pythie de Delphes. Antonin devait l'interrompre de temps en temps, pour lui permettre de reprendre son souffle. Il y avait chez ce tortionnaire un sadisme verbal :

ce Torquemada du verbe exigeait que l'on s'intéressât à ses discours. Il avait le don de rendre insignifiants et monotones les sujets les plus passionnants.

Polineau sortit d'un sac en plastique un sandwich, des gâteaux et une pomme. Antonin espéra alors que, durant le repas, il allait se taire, mais il avait beau manger, sa mastication devenait une espèce de ponctuation : un bout de fromage dur à mâcher, c'était une virgule, une miette de pain bloquée en travers de la gorge, un point d'interrogation, un morceau de pomme entre les dents, des points de suspension...

Ce ne fut qu'après avoir parcouru les intrigues politiques par le petit bout de la lorgnette, du vase de Soissons jusqu'aux actions Pechiney, disserté sur l'existence et la non-existence du Diable, discuté l'intérêt d'acheter des lessives allemandes comparées aux françaises, abordé l'orgasme féminin et le comportement amoureux de la mante religieuse que M. Polineau – « Mais appelez moi, Henri » – consentit à demeurer silencieux.

Antonin le vit alors sortir de sa trousse de toilette une plaquette de somnifères. Il lui demanda s'il n'aurait pas l'amabilité de lui offrir un cachet.

– Je vais vous dire, franchement. Je ne préfère pas. C'est fort, ce genre de truc, et s'il vous arrive quelque chose, je me sentirai responsable. Vous comprenez sans doute ?

Non, Antonin ne comprenait pas. D'autant moins que Polineau ronfla d'une manière si bruyante, que cinquante porcs grognant simultanément eussent été plus silencieux.

Résigné, Antonin s'apprêta à passer la nuit sans dormir. Il disposait de nombreuses heures devant lui pour penser à Cléa. Contrairement à ses prédictions, il finit par s'endormir.

Antonin se réveilla après la gare de Mestre. Dans le couloir tout le monde se collait déjà à la vitre pour tenter d'apercevoir Venise. Ceux pour qui le voyage était une première étaient surpris de se retrouver roulant sur l'eau. Une usine apparut, puis une plate-forme. Où était donc Venise ? *Un attimo ancora ! Ecco Venezia !*

Oui, encore un moment ! Voici Venise. Venise se suffisait à elle-même. Antonin n'avait pas besoin de l'intellectualiser pour ressentir son charme et sa magie. Jusqu'à Cléa, Venise avait été son seul amour sincère.

Il vivait avec Venise de la même façon qu'il s'imaginait devoir vivre avec Cléa : sans en attendre un ensorcellement particulier, sans l'habiller de faux romantisme.

Il ne faut pas aller à Venise en s'attendant à des impressions exceptionnelles ; on doit prendre la Sérénissime pour ce qu'elle est. La plus belle fille du monde ne peut donner plus qu'elle n'a ! La Venise romantique a été imposée au public comme un décor mélodramatique alors qu'elle n'a pas besoin d'être parée de poésie, étant un poème visuel à elle toute seule.

Le noir de la gondole n'est aucunement romantique, il a été imposé au XVe siècle en raison de la débauche d'or, d'ivoire et de pierres précieuses affichée par la classe patricienne qui cherchait à se distinguer par ce moyen, comme les nobles de San Gemignano se défiaient avec des tours de plus en plus hautes !

Le pont des Soupirs non plus n'a rien de romantique. Ce ne sont pas des soupirs amoureux qui y étaient poussés mais les plaintes des malheureux qui, après avoir été condamnés par le Conseil des Dix siégeant au palais ducal, traversaient ce pont pour aller en prison.

Les lions de porphyre sont tout sauf romantiques. Dans leur gueule étaient glissées les lettres anonymes de dénonciation. On avait disposé ces *bocche di leone* un peu partout dans la ville.

« Est-il pourtant encore possible de voir Venise d'un œil neuf ? se demandait Antonin. Comment balayer de l'esprit toutes les anecdotes accumulées depuis si longtemps qu'on croit les avoir toujours connues ? Comment brûler le souvenir du Bucentaure, cadenasser celui de Casanova, couler celui de Lord Byron traversant le Grand Canal à la nage, effacer celui des sourires de Bellini ou des couleurs de Titien, déchirer les merveilleuses cartes postales de Guardi ou de Canaletto, faire envoler celui des lions ailés ou des pigeons sur la place, gommer celui de Régnier sous le Chinois ou de Wagner écoutant sa propre musique au Quadri, ne pas évoquer celui du doge quasi centenaire et aveugle, Dandolo, menaçant Constantinople des foudres de l'Europe et tenant parole. Comment ?

Le train s'immobilisa enfin.

Antonin prit son premier expresso au buffet de la gare, au milieu de la cohue générale. Nulle part ailleurs qu'à Venise il ne se sentait autant lui-même.

Que lui importait d'être pris pour un touriste, Antonin se sentait un citoyen de Venise !

Il prit le vaporetto. Parfois il voyait au loin, dans les canaux qui se jettent dans le Grand Canal, des gondoles se faufiler dans un labyrinthe d'eau et de palais. A Venise, chaque promenade à pied ou en bateau est une découverte. Le bateau l'arrêta à San Zaccaria, juste devant le *Danieli*, jadis siège de l'ambassade de France.

– Mlle Fiori, demanda-t-il à la réception.

– Chambre 10.

Antonin monta l'escalier en bois et tourna à droite dans les couloirs. Une odeur de cire et de vieille boiserie flottait dans l'air.

C'était la chambre qui, cent cinquante ans plus tôt, avait abrité les amours passionnées de Musset et de George Sand. Cléa le reçut dans ses bras. Derrière les rideaux entrouverts, San Giorgio Maggiore les contempla un instant avant de prendre sur ses pierres cette rougeur qui colore les joues des personnes confuses. Le soleil débutait sa course dans le ciel.

Antonin se leva paresseusement du lit, ouvrit la fenêtre qui donnait sur le quai des Esclavons. Ce fut une Venise matinale qui l'accueillit. Sur les dalles, il entendait le bruit des pas des passants, un discret vacarme descendait de la Piazza.

– Où tournes-tu ? lui demanda Antonin en se retournant vers Cléa.

– Devant San Giovanni e Paolo.

– Près de la statue de Colleoni ?

– Exactement.

– Savais-tu que sur cette place il y avait un manège avec près de quatre-vingts chevaux ?

– Il y avait des chevaux à Venise ?

– Bien sûr, les ponts étaient plats.

– C'est étrange, parfois les choses ne sont pas du tout comme on se les imagine ; la vérité est plus belle que tout ce qu'on peut bien inventer !

– Et sais-tu qu'un des héros de Venise est enterré dans San Giovanni e Paolo ?

– Non. Mais tu vas me l'apprendre...

– En 1571, les Vénitiens avaient à leur tête Bragadin. Ils défendaient le port de Famagouste, à Chypre, contre les assauts turcs. Affamés, ils durent se rendre. Bragadin alla voir le général en chef turc, Mustapha. Celui-ci le reçut sous sa tente avec hospitalité. Mais, en plein milieu du repas, il fut pris d'une rage subite, ramassa un couteau et, d'un seul coup, coupa l'oreille droite de Bragadin.

– Quelle horreur !

– Ce n'est pas tout. Mustapha ordonna ensuite à ses gardes de couper l'oreille gauche et le nez du Vénitien. On le laissa croupir en prison durant deux semaines. Ses plaies s'y infectèrent. Il fut ensuite promené à travers la ville. Puis il fut amené sur la place centrale, attaché à une colonne et écorché vif par le bourreau. Les témoins racontent qu'il subit ces traitements en silence et avec courage. Son corps fut ensuite écartelé, décapité et empaillé. Un Vénitien réussit à s'emparer des restes de Bragadin. A présent ses cendres sont dans l'église San Giovanni e Paolo.

– Est-ce que ça vaut le coup d'être un héros ?

– Je dois t'avouer que, parfois, moi aussi je me le demande. Mais ayons une pensée pour lui.

– Promis. J'en aurai même trois. En attendant, viens. On va prendre un pot au *Florian*.

Ils traversèrent la place Saint-Marc, le plus beau salon du monde au-dessus duquel veille un quadrige millénaire. A droite, en haut de la tour, deux Maures raidis dans le bronze battent la cadence. En haut d'une colonne sur la Piazzetta, un crocodile de porphyre laisse glisser une larme en se souvenant de sa gloire passée. Le soleil atteignit soudain la façade de la basilique et l'éclaira comme on allume un cierge.

Ils rentrèrent au *Florian* et s'assirent près du Chinois. Ils commandèrent deux cafés. Antonin mit sa main sur le genou de Cléa. Les cafés arrivèrent, accompagnés du verre d'eau, sur un plateau porté par un serveur polyglotte choqué de voir les mains d'Antonin sous la minijupe de Cléa.

– Embrasse-moi, demanda Antonin.

– Non ! Pas tout de suite ! Il faut d'abord faire un programme. J'ai besoin d'un programme ! A dix heures, on va voir les tableaux au musée de l'Académie. A onze heures trente, on visite la basilique et le palais ducal. On déjeune vers treize heures trente. Ensuite un peu de shopping. Ensuite je tourne et...

Antonin n'écoutait plus du tout ce que disait Cléa. Discrètement, il écrivait un petit poème sur le menu du *Florian*.

*Au* Florian *on y déguste*
*Des gâteaux secs, du café*
*Au* Florian *on y discute*
*Dans un décor suranné*

*Un serveur à l'air auguste*
*Moi je dis un peu « coincé »*
*D'un œil sombre nous scrute*
*Protocolair'ment choqué*

*Quant à moi je te chahute*
*Pour un sourire un baiser*
*Du regard tu m'exécutes*
*D'un p'tit air courroucé*

*Tu me dis tous tes buts*
*La journée minutée*
*Pour moi c'est de la flûte*
*Je ne rêve qu'à t'enlacer*

*Des galeries tu computes*
*Les grands peintres vénérés*
*Sache que tout ça me rebute*
*Même Guardi et ses clochers*

*Titien est une sale brute*
*S'il m'ôte à tes pensées*
*Vive l'amour, les culbutes*
*Mort à l'art et aux musées*

De tous les arts, la peinture était celui que préférait Antonin. Les traits et les couleurs qui l'attiraient petit garçon, le mercredi au Louvre, le charmaient encore aujourd'hui. Ce fut aussi celui dont le sens lui avait été le plus longtemps difficile à définir. Devant un chef-d'œuvre, beaucoup ressentent confusément une émotion, leur sensibilité s'éveille, mais, s'ils soupçonnent la présence de la beauté, ils ne s'en rendent pas maîtres car il existe une marge profonde entre voir et savoir voir.

– Pourquoi, à ton avis, met-on des cadres aux tableaux ? lui demanda Cléa après qu'ils eurent traversé deux salles du musée de l'Académie.

« Qu'est-ce que je pourrais lui répondre ? se demanda Antonin. Elle exagère quand même. Je rentre ici, je me crois intelligent et puis, tout à coup, elle me balance une de ces questions ! »

– Le cadre, ma chère Cléa, symbolise le fait que nous nous trouvons en face, non de la réalité, mais d'un tableau. Sinon le meilleur peintre serait celui qui reproduit la nature avec le plus de virtuosité. Le cadre nous avertit que nous rentrons dans l'univers d'un créateur. Il nous invite à contempler le tableau car un tableau n'existe que s'il est vu. Sinon il n'est qu'une toile avec des couleurs. Une toile morte. C'est l'œil du visiteur, ton œil, le mien et ceux des autres qui lui permettent d'exister. Un tableau n'est donc réellement fini que si la conscience d'au moins un individu en a pris connaissance. Chacun voit les choses avec sa propre personnalité et il y a autant de visions originales que de visions proprement dites.

Antonin s'arrêta longuement devant une toile. On y voyait à l'extrême gauche un jeune homme bien campé sur le sol dans une attitude souple, sensuelle même. Il s'appuyait nonchalamment sur un long bâton. Le jeune homme pouvait être un soldat ou un de ces *condottieri* qui encombraient les chemins de l'Italie de la Renaissance. A l'extrême droite de la toile une jeune femme était nue, une légère draperie jetée sur ses épaules. Elle était tournée de trois quarts et allaitait son enfant. Son regard était pensif, presque inquiet. Un fleuve surmonté par un pont s'écoulait. D'où venait le fleuve? Du lointain... Peut-être du passé... Au loin, on distinguait un dôme et quelques campaniles. Une ville sous la menace d'un ciel orageux traversé par un éclair figeait le tableau dans le temps. Les feuilles des platanes aux deux extrémités du tableau étaient agitées par le vent. C'était un moment d'éternité que Cléa et Antonin contemplaient.

– Comment s'appelle le tableau? demanda Cléa.

– *La Tempête.* C'est de Giorgione.

– Qu'est-ce que cela représente?

– Je ne sais pas... Personne ne sait. Il y a même un milliardaire philanthrope, Robert Douglas de San Francisco, qui offre deux cent mille dollars à celui qui en trouvera la meilleure explication... J'ai ma petite idée, mais je suis encore loin d'en être sûr.

Le soir ils allèrent dîner au *Harry's Bar* où toute la jet-set déboule et se saoule. Antonin et Cléa s'habillèrent élégamment. C'était plus pour honorer la ville que le restaurant. Derrière le bar le garçon pressait des pêches glacées tandis que, dans un coin du restaurant, des amoureux se pressaient l'un contre l'autre.

Venise serait toujours présente dans la pensée d'Antonin et de Cléa. C'est de Venise que venait ce soleil qui éclairerait leurs souvenirs. Et de Venise aussi que mouraient ces flots qui irrigueraient leur bonheur. Ils n'oublieraient jamais leurs flâneries à travers des *calli* parfois si étroites qu'on ne peut pas y ouvrir un parapluie. De Venise, ils garderaient les visages des madones sensuelles de Bellini et le beau soldat de *La Tempête* de Giorgione. De Venise, ces bruits de vagues s'écrasant sur la pierre des palais... Antonin écrivit dans son journal :

*Venise s'enfuit toujours*
*Vers son sort*
*Pareil à mon amour*
*Vers la mort*

*Le bruissement de ses rues*
*M'alanguit*
*Pareil à son corps nu*
*Sur le lit*

*Les campaniles s'élancent*
*Vers les cieux*
*Avec mes espérances*
*Vers ses yeux*

*Elle s'endort en son passé*
*Si lascive*
*Mon désir s'est bercé*
*Sur ses rives*

*Ce qui était mon âme*
*Disparaît*
*En soufflant sur la flamme*
*Qui brûlait*

*Je garde de son visage*
*Ses attraits*
*Le charmant paysage*
*De ses traits*

Antonin et Cléa collaient bien ensemble. Ils étaient tout l'opposé l'un de l'autre.

L'un, bien qu'il ne fût pas heureux, était d'un pessimisme gai ; l'autre, en dépit de son bonheur, était d'un optimisme triste. Antonin avait choisi cette vision du monde par commodité, se disant qu'ainsi il n'aurait pas à redouter le futur puisque ce dernier ne pouvait être aussi noir que ses prédictions. « Advienne que pourra ! » était devenu sa devise. Cléa, quant à elle, avait un sens angoissant des responsabilités. C'est de cette manière qu'elle parvenait à se maintenir, son caractère n'était point encore assez trempé, il fallait qu'elle l'échauffât sans cesse.

Autant Antonin était désordonné, autant Cléa était méticuleuse ; c'est ainsi qu'elle retrouvait ses idées, c'est ainsi également qu'il les égarait.

Autant Cléa soignait son corps, autant Antonin eût souhaité tomber amoureux d'une âme.

Autant Cléa était sédentaire, autant Antonin était nomade.

Autant Antonin prenait l'amour à bras-le-corps, autant Cléa était méfiante, marchant toujours à côté sans lui prendre véritablement la main.

Autant Cléa disposait d'un goût formé, autant Antonin pouvait demeurer de longues minutes devant un paysage, un vase ou un tableau sans savoir s'il trouvait l'œuvre belle ou non.

Autant Antonin s'émouvait pour toute la Terre, succombant à une tendresse narcissique pour l'humanité, ne gardant que peu d'affection pour les gens qui l'entouraient, autant Cléa se montrait soucieuse du confort et du bonheur de ses proches.

Autant Cléa possédait au plus haut point des dons pour des arts comme la peinture, la sculpture, le dessin ou le chant, autant l'intelligence d'Antonin se limitait au monde des idées.

Autant Antonin montrait du mépris et témoignait de l'ennui aux petites histoires des gens, autant Cléa s'efforçait de montrer de la grâce en feignant de les écouter.

Autant Cléa possédait l'oreille musicale, autant Antonin y était sourd.

Autant Antonin, ayant lu certains livres, vu certains films et visité quelques capitales, était fermé à toute nouveauté, autant Cléa témoignait de l'intérêt aux réalisations de ses contemporains.

Autant Cléa se sustentait avec attention et délicatesse, autant Antonin considérait le problème de la nourriture comme une perte de temps dont il se serait volontiers passé s'il lui eût été possible d'avaler un cachet le matin qui lui eût ôté la faim.

Autant Antonin était fébrile et agité, autant Cléa sentait le calme avec ses deux grands yeux bleus et ses mains si délicates.

D'œuvre d'art Cléa risquait cependant de devenir un simple objet de luxe par cette inclination humaine à descendre vers le plus bas quand un noble effort ne maintient pas au-dessus du centre de gravité de soi-même.

L'éblouissement qu'Antonin provoquait par les quelques qualités qu'il avait su exploiter pouvait néanmoins rapidement s'évanouir, si lui aussi ne se contraignait pas à un constant travail sur lui-même.

Oui, ils étaient opposés, mais ils étaient semblables, et surtout ils s'aimaient tant!

## XIX

– Antonin, téléphone ! cria Gabrielle.

– C'est qui ?

– Une entreprise de pompes funèbres qui te propose de souscrire un contrat par lequel, si tu t'engages à verser cinquante francs par mois, tu obtiens un rabais de quarante pour cent sur le prix de ta pierre tombale le jour de ton décès.

– Gabrielle, si tu me passes cet appel, tu prends la porte immédiatement !

– Je suis désolée, répondit-elle aux fossoyeurs charitables, mais M. Krystal a décidé de se faire congeler.

Quelques minutes plus tard, la silhouette enveloppée de Gabrielle apparut dans le bureau d'Antonin.

– Je voudrais te demander une faveur.

– Fais donc.

– Avoir l'après-midi de demain libre.

– Pour quoi faire ? demanda Antonin.

Il se sentit aussitôt honteux d'avoir posé une telle question et se reprit aussitôt :

– Après tout, cela ne me regarde pas... Je m'excuse.

– Tu n'as pas besoin de t'excuser. Je peux parfaitement te dire pourquoi ! Mais uniquement parce que c'est toi. Tu n'es pas comme les autres ! Tu n'es pas méprisant. Tu ne t'es pas moqué de moi, de mon physique, de ma vie, et je t'en suis reconnaissante. Cependant, tu as changé ces derniers temps. On ne t'acceptait pas tel que tu étais et tu as dû faire des compromis. Ne te tracasse pas, tout le monde en fait, des compromis, mais...

– Viens-en au sujet ! l'interrompit Antonin qui eut brusquement devant les yeux l'Antonin libre et valeureux qu'il avait été.

– Voilà. Après-demain il y aura une grève générale du personnel de bureau, les secrétaires, les archivistes, les gens de la photocopie. Tout Zébulon sera paralysé.

– Je croyais qu'il n'y avait jamais de grève chez Zébulon ? interrompit Antonin.

– Après-demain, il y en aura une.

– Comment le sais-tu ?

– Parce que c'est moi qui en suis à l'origine et, crois-moi, cela n'a pas été facile ! A force de voir des moutons, par anamorphose tout le monde finit par se prendre pour un mouton.

– Pourquoi voulez-vous faire grève ? interrogea Antonin.

– Mille raisons ! Nos conditions de travail sont déplorables. Nous n'avons pas été augmentés depuis plus d'un an. Le contrôle des horaires est beaucoup trop strict, pas de primes, souvent les heures supplémentaires ne nous sont pas comptées. Et je ne parle pas des uniformes ridicules que doivent porter ceux des guichets...

– Vous ne pouvez pas faire grève après-demain. Il y aura une activité de tous les diables chez Zébulon. C'est le jour où le ministère des Finances annonce les chiffres de...

– Eh bien, tant mieux ! Il faut qu'ils comprennent une fois pour toutes qu'ils ne peuvent pas continuer à nous traiter ainsi. Les riches ont une autre mentalité que les pauvres : dès que quelque chose leur est désagréable, ils gueulent ; les pauvres, eux, commencent par attendre.

– Vous n'avez même pas les syndicats avec vous.

– Ils sont tous achetés. C'est pourquoi la seule grève qu'il puisse y avoir ici, c'est une grève sauvage. J'ai réussi à entraîner les autres mais, sans moi, tout tomberait à l'eau, les moutons ont une naïve admiration pour ceux qui les mènent aux abattoirs.

Il y eut quelques secondes de silence. Antonin, visiblement gêné, se grattait l'oreille.

– Pourquoi me dis-tu tout ça?

– Pour que tu le saches! Pour que tu ne me considères pas simplement comme une vache qui ne pense qu'à bouffer! Pour que tu aies de l'estime pour moi!

– Mais j'ai toujours eu de l'estime pour toi.

– Vraiment? Je voudrais tant pouvoir te croire.

Antonin ne répondit rien.

– Je retourne travailler, dit-elle. J'ai mille choses à faire depuis que tu as décidé de devenir un cadre compétent et...

La sonnerie du téléphone l'interrompit.

– Tiens, le téléphone. Je le prends d'ici.

– Bureau d'Antonin Krystal, bonjour... Bonjour, monsieur. Oui, monsieur. Une seconde, je vous le passe.

– Qui est-ce?

– Lebel!

– Je le prends. Merci Gabrielle.

– Allô?

– Antonin, pourriez-vous venir me voir immédiatement?

Deux minutes plus tard, Antonin était devant le bureau de Lebel. Sa secrétaire le fit patienter car « Monsieur » était en ligne. Un mois plus tôt, Antonin n'aurait pas attendu, mais ce n'était plus l'Antonin d'autrefois qui patientait aujourd'hui avec cet air résigné.

Après plus d'un quart d'heure, il fut convié à pénétrer dans le bureau.

– Entrez, Antonin, entrez! Je vous en prie, asseyez-vous. Nous avons besoin de vous.

– Nous?

– Zébulon a besoin de vous!

– A quel sujet?

– J'ai appris par ma secrétaire qu'une grève sauvage sera organisée ici après-demain. Nous savons également qui est à l'origine de cette initiative.

Antonin ne disait rien.

– Je suis désolé de vous apprendre que la coupable est votre secrétaire.

– Gabrielle ? s'écria Antonin, jouant l'étonnement.

– Oui, la grosse Gabrielle ! Je vous surprends, n'est-ce pas ?

– Vous m'étonnez ! Mais il faut dire que je serais vraiment la dernière personne à qui elle viendrait se confier.

– Évidemment, évidemment, reprit Lebel sans soupçonner un instant qu'Antonin pût déjà être au courant. Il n'est cependant pas suffisant de savoir qui est l'âme de cette grève, il faut l'empêcher. Il faut nous débarrasser de Gabrielle avant après-demain. La solution est simple mais, légalement, j'ai besoin de votre accord. Voici donc un document que je vous prierai de signer :

*Je soussigné, Antonin Krystal, occupant le poste de collaborateur à la banque Zébulon, affirme que*

*Mlle Gabrielle Ouvrier a été ma secrétaire durant six mois. Durant ces six mois, elle n'est jamais arrivée à l'heure au bureau. Elle a traité le travail qu'elle avait à accomplir avec la plus grande des indifférences et a commis de nombreuses erreurs qui auraient pu se révéler dommageables pour les intérêts de Zébulon. Mlle Gabrielle Ouvrier s'est toujours montrée négligente dans les travaux que je lui ai confiés. J'ai été souvent contraint de charger d'autres membres du personnel de Zébulon d'effectuer les tâches que Mlle Gabrielle Ouvrier refusait d'effectuer...*

Le document continuait ainsi sur une vingtaine de lignes.

Antonin leva les yeux de la lettre et regarda Lebel. Il en avait mal au ventre.

« Quel espèce de fumier », se dit-il.

– Pourquoi moi ? dit-il violemment. Vous ne pouvez pas trouver quelqu'un d'autre pour signer ça ? Je suis sûr qu'il y a ici des gens qui le feraient avec joie.

– Pourquoi vous ? Parce que légalement, c'est vous qui devez signer. Parce que je veux aussi que vous m'obéissiez, même si c'est pour ramasser mon mouchoir quand je le fais tomber. Que vous soyez heureux ou malheureux, je m'en moque ! Ce que je veux, c'est que vous le soyez à cause de moi. Voilà pourquoi ce sera vous !

– Je ne signerai pas !

– Votre susceptibilité est ridicule et tout à fait hors de propos.

– Signer une telle ignominie serait me trahir complètement. Je ne le puis !

– Je ne vous retire pas le droit de suivre votre pente naturelle mais, au moins, que cela soit en montant ! Si vous signez, vous aurez la considération, le pouvoir. Il faut le posséder, le humer, le palper, ce pouvoir, pour comprendre tout le respect qu'il mérite.

Antonin se sentait comme le loup de La Fontaine auquel le chien vantait les mérites de la vie domestique tout en lui montrant la trace que la chaîne avait laissée sur son cou.

– Allons, signez Antonin. Vous êtes jeune. Le monde vous appartient ! Depuis quelque temps vous avez fait des efforts, vous êtes devenu l'un des meilleurs. Ne laissez pas tout filer uniquement pour la beauté d'un geste. Pour une fois, pensez à l'avenir ! Qui saura que vous avez refusé de signer ce papier ? Personne ! Qui vous en sera reconnaissant ? Personne ! Ne vous immolez pas sur l'autel d'une cause qui n'en vaut pas la peine. Choisissez d'être heureux !

– Je m'en moque. Je m'honore de me passer de l'opinion des autres.

– Vous ne saurez vous passer de la considération des gens ; or ils ne vous donneront pas cette considération si vous ne représentez pas une force sociale. Fermez plutôt les yeux. A quoi bon voir les barreaux de sa cage ? Cela aigrit inutilement ! Personne ne donnera un centime de vos bons sentiments ! Comme le disait le banquier Laffitte, un idiot riche est riche et un idiot pauvre est un idiot !

Antonin pensa que, s'il signait, nul ne pourrait alors deviner tous les efforts que cela lui avait coûté pour devenir lui-même. Comment témoignerait-il de sa singularité s'il jetait les armes dès le premier combat qu'il avait à livrer ? En outre, il était dans une impasse. Il venait de retrouver Cléa. Ils avaient fait des projets en commun. Antonin avait besoin d'un travail. Il gagnait beaucoup d'argent, énormément d'argent. Il savait que, s'il quittait Zébulon, il ne pourrait pas retrouver un poste équivalent. Qui ferait confiance à un jeune homme qui quitte la meilleure banque du monde et un salaire inouï pour conserver son intégrité ? Les employeurs veulent être aimés exclusivement. On ne peut pas servir deux maîtres à la fois, soi-même et l'argent. Il fallait choisir ! Cléa aurait-elle assez de force pour le suivre ? Continuerait-elle à l'aimer ? Rien de moins sûr ! Ce n'était pas seulement lui qu'elle aimait, mais le « brillant peut-être » qu'il représentait. Les femmes veulent constamment être rassurées. Parviendrait-il, dans le cas où il ne signait pas cette lettre, à la persuader qu'il avait raison ?

Il préféra ne pas courir ce risque. La mort dans l'âme, le dégoût aux lèvres, se méprisant comme il ne s'était jamais méprisé dans le passé, sachant qu'il venait ainsi de mettre réellement le doigt dans l'engrenage et qu'à présent il pourrait accomplir toutes les bassesses, seule la première étant aussi pénible, il signa.

– Vous faites à présent pleinement partie de Zébulon, dit Lebel tandis qu'Antonin sortait.

Au fond de lui il pensait :

« Regardez ce que j'ai fait de ce héros... J'en ai fait une vraie chiffe molle ! »

Le jour même Gabrielle fut convoquée et remerciée sans indemnités. Le document qu'Antonin avait signé servait de base légale à la procédure.

On autorisa Antonin à s'absenter le restant de l'après-midi pour ne pas avoir à croiser Gabrielle. La complexité des formalités fit cependant que, le lendemain, il la rencontra dans les couloirs de la banque. Elle le regarda sans animosité particulière.

– Comment as-tu pu faire cela, Antonin ? Pourquoi ? On te croyait quelqu'un. On croyait que tu n'étais pas comme eux. En fait, tu es pire. Cent fois pire ! Tu nous as trahis ! Ce sont les traîtres qu'on fusille, jamais les soldats. Eux, au moins, ils portent un uniforme. Tu ne me réponds rien ?

– Qu'est-ce que tu veux que je dise ? C'était mon devoir...

Du mépris apparut dans sa voix.

– Ton devoir. Tu me fais franchement rigoler... Tu étais inquiet pour le sort de ton âme... Ne t'inquiète donc pas pour elle. Il y a longtemps que tu l'as perdue !

La pluie qui tombait lorsque Antonin sortit de Zébulon ce soir-là trempait aussi son cœur. Ce n'était pas à la banque qu'il en voulait, mais à lui-même. Zébulon avait agi dans la droite ligne de sa philosophie ou, pour être plus prosaïque, de ses intérêts. Mais lui... Lui, c'était impardonnable !

# XX

De retour boulevard Saint-Germain, Antonin s'impatienta. Cléa devait passer, elle était en retard... Il souhaitait ardemment qu'elle l'approuvât et voulait lui faire partager sa décision afin que la responsabilité en retombât sur sa tête. Faisant de Cléa sa complice, il pourrait devenir fier de ce qu'il considérait comme une humiliation. Si Cléa le soutenait, ne parviendrait-il pas un jour à la conclusion que commettre de petites vilenies peut être la marque d'une sorte de grandeur d'âme ? Après tout, Ugolin n'avait-il pas dévoré ses enfants pour leur conserver un père ?

Cléa ne fut pas éblouie par la vision d'Ugolin suçant les os de son cadet.

– Comment as-tu pu t'abaisser à ce point devant ce monstre ?

– Que voulais-tu donc que je fasse, Cléa ? Que je refuse ? Cela aurait signifié la dèche. Quelle épreuve pour toi, mon amour, et me voir chaque jour tenter de remonter la pente jusqu'au niveau où la chance d'avoir connu Burunsky m'avait placé... Pense un peu à nous !

Il tenta de la prendre dans ses bras ; elle le repoussa nerveusement.

– En agissant ainsi, tu ne comprends pas qu'il t'a fait devenir un autre homme ! Un homme qui s'éloigne de celui que tu as été ? Son âme noire ne supportait pas ton ciel bleu. Maintenant, le temps se couvre pour ton âme, Antonin... Voilà pourquoi il t'a fait agir ainsi...

Il y eut un silence durant lequel il essaya de l'attendrir par le regard, mais ce fut peine perdue. Elle reprit :

– Tu as résisté, dis-tu ? Laisse-moi te dire que ta résistance a été bien faible... As-tu l'âme d'un traître ? Souvent, je dois te le dire, les traîtres sont séduisants et charmeurs, et toi...

Antonin éclata.

– Ça suffit maintenant ! Je t'ai déjà trop laissée parler. Ce que tu dis est trop facile ! Traître, ne le suis-je déjà pas chaque jour, chaque heure, chaque minute, chaque seconde, traître à l'humanité, à l'homme, mon frère ? Le mendiant à qui je tends la main ne rachète pas ceux devant lesquels je passe impavide. Il ne rachète pas non plus les millions, les centaines de millions d'hommes qui survivent ou meurent sans mendier. Je ne leur tends jamais la main ! Qu'ai-je fait pour eux ? Un habitant de Haïti gagne en moyenne mille francs par an. Ils sont six millions sur cette île sans ressources, où la forêt a laissé la place au désert. Si je pense à eux, et je te jure que ça m'arrive, comment aller déjeuner au *Fouquet's* ou même simplement à la maison ? Je trahis les miens à chaque moment de ma vie. Je ne fais pas non plus ce que j'ai à faire car je me dis que mon engagement ne serait qu'une goutte d'eau. Une goutte d'eau pour eux et la noyade pour moi, cela me conduisant à ma perte ! On ne vit qu'une fois ! Derrière moi, il y a l'infini et le néant, et, devant moi, il y a l'infini et le néant. Alors laisse-moi vivre heureux !

Antonin reprit son souffle ; Cléa regardait ailleurs.

– Comprends aussi une fois pour toutes que tu trahis autant que moi les valeurs morales, la solidarité, la compassion ou l'humilité.

Antonin essaya de prendre un ton badin, il était à bout d'arguments.

– Je voudrais tant être saint Vincent de Paul, toi tu serais Mère Teresa et nous serions heureux. Sans enfants, sans argent, sans égoïsme. Nous laverions les pieds des lépreux. Est-ce cela que tu veux, Cléa ?

– Tu n'es qu'un sophite, Antonin !

– Sophiste, pas sophite !

– Je m'en tape. Sophiste ou sophite, c'est du pareil au même ! Tu n'en es que plus méprisable !

La colère la faisait parler d'un ton calme.

– Tu essaies de t'en sortir en comparant ta mesquine saloperie à de grands crimes et à de grandes souffrances auxquelles tu pourrais certainement remédier, non d'un coup de baguette magique, mais patiemment, sans héroïsme, sans projecteurs braqués sur toi, en apportant chaque jour ta pierre à un édifice généreux. C'est trop difficile pour toi d'être Vincent de Paul. Il lui a fallu attendre longtemps avant d'être reconnu comme saint. Tu n'aurais jamais cette patience. Tu peux à la rigueur consacrer une année à pondre un roman, comme tu en as l'intention, en imaginant la gloire qu'il pourra t'apporter et en pesant les arguments que tu exposeras pour affirmer que ton œuvre n'est pas seulement une œuvre d'art, mais est aussi une bonne action. Et encore... Je ne sais pas si tu auras le courage nécessaire pour faire une œuvre. Je connais ce courage. C'est quelque chose de terrible et de magnifique. Je ne sais si tu pourras jamais être autre chose qu'un amateur...

Cléa se tut, comme perdue dans la contemplation d'images passées ou futures, puis elle reprit :

– Tu me dégoûtes. Ton hypocrisie est sans pareille. Dans le cirque de la morale qui t'est indispensable, tu as toujours fait du trapèze, mais avec un filet. Tu pouvais donc tout tenter, tu retombais sur tes pieds. Mais dans le cirque de Zébulon, quand Lebel te retire le filet, alors là tu te défiles.

Cléa s'arrêta quelques secondes comme si elle cherchait ce qu'elle devait faire. Dehors il faisait nuit. Tout était calme, Antonin entendait le bruit de sa propre respiration. Il attendait ce que Cléa allait dire et il sentait battre son cœur de plus en plus vite. A présent les yeux de Cléa n'étaient plus dans le vague, elle avait trouvé :

– Je ne resterai jamais avec un traître, un lâche et un matamore. Je te quitte, Antonin, ou plutôt c'est toi qui m'as quittée. Tu n'es plus l'Antonin que j'aimais.

Elle se leva, prit son blouson et sortit en disant qu'elle reviendrait chercher le reste de ses affaires.

Son ton avait été si froid qu'Antonin en demeura immobile, incapable de prononcer la moindre parole.

« Comment ai-je pu douter une seconde que cette fille était fantastique », pensait-il.

Il était cependant trop orgueilleux pour tenter de la retenir.

Pour Cléa, tout était brisé, c'était irréversible ! Nul retour en arrière ne semblait possible. La preuve était faite. S'il était capable d'accomplir un tel acte, Dieu sait ce qu'il pourrait accomplir d'autre. Cléa avait placé en Antonin tous ses espoirs et ses aspirations. Sa trahison (c'est ainsi qu'elle jugeait son acte) avait ceci d'horrible qu'elle lui donnait l'impression de l'avoir elle-même commise. Pour elle, Antonin paraissait un général qui au plus fort de la bataille aurait paniqué et aurait eu une crise de larmes. Comment les soldats pouvaient-ils faire ensuite confiance à un tel homme qui devait les mener à la bataille en les y encadrant ? Aux yeux de Cléa, Antonin n'avait plus de crédit. Les proverbes de Mme Duval trouvaient ici lieu à s'appliquer. « Il n'y a que le premier pas qui coûte », « Qui vole un œuf, vole un bœuf » exprimaient une grande part de vérité psychologique. Les hommes ont besoin de garde-fous afin de ne pas tomber dans le précipice qui les entoure. Les lois, les règles morales, les coutumes sont ces garde-fous. Celui qui les enjambe le fait à ses risques et périls.

Antonin promena son regard autour de la pièce. Tout lui paraissait vide, vain.

« Si au moins elle souffrait ! se disait-il, allongé sur le lit, la tête dans l'oreiller. Mais elle ne souffre sûrement pas ! Elle doit éprouver pour moi le plus profond mépris ! »

Il essaya alors de s'exagérer ses défauts, de les grossir et de les amplifier, mais il cessa rapidement ; c'était peine perdue : il aimait jusqu'à ses défauts !

« A moins d'avoir perdu toute dignité, impossible de revenir en arrière, continuait-il. Impossible de la rappeler ! Même si elle acceptait de revenir avec moi, après ce qu'elle m'a balancé à la figure, je ne pourrais tenir... " Matamore. " Non, mais elle s'est regardée ! C'est parce que je doutais d'elle que j'ai agi ainsi. Parce que je considérais qu'en un sens elle n'était qu'une petite-bourgeoise. Oui, mais elle ne l'était pas ! Ah ! Je ne l'en aime que plus... C'est terrible : après cet incident, elle me méprise et ne m'aime plus et moi je trouve que c'est une fille formidable et je l'adore d'autant plus ! Que faire ! Que faire ! Ne pas penser à elle... Surtout ne pas penser à elle ! Pense plutôt à ceux qui ont perdu la vue ou qui se sont fait défigurer dans un accident de la route, ils seraient bienheureux d'échanger leur douleur contre la tienne... Je sais. J'ai honte de souffrir, mais je n'en souffre pas moins. Cela me tord le ventre. Je me demande pourquoi justement le ventre ? Pourquoi pas le pied ou les dents ? Ce n'est pas le cœur, l'endroit le plus sensible, mais le ventre. Frappe-toi le ventre, c'est là qu'est la douleur... Bastet le sait bien qui, lorsqu'elle se sent attaquée, se replie sur elle-même et se protège le ventre. Bastet, viens ici me consoler... Sois gentille, viens ici ! »

Bastet, qui sortait à ce moment-là de la cuisine, trotta vers le lit où se trouvait Antonin, y sauta et vint se lover près de son épaule. Antonin pleurait à présent autant de rage que de tristesse. Bastet le regardait d'un air inquiet. Elle posa sa patte avant gauche sur sa joue. Il sembla à Antonin qu'elle lui essuyait une larme.

« Surtout ne pas penser à elle, se répétait-il. Fais comme si elle n'avait jamais existé. Si tu ne l'avais jamais rencontrée, tu ne pourrais être triste. C'est logique, non ? Logique, peut-être, mais cela ne marche pas. " *Le cœur a ses raisons que la raison ne connaît point.* " En fait, ce n'est pas exactement cela, ce serait plutôt : " Le cœur a ses raisons qui ne sont pas les mêmes que celles de la Raison. " »

Chaque instant le faisait revenir vers Cléa. Chaque meuble qu'elle avait touché, chaque objet dont elle s'était saisie amplifiait son malheur. Une puissance inconnue le dressait contre ses intérêts. Dans sa passion de la liberté, il en vint à la détester, puis à l'aimer à nouveau. La plupart du temps, les deux sentiments se mêlaient.

Il voulut prendre un livre pour se changer les idées, mais lire le dégoûtait. Il essaya d'écrire ou plutôt de décrire sa peine, mais son stylo ne put qu'inscrire Cléa une bonne dizaine de fois en lettres capitales sur la page blanche.

« Au moins, se dit-il, j'ai été éloquent ! »

Tout lui répugnait. Il se demandait s'il pourrait apprécier de nouveau ces choses qui par le passé avaient fait sa joie. Seule la musique de Mozart lui donna un peu de réconfort.

Malgré lui, ses paupières lourdes se fermaient, il sentit la tête lui tourner, la nuit précédente il avait travaillé à son roman et n'avait pas dormi et aujourd'hui il avait eu tant d'émotions. Il se laissa aller au sommeil.

Vers quatre heures du matin, Antonin s'éveilla. Immédiatement, il se mit à penser à Cléa. En vain il essaya de la chasser de son esprit. Il ne le put, elle était associée au souvenir de sa bassesse. Il se leva soudainement ; Bastet, qui reposait sur son ventre, prise au dépourvu, roula par terre. Antonin marcha avec détermination jusqu'à la salle de bains où il sortit deux somnifères de la boîte à pharmacie qu'il avala sans prendre la peine de les accompagner d'un verre d'eau. Il les arrosa néanmoins d'une bonne rasade de vodka. Bientôt il sombra dans un lourd sommeil.

Quand il se leva, vers midi, sa douleur n'était pas partie, mais elle était anesthésiée. Il se rendit aussitôt chez sa tante où il était attendu à déjeuner.

A table, il ne toucha à rien. Elle en fut étonnée. Antonin comprit qu'une épreuve de plus l'attendait : l'effort de masquer sa peine à ses proches.

– Qu'est-ce qui se passe ? lui demanda-t-elle.

Antonin consentit à lui expliquer.

– C'est simple, lui dit-elle, n'y pense plus !

– Merci pour le conseil...

– Non, je te promets, c'est là la seule solution... Quand je travaillais pour le président de la République, il m'a été donné de visiter de nombreux hôpitaux, et notamment des services de pneumologie; j'y ai remarqué entre autres choses que ceux qui toussaient violemment, pensant par là se soulager, ne faisaient qu'aggraver leur mal en s'irritant la gorge. Quand j'en discutai avec les infirmières, elles me confirmèrent mes observations en m'expliquant qu'elles tâchaient d'enseigner aux malades de ne point tousser afin de ne pas empirer leur état. Même chose pour toi, si tu veux te guérir, ne te livre pas à des quintes de malheur, tu ne ferais qu'irriter ta douleur... Chaque vice ou chaque passion porte son prolongement en lui-même. Tant que l'on aime, on ne peut concevoir de ne plus aimer. C'est l'habitude qui crée l'esclavage et non ce à quoi on est habitué...

## XXI

Les jours qui suivirent furent pénibles. Il savait que Cléa ne le rappellerait pas et, pourtant, chaque sonnerie de téléphone était pour lui un « je t'aime encore » en puissance.

Heureusement, il avait du travail chez Zébulon. Pendant que son intelligence était fixée sur l'effort quotidien, Antonin laissait à son cœur la charge de tenir au chaud le souvenir de Cléa. Il allait devoir mettre les bouchées doubles quand, dix jours plus tard, Lebel le convoqua :

– J'ai été contacté hier par Bernard Marchand. C'est le président-directeur général de Marchand S.A., le gigantesque conglomérat que vous connaissez sans nul doute. Burunsky siège dans son conseil d'administration. Aujourd'hui, Marchand s'est mis en tête d'acquérir la société Nord Service.

– Les grands magasins ?

– Entre autres choses. Il voudrait qu'on le conseille dans cette acquisition. Nord Service est une société qui est gérée d'une manière apathique. Elle est considérée par l'ensemble des analystes financiers comme un *sitting duck*, c'est-à-dire une cible facile. Son parc immobilier à New York vaut le tiers de sa capitalisation boursière. Cependant, à part Marchand, personne n'envisage sérieusement une OPA car il est de notoriété publique

que les dirigeants de Nord Service s'y opposeraient avec l'énergie du désespoir.

Lebel affectait de parler d'un air détaché, mais la modulation de sa voix trahissait tout l'intérêt qu'il portait à cette affaire.

Elle était d'importance, non seulement par les intérêts en jeu, mais aussi à cause des liens qui unissaient les personnes concernées. Marchand et Lebel s'étaient rencontrés près de quinze ans auparavant et il y avait eu une sorte de coup de foudre immédiat entre eux. Marchand se lançait dans la reprise d'entreprises en difficulté et Lebel occupait déjà un poste de haute responsabilité chez Zébulon. Ils mirent au point un système qui consistait à tirer partie des failles de la loi de 1967. Selon celle-ci, en cas de dépôt de bilan, le passif d'une entreprise était gelé, les dettes à court terme transformées en capitaux permanents et les stocks mis à disposition. Par un effet mécanique, l'entreprise qui déposait son bilan se trouvait à la tête d'une trésorerie importante. Il fallait néanmoins convaincre les syndicats de confier l'entreprise à un repreneur. L'astuce de Marchand et de Lebel fut de leur offrir une caution bancaire, celle de Zébulon, en garantie contre toute aggravation du passif. En échange, au lendemain de la reprise par Marchand, ce dernier ouvrait un compte chez Zébulon et y déposait sa trésorerie.

Les montages de Lebel et de Marchand, avec des suppressions massives d'emplois, des ventes d'immeubles, étaient avalisés par le tribunal de commerce de Paris dont Burunsky avait été président et où il conservait de nombreux amis influents. Marchand s'était ainsi rapidement retrouvé à la tête d'un conglomérat sans avoir déboursé le moindre argent personnel. Le montant de ses dettes envers Zébulon atteignait cependant des montants faramineux, ce qui ne représentait pas un problème tant que la banque continuait à le soutenir. Quant à Lebel, il avait su également se bâtir une coquette fortune.

De quoi vivait Marchand, les entreprises qu'il reprenait étant dans un état proche de la déconfiture ? La réponse était simple : il n'y a que deux façons de tirer profit d'une société, soit on paie des dividendes, soit on se paie sur les frais généraux. Les entreprises de Marchand ne versaient pas de dividendes, donc... Dans l'argot bancaire, on appelle cela le « droit de pavillon ». Une autre technique de Marchand résidait dans la « ponction ». Ses sociétés dépendaient d'un holding nébuleux rempli de trous noirs par lesquels passaient des virements d'une société à l'autre à la vitesse d'une étoile filante.

– Plus de quatre cents magasins, reprit Lebel. Trois cent quatre-vingt mille mètres carrés de surface de vente. Et plus de douze mille employés. Tout un parc immobilier à New York. Plus quelques usines à droite et à gauche. Vous aurez les chiffres dans un quart d'heure sur votre bureau et...

Le téléphone sonna.

– J'avais pourtant exigé de ne pas être dérangé ! s'écria Lebel.

– C'est M. Arman, répondit la secrétaire. J'ai cru bon de vous le passer.

– Vous avez bien fait. Vous avez bien fait, s'apaisa Lebel. Vous m'excusez un instant, Antonin ? Allô. Comment allez-vous, Henri ?... Oui, ici tout va merveilleusement bien. De quoi s'agit-il ? Oui, je connais très bien les Brulard. Une belle réussite pharmaceutique... Oui... Mon Dieu ! Mais c'est terrible... Non, je ne savais pas que votre nièce avait le cancer, Henri. Je suis désolé... Vraiment désolé... On vous a dit que le produit du laboratoire Brulard pouvait être utile à votre nièce. Comment s'appelle-t-il ?... La « strepcyne » ? Mais il n'est pas commercialisé ? Mais bien sûr. Je peux intervenir directement auprès d'Herbert Brulard. Si je crois qu'il pourrait me le fournir ? Je ne sais absolument pas. Non, le fait que Zébulon possède sept pour cent de leurs actions ne change rien, mais ça peut aider... Nous ne contrôlons tout de même pas la société. M. Brulard n'est pas notre employé... Pas encore ?... Oui, c'est ça... Je ferai tout ce que je peux en ce sens, ayez confiance. Ne me remerciez pas ! C'est moi qui vous remercie. Saluez votre femme de ma part... Je n'y manquerai pas non plus.

Lebel raccrocha et, se tournant vers Antonin, lui dit :

– Vous m'excusez à nouveau. Juste un bref coup de fil à passer et je suis à vous.

– Madame Jacquemin, pouvez-vous m'appeler Brulard ?

– Brulard sur la deux, annonça la secrétaire quelques minutes plus tard.

– Herbert ? Ici Lebel. Arman me demande un médicament qui doit être fabriqué chez vous... De la « strepcyne », a-t-il dit... On attend l'autorisation de mise sur le marché ? Ce n'est pas pour lui, mais pour sa nièce... Vous dites qu'il n'y aurait pas de problème pour le lui faire parvenir avant l'autorisation... Justement, il faut que je vous demande un service. Cela doit rester entre nous... Non, je ne doute pas de votre discrétion. Il faut que vous me trouviez une excuse plausible pour que je ne lui donne pas ce médicament... Pourquoi ? J'ai mes raisons. Je ne sais pas ! Débrouillez-vous ! Nous vous payons assez cher !... C'est ça, rappelez-moi dès que possible. Bonne journée à vous aussi.

Une fois qu'il eut raccroché et prié à nouveau sa secrétaire de ne le déranger sous aucun prétexte, Lebel dit à Antonin :

– Les gens ne manquent pas de culot. Il y a six mois, j'ai demandé à Arman de m'aider pour entrer au *Smart Club*. Les critères de sélection y sont extrêmement stricts, mais il en est le vice-président. Il n'a pas levé le petit doigt ! Il se fourre le sien dans l'œil, s'il croit que je vais lui procurer ce médicament. N'importe qui aurait fait de même, n'est-ce pas, Antonin ?

– Je suis sûr que certains seraient même allés jusqu'à empoisonner la nièce...

– Bon, revenons à nos problèmes, fit Lebel en se redressant sur son siège.

– Que voulez-vous que je fasse ? demanda Antonin.

– Vous allez me calculer la rentabilité financière de Nord Service, sa couverture d'actifs immobilisés, son taux d'endettement, sa capacité bénéficiaire nette, sa productivité de travail, sa productivité de capital, son indice de...

– Productivité de capital ? Excusez-moi, j'ai un trou.

– C'est pourtant tellement simple. Immobilisation corporelle sur chiffre d'affaires ! Un enfant de cinq ans sait cela.

– Vous n'auriez pas un enfant de cinq ans sous la main ? demanda Antonin.

– Arrêtez donc de plaisanter, Antonin. Où en étais-je ?

– A son indice de...

– Oui c'est cela, son indice de gestion financière. Vous me calculerez son indice de gestion industrielle et commerciale et sa capacité d'endettement. Vous me ferez aussi une étude comparative avec d'autres sociétés plus ou moins similaires, acquises ces cinq dernières années. Et le plus important à présent : trouvez-moi le meilleur montage juridique.

– Vous voulez tout ça pour quand ?

– Avant-hier. Mais je me contenterai de demain matin.

Antonin travailla avec célérité. Il devait néanmoins se procurer les documents indispensables à son étude.

Mme Villiers administrait les archives. Selon l'opinion générale, la profession d'archiviste est terne et ennuyeuse. Mais cette femme avait trouvé la grande aventure de sa vie dans les archives. Pour tout l'or du monde, elle n'aurait pas changé de métier, non qu'elle craignît de renoncer à sa quiétude, mais parce qu'elle avait fini par aimer ce qu'elle faisait. Elle était un génie de l'archivage et jouissait d'une mémoire sans pareille. Elle fermait les yeux et retrouvait sans mal n'importe quelle affaire très secondaire, traitée vingt-cinq ans plus tôt. Son cerveau était plus fiable que les archives elles-mêmes. Cette occupation ne l'avait pas non plus asséchée. Bien que mariée, sa nature plantureuse connaissait des exigences durant la journée. Elle entretenait depuis deux ans une torride relation avec le sous-directeur du personnel. Elle avait une peur bleue que son mari ne l'apprenne.

Mme Villiers trouva très rapidement tous les documents demandés et Antonin les ramena chez lui pour les travailler.

Antonin veilla et travailla toute la nuit. Il tâtonnait, hésitait, cherchait. La corbeille à ses pieds débordait de projets déchirés. Ses yeux le piquaient. Il monta sur le balcon. Le silence était total. Il se dit que, finalement, lui aussi aimait son métier. Son père s'évanouissait dans la nuit.

Quand il s'endormit pour deux heures au petit matin, il eut à nouveau ce rêve où Piafka lui apparaissait sur un terrain de rugby et ne parvenait pas à lui passer le ballon. Oui, il s'évanouissait dans la nuit, mais pas dans ses rêves.

Le lendemain matin, il fit porter son étude à Lebel. Celui-ci lui demanda de ne pas quitter la banque avant qu'il ne l'ait vue. A vingt-deux heures, Antonin attendait toujours. Une demi-heure après, Lebel arriva.

– J'ai lu ce que vous m'avez donné, Antonin. C'est excellent, vraiment excellent, et le montage juridique est délicieusement astucieux. Voilà pour le fond. Passons à présent à la forme ; il faut que vous appreniez quelque chose : ne soyez pas aussi explicite dans vos affirmations ou dans vos prédictions.

– Pourquoi ? Elles sont fausses ?

– Au contraire, répondit Lebel, elles sont claires, toutes fondées et logiques, mais il ne faut pas donner son opinion de manière aussi péremptoire. On vous a appris le conditionnel à l'école ? Il s'agit de savoir l'utiliser de temps en temps.

– Pourquoi ?

– Parce que, de deux choses l'une : soit ce que vous pronostiquez se réalise, et l'on vous détestera pour avoir été si clairvoyant, soit ce que vous annoncez ne se produit pas, et l'on vous détestera pour vous être trompé. Dans les deux cas, vous ne serez plus jamais réemployé ! Notre objectif est tout de même de fidéliser notre clientèle. Le meilleur moyen pour y parvenir est de ne jamais émettre des prédictions trop précises. Alors on vous trouvera admirable. Pour être admirable, pas de secret, il ne faut absolument rien dire. Il faut savoir envelopper vos argumentations. Que cela dise tout et rien à la fois. Un peu à la manière des oracles. Il faut savoir être vague, vaporeux, trouble, indécis, évasif, nuageux, flottant, fumeux. Ainsi les gens comprennent qu'ils vous ont confié un problème difficile à résoudre. Ce n'est pas seulement les intérêts de la banque que je défends, c'est aussi pour votre bien... Vous savez, vous pouvez me répondre de temps en temps. Ce n'est pas un monologue, mais une discussion que je veux avoir avec vous.

– Je comprends.

– Je tenais quand même à vous féliciter. Tout ce que vous avez écrit est plus qu'excellent. Vous êtes devenu en peu de temps un véritable as de la finance. A présent il se fait tard. Vous pouvez rentrer chez vous. Demain, réunion avec Marchand à sept heures trente. Soyez à l'heure.

Le lendemain, Antonin était dans la salle de réunion à sept heures vingt.

Lebel arriva avec Marchand à huit heures et quart. Antonin était trop décidé d'avance à le trouver déplaisant pour qu'il ne lui fût pas à première vue plutôt sympathique. Bernard Marchand avait débuté avec quelques milliers de francs, puis il avait vendu de tout : des encyclopédies, des laisses pour chien, des porte-cigarettes, des soutiens-gorge, des taille-crayons, des mixeurs, des voitures, des télévisions, rapidement il était devenu le roi du porte à porte, le seigneur de la sonnette, l'empereur de l'embobinage. Il en avait bavé, pour arriver : faillites, condamnations diverses, morgue des puissants, mais sa force avait été de toujours garder un heureux optimisme et de prendre ces contrariétés pour des obstacles qu'il devait franchir afin de se muscler le caractère. Maintenant, quand il parlait de lui, il disait « Marchand » comme on dirait Staline ou Pelé. Sa devise était qu'aucune affaire n'était trop grande pour être entreprise ni trop petite pour être conclue. Ses activités multiples l'engageaient de toute part : textile, immobilier, matériel de sport et de bureau, collections d'art, forêts, cinéma... Cela impliquait des amitiés dans le monde des affaires de la politique, chez les *traders,* avec des hommes de main.

Toujours cordial, jamais chaleureux, Marchand parlait bref et savait se faire entendre. Il méprisait l'univers entier, hormis quelques très riches industriels qui avaient su acquérir leur fortune par héritage et qui savaient lui tenir la dragée haute.

Dans l'exercice de son métier il veillait à tout, il était dur, avide, sec et impitoyable. Un despote, un tyran que rien ne pouvait satisfaire et qui ne savait jamais se montrer reconnaissant, mais sachant indiscutablement bien manier la carotte et le bâton.

Il était trapu, les cheveux lissés en arrière. Il paraissait habillé par les plus grands couturiers. Gros mangeur, mais à la façon de ces hommes à combustion vive qui n'engraissent jamais. Le tout était saupoudré d'un côté bon vivant qui le rendait sympathique. Antonin admira immédiatement son énergie et son culot. Lebel fit les présentations :

– Bernard, voici Antonin Krystal. Notre génie des montages financiers. Il en trouve un pour toutes les situations. Exposez-nous votre projet, Antonin.

Les deux hommes s'enfoncèrent dans leur fauteuil. L'un posa son doigt contre son nez, l'autre l'appuya sur son oreille. Ils accordèrent toute leur attention à Antonin qui s'étira sur sa chaise, mit ses mains derrière la nuque, ferma les yeux, les rouvrit et commença :

– J'ai la solution idéale pour vous, dit-il en regardant Marchand. Vous allez créer une holding. Ça ne vous coûtera rien, même pas un franc, Zébulon peut s'en charger...

Il fit une pause. Lebel approuva gravement de la tête. Marchand se gratta rêveusement le nez. Antonin reprit :

– Cette holding va nous emprunter à nous, Zébulon, le milliard nécessaire à l'achat de Nord Service qui fait cent millions de bénéfices par an. Avec ces bénéfices, vous allez faire une intégration fiscale. C'est-à-dire que vous allez les remettre à la holding qui, elle, sera déficitaire puisque sa seule activité aura été d'acheter Nord Service. Les cent millions serviront à payer les intérêts de votre dette.

– Excellent. Bravo, Antonin. Vous devenez de plus en plus vicieux, dit Lebel.

– Le capital, comment je le rembourse, bonhomme ? demanda Marchand.

– Nord Service bénéficie de nombreux actifs qui ne sont pas nécessaires à la bonne marche de l'entreprise. Vous allez vendre des immeubles qui diminueront le poids de la créance et des intérêts. Le siège social, rien que lui, vaut une centaine de millions. Vous allez donc le vendre. Et quelques activités alourdissent Nord Service sans lui apporter quoi que ce soit. Cette société doit se débarrasser de son secteur d'édition. Cela lui rapportera quelques dizaines de millions. Tout cela diminuera d'autant le poids de la dette. Le recentrage va continuer un peu partout dans le monde de l'industrie. On ne compte plus les plans de cession annoncés par les entreprises récemment privatisées, ou espérant l'être à plus ou moins brève échéance. Sans oublier les groupes privés condamnés à l'allègement. Elf Aquitaine a prévu un programme de cessions de cinq milliards. Air France souhaite vendre sept milliards d'actif. Accor vient de s'alléger de deux milliards. Le groupe Suez, Bolloré, Pinault-Printemps-La Redoute, la SNCF, Rhône-Poulenc, Bull, et bien d'autres, annoncent aussi des plans de désengagement très significatifs. Sans parler du Crédit Lyonnais qui a mis sur pied un plan de cession de vingt milliards de francs sur deux ans. Bientôt les banquiers d'affaires ne sauront plus où donner de la tête !

– Et le siège social, si je le quitte, j'irai où ? demanda Marchand.

– Vous ne déménagerez pas ! Vous ferez ce qu'on appelle un *lease back*. La société à qui vous l'aurez vendu, et que nous contrôlerons, vous le louera.

– Ah, tu es un fortiche, toi ! s'exclama Marchand.

Lebel reprit la parole :

– Il va nous falloir nous rendre à New York pour discuter avec les gens de Zébulon États-Unis de la valeur réelle de ce parc immobilier. Antonin, vous parlez parfaitement l'anglais. Vous nous accompagnerez. Départ demain, retour le lendemain. C'est bon pour toi, Bernard ?

– Ouais. Impec !

# XXII

Le lendemain, ils prenaient le Concorde pour New York. Antonin faillit rater l'avion. Lebel lui passa un savon. Durant le vol, il ne se mêla pas à la conversation des deux amis. Il boudait dans son coin. Il décida pour s'occuper de rédiger un projet de charte entre lui et Dieu. Le document se présentait ainsi :

CHARTE ENTRE DIEU TOUT-PUISSANT
ET ANTONIN KRYSTAL

*Article 1*

*Antonin Krystal n'aura jamais mal aux dents.*

*Article 2*

*Antonin Krystal ne sera jamais aussi malheureux qu'au jour de la mort de son père.*

*Article 3*

*Aucun moustique, cafard, blatte, araignée à quatre, six ou huit pattes... enfin aucun insecte rampant et/ou volant ne pourra s'approcher d'Antonin Krystal à moins de cinq mètres.*

*Article 4*

*Les araignées venimeuses à huit pattes témoigneront d'une profonde sympathie à l'endroit de Lebel.*

*Article 5*

*Antonin Krystal s'engage à ne jamais gagner un centime de sa vie. En considération de cela, il suffira à Antonin Krystal de mettre la main dans sa poche pour en retirer la somme nécessaire à l'achat ou au paiement souhaité.*

*Article 6*

*Deux fois par jour, il sera permis à Antonin Krystal de lire les pensées d'un individu.*

*Article 7*

*Toute personne du sexe masculin ou féminin qui exagérera ses mérites de manière arrogante, mensongère et délibérée devant Antonin Krystal sera frappée d'un violent mal de dents.*

*Article 8*

*Toute personne qui tentera de diminuer les mérites d'Antonin Krystal, que cela soit en sa présence ou en la présence d'un tiers, sera frappée de la douleur prévue à l'article 7 de cette charte.*

*Article 9*

*Le téléphone d'Antonin Krystal émettra deux sonneries différentes (perceptibles par lui seul) pour distinguer les raseurs.*

*Article 10*

*Trois fois par an, Antonin Krystal accomplira un acte héroïque qui lui vaudra l'estime de ses concitoyens. Ces actes ne seront dus qu'à son seul mérite.*

*Article 11*

*Il suffira à Antonin Krystal de souhaiter être dans un endroit pour qu'il soit sur l'heure transporté dans ledit endroit.*

*Article 12*

*Il sera accordé à Antonin Krystal de ne jamais se laver, ni se raser, et de demeurer toujours propre et imberbe.*

*Article 13*

*Dès que Lebel nourrira une mauvaise pensée à l'encontre d'Antonin Krystal, il sera aussitôt pris d'un violent mal de dents...*

– Qu'est-ce que vous faites ? demanda Lebel.

La question fit sursauter Antonin.

– Rien. J'essayais juste de voir quels étaient les points intéressants à soulever lors de la réunion.

– Vous êtes réellement devenu un travailleur acharné. Reposez-vous plutôt. Nous aurons le temps de voir cela tout à l'heure.

Une Rolls les attendait à l'aéroport. Elle les conduisit vers New York.

Quand ils quittèrent l'Express Way et rentrèrent dans la ville au niveau de la 110$^{e}$ Rue, Antonin abaissa la vitre, il était à Harlem ! Il connaissait bien ce quartier. Il y avait habité grâce aux romans de Chester Himes.

Par la fenêtre ouverte, il entendait les cris des bébés noirs, les vociférations des clochards, le crachat sonore des voitures de police ou des ambulances.

– Vous pourriez remonter la vitre ? Cela devient intolérable, fit Lebel.

Antonin s'exécuta et colla son nez au carreau. Harlem était déjà loin.

New York est une ville qui a besoin de vivre dans une tension continuelle, une ville contradictoire, faite d'extravagance et de conformisme, où l'on ne peut pas fumer dans les restaurants, mais où on fait du patin à moitié nu sur la 5$^{e}$ Avenue. C'est une ville où le luxe côtoie la plus noire des misères. Une ville où la pauvreté est dégradante. Une ville où on parle vite, on mange vite, on travaille vite et où on aime sans doute vite aussi. Une ville où la plupart de ceux qui y habitent rentrent dans un appartement limité souvent à une pièce où ils ne passent que pour se changer, dormir et faire l'amour. Une ville où deux choses obsèdent les trois quarts de ses habitants, l'argent, la journée, et le plaisir, la nuit.

Une ville où des dizaines de dieux sont adorés simultanément, le dollar et l'opéra, le crack et la peinture minimaliste, les sex-shops et les sermons du pasteur Watson, les boutiques de luxe de Madison et l'armée du Salut. Un mélange d'inquiétudes, d'avidités, de volontés, de créations, attirant ce qu'il y a de plus ambitieux, de plus remuant, de plus raffiné. Une ville enfin qui ne peut se révéler qu'aux gens actifs. On y vivait mal si l'on y était oisif.

Le Q.G. de Zébulon à New York se trouvait non à Wall Street mais dans le quartier de Washington Square. Zébulon s'y était implanté à la fin du XIX^e^ siècle et personne n'avait voulu en bouger.

Si Antonin connaissait Harlem par les romans de Chester Himes, il retrouvait Washington Square grâce à ceux de Henry James. Sur la place, les façades de brique rouge étaient nostalgiques du temps où elles abritaient l'élégante *upper-class* new-yorkaise. Dans ces maisons avaient battu des cœurs épris de beauté, comme dans les rues qui portent le deuil des roues délicates des longues calèches.

Aujourd'hui, le quartier de Washington Square, dont l'arche marque le commencement de la 5^e^ Avenue, était devenu un quartier en majorité d'étudiants. C'était là que se trouvait la New York University. Zébulon résidait au numéro 1 de l'avenue.

De nombreux hommes d'affaires écoutent les psychanalystes qui enseignent que l'attente a pour effet de plonger l'autre partie dans la plus profonde des angoisses. On dit que l'on est *business late*. La réunion prévue pour neuf heures trente ne commença qu'à dix heures quinze. Il fallait bien attendre que chacun fût arrivé afin de ne pas choquer ces négociateurs professionnels qui n'eussent pas admis que l'on commençât une réunion sans eux, même la plus insignifiante, la plus obscure, la plus terne, la plus falote. En ce cas, ils auraient crié au complot, demandé l'annulation de la séance et, peut-être, envisagé de saisir la Cour suprême des États-Unis. Sur la table de réunion il y avait un écriteau, *No smoking*, en lettres assez grosses pour pouvoir être lues par un chien d'aveugle.

– Commençons, dit Marchand.

– Nous ne sommes pas au complet.

– Commençons quand même !

– Sans Davis White ?

– Oui, sans Davis White.

Comme ces toutous qui lèvent la tête quand leur nom est prononcé, White fit alors son entrée.

– *We were expecting you.*

– Désolé. Le conseiller du président ne voulait pas me lâcher.

Chacun fit semblant de le croire car chacun avait un conseiller du président qui...

Étaient présents Lebel, Gilbertin, un Français habitant New York où il dirigeait la succursale de Zébulon, Melinkeit, un banquier allemand en qui Marchand avait pleine confiance et qui gérait une partie de ses fonds, et quatre promoteurs intéressés par le parc immobilier de Nord Service.

Quand enfin tout le monde fut assis autour de la table rectangulaire – le problème des places est un des plus sérieux, des brouilles irrémédiables pouvant suivre une chaise protocolairement mal attribuée –, Gilbertin prit la parole :

– Je n'ai pas la prétention de vous faire un long discours qui m'attirerait votre antipathie. L'heure du déjeuner n'est guère éloignée, mais je me dois pourtant de...

Vingt minutes plus tard, il parlait toujours. De toutes les personnes présentes, le président de Zébulon New York était le plus grand phraseur. Il craignait tant que quelqu'un lui prît la parole que, lorsqu'il s'interrompait, ne serait-ce que deux secondes, afin de reprendre son souffle, il étendait la main comme un agent de police à un carrefour, afin d'arrêter le flux de phrases qui risquaient de sortir d'autres bouches. Il avait parfois des bouffées de vanité qui lui rosissaient les joues. Il parlait avec conviction, mais pour ne pas dire grand-chose. On aurait été bien en peine, une fois son discours achevé, d'en reconstituer une phrase, mais on avait entendu siffler le vent. C'était néanmoins un bon président qui était tel qu'on voulait qu'il fût.

Quand on commença à effleurer un prix d'achat éventuel, ce fut une empoignade générale.

Tous se disputaient, croassaient, braillaient, sifflaient, babillaient, s'ébrouaient, vitupéraient, se trémoussaient et cafouillaient. Chacun parlait de son côté. Si les autres ne les écoutaient pas, peu importait, eux ils s'écoutaient. Voilà ce qui était important, s'écouter. D'ailleurs, ils étaient venus pour ça. Pour ça et pour rien d'autre. La question en jeu, elle n'existait plus. Tout le monde l'avait oubliée. Mais, heureusement, personne n'avait l'intention de la régler. Ils auraient tué leur mère pour gagner un tour de parole. Marchand en action était remarquable, il transpirait, s'épongeait, donnait des grands coups de tête vers l'avant, roulait ses manches à la manière d'un sculpteur et jamais ne cessait de parler. Il sautait d'un problème, d'une question à l'autre comme un écureuil dans les branches d'un arbre.

On apporta le petit déjeuner. Tandis qu'un certain McManus, un certain Adams, Marchand et Lebel vociféraient sur le prix du mètre carré, un troisième promoteur, Polk, mit une application stakhanoviste à nettoyer le plateau du petit déjeuner, avalant quatre petits pains au chocolat, cinq aux raisins, six croissants et trois chaussons aux pommes.

Antonin posa sa main sur le plateau pour attraper quelque chose et se rendit compte que tout avait été raflé par Polk. Il resta sans voix un instant puis lança :

– C'est la meilleure affaire depuis que Peter Minuit, un Français, acheta Manhattan en 1626 pour vingt-quatre dollars, payables en perles de verre !

La remarque tomba dans l'indifférence générale. Personne ne savait qui était Peter Minuit et nul ne se souciait de ce qui se passait à Manhattan en 1626. La réunion était achevée. Bien que rien n'eût été décidé et qu'il faudrait se revoir dans un délai d'une semaine, chacun se congratula.

– Au moins, à présent, on a une fourchette de la valeur du parc immobilier. Ce ne sont pas des enfants de chœur, ces Ricains !

– Tu as été très bien, bonhomme, dit Marchand à Antonin, une fois que tous trois furent dans la voiture. Tu parles fichtrement bien l'anglais. Je n'ai pas compris la moitié de ce que tu disais. Lebel, il faut monter une société ici. On y transférera le parc immobilier de Nord Service une fois qu'on l'aura acquis.

– Okay. On peut peut-être le faire aujourd'hui. Mais il faut désigner un président.

– Quel serait le candidat idéal ? demanda Antonin.

– Le candidat idéal, c'est celui qui n'a jamais rien fait, qui n'a jamais cédé à la terrible tentation d'entreprendre. C'est celui que personne ne connaît et qui, en devenant président, nous devra tout car, sans nom, il ne sera rien !

– Pourquoi pas P.K. ? Tout le désigne à ce poste. Son insignifiance, le caractère terne de sa personnalité, et surtout l'inconsistance de ses propos, dit Marchand.

– Pas bête, répondit Lebel. Pas bête du tout. Mais, attention, vous parlez de lui comme s'il était déjà président ! Bon, maintenant il faut rentrer à Paris. On n'a même pas besoin de passer la nuit ici. Il nous suffit de prendre l'avion de 18 h 55. On sera à Paris tôt dans la matinée. On dormira dans l'avion.

## XXIII

L'aventure commençait à griser Antonin. Les mensonges, palinodies, mystifications, supercheries lui apparaissaient comme faisant partie d'un jeu qu'il fallait à tout prix gagner. Il y voyait des dangers qui le ravissaient. Les limousines, les supersoniques, les sommes astronomiques, tout cela contribuait à présent à son bonheur.

Il n'avait pas l'ombre d'un remords. La seule chose qu'il n'aurait pu supporter était que l'acquisition de Nord Service devînt le prétexte d'un licenciement massif. Burunsky s'était d'ailleurs engagé à ce qu'il n'y en eût pas un seul. A part cela, il n'avait pas l'impression de se laisser corrompre.

– A présent que nous voilà rassuré sur la valeur du parc immobilier de New York, disait Marchand chez Zébulon, en présence de Lebel et d'Antonin, il s'agirait de la lancer, cette OPA ! Il faut faire savoir aux actionnaires de Nord Service que nous sommes décidés à leur acheter leurs actions.

Il demeura silencieux, une inquiétude apparut dans ses yeux, puis il reprit :

– Si jamais l'OPA marche, va se poser un autre problème.

– Lequel ? demanda Lebel.

– Un problème lié à la réglementation de la concurrence. Il va falloir l'accord du ministre des Finances.

– Pourquoi ?

– Parce que le gosse nous l'a déjà dit. Cela me fera plus de trente pour cent de parts de marchés dans le domaine de la distribution.

– Pas de souci à se faire de ce côté-là, répondit Lebel. Le ministre est un de nos clients depuis de nombreuses années, comme l'étaient son père et son grand-père. Nous le faisons profiter de certains coups. Tu devrais le voir : quand il gagne de l'argent, on le croirait retombé en enfance. Tout juste s'il n'en fait pas pipi dans sa culotte. D'ailleurs, on n'aura même pas besoin de lui, la plupart des ministres et des parlementaires, qu'ils soient de droite ou de gauche, sont des amis de Burunsky. Ils fréquentent les mêmes clubs, les mêmes dîners, les mêmes séminaires, les mêmes endroits de villégiature, les mêmes filles.

Et puis, surtout, le ministre ne doit donner son autorisation que si la Commission des opérations de Bourse se déclare hostile à l'acquisition d'une société. Ce qui n'arrive pratiquement jamais, sauf évidemment dans le cas où les médias s'en mêlent ; mais là, il n'y a vraiment pas à s'inquiéter.

– Je vois. Je barre donc l'autorisation du ministre. A présent un autre problème : quel prix doit-on fixer à l'action ?

– Selon les calculs d'Antonin, huit pour cent d'augmentation seraient suffisants pour appâter les petits actionnaires.

– Cela nous ferait cinq cents, plus quarante, c'est-à-dire cinq cent quarante. Ça paraît convenir, calcula Marchand. Bravo, bonhomme.

– Mais, pour les blocs d'actions plus importants, continua Lebel, il faudra se résoudre à payer plus.

– C'est-à-dire ?

– Aux alentours de six cents francs l'action. Il faudra rester discret, sinon, les actions qu'on aura achetées cinq cent quarante, il faudra les payer six cents.

– Oui, je sais. C'est la loi. Et le conseil d'administration de Nord Service?

– Il n'a pas tellement de latitude pour agir, répondit Antonin. Il ne peut pas procéder à une augmentation de capital. Il aurait fallu que la décision eût été antérieure à l'OPA. Sur le plan des médias, ils sont tenus à une obligation de réserve.

– Tu sais aussi bien que moi, enchaîna Lebel, ce que sont les conseils d'administration : une manière élégante et distinguée de perdre son temps. Dans un conseil de dix personnes, six sont rentrées pour toucher les jetons de présence, trois pour fréquenter les six autres, et le reste pour travailler. Le seul problème, ce sont les actionnaires minoritaires. Ils prennent de plus en plus d'importance mais, pour Nord Service, tout ira bien. Ils ne sont pas du tout organisés.

– Comment s'y prend-on d'un point de vue administratif? s'inquiéta Marchand qui aimait à être informé de tout.

– Antonin, dit Lebel, expliquez-nous exactement ce qui se passe.

Antonin ramena ses cheveux vers l'arrière et toussa pour s'éclaircir la voix.

Ses airs d'importance amusaient et agaçaient Lebel et Marchand, mais il était devenu, en l'espace de quelques semaines, si compétent dans le domaine des fusions-acquisitions que l'on ne pouvait plus s'en passer à présent.

– La procédure est soumise à deux conditions. Elle est tout d'abord limitée dans le temps; ensuite elle est assortie d'une condition résolutoire, c'est-à-dire une condition qui fixe le nombre minimal de titres qui doivent être proposés par les actionnaires de la société cible pour que l'achat soit réalisé...

– Tout ça, on le sait, bonhomme. Tu n'es pas à l'école. Dis-nous juste quelles étapes il faut suivre.

– Tout projet d'OPA doit faire l'objet d'une demande présentée par un établissement bancaire au Conseil des Bourses de valeurs. Zébulon devra garantir formellement vos engagements. Le dossier transmis au Conseil doit préciser :

- l'objectif de l'acquisition,

- le nombre d'actions nécessaires pour que l'offre conditionnelle devienne inconditionnelle,

- la justification du prix proposé,

- l'intention de maintenir la compagnie cotée,

- la politique industrielle et commerciale qui sera suivie après l'acquisition.

Le Conseil des Bourses de valeurs dispose de cinq jours de Bourse pour juger de la recevabilité de l'offre. La décision du Conseil est rendue publique. La Commission des opérations de Bourse a six jours de Bourse pour donner son visa à cette note d'information. Ce visa seul permettra à l'OPA d'être lancée. Toute publicité sur l'opération est interdite avant la délivrance du visa.

– On sait. Sinon on plonge avec un délit d'initié, commenta Marchand. Combien de temps te faut-il pour rédiger ces documents, Antonin ?

Antonin se gratta l'oreille. C'était chez lui le signe d'une intense réflexion. Il devait exister une relation complexe entre son cerveau et son oreille.

– Pour après-demain, ça vous ira ? Mais je vous rappelle encore une fois ce qui avait été convenu. Pas un seul licenciement !

– Je te le garantis.

– Comment puis-je en être certain ? demanda Antonin.

– Tu l'as dit toi-même, coupa Marchand. Dans la note que tu vas rédiger, tu dois préciser la politique industrielle et commerciale qui sera suivie après l'acquisition. Tu inscris : « aucun licenciement prévu ».

Le dossier fut déposé, le visa accordé et l'OPA lancée. Marchand voulait acquérir quatre-vingts pour cent des actions. Heure après heure, on vérifiait le niveau des ventes. Les dirigeants de Nord Service résistèrent un peu mais, très rapidement, de grosses sommes furent transférées sur des comptes numérotés en Suisse et ils se refusèrent dès lors à tout commentaire public à propos de l'OPA ou de Marchand.

Toutes les heures, Antonin s'informait sur le volume et la valeur des échanges.

– On est à combien ?

– Soixante-quinze pour cent, répondit Lebel.

– C'est donc pratiquement gagné ?

– Il ne faut jamais crier victoire avant la fin de la bataille ! Pensez au premier communiqué de Waterloo qui donnait Napoléon vainqueur. Pour l'instant, nous sommes dans l'attente. Rien n'est encore joué !

Peu après, Lebel rentra dans le bureau d'Antonin.

– Vous voyez que rien n'est jamais joué. Plate ne veut pas céder ses sept pour cent.

– Qui ?

– Plate. C'est un parlementaire qui a hérité de ces actions.

– Quelle que soit la somme qu'on lui propose, il refuse ?

– Il accepterait une somme astronomique. A la limite, on serait d'accord pour le payer, mais le risque est que, si jamais cela s'apprend, nous devions payer la même somme à tous ceux qui nous ont vendu. Ce serait la ruine pour Marchand S.A. et nous y laisserions des plumes.

– Alors, fit Antonin, tout est à l'eau ?

– Non, pas encore. Plate est dans le même parti que le ministre des Finances. Celui-ci peut certainement l'influencer. Burunsky va voir le ministre demain matin. Il souhaite que vous veniez avec lui, étant donné que vous connaissez ce dossier à fond. Rendez-vous demain matin, à huit heures trente, dans le bureau de Burunsky.

– Nous avons déjà sept minutes de retard, dit Antonin à Burunsky le lendemain matin.

– Il m'attend ? Eh bien, qu'il m'attende ! Il a quarante ans, j'en ai soixante-dix. Il a tout le temps.

Burunsky leva les yeux sur Antonin, en oubliant un instant son parapheur :

– Tournez-vous un peu. Vous êtes bien élégant aujourd'hui.

– Je croyais que...

– Vous croyez trop et vous ne savez pas assez ! Le ministre a quarante ans. Il se croit encore bel homme. Vous êtes trop beau, vous allez l'offenser. S'il avait été dans votre intention de lui plaire, vous auriez dû chercher à vous enlaidir et non à vous embellir.

– Je vous remercie quand même.

– De quoi me remerciez-vous ? De vous avoir trouvé joli garçon ?

– Bien sûr.

– Vous êtes incomparablement naïf, mon cher, incomparablement naïf. Je vous donne un conseil qui vaut de l'or : dissimulez vos qualités !

– Ce n'est pas sûr qu'il le prenne mal. Il peut très bien penser que ce n'était pas...

Burunsky le coupa :

– Un ministre n'a pas le temps de penser. D'autres s'en chargent pour lui.

Cette remarque sur la compétence des hommes politiques faite, ils partirent vers le ministère.

L'huissier accueillit Burunsky avec l'empressement de celui qui s'est déjà fait passer un sérieux savon pour, un jour, avoir fait attendre le ministre ; il les annonça sans délai.

La technocratie engendre parfois des géants, tant il est vrai que le gigantisme est une forme du déclin des espèces. Thierry Charbonnier dépassait les deux mètres et semblait avoir mis tous ses efforts dans sa croissance, au détriment d'autres qualités. Sa principale caractéristique était l'immobilisme. Il était cependant prêt à tout aimer, à tout approuver, si cela ne lui causait pas trop de fatigue. Il n'était pas stupide mais n'avait aucune énergie, sauf celle de s'enrichir. Il aurait fait un bon gendre, mais un mauvais amant, un bon gestionnaire, mais il était un piètre ministre des Finances. A la sortie de l'ENA, il avait choisi son parti comme d'autres choisissent de jouer Pégase dans la troisième.

Il parla de tout et de rien, de l'art nègre et de la politique nucléaire de la France. Avec de grands airs.

Burunsky dut presque l'interrompre pour trouver le temps de lui dire :

– Je vous présente Antonin Krystal, un de mes jeunes collaborateurs. Il a beaucoup travaillé sur l'affaire Nord Service qui nous tient à cœur. C'est Antonin qui a mis en place le montage juridique et financier.

– Krystal. Vous êtes parent du brillant chirurgien ?

– Oui, c'était mon père, répondit Antonin.

– Je suis désolé, je me souviens maintenant avoir lu un article dans *Le Figaro* lors de son décès.

Burunsky semblait impatient ou tout simplement excédé par la vue de Thierry Charbonnier.

– Antonin et moi, reprit Burunsky, sommes venus pour la raison suivante : Plate refuse de vendre ses actions. Aurez-vous la force de le convaincre ?

– Il refuse de vendre ? Il a tous les culots, ce personnage-là. Je crois que je pourrai faire quelque chose, mais il faut que vous me donniez quelques jours.

– Deux jours seront-ils suffisants ?

– Je ferai de mon mieux.

– Je crois qu'il serait bien qu'Antonin restât chez vous jusqu'à la fin de l'opération. Il ferait le relais entre nous. J'ai une entière confiance en lui. En outre, il peut se présenter des opportunités boursières intéressantes...

– Comment le présenterai-je ? s'inquiéta le ministre.

– Dites que c'est un neveu ou un cousin à qui vous accordez la possibilité de faire un stage, cela ne devrait pas poser de problème.

Burunsky parti, on installa Antonin dans un bureau fort spacieux, près de celui du ministre. Le lendemain, Charbonnier fit irruption dans le bureau.

– Antonin, allez au plus vite voir Burunsky. Je n'arrive pas à le joindre. Dites-lui que Plate a été convaincu et qu'il accepte sa dernière proposition, majorée de huit pour cent. Dites-lui aussi qu'en ce qui me concerne... Non, ne lui dites pas. Je vais vous l'écrire... Non, non, prenez en note... Non, essayez de retenir.

Le ministre devait acquérir des titres de plusieurs sociétés sur lesquelles il avait bénéficié de quelques informations.

– C'est un délit d'initié ! lança Antonin à Burunski quand il entra dans son bureau.

– Ne dites pas cela, Antonin.

– Comment, que je ne dise pas cela ! Il n'y a jamais eu autant d'affaires instruites par les magistrats. On cache de l'argent sale un peu partout. A Panama, à Antigua, à Saint-Martin, aux îles Caïmans, aux Bermudes, dans l'île de Man, en Andorre... Tous ces noms sentent la crème solaire et la société écran. C'est de l'argent chaud mis au frais. Il paraît qu'aux îles Caïmans on compte vingt mille sociétés pour soixante mille habitants ! A entendre les juges, ou à les voir agir, on pourrait croire que la corruption n'a jamais atteint un tel degré. Elle gangrène tellement la structure même de notre société qu'un fonctionnement démocratique de celle-ci devient impossible.

– On croirait entendre un de ces démagogues qui font la joie des « Guignols » ! Mais le monde n'est pas tel que vous le découvrez, bien au contraire. Si notre horizon historique s'est élargi, aussi bien dans l'espace que dans le temps, la vision historique des juges semble s'être rétrécie. Elle est obscurcie par leur Code pénal. Les juges, tout en instruisant leurs dossiers, devraient plutôt informer nos concitoyens des progrès considérables de la morale dans l'ensemble de la classe politique. Vous vous souvenez qui a dit avant de passer dans l'autre monde : « *Quelle tristesse de laisser tout cela derrière soi !* » ?

– Oui, Mazarin. Il évoquait les richesses fabuleuses, accumulées par lui au cours de ses dix années de pouvoir.

– Exact. Et c'était un bon ministre. Tout comme Colbert, dont le portrait a orné nos billets de cinquante francs. Il mourut millionnaire, non sans avoir marié ses filles aux plus riches seigneurs du royaume.

– C'est l'éternelle question de savoir si l'on préfère Racine bon père, bon mari et mauvais écrivain, ou Racine mauvais père, mauvais mari, mais écrivain génial.

– Préférez-vous que la corruption reste aristocratique ou se démocratise ? Tout homme au pouvoir est enclin à être corrompu ; quand le pouvoir n'appartenait qu'à un seul ou à quelques-uns, il n'y en avait qu'un ou seulement quelques-uns susceptibles d'être corrompus ; à présent que les pouvoirs de décision sont fragmentés, ils sont plusieurs. Quoi de plus logique ?

– Peut-être. Mais pour en finir, souvenez-vous de la dernière scène du *Troisième Homme* où Orson Welles répond ironiquement à son ami Joseph Cotten : « En Italie, ils ont eu les meurtres et la corruption et il en est sorti la Renaissance, Michel-Ange et Léonard de Vinci. En Suisse, pendant cinq siècles, ils ont eu l'honnêteté et la démocratie, et la seule chose qui en soit sortie, c'est le coucou ! »

## XXIV

Le lendemain, Lebel fit venir Antonin dans son bureau.

– Parlons sérieusement. A présent, même si l'affaire de Marchand marche bien, elle a beaucoup trop d'employés. On veut qu'elle soit plus rentable, donc on va décongestionner, déclara Lebel.

– C'est-à-dire ?

– Je vois plus d'un millier de licenciements. Plus une légère délocalisation vers les pays de l'Est, notamment en Pologne. Cela permettrait de réduire les frais de personnel de près de trente pour cent. Pour un travailleur français, on peut employer deux Polonais.

– Vous ne pourrez pas agir ainsi. Les chiffres de la société sont florissants. L'opinion publique sera contre vous !

– Vous croyez ? C'est ce qu'on verra ! Je vais d'abord commander un audit à un grand cabinet. Ils diront qu'il faut restructurer pour faire face à une concurrence étrangère toujours plus forte.

– Ils ne marcheront pas !

– Vous savez combien d'études je leur commande par an ? Au moins une vingtaine. Zébulon fait plus de vingt-cinq pour cent de leur chiffre d'affaires. Alors, croyez-moi, ils concluront comme on souhaitera qu'ils concluent. Nous enverrons des déclarations pessimistes à la communauté financière. Elles seront reprises par des journaux sur lesquels nous exerçons une influence. Nous annoncerons des licenciements économiques pour sauver l'entreprise et faire face aux défis futurs.

« Non, je ne peux pas faire ça, se disait Antonin. Je ne peux pas participer à la ruine d'hommes et de femmes qui ne m'ont absolument rien fait. Que d'autres le fassent, mais pas moi ! Cette fois-ci je resterai inflexible. »

Il prouva à Lebel qu'il se trompait. Il disséqua chaque étape de son raisonnement avec un malin plaisir, en lui montrant que sa politique, bien qu'avantageuse à présent, serait désastreuse à long terme.

Les hommes aiment qu'on leur montre la bêtise en général, pourvu qu'on ne désigne personne en particulier. Chacun applique à son voisin son propre ridicule et tous rient aux dépens des uns et des autres. Lebel exigeait du respect, peu importe qu'il fût sincère.

Tout cadre soucieux de faire carrière devrait garder en mémoire qu'un bon raisonnement offense. L'erreur courante du jeune impétueux est de traiter son supérieur comme s'il était un homme ordinaire. Faux, mille fois faux ! Il faut prendre avec lui les précautions qu'on prendrait avec un animal sauvage. Par ailleurs, les hommes de pouvoir ne sont accessibles qu'à une seule chose, la flatterie. Ils ne tolèrent le franc-parler que chez les très vieux serviteurs, à la condition expresse que ceux-ci soient totalement stupides. Ce petit luxe sans danger leur donne un air de libéralisme à bon compte.

Lebel pesa ses mots :

– Que j'aie tort ou raison ne change absolument rien. Le poids des marchés financiers est tel aujourd'hui que nous pouvons bloquer toute mesure de politique économique qui irait dans un sens contraire à ce que nous considérons être nos intérêts. Face à des perspectives de reprise, nous avions craint une résurgence de l'inflation. Heureusement, notre anticipation a provoqué une hausse des taux d'intérêts qui a découragé la reprise qui s'amorçait !

– Je trouve votre comportement ignoble et imbécile!
– Mais à qui croyez-vous parler?
– Je viens de vous le dire, monsieur Lebel, à quelqu'un d'ignoble et d'imbécile.

Antonin détestait déjà Lebel; sa répugnance devenait à présent physique. Faire le contraire de ce que faisait Lebel devenait pour Antonin un plaisir sans bornes. Le simple fait de le voir sortir par la porte lui aurait donné envie de sortir par la fenêtre.

– Si j'étais à la place de Burunsky, il y a longtemps que je me serais débarrassé de vous.

« Réponds-lui, se dit Antonin, sinon il va croire qu'il peut tout se permettre avec toi. »

– Moi aussi.
– Quoi, vous aussi?
– Moi aussi, si j'étais Burunsky, il y a longtemps que je me serais débarrassé de vous!

Une telle liberté de parole surprit douloureusement Lebel.

– Ne jouez pas sur les mots!
– Sur quoi voulez-vous que je joue, sur vos idées? Vous n'en avez pas!

Antonin avait entendu cette réplique de Pierre Brasseur dans *Les Enfants du paradis*; depuis il espérait pouvoir la replacer dans une discussion. Lebel lui en fournissait l'occasion.

– Il ne tenait qu'à vous de vous acclimater.
– Jamais! Souvent les serviteurs prennent les habitudes de leur maître.

Antonin avait fait mouche. Le sourire autosatisfait de Lebel disparut immédiatement.

« Quoi, se dit-il, ce blanc-bec ne tient pas à rester longtemps ici? Burunsky le soutient si fermement qu'il ne craint pas de chanceler. Il va se croire tout permis. Il faut que je me renseigne sérieusement à son sujet. Je ne compte pas continuer à me faire moucher par ce gamin. »

Il congédia Antonin et appela Burunsky pour tenter de le convaincre de renvoyer l'insolent, mais celui-ci ne voulut rien entendre.

– Débrouillez-vous. Mais il est hors de question de le virer.

Lebel attendrait donc l'heure favorable pour se venger. Il savait attendre. N'avait-il pas patienté des années avant d'être pris au sérieux dans cette banque ?

# XXV

Antonin entra comme une furie dans le bureau de Burunsky.

– Comment pouvez-vous agir ainsi ? Vous aviez promis que personne ne serait mis au chômage ! Vous saviez depuis le début ce qui allait se produire ! Vous m'avez utilisé ! J'en viens à me demander si c'est vous qui avez écrit *Soleil noir.* Vos actes ne correspondent pas aux sentiments... De si belles paroles pour des actions aussi mesquines ! Comment avez-vous pu ? Vous savez quels ont été les bénéfices de Nord Service cette année ?

Burunsky se renversa en arrière dans son fauteuil. « Un animal blessé », songea-t-il en regardant Antonin du coin de l'œil. Il prit un air désolé d'avoir à supporter une telle situation. Il hésita quelques secondes avant de répondre nonchalamment :

– Plus de soixante-dix millions, je crois.

– Cent millions ! Et vous me dites que, malgré cela, on doit licencier.

Burunsky se pencha en avant et, d'un geste de sa main manucurée, interrompit Antonin :

– Vous raisonnez mal, mon ami. Nord Service fera encore plus de bénéfices l'an prochain si elle licencie aujourd'hui. Voilà la seule chose qui nous intéresse.

Le regard de Burunsky ne se détachait pas d'Antonin.

« Avec les cheveux un peu moins longs et habillé d'un costume plus strict, il aurait fière allure. »

Antonin n'en revenait pas d'un tel cynisme affiché.

– On ne peut tout de même pas mettre à la porte ces gens alors que l'entreprise gagne tant d'argent. Les fusions et les concentrations économiques ne sont pas un bien pour la société si elles conduisent au chômage !

Burunsky l'écoutait patiemment mais demeurait inflexible. Il hocha la tête :

– Allez au fond des choses. Vous constaterez que ces concentrations sont beaucoup plus bénéfiques que vous ne le pensez ! Tout le monde se rend compte qu'un supermarché rend plus de services qu'une simple épicerie. Et ce n'est pas tout. Beaucoup de grandes découvertes, utiles pour le confort de tous, ont été rendues possibles grâce aux mariages entre des technologies différentes. Cette vague de concentrations ne pourra qu'augmenter et s'accentuer au cours des années qui vont suivre. On ne peut pas lutter contre un raz de marée. La puissance de l'impulsion technologique est trop grande pour que le processus soit remis en cause ! Un monde meurt, un autre se compose.

– Mais ce sont tout de même des hommes et des femmes qui sont concernés, et pas seulement des principes ou des idées ! répondit Antonin avec une véhémence qui étonna Burunsky.

Il rétorqua à mi-voix, comme s'il se parlait à lui-même :

– Que reste-t-il d'étincelle humaine chez des individus tirés du lit à six heures du matin, cahotés dans le RER, abasourdis par le fracas des machines, l'esprit englué par les cadences ? A quoi sert-il qu'un ouvrier ait une âme ? On ne lui demande que des automatismes. L'homme est déjà et deviendra de plus en plus interchangeable. Le respect est une hypocrisie dans une société où tout est mesuré selon le rendement. Seuls les spécialistes seront toujours indispensables. Ils prendront de plus en plus d'importance au fur et à mesure que les fondements techniques de la société seront plus complexes.

Une secrétaire entra alors, portant un plateau chargé d'une théière, de deux tasses et de gâteaux secs qu'elle posa sur un trépied, près du fauteuil de Burunsky. Il la remercia et elle prit une lettre qu'il lui tendit. Elle se retira après avoir toisé le jeune homme aux cheveux longs qui paraissait si nerveux.

– Je dois vous dire que vous avez une étrange conception de notre époque, Antonin, dit Burunsky quand la secrétaire eut refermé la porte du bureau.

– Non, je remarque simplement que la prospérité de certains a pour conséquence la mise sur la touche des autres ! Vous ne trouvez pas que j'ai raison ?

Burunsky eut un imperceptible haussement d'épaules.

– Permettez. Le chômage causé par un meilleur rendement est compensé par une plus grande prospérité pour ceux qui conservent leur place. Imaginez que tout le monde garde son emploi ; au bout du compte, ce ne serait pas seulement quinze pour cent des salariés qui en pâtiraient, mais l'intégralité. Antonin, je comprends parfaitement vos angoisses. Elles me confortent dans mon opinion : vous êtes digne de respect. Votre haute vertu répond à mon estime, mais il vous faut comprendre la règle suivante : tout homme est sensible quand il regarde une situation en tant que spectateur, mais devient insensible dès qu'il commence à agir et qu'un obstacle se trouve sur son chemin. Ce sont là des règles éternelles, Antonin, vous ne pouvez les éviter ! Le malheur est inhérent à la race humaine. Voilà pourquoi les religions nous disent d'avoir foi dans l'au-delà. Vous semblez croire que l'on peut remettre une société en ordre comme on le ferait d'un bilan comptable. Ce n'est pas vrai ! La civilisation est un compromis entre ce qu'il y a de bon et de mauvais dans l'homme. Vos indignations contre les machines ressemblent à celles qui accueillirent le premier usage de l'arbalète, du Frigidaire, de la machine à laver, du cinéma ou du chemin de fer. Mais qui songe aujourd'hui à s'indigner de l'invention du TGV ou du Concorde ? Nous sommes condamnés à nous automatiser de plus en plus car la rentabilité s'en trouvera améliorée. Dans tous les pays, l'industrie, pour rester puissante, doit être de plus en plus compétitive. On ne peut donc s'attendre à ce qu'elle devienne miraculeusement une source d'emploi ! Aujourd'hui, seules les firmes avec peu de main-d'œuvre peuvent être bénéficiaires. La conséquence inexorable, c'est un chômage chronique qui ne pourra être combattu dans l'immédiat. Croyez-moi, il n'y aura pas de miracle ! Quel que soit le gouvernement en place, de centre droit ou de centre gauche, cela ne changera rien. Seules les grandes firmes sont capables de tenir parce qu'elles doivent tellement d'argent aux banques que leur faillite serait une catastrophe qui en entraînerait d'autres en chaîne. Pourquoi croyez-vous que les petits commerçants ferment boutique ? Ces graines de poujadistes ne sont tout de même pas des agneaux. La raison est pourtant diaboliquement simple : on ne peut tenir que si l'on achète par grosses quantités ! Mais je manque à tous mes devoirs. Voulez-vous du thé, Antonin ?

– Non merci, dit Antonin, ne sachant pas encore ce qu'il pouvait répondre aux arguments de Burunsky.

Son regard devenait de plus en plus trouble et ne quittait pas celui du banquier.

– Nous sommes en train de mourir de cette rentabilité, monsieur Burunsky, reprit Antonin. La France n'a plus aucun avantage à produire elle-même. Comment lutter si un ouvrier polonais, slovaque, moldo-valaque ou chinois vaut de quatre à dix fois moins cher qu'un ouvrier français ? Voilà pourquoi près d'un quart de la population est au chômage ! Voilà pourquoi la moitié de la population sera bientôt au chômage !

Antonin se tut en se disant qu'il commençait à déraper dans ses raisonnements. Il se demanda comment Piafka aurait pu argumenter. Cela l'encouragea à continuer :

– Toute la question revient à se demander si l'on veut une société efficace ou juste. Il est clair que, si l'on recherche l'efficacité, il faut que la société soit organisée selon vos critères de rentabilité. Mais, plus l'appétit de rentabilité augmente, plus la liberté de l'individu diminue. Vous ne comprenez pas que si vous licenciez pour gagner quelques malheureux pourcentages de rentabilité, c'est un message que vous lancez à l'ensemble de la société ? Il vous faudra aller jusqu'au bout de votre « philosophie » !

– Que voulez-vous dire ? demanda Burunsky qui hésitait à tremper son gâteau sec dans le thé.

C'était comme si l'expérience avait fini par le lasser d'être humain.

– Pourquoi ne pas liquider tous les handicapés mentaux ? Ils coûtent cher à la collectivité sans rien rapporter ! Pourquoi ne pas gazer les Noirs des ghettos américains ? Les États-Unis ne s'en porteront que mieux ! Pourquoi ne pas faire payer aux gros plus d'impôts ? Ils ont plus de crises cardiaques que les maigres et coûtent cher à la Sécurité sociale ! Il faut vous décider : préférez-vous être juste ou efficace ? Ne pouvez-vous pas abdiquer quelques-uns de vos droits au profit de l'ensemble ? En privilégiant la rentabilité plutôt que la dignité de l'homme, vous videz la société de ses forces spirituelles. Pire encore, l'argent n'est pas simplement devenu le maître, mais il est aussi un maître honoré, respecté. Il a pris la place du sacré. On ne vit et on ne pense que par lui ! Vous n'avez que des termes de mesure économique à la bouche, mais le coût de la misère et de l'exclusion peut-il être mesuré ? Pourquoi nous faut-il un progrès à tout prix ? Avons-nous besoin de cinquante marques japonaises de téléviseurs ? Devons-nous souffrir pour un peuple qui, à vingt mille kilomètres de chez nous, travaille avec un salaire de cinq cacahouètes de l'heure ? On s'adresse à ce qu'il y a de plus bas dans l'homme. Bientôt il n'y aura plus que des jeux et des films porno. Mais, si on veut faire péter l'Audimat, organisons un combat à mort entre un Maghrébin et un militant de l'Alliance populaire ! Votre civilisation ne va pas devenir surhumaine, mais inhumaine. Dans votre monde, l'homme ne sera plus que le rouage impuissant d'une machine qui le dépassera et à laquelle il ne comprendra plus rien. S'il n'est plus bon à rien, on le jettera à la rue. On le jette déjà à la rue !

– Vous êtes sûr que vous ne voulez pas une tasse de thé ? demanda Burunsky très calme. Il est encore chaud.

– Non je n'en veux pas, de votre thé ! Vous savez ce que je souhaite ? qu'il n'y ait plus du tout de chômage. Vous auriez alors une attitude moins arrogante et les rapports de force seraient changés.

– Mais mon pauvre Antonin, dans ce cas-là nous n'aurions qu'à faire changer les lois sur l'immigration. Nous ferions ouvrir les frontières permettant à une main-d'œuvre bon marché de rentrer sur le territoire. Quant à vos diatribes contre la société de consommation, elles sont depuis longtemps éculées. Il faut bien que le monde tourne et la seule manière d'y arriver consiste à susciter de nouveaux appétits... Autrefois, le mécanisme de la société était réglé sur la peur : vous ne vouliez pas rentrer dans le système ? Vous ne pouviez que crever de faim ! Aujourd'hui, on ne meurt plus de faim, l'incitation par la peur a disparu, il fallait donc trouver un nouveau mécanisme. Le comportement humain étant une telle source d'inspiration, cela ne fut guère difficile : la vanité qui habite le cœur de chaque homme allait remplacer cette peur. Cela marche tout aussi bien : « Comment ? leur dit-on. Vous ne possédez pas cette marque de voiture... Mais vous êtes un minable ! » Cela ne loupe pas, ils courent l'acheter...

– Vous êtes vraiment...

– Je vous arrête tout de suite avant que vous ne perdiez votre sang-froid. Où sont vos idées de fraternité universelle ? Allez donc dans ces conditions au bout de votre raisonnement et montez un parti qui exigerait que la France renonce aux échanges internationaux. Demandez que la Terre redevienne petite comme autrefois, que le progrès soit aboli. Je m'excuse de vous le dire, mais vous êtes un idiot de vous être fait casser la figure au meeting de l'Alliance populaire. Vous développez des idées qui ne leur sont pas totalement étrangères. Le capitalisme n'est pas si noir que vous vous l'imaginez. Il est vrai qu'il crée du chômage en Europe mais, simultanément, il fait du bien dans d'autres pays. Il faut voir le monde en tant que planète. Même si le niveau de vie s'est dégradé dans le monde occidental ces vingt dernières années, il s'est amélioré ailleurs. Avec ce système de vases communicants, cela nous reviendra par la suite. Je pense à mes petits-enfants et à mes arrière-petits-enfants. L'égoïste, c'est vous, qui n'agissez qu'en fonction du présent. Ne sommes-nous pas aujourd'hui reconnaissants à Louis XIV d'avoir fait bâtir Versailles, alors que la construction de ce palais a coûté la vie à des milliers d'hommes ?

Antonin commençait à se demander si Burunsky n'avait pas raison. Grave erreur ! Dans une discussion à caractère idéologique, il ne faut jamais se départir de sa mauvaise foi, autrement l'on est perdu !

– Et vous croyez que les gens ne se révolteront pas ?

– Pas dans l'immédiat. Ils ne sont pas encore assez désespérés. Dans le pire des cas, ils se suicident avec leur famille, mais cela ne va pas plus loin.

– Vous paraissez sûr de vous !

– Tout à fait. Et vous voulez que je vous dise pourquoi ?

– Allez-y !

– Parce qu'ils se comporteraient exactement de la même façon s'ils étaient au pouvoir. En outre, même vous devez avouer que l'homme de bonne volonté a aujourd'hui autant qu'avant la possibilité de tenter sa chance. Mais encore faut-il accepter le monde tel qu'il est. S'affirmer, oui ! S'affirmer à contre-courant, non ! Appuyons-nous sur les aspirations du temps présent. L'homme ne se sauvera pas en dehors de son temps. Le monde semble nous inviter à désespérer, mais il contient néanmoins des semences de vérité. Il porte en soi la promesse d'un ordre à venir.

– Vous êtes incapable d'imaginer une alternative au capitalisme. Voilà où est le problème ! Vous ne commencez même pas à imaginer une société dans laquelle les besoins de tous seraient enfin satisfaits. Quand on raisonne ainsi, il ne faut pas s'étonner si les choses ne s'accomplissent pas.

– Il n'y a pas de société idéale. Je comprends votre hostilité à l'acquisition de Nord Service, mais je ne puis l'accepter. Quant à l'argent, vous avez tort de le mépriser. Personne ne prend au sérieux quelqu'un qui méprise l'argent !

Antonin ne savait plus quoi dire. Il avait perdu la partie, ou du moins il ne l'avait pas gagnée, ce qui pour lui revenait au même. Il ne lui restait plus qu'à se rabattre sur Marchand.

– Comment pouvez-vous financer des gens comme Marchand ? Il est ignoble. La cupidité se lit sur son visage.

– Vous vous souvenez certainement, Antonin, d'un film de John Huston avec Bogart et Mary Astor...

– *The Maltese Falcon.*

– Oui, *Le Faucon maltais*... Il y a une scène où le ventripotent Sydney Greenstreet tâche de persuader Bogart de lui remettre la statuette, mais celui-ci refuse. Greenstreet prend alors un air affligé et lui dit : « *Il y a des hommes qui, dans l'action, perdent de vue leurs intérêts au profit de leurs émotions...* » C'est exactement ce qui est en train de vous arriver... En outre, vous simplifiez les choses à l'extrême. Je vous rappelle que Marchand n'a pas commencé avec vos atouts. Ses parents n'avaient ni argent ni situation. Il s'est fait à la force du poignet. Il a toujours montré de grandes qualités. Mais vous voulez savoir la raison principale qui me pousse à le financer ?

– Dites toujours.

– Il m'amuse.

– C'est tout ?

– Oui, il m'amuse et, pour moi, cela vaut tout l'or du monde. L'art de la parole a parfois plus servi que les sept arts libéraux rassemblés. Ce qui ne retire rien au fait que je ne lui fasse aucune confiance.

– Pourquoi ?

– C'est une règle dans la vie. Il ne faut jamais faire confiance aux self-made-men : ils croient qu'ils se sont faits tout seul !

Quand Antonin sortit de la banque, il aperçut Lebel qui discutait avec Marchand. Ni l'un ni l'autre ne l'honorèrent d'un regard. Puis Antonin vit une voiture venir se ranger devant les deux hommes qui prirent congé. Lebel resta seul sur le trottoir. Il était tout sourire. Il semblait compter ses bénéfices dans sa tête.

Antonin s'approcha de lui.

Lebel venait de s'engager sur la chaussée. Il semblait perdu dans ses pensées. Un coup de klaxon le tira de ses rêveries. Tournant son regard, il aperçut un gros camion qui fonçait droit sur lui. La frayeur le paralysa. Ses semelles étaient comme collées à l'asphalte.

– Bougez donc ! cria Antonin.

Le camion, que rien ne pouvait arrêter, n'était plus qu'à quelques dizaines de mètres de Lebel.

– Mais remuez-vous, nom de Dieu !

Lebel ne bougeait toujours pas. Il voyait filer les dernières secondes de sa vie. Le camion avait commencé à freiner, mais il était en pleine course. Les pneus qui frottaient le pavé faisaient naître des étincelles. Antonin prit son élan et se jeta sur lui. Le hasard le guida dans la bonne direction. Le camion s'arrêta à quelques centimètres d'Antonin et de Lebel. Ce dernier se leva et vomit sur le trottoir. Il lança un long regard à Antonin et, sans mot dire, lui tourna le dos. Pas même un merci.

« Si j'avais su, je n'aurais pas... », commença à dire Antonin.

Le lendemain il envoyait sa lettre de démission à Burunsky.

*« Cher monsieur Burunsky,*

*« J'ai le regret de vous informer de ma démission de la banque Zébulon à partir de ce jour, le 4 juillet.*

*« Je relis la Constitution américaine :*

*« " Quand dans le cours des événements humains il devient nécessaire pour une Nation de dissoudre les liens qui l'unissaient à une autre et d'assumer la position à laquelle lui donnent droit les Lois de Dieu et de la nature, le respect exige qu'elle expose les raisons qui l'ont poussée à la séparation. "*

*« Ces lignes ont été le détonateur qui m'a inspiré l'idée de vous écrire cette lettre et je pense que, moi aussi, je devrais exposer les raisons qui me poussent à me séparer de vous.*

*« La morale n'est pas relative, elle varie, certes, mais pas dans ses grandes lignes. Je ne crois pas que les prisonniers qu'Assourbanipal faisait écorcher vif pour couvrir les murs de*

*Ninive, que le galérien qui ramait toute sa vie pour un vol insignifiant, que les Rosenberg condamnés à la chaise électrique ou qu'aujourd'hui les Noirs de certains États réactionnaires du Sud, condamnés aux travaux forcés pour un vol sans importance, s'imaginent que les conditions économiques, sociales ou politiques justifient leur traitement.*

*« Il y a une justice abstraite qui nous fait dire : " Ceci est juste, cela ne l'est pas. Ceci est permis, cela ne l'est pas. " C'est cette idée et cet effort pour la réaliser qui nous ont fait sortir des cavernes de la préhistoire. Oui, l'homme est contraint de se fixer des règles, des interdits, d'approuver et de désapprouver car, s'il ne le faisait pas, tout acte pourrait être justifié. Oui, si nous ne nous fixons pas ces règles, certains pourraient dire que le génocide juif ou que les massacres du Rwanda pourraient avoir des répercussions positives dans dix ans, dix mille ans ou plus. On pourrait même aller plus loin en considérant que, le temps étant par essence infini, aucun acte n'est bon ou mauvais puisqu'il sera toujours impossible à l'homme d'en savoir les conséquences.*

*« Mais je me suis fixé des interdits, je ne veux pas les transgresser, voilà pourquoi je démissionne... »*

Antonin ne demandait pas à Burunsky d'admirer sa noblesse d'âme, ni même de l'approuver, mais de comprendre qu'elle existait et qu'il fallait en tenir compte.

Il réalisait que, durant les derniers mois écoulés, il avait lui aussi été un traître. Il comprenait enfin ce que Cléa voulait dire par : « Maintenant le temps se couvre pour ton âme. » Il comprenait également la remarque lancée avec plus de pitié que de rancœur par Gabrielle : « Ton âme, cela fait bien longtemps que tu l'as perdue ! »

Oui, il savait à présent qu'il avait souscrit à un système qui directement ou indirectement causait le malheur de milliers d'êtres humains. Pour atteindre ce résultat, il n'avait pas eu besoin d'agir, il lui avait suffi d'accorder son assentiment à des principes sur lesquels reposait le temple Zébulon.

Oui, il avait honte... Honte d'être entré dans un système où il importait peu que l'on fût bon ou méchant puisque ce que l'on y accomplissait était nécessairement nuisible à des milliers d'individus.

Piétiner les autres volontairement et consciemment paraissait insupportable à Antonin. Il savait pourtant que la société était pareille à une pelouse où nul ne peut y accomplir un pas sans écraser une forme de vie ; mais entre exterminer et simplement chercher à avancer s'élevait une muraille qu'il se refusait à franchir.

Lui ne pouvait demeurer sans s'insurger. Déjà une fois, il avait agi en dépit de sa nature. Il était encore temps de faire machine arrière. Antonin n'était pas prêt à dire adieu à son amour-propre et au personnage qu'il s'était rêvé. Il était bien jeune, mais il n'irait pas de la naïveté au cynisme, comme la plupart des hommes. L'âge lui donnerait la bonté et la facilité à s'attendrir. C'était là son devoir, il était encore heureusement en son pouvoir de l'accomplir.

« Comment faire pour que cette OPA capote ? » se demandait-il.

Il devait bien y avoir une solution. Tout problème n'avait-il pas une solution ? Dans les cas qui s'étaient présentés dans le passé, deux solutions étaient apparues : celle du *White Knight* (chevalier blanc) et celle du *Pac-man.* Pour le premier, une société en difficulté faisait appel à un autre établissement, qui la sortait des griffes de l'attaquant en l'achetant lui-même plus cher. Dans le deuxième, l'entreprise objet de l'OPA essayait de racheter la société qui l'attaquait.

Malheureusement aucun chevalier blanc ne viendrait défier Marchand, sachant qu'il avait l'appui logistique de Zébulon.

Alors, allait-il renoncer ?

Au matin, il se précipita chez Zébulon dans le bureau de l'archiviste. C'était une créature effacée à laquelle il n'avait jamais prêté attention. Maintenant, elle détenait quelque chose qu'il désirait absolument et aucun des détails de son visage ingrat n'échappait à Antonin. Il essaya de la prendre par la douceur, mais se surprit à hurler :

– Je veux tous les documents Marchand !

– Je n'ai pas le droit de vous les donner. Selon vous, la fin justifie les moyens ?

– Non, la fin ne justifie pas les moyens, dit Antonin. Je vais simplement vous obliger à faire ce que vous devriez faire de vous-même...

Il regarda longuement le téléphone posé sur la table du bureau puis sans lever les yeux vers Mme Villiers, il lui dit d'une voix douce :

– Vous voyez ce combiné ? Il me suffirait de le décrocher et de composer le numéro de votre mari... Peut-être serait-il intéressé de connaître la nature de vos rapports avec Monsieur le sous-directeur du...

Mme Villiers ne supporta pas d'entendre le titre complet de son amant.

– Arrêtez ! Arrêtez ! s'écria-t-elle. Je vais vous les donner, vos foutus documents !!

Elle les lui remit en tremblant, les yeux emplis de larmes et de haine.

– Vous êtes un salaud, lâcha-t-elle dans un sanglot, tandis qu'Antonin franchissait le pas de la porte.

Antonin se retourna et, autant pour elle que pour lui, demanda :

– C'est quoi, un salaud, Mme Villiers ?

Le lendemain il envoyait le tout à la presse et à la COB. Cette dernière, constatant les irrégularités, se prononça contre l'OPA.

## XXVI

Antonin vint prendre ses affaires chez Zébulon.

– Hé, bonhomme !

Antonin se retourna, Marchand se tenait devant lui, les jambes un peu écartées, comme s'il allait dégainer.

– Tu sais, ça fait bien longtemps que j'ai appris à me servir de ma petite tête. La balance à la presse, je suis sûr que c'est toi...

Antonin nia mais de cette intonation de voix qui signifiait : « Je te dis que ce n'est pas moi, mais en vérité... ».

– Pourquoi tu n'es pas venu me trouver ? Je t'aurais donné tout ce que tu voulais... Tu n'es pas fait pour un boulot de gratte-papier, tu as trop de classe pour ça... On aurait pu s'arranger... De toute manière, ça ne t'aura servi à rien. Je vais t'en boucher un coin ! Tu triomphes aujourd'hui mais à ton avis, demain, qu'est-ce qui va se passer ? La COB va se faire renvoyer dans les cercles par le représentant du garde des Sceaux sous prétexte que l'annulation peut porter atteinte à la « crédibilité de la place de Paris » : qu'est-ce que tu dis de ça ?

Ils se regardèrent une bonne trentaine de secondes sans se parler, chacun voulant dire quelque chose à l'autre, mais les mots ne pouvaient sortir de leur bouche... C'était la rencontre de deux mondes à l'opposé l'un de l'autre. Antonin comprenait cependant pourquoi Lénine préconisait de ne jamais rencontrer ses adversaires politiques : le risque est trop grand de les trouver sympathiques et de mettre ainsi sa propre cause en péril.

Antonin monta à son bureau et commença à ranger ses affaires. Une secrétaire vint pointer le bout de son nez.

– Antonin, quelqu'un désire vous parler. Il dit qu'il est inspecteur de police. Qu'est-ce qu'il peut vouloir ? C'est pour vous, vous croyez ?

– Comment voulez-vous que je sache ? Nous sommes tous dans les affaires ici, donc tous susceptibles d'aller en prison, de ne pas passer par la case départ et de ne pas toucher vingt mille francs. Faites-le entrer.

– Bonjour, inspecteur Play.

– Pardon ? fit Antonin.

– Oui, inspecteur Play comme les plaies d'Égypte.

– Dans ces conditions, vous vous trompez de bureau. Pour vous, Ramsès II, c'est le deuxième bureau à gauche.

– Vous êtes bien rigolo, pour un banquier !

– On fait ce qu'on peut. D'ailleurs je ne le suis plus. Je viens de donner ma démission.

– Vous avez démissionné de votre poste de banquier ?

– Non, de mon poste de rigolo, répondit sèchement Antonin.

– Vous êtes Antonin Krystal ?

– Oui.

– J'ai un mandat d'amener à votre encontre. Je vais vous prier de me suivre.

– Je pourrais savoir pourquoi ?

– Vous le saurez bien assez tôt.

– J'aurais préféré un mandat de dépôt, vous m'auriez déposé.

– Allez, trêve de plaisanteries.

– Je ne suis pas quelqu'un à qui on dit « Allez », se défendit Antonin.

Play était tout en longueur. Il ressemblait à la caricature d'un garçon de café ou d'un vieil inspecteur de

Scotland Yard. Il venait du Midi et en avait conservé l'accent. Certaines de ses phrases étaient dites avec une intonation presque chantante, mais ce qu'il disait ne faisait pas danser de joie. Il flottait dans une veste beige. Sa maigreur était impressionnante, tout comme son sourire, où des dents manquaient. Et il portait un air de stupidité assez remarquable.

Devant le palais de justice, l'inspecteur s'adressa à l'agent en faction :

– J'ai ce paquet à déposer au bureau 107.

Antonin comprit peu après pourquoi Play l'avait qualifié de « paquet ». On le promena d'un endroit à l'autre, de placard en placard, de galerie en galerie, de consigne en consigne. Antonin était frappé par l'extraordinaire indifférence dont tous témoignaient à son égard. Il perdait toute existence. Petit à petit, il se sentait devenir un vulgaire colis.

N'était-ce pas d'ailleurs l'effet recherché ?

On ne lui avait pas passé les menottes, mais nombreux étaient ceux qui, dans les couloirs du palais, marchaient la tête baissée, menottés, tirés par un policier.

On l'amena enfin dans une pièce sans fenêtre où se tenaient deux inspecteurs. Play n'avait servi que pour le transport. Dans les films policiers, quand un suspect est interrogé, il y a toujours deux flics, l'un jouant le rôle du gentil, l'autre celui du méchant. On les appelle *good cop* et *bad cop*. Ceux d'Antonin s'appelaient Paulo et Ricardo.

Paulo avait un visage basané. La vie et le temps y avaient laissé de profonds sillons. Il avait l'air mauvais et prétentieux. Ses petits yeux marron foncé étaient d'une mobilité animale. Des mains de boucher, larges et trapues, un accent du sud complétaient le tableau. Il n'était pas laid, il était affreux, mais semblait enchanté d'être lui-même.

Ricardo lui n'était pas gros, il était obèse ! Son ventre, qui dépassait de sa ceinture d'une quinzaine de centimètres, lui donnait la morphologie d'un crapaud. Sa lèvre inférieure pendouillait dangereusement vers son menton et le faisait ressembler à un mongolien.

– C'est toi, l'escroc? demanda Paulo.

– Plaît-il? répondit Antonin.

La gifle partit comme à l'entraînement.

– Alors, M. « Plaît-il », on la ramène? me force pas à être vache avec toi. Sinon, tu vas t'en mordre les doigts.

Antonin se passa la main sur la joue qui s'échauffait sous la double action de la gifle et de la honte, mais bientôt un sourire apparut au coin de ses lèvres, et il lâcha :

– Si je puis me permettre, selon votre femme que j'ai eu la joie de rencontrer dans des circonstances que vous m'excuserez de ne pas mentionner ici, les cornes, vous les portez depuis longtemps. Vous n'avez donc pas besoin d'ajouter celles de la vache...

La baffe qui fit valdinguer Antonin à l'autre bout de la pièce ne l'étonna pas, ni les suivantes. Tout était douloureux fort l'honneur. Sous l'avalanche de coups, Antonin se laissait aller. Pour supporter la douleur il évoquait ceux qui, durant des siècles, s'étaient vu amputés sur les champs de bataille sans anesthésie. « De quoi ai-je à me plaindre? pensait-il. En plus je commence à avoir l'habitude maintenant. »

Antonin aurait aimé connaître les charges retenues contre lui. Il ne tarda pas à en prendre connaissance quand on lui notifia sa garde à vue.

Un ordre d'achat de cinquante mille titres de Nord Service avait été passé de *son* téléphone chez Zébulon pour le compte d'une société, Sunrise, Sunset, incorporée aux îles Caïman. Ce coup de téléphone, dont les PTT avaient gardé la trace, avait été passé avant que l'OPA ne fût devenue publique. Antonin était donc accusé d'avoir utilisé pour son propre compte des informations privilégiées.

Le premier interrogatoire ne donna pas grand-chose, étant donné qu'Antonin n'avait rien à dire. Il savait qui était à l'origine de ce coup monté. Ce ne pouvait être que Lebel! Le coup de téléphone ayant été passé avant que l'OPA ne se déclenche, cela ne pouvait être Marchand car celui-ci n'avait alors aucune raison de lui en vouloir. Lebel, à qui il avait sauvé la vie! Il comprenait à présent pourquoi cet enfant de p... paraissait si gêné quand il l'avait soustrait aux roues vengeresses du camion.

On transféra ensuite Antonin dans un commissariat d'arrondissement. Paulo et Ricardo l'y suivirent. Il y avait là des prostituées, des clochards, des petits voleurs à la tire, des ivrognes et des Arabes, traités avec le plus profond des mépris. Ils étaient immédiatement tutoyés et rudoyés.

Les réponses aux demandes d'Antonin furent lapidaires :

– Tu veux un sandwich ? On ne fait pas restaurant ici !

– Un livre ? Tu te crois dans une bibliothèque !

– Un cachet d'aspirine ? Où t'as vu écrit « pharmacie »?

– Téléphoner ? Ce n'est pas un bureau de poste !

– Pisser ? Est-ce que j'ai une gueule de chiottes !

On le fit ensuite passer au service anthropométrique. Photo de face, de profil et de trois quarts. Puis Paulo et Ricardo l'emmenèrent à la toise pour le mesurer. Antonin tenta en vain de se hausser de quelques centimètres.

– Un mètre soixante-dix-sept, annonça triomphalement Paulo. Il faudrait penser à manger de la soupe, mon bonhomme.

Antonin supportait tout, sa présente condition, les charges qui pesaient contre lui. Mais un tel affront ne pouvait rester impuni. L'heure de la vengeance allait venir.

On lui prit ses empreintes digitales. L'auriculaire, l'annulaire, le médius, l'index, le pouce et la paume. Cette opération fut renouvelée pour chaque main. Elles étaient noires d'encre. On lui tendit un chiffon pour s'essuyer. Antonin se tourna vers Paulo et lui dit :

– Vous ne trouvez pas que c'est dégueulasse de s'essuyer avec un chiffon aussi sale, alors que vous portez une chemise tellement propre ?

Et il appliqua ses deux mains sur la chemise blanche du flic.

La politesse, la courtoisie, la retenue, enfin l'ensemble des qualités extérieures sont des habitudes que l'on réussit à s'imposer par la force de la volonté. Or, toute habitude disparaît dans les moments passionnés. On y redevient soi-même. Paulo redevint lui-même sans la moindre difficulté. Sa réaction fut instantanée.

– Je m'en vais faire de la merde pour chien de ce petit morveux ! Je vais te détruire la gueule. Je vais te casser les burnes en deux. Et je les donnerai à manger aux porcs !

Ricardo, craignant de voir Antonin déchiqueté, lui envoya une gifle qui le fit rouler à terre. C'était sans aucun doute un service, car l'autre ne plaisantait pas.

– Calme-toi, Paulo. Calme-toi. On va le mettre au trou.

Antonin n'avait encore jamais vu une telle envie de meurtre dans le regard d'un être vivant, Ricardo fut forcé de ceinturer Paulo.

– Allez, on le fout au trou. On l'interrogera demain matin.

Il fut enfermé dans une cellule avec deux clochards.

– Qu'est-ce que tu fous là ? lui demanda le plus amical.

– J'étais contre Robespierre. C'est le Comité de salut public qui m'a envoyé ici.

– Ne te fous pas de moi !

– Non, je plaisante. C'est une grossière erreur de leur part.

– Ouais, ils disent tous ça.

Le clochard eut quelques secondes de réflexion et grogna :

– Reconnais que tu es un abruti.

– Je ne dirais ça en aucun cas, répondit Antonin. Non pas que je porte une telle estime à mon intelligence, loin de là, mon ami, mais je considère que, par certains côtés, je suis étonnamment vif. Je consens à être un crétin, mais rien d'autre.

– Dis que tu es un abruti ou je te fous une châtaigne !

Antonin jugea que son visage était assez marqué pour la journée.

– Devant la force physique d'une personne telle que vous, et dans la promiscuité de la cellule que le hasard nous fait si agréablement partager, je n'hésiterai pas une seconde. Quel était déjà le qualificatif dont vous désiriez m'affubler, « demeuré » ou « abruti » ?

– Abruti, j' te dis.

– Soit. En toute modestie et en toute lâcheté : « Je suis un abruti. »

L'abruti et les deux clodos ne tardèrent pas à sympathiser. Antonin leur récita un poème de Victor Hugo, *Écrit après la visite d'un bagne.*

Il vit les larmes couler sur leurs joues.

– C'est beau, putain, que c'est beau ! Ah, c'est con qu'ils nous aient piqué le pinard, ça me donne soif, de la jactance comme ça. C'est mieux que le corps d'une femme.

Les clochards voulurent lui rendre la pareille et organisèrent un concours de rots qu'Antonin arbitra avec toute l'autorité que lui conférait son prestige intellectuel. Puis ce fut un concours de pets auquel Antonin dut participer afin de ne pas vexer ses hôtes.

Quand il eut épuisé les maximes du penseur de Bobigny et les pensées du sage de Sarcelles, Antonin, accablé de fatigue, tâcha de s'endormir. Mais dormir n'était pas une tâche aisée.

A deux heures il y eut une crise de vomissements. « Une migraine sans doute », pensa Antonin.

A trois heures, des ronflements.

A quatre heures, la quinte de toux.

A cinq heures, l'un des deux clochards le réveilla pour lui conter ses malheurs.

Le lendemain d'une arrestation, un prisonnier tombe en général dans une mélancolie profonde qui le porte à exagérer la gravité de son cas. On a beau lui dire que son histoire est celle de tout le monde, il se croit victime d'une persécution particulière. Ce ne fut pas le cas d'Antonin : il avait commis tant de forfaits restés impunis que cela l'empêchait d'être indigné qu'on lui en reprochât un qu'il n'avait pas commis.

A neuf heures, Ricardo le réveilla :

– Hé, Krystal, une visite.

– C'est qui ?

– Je crois bien que c'est une fée.

C'était la bonne fée Cléa.

Un grillage les séparait, comme si on avait peur qu'ils s'embrassent. Les minutes étaient comptées, comme dans une cabine quand on n'a plus de pièces. On cherche l'essentiel et on l'oublie. Elle reviendrait en fin de journée.

On lui permit aussi de joindre un avocat. Bien entendu, il appela Philippe.

– Philippe, c'est Antonin. Je suis dans un sale pétrin. J'ai besoin d'un avocat. Il faudrait que tu viennes.

– Qu'est-ce qui t'arrive ?

– Je vais sans aucun doute être inculpé de délit d'initié. Une ordure a passé des ordres d'achat sur mon téléphone à la banque pour une société enregistrée aux îles Caïman. Plus de cinquante mille titres auraient été achetés. Ils croient tous que c'est moi alors que je n'ai rien à voir avec tout ça !

– Ne bouge pas, j'arrive.

– C'est ça.

– Je suis là dans un quart d'heure.

Antonin raccrocha. Il savait qu'il pouvait compter sur l'amitié de Philippe.

Il n'aurait pas été si rassuré, s'il avait pu suivre la conversation qui se tint entre Philippe et l'un des avocats pour lesquels il travaillait.

– Philippe, où allez-vous ?

– Un de mes amis va être mis en examen pour délit d'initié.

– Où ça ?

– Chez Zébulon.

– C'est la banque qui vous demande d'assurer sa défense ?

– Pas que je sache.

– Nous ne pouvons courir ce risque.

– Y a-t-il une règle déontologique qui me l'interdise ?

– Aucune. Mais vous pourrez vous chercher un autre cabinet où exercer vos talents !

– Comme si j'avais pu les exercer ici ! Alors, au revoir.

De sa cellule, Antonin entendait Philippe passer un savon aux inspecteurs :

– Vous n'avez pas amené mon client devant le juge d'instruction avant l'expiration du premier délai de vingt-quatre heures. Sur votre procès-verbal d'audition, ne figure pas la durée des interrogatoires auxquels mon client a été soumis ni les périodes de repos qui ont séparé ces interrogatoires ; selon mon client, vous ne lui avez pas fait savoir qu'il avait le droit de demander une visite médicale. En outre, je vois qu'il a des hématomes au visage. Enfin, quand j'en aurai fini avec vous deux, vous vous estimerez heureux de trouver une place de gardien d'aquarium.

Puis il vint remonter le moral à Antonin en lui annonçant une bonne nouvelle :

– J'ai obtenu qu'on te laisse en liberté. Tu ne pourras quitter le territoire sans une autorisation en bonne et due forme du juge d'instruction. Je t'appelle ce soir. Ta copine est là. Ne la montre pas à Florence, sinon elle va me faire des histoires.

# XXVII

Antonin et Cléa sortirent ensemble du commissariat. La main de Cléa était posée sur l'épaule d'Antonin. Au milieu des passants, ce qui distinguait ces deux jeunes gens, c'était leur joie intense. La joie de s'être retrouvés. La joie de Cléa d'avoir retrouvé celui qu'elle aimait.

Antonin renversa la tête et respira l'air de Paris. Un air humide où se mélangeaient les parfums de gaz d'échappement, de fleurs, de transpiration et de tabac. Il respira une seconde fois à pleins poumons. Cela lui donnait l'impression de sniffer la ville, de la faire pénétrer dans ses veines. Cléa leva soudain les yeux vers Antonin. Son regard flottait dans un monde où Antonin ne pouvait pénétrer. Ils n'avaient pratiquement pas échangé une parole.

– Ton ami Philippe m'a tout raconté, je suis désolée... Tu es tout sauf un traître. J'aime tant me promener avec toi. Cela m'a beaucoup manqué. Toutes les fois où..., commença-t-elle.

Il s'arrêta, la saisit par les épaules et la fit taire en appliquant ses lèvres sur sa bouche. Elle se détacha, le repoussa doucement mais avec fermeté, puis le regarda fixement, comme pour dévorer ses traits, et l'embrassa à son tour.

Antonin prit la tête de Cléa dans ses mains. Il sentit la

douceur de ses cheveux, le parfum de son corps et la plénitude de ses formes. Derrière eux, le monde et le temps s'écoulaient.

– L'amour, toujours l'amour ! entendirent-ils derrière eux.

Le ciel était constellé d'étoiles. Antonin se demanda à laquelle il devait de se retrouver dans les bras de la femme qu'il aimait.

– Tu as une de ces têtes, lui dit-elle. Tu ferais bien d'aller chez le coiffeur.

– Pardon, répondit Antonin sur le ton de celui qui va éclater. J'ai d'autres choses à faire que d'aller chez le coiffeur en ce moment !

– Tu sais, je disais cela pour ton bien. Tu ne te demandes pas pourquoi c'est justement toi qu'ils ont arrêté ?

– Attends. Tu ne vas quand même pas me dire que tout ça m'arrive parce que j'ai les cheveux longs ?

– Non, pas seulement. Mais tu pourrais ne pas être aussi insolent, ne pas regarder toujours les gens avec cet air de mépris ou d'ironie.

Ces remarques ne faisaient qu'augmenter le découragement d'Antonin. Heureusement, ils étaient encore à l'âge où il suffit de se prendre dans les bras pour que disparaissent toutes les aigreurs de l'esprit.

Cléa s'était ressaisie. Elle avait fait appel au courage et à l'énergie qui étaient en elle, décidé de faire face à la catastrophe et à ne pas abandonner la partie. Peut-être était-elle trop disposée à se blottir dans les bras d'Antonin plutôt qu'à l'entourer des siens ? Peut-être était-elle trop sévère ? Ils rentrèrent et firent l'amour.

– Je te prépare un café ?

– C'est gentil. Merci !

Antonin huma l'odeur du café. Un sentiment de bien-être dilata ses narines, monta à son cerveau, se répandit dans tout son corps. Pour la première fois depuis longtemps, sa tension se relâchait et ses muscles se détendaient après la nuit passée au poste.

– Bois, fit Cléa. Tout le monde dit qu'il faut boire le

café quand il est chaud. Il paraît que ça a une valeur nutritive plus grande. Avec la vapeur, il n'y a pas que l'arôme qui s'en aille, mais tout un tas d'autres trucs.

Elle marqua un temps d'arrêt :

– Ton bonheur, il est fait de celui que tu procures.

Le téléphone sonna, mais Antonin ne décrocha pas.

– Celui que tu aimes, Cléa, c'est celui que je désire être vraiment. Tu me fais découvrir mon visage le plus beau. Tu as fait tomber le masque. Ton amour me fait devenir celui que je devais être. Tu es mon plus précieux talisman.

– Moi aussi. J'ai des bouffées d'amour. Je suis en train de marcher ou de me laver, et puis, subitement, ça part du ventre et ça remonte jusqu'au cœur.

Antonin la contemplait dans le noir. Oui, dans le noir, car il avait tant regardé son visage délicat et délicieux qu'il connaissait le paysage de son âme et de ses yeux.

– Qu'est-ce qu'on te reproche, au juste ? lui demanda-t-elle.

– Selon eux, j'aurais acheté des actions. C'est un délit d'initié.

– Mais tu peux prouver que ce n'est pas vrai. Ils n'ont qu'à regarder ton compte en banque.

– Ce n'est pas si simple. L'ordre d'achat a été passé depuis mon téléphone.

– C'est un coup monté ! Quelqu'un cherche à te faire porter le chapeau. Tu as des soupçons ?

– Non, mais viens, allons faire un tour.

Ils sortirent et allèrent se promener. On était dans le mois où Paris est encore doux avant les canicules du plein été. Les terrasses remplies s'animaient comme si elles possédaient une existence autonome. L'air semblait aspirer les soucis.

Antonin et Cléa n'avaient pas effectué cent mètres quand, au croisement de la rue Saint-André-des-Arts et de la rue Guénégaud, Antonin crut apercevoir la fée Carabosse qui lui avait tiré les cartes avant de fuir, emportant avec elle son futur et laissant comme signature la carte du fou.

« Je lui ferais bien cracher mon avenir cette fois-ci », pensa-t-il.

Il pressa le pas dans sa direction, entraînant Cléa par la main tout en lui racontant les circonstances de sa dernière rencontre avec la cartomancienne.

– Je te conseille de l'attraper par surprise, dit Cléa, sinon elle va détaler... Regarde elle t'a vu. Elle se sauve. Attends, tu vas voir...

– Hé, où vas-tu ?

Cléa s'était élancée à la poursuite de la femme, laissant Antonin trois bons mètres derrière elle.

« Dire que j'ai eu un jour des prétentions dans l'athlétisme », se dit-il.

Regardant Cléa courir, il ne pouvait s'empêcher de penser qu'elle avait tout de même un très joli derrière.

En quelques enjambées, Cléa avait rejoint la romanichelle et la maintenait immobile en la tenant par l'épaule, tandis qu'elle se faisait insulter dans toutes les langues, tous les dialectes et idiomes remontant à la construction de la tour de Babel.

Antonin arriva essouflé.

– J'ai une question à te poser, dit-il à la romanichelle.

– Ton père ! cracha-t-elle.

Puis elle mordit Cléa à la main et celle-ci, lâchant prise, permit à la sorcière de s'enfuir.

– Tiens, j'ai déjà été mordu par un rat il y a quelques mois, remarqua Antonin.

– Je ne trouve pas ça très drôle.

Ils restèrent un moment silencieux et Cléa lui demanda ce qu'il pensait de la réponse de la Tzigane.

– Elle raconte n'importe quoi, je suis sûr que c'est Lebel... Tu t'imagines ? Non seulement je lui sauve la vie, non seulement il se fait du fric sur mon dos, mais en plus il voudrait qu'on m'envoie à l'ombre. Il n'a jamais pu me saquer.

– Qu'est-ce que tu vas faire ?

– Je ne sais pas, mais pour l'instant je crois qu'on joue le *Stabat Mater* de Pergolèse à l'abbaye de Saint-Germain. On pourrait aller l'écouter.

– Comme tu veux...

Quand ils sortirent, grisé par la musique et les chants, ils allèrent dîner chez Lipp.

Sur la nappe en papier, Antonin griffonna ces quelques vers pour Cléa.

*Si tu étais un do*
*Tu serais toute dorée*
*Et j'aurais bon dos*
*A venir t'adorer*

*Si tu étais un ré*
*Tu serais un raisin*
*Que je voudrais presser*
*Du soir jusqu'au matin*

*Si tu étais un mi*
*Je viendrais me mirer*
*Dans tes yeux vert-bleu, gris*
*Comme le ciel de Capri*

*Si tu étais un fa*
*Tu serais fleur fatale*
*En regardant tes bras*
*On verrait des pétales*

*Si tu étais un sol*
*Un sol ensoleillé*
*Moi je serais le sol*
*Où tu pourrais marcher*

*Si tu étais un la*
*Tu serais un lapis-lazuli*
*J'te porterai au doigt*
*En signe de paradis*

*Si tu étais un si*
*Tu serais une sirène*
*Où viendraient s'échouer*
*Tous les beaux capitaines*

*Mais tu es symphonie*
*Qui se joue allegro*
*Symphonie, rhapsodie*
*Et j'en suis le piano*

## XXVIII

*Je ne peux m'empêcher de coucher sur le papier les actes importants de ma vie. Ceux qui vivent aujourd'hui à mes côtés me connaissent moins bien que ceux qui, peut-être dans un siècle, liront ce journal intime. L'éloignement dans le temps a cette faculté de transformer en simples faits des actes qui me vaudraient aujourd'hui la réprobation générale. Voilà une des forces du temps. Tandis que j'écris, je regarde ma main et j'essaie de l'imaginer sous forme de squelette. Je n'y arrive pas. Je n'arrive pas à imaginer ma mort. Je vois trop le monde sous mon propre prisme. Quoi qu'il en soit, voilà pourquoi il m'est indifférent que cet épisode soit connu après ma mort. Ou plutôt non, c'est l'opinion que les gens en auront qui m'est indifférente, car le besoin de me confesser est solidement ancré en moi.*

*J'avais sauvé la vie de Lebel, j'estimais par conséquent avoir acquis le droit de la lui reprendre s'il ne s'en montrait pas digne.*

*Je ne voyais dans son assassinat rien de moralement répréhensible. Il m'avait menti, trompé. J'étais dans une situation où, pour me libérer de la rage qui m'habitait, il fallait que je me débarrasse de lui. Je voyais cela non comme un crime, mais plutôt comme un acte de libération. Il était un obstacle sur la route de ma vie.*

*Chacun de nous ressent chaque jour, ou chaque semaine –*

*cela dépend des personnalités –, le désir de tuer son prochain. Il suffit d'entendre les insultes échangées entre automobilistes. Cette pulsion vers le crime est souvent neutralisée par la peur du gendarme, la superstition, la pitié envers la victime, des principes religieux ou moraux.*

*Lebel devait mourir parce que je voulais qu'il mourût. Voilà tout ! Je vais essayer de raconter cet épisode avec impartialité et objectivité, ce qui n'est guère facile : quand on reconstruit un tel événement, la tendance est de rendre le récit le plus dramatique possible.*

*– Je vais tuer Lebel, dis-je à Cléa le lendemain de ma sortie de garde à vue.*

*– Tu ne peux pas faire une chose pareille !*

*– Pourquoi pas ?*

*– Parce que c'est fou !*

*– Il me plaît de faire des choses folles.*

*Je me souvins que mon père possédait une arme, un Walther PPK rapporté d'Israël où il s'était porté volontaire lors de la guerre des six jours : l'arme réputée la plus sûre du monde, 7,65 millimètres, que « M » imposa à James Bond dans sa première aventure contre Dr No en remplacement de son vieux Beretta. La CIA selon « Q » ne jurait que par le Walther. L'arme n'avait pas été enregistrée et n'avait servi dans aucun mauvais coup. Il me fallait des balles. Cléa se chargea d'en trouver.*

*Une des caractéristiques de Cléa était de faire sur-le-champ et avec méticulosité tout ce qu'elle décidait d'accomplir. Elle trouvait son bonheur dans l'ordre et la régularité. En somme, elle aurait pu être une parfaite criminelle.*

*Elle tint à participer à l'opération. Une fois que j'aurais abattu Lebel, elle passerait devant moi, se saisirait discrètement du revolver et le glisserait dans son sac. Si par malheur j'étais arrêté, on ne trouverait pas sur moi l'arme du crime.*

*Devant tirer à bout portant, je ne me préoccupai pas de m'entraîner. Je ne trouvais aucun plaisir dans le maniement d'une arme ; seule m'importait son utilité.*

*Le fait que je puisse tuer Lebel, être arrêté ou abattu, ne me préoccupa pas l'ombre d'une seconde. Sans doute parce qu'au fond de moi je ne me représentais pas ces trois éventualités.*

*Il me fallait agir. C'est tout ce que je savais. Et sans prévenir Cléa. Lebel habitait rue de Penthièvre dans le huitième arrondissement, à la hauteur de la rue du Faubourg-Saint-Honoré et de l'avenue Matignon.*

*Je savais que, depuis quelques jours, il ne faisait que de brèves apparitions chez Zébulon. Elles se produisaient à sept heures du matin comme à six heures du soir. Je devais le tuer quand il sortirait de chez lui. Devant la banque, c'était trop dangereux.*

*J'entrai à six heures trente dans le café situé à l'angle de la rue du Faubourg-Saint-Honoré et de la rue de Penthièvre, à quelques pas seulement de sa porte. Je commandai un café puis j'allai dans les toilettes recharger le Walther. L'opération produisit un bruit sec et caractéristique.*

*En sortant des toilettes, je vis un policier qui se soulageait dans un urinoir. Je le saluai de la tête. Il fit de même.*

*J'avais emporté avec moi un sac en cuir acheté à Milan. Il avait la taille d'un livre in-octavo. On le tenait par une lanière qu'on enfilait au poignet et, surtout, il avait une poche couverte devant. Il était commode d'y placer l'arme et de s'en saisir au dernier moment.*

*Je pris café sur café, mais Lebel ne sortait pas.*

*Après une heure et demie de vaine attente, je me décidai à chercher sa voiture, une grosse BMW. Je la trouvai. Elle était garée rue Jean-Mermoz. Je me mis à faire les cent pas devant en fortifiant ma volonté.*

*Je devais essayer de le tuer. Oui, essayer, car j'avais toujours été sensible aux impondérables. L'essentiel était de faire ce que j'avais à accomplir. Si un obstacle imprévu se mettait en travers, alors cela serait « tant pis! », mais j'aurais la conscience tranquille.*

*Sa voiture était là, il devait nécessairement la prendre. Vers dix-sept heures, je vis sa haute silhouette apparaître. Je me tenais en retrait, caché par l'ombre de la porte cochère.*

*Quand il arriva à la hauteur de sa voiture, et avant qu'il ne mette la main dans sa poche pour prendre ses clés, je me saisis du pistolet et pressai le pas vers lui, mais pas trop vite. J'étais d'un calme effrayant. Dans ma poitrine, mon cœur avait une existence autonome et se manifestait bruyamment.*

*Lebel, comme s'il avait senti quelque chose, se retourna et vit mon pistolet, à deux ou trois mètres de lui. Aussitôt il s'appuya sur la voiture, les jambes contre le capot, le buste incliné vers le pare-brise.*

*Pour ne pas le manquer, je plaçai l'arme à trente centimètres de sa tête. Il ne faisait aucun mouvement. Ses yeux terrifiés sortaient de leurs orbites. Il voyait arriver sa mort dans la seconde.*

*J'appuyai sur la gâchette. Cela se passa comme dans un rêve ou un* replay *au ralenti dans un match de football à la télévision.*

*Un coup sec retentit comme si le Walther avait été vide. La meilleure arme du monde s'était enrayée ! Je n'en fus pas même stupéfait.*

*Je me mis à rire, mais mon sang-froid était intact. Immédiatement, j'écrivis dans ma tête un autre scénario que j'avais l'intention de lui transmettre d'une manière ou d'une autre.*

*– Si je voulais vous tuer, ce ne serait pas difficile. Vous feriez mieux d'avouer !*

*J'étais tout à mes réflexions quand Cléa passa devant moi. Je ne la vis qu'au dernier moment. D'où sortait-elle ? L'arme que j'étais censé lui transmettre tomba par terre.*

*Par bonheur personne ne me suivit. Je m'engageai dans le métro en pensant que le doigt de Dieu avait empêché que je commette quelque chose d'irréparable.*

*Lebel n'avoua cependant pas et je demeurai inculpé.*

## XXIX

A Antonin se posait le problème de la survie matérielle. Des amis de son père, émus par sa situation, lui proposèrent de lui trouver un travail.

Il refusa une carrière de publiciste, d'assistant metteur en scène, d'attaché de député et de bibliothécaire. Il ne voulait plus qu'on lui imposât la moindre sujétion, et souhaitait continuer à vivre à sa convenance. Néanmoins, devant un pressant besoin d'argent, il se résolut à emprunter. Il apprit à cette occasion qu'il valait toujours mieux emprunter de grosses sommes d'un coup que plusieurs petites sommes à la suite et qu'il était préférable d'emprunter à un pessimiste, celui-ci ne s'attendant jamais être remboursé.

Il accepta donc, sans le dire à Cléa, de grosses sommes sans être sûr de pouvoir les rembourser un jour. C'était égal ! La perspective d'une vie de parasite lui apparaissait comme étant parfaitement supportable. En revanche, vendre sa dignité pour le confort d'un salaire mensuel se présentait à lui comme un compromis méprisable. Il avait déjà goûté à la servitude ; la digestion se révélait difficile ; il n'en reprendrait pas une ration supplémentaire.

– Évidemment, disait-on, il se permet d'agir ainsi parce qu'il n'a pas de famille à entretenir.

C'était précisément parce qu'il ne voulait pas de famille qu'il agissait ainsi. Avec une femme et des enfants, il savait bien que ça aurait été impossible.

De la première partie de sa vie, où l'argent n'avait jamais manqué, Antonin avait conservé plusieurs habitudes : il ne s'indignait point de l'étalage du luxe ni de l'argent acquis sans travailler. Il ne se demandait pas si cette tolérance n'était pas due au fait qu'il avait été riche, ni s'il eût montré la même grandeur d'âme s'il était né pauvre.

Il lui plaisait de se montrer magnanime dans l'épreuve. Cela flattait son orgueil. Antonin n'était jamais seul; son orgueil marchait toujours à ses côtés.

Un de ses amis de fac travaillait à *Paris-Matin.* Rendu à l'oisiveté, Antonin allait passer de longues heures dans les locaux du journal, discutait avec son ami, puis avec d'autres qui se joignaient à eux. Son action d'éclat au meeting de Xavier Vallen lui avait valu de nombreux bleus, mais également une bienveillante notoriété. Un matin, il se demandait avec des journalistes comment mettre un terme aux massacres entre ethnies dans les pays du tiers-monde. Antonin proposait que soit instituée, dépendant de l'ONU, une commission qui déterminerait dans quels pays existaient de sérieux risques de massacres de populations civiles. De cette commission dépendrait une force armée, non pas telle qu'elle était prévue par la charte des Nations unies, mais une force armée permanente composée de quelques milliers de mercenaires tout au plus bien payés et bien équipés, qu'on appellerait la Légion humanitaire!

Si la commission décidait qu'un risque de massacre existait en un endroit du globe, le Conseil de sécurité des Nations unies serait automatiquement saisi et devrait décider à la majorité de ses voix et non plus à l'unanimité, cela dans un délai extrêmement court, de l'envoi de la Légion humanitaire dans la région concernée. Celle-ci, une fois l'autorisation accordée, serait immédiatement dépêchée sur les lieux. Cette Légion humanitaire, contrairement aux casques bleus, aurait non seulement le droit, mais le devoir de faire usage de ses armes afin d'empêcher les boucheries.

Les États occidentaux pourraient ainsi accomplir ce qui est leur devoir d'États civilisés sans pour autant froisser l'opinion publique qui serait autrement moins choquée par la mort des membres de cette légion que par celle des appelés. Tandis qu'il parlait, le directeur du journal, Dominique Nevers, l'interpella :

– C'est intéressant, ce que vous développez là. Pourquoi n'en faites-vous pas un article ?

L'article était rédigé le lendemain et passait le surlendemain en deuxième page. Il suscita de nombreuses réactions. Antonin fut engagé à *Paris-Matin.*

Écrire des articles, des articles de fond bien entendu, lui convenait parfaitement. Cela collait tout à fait à son tempérament. Poser une idée centrale, la soutenir par un catalogue d'idées agencées dans un ordre logique, trouver entre elles des liaisons humoristiques ou originales, ne jamais entrer dans les détails et reprendre le thème principal dans la conclusion avec une projection temporelle, tout cela correspondait à son mode de pensée et à sa mémoire encyclopédique.

Le seul danger était qu'il aurait pu croire que la majorité des problèmes, souvent d'une grande complexité, pouvaient être traités en quelques milliers de signes. Son entrée au journal, malgré la relative modicité de son salaire, changea sa situation : il retrouvait une indépendance financière et allait remettre sa carrière sur les rails, à défaut de se forger un destin.

D'autres articles lui valurent les éloges d'une poignée d'hommes de lettres dont certains faisaient l'opinion. Ils entendaient qu'Antonin en fît autant pour eux. Or Antonin accepta les louanges qu'il n'avait pas demandées, mais ne donna rien en échange. Il se fit aussitôt détester. Dénué de tout esprit de confrérie, refusant de se laisser embrigader dans un parti, jaloux de sa liberté, Antonin n'avait pas accepté de se joindre à l'association des gens dits « influents ». Ceux-ci avançaient ensemble dans la société, et si Antonin refusait de s'associer à eux, c'était tant pis pour lui. Ce fut d'ailleurs « tant pis » puisqu'un terne personnage du nom de Prote, l'adjoint au rédacteur en chef, commença à refuser ses articles ou à les repousser jusqu'aux calendes grecques.

Bien qu'il ne vît plus Burunsky, il conservait avec celui-ci des relations épistolaires soutenues. Le fait que l'écriture de Burunsky fût illisible (il aurait pu la reconnaître, mélange de pattes de mouches et d'un autre insecte non identifié, entre mille) ne dérangeait aucunement Antonin, pas plus que Burunsky n'était importuné par les lettres qu'il recevait. Antonin ne répondait jamais aux questions qui lui étaient adressées. Étant donné que ni l'un ni l'autre ne lisaient réellement la prose de l'autre, tout était pour le mieux dans le moins pire des mondes possibles. En outre, Burunsky avait en lui cette vanité qui l'attachait aux gens qui l'admiraient.

Les deux amis, puisque à présent ils étaient amis (se donnant du « Bien cher ami » dans leurs lettres), avaient même déjeuné en tête à tête, mais Antonin avait décidé que, pour préserver cette amitié, il valait mieux que cela ne se renouvelât plus.

– Je vous invite à déjeuner chez Taillevent, lui avait dit Burunsky au téléphone.

– Volontiers, avait répondu Antonin, qui ne connaissait de ce fameux restaurant que la devanture.

Lorsque vint le moment de payer, Antonin, avec beaucoup de tact, fit un geste vers le maître d'hôtel ainsi qu'il convient quand on est persuadé que la personne assise en face de vous va payer.

Burunsky posa une main sur son avant-bras en prononçant d'une voix qui se voulait offensée :

– Vous voulez sans doute plaisanter ? Je sais que vous avez des problèmes financiers.

Antonin soupira de soulagement ; l'addition se montait à la moitié de son salaire mensuel. Mais Burunsky ajouta presque aussitôt :

– Nous allons donc partager !

## XXX

Antonin était allé chercher un livre sur le cinéma pour Cléa à l'autre bout de Paris. Il descendit à la station Passy. Il l'associait à une chanson joyeuse de Charles Trenet qui avait osé, pour les besoins de la rime, sortir le métro de son tunnel à la station Javel pour le faire courir vers le soleil.

Au bas du grand escalier, il emprunta la rue de l'Alboni, encadrée par les immeubles massifs et cossus qui furent des hôtels le temps de l'Exposition universelle de 1900 et où, soixante-dix ans plus tard, on avait tourné le *Dernier Tango à Paris.* Il prit ensuite la passerelle au-dessus de l'avenue Kennedy et traversa le pont de Bir-Hakeim, que sa culture parisienne faisait nommer viaduc de Passy. En contrebas commençait l'île aux Cygnes rattachant le viaduc au pont de Grenelle. Des fouilles permirent d'y retrouver des embarcadères ayant servi à Labienus pour franchir la Seine et vaincre dans la plaine de Grenelle le fier Camulogène. Ce même Labienus passa du côté de Pompée. Il mourut à la bataille de Munda. On lui coupa alors la tête et on la présenta au pauvre César qui, chaque fois qu'on lui apportait les oreilles, la langue ou la tête fraîchement coupées d'un de ses amis de naguère, devait se torturer l'esprit afin de trouver une formule historique mettant en avant la grandeur de Rome et la fragilité de la condition humaine.

Antonin parvint de l'autre côté du pont. Le président de la République allait inaugurer le monument à la mémoire des victimes des persécutions racistes et antisémites et des crimes contre l'humanité commis sous l'autorité de fait dit « gouvernement de l'État français, 1940-1944 ».

On avait choisi d'implanter ce monument en un lieu très étroit, enclavé près de la Seine. On s'y sentait plus sur une autoroute ou une piste de Formule 1 que sur un lieu de recueillement. L'endroit prêtait mal à l'accueil d'une foule nombreuse, composée des rares survivants et, essentiellement, de leurs familles.

Un système d'invitations avait été mis en place : « enceinte officielle » et « enceinte publique ». Ceux qui n'avaient pas de carton du tout étaient ceux qui avaient le plus souffert dans leur chair ou dans leur cœur.

Chacune des victimes ou des enfants et petits-enfants de victimes cherchait à entrer, ce qui créait une considérable pagaille.

Le policier qui gardait la barrière de sécurité, comme Bayard son pont ou Cerbère les Enfers, eut ce mot malheureux :

– C'est une cérémonie commémorative ! Vous n'avez donc aucun sens de la discipline et de la dignité ?

Ces hommes et ces femmes étaient des frères et des sœurs, des fils ou des filles qui avaient vu leur famille aspirée vers la mort par une barbarie administrative sans précédent. Ils avaient attendu un demi-siècle l'hommage de la République et, pensant avoir trouvé dans cette cérémonie un peu de sérénité, ils se voyaient refuser l'entrée par des policiers portant le même uniforme que ceux qui avaient arrêté leurs proches durant la Rafle du Vél' d'Hiv. Ces policiers se prenaient pour des ouvreuses de cinéma, déchirant un coin des invitations afin qu'elles ne puissent resservir.

– On applique les ordres, disaient-ils pour se justifier.

Ils semblaient oublier que, cinquante ans plus tôt, leurs circulaires entraînaient les juifs au centre de l'Europe, jusqu'au fond de l'univers concentrationnaire.

Les convois provenaient de Drancy, de Prague, de Salonique, de Westerborck, d'Oslo ou de Vienne. Il ne fallait que quelques jours pour que les juifs de Rhodes traversent la mer et l'Europe et se retrouvent sur la sinistre rampe d'arrivée de Birkenau, près des chambres à gaz où ils allaient être exterminés. Les rafles étaient opérées simultanément à Minsk et à Mantoue, dans les villages de Thrace ou de Dordogne. Les deux tiers des juifs d'Europe avaient péri, exécutés devant des fosses béantes dans des forêts discrètes ou dans le ravin de Babi Yar, asphyxiés dans les camions à gaz des territoires de l'Est, morts d'épuisement et de faim dans les mines ou les carrières d'I.G. Farben ou de Krupp, écrasés à coups de gourdin, empilés dans les chambres à gaz de Treblinka, de Maïdanek, de Belzec, de Sobibor, d'Auschwitz.

Il y a cinquante ans, voilà quel fut le sort du peuple juif.

A cette commémoration, il n'y aurait plus bientôt un seul survivant de la rafle. Bientôt il n'y aurait plus un seul enfant ou petit-enfant de victime et, bientôt, plus une personne qui n'ait connu et aimé un déporté. Alors, et seulement alors, la Mémoire transcendée se changerait en Histoire.

Le président de la République qui, deux ans auparavant, avait déposé une gerbe sur la tombe de l'ex-maréchal Pétain et dont l'amitié pour le responsable et l'organisateur de la rafle du Vél' d'Hiv était connue de tous, ne voulait pas parler, mais il entendait que le Premier ministre ne prît pas non plus la parole. Le Président avait néanmoins accepté que Burunsky prononçât un bref discours car le banquier lui rendait systématiquement hommage, qu'il parlât deux minutes ou deux heures.

Burunsky parla. Antonin vit les ficelles qui apparaissaient derrière ses phrases. Il avait prononcé tant de fois pratiquement le même discours qu'il finissait par connaître tous les trucs pour émouvoir, de la même manière que le cavalier sait où presser sa jambe pour inciter son cheval à prendre telle ou telle allure. Quelle différence avec la sincérité de son livre!

A coups de coudes, Antonin parvint à se hisser à la hauteur de Burunsky. Celui-ci le salua froidement.

– Y a-t-il eu des survivants parmi les gens qui sont partis avec vous?

– Aucun survivant, cher ami.

– Vous êtes certain?

– Oui.

Antonin était décidé à savoir quel avait été le destin de son grand-père et voulait connaître les ultimes étapes de son existence. On lui indiqua l'ouvrage de Serge Klarsfeld, *Le Mémorial de la déportation des juifs de France*, qui contenait les noms de soixante-sept mille juifs.

Le livre était épuisé. Il alla le consulter au Mémorial du martyr juif inconnu.

L'ouvrage avait des allures d'annuaires téléphoniques. Sur chaque page était inscrit un nom de déporté, suivi du prénom, de la date et du lieu de naissance. Il y avait environ cent cinquante noms par page, classés par ordre alphabétique. Mais ce n'était pas un ordre alphabétique général. Il s'agissait d'un classement par convois. On en comptait quatre-vingts. Il fallait donc voir dans chaque convoi si le nom de Krystal y figurait.

« Heureusement que je ne m'appelle pas Goldstein, Goldberg ou Lévy! J'y serais encore demain. »

Dans le trente-septième convoi, celui du 25 septembre 1942, entre Jeannette Kranz, soixante-dix ans, née à Bucarest, et Solange Leibovici, six ans, née à Paris et déportée avec quatorze autres membres de sa famille, Antonin trouva enfin son grand-père. C'était un convoi de mille sept personnes. Aaron Krystal et Félix Burunsky y figuraient avec cent cinq Juifs polonais, sept cent vingt-neuf Juifs roumains, cent quatre Français, trente-six Russes, trente et un Allemands et parmi eux cent vingt-cinq enfants. Ces malheureux avaient été arrêtés la veille en plein Paris. Soixante-douze heures plus tard, la plupart étaient gazés à Auschwitz-Birkenau.

Cent soixante-quinze, déclarés aptes au travail, descendraient à Kosel, à quelques dizaines de kilomètres d'Auschwitz, pour être affectés dans un camp au régime moins terrible que celui d'Auschwitz. Quarante hommes seraient sélectionnés pour le travail à Auschwitz ainsi que quatre-vingt-onze femmes. Tous les autres seraient immédiatement assassinés.

Trente-deux mois plus tard, à la chute du Reich, il n'y aurait que quinze hommes survivants sur les mille sept et, sur les quinze, deux faisaient partie des quarante sélectionnés sur la rampe de Birkenau : Félix Burunsky et Moreno Blumen.

Au bas de la notice figurait le témoignage d'un déporté sur les conditions de voyage entre Drancy et Auschwitz :

« *Entassés dans des wagons à bestiaux, ne pouvant ni nous accroupir, ni bouger, collés l'un contre l'autre à perdre le souffle, écrasés à chaque mouvement par le voisin, ce fut déjà l'enfer, sous une chaleur torride, avec une odeur pestilentielle. Après plusieurs jours et plusieurs nuits, les portes furent ouvertes. Nous arrivâmes épuisés, déshydratés, avec de nombreux malades. Un nouveau-né arraché des bras de sa mère fut projeté sur le quai. La mère devenant folle de douleur se mit à hurler. Le S.S. lui asséna des coups de crosse d'une violence extrême sur le crâne. Les yeux hagards, avec des hurlements effroyables, ses beaux cheveux blonds se teintèrent de sang. Elle fut abattue d'une balle dans la tête.* »

Antonin appela immédiatement Burunsky.

« Il est étrange que Burunsky ne m'ait jamais fait part de ces informations... », se dit Antonin.

– M. Burunsky ?

– De la part de qui ?... Attendez, je vais voir... Non, excusez-moi, M. Burunsky n'est pas là. Il est parti d'urgence à New York. Non, je n'ai pas son numéro de téléphone. Oui, je lui dirai. Au revoir.

Antonin comprit que Burunsky l'avait appelé « Mon cher ami » une fois de trop.

Il tenta de joindre Cléa, mais elle n'était pas chez elle.

Antonin prit l'annuaire et regarda à Blumen. Il y en

avait deux : un Henri Blumen et une Sophie Blumen. Le premier habitait boulevard Magenta, la seconde place des Ternes. Antonin voulait rencontrer des gens ayant connu son grand-père ou en ayant entendu parler.

Ce Henri Blumen était peut-être le fils de Moreno Blumen ? Cette Sophie Bumen était peut-être sa sœur ?

Il tenta d'abord Henri Blumen. La réponse arriva sans tarder : « France Télécom vous informe que le numéro que vous avez demandé n'est pas attribué et regrette de ne pouvoir faire aboutir votre appel. »

Il essaya alors Sophie Blumen. Sa ligne était occupée. Il attendit cinq minutes et recomposa le numéro. Occupé à nouveau ! Une demi-heure plus tard, c'était toujours occupé.

Il décida de prendre un taxi et de se rendre place des Ternes.

Sur la façade concave des immeubles de la place, entre l'avenue des Ternes et celle de Wagram, se trouvait le numéro neuf. Il y entra.

– Vous savez à quel étage habite Mme Sophie Blumen ? demanda-t-il à la concierge qui nettoyait son fox-terrier avec un tuyau d'arrosage.

– Au cinquième gauche.

Devant la porte, il donna un bref coup de sonnette afin de montrer qu'il était un jeune homme aimable.

Personne ne répondit.

Il sonna à nouveau, jusqu'à ce qu'il entendît des pas sur le parquet de ce qui devait être le couloir. Enfin la porte s'ouvrit.

« Mon Dieu, ce qu'elle est jolie ! » pensa-t-il l'espace d'un dixième de seconde avant de se rendre compte que la personne en face de lui n'était autre que... Cléa !

– Antonin, qu'est-ce que tu viens faire chez ma tante ?

– Ta tante ! Sophie Blumen est ta tante ?

C'était trop pour un seul homme.

– Enfin, pas vraiment ma tante. Ma grand-tante pour être précise. Son frère était le père de mon père. Il s'appelait Blumen et, comme ma grand-tante ne s'est jamais mariée, elle continue à s'appeler Blumen.

Antonin eut une révélation :

– Mais je suis bête. J'aurais dû me douter : Fiori et Blumen, Blumen et Fiori, les deux veulent dire *fleurs*. L'un en allemand, l'autre en italien. Fiori est ton nom d'actrice.

– Oui, c'est ça. Tu ne vas pas rester devant la porte. Rentre, sinon le chat va s'en aller.

– Tu as un chat ?

– Oui. C'est pour ça que je suis ici. Ma grand-tante est allée voir une cousine à Mulhouse. Je suis chargée de donner à manger au chat.

Cléa lui entoura les épaules de ses bras et l'invita à entrer.

– Même si je m'appelle Blumen, tu peux m'embrasser. Et toi, tu ne m'espionnais pas, j'espère...

– Tu voudrais bien que je t'espionne, ma douce, que je sois comme une âme en peine, me demandant où tu es, ce que tu fais et avec qui. Eh bien, non ! Je ne t'espionnais pas ! Je suis ici parce qu'un certain Moreno Blumen a été déporté avec mon grand-père.

– Quoi, ton grand-père a été déporté avec le mien ? Et avec Burunsky ?

– Oui. Tu te rends compte. On dirait la scène finale d'une pièce de Molière. Quand ton grand-père est-il mort ?

– Tout de suite après la guerre. A peine après son retour d'Auschwitz via Odessa. Il avait attrapé une maladie dans les camps et ils n'ont rien pu faire. Burunsky était là quand il est mort.

– Ils se connaissaient si bien que ça ?

– Non, mais Burunsky, libéré seulement en mai 1945, est allé le voir directement et il l'a trouvé presque agonisant. C'est mon père qui m'a raconté ça. En général, mon père ne me parlait jamais de la guerre. Il en est resté perturbé toute sa vie. Sa mère aussi a été déportée, elle n'est jamais revenue. Je crois qu'il se sentait coupable de ne pas être parti. D'ailleurs, à sa première maladie un peu grave, il en a profité pour s'en aller définitivement.

– Donc personne ne t'a jamais parlé vraiment de la guerre, ni de l'Occupation, ni de la chasse aux juifs ?

– Non. Tout ce dont je me rappelle, c'est qu'un jour

ma tante m'a montré une valise où il y avait la défroque de déporté de mon grand-père et des papiers se rapportant à ce sujet. Mon père les avait rassemblés et enfermés dans cette valise. Je crois qu'elle la cachait sur la dernière planche de la buanderie.

– Je peux voir ?

– Bien sûr. C'est par là. Voilà, prends l'escabeau. Attention de ne pas tomber. Non, pas celle-ci. Ni celle-là. Ça y est, tu l'as.

Antonin ouvrit la valise. Il y avait dedans des papiers et des documents qu'ils inventorièrent sans le moindre commentaire, comme s'ils procédaient à une autopsie. Mais derrière cette froideur perçait une émotion contenue.

– Étrange comme une vie peut se résumer en quelques photos. Regarde comme il est jeune, dit Antonin.

– Oui, je vois. Et regarde de quoi il a l'air ici. C'est terrible de vieillir.

– Moi, ce qui m'effraie, ce n'est pas le fait de vieillir, c'est le temps qui passe et qu'on ne peut jamais rattraper. Regarde ce que j'ai trouvé dans la poche avant de la valise.

– C'est quoi ?

– Une défroque de déporté.

– Passe voir !

Antonin la lui tendit.

– Regarde ce qu'il y avait à l'intérieur.

Elle sortit une grande enveloppe épaisse d'où elle extraya une liasse de feuilles réunies par un élastique. Elle s'exclama :

– Ce ne serait pas le bouquin de Burunsky qui débute ainsi : « *C'était la troisième année de l'Apocalypse quand je goûtai l'âpre amertume de l'injustice.* »

– Si. Mais qu'est-ce que les photos du manuscrit font ici... Passe-le-moi une seconde.

Antonin lut quelques lignes.

Quand, plus tard, Cléa repensa à cette scène, elle se souvint avoir vu Antonin changer de couleur en quelques secondes.

Il tournait fiévreusement les pages sans prendre la

peine de les lire ; il ne faisait que les survoler. Il crut qu'il y avait une chaise derrière lui et s'étala de tout son long sur le tapis. Il s'assit en tailleur et ne bougea plus, comme prostré.

– Voilà pourquoi ce salaud voulait les lettres de Drancy. Voilà pourquoi il a dit qu'il s'était fait attaquer. Mais tu veux savoir le pire, Cléa ?

– Quoi ?

– Tu sais quel est le vrai titre du livre ? Je viens de le voir... Mon grand-père l'avait noté à la dernière page.

– C'est quoi ?

– Ce n'est pas *Soleil noir*. Le vrai titre du livre, c'était *Aube et Crépuscule*.

– Oui, et alors ?

– Tu te souviens du nom de la société pour laquelle ont été acquis les titres de Nord Service : *« Sunrise, Sunset »* ?

– En français « Aube et Crépuscule » ! C'est ce salaud qui te fait porter le chapeau pour son propre délit d'initié !

– Et dire que je voulais tuer Lebel. Tu te rends compte ! Quelle horreur. Dire que je l'ai considéré comme un père. Dire que j'avais confiance en lui. Je croyais qu'il me prenait pour un fils, qu'il voulait mon bien, m'estimait, que nous partagions certaines valeurs, que chacun pouvait compter sur l'autre.

– Tu ne vas pas essayer de le tuer ?

– Quand j'ai cru que Lebel voulait m'enfoncer, j'étais plein de rage. Maintenant que je sais que c'est Burunsky, je n'ai que de la déception et du dégoût. Je me sens très sale. Je ressens ce que ressentent sans doute certaines femmes après avoir été violées. J'ai honte de moi.

Cléa se leva et lui posa la main sur l'épaule.

– Je vais te chercher quelque chose à boire.

Quand elle revint, elle le trouva en train de pleurer.

– Je t'aime, lui dit-elle.

Dix minutes passèrent. Quand il se sentit mieux, elle lui demanda :

– Je voudrais savoir par quel miracle ce manuscrit se retrouve chez ma tante. A ton avis, comment cela s'est-il passé ?

– Les photos du manuscrit, corrigea Antonin.
– Je ne vois pas ce que cela change.
– Mais cela change tout, dit Antonin en se grattant l'oreille.
– Pourquoi ?
– Passe-moi l'enveloppe. On va procéder à une petite reconstitution des événements.
Elle sortit l'enveloppe de la valise.
– Qu'est-ce que tu vois ? demanda Antonin.
– Une adresse à Bruxelles. Chez « Jung éditeurs » et une mention de la poste : « Destinataire décédé. Retour à l'expéditeur. »
– Et qu'est-ce que tu en déduis ?
– Je perçois vaguement quelque chose, mais je n'arrive pas à l'exprimer.
– Je vais t'aider. Ton grand-père, le mien et Burunsky, le déporté par erreur, partent par le même convoi et se retrouvent dans le même camp. Mon grand-père écrit ce livre. Burunsky, jour après jour, le voit faire et lui en veut d'éprouver des sentiments élevés que lui-même est incapable de ressentir. La dignité, le respect de l'individu, la grandeur d'âme, le sens de la justice, la générosité des sentiments, l'esprit de sacrifice. Voilà pourquoi cela me semblait bizarre qu'il ait écrit ce livre alors que son comportement dans la vie était tout différent.
– C'est vrai, dit Cléa. Continue sur ce qui s'est passé à Auschwitz.
– Je continue. Au moment de l'évacuation du camp, avec l'approche des troupes soviétiques, la plupart des déportés partent pour les marches de la mort, mais pas ton grand-père qui reste à l'infirmerie. Mon grand-père enterre quelque part son manuscrit et indique à ton grand-père l'endroit exact. Tu me suis ?
– Oui, je commence à comprendre.
– Durant la marche, mon grand-père meurt mais, avant de mourir, il donne le secret de la cachette à Burunsky. Au cas où ton grand-père aurait été tué, il veut conserver une chance qu'on retrouve son ouvrage. Une fois le camp libéré, ton grand-père, qui ne voit pas

le mien revenir, déterre le manuscrit et le rapporte à Paris. Il le lit, le trouve intéressant et l'envoie chez un de ses amis belges qui est éditeur.

– Jung.

– Oui, Jung.

– Je crois que je peux continuer l'histoire, dit Cléa. Burunsky est rentré à Paris. Mon grand-père est à l'hôpital. Burunsky va le voir. Mon grand-père agonise. Il reste seul avec lui quelques minutes et apprend le sauvetage du manuscrit. Deux jours après, mon grand-père meurt. Burunsky va ensuite voir mon père. Il dit qu'il doit récupérer un manuscrit qu'il a laissé à mon grand-père. Mon père, qui n'a que dix-huit ans, le croit. Burunsky s'empare de l'original, le publie sous son nom à compte d'auteur tout en sachant qu'il n'intéresse personne pour le moment. Lui connaît pourtant la valeur considérable de ce livre qu'il aurait voulu écrire lui-même. Dans le début des années 1970, quand la Shoah devient un moment clé de l'histoire de l'humanité, le livre connaît un succès gigantesque. Burunsky croit alors être définitivement le propriétaire d'une œuvre qui n'est pas la sienne. Il ignore tout de l'envoi du double du manuscrit à Jung. Et comment aurait-il pu savoir que, Jung mort, la poste nous retournerait le manuscrit ?

– Et quand l'enveloppe revint de Belgique, ton père la rangea avec la défroque de déporté de ton grand-père.

– Il faut qu'on se venge. On n'a qu'à tout révéler à la presse. Qu'est-ce que tu en penses ?

– Non. Ce n'est pas la bonne solution.

– Tu n'as qu'à en trouver une toi-même, répondit Cléa, vexée.

– Tu veux bien attendre une minute. Je réfléchis. Ça y est ! Je sais !

– Quoi ?

– Il faut le forcer à devenir ce qu'il paraît être, dit Antonin sur un ton prophétique. C'est là la plus belle vengeance possible.

– Je ne comprends pas.

– Je veux dire qu'il faut le contraindre à agir en fonction de l'image qu'il a dans le public.

– Comme quoi, par exemple ?

– Par exemple, l'obliger à donner la moitié de sa fortune à un pays en voie de développement.

– Il va choper une crise cardiaque. Il adore trop l'argent pour cela.

– Je sais. Il gère toute sa fortune avec son ordinateur.

– Il suffit de passer des ordres de virement.

– Il n'est quand même pas si obtus que ça, Burunsky. Il faut un code pour accéder à ses comptes. Tu crois qu'il le garde sur lui ?

– Qui sait ?

– Autour du cou ? dit-il en riant.

– Mais comment veux-tu que je sache ? Il a tout de même assez de mémoire pour retenir un numéro de cinq ou six chiffres sans avoir besoin de se le tatouer sur le bras, répondit Cléa qui n'avait guère envie de plaisanter.

Antonin s'immobilisa.

– Qu'est-ce que tu dis ?

– J'ai dit qu'il avait assez de mémoire pour ne pas avoir besoin de tatouer son code sur son bras.

Le sourire d'Antonin lui éclaira le visage.

– Je t'aime. Tu es mon amour, mon grand amour.

Il enlaça Cléa.

– Quoi ? demanda-t-elle en essayant de se libérer.

– La combinaison. Le code.

– Et alors ?

– Pourquoi n'aurait-il pas utilisé comme code d'accès à son compte son tatouage d'Auschwitz ?

– Tu veux rire ?

– Pourquoi pas ?

– Ce serait énorme !

– Mais non. J'ai comme une illumination.

Il se tut quelques instants et se gratta l'oreille avec nervosité.

– Écoute, dit-il à Cléa, appelle-le. Raconte-lui que tu veux lui parler du film et arrange-toi pour voir son avant-bras gauche. C'est là qu'en général on tatouait les juifs.

– Ce ne sera pas difficile. Il m'adore. Mais pourquoi moi ?

– Les femmes sont plus sournoises que les hommes.

– Pourquoi dis-tu des choses pareilles ?

– Parce que pendant des siècles nous vous avons maintenues en servitude. Nous vous avons confinées dans des gynécées, des sérails et des harems. Vous vous êtes alors servies des seules armes disponibles, le mensonge, la ruse, la séduction. Et surtout, l'esclave a plus d'intérêt à connaître le maître que le maître n'en a de connaître l'esclave. Voilà pourquoi tu es tout indiquée pour aller séduire Burunsky.

Cléa finit par se laisser convaincre. Elle composa le numéro de Burunsky à la banque.

– Tu vas voir, dit Antonin. On m'a dit qu'il était à New York quand j'ai essayé de l'appeler. Je suis sûr que c'était du baratin.

Il avait raison.

– Mais bien sûr, ma chère Cléa, répondit Burunsky. J'ai une heure à vous accorder. Demain, cela serait parfait. Au restaurant du *Ritz*. C'est vous qui êtes très aimable.

Burunsky était las d'être considéré comme un homme vertueux. Parfois il aurait souhaité que quelqu'un pût voir clair dans son âme. Oui, il voulait passer une soirée en tête à tête avec Cléa, dîner aux chandelles, rentrer grisé par la nourriture et le vin. Tout cela, il aurait voulu le connaître à nouveau. Il préférait ne pas calculer le nombre de froides années qui le séparait de sa jeunesse.

Il parla longuement avec Cléa.

– Le tatouage est devenu une partie de mon corps. Je n'en tire ni gloire ni honte. Je ne l'exhibe ni ne le cache. Autrefois je le haïssais. Ce matricule faisait partie intimement de mon corps et de mon âme. Combien de fois ai-je dû le répéter à l'appel ou devant un S.S. ! Ce nombre m'appartenait et moi j'appartenais à ce nombre. Toutes les nuits les cris du kapo nous éveillaient à trois heures. Nous n'avions plus de nom et seul importait le nombre des présents. Ils prenaient plaisir à nous faire traîner dans la neige.

Il s'interrompit durant quelques minutes, dégusta son homard, parla de choses plus triviales et, au café, il reprit :

– Je mange sans me poser de questions mais, à l'époque, manger était un mot tellement magique que l'on n'osait plus le prononcer. Vous voyez ce morceau de pain, Cléa, il a l'air bête, non ? Quand il arrivait en miches de deux kilos à diviser en cinquante, nos cœurs battaient. Les yeux évaluaient la grosseur respective des parts. Sur ma paillasse, à qui croyez-vous que je rêvais ? A la liberté ? Non, je songeais au bout de pain que j'avais mis de côté pour le lendemain. Éveillés, on pensait à la faim, endormis, on rêvait de manger ! Fallait-il manger notre quignon tout de suite ou garder ce plaisir pour plus tard ? Vous voulez savoir jusqu'où peut aller la faim ? Jusqu'où on peut perdre le sentiment de toute dignité ? Un jour, une femme fut prise d'une crise nerveuse. Un S.S. lui tira une balle dans la tête et un morceau de la cervelle de cette femme tomba sur mon croûton de pain. Eh bien, je l'ai mangé quand même parce que je voulais survivre. La vie, c'est ça et rien d'autre. Tout le reste est littérature.

– Tu te rends compte de l'heure qu'il est ? gémit Antonin.

– Tout à fait. Il est plus de trois heures.

– C'est une heure décente pour rentrer ?

– Tu voulais le numéro du tatouage, non ?

– Tu l'as ? demanda nerveusement Antonin.

– Ne me le dis pas ! lança-t-il. Je vais tenter de le deviner ; 66 035 ou 66 036.

Si Antonin s'était soudainement transformé en éléphant des mers, Cléa n'aurait guère eu l'air plus étonné.

– Ça n'est pas possible ! Comment as-tu fait pour tomber si près... Le numéro exact est 66 037.

– *You seem to forget that James Bond is unbeatable !*

– Bon, sois sympa, dis-moi... J'ai dû me taper tout un dîner avec un vieux barbon pour obtenir un numéro que tu semblais déjà avoir.

– Je vais t'expliquer. Au Mémorial juif, j'avais photocopié la notice du convoi 37, celui de Burunsky et de nos grands-pères. Je l'ai relue après ton départ, les matricules des quarante hommes sélectionnés pour le travail à

Auschwitz y étaient indiqués : de 66 030 à 66 070. Burunsky commençant par un B, tu vois, je ne suis pas tombé très loin du bon numéro !

Antonin put entrer chez Zébulon en prétextant un oubli. Une fois à l'intérieur, il n'était guère difficile de s'asseoir devant un ordinateur. Tous les ordinateurs étaient reliés entre eux. Il put avoir accès aux comptes de Burunsky. Il fit transférer au total quarante millions de dollars sur un numéro de compte à Genève que Cléa et lui avaient ouvert quelques jours auparavant.

Après se posa le problème de savoir où envoyer l'argent. Antonin trancha :

– Il faut choisir un objectif suffisamment important pour qu'on en retire une satisfaction et assez modeste pour qu'on puisse intervenir de manière efficace. Le destin du continent africain, depuis le XIXe siècle, a été façonné exclusivement par les nations européennes. L'héritage de celles-ci est évident : une démographie galopante, des monocultures appauvrissantes, des États artificiels, des gouvernements fantoches, des frontières incertaines et la traite des Noirs. Nous devons y transférer ces millions !

– Et sans rien garder pour nous ?

– Non, rien. Ce serait immoral.

– Tu as raison. Et quel pays choisir ?

– Pour être vraiment efficace, il faut prendre un petit pays dont les dirigeants sont plus vertueux qu'ailleurs. L'Érythrée, ce serait parfait. Rimbaud a d'ailleurs écrit une phrase sur cette région d'Afrique : « *Aride et insalubre, cette contrée ne sait pas encore que le fléau d'une civilisation cupide guette son insouciante jeunesse.* »

Ainsi fut fait.

Simultanément, les charges pour délit d'initié qui pesaient à l'encontre d'Antonin furent abandonnées.

Antonin s'était toujours défendu en expliquant qu'à 15 h 03, l'heure du coup de fil litigieux, il se trouvait à l'agence BNP située à l'angle de la rue de Miromesnil et de la rue de la Boétie, afin d'y retirer en espèces le salaire que Zébulon lui versait mensuellement.

– Où est votre reçu, dans ces conditions ? Il n'y a pas eu le moindre mouvement sur votre compte ce jour-là, lui répliquait-on.

– La queue était trop longue, j'en ai eu assez d'attendre. Mais il doit bien y avoir quelqu'un qui se souvienne de moi !

Non, personne ne se souvenait l'avoir vu à la BNP cette après-midi-là. On laisse juger l'impression que suscitait cette défense sur le magistrat en charge d'instruire l'affaire... Tout semblait vraiment contre Antonin. En outre, au souci d'être considéré coupable venait s'ajouter le désagrément de passer inaperçu.

Heureusement Philippe, esprit aussi logique que perspicace, eut l'idée de demander à l'agence de la BNP la vidéo de surveillance du jour dit ; vidéos que les banques conservent quelques mois avant de les détruire.

Tout fut arrangé !

On y voyait derrière une file d'environ sept personnes Antonin, tapotant du pied, se passant la main sur le front, se grattant l'oreille et finalement tournant les talons pour se diriger vers la sortie.

Le non-lieu fut immédiatement prononcé et tout fut pour le mieux dans le meilleur des mondes judiciaires.

Antonin ne dévoila pas la supercherie de Burunsky bien que Cléa – les femmes étant parfois plus carnassières que les hommes dans leur désir de vengeance – l'eût pressé de le faire avec insistance. Antonin refusa de révéler quoi que ce fût au sujet de cette aventure, car il pensait que certaines vies sont des systèmes philosophiques à elles toutes seules, celle de Burunsky constituant en ce sens un exemple édifiant. Héraut d'un message qui à l'origine n'était pas le sien et qu'il n'avait pas écrit, il avait su pourtant, au cours des années et au fur et à mesure que la notoriété de l'ouvrage s'amplifiait, se fondre avec son contenu. Un contenu fait d'humanité, de flamme et de pardon.

Si un tableau n'existe que grâce à l'œil du visiteur, un ouvrage n'a de signification que s'il est lu. Ainsi, malgré l'imposture, le livre remplissait sa mission. Il la remplissait peut-être mieux représenté par Burunsky... Le charisme et la position sociale de ce dernier avaient permis aux réflexions d'Aaron Krystal de survivre et de se propager et non pas de demeurer simplement un amas de papier, enfoui sous les cendres des crématoires d'Auschwitz. Grâce à Burunsky, tous ceux qui en cette fin de millénaire cherchaient un ordre moral dans une société sans repères avaient pu trouver dans *Soleil noir* une réponse à un certain nombre de leurs questions.

## XXXI

Les articles sur *L'Œil de Caïn* furent presque unanimes et saluèrent le talent de Cléa. Parfois, pourtant, paraissait une critique aigre écrite à l'encre de la jalousie.

– Mais pourquoi? se plaignait Cléa. Il n'y a rien de vrai dans son article.

– C'est pourtant simple, répondit Antonin quand il lut la signature. Il a pour fonction d'être nuisible. Il a le sentiment du devoir accompli après avoir craché une ou deux calomnies. Pourquoi la calomnie? On le paie grassement. En outre, il te hait, la haine est un paiement. Mais pourquoi te hait-il? Parce qu'il est infirme. Parce que tu es dans la clarté quand il est dans la nuit. Parce que tu respires à pleins poumons la vie tandis qu'il tousse tristement un peu d'injures. Il te hait pour sa prose qu'on oublie et pour tout un tas de raisons qui l'humilient. Plains plutôt cet homme et tâche de ne pas être fâché quand Paris est si gai.

– Tu as cent pour cent raison. Cela lui ferait trop plaisir de savoir que ses injures m'attristent. Tiens, regarde ce que j'ai trouvé dans une de tes vestes. Je ne voulais pas te faire les poches, mais je n'avais plus de cigarettes et j'étais trop flemmarde pour descendre; alors j'ai cherché où je pouvais...

C'était la carte que lui avait laissée la Tzigane près

d'un an auparavant lorsqu'il discutait avec Philippe au café de la Mairie, place Saint-Sulpice. On y voyait un homme maigre, portant sur l'épaule un simple baluchon et tenant à la main un bâton. Il marchait sur une route, mais il était impossible de savoir s'il arrivait dans un lieu ou s'il le quittait.

– Tu sais ce qu'elle représente, cette carte ? dit Cléa.

– Le Fou, c'est écrit dessus, non ?

– Non, ce n'est pas ce que je voulais dire... Sais-tu quelle est sa valeur symbolique ?

– Non. Comment veux-tu que je le sache ? s'offensa Antonin.

– Eh bien, moi, je sais ! J'ai étudié le tarot. Ma mère était médium, c'est du moins ce qu'on lui disait. Tu veux que je te dise ce qu'elle représente, cette carte ?

– Avec grand plaisir, répondit-il en s'affalant sur le canapé pour entendre parler de lui le plus confortablement possible.

– Le Fou incarne un être en perpétuelle errance. Dans un baluchon, il a le nécessaire pour survivre, il disposera toujours de quoi se sustenter. Il se suffit à lui-même. Son bâton lui sert à impressionner les éventuels gêneurs qui essaieraient de le détourner de son but. Le Fou souhaite découvrir par lui-même. Il a besoin de pimenter son existence du goût de la nouveauté. Son principal ennemi est l'inertie. Ceux qu'il laisse derrière lui ne comprennent pas toujours ses décisions et ressentent ses départs comme des fuites ou, pire, comme des trahisons. Si l'arcane avait pour chiffre XXII, cela signifierait que le Fou a abouti dans sa quête, en un mot qu'il a atteint l'état de maîtrise.

– Et moi, quel est le chiffre qui figure ?

Cléa toussa pour s'éclaircir la gorge.

– C'est le zéro...

– Zéro ! Qu'est-ce que cela signifie ?

– Le zéro indique que tu débutes sur le sentier et que tu t'apprêtes à accomplir ton premier travail. Cela représente les défis que tu te lances, les doutes que tu nourris en toi quant au résultat.

Antonin s'approcha de Cléa et posa les yeux sur la

carte. Debout contre la table du salon, elle lui caressa les cheveux. Il lui avait pris l'autre main et la tenait dans la sienne. La main était chaude comme du sable sur une plage en été.

– Et cette bête qui lui mord la jambe tandis qu'il marche, c'est quoi ?

– C'est tout ce qui te tire vers l'arrière. Toutes les passions mauvaises, la concupiscence, la cupidité, l'avidité, la convoitise. Ce n'est que détaché de cela que le Fou pourra venir à bout de son périple.

– Et il y réussira ?

– Il m'est impossible de le savoir. Les cartes ne font que constater une situation. L'avenir change sans cesse puisqu'il n'est jamais écrit.

Ils allèrent dîner. Au moment du café, Antonin se demanda s'il ne fallait pas prendre comme point de départ pour le sens donné par le Fou le jour où la carte fut tirée, et non celui où elle lui fut expliquée. Oui, depuis, il avait fait du chemin.

– Tu travailles ce soir ou tu viens te coucher avec moi ? demanda ensuite Cléa.

Antonin répondit sans la regarder, comme un écolier pris en faute :

– Je crois que je vais travailler. Il faut que je finisse mon roman, maintenant que tout est réglé. Je l'ai dans la tête. A présent, tu verras, ça ira tout seul.

Il leva les yeux vers elle. Elle avait l'air attristé, déçu, presque désabusé.

– Qu'est-ce qu'il y a ?

– Rien, absolument rien ! Va travailler !

– Mais, Cléa, tu sais que je t'aime.

– Parfois j'en doute. Je te sens si loin, si étranger à ce qui se passe autour de toi. Tu me donnes l'impression de ne vivre que pour toi ! Ce roman prend toute ton attention. Je le déteste ! Je voudrais le couper en mille morceaux !

– Bientôt ce sera fini. Nous ne nous quitterons plus et je serai toujours avec toi. Je n'aime que toi !

– Des mois que cela dure. Je n'en peux plus. Je suis à bout.

Antonin s'assit à sa table de travail. Le manque d'enthousiasme des personnes qui lui étaient proches le décourageait. Le cœur a besoin de complices (lutte entre idéal et vie pratique). Sur une page de son journal il écrivit :

*Je me demande si un créateur ne doit pas vivre seul. Appartenir tout entier à son action car toute vie en commun entraîne fatalement des compromis. Et de compromis en compromis... Le créateur doit considérer son égoïsme comme sacré, c'est lui qui le stimule et non pas l'amour du prochain. Si tous les hommes étaient bons, il n'y aurait pas d'art, ni de littérature, ou alors uniquement celle qu'on appelle du cœur. Ce n'est pas non plus avec le bonheur que l'on sculpte le marbre, que l'on peint une fresque, que l'on compose un opéra ou que l'on conçoit une robe. Ce n'est pas avec le bonheur, mais avec la vie. Un créateur doit veiller sans cesse à ce qu'aucun aspect de sa personnalité ne lui soit ravi. Il doit la préserver le mieux possible. Créer doit être l'élément essentiel de sa vie. On ne peut obéir à deux maîtres à la fois. L'art veut être aimé exclusivement. Si l'artiste veut mener une vie de couple, sa femme devra mettre son égocentrisme en veilleuse. Bien peu sont capables de ce sacrifice. En amour on cherche plus à être aimé qu'à aimer. Dans la marge d'un de ses romans, Stendhal a écrit cette phrase : « Préfères-tu avoir eu trois femmes ou avoir fait ce livre ? Et toi, que préfères-tu ? »*

Au fond de lui, Antonin préférait conserver Cléa. Il aspirait au bonheur. Vivre comme Van Gogh, Baudelaire ou Gauguin ne le tentait guère. Création et bonheur étaient peut-être conciliables après tout.

Nulle autre que Cléa ne saurait lui donner ce dont il avait tant besoin, la foi, l'ambition et la joie créatrice ! Garder Cléa tout en restant lui-même sans chercher à détruire les contradictions qui étaient en lui, car ce sont de ces deux pôles centraux que naissent créativité et beauté. Ces contradictions ne le rendaient absolument pas angoissé mais perplexe.

Il déchira la page de journal sur laquelle il venait d'écrire ces réflexions. Il la froissa et la roula entre ses mains jusqu'à ce qu'elle devienne une boulette de papier qu'il envoya à Bastet. La chatte ravie commença à la pousser avec ses pattes de devant. La jubilation qu'elle éprouvait à ce jeu lui fit sortir de la gueule le bout de sa langue rose. Antonin la lui toucha de son doigt et elle la rentra aussitôt avec l'air offusqué qu'ont certaines personnes quand on leur signale que leur braguette est ouverte depuis un long moment.

Bastet alla se blottir dans une boîte à chaussures de Cléa qui traînait par terre. Les chats ne peuvent pas voir un carton sans s'y installer ni une ficelle sans la ronger. L'animal se reposa puis se leva, s'étira, sortit de la boîte et vint se frotter contre les mollets d'Antonin. Ensuite il fit tout ce qu'il put pour qu'Antonin le remarquât. Celui-ci avait beau le prendre et le poser à terre, il revenait sans relâche, sans le moindre soupçon de dignité. Enfin il le prit dans les bras, lui expliquant qu'il devait travailler et qu'il convenait qu'il le laissât libre de réfléchir. Bastet sembla comprendre et s'endormit paisiblement sur ses genoux, la tête blottie entre les coussinets de ses pattes.

Cléa dormait dans la pièce voisine. Les cloisons étaient assez fines pour qu'il entendît son souffle. Ce souffle, il en était à présent persuadé, il voulait l'entendre jusqu'à la fin de sa vie. L'année prochaine et toutes les années qui suivraient.

Antonin serait avec elle à la vie à la mort. Ils laisseraient l'empreinte de leurs pas sur le sol de la vie, comme ce couple de ramapithèques qui avaient laissé les leur dans la lave d'un volcan du Kenya, il y a près de dix millions d'années.

Cléa et lui seraient une meute à eux seuls. Deux êtres en chasse d'un bonheur exigeant. Ensemble ils bâtiraient un avenir unique, une existence singulière n'appartenant qu'à eux.

Tout se déroulerait comme dans les contes de son enfance, où le héros et la princesse traversaient des épreuves extraordinaires avant d'être récompensés par le bonheur et par de nombreux enfants. Peut-être, l'année prochaine, entendrait-il un autre souffle dans la pièce voisine. Un souffle qu'il n'aurait pas choisi. Un souffle qui lui aurait été imposé mais qu'il aimerait comme aucun autre.

Cléa et lui auraient des enfants.

Une fois leur histoire écrite, jour après jour, page après page, jusqu'à l'heure où se fermeraient les yeux du survivant, il serait réconfortant de savoir que des pleurs sincères les accompagneraient au tombeau, et que des mains pieuses recueilleraient avec piété les témoignages de leur vie et en transmettraient l'essentiel aux futures générations.

Oui, Cléa et lui auraient des enfants.

Voilà à quoi Antonin pensait devant sa page blanche, avec Bastet ronronnant sur ses genoux et Cléa dormant à quelques pas de lui, quand le téléphone sonna.

– Je te réveille ?

C'était sa tante.

– Non, pas du tout. Je réfléchissais.

– Ah, cela t'arrive aussi !

– Seulement de temps en temps et à dose homéopathique. Je crains trop les méningites.

– Je crois que j'ai quelque chose pour toi.

– Quoi ?

– Viens me voir, et je te le dirai.

– J'ai autre chose à faire que de jouer à tes petits jeux ridicules. Il faut que je travaille mon roman.

– Bon, je veux bien te donner une piste. Il s'agit d'une lettre.

– Qu'est-ce que tu veux que cela me fasse ? Il y en a vingt-cinq autres dans l'alphabet.

– Je veux dire une lettre manuscrite.

– Tu sais, ça n'a rien d'exceptionnel. Moi aussi j'en reçois de temps en temps.

– C'est à toi que cette lettre est adressée.

– Elle vient de qui ?

– De ton père !

– Cette fois ça suffit ! Ta plaisanterie n'est pas drôle.

– Ce n'est pas une plaisanterie. Tu sais que je suis l'exécutrice testamentaire de ton père. Peu de temps avant de mourir, il m'avait confié une lettre que je devais te remettre avec un petit livre rouge.

– J'arrive tout de suite.

L'ascenseur étant en panne, il dévala l'escalier et faillit renverser Mme Duval qui gravissait péniblement les marches entre le deuxième et le troisième étage.

– Ah ! mon petit Antonin, dit-elle entre deux expirations, je n'en peux plus. J'allais voir Mme Piaubert au quatrième, mais je crois que j'ai présumé de mes forces. Je suis à bout de souffle.

– Donnez-moi votre bras. Je vais vous accompagner au quatrième. C'est plus sûr. Vous ne voulez pas que je sois privé d'un réveille-matin aussi charmant que vous !

Antonin sortit en trombe de l'immeuble et s'engouffra dans un taxi qui le conduisit rue Fontaine. Il demanda au taxi de l'attendre. Il ne resta chez sa tante que le temps de prendre la lettre et le livre qui étaient enveloppés dans un sac en plastique. Bien qu'il en mourût d'envie, il ne toucha ni au livre ni à la lettre. Il voulait attendre d'être chez lui.

Le taxi s'arrêta. Antonin paya, composa le code de l'immeuble, traversa la cour, pesta contre l'ascenseur en panne, ouvrit la porte de son appartement et se remit à sa table de travail. Aussitôt Bastet sauta sur ses genoux.

Il regarda longuement la lettre et se décida à l'ouvrir.

*« Mon cher fils,*

*« Quand tu liras cette lettre, tu n'auras plus de père et moi j'en aurai peut-être retrouvé un. Je ne sais pas si tu travailleras toujours chez Zébulon. Je ne le crois pas. C'était mon rôle de te pousser sur la route de la sécurité. C'est le tien de t'en écarter si tu as suffisamment de force de caractère. Peut-être te souviens-tu de cette sculpture d'Henry Moore qui représente une mère attirant ses enfants contre elle d'une main tandis que, de l'autre, elle les éloigne, c'est là la condition éternelle des parents. Je te disais que tu perdais ton temps à écrire un roman, je n'ai fait que suivre la voie de la sagesse. Le devoir des parents est de refroidir les vocations. De rendre le parcours des enfants le plus laborieux possible afin que seules les aspirations sincères subsistent.*

*« Si tu as continué, c'est que tu n'as pas voulu de cette existence creuse, mais qu'au contraire tu te cherches un destin. Je sais que tu le trouveras.*

*« Ne sois pas trop affligé par mon départ. Il te suffit de fermer les yeux pour entendre ma voix et cela fait bien longtemps que je t'ai dit tout ce que j'avais à te dire.*

*« Tout ce que je peux faire pour le moment, avant d'intervenir directement auprès du Tout-Puissant, c'est de te donner quelques conseils qui ne sont pas le fruit de la réflexion mais de l'expérience :*

« - Carpe diem, *jouis du moment présent mais toujours avec dignité et distinction. Ne sois pas à l'image de ces dogues qui, la gueule ouverte, attendent le nouveau morceau de viande sans prendre la peine de digérer celui qui vient de passer.*

*« - Ne te pose pas des questions que tu ne peux résoudre.*

*« - Vis tantôt comme si tu devais mourir demain et tantôt comme si tu allais vivre éternellement.*

*« - Adopte la devise de Spinoza :* " Le bonheur n'est pas la récompense de la vertu, c'est la vertu elle-même ! "

*« - Ce bonheur n'est pas pour toi dans la jouissance des choses mais dans la lutte pour les obtenir. Ce bonheur réside dans un travail complexe, ardu, mais libre. Tu te sentiras toujours infatigable et léger. Ton bonheur est dans l'ardeur !*

*« - Vois venir tout en sachant que tu ne verras jamais !*

*« - En vieillissant, ne te dépouille pas de ta jeunesse. Il faut faire de ton mieux pour te retrouver sans amertume quarante ans plus tard, dans un de ces endroits que tu fréquentes aujourd'hui, le cheveu rare, les rides en plus, la silhouette alourdie quand les regards passeront au-dessus de ta tête blanchie et ravagée.*

*« - Ne perds pas ton temps avec les chronophages, ces mangeurs de temps qui ne t'apporteront rien sinon la satisfaction de t'être montré courtois. Ton devoir est de les traiter durement. Ce sont le genre de personnes à aller voir Napoléon la veille de la bataille d'Austerlitz pour lui faire savoir qu'il manque des cuillères dans la cantine. Oui, traite-les durement car les accueillir constitue un suicide. Apprends à connaître le prix du temps. Il est des hommes d'un contact aimable dont la conversation est à la fois délicieuse et attrayante ; sur tous les sujets ils ont des notions, ils ont tout vu, presque tout lu, ils ont de bons mots et même, de temps en temps, une ou deux idées originales. Il y en a d'autres qui ne connaissent qu'un*

*seul sujet, qui ne voient qu'un seul but, qui bandent leur force et leur énergie vers l'obtention de ce but, ils ne disent pas grand-chose, ils ne sont pas très gais et ils ont le contact difficile. Ceux qui réussissent, ceux qui apportent quelque chose à l'humanité, ce ne sont pas les premiers mais les seconds. Tâche de te désintéresser des événements sur lesquels tu n'as aucune influence ou ne désires en acquérir aucune. Ne te laisse pas détourner de ton travail par des émotions vaines. Rappelle-toi cette phrase de Musset tirée d'un poème que je te lisais quand tu étais petit :* " Jours de travail, seuls jours où j'ai vécu. "

*« (Je t'ai joint le livre avec la lettre.) »*

« Voilà pourquoi je ne le trouvais plus quand je le cherchais. Piafka me l'avait piqué », se dit Antonin qui baissa à nouveau ses yeux vers la lettre.

*« - N'entre pas en compétition avec d'autres que toi-même. Ainsi tu pourras développer au mieux tes potentialités.*

*« Tu te souviens sans doute de cette auberge dans laquelle nous avions déjeuné toi, un de mes amis, sa femme et son fils de deux ans plus vieux que toi. Tu avais alors dix ans. Après le repas nous étions sortis de la salle pour goûter la fraîcheur du jardin. Au milieu de ce jardin, il y avait un arbre magnifique. Un hêtre, je crois, ou peut-être un chêne. Le fût montait très haut mais, à environ un mètre quatre-vingts au-dessus du sol, il y avait une branche sortie d'on ne sait où. Le fils de mon ami y monta aisément. Toi tu n'y parvins pas. Tu n'avais pas assez de force dans les bras. Dix fois tu essayas et dix fois tu fus repoussé. Tout le monde était attroupé autour de l'arbre, pas seulement nous, mais d'autres personnes ayant déjeuné dans l'auberge. Tout le monde riait de bon cœur, sauf moi, car je savais le drame intérieur qui se jouait en toi. J'étais le seul à avoir vu une larme couler sur ta joue.*

*« Nous entrâmes ensuite dans la salle pour prendre le dessert et le café. Toi tu voulus demeurer dans le jardin. Quand nous sortîmes à nouveau de la salle pour venir te chercher, tu étais assis nonchalamment sur la branche de l'arbre. La force de ton caractère avait pallié la faiblesse de tes bras.*

*« La morale de cette histoire bucolique est que seule l'épreuve dévoile la véritable nature de l'homme.*

*« - Sache que, de toutes les qualités humaines, la plus belle et la plus nécessaire est l'énergie. Quand elle vient se poser comme par un divin enchantement sur un corps, même le plus commun, ce dernier se métamorphose, se transfigure, et devient tel qu'il devait devenir. Un dos courbé se redresse. Un physique disgracieux acquiert aussitôt du sublime, un sang vicié se régénère. Les défauts se gomment.*

*« - Sache que les hommes sont capables de tout. Capables d'Auschwitz comme de la chapelle Sixtine, des fosses communes au Rwanda comme de la conquête de la Lune, des enfants squelettiques de Somalie comme de* La Flûte enchantée, *capables de la pire des indifférences comme du plus beau des sacrifices, capables de devenir le docteur Mengele ou le capitaine Scott.*

*« Tu te souviens du merveilleux journal du capitaine Scott parti à la conquête du pôle Nord avec ses compagnons ? Quand finalement ils y arrivèrent, ils trouvèrent le drapeau d'Amundsen. Ils tentèrent alors de regagner leur base. Cependant, un de leurs coéquipiers qui s'était cassé la jambe retarda dangereusement leur marche. Une tempête de neige se levait et la température descendait au-dessous de moins cinquante. Ils se refusèrent à l'abandonner. Lui-même, voyant qu'il mettait la vie de ses amis en péril, partit dans la nuit pour aller mourir seul. Mais il était trop tard ! Scott et ses compagnons se mirent quand même à sa recherche, en vain, et moururent de froid et d'épuisement. Voilà le vrai sens de tous pour un et un pour tous. Oui, tous pour un, car tous les hommes sont frères et transportent sur leurs épaules le poids de la même histoire multimillénaire. L'homme n'est-il pas le seul animal à utiliser les ressources de son cerveau, non seulement pour changer le monde dans lequel il vit, mais également pour sonder son passé afin de savoir qui il est et d'où il vient ?*

*« Non, ne sois jamais dupe de l'homme, mais en même temps attends tout de lui.*

*« Oui, l'homme est méprisable en regard de ce qu'il pourrait être s'il se donnait un tant soit peu de mal. Mais, quand on pense à ce qu'il pourrait également être dans l'autre sens, on demeure émerveillé des efforts qu'il accomplit sur lui-même en permanence.*

*« - Il faut savoir prendre des risques. A force de calculer,*

*on devient calculateur ! Les gestes qu'on accomplit contribuent à forger notre caractère. Il faut se résigner à être trompé et, malgré dix mauvaises expériences, savoir rester optimiste à la onzième. Chaque être humain mérite qu'on lui ouvre un crédit dans nos esprits.*

*« Enfin, ne méprise pas l'argent. Tu en auras besoin car tu n'attireras pas la sympathie de la grande majorité de tes contemporains. Tu leur paraîtras froid, sec, dur, sans cœur, fier, orgueilleux, présomptueux, pédant, ne vivant que pour toi et n'aimant que toi ! Ne t'en étonne pas, cela tient au fait que tu as cuirassé ta vie intérieure ; tu ne laisses voir ni tes blessures, ni tes souffrances, ni tes joies, ni tes plaisirs, ni tes aspirations. Tu as l'air de te suffire à toi-même, d'être affranchi du monde. Cela tient pour beaucoup à ta culture qui permet une vie intérieure riche, féconde et intéressante. Sache néanmoins que chacun de tes échecs sera salué par un murmure de satisfaction.*

*« Viens fleurir de temps en temps ma tombe.*

*« Je ne te demande pas de ne pas m'oublier, les nombreuses années passées à te " persécuter " valent toutes les promesses du monde.*

*« Parfois un détail m'évoquera et de lourds sanglots viendront baigner ton visage. Tu auras de la peine et, en même temps, tu éprouveras du bonheur à te savoir si sensible.*

*« J'espère te retrouver le plus tard possible.*

*« Ton Piafka qui t'aime et qui fera tout son possible pour veiller sur toi de là où il est. I'm sure you're going to be good enough !*

*« Je t'embrasse.*

*« P.-S. : Ce n'est pas au vieux singe qu'on apprend à faire la grimace ! Je t'avais vu par la fenêtre du restaurant en train de monter sur les épaules du gros monsieur anglais pour atteindre la première branche. »*

Antonin alla dans la salle de bains. Ses yeux étaient rouges d'avoir tant pleuré. Bastet l'y avait suivi.

Entre deux sanglots étouffés, il dit à sa chatte :

– Bastet, c'est intenable, cette odeur. Il va falloir que je change ta sciure. Fais attention à ce que tu manges !

Il s'assit sur le canapé et ouvrit le recueil de poèmes d'Alfred de Musset. Il voulait vérifier quelque chose.

*Qu'est-ce donc que ce monde et qu'y venons-nous faire,*
*Si pour qu'on vive en paix, il faut voiler les cieux?*
*Passer comme un troupeau les yeux fixés à terre,*
*Et renier le reste, est-ce donc être heureux?*
*Non, c'est cesser d'être homme et dégrader son âme.*
*Dans la création le hasard m'a jeté;*
*Heureux ou malheureux, je suis né d'une femme,*
*Et je ne puis m'enfuir hors de l'humanité.*

*Que faire donc? Jouis, dit la raison païenne;*
*Jouis et meurs; les dieux ne songent qu'à dormir.*

Ces deux derniers vers était ceux qu'il s'était récités quelques mois plus tôt. Il allait enfin connaître la suite du poème.

*Espère simplement, répond la foi chrétienne;*
*Le ciel veille sans cesse et tu ne peux mourir.*

Oui, il en était à présent persuadé, le ciel veillerait sur lui. Il retourna à sa table. Cette fois-ci, bien que le cœur lourd de peine, il était également rempli d'énergie créatrice. Il allait cessé d'être indolent et passif, de repousser l'effort. Maintenant était venu le temps de rassembler ses idées, de penser et de rédiger, de lutter avec son sujet!

Il se souvenait de la phrase de Paul Valéry gravée en lettres d'or au fronton du palais du Trocadéro sous les murs desquels il avait fait jadis du patin :

« *Tout homme crée comme il respire, sans le savoir, mais l'artiste se sent créer, son acte engage tout son être, sa peine bien-aimée le fortifie.* »

Sa peine bien-aimée le fortifiait. Il commença à écrire.

Bastet venait de temps en temps s'allonger de tout son long sur les feuilles noircies. Il la prit alors dans ses bras et la mit sur le canapé. Elle eut un miaulement plaintif qui pouvait signifier : « Pour la peine, je ne lirai pas ce que tu écris. » Puis elle commença à se nettoyer consciencieusement. Antonin se rassit en se disant que le bonheur consistait peut-être à caresser son chat. Il avait compris qu'il vivait son livre et que c'était justement pour cela qu'il ne pouvait l'écrire. La réalité dépasse la fiction car elle contient une force dont la fiction est souvent dépourvue.

Il écrivit toute la nuit. Les feuilles s'empilaient devant lui.

C'était le fruit d'un travail permanent, comme en sont capables les grands paresseux. Le fruit de la rêverie, avec comme seul message de tâcher de rester en vie jusqu'à la mort. Au fur et à mesure que les paragraphes s'ajoutaient les uns aux autres, Antonin sentait son enfance l'abandonner irrémédiablement. Adieu mon enfance ! Il se jeta sur le divan dans l'intention de s'y reposer un instant et s'y endormit profondément. Son père lui apparut en rêve. C'était la première fois depuis sa mort. Antonin et lui étaient à nouveau sur un terrain de rugby. Son père commença à courir, un ballon entre les mains, Antonin le suivait. M. Krystal essayait de toutes ses forces de lui passer ce ballon, mais il restait collé entre ses doigts. En se retournant, il distinguait parfaitement l'expression d'Antonin qui courait derrière lui pour le rattraper. Il vit des larmes de désespoir rouler sur le visage de son fils. Il allait atteindre les poteaux, sans avoir pu ou su lui transmettre le ballon quand, quelques centimètres avant la ligne blanche, comme par enchantement, le ballon s'envola de ses mains et, après avoir décrit une longue courbe dans les airs, retomba entre les bras d'Antonin.

Le petit jour filtrant à travers les rideaux éveilla Cléa. Elle se leva et entra dans le salon. Par terre, une feuille sur laquelle n'était écrit en capitales que son seul nom : CLÉA. Elle la retourna et lut :

*Dans la nuit les lumières tremblent,*
*En écoutant siffler le vent,*
*Et dans nos cœurs notre amour semble*
*Trembler aussi devant le temps.*

*Laissons passer tous les nuages*
*Au-dessus de la ligne des jours*

*Laissons plutôt passer l'orage*
*Ne laissons pas passer l'amour.*

*Nous avancerons côte à côte,*
*Comme une prière main dans la main,*
*Vers une étoile brillante et haute,*
*Un univers, un monde, un point.*

Elle comprenait que l'amour ne peut être éternel que s'il croît, grandit, toujours plus loin, toujours plus haut...

Elle aperçut Antonin endormi tout habillé. Elle ouvrit la fenêtre, poussa doucement les volets pour ne pas le réveiller. Elle lui retira ses chaussures. « Mon Dieu, ce qu'il pue des pieds », se dit-elle. Puis elle appuya ses lèvres légères sur son front : « Je t'aime, mon amour. Tu seras heureux. Je te promets que tu seras heureux ! »

Elle pensait aller se recoucher quand elle vit sur le bureau une lettre timbrée adressée à Robert Douglas, 1111 Massachusetts Avenue à San Francisco. Elle tâcha de se souvenir du montant du prix pour la meilleure interprétation du tableau de Giorgione... C'est alors qu'elle aperçut les feuilles noircies de l'écriture d'Antonin. Elle souleva la première page :

*Vous écoutez France Info. Huit heures trente minutes. Samedi 20 août. Voici les titres de l'actualité.*

*A l'étranger.*

*Rwanda. Selon Médecins Sans Frontières, les miliciens hutus sectionneraient à la machette les pieds et les mains des enfants tutsis avant de les laisser agoniser sur le bord des routes. Nous serons en direct avec François Herrera, représentant de la France aux Nations unies, qui nous communiquera les initiatives que notre pays compte prendre pour mettre un terme à ce génocide.*

*Italie. A Vicence, des centaines de skinheads se sont réunis. Les néofascistes, portant des chemises noires et arborant des croix gammées, ont vociféré des slogans racistes.*

*L'extrême droite est allée plus loin encore en Allemagne. Hier, ratonnade à Magdeburg au cours de laquelle plusieurs dizaines de jeunes néonazis ont pourchassé à travers la ville des immigrés noirs et des travailleurs turcs. On déplore des blessés légers. Le chancelier allemand ne s'est pas encore exprimé.*

*France à présent.*

*Marseille. Un jeune Français d'origine marocaine a été abattu la nuit dernière de plusieurs balles dans le dos par trois colleurs d'affiches de l'Alliance populaire. Le secrétaire général du mouvement, Bruno Raton, invoque la « légitime défense ». Le président du parti, M. Xavier Vallen, parle quant à lui d'incident tragique, mais qui n'engage en rien la responsabilité du parti dont il a la charge.*

*Sans transition.*

*Coupes sombres à la célèbre banque Zébulon. Cent vingt-quatre suppressions d'emploi. Dans l'entourage du directeur général, M. Félix Burunsky, on explique que « c'est là la contribution des salariés à la maximalisation des ratios économiques de l'entreprise ». Réaction à chaud de Clément Duscour, secrétaire général de la CGT.*

*Chômage des jeunes. Il y a aujourd'hui plus de sept cent mille chômeurs de dix-huit à vingt-cinq ans en France. Plus d'un chômeur sur cinq est un jeune.*

*A la Bourse le dollar sous la barre des cinq francs à quatre francs quatre-vingt-dix-huit centimes.*

*Sachez enfin que la sonde Discovery est rentrée à trois heures cinquante-deux minutes, heure de Greenwich, dans l'orbite de Vénus.*

*Bonne fête aux Bernard.*

*Cancer, vous avez le vent en poupe. Alors prenez vite le large.*

*Cet ouvrage a été réalisé par la*
*SOCIÉTÉ NOUVELLE FIRMIN-DIDOT*
*Mesnil-sur-l'Estrée*
*pour le compte des Éditions Flammarion*
*en septembre 1995*

*Imprimé en France*
Dépôt légal : septembre 1995
N° d'édition : 16422 - N° d'impression : 32070